I0596974

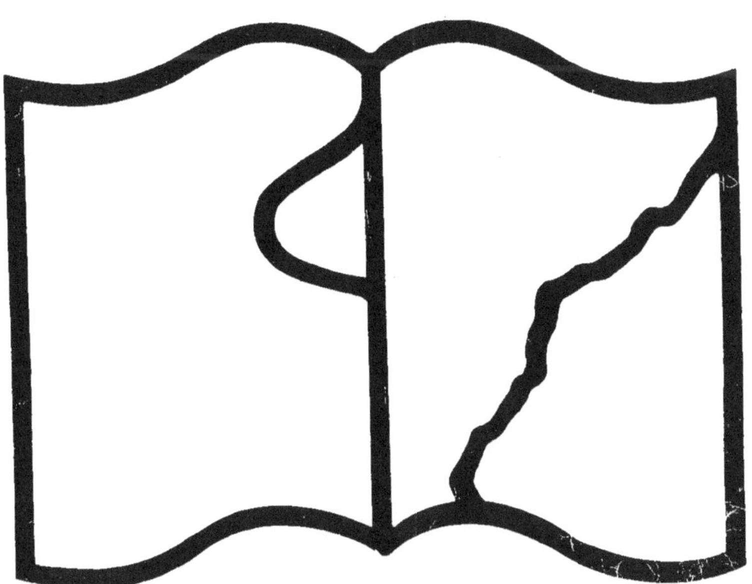

Texte détérioré — reliure défectueuse

NF Z 43-120-11

Contraste insuffisant

NF Z 43-120-14

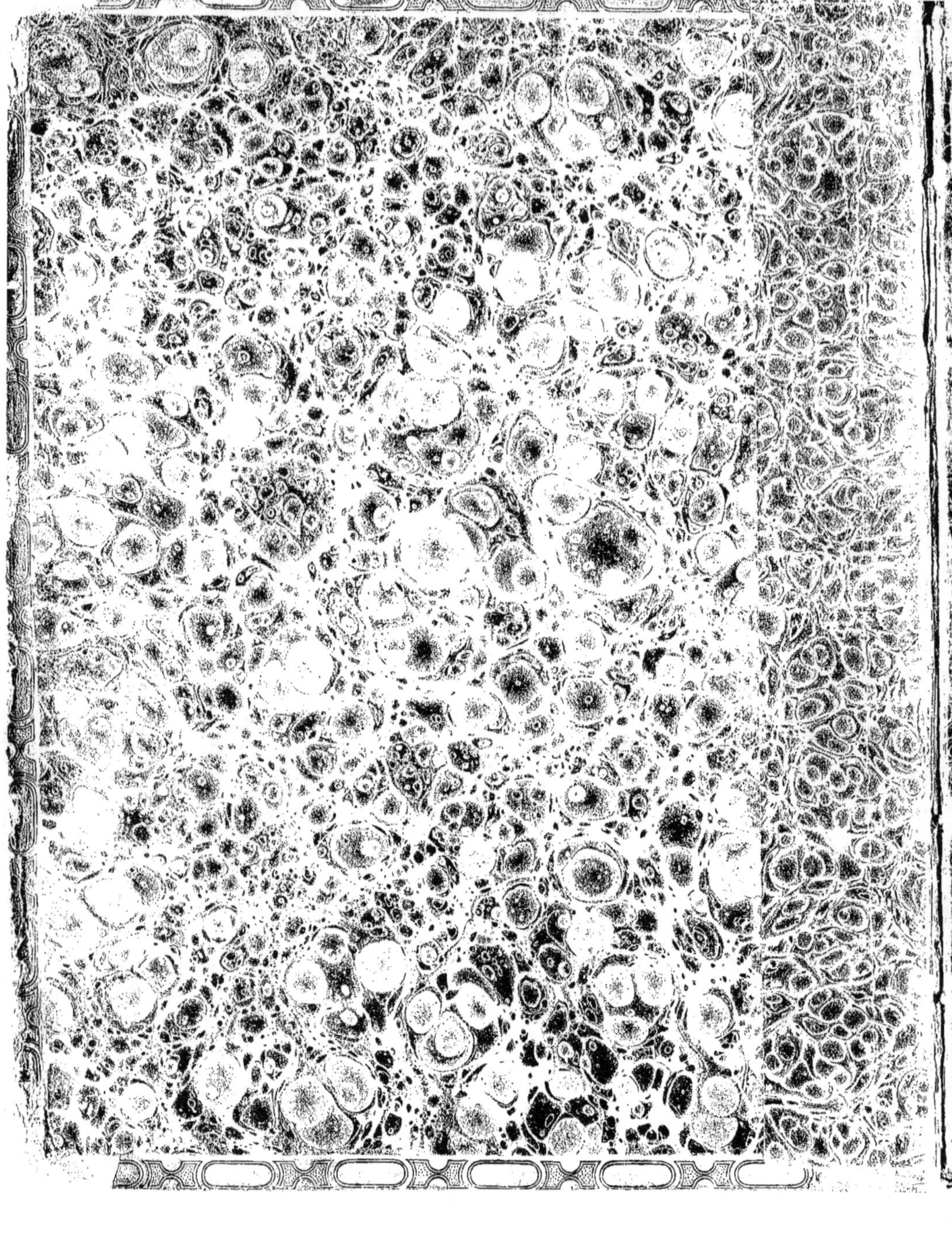

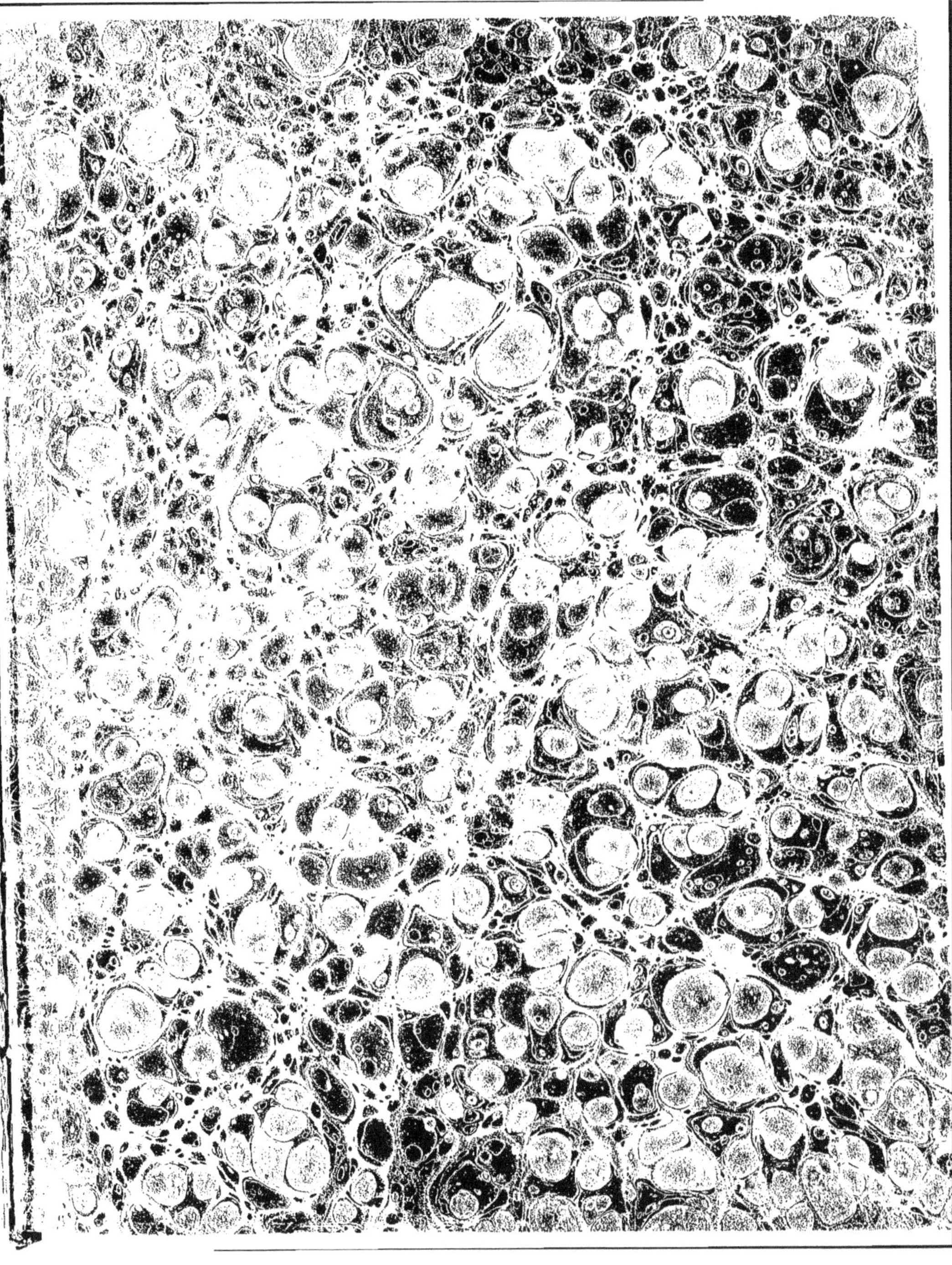

R 258 515

8079

HISTOIRE
LITTÉRAIRE
DE
LA VILLE D'AMIENS.

L. 906.
B.

HISTOIRE

LITTÉRAIRE

DE

LA VILLE D'AMIENS,

A laquelle on a joint, dans l'ordre chronologique, les Hommes célèbres dans les Arts, & les Personnes qui se sont distinguées par la pratique constante des plus hautes vertus.

Par l'Abbé DAIRE, ancien Célestin, de l'Académie de Rouen.

Hi sunt qui eruditum pulverem attigerunt. CICERO.

A PARIS,

Chez P. Fr. DIDOT, Libraire-Imprimeur de MONSIEUR,
quai des Augustins.

M. DCC. LXXXII.

AVEC APPROBATION, ET PRIVILEGE DU ROI.

PRÉFACE.

LES écrits, les actions héroïques de nos ayeux devroient être pour nous une loi domestique qui nous impofât une efpèce de néceffité de ne point dégénérer. Les anciens eurent toujours grand foin d'écrire les généalogies de leurs patriarches & les belles actions du peuple de Dieu. L'Hiftoire des douze Tribus d'Ifraël étoit en fi grande vénération, qu'on ordonna de la conferver dans le temple de Jérufalem. *EUSEBE DE CÉSARÉE.*

Dans différens fiècles, divers écrivains ont laborieufement raffemblé des matériaux propres à faire connoître les hommes qui fe font rendus recommandables dans quelque profeffion que ce foit ; ceux qui n'ont laiffé même que des lambeaux fur ces mortels diftingués ont eu des partifans & des lecteurs. La curiofité qui fait rechercher leurs portraits, fe renouvelle pour connoître les particularités de leur vie, leurs productions, leurs vertus : rien de plus utile en effet, rien de plus intéreffant que d'avoir fous les yeux fes modèles, fes guides qui, tant par leurs généreufes réfolutions, que par la force de leur bon fens, nous ont applani la route que nous devons fuivre.

Ceux qui font nés, qui ont vécu parmi nous, nous appartiennent de droit ; les tirer de l'obfcurité, c'eft les faire revivre, c'eft leur élever des ftatues durables, taillées des mains de l'immortalité. Divers chemins conduifent à la gloire; l'un y parvient en répandant fon fang pour la religion; l'autre, en expofant fa vie fous les drapeaux du dieu de la

guerre : celui-ci fe fait un nom par la prudence & la fageffe
des confeils ; celui-là, par l'élégante fimplicité de fa plume.
Tel s'eft acquis un rang dans l'hiftoire par les poftes glorieux qu'il a remplis avec dignité ; tel autre a brillé par fa
nobleffe : héros facrés, héros profanes, jurifconfultes pro-
fonds, politiques confommés, auteurs favans ou médiocres,
artiftes créateurs ; vous tous que les vertus, les crimes même
ont diftingués, vous êtes du reffort de cette hiftoire.

Tous ceux dont on ne peut fe difpenfer de parler, n'ont
pas, à beaucoup près, le même mérite ; mais il n'y a
guères d'ouvrages, quelque imparfaits qu'on les fuppofe,
où l'on ne rencontre une idée plus ou moins neuve, une
réflexion inftruÉtive. D'ailleurs, comme on trouve des per-
les dans le bourbier, ne fût-ce que pour faire nombre,
ils appartiennent à cette ville, on doit les nommer. Un
choix judicieux parmi cette foule d'écrivains feroit plus de
plaifir, dira quelqu'un, qu'une fcrupuleufe exaÉtitude à faire
revivre tant d'êtres abfolument oubliés. Dans une bibliothèque de goût, on auroit paffé les derniers fous filence ;
mais ici tous ces gens à talens font en droit de revendiquer leur place ; ce qui n'affeÉte point un favant de la première claffe, attire l'attention des autres : *Satiantur aquilæ*
dum pafcuunt columbæ. S. Aug.

Bien des leÉteurs exigent qu'on leur faffe connoître tout
ce qui a été créé parmi eux depuis l'enfance des arts ; ils
veulent qu'on leur indique la plus petitebrochure, comme
le plus gros volume, le plus mince oripeau, comme l'or
le plus brillant, le dernier des auteurs comme le plus illuftre, & ce mélange met les connoiffeurs à portée de les
apprécier. C'eft ainfi qu'Ifmenias mettoit les bons & les

mauvais joueurs de flute , afin que la diverfité de leurs jeux
fût une leçon pour imiter les uns & méprifer les autres.

On ne parle que de bienfaifance, & néanmoins les dé-
dicaces n'ont jamais été plus inutiles qu'aujourd'hui; les
Mécène n'empêcheront dans aucun temps la cabale & l'envie de fe liguer contre les écrivains qui leur font ombrage,
& d'en critiquer les productions , même avant qu'elles paroiffent. D'où cela provient-il ? De ce que des gens qui
ne font rien, par pareffe ou par incapacité, ne comprennent
pas comment on peut s'occuper à faire quelque chofe ;
c'eft l'ordinaire des êtres bornés , de déchirer impitoyablement ceux qui le font moins qu'eux. Les plus minces littérateurs , les têtes échauffées des traits que l'amour de la
vérité a forcé de lancer contre eux, & les ignorans, tous
fe réuniffent , s'arment , & n'ont fouvent que le chagrin de
voir leur poudre éventée fe diffiper en fumée dans la région de l'air. Il eft d'autres hommes qui n'admirent abfolument que ce qui fort de leur plume (*); ce n'eft point
à de pareils efprits que je dédie cet ouvrage, c'eft à toi
feul, public éclairé.

> *Jure tibi facras heroum appendo tabellas ;*
> *Nam quod laudis ineft omnibus , unus habes.*

Quelqu'un l'a dit, les compilateurs font les porte-faix des
grands hommes; mais il faut qu'il y en ait, répond *Scaliger.*
J'ai embraffé cette profeffion par le feul amour de la patrie;
l'envie d'être utile m'a fait regarder comme facile une en-

(*) *Sunt quidam hoc ingenio præditi , ut nihil præter fe , fuaque , plerumque etiam fine rivali admirentur.* JACOB. DE BILLY , in Epiftolâ Dedicationis Anthologiæ Sacræ.

treprife qui m'offrît chaque jour mille épines contre une
rofe. Condamné pendant long-temps à d'autres travaux dans
des provinces éloignées, j'avois fufpendu celui-ci; rendu
au fiècle par un événement fingulier, j'ai confacré tous mes
momens à achever ce que j'avois commencé. Si, malgré des
recherches affidues & les fecours officieux des favans, cet
ouvrage refte imparfait, content de l'avoir ébauché, j'a-
bandonne à des mains plus habiles la gloire de le porter à
fa perfection.

HISTOIRE

HISTOIRE

LITTÉRAIRE

DE

LA VILLE D'AMIENS.

—————

CLAUDIA LEPIDILLA, dame illuſtre, ſortoit d'une des premières familles Romaines, dans laquelle pluſieurs ſe diſtinguèrent dans le Sénat en qualité de dictateurs, de cenſeurs, de conſuls, de tribuns, & d'autres par leurs triomphes. Il eſt fait mention d'elle dans les inſcriptions de Gruter, page 726, en ces termes :

DIS. MAN. CLAVDIÆ LEPIDILLÆ, EX PROVINCIA
BELGICA AMBIANÆ.
FECERVNT LIBERI EIVS LEPIDVS ET TREBELLIVS,
MATRI OPTIMÆ.

Hîc Matris-cineres ſolâ ſacravimus arâ ;
Quæ genuit tellus, oſſa teget tumulo.

A

ATILIA defcendoit également d'une célèbre famille Romaine, divifée en patricienne & plébéienne : elle tiroit fon origine de la dernière. Dans le quatrième fiècle, lorfque le martyr faint Firmin fit fon entrée à Amiens, en qualité d'évêque, elle reçut par fes mains la grace du baptême, conjointement avec fon mari *Agrippin*, fes enfans, fes domeftiques, le fénateur Fauftinien, & près de trois mille hommes. Après fa mort, on l'enterra fur le terrain occupé par l'abbaye de *faint Acheuil*, où l'on découvrit fon tombeau dans le dix-feptième fiècle.

Ve SIÈCLE.

Du Bos , hift. de la Monarchie.

CHILDERIC I, ROI DE FRANCE. Chifflet , dans le traité latin qu'il a compofé à l'occafion de la découverte du tombeau de ce prince, le fait naître à Amiens , l'an 436. Il fuccéda à Méroué fon père, en 456. Il ne fut pas plutôt fur le trône, qu'il fe livra tout entier à fes paffions ; il abandonna le foin des affaires : il dépenfoit plus d'argent pour fes plaifirs, que les frais d'une longue guerre n'en euffent confommé. Ses revenus ne pouvant point y fuffire, il commença par opprimer fes peuples à force de fubfides ; il fouilla enfuite dans les coffres les plus cachés : il ne ménageoit pas plus les feigneurs de fon royaume ; au contraire, il abufoit de leurs femmes, & n'avoit pour courtifans que des hommes voluptueux. Les premiers de l'état s'affemblèrent, & la révolte fut fi grande qu'ils le dépouillèrent de la couronne : il fe fauva auprès de Bafin, roi de Turinge. Après un exil de huit ans il remonta fur le trône, par le moyen de fes amis particuliers, emmenant avec lui Bafine, femme du roi Bafin, de laquelle il eut Clovis. Son retour fut d'autant plus agréable aux François, que fon exil l'avoit entièrement changé; auffi en fut-il encore plus aimé qu'il n'avoit été haï. Il fe gouverna dès-lors avec prudence, & fe diftingua, quoiqu'enveloppé des ténèbres du paganifme, par fes vertus & fes exploits militaires , qu'on peut lire dans l'Hiftoire de France. La mort le furprit l'an 481 : fon corps fut inhumé près & à l'eft de la ville de Tournai, fur l'Efcaut, où fon fépulcre fut découvert le 27 mai 1653. On trouva dans son cercueil l'anneau dont il se servoit pour signer ses ordres, & quantité de médailles d'or que l'on conserve à la bibliothèque du roi.

LUPICIN. Ce digne prêtre, né sur le territoire de cette ville, étoit curé du village de Sains, lorsqu'en 555, si nous en croyons Malbrancq, dans son Histoire des Morins, il eut révélation de l'endroit où reposoient les corps des saints *Fuscien*, *Victoric* & *Gentien*. La bêche à la main il se mit à fouir, & ne tarda pas à rencontrer leur tombeau ; il en fit part à l'évêque saint Honoré, dont il étoit le disciple, & le prélat les transporta à la cathédrale. Tout ce qu'on sait de Lupicin, c'est qu'il imita si bien les vertus du saint prélat, qu'il mérita lui-même la glorieuse réputation de bienheureux : il est vraisemblable qu'il mourut au milieu de ses paroissiens. On conserve sa tête dans le village de *Pustin*, au comté de *Namur*, où les fidèles viennent invoquer sa protection.

SAINT SALVE : le vulgaire appelle *Sauve* ce pieux solitaire, né dans le septième siècle, & sur lequel on a dit peu de choses dans l'histoire de cette ville, parce qu'il devoit reprendre ici sa place. Il mena dans sa jeunesse une vie assez mondaine ; mais Dieu l'ayant touché, il conçut tant d'aversion & de mépris pour le monde qu'il le quitta pour toujours, dans le temps où la fortune lui rioit le plus. Il distribua ses biens aux pauvres & se retira sur le bord de la rivière de *Canche*, où il fit bâtir le monastère connu sous son nom, dans la ville de *Montreuil*. A l'abri des embarras du siècle, il ne s'y occupa que de la pratique des vertus chrétiennes : les habitans des environs s'y rendoient en foule pour avoir le plaisir de l'entendre, tant il étoit éloquent & persuasif. Son mérite lui attira l'amitié du roi *Thierry I*, qui prit plusieurs fois ses avis, & l'admit dans son conseil.

Ce pieux solitaire gouvernoit en paix son monastère ; il y avoit même plusieurs années qu'il s'exerçoit dans les jeûnes, les veilles, la prière & le service des pauvres & des

VII.e Siècle.

Bollandus.

Baillet, vie des Saints.

Saint Antonin.

A ij

Acta fancti Fir-
mini , mart.

malades , lorfqu'il fut choifi pour remplir le fiége épifcopal.
Comme il avoit été envoyé par commiffion particulière du
faint-Siége , pour exercer l'office d'apôtre dans cette contrée
de la Belgique , la prélature ne lui fit remplir qu'avec plus
de dignité les devoirs de l'apoftolat. Il fuffifoit de le voir
pour être porté à la vertu : preffant dans fes difcours , chafte
dans fes mœurs , doué d'une rare prudence , il étoit encore
adonné aux lettres , & porté d'un zèle ardent pour le culte
divin. Bien fait, beau de figure , il paroiffoit que le Ciel avoit
pris plaifir à le remplir des perfections de la nature & de
la grace. Il mourut en vifitant fon diocèfe , le 8 octobre 689.
Voyez l'Hift. d'Amiens , t. ij , p. 12.

SAINT DOMICE. Les anciens manufcrits le font naître
dans le même fiècle , fur le territoire de cette ville. A peine
fut-il forti de l'enfance , que fes vertus lui méritèrent un
canonicat dans l'églife cathédrale. Il étoit fi humble, que fe
croyant indigne du facerdoce , quoiqu'il eût toutes les qualités que l'Apôtre exige des miniftres des autels , il fe borna
à recevoir le diaconat. Sa fituation lui parut trop tranquille ,
trop douce. A un ami du Ciel , il falloit un genre de vie plus
retiré , plus févère. Il quitta fon bénéfice pour prendre , à ce
qu'on croit , l'habit monaftique dans le prieuré de *Boves ;*
& au bout de quelque temps il fe retira dans une folitude
voifine , pour y vivre en véritable folitaire.

Uniquement occupé de Dieu pendant le jour , il fe rendoit toutes les nuits aux matines de la cathédrale , fituée
pour lors fur l'emplacement de l'abbaye de *faint Acheuil,* &
chaque fois il rapportoit à fa chère folitude les charités que
les chanoines lui faifoient , & qui lui étoient néceffaires.
Aux environs de fa retraite, dans un lieu nommé depuis le
Paraclet des Champs, vivoit une vierge nommée *Ulphe,* qui
avoit préféré la vie hérémitique à tous les avantages dont
elle pouvoit jouir dans le fiècle. *Domice* fe fit un devoir de
fe charger de la conduite de cette fille pieufe , & de l'entretenir des chofes du Ciel , chaque fois qu'elle l'accompa-
gnoit, pour affifter ainfi que lui aux offices nocturnes.

Le lendemain d'un jour où une foiblesse lui fit connoître que sa fin approchoit, il se rendit à la même église, pria un prêtre qui alloit célébrer la messe de consacrer deux hosties, & muni de ce dépôt sacré, il gagna la cellule d'*Ulphe*, qu'il entretint sur le saint Sacrement de l'Autel, & après l'avoir communiée, il lui annonça qu'il devoit mourir la même nuit. Désolée de la perte prochaine de son sage directeur, elle laissa couler des larmes & l'accompagna jusqu'à son hermitage. Après avoir récité ensemble les heures canoniales, le saint homme se communia, reçut peu d'heures après la dernière onction d'un prêtre du voisinage, & rendit l'ame à son Créateur le 10 des kalendes de novembre. On l'enterra dans son oratoire, où Dieu manifesta la sainteté de son serviteur par les miracles qui s'y opérèrent. Quelque temps après, on leva son corps de terre pour le déposer dans une châsse qui se conserve à la cathédrale. On fait sa fête dans le diocèse le 22 octobre.

SAINTE ULPHE, OFFE, OULPHE dans les anciens manuscrits. Suivant l'auteur de la vie de saint Wlfran, que l'on garde à Abbeville, dans l'église collégiale de son nom, Ulphe naquit vers l'an 682 de parens nobles & distingués ; elle reçut en naissant une beauté peu commune, parce qu'elle étoit accompagnée de la candeur & des mœurs les plus pures ; chacun l'admiroit à mesure qu'elle croissoit en âge : elle seule ignoroit le pouvoir de ses charmes, parce qu'elle n'avoit des yeux que pour Dieu ; en effet, elle cherchoit à se soustraire autant qu'elle le pouvoit à la compagnie des hommes, & aux regards même de ses parens, pour s'adonner à la prière & se livrer aux saintes rigueurs de la pénitence.

Ses parens, qui ne connoissoient pas bien ses inclinations vertueuses, songeoient à la marier dans le temps qu'elle vouoit dans son cœur sa virginité à Jesus-Christ. Différens partis considérables se présentèrent successivement, & toujours inutilement. Notre vierge, morte au siècle, ne cherchoit que les moyens de se délivrer de leurs importu-

nités : elle ne fut point embarraffée lorfque fes père &
mère voulurent fonder fes fentimens ; elle leur répondit
avec fermeté qu'elle avoit choifi fon Dieu pour fon époux.
Sa réfolution les étonna, mais ils étoient trop pieux pour
vouloir contraindre fa vocation.

Il n'en étoit pas de même de ceux qui la recherchoient ;
ils mirent tout en ufage pour la poffèder ; & quelques-uns,
que l'amour aveugloit, menacèrent même de l'enlever.
Ulphe, informée des deffeins violens de fes adorateurs, con-
trefit l'imbécille & l'infenfée ; elle trouva même le fecret
d'éclipfer, par fes macérations continuelles, les graces dont
la nature l'avoit ornée. Se croyant par-là à l'abri de leurs
pourfuites, elle quitta la maifon paternelle pour fe retirer à
quatre milles de la ville d'Amiens, fur le bord d'une fontaine, dans un lieu défert & couvert de bois épais.

Elle étoit depuis peu de temps dans cette folitude, lorfqu'elle eut la confolation d'y trouver un directeur éclairé
en la perfonne du vieillard *faint Domice*, dont on vient de
parler. A l'âge de 28 ans elle reçut le voile des mains de
Chretien, évêque d'Amiens, qui la confacra au Seigneur.

On rapporte qu'un jour ayant paffé plus de temps qu'à
l'ordinaire à la prière, & fe fentant preffée du fommeil,
dont elle goûtoit rarement les douceurs, elle s'endormit fi
profondément qu'elle n'entendit point la voix de Domice
qui, comme de coutume, l'avoit appelée en frappant à fa
cellule. Dans la croyance qu'elle l'avoit devancé, il gagna l'é-
glife, & fut furpris de ne l'y trouver pas. Plein d'inquiétude
il fe rendit, après avoir contenté fa dévotion, à l'hermitage
de fa fille fpirituelle, qu'il trouva baignée de larmes, tant
elle avoit de chagrin & de douleur d'avoir été privée de la
confolation que lui apportoit le faint vieillard. Levant fur-
le-champ les yeux au ciel, elle obtint de Dieu que les animaux, dont le croaffement l'incommodoit fans ceffe, gar-
deroient déformais un filence éternel. On prétend que ce
prodige fe perpétue, & que les grenouilles ne font aucun
bruit dans ce canton.

Après avoir exercé conftamment toutes les vertus chré-

tiennes, & après une maladie de peu de durée, elle mourut faintement dans la cellule qu'elle avoit conftruite. Son
corps fut enfeveli par *Aurée*, & par plufieurs autres vierges
qui l'enterrèrent dans fon hermitage. Divers malades obtinrent fur fon tombeau la guérifon entière de leurs maux.
Ces prodiges firent lever fon corps de terre, & on le tranf-
féra dans l'églife cathédrale. *Voyez l'Hift. de la ville d'A-
miens, t. ij, pag. 135 & 270.*

Bollandus, 31 janv.

ANONYME. Un Amiénois dont on ignore le nom, a
donné l'hiftoire de la tranflation du corps de faint Firmin,
martyr, premier évêque d'Amiens, faite en 687. Il paroît
par la fin de cette pièce, écrite plus de cinquante ans après,
& confervée manufcrite dans l'abbaye de Corbie, que ce
n'eft qu'un fermon prononcé au jour anniverfaire de cette
cérémonie, & que l'auteur y a fait entrer quelque chofe fur
le myftère de l'Épiphanie, dont la fête tombe le même jour.
L'écrivain, trop crédule, y mêle des chofes qui paffent la
vraifemblance. *Dom Luc d'Achery* l'a publié dans l'appendice des Œuvres de *Guibert*, abbé de *Nogent*, & le père *le
Cointe* l'a inféré dans fes Annales Eccléfiaftiques.

VIII.e Siècle.

Hift. littér. de la France, t. 4.

GEORGES. Cet évêque d'Amiens, dont on a parlé dans
l'Hiftoire de la ville, t. ij, p. 15, avoit paffé jufqu'à ce jour
pour l'auteur d'une Chronique d'Alexandrie, citée par *Baluze*, d'après un manufcrit de la bibliothèque du roi;
aujourd'hui les Savans attribuent cet ouvrage à *Victor*,
évêque de *Fiennes*, en Afrique; en effet, il paroît avoir
été compofé fous Anaftafe Dicorus, époque qui ne s'accorde pas avec celle de Georges, que Charlemagne envoya
à Rome vers l'an 773; d'ailleurs le ftyle de la langue latine étoit alors moins barbare en France qu'il ne l'eft dans
cet écrit; & le nom du dernier, qui fe lit à la tête, prouve
tout au plus qu'il y aura fait des notes, quoique cela foit
très-incertain.

RODRADE, né parmi nous pour fervir de modèle aux

IX.e Siècle.

eccléfiaftiques, fe rendit refpe&able par la pureté de fes
mœurs & par la fainte frayeur qu'il eut d'approcher du
facerdoce. Ses vertus engagèrent Hilmerade, évêque d'A-
miens, à l'ordonner prêtre. Le pieux eccléfiaftique s'y oppofa
conftamment, & il ne fe rendit que quand fon évêque l'eut
menacé de l'excommunier, s'il perfiftoit plus long-temps
dans fon refus : il nous l'a fait connoître par ces paroles,
inférées dans l'a&e de fon ordination : *Ego Rodradus, mife-*
ricordiâ Dei, indigens, victus Hilmeradi antiftitis juffioni-
bus, iv. non. mart. facerdotalis minifterii trepidus fufcepi
officium, anno Incarnationis dominicæ 853, indictione 1,
epactâ 7, concurrente Lunâ vij, (il faut Lunâ xix) *termino*
Pafchali, iv. kal. aprilis. On a de lui un ouvrage fous
ce titre.

L'Art de véri-
fier les Dates,
pag. 31.

Hift. litt. de la
France, t. 5.

Gregorii magni Sacramentarium ; il y travailla du vivant
de *Grimald,* abbé de *faint Gal,* qui avoit écrit fur le même
ouvrage de ce père de l'églife. Rodrade a fuivi en tout la
méthode de *Grimald,* dont il a auffi copié la préface ; mais
malgré cette identité de préfaces, & les autres traits de
reffemblance, l'ouvrage de l'un n'eft pas celui de l'autre.
Cet écrit eft demeuré manufcrit, & fe trouve à l'abbaye
de *Corbie.* Dom *Hugues Menard* en a feulement publié quelques endroits à la fuite du Commentaire de *faint Grégoire.*
À la tête fe lifent deux petites préfaces, l'une en profe,
l'autre en quatorze grands vers, dans lefquels l'Auteur fe
fait connoître ; & après avoir appris à fes lecteurs le motif
de fon travail, il prie avec beaucoup d'humilité les prêtres
qui fe ferviront de fon recueil, de fe fouvenir de lui au
faint autel.

GILBERT D'AMIENS fe rencontre parmi les aftronomes du neuvième fiècle, dans un manufcrit de la bibliothèque du roi : il y eft dit qu'il fut le maître du fameux
Jean Scot ; mais l'abbé *le Bœuf* ne penfoit pas qu'on dût
avoir grande confiance en ce manufcrit.

Hift. litt. de la
France, t. 4.

ANONYME. Nous revendiquons un prêtre, défigné
uniquement

uniquement comme né dans ce diocèfe. On lui a l'obligation d'avoir augmenté & perfectionné le Lectionnaire affez
fameux, intitulé *Liber Comitis*.

VENILON étoit clerc de notre églife dès fa tendre jeuneffe. Son mérite lui attira l'eftime de l'évêque *Ragenaire*,
qu'il fuivit, l'an 849, au concile tenu à *Crécy* contre *Go-
defcalque*. Il monta fur le fiége archiépifcopal de *Rouen* en
855. Les pères du fynode tenu à *Metz*, le députèrent
auprès de *Louis le Débonnaire* l'an 859. La même année il
affifta au concile tenu à *Savonieres*, près de la ville de *Toul*,
à celui d'*Aix-la-Chapelle*, en 850 ; à celui de *Toufy*,
proche la ville de *Toul*, en 862, ainfi qu'à ceux de *Verberie*, en 863 ; de *Soiffons*, trois ans après ; de *Troyes*, en 867;
& l'année fuivante il fut préfent à l'examen de *Willebert*,
évêque de *Châlons*. Il reparoît en 869 à celui de *Verberie*.
A fa follicitation *Charles-le-Chauve* donna un diplôme, en
date du 4 des nones de novembre, & confirmatif des poffeffions de l'églife de *Rouen* & de celles de l'abbaye de *faint
Ouen*, dont les titres avoient été perdus par les incendies,
les guerres & les déprédations des Normands. Ce prélat
mourut avant l'an 871.

ANONYME. C'eft encore avec un droit apparent que
nous regardons comme compatriote celui qui, dans le dixième fiècle, a écrit les actes de *faint Fufcien* & *faint Victoric*,
martyrifés dans cette ville vers l'an 286. Le ftyle en eft
groffier & fe fent de la manière de ce fiècle. On y trouve
des fables & d'autres récits difficiles à accorder avec la vérité
de l'hiftoire. L'auteur amplifie fans jugement, & fe livre
trop à des traditions populaires toujours mêlées de faux. *Du
Bofquet* a donné ces actes au public.

GUY d'AMIENS étoit fils de *Gautier*, comte de cette
ville. Après la mort de *Guy d'Anjou*, évêque de *Soiffons*,
il monta fur ce fiége épifcopal l'an 973. Il fut donné en
ôtage pour le roi de France au duc de Normandie, conjoin-

Ibid. t. 6.

X.e SIÈCLE.

Dormay, Hift.
de Soiffons.

tement avec l'évêque de *Beauvais*. Il se trouva à l'assemblée tenue dans l'église du *Mont Notre-Dame*, au diocèse de *Soiffons*, & au concile tenu l'an 994 dans l'église de *faint Bafle*, contre *Arnoul*, archevêque de *Reims*, vers qui il fut envoyé pour l'engager à s'y rendre. Ils eurent enfemble une longue conférence à *Chavignon*, mais *Arnoul* ne fe laiffa point gagner. *Guy* ceffa de vivre l'an 995. Etant tombé malade dans fa jeuneffe, les moines de *Corbie* lui portèrent des reliques, auxquelles il avoit beaucoup de confiance.

Annal. Bened.

Jufqu'ici les ronces nous environnoient, mais nous commençons à découvrir des prairies émaillées de fleurs : on étoit dans les ténèbres ; le crépufcule paroît, & le grand jour ne tardera pas. Dans les fources qui nous font ouvertes nous ne puiferons que le vrai, & nous n'imiterons point nos devanciers qui, en fe copiant les uns les autres, fe font égarés comme de concert. Dans le onzième fiècle, où nous entrons, le peu de récompenfe que les grands & les rois mêmes donnoient aux gens de lettres, rendit les favans rares. Les Mufes manquoient d'émulation : on faifoit des évêques ignorans ; la difcipline tomboit ; les crimes régnoient impunément à la faveur des guerres, les religieux mêmes vivoient en féculiers ; auffi cette ville s'eft-elle reffentie, comme les autres, de la rareté des bons écrivains.

XI.e SIÈCLE.

Du Boulay, Hift. de l'Univerfité.

DREUX. *Enguerran* ou *Angelramne*, abbé de *faint Riquier*, dont il fut le difciple, n'eut qu'à fe louer de fes progrès. Né à Amiens, il fut clerc de cette église ; quelque temps après fa prêtrife, l'évêque *Foulques* lui donna fon fuffrage, en 1030, pour l'évêché de *Térouane*. Au commencement de fon épifcopat il eut beaucoup à fouffrir de la part de *Baudouin*, comte de Flandre, qui le chaffa de fon fiége, où il fut rétabli au bout de quelque temps. Il reparoît dans des actes de 1036, au concile de *Reims* en 1049, & dans nombres de chartes jufqu'à fa mort, arrivée le 21 août 1078. Il eft auteur de la *vie de faint Vinock*, de celle de *faint Ofualde*, roi d'Angleterre, & des faintes *Godelene* & *Leuvine*, vierges.

Gallia Chriftiana.

ANONYME. Un clerc ou chanoine de l'églife d'*Amiens*, eft auteur de la *Légende de faint Honoré*, évêque de la même ville, vers la fin du fixième fiècle. On y peut diftinguer trois parties; l'une concerne l'hiftoire du faint, l'autre traite de fes miracles, la troifième contient fon éloge, avec une courte exhortation & quelques traits de moralité pour les lecteurs. L'auteur n'a recueilli dans la première que ce qu'il avoit pu apprendre de moins incertain fur la vie du faint évêque, en y attachant des époques convenables : il eft fort fuccinct dans cette partie ; il s'étend davantage dans la feconde. Il commence cette relation par un miracle arrivé en 1060. L'appendice, écrit ifolé, a fon exorde & fa conclufion. Un écrivain poftérieur, qui fe fait connoître pour un clerc ou chanoine d'*Amiens*, a recueilli les autres miracles opérés avant l'année 1204, & paroît avoir prononcé de vive voix ce qu'il a écrit fur *faint Honoré*. Les Bollandiftes ont publié cette Légende avec des obfervations hiftoriques & critiques.

Hift. litt. de la France, t. 8.

ANONYME. *Anonymi liber de compofitione Caftri Ambianenfis, & ipfius dominorum gefta ad annum.....* Ce manufcrit, confervé dans la bibliothèque de la reine de Suède, au Vatican, fous le numéro 1024, pourroit répandre de grandes lumières fur les premiers temps de cette ville.

Bibliotheca Biblioth. tom. 1.

PIERRE L'HERMITE. Dans fon Traité de la vie folitaire, *Pétrarque* veut qu'il ait pris fon furnom du genre de vie qu'il avoit embraffé : *Paul Emile* le dit d'une famille noble d'Amiens, & d'autres le font defcendre de l'ancienne maifon du nom d'Amiens. La fille de l'empereur *Comnene* difoit qu'il n'avoit point d'autre nom que celui de *Coucoupietre* ou *Cucupietre*. Cette princeffe étoit dans l'erreur : Du Cange nous apprend que cette dénomination n'étoit qu'un fobriquet que lui donnèrent les foldats croifés, parce que même dans fes expéditions militaires, il avoit la tête couverte de la cuculle monaftique : c'étoit le nommer en latin *Petrus Cucullatus*. Après tout, ces fentimens divers font d'un

B ij

foible poids en comparaifon de celui de *Guillaume de Tyr*, auteur contemporain, qui nous affure que l'*Hermite* étoit fon vrai nom de famille.

La Morliere ; Nobil. de Picard.

Il naquit l'an 1048 : fes parens lui donnèrent une éducation conforme à fa naiffance. Au bout de quelques années d'étude dans l'abbaye du Mont-faint-Quentin, il prit le parti des armes, jufqu'à ce qu'il eût atteint l'âge néceffaire pour fe fixer ; alors il quitta cette profeffion pour époufer *Beatrix de Rouffi*, de la famille de ce nom : il en eut un fils, nommé comme lui *Pierre l'Hermite*, & une fille furnommée *Alix*.

Annal. Bened.

Ayant perdu fon époufe au bout de trois ans, il prit la réfolution d'embraffer la vie monaftique dans le monaftère de *faint Rigaud*, de l'ordre *faint Benoît*, diocèfe de *Mâcon*, & parvint par degrés à la prêtrife. A peine fut-il revêtu de la dignité du facerdoce, qu'il conçut le deffein d'aller parcourir les faints lieux où le Sauveur confomma l'ouvrage de notre rédemption, & tout-à-coup il devint le plus zélé promoteur de la première croifade. La profanation du tombeau de *J. C.* enflamma par degrés fon imagination ; il fe livra à un vif defir de réunir les chrétiens, pour arracher la Paleftine à un peuple qu'il croyoit indigne d'en refpirer l'air. Plein de cette idée, couvert d'une longue tunique de groffe laine, ceint d'une corde, portant fur la tête un grand froc, & fur les épaules un petit manteau d'hermite, il fe mit en chemin nu-pieds ; & quand la fatigue l'excédoit, un âne étoit toute fa monture. Dans cet équipage fimple & pauvre, il étudioit les mœurs des pays qui fe trouvoient fur fa route, vifitoit les villes, & s'attachoit principalement à reconnoître les forces des infidèles fous la tyrannie defquels il voyoit avec douleur les chrétiens opprimés. Arrivé à Jérufalem, il eut, fur les moyens de les délivrer de la captivité, de longues & fecrettes conférences avec le patriarche *Siméon* qui, l'an 1094, le chargea de fes lettres pour le pape *Urbain II. Siméon* avoit remarqué dans notre pélerin pieux un homme fenfé, de grande expérience, d'un efprit vif, ardent, d'un jugement folide, d'un grand cœur, d'une hardieffe incomparable pour tout entreprendre ; il favoit auffi qu'il avoit tout ce qu'il falloit pour exécuter promptement ce qu'il avoit une fois réfolu. En effet, il fuffifoit de le voir pour connoître fa piété & la pureté de fon cœur : il parloit aifément & avec une éloquence perfuafive. Frappé de tant de bonnes qualités, le prélat s'ouvrit à *Pierre* fur le befoin qu'il avoit du fecours des princes chrétiens. Muni de fes lettres, notre hermite, avant que de partir pour l'Europe, s'endormit en priant dans l'églife du faint Sépulcre, où l'on prétend qu'il vit en fonge Jefus-Chrift qui lui difoit : *Leve-toi, Pierre ; hâte-toi d'exécuter ta commiffion fans rien craindre, car je ferai avec toi : il eft temps que les lieux faints foient purifiés & mes ferviteurs fecourus.*

Après s'être embarqué, il arriva à *Bari* dans la Pouille, & fe rendit de-là à *Rome*, où il préfenta fes dépêches au faint-père, & fit tant par fes inftances & par fon éloquence qu'il tira des larmes de fa fainteté, qui réfolut fur le champ d'affembler un concile à cette occafion. Il fe tint à *Clermont* en Auvergne, en 1096, & le pape y fit fentir, & perfuada à la nobleffe la néceffité qu'il y avoit de fe croifer contre les infidèles.

Pierre, qui s'y étoit trouvé, charmé de ces heureufes difpofitions fi conformes à fes defirs, & pouffé d'ailleurs par fon zèle, fe rendit fucceffivement auprès de la plupart des princes de la chrétienté, & les anima de façon, que prefque tous fe prêtèrent à concourir pour feconder des projets fi glorieux. Non content de parler aux grands, il exhortoit auffi les peuples avec des termes fi preffans, avec tant d'enthoufiafme, qu'il en retiroit toujours du fruit. Comme il avoit été le précurfeur du pape en France, il y difpofa les efprits à recevoir fes exhortations. Les auftérités de l'abftinence, les contentions de la méditation échauffoient chaque jour de plus en plus fon tempérament ; il ne mangeoit ni pain ni viande. A la mortification, il ajoutoit le mérite des bonnes œuvres : dans chaque endroit où il paffoit, il diftribuoit aux pauvres les aumônes que la charité des fidèles lui procuroient. Il rappeloit à la vertu les femmes de mauvaife vie, marioit les filles, appaifoit les querelles, terminoit les procès, & femoit par-tout les germes de la paix & de l'union : en faut-il davantage pour exciter une grande commotion dans les efprits ? Cet air de prophète, fon extérieur humble, en impofoient beaucoup & augmentoient la confiance. Le feu dans les yeux & le crucifix à la main, il peignoit avec une vive éloquence, & d'une voix forte, fecondée de geftes violens, la fainteté des lieux qui avoient vu naître & mourir fon Dieu, les miracles qui s'y étoient opérés, le fang qui les arrofoit, l'aviliffement, la dégradation des monumens facrés dont ils étoient remplis. Echauffée par fes difcours, une multitude innombrable de peuple s'apprêta pour faire, fous fes ordres, le faint voyage. Prédicateur, négociateur & guerrier tout à-la-fois, le cafque en tête fur fon froc, un bourdon à la main, une épée & un chapelet à fon côté, il fe mit, l'an 1096, à la tête des croifés, qui étoient au nombre d'environ quarante mille fantaffins, fans compter une nombreufe cavalerie. Il divifa fon armée en deux parties, donna la première à *Gauthier*, pauvre gentilhomme de fes amis, & conduifit l'autre. Profitant de leur bonne volonté, il entra le premier en armes dans le pays des infidèles, après avoir affiégé & pris *Malavilla* en Hongrie, qui lui avoit refufé des vivres. *Godefroy de Bouillon*, à qui il s'attacha principalement, le chargea de préparer les exploits qu'il méditoit ; en conféquence il fe rendit à *Antioche*, en 1097. Ennuyé du temps qu'on employoit à ce fiége, il voulut fe retirer, comme quelques-uns des principaux chefs des chrétiens ; mais *Tancrede* l'en empêcha, & le fit jurer de ne point abandonner une entreprife dont il étoit le premier auteur.

Il attaqua & défit les Mahométans en plufieurs occafions; au fiége de *Jérufalem*, en 1099, il fit des merveilles, & on l'y établit grand-vicaire en l'abfence du nouveau patriarche. Ces fuccès durèrent pendant peu de campagnes. Au-delà du détroit de Bithinie le foudan *Soliman* le défit près de la ville de *Nicée*, & les croifés, réduits à trois mille hommes,

fe retirèrent à *Conſtantinople*. Voyant qu'il ne réuſſiſſoit pas
à beaucoup près auſſi bien avec l'épée qu'il avoit fait avec
le bourdon, il fentit la différence qu'il y avoit entre prêcher une croifade & commander une armée; auſſi abandon-
na-t-il la profeſſion où il réuſſiſſoit le moins, pour aller en
ambaſſade vers *Alexis*, empereur d'Orient. Les princes chrétiens le députèrent auſſi vers le ſultan Soliman, à qui il ex-
poſa ſa commiſſion ſans ſe courber devant lui.

Annal. Bened.

Les captifs, qui avoient recouvré leur liberté, ſe
jetoient à ſon cou, l'embraſſoient tendrement, l'appeloient
leur père, chantoient ſes louanges, rendoient graces à Dieu
qui s'étoit ſervi de lui pour les délivrer de la ſervitude, &
arrachoient par dévotion les poils de la mule qui le portoit.

Enfin, couronné de quelques lauriers mélangés de cy-
près, il mourut plein de vertus à *Huy*, le 8 de Juillet 1115, à
l'âge de 62 ans. Il eſt certain qu'on l'enterra au ſaint Sépulcre
de cette ville, & non à Conſtantinople dans l'égliſe des
Martyrs. On liſoit ſur ſa tombe cette inſcription en mauvais
latin :

> *Inclita perque merita clarus jacet hîc Eremita*
> *Petrus, qui vitâ verè fuit Iſraëlita ; hâc modo,*
> *Petre, petrâ pro meritis quæ vis ſuper æthera vivis,*
> *Cum petrâ Chriſto crederis in æthera.*

Son corps, lorfqu'on le leva de terre en 1242, fut trouvé
tout entier. Sa mort ne parut point naturelle : on ſoupçonna
les Grecs, jaloux des ſuccès des princes Latins, de l'avoir
empoiſonné.

Les deniers que *Conon*, comte de *Montaigu*, & *Lambert*
ſon fils, comte de *Clermont*, avoient dépoſés entre ſes mains,
il les employa, en 1101, à la fondation d'une égliſe dans le
fauxbourg de *Huy*, en l'honneur du ſaint Sépulcre & de
ſaint Jean, ainſi qu'à la dotation de l'abbaye de *Neuf-Mouſ-
tier*, dans laquelle il plaça des chanoines réguliers de l'ordre
de *ſaint Auguſtin*, l'an 1108.

Il a fait quelque choſe en faveur de la liturgie, en dreſfant des litanies & autres formules de prières qu'il chantoit & faifoit chanter aux proceffions pendant fon féjour à *Jéru-falem*.

Guillaume de Tyr le peint comme un homme maigre de vifage, dont les traits étoient rudes, groffiers, de petite fta-ture & mal prife, d'un extérieur affez méprifable ; d'autres lui donnent une grande taille, un maintien farouche, un air un peu louche, avec une barbe épaiffe d'une longueur démefurée, qui, avec fes cheveux mal en ordre, lui ren-doient la figure hideufe. Une pièce d'argent, du cabinet de *Philippe II*, roi d'Efpagne, nous apprend que les armes de l'*Hermite* confiftent en un écu de fynople, à un dizain de patenôtres d'or en chevron, enfilé & houppé de même, accompagné de trois quinte-feuilles percées d'argent 1 & 2. Notre pélerin les a portées le premier, & *Polydore Virgile* le regarde comme l'inventeur du chapelet & de la manière de le dire.

Son fils le fuivit à la croifade, & paffa fa vie au milieu des troubles de l'Afie, où il eut le gouvernement de *Laodicée*. Il y époufa *Louife de Pifeaux* qui lui donna *Euftache*, lequel eut d'*Agnès du Puy*, *Pierre*, *Guy* & *Albert*. *Euftache* conti-nua la lignée ; & *Albert*, après avoir été évêque de *Bethléem*, devint, en 1200, patriarche de *Jérufalem* : c'eft lui qui donna la règle aux Carmes, qui font la fête de fon père le 8 avril. *Euftache* prit en fecondes noces *Emomette*, fœur du comte de *Thoron* en Syrie, & périt au fiége de *Japfe*, fou-tenu par les chrétiens contre les Sarrazins. Il laiffa deux fils, *Etienne* & *Simon* : le dernier fut page à la cour de *Phi-lippe-Augufte*, & fe diftingua à la guerre contre *Guy*, comte d'Auvergne. Le roi, en récompenfe de fes fervices, lui donna la terre de l'*Hermitage*, qui a refté quelque temps à cette maifon. Quant à *Alix*, fille de *Pierre* qui fait le fujet principal de cet article, elle époufa *Geoffroy de la Tour*, Limofin, feigneur de *Cafart*.

RORICON. Les Antiquaires le font naître au milieu de nous. Son ouvrage, intitulé *Gefta Francorum*, eft un abrégé hiftori-que

que beaucoup plus fameux qu'intéreffant. On convient de lui donner la qualité de moine, mais on ne le prouve pas. L'air de piété avec lequel il écrit, pourroit le faire également regarder comme un pieux eccléfiaftique. Il tenoit la plume dans le onzième fiècle. Quelques expreffions feroient croire qu'il auroit été berger, mais ce n'eft là qu'une fiction qui lui a paru ingénieufe, & qui convenoit à fon génie. Ces *geftes* ou exploits des François annoncent beaucoup, & ne font prefque que l'abrégé d'un hiftorien anonyme, dont l'ouvrage, fous le même titre, eft beaucoup plus ample. Cet abrégé va depuis l'origine de la nation jufqu'à la mort de *Clovis*, & il a copié toutes les fables & les erreurs de fon modèle. Il a divifé l'ouvrage en quatre livres, & mis à la tête de chacun une préface, où il a laiffé des veftiges de fon génie poétique. Le corps de l'ouvrage n'eft pas mal écrit. *Duchefne* & *dom Bouquet* l'ont imprimé dans leurs recueils; le dernier y a ajouté de courtes remarques préliminaires.

Le douzième fiècle a furpaffé les précédens. Les gens de lettres fe multiplièrent, on écrivit fur toute fortes de matières. L'évêque *faint Geoffroy*, & *Thierry* fon fucceffeur, donnèrent leurs foins pour que les lettres fuffent cultivées dans cette ville.

LAMBERT, qui vécut à cette époque, fut un des premiers religieux qui firent profeffion dans l'abbaye de *faint Martin-aux-Jumeaux*. C'eft une tradition que Dieu opéra en 1109 plufieurs miracles par fon interceffion, & de-là le furnom de *Beat*, du latin *Beatus*, pour défigner fa qualité de bienheureux.

HUGUES D'AMIENS prit ce furnom du lieu de fa naiffance, & reçut le jour d'*Adam*, premier châtelain de cette ville, & de la famille de *Boves* ou d'*Amiens*. La preuve s'en tire d'un fceau de *Hugues*, confervé au bas d'une charte originale dans les archives de l'abbaye de *faint Ouen de Rouen*. D'un côté, on y voit un évêque qui donne la bénédiction; de l'autre, un bœuf paiffant, que cette maifon aura pris comme un fymbole parlant.

C

XIIe Siècle.

Défenfe des ti-
tres de cette Ab-
baye.

Gallia Chris-
tiana.

Après avoir fait ses études à *Laon*, il entra dans l'ordre
de *Cluny*, afin de se livrer à la passion qu'il avoit pour les
livres. Au bout de peu de temps, c'est-à-dire en 1115,
il devint prieur de *saint Martin de Limoges*. En 1123,
Ponce, abbé de *Cluny*, l'envoya en Angleterre, en qualité
de prieur claustral de *saint Pancrace de Leuvis*. Il fut nommé
abbé de *Radingues* ou *Roddinges* dans le même royaume en
1125; & cinq ans après, il fut placé sur le siège épisco-
pal de *Rouen*, & sacré le jour de l'exaltation de la sainte
croix, dans l'église de l'abbaye de *saint Ouen*, par *Richard*
de *Bayeux* & ses co-évêques. *Dom Mabillon* prétend que
c'est le premier évêque qui ait fait usage du contre-scel. Il
prit la défense du pape *Innocent II* contre *Pierre de Léon*, &
eut l'honneur de recevoir le même pape & *Henri*, roi
d'Angleterre, qui s'étoient rendus à *Rouen* pour y traiter
des affaires de l'église. Le monarque confirma en faveur
de *Hugues*, le 2 des nones d'octobre, l'an 1131, les droits
de son église, & l'envoya à *Rome* porter au souverain
pontife ses lettres d'obédience.

Hugues assista au concile de *Pise* en 1134, & reçut les
derniers soupirs du roi d'Angleterre, de la mort duquel
il donna avis au pape. Cette même année il sacra évêque
de *Bayeux*, *Richard*, fils du comte de *Glocester*, & aux
instances de l'abbé *Suger*, il consacra l'autel de *saint Romain*
dans l'église de l'abbaye de *saint Denis*. Dans l'assemblée
d'évêques, tenue à Paris en 1145, il disputa contre *Gilbert de la Poirée*, évêque de *Poitiers*. Il se rendit au concile de *Reims* l'an 1148; & le 3 mai 1150, il fit la translation du corps de *saint Gaultier*, premier abbé de *saint
Martin de Pontoise*. En 1151, dans le concile de *Baugency*,
il concourut à la cassation du mariage de *Louis VII* avec
Léonore d'Aquitaine. Il se trouva à *Westminster* le 3 des
kalendes de janvier 1155, & au couronnement de *Henri II*,
roi d'Angleterre. La cour de Rome le députa en Languedoc, en qualité de légat apostolique.

C'étoit un des plus pieux & des plus savans prélats de
son temps. L'hébreu lui étoit familier. Il passoit pour bon

canonifte, & s'occupoit parfois de l'aftrologie. Parmi fes amis, il comptoit *faint Bernard*, *Pierre le vénérable*, *l'abbé Suger*, & *Arnoul*, évêque de *Lizieux*. Il fit confirmer par les papes *Eugene* & *Adrien*, la bulle par laquelle le pape *Innocent* prenoit l'églife de *Rouen* fous fa protection. L'an 1157, il leva de terre le corps de *faint Firmin* en la ville de *Mortain*. Par fa politique, il trouva le moyen d'appaifer le différend furvenu entre le roi & les évêques d'Angleterre, qui en temps de guerre refufoient de confier aux troupes de ce prince leurs châteaux & leurs forterefles.

Les grands hommes de fon fiècle ont tous fait fon éloge. *Il vous fuffifoit*, lui dit *faint Bernard* dans fa vingt-cinquième épître, *d'avoir confervé votre innocence à Cluny : vous avez befoin de patience à Rouen ; foyez-y donc patient & pacifique, parce que vous êtes avec des méchans, & que vous leur commandez.*

Pierre de Cluny en parle avantageufement dans le fixième tome de fes œuvres, épître troifième. Il le reconnoît pour une des lumières de l'ordre; & le pape *Innocent II*, après avoir appaifé le fchifme fufcité par *Pierre de Léon*, fon compétiteur, loue *Hugues* de ce que, par fes prédications & fes remontrances, il avoit contenu fon peuple & fon clergé, en les empêchant de communiquer avec le fchifmatique. *Orderic Vital* a fait ce diftique à fa louange.

> *Huic fuccefjit amor plebis , tremor Hugo potentum ,*
> *Clarus avis , clarus ftudiis , recreator egentum.*

Il gouverna l'églife de *Rouen* jufqu'à fa mort, arrivée le 10 novembre 1164. Son épitaphe fe trouve en ces termes dans les poéfies d'*Arnoul*, évêque de *Lifieux*.

> *Inter pontifices fpeciali dignus honore ,*
> *Hic noftræ carnis Hugo refignat onus.*
> *Confignata brevi clauduntur membra fepulchro ,*
> *Non tamen acta viri claudit uterque polus.*
> *Quidquid difpenfat, & compartitur in omnes*
> *Gratia præftiterat, confuleratque viro.*

Fœcundos igitur virtutum copia fructus
Fecit, & ultrà hominem est magnificatus homo.
Tandem post celebris cœlestia tempora vitæ,
Sustulit emeritum flebilis hora senem.
Par Martine tibi consorsque futurus eadem
Sortitus tecum commoriendo diem.

SES ÉCRITS.

Super fide catholica & oratione dominica , tractatus. Il l'adresse au nommé *Gilles* archidiacre, qu'il loue d'aimer les saintes écritures, parce qu'on y trouve Dieu quand on croit en lui. Les pères *Martenne* & *Durand* ont donné ce traité dans le tome neuvième de leur Collection, page 1212, d'après un manuscrit de la bibliothèque du Roi.

Dialogorum seu quæstionum theologicarum libri septem. Les mêmes savans Bénédictins ont donné ces dialogues dans leur *Thesaurus anecdotarum*, tome I, page 891, d'après deux manuscrits des bibliothèques de MM. *Colbert* & *Greboval*, curé de saint Pierre de *Rouen.* L'auteur paroît avoir écrit cet ouvrage en 1125, étant abbé. S'étant apperçu, lorsqu'il fut archevêque, que son écrit étoit goûté, il le corrigea, l'augmenta du septième livre, & le dédia à *Mathieu*, son parent, prieur de *saint Martin-des-Champs*, à *Paris*, depuis cardinal d'*Albane*, qui lui avoit fait ces questions. Elles roulent sur le souverain bien, qui est Dieu ; sur la créature, le libre arbitre, la chute de l'homme, les sacremens : il parle dans le sixième, de la félicité éternelle, & des moines qu'il défend contre les chanoines réguliers, qui étoient jaloux de la figure que ceux-là faisoient dans l'église. Dans la dernière, il représente les vestiges de la Trinité dans les choses créées. Ces questions y sont agitées savamment & avec subtilité. Tout l'ouvrage est moins vif que solide.

Libri tres de hæresibus in solo Armorico natis. Il les dédie, par une épître, à *Alberic*, évêque d'*Ostie*, légat du saint siège. L'auteur a composé ce traité, pour servir d'instruction au clergé de *Rouen*, contre les hérétiques de son temps.

La première partie regarde la Trinité, l'Incarnation, le Baptême, la Confirmation, l'Euchariftie : il y réfute les hérétiques qui nioient la néceffité du Baptême & de l'Euchariftie. Il parle dans le fecond des ordres facrés & de leurs fonctions ; il s'étend dans le dernier, fur la dignité de la cléricature, fur les mœurs & le célibat des clercs, fur le vœu de chafteté, fur l'unité & fur les autres marques de l'églife catholique. Dom *Luc d'Achery* a donné ce traité en 1651, à la tête des œuvres de *Guibert de Nogent.*

Tractatus de fana memoria. Ce traité, divifé en trois livres, eft tout théologique. *Hugues* étoit vieux lorfqu'il le compofa, à la follicitation d'un nommé *Philippe.* Il s'y plaint d'avoir mal au pied & des infirmités qui l'accabloient; il ajoute que tout ce qu'il y dit eft divin, parce qu'il n'avance rien que d'après les révélations de l'Efprit-faint. Le père *Mabillon* a tiré cet ouvrage d'un manufcrit de la reine de Suède, & les pères *Martenne* & *Durand* l'ont donné au public dans le tome 9 de leur Collection, page 1188. Après avoir détaillé les propriétés de la mémoire, il parle de la Trinité, des attributs de Dieu, du fils de Dieu fait homme ; il démontre que l'Incarnation ne préjudicie point à l'éternité du Fils, & ce premier livre finit par ce qui regarde le Saint-Efprit. On voit dans le fecond la pénitence de *David,* l'impénitence de *Judas,* l'élection des bons & des mauvais, le péché & le repentir de *faint Pierre,* en qui l'églife eft unie. Le péché du premier homme qui peut retrouver par la foi ce qu'il a perdu; il y montre comment l'homme renaît par le baptême, & dépeint toute la noirceur du péché. Il conclut dans le dernier, que ce qui arrive de mal, n'eft ni de Dieu, ni par Dieu, ni dans Dieu; que l'homme pèche parce qu'il le veut ; que *Jefus-Chrift,* par fa miféricorde infinie, a détruit l'empire du démon & rendu l'homme capable de devenir fils de Dieu : l'auteur finit par parler de la réfurrection des morts & du jugement dernier.

Tractatus in hexameron. Dans cette explication du pre-

mier chapitre de la Genèse, adreffée à Arnoul, évêque de
Lizieux, il déclare qu'il cherche moins à découvrir le fens
allégorique & moral, que le fens hiftorique. Après avoir
tiré cet ouvrage d'un manufcrit du fieur *Greboval*, les
mêmes Bénédictins l'ont publié dans le tome 1 des Anec-
doctes, page 1002.

Vita fancti Adjutoris, monachi Tyronenfis. Il l'adreffe
aux moines de l'abbaye de *Tyron*, qui lui avoient démandé
l'hiftoire de leur monaftère. Elle eft imprimée dans le
même volume, page 1012.

Lucubrationes in Genefim. Les pères *Martenne* & *Durand*
ont vu cet ouvrage diftribué en trois livres, dans la bibliothèque de *Clairvaux*.

Epiftola ad Innocentium papam, de fancti Stephani regis obitu.
Les mêmes pères qui l'ont trouvée dans les papiers de Dom
Mabillon, l'ont donnée dans leur tome 9, page 1236.

*Epiftola ad Theodoricum, Ambianenfem epifcopum, de conf-
tructione ecclefiæ beatæ Mariæ Carnotenfis*. Elle regardoit l'abfolution que l'on accordoit aux pénitens qui venoient travailler à la conftruction de l'églife de *Chartres*, pourvu
qu'après s'être confeffés & avoir reçu la pénitence, ils fe
fuffent réconciliés avec leurs ennemis; cette lettre, dont
parle Robert Dumont fous l'an 1144, ne fe trouve plus.

Epiftola ad Alphonfum, comitem Tolofanum. C'eft une lettre
de complimens.

Epiftola ad Henricum II, regem Angliæ. Cette épître eft
parmi celles de *Pierre de Blois*. L'auteur y blâme ce prince
de s'être ligué contre fon père, & lui recommande la
ville d'*Andely* en ces termes: *Sachez qu'Andely eft le principal foutien de ma vie : fi vous permettez qu'il foit expofé
au pillage, vous m'ôterez les moyens de vivre & me ferez
fouhaiter la mort.* Dom *Luc d'Achery* a donné ces lettres
à la fuite des œuvres de *Guibert de Nogent*.

*Epiftola ad Matthæum Albanenfem, in quâ de facramentis
præsbyterorum excommunicatorum & depofitorum.* On la trouve
dans la bibliothèque du Roi.

SAINT FÉLIX DE VALOIS. L'éducation qu'il reçut de ses parens est moins connue que son extraction. Son premier nom fut *Hugues* : il eut pour père *Raoul*, comte de *Crepy*, de *Valois* & d'*Amiens* ; & pour mère Eléonore de *Champagne*. Il naquit le 9 avril 1127. On prétend qu'il alla prendre des leçons de vertus à *Clairvaux*, sous la discipline de saint Bernard ; mais il n'est pas aisé de le prouver.

Baillet, Vie des Saints.

Quoi qu'il en soit, *Félix*, renonçant au monde & à tous les avantages qu'il pouvoit y trouver, se retira pour se livrer à Dieu, dans la solitude d'un bois, au pays de *Glavesse*, sur les confins du Valois, de la Brie & du Soissonnois. Il s'y pratiqua un hermitage composé d'une cellule & d'un petit oratoire, où il vécut dans toutes les rigueurs de la pénitence, sans être connu que de Dieu. Il y demeura caché jusqu'à l'âge de soixante ans, & il étoit résolu de mourir dans l'obscurité de cet heureux état, lorsque Dieu, qui avoit des desseins sur lui, conduisit dans sa solitude celui qu'il vouloit lui associer pour les exécuter. C'étoit le jeune docteur *Jean de Matha*, gentilhomme Provençal, qui, sur le récit qu'il entendit faire de sa vertu, vint le chercher pour entrer sous sa conduite dans les voies de la perfection où il étoit appelé.

Notre saint ne put se défendre de recevoir un tel disciple. Il lui fit part de tous les trésors dont il avoit plu au Saint-Esprit de l'enrichir. Dès-lors ils travaillèrent ensemble avec une ferveur égale à s'avancer dans le chemin de la perfection évangélique. Il n'y avoit point d'austérités qu'ils ne missent en usage pour se macérer le corps & mortifier tous leurs sens. L'oraison & la contemplation étoient leur principale occupation. Tous leurs entretiens ne tendoient qu'à s'exciter mutuellement à l'amour de Dieu, & au détachement de toutes les choses corporelles.

Ils passèrent ainsi quelques années, jusqu'à ce que *Jean* découvrit à *Félix* la pensée que Dieu lui avoit inspirée, de travailler à la délivrance des chrétiens captifs chez les infidèles. *Félix*, malgré son âge avancé, voulut bien partager tous les travaux néceſſaires pour exécuter un ſi pieux deſſein. Après de grands jeûnes, de longues veilles, & de ſages délibérations, ils ſe déterminèrent à entreprendre le voyage de *Rome*, pour en communiquer avec le pape & recevoir ſes ordres. Ils partirent ſur la fin de l'année 1197, & ils s'adreſſèrent au pape *Innocent III*, à qui ils préſentèrent des lettres de recommandation de l'évêque de Paris, qui y faiſoit connoître la ſainteté de leur vie, & l'importance du deſſein qui occaſionnoit leur voyage. Le ſouverain pontife leur donna diverſes audiences, communiqua l'affaire aux évêques & aux cardinaux qu'il avoit aſſemblés ; &, après un mûr examen, elle fut reçue & approuvée. Le pape, non content d'appuyer leur entrepriſe de ſon autorité, voulut encore approuver l'inſtitut de la petite communauté qui s'étoit formée dans la retraite de *Félix*, & l'érigea bientôt en un nouvel ordre religieux, dont *Jean de Matha* fut conſtitué le miniſtre général.

A leur retour de *Rome*, ces hommes pieux ſe préſentèrent au roi *Philippe Auguſte*, qui confirma tout ce qu'ils avoient fait, & joignit même des libéralités à la protection qu'il leur accorda. Un ſeigneur de la cour leur donna un petit fonds de terre dans le lieu appelé *Cerfroid*, entre *Gandelu* & *la Ferté-Milon*, & ils y jetèrent les fondemens de la maiſon qui a paſſé depuis pour le chef de l'ordre.

Jean de Matha ſe voyant obligé de retourner à *Rome*, en laiſſa la conduite à *Félix* qui fit multiplier les monaſtères en divers endroits de la France : celui de Paris, entr'autres, s'établit par ſes ſoins.

Le changement d'occupations & de conduite dans ſes négociations, & les affaires inſéparables du double emploi qu'il avoit de travailler à la rédemption des captifs & à la propagation de ſon ordre, ne lui fit rien changer dans la vie intérieure qu'il avoit menée dans la ſolitude : il fut également régulier, également auſtère & attaché à l'oraiſon. Il communiqua cet eſprit de retraite, de prières, de mortification & de pauvreté, à tous ceux qui entroient dans ſon ordre. Enfin, Dieu ayant comblé la meſure des graces

dont

dont il le favorifa dans le cours d'une longue vie, l'appela à lui pour le récompenfer de l'ufage qu'il en avoit fait. Il mourut de la mort des juftes, le 4 novembre 1212, âgé de 85 ans & 7 mois. Son culte fut permis long-temps après aux religieux de l'ordre de la Trinité, & dans les lieux où l'on avoit dreffé des chapelles en fon honneur. Son office ne s'eft fait en France & en Efpagne que fur la fin du pontificat d'*Alexandre VII. Innocent XII* le béatifia l'an 1677.

ALBERT. Il eft difficile de prouver qu'il ait reçu le jour à *Château-Gautier*, dans le diocèfe de *Parme*. Cet arrière petit-neveu de *Pierre l'Hermite*, paroît avoir pris naiffance au même endroit que lui. Ses père & mère furent *Euflache l'Hermite* & *Anne Dupuy*. Deftiné aux belles-lettres dès fon enfance, il étudia les arts libéraux & les lois. La facilité avec laquelle il retenoit ce qu'on lui faifoit apprendre, fut fuivie de progrès rapides qui le diftinguèrent de tous les jeunes gens de fon âge. S'il étoit vrai, comme on le prétend, qu'il eût embraffé l'état religieux chez les chanoines réguliers de la ville d'*Amiens*, d'où on l'envoya faire fes études à *fainte Geneviève de Paris*, il faudroit qu'il s'y fût rendu au plus tôt l'an 1148, temps auquel cette dernière maifon a été mife en règle. Pour lors, rien n'empêche qu'il ait quitté la France pour entrer dans le monaftère de *fainte Croix de Mortare*, chef d'une congrégation de chanoines réguliers, dont il fut élu prieur général. On le choifit peu de temps après pour le placer fur le fiége épifcopal de *Bobio*; mais avant que d'être facré, il fut poftulé pour l'églife de *Verceil*, & ordonné évêque en 1184. Il gouverna ce diocèfe près de vingt ans, avec grande édification. L'an 1192, il tint un fynode dont les ftatuts fe font confervés.

Cependant le patriarche de *Jérufalem* étoit mort. Les prélats & les princes fe réunirent en faveur d'*Albert*, & l'élurent d'un confentement général pour remplir cette dignité vacante. Son détachement des honneurs l'empê-

Bolland. 8 avril.

D

cha de s'y prêter d'abord ; mais le ciel avoit parlé, c'é-
toit à lui d'obéir. On lui députa, entre autres, le nommé
Rainier, Florentin, que le pape *Innocent III* avoit chargé
d'une lettre en date du 18 février 1204. Le souverain
pontife persuadoit à *Albert* la nécessité de se rendre ; l'ordre étoit si pressant, les raisons si fortes, qu'il accepta.
On peut voir cette lettre en entier dans les Bollandistes.
Il quitta donc *Verceil*, vint à *Rome*, où le pape lui donna
le pallium, l'établit légat en Palestine pour quatre ans,
& lui accorda beaucoup d'autres privilèges. De *Rome*,
Albert remonta à *Gênes*, où il s'embarqua pour la Syrie.
Outre les lettres par lesquelles le pape le recommanda aux
prélats & aux fidèles de ce pays, il lui en écrivit plusieurs
qu'on trouve dans *Dubosquet*. Parmi ces lettres, on en
voit une dans laquelle le saint-père invite notre patriarche
à se rendre au quatrième concile de *Latran*. *Albert* vécut
à *Acre*, où les patriarches s'étoient réfugiés depuis la prise
de *Jérusalem* par les Sarrazins. C'est lui qui donna la règle
aux Carmes, & qui leur enjoignit de porter une cape ou
manteau barré.

Le jour de l'Exaltation de la sainte Croix, l'an 1214,
comme il marchoit processionnellement dans l'église de
sainte Croix de la ville d'*Acre*, un malheureux du diocèse
d'*Yvrée* en Lombardie, que le prélat avoit repris plusieurs
fois de ses désordres, le tua d'un coup de couteau. Avant
cet accident, *Albert* avoit fait des présens considérables à
l'église de *Verceil*, qu'il porta toujours dans son cœur.

Humble dans ses habits, sobre dans sa nourriture, chaste, plein de charité pour les pauvres, assidu aux offices,
il annonçoit souvent & avec éloquence la parole divine :
son bon exemple ne contribuoit pas peu à réformer les
clercs & les laïques : il remplissoit si saintement ses devoirs,
qu'il étoit même respecté des infidèles. Par son esprit,
par ses conseils, ses discours & sa connoissance dans l'un
& l'autre droit, non-seulement il acquitta les dettes de
l'église de *Verceil*, il en augmenta encore les possessions,
fit élever des bâtimens, & ne souffrit jamais impunément

qu'on donnât atteinte aux moindres de ſes droits. Les
ſouverains pontifes avoient beaucoup de vénération pour
lui, de même que l'empereur *Frédéric Barbe-Rouſſe*, &
ſur-tout l'empereur *Henri*, qui, à ſa ſeule conſidération,
reſtitua pluſieurs biens à l'égliſe de *Verceil*.

On lui attribue des miracles. Les chanoines réguliers le
comptent parmi leurs ſaints, mais on n'en fait l'office ni chez
eux, ni à *Verceil*. Il n'eſt fêté que chez les Carmes, dont
il a fait approuver l'ordre par l'égliſe romaine. La principale raiſon de cette négligence, c'eſt qu'il n'a preſque
rien fait en Europe pour attirer la vénération des fidèles.

Son ſceau portoit, d'un côté, la réſurrection du Sauveur,
avec ces lettres, A. ANACTACIC, qui déſigne l'ancien ſceau
de l'égliſe de *Jéruſalem*; & de l'autre côté, ✝ ALBERTVS,
IEROSOLIMITANUS PATRIARCHA.

On ignore ce qu'eſt devenu un *écrit* qu'il avoit laiſſé *ſur
l'état de la Terre-ſainte*.

THIBAUT D'AMIENS eut pour mère *Humeline d'A-
miens*, & le nom de ſon père ne s'eſt point conſervé : ſa
famille étoit illuſtre dans le pays. *Thibaut*, qui étoit couſin
& frère utérin d'*Arnoul*, évêque d'*Amiens*, ſuivit ſon incli- Gallia Chriſ-
tiana.
nation pour l'état eccléſiaſtique, & devint ſucceſſivement
tréſorier de l'égliſe de *Rouen*, puis archevêque de la même
ville. Il fut ſacré le 4 ſeptembre 1222, & le 29 janvier de
l'année ſuivante il reçut le pallium. Vers le même temps
le pape *Honorius III* lui adreſſa deux brefs. *Thibaut* peu
après tint un concile provincial dans ſon égliſe. L'an
d'après, il bénit *Henry de ſaint Leger*, abbé du Bec. Le
légat du pape ayant convoqué un concile à *Bourges* l'an
1226, *Thibaut* s'y rendit, & il y fit valoir ſes prétentions
de primatie ſur cet archevêché. A ſon retour, il fit le 6
mai, dans la ville d'*Eu*, l'exhumation du corps de *ſaint
Laurent*, archevêque de *Dublin*, dont le ſaint-ſiége venoit
de reconnoître la ſainteté.

Un évènement particulier brouilla *Thibaut* avec la cour.
Comme on lui amenoit à *Rouen* du merrain qu'il avoit fait

Fleury , Hist.
Eccléf.

faire dans la forêt de *Louviers*, le bailli du *Vaudreuil* fit arrêt deffus l'an 1227. A la pourfuite de *Thibaut*, l'évêque d'*Evreux* excommunia ce bailli. Le roi, informé de ces procédés, en porta des plaintes à l'archevêque : le monarque lui reproche d'avoir fait faire du merrain pour d'autres maifons que pour la fienne, d'avoir même excommunié le doyen & quelques chanoines de *Gournay* que fa majefté avoit mis fous fa protection royale , & dont elle avoit le patronage. Cité à comparoître devant le roi , *Thibaut* fe rendit à *Vernon* , mais il refufa d'y répondre fur les points qui regardoient le fpirituel ; il ajouta même qu'il ne tenoit rien en foi & hommage de fa majefté , & qu'il n'étoit par conféquent point tenu de répondre en fa cour.

Une réponfe auffi vive chagrina le roi & la reine. Après avoir pris l'avis de fes barons , le monarque confifqua les biens de l'archevêque, qui, de fon côté, après en avoir conféré avec fes fuffragans, jeta un interdit fur les feigneuries & châteaux que le roi poffédoit dans la province, à l'exception des villes ; & il interjeta appel à *Rome*. Il étoit en chemin pour s'y rendre , lorfqu'il tomba malade à *Reims*. Pendant qu'il y étoit retenu, il obtint du pape que fa fainteté enverroit un légat en France pour connoître de cette affaire , qui tourna à l'avantage de *Thibaut* ; il fut rétabli dans fes biens , & fit tranfporter à *Rouen* le merrain faifi.

On le loue d'avoir été toute fa vie d'une fociété aimable , mais il étoit très-févère fur la difcipline. Il fut préfent aux obfèques de *Philippe-Augufte*. Il avoit une dévotion particulière à la fainte Vierge & au martyr *faint Firmin*, premier évêque de fa patrie : c'eft la raifon pour laquelle il ordonna en 1229 que la fête de ce faint fe feroit dans fa métropole, avec les cérémonies des fêtes triples , & il laiffa à cet effet des fonds néceffaires. Par une autre fondation, il obtint qu'on célébreroit de même à *Amiens* la fête de *faint Romain*, archevêque de *Rouen* ; il procura ainfi une efpèce de fraternité entre les deux églifes. Il a donné à fa cathédrale une cloche qui porte encore fon nom. La mort l'enleva le 25

feptembre, l'an 1229. *Guillaume l'Armorique*, dans le douzième livre de fa *Philippide*, le dépeint comme un homme
inflexible.

ROBERT PAULULUS. La petiteffe de fa taille lui a fait
donner le furnom de *Paululus*, comme qui diroit petit
Robert. Ce prêtre poffédoit en 1170 un canonicat de l'é-
glife cathédrale. Il a foufcrit à plufieurs chartes de l'évêque *Thibaut* & du chapitre. Après avoir fondé fon obit, il
mourut en 1192, au plus tôt.

Dupin, Biblioth.
Eccléf.

SES ÉCRITS.

*De cæremoniis, facramentis, officiis, & obfervationibus
ecclefiafticis.* Ce traité, divifé en trois livres, a été imprimé fous le nom & parmi les Œuvres de *Hugues de faint
Victor*, tom. 3, *in*-fol. pag. 356. Dans cet Ouvrage, que
Robert compofa l'an 1178, il eft aifé de s'appercevoir que
ce vertueux chanoine penfoit grandement du miniftère
facerdotal, & qu'il ne manquoit point d'expérience dans
les exercices de la vie contemplative. Il a pris, comme il
le dit lui-même, fur fon fommeil, pour raffembler les différentes chofes dont il traite ; & il avoue que c'eft moins fon
propre ouvrage, qu'une collection de ce qu'il a lu de côté
& d'autre : il a donné de la fimplicité à fon ftyle, dans la
crainte d'obfcurcir, par le brillant des mots, des matières bril-
lantes par elles-mêmes. Le premier livre traite, fous 57 chapitres, de la cérémonie de la confécration des églifes, des
facremens, des ornemens & des habits eccléfiaftiques. Le
fecond en a 41, qui expliquent chaque partie de l'office
divin, & après avoir fait connoître le temps auquel on
commença à mettre les antiennes en ufage, il parle des
différentes parties de la meffe. Le troifième, qui en a 37,
regarde des obfervations particulières, relatives au faint facrifice de la meffe : il nous apprend pourquoi on la dit différemment, pourquoi l'on y retranche ou l'on y ajoute dans
différens temps de l'année. L'ouvrage finit par ce qui concerne le cierge pafchal.

De canone myſtici libaminis , ejuſque ordinibus , libellus.
On doit également lui reſtituer ce livre , qui ſe trouve imprimé à la ſuite des trois premiers, dans le recueil des Œuvres du même *Hugues de ſaint Victor. Robert* s'y étend ſur la vertu de la croix du Sauveur , ſur les ſignes de croix , les prières & les autres cérémonies qui ſe font pendant le canon de la meſſe.

Hiſt. litt. de la France, t. 9.

NICOLAS. Ce docteur célèbre enseigna dans cette ville, vers l'an 1167 : il eſt particuliérement connu par les lettres du pape *Alexandre III* , qui lui procura une prébende dans l'égliſe cathédrale ; d'où l'on peut conjecturer qu'il en fut ſcolaſtique ou écolâtre, quoique les titres ne nous en renſeignent point avant l'an 1222.

C'eſt à ce douzième ſiècle qu'appartiennent les épitaphes ſuivantes , compoſées par des anonymes Amiénois, ſur la mort de pluſieurs chanoines & autres eccléſiaſtiques & lévites de la cathédrale.

An. 1148 : dans le martyrologe de la Cath. au 16 des kal. d'avril.

Iſta dies nobis reparat monumenta doloris :
Namque ſub hac luce , violentia mortis acutæ
Orbis ob preſſum ſpoliavit carne Rogerum , (1)
Qui pius atque bonus , quia ſacro flamine plenus
Mente recuſſavit quidquid malè mundus amavit :
Ergò nunc iſti parcat clementia Chriſti ,
Quatenùs æthereæ capiat conſortia vitæ.

Presbyter Hugo, *bonus cunctis , larguſque propinquis ,*
Eccleſiæ noſtræ deſſenſor honeſtus ,
Exuit impuri moriens contagia mundi.

Et Salomon obiit levita ſub idibus iſtis.
Vos igitur pro fratre preces piè fundite fratres ,
Ut ſibi ſolamen Chriſtus det , & auxiliamen.

Heu nunquam gemitus de te , Firmine ſopitus ,
Nam pius & lenis , morte ruis juvenis.
Noſter eras frater : te neſciat Angelus ater ,
Et lator calicis , ſis comes Angelicis....

____

(1) Chanoine de la cathédrale.

Ingenuus civis ; prudens, & largus egenis,
Deffensor recti, solers, & amator honesti,
Exuitur membris moriens his Milo kalendis,
Cujus morte nimis doluit plebs Ambianensis.
Hîc nunquam baratri discrimina sentiat atri,
Sed bonitate Dei, capiat munus requiei....

Ha dolor ! ha pietas, quam non reparaverit ætas !
Carnea Rogerus liquit levita securus,
More boño, perdulcis homo, detractus ab uno,
Cœlicolas proceres adiit, protomartyris hæres...

Potio dira nimis, quæ sedit in ossibus imis,
Abstulit Herveum nobis, sed vivat in ævum :
Nam juvenis, doctus fuit, & benè morigeratus.
Vivere si possit, multis, reor, utilis esset.

Flore juventutis perpessus toxica mortis,
Discipulos mæstos liquit, juvenesque coævos.
Nesciat hîc tenebras Acherontis, sed super auras
A dextris esse, det ei stirps regia Jesse.

Dans le même temps, l'usage s'introduisit dans les églises de France, & dans la nôtre en particulier, de chanter au peuple, à certaines fêtes, ce qu'on appeloit les *épîtres farcies, epistolæ cum farsiâ.* C'étoit l'épître de la messe du jour, dont le texte latin étoit entremêlé phrase à phrase d'une explication paraphrasée en langue vulgaire. On étoit au moins deux pour l'exécution. Du haut de la tribune ou du jûbé, le soudiacre chantoit le texte sacré, & un ou deux enfans de chœur, l'explication. On voit des monumens de cet usage dans l'ancien ordinaire de Soissons, sous l'évêque Nevelon I.

La confrairie de Notre-Dame Dupuy, dont on peut voir les particularités dans l'histoire d'Amiens, tom. 2, pag. 108, ne contribua point peu à donner de l'émulation à la jeunesse de cette ville & des environs, par les pièces de vers que cette espèce d'académie couronnoit chaque année. Cette association étoit à l'instar des palinods de *Rouen* & de *Caen.*

XIII.ᵉ Siècle.

Dans les écrivains du treizième siècle, le bon goût commença à percer, & les esprits se conduisoient par les règles & par la raison. La réthorique néanmoins étoit encore mauvaise, & les livres remplis de lieux communs ou de plates moralités. La poésie s'anoblit un peu. Cette ville eut quelques *Troubadours* ou *Trouveres*.

Labbæi , Biblioth. manus.

NICOLAS portoit le surnom d'Amiens , & c'est ainsi qu'il est annoncé dans le catalogue des manuscrits de la reine de Suède , transférés au Vatican. On ne le connoît que par ces écrits.

Chronicon ab initio mundi, ad annum 1204, ibid. sous le n°. 454. Quoiqu'il y rapporte la fondation de la plupart des églises de France , il n'y fait point mention de la nôtre. On conjecture qu'il étoit moine ; & s'il avoit conduit sa chronique plus avant dans ce siècle, on l'auroit cru Dominicain.

Propositiones de arte fidei christianæ. Dans la préface de sa chronique, il se dit auteur de cet ouvrage divisé en cinq livres, qui se conserve manuscrit dans la bibliothèque du roi d'Angleterre.

Biblioth. Bibliothecar. t. I.

HENRI D'AMIENS , surnommé *li Clers ,* dont il nous reste une chanson, vivoit du temps de *saint Louis ;* il est connu par un manuscrit du Vatican.

Essai sur la musiq. par M. de L. B. in-4.º , tom. 2.

GUILLAUME D'AMIENS , autre poète du même tems, surnommé *li Paignieres ,* a laissé deux chansons qui se trouvent dans le même manuscrit.

Ibid.

RICHARD DE FOURNIVAL. Les écrivains du temps l'ont indifféremment nommé *Furnival* & *Fournivaux.* Il eut pour père *Roger ,* pour mère *Elisabeth de Paix ,* & pour frère *Arnoul ,* évêque de cette ville. Il se distingua parmi ses contemporains dans la poésie, dont il faisoit son amusement principal. La protection de son père , médecin successivement de *Louis VIII* & *Louis IX ,* lui fit avoir un

canonicat

canonicat de l'églife cathédrale, & la dignité de chancelier, en 1240. On a de lui les ouvrages fuivans.

Abladane ou *Abladene*. C'eft le nom d'un roman plein de fictions peu vraifemblables fur l'origine de la ville d'*Amiens*. Il paroîtavoir été compofé en 1250, & l'on ne doit pas regretter qu'il foit refté manufcrit. Le père *Meneftrier* parle de cet ouvrage dans la feconde partie de *l'ufage des armoiries*.

Li Comment, ou *les commandemens d'amours*. Cet écrit eft en profe, & l'on y trouve une affez bonne chanfon, dans laquelle une vieille dame fe vante d'avoir vu pleurer à fes pieds le vaillant *des Barres*, qui, fous Philippe-Augufte, mérita le furnom d'Achille de la France.

Puiffance d'amours : production également en profe, de même que la fuivante.

Le Beftiaire d'amours. L'auteur traite cette paffion par des raifonnemens, des démonftrations naturelles, & par des exemples pris chez les bêtes. Il joint des applications morales à ce qu'il dit fur la nature des animaux. Son écrit intitulé *Biblionomia*, eft refté manufcrit. On a encore de lui vingt chanfons.

HUE LI MARONNIERS. Ce poëte pourroit être le même que celui qu'on appeloit le marinier d'*Amiens*. Il répondoit avec facilité aux queftions qu'on lui faifoit, & il en propofoit à fon tour, fuivant l'ufage. Dans un endroit, il demande à *Simon d'Athies, qui des deux emploie le mieux fon temps ou celui qui aime une belle & fage dame, fans efpoir de l'avoir, ou celui qui aime une dame pauvre & nice dont il jouit.* — Plus loin il engage le même à répondre fur ce qu'il aimeroit le mieux de ces deux chofes ; favoir, *que fa femme fût qu'il la fait wihote, & qu'elle en fût jaloufe, ou qu'elle le fît wihot fans qu'il en fût rien.* Hue vivoit encore en 1270.

MICHEL LE GASCON. Un manufcrit de la bibliothè-

E

Fauchet.

Du Verdier.

La Croix du Maine.

que du Roi , dont on n'oferoit cependant garantir l'authenticité , le range parmi les aftronomes qui fe firent un nom dans ce fiècle , & il vivoit au milieu de nos concitoyens, du nombre defquels il étoit vraifemblablement.

GRANDIN. Les écrivains du temps parlent de lui en plufieurs occafions comme d'un poète françois, né en cette ville , où il fe faifoit connoître vers l'an 1260.

ROBERT DU CASTEL exerçoit dans le même temps fon talent pour la poéfie , dont on trouve divers morceaux dans les cabinets des curieux , & le nom de cet auteur fe conferve encore parmi nous , dans la magiftrature.

Fauchet.

GIRARDIN D'AMIENS naquit l'an 1219. La principale occupation de ce poète obfcur étoit de répondre, comme fes collègues, aux queftions de galanterie ; en outre, il a rimé un roman fous le nom de *Meliadius* , par pure complaifançe pour une dame qui lui en fournit le fujet , comme il nous le fait connoître dans ces vers :

Ibid.

Girardin d'Amiens qui plus n'a
Oi de cet conte retraire
N'i voët pas menfonges atraire ,
Ne chofe dont il fu repris ;
Ainfy com a le conte apris ,
L'a reymé au mieulx qu'il favoit.

La Croix du Maine.

JEAN ROUSSELLE. Quoique nous ne confervions prefque aucune particularité de fa vie , on fait néanmoins qu'il fut évêque de *Sabine.* Dans l'abbaye de *Fontaine-les-Blanches* , ordre de Cîteaux , proche *Marmoutier* , on garde un manufcrit de fa compofition, fous ce titre : *Expofitio canticorum Salomonis, à magiftro Joanne Rouffelle , epifcopo Sabinenfi , quondam dealvo Ambianenfi , approbata à fanctâ romanâ ecclefiâ, anno 1233.*

HUSTACHE, WISTACHE, *ou* EUSTACHE D'AMIENS.

On a confervé de ce poète, né en 1203, la *fable*, ou *fabliau d'un boucher d'Abbeville*, qui ayant fait manger à un doyen rural un de fes moutons, dont il avoit promis la peau à la fervante & à la concubine de ce curé, eut l'adreffe de jouir des deux femelles, & de faire encore payer au doyen la peau de l'animal. Les incidens de cette fable, où l'on ne voit que des chanfons raffemblées, ont beaucoup de rapport aux nouvelles de *Bocace*, qui paroît avoir pris de lui la 5.ᵉ de fa 7.ᵉ journée, & la 6.ᵉ de la 9ᵉ.

Il eft encore auteur d'un autre recueil de chanfons, par forme de dialogues : elles confiftent en demandes & réponfes amoureufes. Le nommé *Matherel*, avocat en parlement, a long-temps poffédé ce manufcrit, dont les curieux faifoient grand cas. La licence & l'enjouement caractérifent la plupart de fes poéfies.

Le Brut d'Angleterre, roman que les littérateurs lui attribuent, fe conferve à Paris dans la bibliothèque du Roi. On penfoit communément que cet ouvrage étoit ce qui nous reftoit de plus ancien en vers françois, mais on a des poéfies qui lui font antérieures. On y voit la chronologie des rois d'Angleterre, que l'auteur fait defcendre de *Brutus*, fils d'*Enée* ; il le fait aborder dans cette ifle, & nous en donne la généalogie jufqu'au temps où il écrivoit, qu'il dit être l'an 1155, ce qui obligeroit à le placer plus haut.

THIBAUT D'AMIENS eft connu par une feule chanfon, dans le manufcrit de Clairambaut.

RICQUIER *ou* VICQUIER : fes poéfies fe confervent encore manufcrites dans quelques bibliothèques. Il vivoit avant 1300.

C'eft à ce fiècle que l'on croit devoir rapporter les trois épitaphes fuivantes : elles fe trouvent dans le nécrologe du chapitre de la cathédrale d'*Amiens*. La première, qui regarde le nommé *Robert*, chanoine de cette églife ;

qui mourut le huit des kalendes de mars, est conçue en ces termes :

Gloria, lux obiit Robertus *presbyter istic*
Ecclesiæque decus subruit à penitùs.
Consilio rectus, lector, cantor probus auctus.
Lux erat alta Petri; pandat & adsit ovi.

La seconde a été composée pour *Etienne*, chanoine de la même église, mort le quatre des nones de mars.

Noster obit frater Stephanus *juvenis; pia mater*
Virgo Dei Christi succurre precatibus isti,
Qui sub levitis calicem tulit ad sacra riti
Magnis iste nimis prudens servivit & imis.
Hunc Deus à portis & nexibus erue mortis;
Panis cœlestis sibi detur, ut albaque vestis.

Le nommé *Vautier* est l'objet de la troisième : il mourut le six des kalendes d'août.

Valterus juvenis, divinis actus habenis
Sollicitá curá cavit sibi morte futurá.
Hinc sua dans Christo, mundo discessit ab isto;
Noster erat frater dulcis, calicisque minister.
Si fecit hîc aliquo cum principe tractus iniquo,
Ut pius ignoscat Deus hoc sibi mens pia poscat.

Au commencement du siècle qui nous occupe, le collège sur lequel on renvoie à l'histoire de la ville, *tom. ij*, *pages 298 & suiv.*, n'étoit qu'une école qui se tenoit dans le palais de l'évêque, chargé par son état du soin de l'éducation de la jeunesse, & particuliérement de celle des jeunes clercs ; mais comme le prélat ne pouvoit pas toujours vaquer par lui-même à leur instruction, il en chargeoit un chanoine, sous le nom de scolastique ou écolâtre. Le nombre des écoliers s'augmentant tous les jours par l'agrandissement de la ville qui y attira de nouveaux habitans, l'école se divisa en plusieurs petites, qui s'établirent en différens quartiers, & quelques-unes dans la campagne : la principale fut fixée dans le fauxbourg, fur l'emplacement où on la voit aujourd'hui, & fous l'invocation de *faint Nicolas*. Sur toutes ces écoles indiftinctement, l'écolâtre avoit le droit de nommer les maîtres, comme le porte le titre d'érection de cette dignité, daté de 1219 : il préfentoit le procureur ou principal au chapitre qui confirmoit la nomination. Ce procureur recevoit les revenus de la grande école, faifoit la dépenfe de la maifon, & rendoit compte tous les ans à l'écolâtre, en préfence de deux chanoines députés par le chapitre, qui a fur ce terrain la juridiction fpirituelle & temporelle : ce compte étoit enfuite mis fous les yeux de la compagnie affemblée, qui l'agréoit par un acte de délibération. Dès le 25 mai 1292 on arrêta dans le chapitre, que *Jean Caparius*, le premier qui fut maître de ce collège, rendroit fes comptes devant le prévôt & le chapitre ; mais cela ne paroît pas avoir eu lieu. *Pierre Morin* fut le premier qui rendit les fiens, le 5 juin 1400, en préfence de *Raoul Viar* & *Jean de Raquenel*, fous l'adminiftration de l'écolâtre : cet ufage s'eft confervé jufqu'en 1606. L'écolâtre nommoit encore, outre le principal, les quatre régens qu'il avoit feul le droit de placer & de deftituer : il les prenoit le plus fouvent parmi les eccléfiaftiques du diocèfe ; quelquefois fon choix tomboit fur des maîtres-ès-arts de l'univerfité.

. En 1300, l'évêque *Guillaume de Mâcon* engagea, par un mandement qui fe conferve à la bibliothèque du Roi, les doyens & les autres prêtres à veiller avec plus de foins que jamais fur les écoles publiques.

Dans le quatorzième fiècle le collège étoit floriffant, & le nombre des écoliers très-confidérable, comme on le voit par les comptes où leurs noms font repris. On y enfeignoit uniquement les humanités, tant aux externes qu'aux penfionnaires ; néanmoins les jeunes gens venoient en foule de *Tournay*, *d'Arras*, *de Montreuil*, *d'Abbeville*, *de Béthune*, *de Soiffons*, *Roye*, *Mont-Didier*, ainfi que des bourgs & villages circonvoifins ; les abbayes & autres communautés du diocèfe y envoyoient leurs jeunes gens prendre les leçons des hommes éclairés qui y enseignèrent, jusqu'à la surprise de la ville en 1597.

Regiſtres du Chap.

De tout temps le chapitre y faisoit la visite chaque année : il prenoit connoiſſance des délits & déſordres qui pouvoient s'y commettre, ſoit par les régens, ſoit par les écoliers. Le 1ᵉʳ juillet 1388, il accorda, de ſa propre autorité, à *Henry de Bragella*, clerc étudiant à *Paris*, les profits & émolumens des écoles de *ſaint Nicolas*, pendant un an, & n'en retint que la troiſième partie pour l'utilité de la maiſon. Les archives fourniſſent nombre de preuves du rétabliſſement du bon ordre, par la vigilante activité du chapitre ſur ſes juſticiables. A ſa requête & à la ſollicitation de l'évêque, un prêtre que les officiers du roi avoient pris dans la chapelle, & mis en priſon, fut rendu aux requérans & remis dans la chapelle, comme en lieu de franchiſe, par ſentence d'*Artus de Longueval*, bailli d'*Amiens*, en date du 1ᵉʳ avril 1494. Le grand-maître, en qualité de ſujet du chapitre, portoit l'habit eccléſiaſtique ; il avoit ſa part des diſtributions qui ſe font au chœur de la cathédrale, & il étoit, ainſi que les autres, reſponſable devant le commiſſaire député. Le chambellan du chapitre lui ſignifioit, de même qu'aux régens & aux écoliers, le jour arrêté par la compagnie pour les proceſſions. Les trois chapelles ſont de plein droit au chapitre, dont des membres ont été en différens temps les bienfaiteurs du collège. On tenta d'enlever les droits de l'écolâtre *Robert Fournier*, qui y fut maintenu par arrêt du parlement en 1556. Le chapitre & les écolâtres continuèrent d'y exercer leur juridiction juſqu'en 1608, époque à laquelle l'éducation de la jeuneſſe fut confiée aux Jéſuites.

XIV.ᵉ SIÈCLE.

Le quatorzième ſiècle vit diminuer l'épaiſſeur des ténèbres ; les progrès de notre langue devenoient ſenſibles, par les ſoins qu'avoit pris *ſaint Louis* pour la faire fleurir. Vous avez rendu à la lumière, me dira ſans doute quelque critique de mauvaiſe humeur, des écrivains dont le meilleur titre eſt peut-être de n'être plus ; cela ſe peut, mais leur nom appartient à des familles, & leurs defcendans peuvent être flattés de les voir revivre. Il n'y a point de peuple parmi les gens à talens; les richeffes, la naiffance, les poftes diftinguent les rangs, marquent les places dans un état. Un littérateur, un artifte habile, un ami du ciel, fuffent-ils de la plus vile extraction, vont de pair avec les princes & les rois; le nom des uns eft auffi digne que celui des autres de paffer à la poftérité : on eft toujours grand, lorfqu'on a honoré la profeffion qu'on a embraffée.

FIRMIN DE COQUEREL. Les actes latins l'appellent *Firminus de Cucurello* : il naquit de la famille de ce nom. Dès fon enfance il répondit autant qu'on pouvoit le defirer à l'éducation que fes parens lui donnèrent, & il devint par fon mérite l'honneur, la gloire & l'appui de ceux qui lui appartenoient par le fang. Ses maîtres voyoient avec fatisfaction les progrès qu'il faifoit dans les fciences. A peine eut-il embraffé l'état eccléfiaftique, qu'on récompenfa fes talens d'un canonicat de la cathédrale d'*Amiens*. Il n'eft point également fûr qu'il ait été chanoine de *Cambray*. Verfé dans le droit civil & canon, on le vit profeffer l'un & l'autre à *Paris*, où il étoit confeiller-clerc du parlement en 1314. La cour le chargea en 1318, difent les titres de la chambre des comptes, de faire des informations dans l'Artois, au fujet des dommages caufés à la comteffe de cette province. On le députa à *Avignon* l'an 1346. Le décanat de l'églife de Notre-Dame de *Paris* étant venu à vaquer, il fut honoré de cette dignité vers l'an 1347 : en cette qualité, il fit la même année des réglemens au fujet des chapelles de la cathédrale. Il occupoit cette place quand le pape *Clément VI* le chargea de rendre compte au roi *Philippe* des articles qui avoient été demandés à fa fainteté par *Louis de Baviere*. Le même pape lui adreffa la même année un bref, pour le complimenter fur les bénéfices que le roi lui avoit donnés. En 1348 il remplaça *Guy de Combornio* fur le fiége épifcopal de *Noyon* : on le rencontre en cette qualité dans un acte du 11 octobre 1349. Le roi *Philippe VI*, connoiffant

Blanchard, Hift. des Préfidens.

Godefroi, Hift. des Chanceliers.

Gallia Chriftiana, novæ edit.

Baluze, vita pap. Aven. t. ij. col. 703.

tout ce que valoit *Firmin*, l'avoit nommé chancelier de France l'année précédente ; il se comporta dans cette place au contentement de tous les états du royaume : par son génie, il se tira heureusement & avec adresse des affaires les plus considérables & les plus épineuses. Le roi l'ayant envoyé traiter une affaire importante, lui permit d'emporter avec lui le grand sceau. Cette affaire étoit vraisemblablement sa députation vers le roi de *Majorque*, pour traiter de la ville de *Montpellier* & du château de *Lattes*, qui appartenoient à ce prince, & que le prélat fit rentrer sous le domaine du roi, à des conditions très-avantageuses. On trouve sa souscription à quantité d'édits royaux. Il mourut en 1350, suivant les actes consistoriaux du Vatican. Il portoit de gueules à trois coqs d'or, crêtés, béqués & membrés d'azur. Ces armes se voient au milieu de la rose du grand portail de l'église cathédrale d'*Amiens*. Un autre *Firmin de Coquerel*, garde de la prévôté de Paris en 1308, en fut aussi prévôt & bailli de Vermandois. Nicolas étoit en 1609 un des généraux des monnoies. Nos archives font remonter cette famille jusqu'en 1276.

Tessereau, Hist. de la Chancellerie.

Regist. de la Ch. des Comptes.

JEAN BELETH. Quoique les particularités de sa vie ne soient pas connues, il n'en est pas moins certain qu'il appartient à cette ville, où il posséda un canonicat de la cathédrale. *Tritheme* nous le peint comme un génie prompt, assez versé dans la philosophie, comme un homme qui parloit avec facilité le langage de l'école, & qui se fit un nom tant par ses thèses que par ses écrits. Il possédoit encore avec plus d'étendue les sciences ecclésiastiques, & ses progrès furent couronnés par le bonnet de docteur, qu'il prit dans la faculté de théologie de Paris. Il vivoit vers l'an 1328.

SES ÉCRITS.

Rationale divinorum officiorum. Antuerpiæ, apud Joannem Bellerum, 1562. *in-*12. La seconde édition parut au même endroit en 1569, par les soins de *Corneille Lauriman, d'Utrecht,*

qui

qui y ajouta des corrections ; la troifième fe fit à Lyon en 1534, chez *Tinghi*, *in*-8°. On trouve le même ouvrage à la fin du Rational de *Durand*, évêque de *Mende*. Après un précis de fon traité, monument curieux de l'ancienne liturgie, l'auteur parle des chofes, des lieux, & du temps confacré à Dieu ; de-là il paffe à la folemnité des fêtes, aux ftations, aux proceffions, au jeûne, à l'inftitution de la quadragéfime ; il traite enfuite des perfonnes confacrées au Seigneur, des chofes qui appartiennent à l'Être fuprême ; des vœux, des facrifices, des oblations, des legs pieux, de l'office divin & de fes parties. Après avoir rapporté les raifons pour lefquelles on prioit la nuit, il parle de l'ordination de faint Benoît, de l'ufage de fonner avant matines, des pfeaumes & des hymnes qui compofent l'office ; de la meffe, des heures, des leçons & du chant ; de ce qu'on doit lire dans différens temps ; des temps où l'on ne doit point marier ; des fêtes & jeûnes de l'avent, des anniverfaires des morts, des vigiles des faints, des dimanches de l'année, de la manière de fonner dans la quadragéfime ; des jours privilégiés, des féries, des cérémonies de la femaine fainte, du baptême, de l'ornement du temple matériel, de la réconciliation du prochain, de la nourriture du corps, des amufemens qu'on prenoit dans le mois de décembre ; des litanies, des quatre-temps, des fêtes des faints, de l'office & de la fépulture des morts : il y fait mention des quatre fêtes fingulières qui avoient lieu de fon temps dans notre églife ; celle des diacres le 26 décembre, celle des prêtres le 27 ; le jour fuivant, celle des enfans de chœur ; celle des foudiacres le 1er janvier. Il y rappelle encore celle des fous, & nous apprend que dans bien des diocèfes les prélats jouoient dans l'enceinte des monaftères à la courte paume avec leurs fubordonnés.

De Doctriná ecclefiaflicâ. Ce traité fe conferve manufcrit dans la bibliothèque du duc de *Florence*. Dom Montfaucon en fait mention, ainfi que des fuivans, dans fa bibliothèque des bibliothèques, tom. I.

F

De septem vitiis & virtutibus oppositis. Il eſt reſté manuſcrit dans la bibliothèque de *Milan.*

De Sibyllis, manuſcrit dans la bibliothèque de *Bodley.*

Sanderus, Bibl. manuſ. Les Jéſuites de *Louvain* conſervoient encore du même
écrivain, un manuſcrit ſur le maître des ſentences. Ses ſer-
mons, dont parle *Tritheme*, nous ſont inconnus.

ENGUERRAN BRAS-DE-FER. Vers l'an 1358 il étoit
religieux Prémontré, dans l'abbaye de *ſaint Jean-lès-Amiens.*
Connoiſſant les devoirs de ſon état, dont il avoit l'ame remplie, il s'adonna à la prédication & paſſa pour un des bons
orateurs de ſon ſiècle. Ses ſupérieurs, après l'avoir laiſſé
exercer ſes talens avec fruit pendant aſſez long-temps,
jugèrent à propos de le récompenſer de ſes travaux. L'abbaye de *Marche-Roux*, diocèſe de *Rouen*, étant devenue
vacante, il y fut nommé, & mourut dans ſa dignité, le dernier mars 1377.

PIERRE AURCKER. Le nom de famille de ce prélat n'a
point été connu des auteurs du nouveau *Gallia Chriſtiana.* Nous
le trouvons dans les archives du chapitre de l'égliſe cathédrale
d'*Amiens*, dont il fut ſucceſſivement chanoine & chantre,
avant que de monter, l'an 1365, ſur le ſiége épiſcopal de
Leitoure, après la mort de *Pierre Anʒeler.* Les actes du
Vatican font auſſi mention de lui en cette année. On voit
par ceux du concile tenu à *Vaure*, qu'il y aſſiſta par procureur, n'ayant pu s'y trouver en perſonne. Il étoit mort en
1369.

XV.ᵉ Siècle. Voyez l'Hiſt. d'Amiens, t. 2. p. 108 & ſuiv. Ce fut dans le quinzième ſiècle que la confrairie de N. D.
du Puy prit une conſiſtance académique : le recueil des piè-
ces couronnées fut peint en griſaille par *Jacques Plaſtel*, qui
reçut 45 livres pour les 48 tableaux. *Jean des Béguines*,
prêtre, eut 12 livres pour avoir écrit les ballades ; le vélin
coûta 3 livres 12 ſous. *Guy le Flameng* reçut 13 liv. 14 ſous
pour l'enluminure des grandes lettres. *Nicolas de la Motte*,
réthoricien, fut gratifié de 40 ſous, pour la compoſition de

quelques ballades qui manquoient à plusieurs tableaux. *Jean Pinchon*, enlumineur & historien à *Paris*, prit 80 livres pour l'application des couleurs ; *Pierre Faverin* eut 6 livres pour avoir *nettoyé, tympané, scellé d'or*, relié & couvert ce livre. On distribua 50 sous aux ouvriers de *Pinchon*, pour les encourager à travailler. On dépensa 38 livres pour une grande custode ou étui de cuir noir, y compris les cordons. La couverture en velours, couleur *pers*, coûta 6 liv. 12 sous. On donna 12 sous pour l'emballage, 24 sous pour le vin du marché avec l'enlumineur. *Andrieu de Monsure* & *Pierre Louvel*, échevins en charge, députés par la ville pour porter à *Amboise* ce présent à la mère de *François I*, furent trente-six jours en marche, à raison de 36 sous par jour ; ce qui fait, avec les faux frais, au total 327 livres 10 sous. Cela ne s'appellera point un mémoire d'apothicaire.

ETIENNE DE CONTY étoit encore tout jeune lorsqu'il sortit de la ville d'*Amiens*, sa patrie, pour embrasser l'état monastique dans l'abbaye de *Corbie*, où il prit l'habit de l'ordre de saint Benoît. On a de lui une histoire de ce qui s'est passé de son temps, sous ce titre : *Historia de nonnullis rebus Caroli quinti & Caroli sexti regum, & de prærogativis regum Franciæ super omnes alios reges christianos.* Il y dit quelque chose de tous les rois de France qui ont précédé ces deux princes. L'auteur paroît avoir achevé cet écrit vers l'an 1410. On le conserve dans l'Abbaye de *saint Germain-des-Prés*, parmi les manuscrits *in*-folio, sous le n°. 520. Le nom de Conty nous est connu dès 1272.

Acta sanctorum ordinis sancti Bened. sæc. 4, p. 2.

BENOIT D'AMIENS. On n'a pour tout renseignement sur ce poète françois, que le souvenir d'avoir lu en quelque endroit, qu'il avoit l'honneur, vers l'an 1415, d'être bien venu, & même en relation avec le prince Charles d'Orléans.

KIERET. Cet homme gagneroit beaucoup à n'être point connu, & l'on seroit dispensé d'en parler, si *Jean de Venette* n'en avoit point fait mention dans fa chronique. Né parmi nous, avec un cœur tout mondain, il eut la témérité d'embraffer l'état eccléfiaftique, & fut pourvu d'un canonicat de la cathédrale. Soit que fon cœur eût été corrompu, foit qu'il fe fût laiffé gagner par argent, il prit parti contre fon fouverain légitime, en faveur du roi de Navarre. La juftice l'entreprit : après un court féjour en prifon, on lui fit fon procès. La juftice eccléfiaftique pouvoit le revendiquer ; mais l'officialité procéda fi lentement, & *Kieret* étoit fi odieux à tous les eccléfiaftiques, pour les mauvaifes actions dont on le chargeoit, & pour fon inclination fanguinaire, que la juftice féculière paffa outre, & le condamna à avoir la tête tranchée, ce qui fut exécuté à Amiens l'an 1364.

JACQUES DU GARD. La famille de ce nom eft connue en Picardie depuis 1253. *Jacques*, fils de *Jean*, fieur de *Fref-neville*, maïeur d'*Amiens* en 1372, étoit feigneur de *Morvillier*, de *Maucreux*, & du fief de *Folleville*. Le roi *Charles VII* lui donna des lettres de nobleffe, datées du 26 avril 1388. Il fut fucceffivement confeiller au parlement de Paris en 1408, commiffaire des requêtes du palais, puis maître des requêtes de l'hôtel du roi en 1417. De cette maifon fortoit *Jean-Léon-Bonaventure du Gard*, écuyer du roi, mort à Paris en 1746, fils de *Jean-Léon-Bonaventure*, écuyer de la grande écurie. *François du Gard*, écuyer, feigneur de *Longpré*, mort fans enfans en 1743, étoit fils de *François*, feigneur du même lieu, par *Marie de Louvencourt*, fa mère. Celui-ci s'eft fait connoître par l'académie qu'il a tenue long-temps à Paris au fauxbourg *faint-Germain*, pour les exercices de la nobleffe, après fon oncle *Henri*, dit le chevalier *du Gard*.

Nobiliaire de Picardie, édit. de 1693.

Mercure d'avril.

JEAN DE COURCELLES. Après avoir reçu la première éducation, & fait une partie de fes humanités dans cette ville, il alla achever fes études à *Paris*. Les grades auxquels il parvint font juger des progrès qu'il y fit. On le vit honoré ſucceſſivement de la qualité de doĉteur en théologie, & de celle de conſeiller du roi. L'univerſité le choiſit pour ſon doyen le 24 mars 1412, & ce choix fut renouvelé le 15 décembre 1431 & le 10 oĉtobre 1435. Comme il avoit une dévotion particulière à *ſaint Firmin*, martyr, patron de ſa patrie, dès qu'il fut chanoine & archidiacre de l'égliſe de *Paris*, il demanda au chapitre la permiſſion de fonder une proceſſion annuelle à la métropole, le jour de la fête de ce ſaint évêque, qui s'y célèbre du rit double. La compagnie agréa ſa propoſition, en conſidération des améliorations qu'il avoit faites à la terre d'*Ayencourt*, près de *Mont-Didier*, dépendante du chapitre de *Paris*, & dont cet archidiacre a joui pendant ſa vie. Il étoit parent de *Thomas de Courcelles*, dont on aura occaſion de parler ailleurs. L'an 1422, le roi lui fit préſent d'une maiſon, ſiſe à *Paris* dans la rue des poulies. Un autre *Jean de Courcelles* étoit capitaine du château du Louvre en 1433.

Du Boulay; Hiſt. Univ. Pariſ.

Necrolog. Pariſ.

Regiſtres de la Chambre des Comptes.

TOUSSAINTS. Dès ſa plus tendre enfance, on s'apperçut qu'il ne ſe prêtoit pas aux divertiſſemens que prenoient les jeunes gens de ſon âge. Indifférent pour tout ce que le monde appelle plaiſir, il le quitta pour prendre, vers l'an 1424, l'habit de ſaint Benoît à *Cluny*, ſous l'abbé *Odon*. Au bout de peu de temps il en fut nommé chantre & enſuite prieur : il n'uſa de ſa place que pour procurer l'avantage de la maiſon. Ce fut *ſainte Colette* qui l'engagea à embraſſer la vie cénobitique, ſous les yeux de cet abbé, à qui elle le recommanda. *Firmine* ſa ſœur prit l'habit de *ſaint François*, dans la ville du *Puy en Vélay*. Après avoir été quatre fois à *Rome*, pour les affaires de l'égliſe, il mourut âgé de ſoixante-ſix ans. On lui attribue des miracles.

Biblioth. Cluniac.

SIMON BONHOMME fit profeſſion & de bonnes études dans le monaſtère des Céleſtins ; ſon mérite ne fut pas, comme il eſt arrivé depuis pluſieurs fois, un obſtacle à ſon avancement. Il étoit prieur à *Metz* l'an 1393 ; il y fit fleurir l'obſervance régulière, & par une ſage & prudente éco-

Becquet, Hiſt. Cœleſtin.

nomie, il augmenta en même temps les biens de la maison. Le chapitre général l'élut provincial en 1408 & 1414:
on n'eut qu'à se louer de son administration. Le temps de sa
supériorité étant expiré, il reprit sa place de prieur à *Metz*,
où il vécut dans la pratique des vertus de son état jusqu'à
sa mort, arrivée le 23 mars 1427.

Il a laissé des méditations pieuses, pleines de feu, & où
l'on apperçoit toute la douceur de l'éloquence sacrée; elles
commencent par ces mots: *In latitudine cordis nostri deam-
bulemus per plateas Jerusalem.* On les conservoit manuscrites
dans la bibliothèque des Célestins de Paris.

Becquet, Hist.
Cœlestin.

JEAN BERTAULD, entraîné par son goût pour la vie
monastique, entra, à l'âge de seize ans, dans la même congrégation, & prit l'habit à Mante-sur-Seine, le 8 janvier 1430,
& son exemple fut suivi par quatre de ses frères. Quelque
intègre qu'ait été sa conduite, elle ne fut point à l'abri de
la calomnie: l'envie lui suscita de faux frères, mais sa
conscience ne lui reprochoit rien, aussi ne leur opposa-t-il
que la patience & la charité. Les jaloux souffroient de le
voir marcher à pas de géant vers les différentes supériorités.
Choisi en 1453, d'une voix unanime, pour prieur du monastère de Collemade, proche Aquilée en Italie, il s'y transporta, & en sa qualité de vicaire-général, il rétablit la discipline régulière qui commençoit à tomber dans la plupart des maisons de ces contrées. L'abbé-général, accompagné de nombre de religieux, suivis du peuple d'Aquilée,
l'y devança, & le reçut honorablement le 10 juillet 1454.
Le général étant mort la même année, Bertrand lui succéda le 8 septembre. Son élévation ne le rendit que plus
modeste, plus humble. Son zèle, toujours vif, étoit réglé
par la discrétion & la prudence: la régularité reprit vigueur
sous ses yeux; l'ordre, réformé dans ses chefs & dans ses
membres, reprit son premier éclat. Au bout de trois ans il
se démit, suivant l'usage, sans rester oisif à l'abri des honneurs dont il avoit joui.

Les princes d'Italie, qui connoissoient l'étendue de son

efprit, fa prudence & fa piété, lui accordoient leur eftime, & fe conduifoient par fes avis : plufieurs le chargèrent même de négociations dont il fe tira habilement. René d'Anjou, roi de Jérufalem & de Sicile, ainfi que Jean, prince de Tarente, dont Bertauld étoit le directeur, voulurent en vain le récompenfer, en lui offrant, l'un un archevêché en Sicile, l'autre l'archevêché de *Barry*. Son humilité s'y refufa avec une conftance dont l'exemple n'eft pas commun.

Il ne fut pas moins utile à la France, fa patrie, qu'il l'avoit été aux princes étrangers. *Alphonfe*, roi d'Arragon, étant décédé fans enfans en 1458, après avoir envahi le royaume de *Naples*, *Bertauld* intéreffa fi vivement le prince de *Tarente*, en faveur des princes de la maifon de France, qu'il les auroit mis en poffeffion de ce royaume, fi la mort ne l'avoit empêché de foutenir leurs droits, comme il l'avoit réfolu. Le même prince envoya *Bertauld* à Rome, en qualité de légat, vers les cardinaux François, & de-là à *Genève*, auprès de *Jean de Lorraine*, duc *de Calabre*, fils de *René d'Anjou*, pour lui faire des offres d'amitié ; il porta pour le même fujet des lettres à *Charles VII*, roi de France, & à *René de Sicile*, qui lui remirent tous deux des réponfes gracieufes. Après la mort du prince de Tarente, le duc de Calabre débarqua en Sicile avec une flotte, & députa *Bertauld* vers *Louis XI*, roi de France, ainfi que vers *René*, roi de Sicile, qui fe trouvoit à *Marfeille*. Ces princes le reçurent gracieufement. *Louis XI* fut charmé en particulier de voir la fidélité & l'ardeur avec lefquelles il travailloit à étendre la domination Françoife, & le monarque eut la bonté de faire l'éloge des Céleftins, qui dans la paix & dans la guerre ne fe font jamais détachés de leurs devoirs envers leurs fouverains.

Après avoir travaillé beaucoup pour l'honneur de la religion, de la France & de fon ordre, *Bertauld* revenoit dans fa patrie, lorfqu'il mourut dans le monaftère de *Villers-Salet*, en Savoie, l'an 1472.

On a de lui feize lettres latines & fcientifiques, fur des points de difcipline eccléfiaftique & monaftique : fon ftyle

approche de celui de *saint Bernard*. Il les écrivit étant prieur
à *Mante*. La première, où il est parlé du soin pastoral, est
adressée à *Jean-Juvénal des Ursins*, archevêque de Reims,
à qui il envoyoit le Traité de *saint Anselme de Cantorbéry*,
sur ces mots : *Verbum mihi ad te, ô princeps*. Reg. 4, c. 9,
v. 5. Il adresse la seconde à un abbé, qui vouloit faire revenir un de ses religieux qui avoit passé dans l'ordre des Célestins, & il le blâme d'agir avec passion. Dans la troisième,
adressée au vicaire-général de l'évêque de *Chartres*, il se
plaint des abus de l'église collégiale de *Mante*, où les prêtres & les clercs, le jour des Innocens, couroient masqués
par la ville avec des enfans, en chantant des chansons profanes. La quatrième regarde un novice, qui, touché des pleurs
de ses parens, vouloit rentrer dans le monde. La cinquième
détruit les manœuvres d'un ennemi calomniateur. La sixième est adressée à l'abbé de *saint Vandrille*, qui répétoit un de
ses moines qui s'étoit fait Célestin. La septième parle d'un
moine qui conspiroit contre son abbé, dans le dessein d'en-
vahir sa place. Dans la huitième, il exhorte un chanoine de
Rouen à se faire religieux. Il engage dans la neuvième les
chanoines de la métropole de la même ville, à élire un digne
archevêque. La dixième, adressée aux mêmes, regarde l'é-
lection qu'une partie du chapitre avoit faite de *Philippe de
Rose*, trésorier, pour archevêque, tandis que l'autre avoit
nommé *Richard Olivier*, archidiacre d'*Eu*. Cette dignité ne
resta ni à l'un ni à l'autre ; le chapitre renonça à ses droits
en faveur du cardinal *Guillaume d'Estouteville*. La onzième,
relative à la même élection, est adressée à *Jean Pajot*, chanoine de *Rouen*. Dans la douzième, il s'élève contre le novice
qui vouloit quitter le cloître ; il lui fait le portrait de son
inconstance dans la treizième, & le novice persévéra dans sa
vocation. Dans la quatorzième, il recommande aux prières
d'un chanoine de *Beauvais*, un religieux malade, afin qu'il
puisse supporter ses infirmités avec patience. La quinzième
s'adresse à un prieur qui vouloit que ses religieux suivissent
la règle à la lettre. Dans la dernière, il attaque un moine
noir, qui, pour relever l'ancienneté de son ordre, mépri-

soit

foit tous les ordres nouveaux. Ces lettres fe confervent manufcrites, *in-folio*, dans la bibliothèque de cet ordre à
Paris.

Dans un *Dialogue latin*, adreffé à *Guillaume Romain*,
fupérieur général en France, il rend compte de ce qu'il a
fait pendant fon féjour en Italie : il commence par *perfœ-
piùs mihi cogitanti periculofos eventus*, *&c.* On le confervoit
dans la même bibliothèque.

JEAN LE JEUNE. Pour ce qui eft étranger à la partie
littéraire, on peut voir l'Hiftoire de cette ville, tom. ij,
pag. 55. Son père, *Robert*, étoit de bonne naiffance ; fi l'on
en croit *Aubry*, qui, dans fon Hiftoire des Cardinaux, lui
donne pour frère *Guillaume*, feigneur de *Contay*, qui prit
le nom de cette terre, & que *Philippe*, duc de Bourgogne,
envoya en ambaffade vers le pape *Eugène IV*. *Robert* époufa
ici une fille qui le fit père de *Jean*, qui poffëda un canonicat de *Cambray*. On lit dans le cartulaire de *Lihons* en Sangterre, que le 5 juin 1438, *Clément de Fouquenbergue*, archidiacre de Ponthieu, mit fur le bureau, dans le chapitre, une
bulle datée de *Boulogne*, du 9 des kalendes de novembre
1436, par laquelle le fouverain pontife mandoit au roi qu'il
avoit nommé *Jean le Jeune* à l'évêché de *Térouane*, à la place
de *Louis*, transféré à *Rouen*. Le 6 mai 1444 l'archevêque de   Regiftres de la
Lyon prêta pour lui le ferment de fidélité au roi, en qualité   Ch. des Comptes.
de cardinal. Dans le conclave, fon mérite fit flotter la tiare
entre le pape élu & lui. *Nicolas IV* l'envoya à *Ferrare*, en
qualité de légat, pour moyenner la paix entre les Floren-
tins, les Vénitiens & *Philippe Marie* ; mais les conférences
n'aboutirent à rien. On croit que fa mort ne fut point natu-   Monftrelet.
relle. Il repofe dans l'églife de *faint Laurent*.

Il a écrit la *vie du pape Eugène IV*, & fes talens lui ont
mérité l'eftime de fon fiècle.

JEAN DU BOSQUIEL, dont les aïeux remontent juf-   Manufcr. de la
qu'en 1348, concourut en 1471 au prix annuel de la con-   Confrairie du
frairie *du Puy*, par une ballade, dont la dernière ftrophe   Puy.

fuffira pour juger de fon goût & de fa manière de verfifier.

> Vœullons huy tous de une alliance
> Honorer la Vierge *Marie ;*
> Vœullons huy tous de une alliance
> Servir au noble roi de France ,
> Sous lequel fommes en baillie ,
> Afin que par bonne puiffance
> Il mette en fon obéiffance
> As tousjours s'adverfe partie ,
> Tant que paix nous foit impartie
> Et au regne fans variance ;
> Car le bon roi , par induftrie ,
> Sçet de cœur & penfée france
> Honorer la Vierge *Marie.*

On donnoit à ces ballades le nom de chants royaux , parce
que le fujet en étoit donné par l'auteur de la pièce couronnée l'année précédente. On les envoyoit à examiner au roi
annuel , qui préfidoit enfuite aux jugemens.

PETIT DESTRÉEZ étoit né d'une bonne famille bourgeoife. Sa taille , au-deffous de la médiocre , lui fit donner
le furnom de *Petit.* La même année 1471 , il préfenta au
bouhourdy, un *fatras,* dans toute l'étendue du terme , compofé de dix ftrophes & de treize vers irréguliers chacune , &
une ballade à peu près auffi plate , comme le prouve cette
ftrophe , qui m'a paru la plus fupportable.

> Maiftre Dupuy , fans tarder ,
> Juons aux jeux deffus dis
> Pour réveiller nos efprits.
> Ung moine veftu de gris ,
> Qui attendoit fa chambriere ,
> Raportant deux grans pains bis ,
> La vit entrer par derriere ;
> Va nous querir pintelette ,
> Entends-tu , ma baiffelette :
> Boire fault , ou qu'il foit pris ,
> Du moins chafcun chopinette
> Pour refveiller nos efprits.

GIRARD GOBAILLE. Son favoir & fes vertus furent les feules caufes de fon élévation. On ignore les particularités de fa vie, depuis fa fortie d'*Amiens*, qui le vit naître, & où il fut chanoine, jufqu'à fa nomination à un canonicat de l'églife de *Paris*. Il étoit à *Rome* lorfqu'il fut élu évêque de *Paris*, vers 1492, après la mort de *Louis de Beaumont*. Il *Gallia Chrif-* n'en prit point poffeffion, parce qu'il mourut dans le diocèfe *tiana.* de *Sens*, le 18 des kalendes d'août 1494, à fon retour de *Rome*. Son corps fut rapporté à *Paris*, où il repofe devant le maître-autel de l'églife cathédrale. C'étoit un modèle d'humilité & le véritable père des pauvres. Il portoit d'azur à la face d'argent, chargée de trois têtes de fanglier de fable, accompagnées de trois étoiles d'or.

HUCHON FERET. Ce *Véraffeur*, de la même trempe que les précédens, compofa trois ballades en 1471, dont il en préfenta deux le jour de l'Affomption de la Vierge; la troifième, le jour des Trépaffés. Il peint ainfi les qualités de la mère du Sauveur.

> Moralement, par divin bénéfice,
> A douze dons la Vierge vénérable,
> En tant qu'elle a d'advocate l'office :
> Quatre de Dieu qui la font commendable ;
> Quatre autres, quant à fon ame laudable :
> Puis, quant au corps, virginité plainiere,
> Fécondité en après finguliere,
> Portant neuf mois Chrift, Saulveur déifique,
> Et enfantant, de doleur préfervée,
> En le monftrant, par fens anagogicque,
> Du vrai foleil en glore avironnée.

Manufcr. de la Conf. du Puy.

Les Feret font repris dans les titres, dès l'an 1398.

JEAN DESTRÉEZ. Ce parent de *Petit Deftréez* faifoit des vers avec plus d'aifance, de facilité & de goût. La nuit de Noël, l'an 1472, il fit repréfenter à *Amiens* un jeu poétique. Le berger *Paon* & la bergère *Alithie* y font le perfonnage d'*Adam* & *Eve* dans le paradis terreftre. Le faux ber-

G ij

ger *Pfeuftris*, fous prétexte de donner toutes les connoiffances poffibles à *Alithie*, la détermine à fortir de fon pâtu-
rage. A la fin de la pièce, *Paon* témoigne le regret qu'il a
d'avoir fuivi la bergère , & il invoque Apollon qui lui
accorde fa grace. On ne rapportera que quelques traits d'un
dialogue entre les deux premiers perfonnages.

PAON.

J'ay caufe de faire chiere
Quant je voy votre figure ;
J'ai caufe de faire chiere
Belle Alithie, bergiere
En qui vœulx mettre ma cure ;
Car dès que jeulx panetiere
Vous avez m'amour entiere ,
Et fuis de votre parture ,
Veu que beftes en pature
Savez mener, dame chiere ,
Et querir leur nourriture ,
Dont tenir ne fcay maniere
Quant je voy votre figure.

ALITHIE.

Quant je voy votre figure ,
J'ay caufe de faire chiere :
Quant je voy votre figure ,
Paon-berger, Dieu de nature ,
Plus ne fcay qu'aux Dieux requierre ;
Car votre amour me procure
Soulas qui tous mes griefs cure
Soit en prez, riez ou bruiere
Si ne vous vœul être fiere.
Malgré *Pfeuftris* , qui ne dure
Pour mettre entre nous barriere ;
Néantmains deffus la verdure ,
J'ay caufe de faire chiere
Quant je voy votre figure.

PAON.

Bien favez agneaulx
Avec patoureaulx
Faire paturer.

ALITHIE.

Et vos montoneaulx,
Au coy des rideaulx
Bien favez mener.

PAON.

Ne fcay que vous die,
Vous êtes ma mie,
Et je votre amy.

ALITHIE.

De ces mots fuis lie
Dont à vous me lie
Comme vous à my.

Il a encore compofé d'autres jeux ou efpèces de comédies, entr'autres une *fur le Bon-Temps* : les perfonnages font le *Bon-Temps* même & le nommé *Vapar*. On y dit que le Bon-Temps ne fe trouve plus, pas même chez *Jean-tout-le-Monde*, Vacher de *Chauny*, qui répète à tous ceux qui lui en demandent des nouvelles, que *Bon-Temps eft mort*; néanmoins *Jean-tout-le-Monde* eft découvert menteur, car *Bon-Temps* paroît; mais il refufe de refter avec eux, & les quitte en leur difant qu'il va fe fixer avec les prêtres.

Le jeu intitulé le *Paradis terreftre*, a pour interlocuteurs l'*Hoir de gloire*, la *Vérité*, la *Juftice*, l'*Appétit fenfitif*, le divin *Efpoir*, la dextre de Dieu & la Vierge.

NICOLAS DE LA MOTHE, *dit* FÉLIX. On a confervé une ballade de fa façon, qui ne fut mife qu'en 1530, pour le jour de la Chandeleur, au-devant du tableau de Jean de *Coify*, alors maître du Puy : elle contient cinq ftrophes, chacune de onze vers, & finit par ce quatrain, adreffé au chef de la Confrairie.

Maiftre, en ce jour, *Siméon* mit fa cure
A colauder, en faifant fon office,
Celle qui eft, fans quelque forme obfcure,
Au bon pafteur tabernacle propice.

GUY CHEPIN. Peut-être étoit-il fils de *Simon*, qui, dans les regiſtres de l'hôtel-de-ville, paroît en 1462 comme auneur de draps. Ce poétereau donna à la même Confrairie, l'an 1472, trois ballades, d'après un même refrain, ſur la conception de la Vierge : cette ſtrophe eſt la moins mauvaiſe.

<table>
<tr><td>Extraits des Bal-
lades. Biblioth. du
Roi.</td><td>Fertilité d'admirable excellence
Fut produiſant en virtuoſité
Cette greffe (1) miſe ſans violence,
Dedans l'eſtoc, ſans tortuoſité,
D'originel, dit vice impétueux :
Car l'ortolan (2), par effet gracieux,
L'en préſerva ſempiternellement :
Puis porta fruit la greffe tellement,
Que gendre humain, à heure limitée,
Sçeut & cogneut que Dieu euſt vivement
En viel eſtoc fertile greffe entée.</td></tr>
</table>

JACQUES FOULON *ou* LE FOULON. Dès ſa plus tendre enfance il ſe conſacra au Seigneur, dans l'ordre de Prémontré. Sa conduite & ſes talens ne tardèrent point à faire connoître à quoi l'on pouvoit l'employer utilement. L'abbaye de *ſaint Jean-lès-Amiens* étant devenue vacante, il en fut élu abbé le 14 avril 1474. Pendant qu'il fut en place, il fit réparer la maiſon. Il avoit été précédemment curé de la paroiſſe de *ſaint Germain*, dans la même ville, où il mourut le 23 Juin 1488.

Dans ſes quarts-d'heures de loiſir, il s'adonnoit à l'alchymie. Il a compoſé des *Annotations ſur les livres d'Albert le Grand*, mais on les a mal conſervées : il ne reſte de lui qu'un fragment de *Traité ſur la pierre tebis & diabeſſi.*

PHILIPPE DE MORVILLIER. Cette famille, fondue aujourd'hui dans celle de *Lanoy*, provient de notre échevinage. Dans les regiſtres de la ville, un autre *Philippe* paroît

---

(1) La Vierge.
(2) Jeſus-Chriſt.

en qualité d'échevin en 1345 ; *Pierre*, en 1350; *Raoul*, en 1381 ; *Jean*, en 1417, & d'autres fucceffivement.

Philippe, feigneur de *Morvillier, Clary* & *Charenton*, licencié ès lois, époufa *Jeanne du Drac*, fille de *Jean du Drac*, préfident au parlement de Paris. Après avoir été quelque temps confeiller dans cette cour fouveraine, il en fut nommé premier préfident, par la faction du duc de Bourgogne. De fon mariage fortit *Pierre*, dont on parle plus bas. Il refta dans fa place depuis le 21 juillet 1418 jufqu'en 1432, temps auquel il fe retira dans fa patrie, déplacé par les Anglois, qui, maîtres de *Paris*, fe défioient de lui. En 1422 le roi lui fit préfent du moulin de *la Chauffée*, fitué à Paris. En 1435 il fut envoyé à *Hedin*, pour les affaires du roi. Il perdit fon époufe le 14 décembre 1436, & la fuivit dans le tombeau le 25 juillet 1437. Ils repofent l'un & l'autre dans la chapelle de *faint Nicolas*, qu'il fonda le 4 décembre 1426, en la paroiffe de *faint Martin-des-Champs* à Paris. Ils y font repréfentés en pierre, étendus de leur long : les vifages & les mains font d'albâtre, & de petites figures qui les entourent défignent leur poftérité. Du nombre de leurs enfans étoient peut-être *Jeanne*, abbeffe de *faint Étienne* de Reims, après l'an 1449, & un feigneur de même nom, l'un des négociateurs de la paix d'*Étaples*, en 1492.

Ce magiftrat, dans un ouvrage refté manufcrit, a traité *du gouvernement des chofes publiques & économiques*. Il a dédié ce livre à fa patrie, & il y donne le nom de *meffeigneurs* aux maire & échevins. Il portoit d'or, à trois morlettes de fable, à la bordure engrêlée de gueules. Il fe fit un nom par fon intégrité & par fon zèle pour la juftice.

Le bailli de faint Martin-des-Champs, accompagné d'un religieux, eft tenu chaque année, en conféquence d'une fondation faite par *Philippe*, & confirmée par arrêt du parlement du 4 décembre 1426, de préfenter au premier préfident, à la rentrée de faint Martin, deux bonnets à oreilles, l'un double, l'autre *fengle* (fimple), du prix de 20 fous parifis ; & au premier huiffier, un gant & une écritoire de

Piganiol, Defcript. de Paris, t. 3.

Regiftres du Parlem.

Regiftres de la Ch. des Comptes.

Gallia Chriftiana.

12 fous. Par le même acte il fonda au prieuré une meffe perpétuelle & un fervice.

PIERRE DE BUYON. Au milieu de ce fiècle il compofoit des ballades ou rondeaux, pour la même confrairie du Puy, & les faifoit avec plus de goût que les autres : elles font en affez grand nombre. Les fêtes de la mère du Sauveur en font l'objet principal : il y en a auffi fur le jour des Morts & fur quelques autres fujets. En 1472, il préfenta un jeu ou comédie pour la fête de la Chandeleur. Les perfonnages font le Créant, la Nature, la Vérité, la Raifon, l'Humanité, la Piété & l'Amour. Les ftrophes fuivantes prouveront la fupériorité de fes talens fur ceux de fes contemporains.

> Pour refveiller nos efprits,
> Buvons à la violette,
> Du meilleur, ou qu'il foit pris,
> Pour refveiller nos efprits,
> Sans advifer à quel prix,
> En chantant la chanfonnette ;
> Pour refveiller nos efprits,
> Buvons à la violette.
>
> Pour refveiller nos efprits,
> Buvons à la violette.
> Puifques à boire fommes pris,
> Pour refveiller nos efprits,
> Vin ayons, blanc, rouge ou gris,
> S'arrouferons la gorgette ;
> Pour refveiller nos efprits,
> Buvons à la violette.
>
> Pour refveiller nos efprits,
> Buvons à la violette,
> Pour refveiller nos efprits :
> S'il n'y a bon amour cy,
> Prions à Dieu qu'il y mette,
> Je buveray tout ceci,
> Se feray la place nette ;
> Pour refveiller nos efprits,
> Buvons à la violette.

TOUSSAINTS

TOUSSAINTS. Cet homme extraordinaire, qui fleurif-
foit en 1483, naquit aveugle. S'il fut privé toute fa vie de
la lumière du jour, fon efprit n'en fut que plus éclairé, &
malgré l'obftacle que la nature avoit mis à fon penchant
pour les fciences, il s'acquit la réputation de très-bon théologien. Ayant entrepris le voyage de Rome, vers l'an 1490
ou 92 au plus tard, il y fit paroître, devant fa fainteté, le
talent naturel qu'il avoit pour la chaire. Le difcours qu'il
prononça alors fut extrêmement goûté, généralement
applaudi du facré collège, & le pape lui fit un très-bon
accueil, lui témoigna de l'eftime, & lui accorda tout ce
qu'il demandoit pour la maifon des Quinze-Vingts de Paris.

Charron, Hift. Univ. c. 145.

ADRIEN DE NOYELLES naquit vers l'an 1487. Après
avoir fait, dans fa patrie, une partie de fes études, il fe
livra tout entier à l'inclination qui le portoit à embraffer
l'état monaftique. Son noviciat fini, il prononça fes vœux
dans le monaftère des Céleftins, l'an 1505. C'étoit encore
le temps de s'y diftinguer du côté de l'efprit, & il s'y fit un
nom par les écrits fuivans.

Becquet, Hift. Cœleftina.

*Carmen faphicum & adonicum, de miraculis fancti Petri
Cœleftini.*

*Carmen elegiacum, religiofos Cœleftinos inducens cœleftem
ducere vitam.*

*De vitâ, moribus & miraculis fancti Petri Cœleftini, car-
men hexametrum & pentametrum.* Ces différentes poéfies
parurent *in-4°.*, à Paris, chez François Etienne, l'an 1539,
à la fuite de la vie de faint Pierre Céleftin. On y trouve
affez de régularité, mais trop de répétitions, fur-tout lorfqu'il veut rendre cette penfée, qu'il ne fuffit pas d'être Céleftin, mais qu'il faut être célefte. Les jeux de mots y font
fréquens, les penfées plus foibles que fublimes : on ne voit
prefque aucune étincelle de ce beau feu qui élève le poète
au-deffus de lui-même. Il fait fon métier, en prêchant en
divers endroits la retraite, dont il exprime ainfi les avantages :

Cellula cœleftem reddit amica virum.

H

Il le fait encore, en engageant ſes lecteurs à bien vivre pour finir encore mieux :

Diſce piè ſemper vivere, diſce mori.

Dans la vie dè ſon inſtituteur, avant de s'étendre ſur le récit de ſes miracles, il feint que ce ſaint lui apparoît, & lui reproche d'avoir tant différé à chanter ſes louanges. La fiction eſt d'autant plus déplacée, qu'un pape, auſſi humble durant ſa vie, ne devoit point paroître ſenſible à l'amour-propre après ſa mort. N'importe, le ſaint invite l'auteur à prendre la plume : celui-ci donne ſon incapacité pour excuſe ; on ne la reçoit pas : *Je te dicterai*, fait-il répondre au ſaint, *tu n'auras que la peine d'écrire.*

Le 25 avril 1504, mourut en cette ville *Pierre Burry*, Flamand de naiſſance, connu des littérateurs ſous le nom de *Burrus.* Ce prêtre ſavant repoſe dans la cathédrale, dont il étoit chanoine, ſous cette épitaphe de ſa compoſition.

Ecce fores juxtà templi ſum conditus antro,
Ut videat ſubiens, detque rogatus opem.
Non aurum, non argentum mihi poſco miſellus,
Sed ferat ut mentis candida burſa ſtipem.
Vos Burry *memores, pia vota, pioſque precatus*
Fundito, non alias flagito Petrus opes.

On l'y voit repréſenté en pierre & à genoux. Son écuſſon porte trois chevrons rompus de gueules, au franc quartier d'azur & au maillet d'or.

Biblioth. Præmonſt.

JACQUES DE BACHIMONT : on le nommoit vulgairement *Jacques d'Amiens.* Il naquit d'une famille noble, & devint encore plus recommandable par ſa piété, ſon érudition & ſon éloquence. Réſolu de quitter le monde, pour n'être qu'à Dieu, il prit l'habit religieux à *ſaint Joſſe-au-Bois*, plus connue ſous le nom de *Dommartin*, abbaye de l'ordre de Prémontré. On l'envoya, peu de temps après, étudier à Paris, où il prit le bonnet de docteur en théologie. On le vit fucceffivement abbé de Cuiffy, placè dans laquelle le général le confirma le 11 août 1505 ; abbé de Braine en 1512, temps auquel le chapitre général, qui le regardoit comme le flambeau de l'ordre, le députa au concile que l'empereur *Maximilien* & *Louis XI*, roi de France, avoient convoqué à Pife, contre le pape *Jules II*. Notre docteur s'y comporta avec tant de prudence, de circonfpection, qu'il s'y fit admirer.

Dans un difcours fur ces paroles du pfeaume 81, *Deus ftetit in fynagogâ Deorum, in medio autem Deos dijudicat*, il s'étendit fur les faints Innocens, dont l'églife faifoit la fête ; il fit voir la néceffité d'un concile général, fit connoître l'origine de l'erreur qui dominoit alors, & les moyens de la détruire. Ce concile, transféré à Milan, & de-là à Lyon, fut annullé par celui de Latran.

Pendant ce temps *Evrard*, abbé-général de l'ordre, quitta fa place, & le fynode de Pife approuva l'élection de *Bachimont*, en 1514 ; mais le pape *Jules* voulant lui donner des marques de fon reffentiment, le fufpendit, l'interdit, l'excommunia même. Il fut relevé de ces cenfures par une bulle de *Léon X*, du 12 des kalendes de décembre de la même année : le fouverain pontife le maintint dans les qualités d'abbé-général & d'abbé de Braine.

Ce qui le diftinguoit principalement, c'étoit la bonté, la douceur, fon amour pour la juftice, fon penchant à pardonner, & fa vie exemplaire. Il avoit profeffé la théologie avec honneur, & fon mérite fut récompenfé par les titres de confeiller d'état, grand aumônier, & prédicateur du roi. Pendant fon gouvernement il fit de fages ftatuts, augmenta les bâtimens & décora l'églife de Prémontré : il mourut dans cette maifon le 16 mai 1531.

PIERRE DE MORVILLIER, fils de Philippe, premier préfident au parlement de Paris, fut élevé, conformément à fa naiffance, à la cour du duc de Bourgogne, fous le titre de feigneur de Clary & de Charenton. Son mérite perfonnel le conduifit aux premières places de l'état. Le 3 feptembre 1461, il fut fait chancelier de France, & en cette qualité, il conclut à Bayonne un traité d'alliance entre la France & l'Arragon. Le roi, qui le connoiſſoit pour un homme violent, quoiqu'eccléſiaſtique, hardi dans ſes entreprifes, de grande expérience, d'un eſprit ſupérieur & d'une hauteur extraordinaire, réſolut, en fin politique, de s'en ſervir contre le duc de Bretagne, qu'il avoit deſſein de chagriner : en conféquence, il députa *Morvillier* vers ce prince en 1463, pour lui défendre expreſſément, de la part de S. M., de prendre à l'avenir la qualité de duc, par la grace de Dieu, de battre monnoie, & de lever des tailles dans ſon duché. L'an d'après il ſe rendit vers le duc de Bourgogne, pour ſe plaindre de la détention en Hollande du ſeigneur de *Rubempré*. Il parla à ce prince & au comte de Charollois, ſon fils, en termes ſi défobligeans, que le comte indigné ne put s'empêcher de dire à l'archevêque de *Narbonne* que le roi s'en repentiroit ; en effet, ce fut la première étincelle de la guerre dite du bien public. La paix faite, *Louis XI* défavoua le chancelier ; & au mois de novembre 1465, pour donner au comte une ſatisfaction entière, il fut défappointé de ſa charge, exclu de la cour & du conſeil du cabinet ; mais ſa difgrace ne refondit point ſon caractère. En 1471 il ſe retira dans la Guyenne, auprès du duc de *Guiſe*, à la maiſon duquel il avoit de grandes obligations. Après ſa mort, arrivée en 1476, ſon corps fut inhumé à côté de celui de *Philippe*, ſon père. Il avoit épouſé une fille de *Bureau Boucher*, conſeiller au parlement, en 1427, depuis maître des requêtes. Il en eut des enfans, qui repoſent, ainſi qu'elle, dans la même ſépulture.

Sa deviſe, dans le goût des rébus de Picardie, étoit une herſe liée à un Y : la herſe eſt le ſymbole de la mort, l'Y celui de la vie ; joints enſemble par une ligature, ils rendent mort-vie-lié.

Maimbourg fait mention dans ſon Hiſtoire de la Ligue, d'un *Jean de Morvillier*, qui, follicité d'écrire l'hiſtoire de *Charles IX* & de *Henri III*, s'en défendoit, en difant qu'il étoit trop ſerviteur de ces princes, ſes bons maîtres, & du feigneur de *Chanvallon*, qui dit au duc du Maine, qui, en qualité de lieutenant-général de l'état & de la couronne, avoit créé quatre maréchaux de France : *Vous avez fait des bâtards qui fe feront un jour légitimer à vos dépens.*

JEAN DE WISQUES. Tout milite pour l'affocier aux hommes d'efprit qui vivoient alors : peut-être enfeigna-t-il ici les humanités. *Pierre Burrus*, poète latin, né à Bruxelles, étant chanoine d'Amiens, le choififfoit pour cenfeur de fes vers : il lui adreffa même une ode fur la néceffité de la fcholaftique, & fur le génie & les difpofitions différentes des écoliers, qu'il engage à étudier & à fe former de bonne heure : ailleurs il lui fait fes adieux en ces termes :

> *Vive paleftritum pugnax vigor ; Ambianorum*
> *Vive lyra & nervis ftrenuus, atque vale.*

JEAN DROUIN *ou* DROYN, fils vraifemblablement de *Colart*, parmentier de profeffion, en 1480, étoit bachelier ès lois & en décret, lorfqu'il traduifit en profe françoife l'*Hiftoire des trois Maries*, qu'avoit commencé *Jean de Venette*, Carme. Cet ouvrage parut à Paris chez Nicolas Bonfons ; à Rouen, chez Jean Bruges, l'an 1511, *in-4°*. ; & à Lyon, *in-fol.*, en 1519, chez Claude Nourry, avec figures. L'auteur s'en occupa, à la follicitation d'un gentilhomme du Dauphiné, nommé *Antoine Rigault*, fieur de *la Roche* & de *Doiffin*. Quoique *Drouin* ait fouvent abrégé l'original, & qu'il ait réduit les deux livres en un feul, il y a fait des additions fingulières, qui ne donnent pas une idée fort avantageufe de fa manière de penfer. Dans une note fur le chapitre 138, il remarque que les *Amiénoifes* (bien différentes d'aujourd'hui) portoient alors un état très-fimple & très-honnête. On le connoît encore par diverfes traductions qui ne valent pas mieux : telle eft entr'autres *celle de la grant nef des Folles*, felon les cinq fens de nature, compofée felon l'Evangile de monfeigneur faint Matthieu, des cinq Vierges qui ne prindrent point *du'ylle* avec elles, pour

La Croix du Maine.

Goujet, Bibliorh. Fr. t. 10.

mettre en leurs lampes, avec plufieurs additions ajoutées
par le tranflateur. Cet ouvrage, dit-il, *étoit par petits vers
latins en ſtrepente touche*, de la façon de Joſſe *Bade Aſcen-
ſius*, poëte couronné. *Anguilbert de Marnef* l'a imprimé.
Cette traduction, à laquelle Drouin s'eſt livré, pour retirer les folles de leurs voluptés, l'a été à Paris pour *Jean
Trepperel*, le 25 mars 1501, *in-4°.*, en caractères gothiques,
avec de mauvaiſes gravures en bois. *Item*, Lyon, par *Jean
d'Ogerolles* 1583, grand *in-4°.*, en caractères ordinaires. Les
figures ſont les mêmes & ne ſont pas meilleures. On trouve
dans cette édition quelques exhortations de plus que dans
la première ; mais ces additions du tranflateur n'auroient
rien perdu à être ſupprimées. La verſification de *Drouin* eſt
barbare : ſes vers ſont tantôt de huit ſyllabes, tantôt de dix,
ſouvent entremêlés de vers de trois, de quatre ſyllabes, &
d'autres meſures. *Eve* y paroît la première, & convient qu'elle
fut la première & la plus grande des folles.

> Ce fut quant la pomme je veiz,
> Dont je mengé, qui cher nous couſte.
> Je puis dire, à mon advis,
> Tel à beaulx yeulx, qui ne voit goutte.

Mais, ajoute-t-elle, une vierge viendra qui concevra &
accouchera d'un roi & dauphin, par qui ma race ſera ſau-
vée. Enſuite viennent les folies occaſionnées par chacun
des ſens : à l'occaſion de la vue & du miroir, il apoſtrophe
le beau ſexe par ces vers peu galans.

> Approuchez-vous de toutes parts,
> Femes tres odoriferantes,
> Plus ſaffres eſtes que liepars
> Qui vivent de charongnes puantes :
> Pourtant, ſi eſtes oudourantes,
> Et en vos ſeins portez ſenteurs ;
> Fines eſtes & decepvantes,
> Vos faits le montrent & vos cueurs.

Après les cinq chapitres des ſens, on en voit un intitulé

Gaudeamus, concernant la luxure. Celui de *la Pie* regarde les langues *quaquetereſſes, mentereſſes, babillereſſes, garrule-reſſes*. En parlant de la danſe, les folles ſont comparées aux ſauterelles, & l'ouvrage ſe termine par une exhortation, pour les engager à rentrer dans la nef divine.

ANONYME. Il eſt auteur d'une pièce de mauvais vers, compoſés vers la fin de ce ſiècle : voilà comme il y peint les Flamands & les Bourguignons :

> Ils ſont plus enflés de boullon
> Que n'eſt un crapaut esboulé :
> Le plus grand bourgeois n'eſt enflé
> Que de biére & de chicolet ;
> Et ces Flamens boivent leur let,
> Burre, ou le habours toullié,
> Dont le ventre ont plus embrouillé
> Qu'on n'aroit de bon mouſt nouvel.
> Plus de cent mil le tourtel
> En ont, & le mal ſaint Quentin
> Par defaulte de ung trait de vin.

Tôt ou tard le temps venge le public des mauvais ou- XVIe Siècle. vrages ; pluſieurs de ce genre, mais que nous n'avons pu nous diſpenſer de renſeigner, ont été mépriſés ou ſont tombés dans l'oubli qu'ils ont mérité. Dans le ſeizième ſiècle, un reſte de mauvais goût régnoit encore ; on ne ſavoit ni plaire ni intéreſſer, & l'on ignoroit l'art de ſaiſir le vrai ton ; il étoit réſervé à des temps plus heureux.

ADRIEN ROUSSEL. A péine ſorti du berceau, ſa mére Diarium Mi- nimor. t. 1. le voua à l'ordre des Minimes, & quatre mois avant la mort de *ſaint François de Paule*, il fit le premier profeſſion dans le couvent de cette ville, le 11 août 1507. Il s'y dif-tingua de telle ſorte, par ſa piété, ſa probité & ſon devoir, qu'on le citoit par-tout comme un modèle par excellence. On le regardoit avec vénération, ainſi qu'un ange qui auroit converſé ſur la terre. Le matin & le ſoir il pleuroit amèrement ſes péchés & ceux de tous les êtres créés. Dans la place de correcteur, sa pauvreté dans les habits, sa sobriété dans le boire & le manger, le pathétique de ses exhortations, mirent le comble à sa réputation, qui forçoit la providence à venir dans les besoins pressans au secours de sa communauté. Ses yeux toujours baissés annonçoient son humilité ; il parloit peu : tout son extérieur offroit le religieux le plus détaché de la terre. Sans cesse occupé du bonheur des saints, on le trouvoit toujours en prière ou en méditation sur les souffrances du Sauveur, sur la mort & le jugement dernier. Affable pour tout le monde, sincère, doux, aimable, il n'étoit rigide que pour son corps. Accablé d'infirmités, qu'il supportoit avec une patience rare, il mourut en paix l'an 1540, le 4 des nones de janvier. *Jean*, son frère, qui avoit embrassé le même institut le 11 juillet 1508, se fit un nom par sa régularité, ses mortifications, ses jeûnes, & mourut en odeur de sainteté.

Diarium Mi-
himor. t. 1.

ANTOINE CLOCQUET naquit d'une famille bourgeoise, renseignée dans les titres depuis 1477. Le 5 janvier 1528, il fit profession dans le même monastère, où il mourut le 3 juin 1574. Cet homme, plein de religion, passa pour l'un des meilleurs théologiens de son temps. Le savant de *Launoy* disoit avoir vu de lui plusieurs manuscrits remplis de sentimens de piété & de sagesse. Ces morceaux ne se font point conservés.

LOUIS SCOURION, de cette famille renseignée dans nos archives dès 1482, étoit licencié ès lois, & avocat en cette ville. Il est parlé de lui dans l'ancien procès-verbal de notre coutume, en 1507.

THOMAS, bachelier en médecine, successivement régent de basse classe au collège de la Marche, puis de philosophie au cardinal le Moine, s'opposa avec vigueur, étant recteur de l'Université, l'an 1577, à l'établissement des Jésuites.

Ibid.   JEAN JUDAS. On fixe sa naissance vers l'an 1510 : il
eut

eut pour père & mère *Laurent Judas*, & *Marie le Senefchal*, l'un & l'autre de famille honorable. Après avoir fini fes humanités, il prononça fes vœux dans la même maifon, le 12 avril 1530. Depuis 1554 il fut correcteur dans divers monaftères, & le chapitre général, tenu à Gènes l'an 1559, auquel il affifta en qualité de collègue du provincial de Tours, le choifit pour procureur général de l'ordre. Trois ans après, pendant qu'il exerçoit cet office à Rome, le chapitre tenu à Valence en Efpagne, le plaça à la tête de l'ordre entier. A fon paffage à Amiens, l'an 1564, dans le cours de fes vifites, le corps de ville fit tirer le canon des remparts. Pour témoigner fa reconnoiffance à fes compatriotes, il fit un difcours qui faifit d'admiration tout l'auditoire. Au bout d'un an il fe démit de fa place, pour tâcher de goûter le repos, qu'on lui refufa. Il reprit pendant trois années l'office de procureur général; au bout de ce terme, on l'établit fupérieur du couvent de la Trinité-du-Mont à Rome, puis procureur, pour la troifième fois, en 1571. Pendant fon féjour dans la capitale du monde chrétien, il fut bien venu des papes, chéri des cardinaux, refpecté du refte des habitans. Il ceffa de vivre en 1577, & fut inhumé le 28 mai dans l'églife de la Trinité-du-Mont. Il étoit humble, quoique favant, doux, affable. Non content de donner toute fon attention aux moindres obfervances de la règle, il montroit à fes confrères, par fon exemple, le chemin qu'ils devoient fuivre. Son zèle pour le fervice divin lui fit donner le furnom de grand chorifte. Cette famille remonte à l'année 1434.

JEAN BAUHIN. Cette famille eft également connue fous le nom de *Bavin. Thomas*, confeiller en la grand'chambre du parlement de Paris, vivoit en 1344, & fut préfent, le 21 mai de l'année fuivante, à l'enregiftrement que le roi *Philippe* y fit faire de la confirmation de l'Univerfité. Cette maifon, qui a toujours eu depuis des confeillers en cette cour fouveraine, eft aujourd'hui divifée en trois branches, dont l'une eft à Paris, l'autre à Dijon, la troifième à

Bâle ; c'eſt de celle-ci que ſort *Jean Bauhin*, né en 1505 ou 1506 au plus tard. Se prêtant au goût qui l'entraînoit, il ſe livra à l'étude de la médecine & de la chirurgie. Dès l'âge de 18 ans, il exerça cette dernière profeſſion avec ſuccès, & fit tant de progrès dans la première, qu'il étoit, quoique jeune encore, conſulté par pluſieurs princes , & en particulier par *Catherine*, reine de Navarre, qui l'honora du titre de ſon médecin, & cette qualité lui acquit une grande réputation.

Dans un voyage qu'il fit ici, il y épouſa *Jeanne Fontaine*. De retour à Paris, il y lut avec avidité la verſion latine du nouveau teſtament par *Eraſme*, publiée en 1532 , & dèslors il réſolut de ſe ſéparer de l'égliſe Romaine. Ses liaiſons avec les nouveaux hérétiques, & le peu d'étude qu'il avoit fait de la religion , le portèrent à ce coupable excès. Il ſe retira en Angleterre, d'où il revint au bout de trois ans. Comme il ſe mêloit de dogmatiſer & de protéger ouvertement les partiſans des nouvelles opinions, il fut mis en priſon & condamné à être brûlé. L'arrêt auroit été exécuté ſans la protection de la reine *Marguerite*, ſœur de *François I*, qu'il avoit peu de temps auparavant retirée d'une maladie dangereuſe ; la princeſſe obtint ſa grace & le prit pour ſon médecin & ſon chirurgien ordinaire. Néanmoins , ne ſe croyant pas en ſûreté, il ſe retira, par le conſeil même de la reine, à ce qu'on a dit, dans la forêt d'Ardennes, de-là à Anvers. La crainte de l'inquiſition Eſpagnole le fit paſſer en Allemagne, & enfin à Bâle, où il fixa ſa demeure. Dans les premiers mois, il fut correcteur de l'imprimerie du célèbre Froben, & reprit enſuite ſa profeſſion avec tant de ſuccès qu'il étoit autant conſulté des étrangers que des habitans. La faculté de médecine le nomma aſſeſſeur & doyen de ſon collège. Il étoit fort zêlé pour le culte divin, & diſoit ſouvent qu'il avoit plus contribué à la guériſon de ſes malades par la prière, que par les remèdes qu'il avoit preſcrits.

Il mourut en 1582, âgé de 71 ans, & laiſſa deux fils, *Jean* & *Gaſpard*, nés à Bâle, tous deux médecins , connus dans

Manget , Biblioth. Médic.

Niceron, t. 17.

la république des lettres. Leur favoir fe perpétua dans leurs defcendans, de forte que la fcience étoit héréditaire dans cette famille, comme la nobleffe l'eft dans d'autres.

CHARLOTTE DE SAINTE URSULE, née en 1508, fut une des bienfaitrices des Urfulines de cette ville. Après avoir paffé près de 40 ans dans le monde, & près de 42 tant fœur converfe que religieufe de chœur, elle y mourut âgée de 82 ans, le 22 novembre 1630. Son portrait a été gravé *in-4°*. par Thomaffin.

ANTOINE LAIGNEL, peut-être fils de Robert, qui vivoit en 1441. Dans l'âge de prendre un parti, il préféra à tous les autres celui de la religion, & fe retira chez les Céleftins d'Ambert, dans la forêt d'Orléans, où il prononça fes vœux l'an 1516. Après avoir été prieur dans diverfes maifons, il abandonna la fupériorité, & mourut fimple religieux l'an 1550, dans le lieu où il avoit pris l'habit.

Becquet, Hift. Cœleftin.

On conferve parmi les manufcrits de la bibliothèque de Paris deux de fes Sermons, l'un *fur l'Annonciation*, l'autre *fur la Conception de la Vierge*.

JEAN GUIENCOURT eut à peine achevé fes études dans fa patrie, qu'il alla endoffer à Saint-Quentin l'habit de faint Dominique. Après l'émiffion de fes vœux, on l'envoya au collège de faint Jacques de Paris, où il profeffa par la fuite. Il faifoit fa licence en 1536. Doué du don de la parole, il prêchoit avec tant de force & d'onction, que les plus célèbres prédicateurs quittoient tout pour venir l'entendre. Sur le bruit de fa réputation, le dauphin, depuis roi fous le nom de *Henri II*, le choifit pour fon confeffeur en 1551. Les favans admiroient les portraits frappans femés dans fes difcours, & écrivoient fur leurs tablettes les morceaux qui leur plaifoient le plus. Après faint Jean Chryfoftôme on le regardoit comme le meilleur interprète des épîtres de faint Paul, & fur-tout des deux plus difficiles, celles aux Romains & aux Hébreux. Il poffeda en commende l'abbaye de Borelle

Echard, Biblioth. FF. Prædicat.

& celle de faint Georges, dans le diocèfe de Rouen. On le regardoit comme le fléau des hérétiques de fon temps, en voyant la vivacité de fon zèle pour leur converfion. Il mourut à Paris le 24 juin 1553, à l'âge de 60 ans.

SES ÉCRITS.

Expofitio cantici, Benedictus Dominus Deus Ifraël, manufcrit. Ce fut la matière d'un de fes difcours fur l'Avent.
— *In canticum Magnificat.* Ces deux ouvrages fe trouvent dans le couvent d'Evreux, mais on a perdu les *explications des deux Epîtres de faint Paul.*

NICOLAS DE LA COUTURE, d'une famille qui remonte à l'an 1457, fut toujours indifférent pour les plaifirs tumultueux des fociétés mondaines ; il embraffa la règle de faint François, chez les religieux Cordeliers de cette ville. C'étoit un efprit fort étendu, un homme de bon confeil & de mœurs édifiantes. Son goût pour l'étude fut fuivi des fuccès les plus grands. Il prit le bonnet de docteur en théologie de la faculté de Paris ; & malgré l'humilité de fon état, fon mérite perça à la cour, au point que le roi le nomma à l'évêché d'Hébron, & fuffragant de *François de Hallwin*, évêque d'Amiens. En 1510 il fit préfent d'une des portes du chœur de la cathédrale. Il mourut en 1517. Son corps repofe dans le chœur de l'églife des Cordeliers, où il eft repréfenté avec fes habits pontificaux.

CLAUDE TOIGNARD. On ne connoît aucune particularité de la vie de cet homme profond : tout ce que l'on fait par fon épitaphe, c'eft qu'il profeffa l'écriture fainte dans l'univerfité de Paris, & qu'il étoit chanoine de l'églife cathédrale d'Amiens, où il repofe depuis fa mort, arrivée le 14 mai 1522.

NICOLAS LAGRENÉ. Sa famille, diftinguée parmi la bourgeoifie, s'eft maintenue jufqu'aujourd'hui avec honneur.

Hugo, Hift. Præmonft. t. ij.

Il abandonna les prétentions qu'il pouvoit avoir dans le monde, & se consacra au Seigneur dans l'ordre des Prémontrés, où son mérite fit sa fortune. On le vit successivement curé de la paroisse de saint Germain, grand vicaire de l'évêché d'Amiens en 1511, évêque d'Hébron, suffragant d'Amiens, abbé de saint Jean de la même ville, & du Mont-saint-Martin, diocèse de Cambrai. Il mourut en 1540 le premier juin. *Voyez l'Hist. d'Amiens, t. ij, p. 248.* Cette famille existe depuis 1457.

Dans la chapelle de saint Augustin, en l'église cathédrale, on lit ces vers sur un autre *Nicolas Lagrené*, qui en étoit chanoine :

> Celui qui desiroit reposer en ce lieu,
> N'y fut pas enterré, mais bien à l'Hôtel-Dieu.
> Quoique le corps ne soit ici dessous la lame,
> Passant, ne laisse pas de prier Dieu pour l'ame.

D'une branche de cette famille, établie à Paris, existe actuellement un chevalier de saint Louis, ancien commandant en second dans l'Inde, cousin germain du sieur *Lagrené*, notaire dans la même ville.

JEAN CHAPELAIN, pere & fils. Tous deux ils embrassèrent successivement l'art conjectural de la médecine, & passèrent docteurs de la faculté de Montpellier. Le père devint premier médecin de *Louise de Savoie* comtesse d'Angoulême, mère de *François I*; & le fils, après l'avoir été d'*Henry II* & de *Charles IX*, mourut l'an 1569 au siège de Montpellier. *Martin Chapelain* vivoit en 1270.

Manget. Ibid.

MICHEL VASCOSAN. Dans un âge encore tendre il quitta la maison de son père, fourbisseur de son métier, & se rendit à Paris dans l'intention d'exercer la profession d'imprimeur. Il y épousa en premières noces Catherine Badius, fille de Josse, & sœur de Perrette, femme de Robert Etienne. Devenu veuf, il se remaria avec Robine Coing. Il fut d'abord libraire juré, puis imprimeur de l'Université,

Baillet ; des Imprim.

enfuite du Roi, & paffa pour l'un des plus célèbres & des plus renommés du royaume, tant pour fon favoir que pour les autres qualités néceffaires à quiconque veut fe perfec-tionner dans ce bel art. Son attention, fon goût, lui faci-litoient le débit des livres qu'il imprimoit : il choififfoit communément les auteurs les meilleurs & les plus eftimés ; fes caractères, en outre, étoient beaux, fon papier bon, fes corrections exactes, & la marge ample. On ne peut voir fans admiration fes caractères romains, ainfi que les itali-ques ; les grecs qu'il a employés ont de la beauté, quoiqu'ils foient plus petits, & fes éditions font faites avec toute l'exactitude poffible. Il joignoit l'érudition à l'art d'impri-mer ; il corrigeoit même les livres auxquels les auteurs n'avoient pas mis la dernière main : on lit avec plaifir les lettres qu'il a mifes à la tête de plufieurs livres fortis de fa preffe. Ce grand maître n'étoit pas, comme de nos jours, un fimple artifan, ou un marchand uniquement avide de gain : il imprimoit favamment, pour la gloire, & en quel-que forte pour l'éternité. Des auteurs grecs furent les pre-miers ouvrages qu'il publia. Depuis l'an 1535 il mit à la tête des livres qu'il imprima la marque de *Badius Afcenfius*, dont il étoit gendre. Il étoit encore beau-père de *Frédéric Morel*, interprète des langues, & imprimeur du Roi. *Vafco-fan* a donné *Diodore de Sicile* en 1530 : les trois livres de l'hiftoire de *Thucidide* ne font pas au-deffous des éditions d'Alde & des autres. Les critiques les plus févères n'ont trouvé que trois fautes dans le traité de *Budé de Affe*. Les curieux recherchent particulièrement les *Vies des Hommes illuftres*, & les *Œuvres morales de Plutarque*, traduites du grec par *Amyot*, que notre artifte publia en 1567, en 13 volumes *in-8°*. Après avoir vécu fous *François I*, *Henri II*, & *Charles IX*, il mourut fous *Henri III*, en 1576, après avoir exercé fa profeffion avec honneur pendant 44 ans. Il repofe à Paris, dans l'églife de faint Benoît, où fon épita-phe, pofée par *Frédéric Morel*, n'offre rien de particulier. Il laiffa trois enfans, *Pierre*, né le 13 avril 1542, *Michel*, le 23 août 1545, & une fille.

La Croix du Maine.

Hift. de l'Im-prim. p. 102.

JACQUES LE GOUST. Sa vocation pour l'ordre des Diarium Mini-
morum. Minimes parut venir d'en-haut : il fit profeſſion le 12 février 1553 dans le couvent de Nigeon, près de Paris. C'étoit un érudit ; il enſeigna pendant pluſieurs années tant la philo-ſophie que la théologie. La pureté de ſes mœurs & ſes ver-tus ſecondoient parfaitement l'ardeur de ſon zèle pour le ſalut des ames. Le général de l'ordre ne pouvant, par les circonſtances, venir faire la viſite des maiſons de France, en chargea en 1586 ce vénérable vieillard. Il exerçoit cette commiſſion à Amiens, avec un collègue, lorſqu'une mala-die mortelle l'enleva au commencement de 1589.

JEAN ADAM. Ce chanoine de notre cathédrale, doc-teur en théologie de la faculté de Paris, ne nous eſt connu que par un *Catalogue des Evéques d'Amiens*, qu'il a fourni à *Antoine de Mouchy*, dit *Démocharès*. Il paroît dans nos archives en 1551.

VINCENT LE ROY ſe livra de bonne heure à l'inclina-tion qui l'entraînoit du côté de la juriſprudence. Il étoit depuis le 9 juin 1552 lieutenant criminel du bailliage, lorſ-qu'en 1566 *Jean du Gard*, lieutenant général de la même juridiction, ceſſa de vivre. On n'héſita point ſur le choix d'un ſucceſſeur ; il fut nommé par les maïeur, les échevins, les conſeillers & officiers du ſiége, & ſa majeſté lui en accorda les proviſions le 21 avril de la même année. Dans le temps des troubles de la ligue il ſe montra toujours bon catholique & magiſtrat très-vertueux. En 1570 il fut atta-qué d'apoplexie, comme il tenoit audience, & au bout d'un quart-d'heure il mourut dans la chambre du conſeil, où on l'avoit tranſporté.

A la tête des Coutumes du Bailliage, on trouve de lui une *Epître* adreſſée au *préſident Chriſtophe de Thou*. Il y fait connoître l'origine des lois & leur néceſſité pour contenir les peuples ; & après avoir fait l'éloge de ce magiſtrat, chargé d'expliquer & éclaircir nos coutumes, il applaudit au choix que fit le monarque d'un perfonnage intelligent dans cette partie. Les le Roy paroiffent depuis 1368.

PHILIPPE DU BEGUIN, fieur des Alleux : c'eft le même qui paroît en qualité de maïeur en 1581 & 1585. Il eft auteur des *Ordonnances politiques*, imprimées en 1586.

Gefner.

JEAN TAGAULT. Ce fils d'un médecin de même nom, né dans le Vimeu, naquit à Amiens. Il étudia parfaitement la philofophie, dans laquelle il fe fit un nom : une mort prématurée l'empêcha de publier les ouvrages qu'il avoit compofés. On a de lui un écrit fous ce titre.

Proreptiicum carmen ad S. P. Q. Genevenfem. Il y fait la defcription de la ville de Genève.

Dans la bibliothèque du Roi on trouve, fous le nom de Tagault, un écrit intitulé : *Prælectio in fcribonium largum.*

Becquet, Hift. Cœleftin.

FRÉDÉRIC MOURIN, d'une famille bourgeoife, connue dès l'an 1403, embraffa l'état monaftique dans le monaftère des Céleftins, du nom de fainte-Croix, fitué dans la forêt de l'Aigle, diocèfe de Soiffons, où il fit profeffion l'an 1547. Perfuadé qu'un vrai religieux doit toujours ou travailler ou prier, il donnoit à l'étude le temps qu'il ne paffoit point à l'églife. On a de lui l'ouvrage fuivant :

Meditationes in feptem verba Chrifti in cruce pendentis ultima, ex orthodoxorum patrum fcriptis collectæ. Sans fonger, dit-il, à briller par une vaine éloquence, il fe borna à mettre fous les yeux des lecteurs tout ce qui peut leur infpirer la piété, la compaffion, la componction du cœur. Dans le cas où il fe préfente quelques queftions familières, il les éclaircit, les réfout, les corrige ou les réfute, d'après les fentimens ou les réponfes des faints pères, ou des orthodoxes. Il y en avoit deux exemplaires manufcrits dans fa maifon de profeffion, dont un en françois, & tous deux *in-*4°. On en trouve un troifième en latin dans la bibliothèque de Paris.

NICOLAS

NICOLAS FICQUET naquit d'une famille bourgeoife, & n'étoit qu'au milieu de fes études lorfque le dégoût du monde le prit; il le quitta & fe retira chez les pères Minimes de cette ville, où il fit profeffion le 23 août 1557. Sa piété, fon favoir, & la folidité de fon jugement, ne le laifsèrent pas long-temps fans emploi : il fut correcteur, & occupa d'autres places. La province de France le choifit pour fon repréfentant au chapitre général de l'an 1571, tenu à Valence en Efpagne. Il y donna tant de preuves de fa capacité, qu'il fut élu pour l'un des trois affiftans qu'on donna au général pour le feconder dans les affaires de l'ordre. Mais en vifitant les couvens de la province de France, accompagné feulement d'un frère oblat, il fut arrêté fur le chemin de Narbonne à Touloufe, par une troupe d'huguenots qui le maltraitèrent & le chargèrent d'injures, pour lui faire abjurer fa religion. Quoique délaiffé par fon compagnon qui prit la fuite, il n'en fut pas moins inébranlable dans fa foi. Il leur dévoila en peu de mots les erreurs du calvinifme & la fainteté de la religion romaine, pour la défenfe de laquelle il étoit prêt de donner fon fang. Levant enfuite les yeux au ciel, pour s'offrir en victime, ces endurcis, après avoir lié à un arbre le généreux confeffeur, lui lâchèrent tour-à-tour un coup de piftolet, & l'achevèrent à coups de poignard. Quelques jours après fon corps fut porté à l'abbaye de la Graffe, de l'ordre de faint Benoît, dans le diocèfe de Carcaffonne, où il fut inhumé l'an 1574. On le révère comme bienheureux.

On conferve de lui un manufcrit imparfait, où l'on voit, dit-on, la prophétie de fon martyre, écrite en lettres rouges. Les *Ficquet* fubfiftent depuis 1482.

JEAN DE MERLIERES *ou* DESMERLIERS, en latin *Demerlerius*, fe donna de bonne heure à l'optique, à laquelle il joignit l'étude de la médecine. Ses connoiffances dans la philofophie & les mathématiques ont fixé fa réputation. Il profeffa la dernière de ces fciences à Paris, dans le

Diarium Minimorum.

K

La Croix du Maine.

collège du Pleffis, en 1563. On le connoît par les écrits fuivans :

De linearum rectarum per quadratum geometricum dimenfionibus. Parifiis, apud Thomam Richard, 1563. Cet écrit eft adreffé aux écoliers de phyfique du collège de fainte Barbe, à qui il avoit profeffé la philofophie d'*Ariftote* & les élémens d'*Euclide*. L'ouvrage ne contient que 20 pages *in-4°.* terminées par ces deux vers à fa louange :

Nofcitur ungue leo : nofcuntur corpora parvis
Offibus ; autorem fic docet ifte liber.

Iridis cœleftis & coronæ brevis defcriptio. Parifiis, 1567, apud Dionifium Dupré, in-4. Ibid. *apud Œgidium Corbin, 1576, in-8.* de 20 pages. Dans la dédicace au cardinal de *Créquy*, évêque d'Amiens, il compare, en vers latins, cette éminence à l'arc-en-ciel : le prélat y brille ainfi que l'iris par fes couleurs, tant par fes talens pour la littérature & les beaux arts, que par fa nobleffe & les exploits de fes aïeux. Que le foleil fe cache, l'arc-en-ciel difparoît, tandis que les vertus du prélat ne perdent rien de leur éclat. Iris décore le ciel, le miniftre des autels eft tout à-la-fois l'honneur & le luftre de la religion. L'auteur explique, par des raifonnemens d'optique, ce figne de l'alliance entre le ciel & les hommes, qui avoit été fi négligé jufqu'alors dans les écoles. On lit à la fin :

Quæ fuit æthereis abftrufa in nubibus iris
Difcolor, eft, lector, nunc manifefta tibi.

L'ufage de l'inftrument pour mefurer toutes les fuperficies de droite ligne, tirée des Elémens d'Euclide. Paris, Denis Dupré, 1568. *Item,* chez Cavellet, 1608, *in-8.*

Ariftotelis phyfica, argumentis illuftrata. Parifiis, apud Jacobum Dupuys, 1580, in-4. On y voit l'ordre qu'*Ariftote* a fuivi dans fa philofophie naturelle, & le précis de ce que contient chaque chapitre.

ANONYME. Dans un manuscrit conservé à l'hôtel-de-ville, on trouve une pièce de vers passablement insipides, où l'auteur décrit, en 48 strophes de 8 vers chacune, les circonstances de l'embrâsement du clocher doré de la cathédrale, arrivé en 1527.

JACQUES LE DOUX, vicaire général de l'évêché. Ses vertus & son favoir l'élevèrent à la dignité d'évêque d'Hebron, suffragant d'Amiens, l'an 1541 ; il étoit religieux Bénédictin, & demeura quelque temps à l'abbaye de faint Fufcien. On le rencontre en qualité d'abbé de Moreuil en 1551 : il le fut aussi de faint Vast d'Arras. Après sa mort, arrivée dans le lieu de sa naiffance, le 19 mai 1582, son corps fut inhumé dans l'église cathédrale, vis-à-vis la chapelle haute de faint Jean-Baptiste, à côté de la porte collatérale du chœur.

JACQUES SAGUIER, que plusieurs écrivains font naître au milieu de nous, ne dut son avancement qu'à la réputation qu'il se fit par son mérite & par son amour pour l'étude. Après avoir brillé dans fes cours de philofophie & de théologie, il paffa docteur de la faculté de Paris, & fut succeffivement chanoine & chancelier de l'église cathédrale d'Amiens. Il régenoit dans le collége de Bourgogne, lorfque l'univerfité l'élut pour son recteur, le 23 juin 1570. Son talent pour la chaire a paru fenfiblement dans l'*Oraifon funèbre du cardinal de Créquy*, qu'il prononça dans l'abbaye de Moreuil le 15 novembre 1574, imprimée l'an d'après à Paris, chez Thomas Belot, *in-*8. Il la dédie à *Antoine de Créquy*, prince de Poix, & prend pour texte ces paroles de l'Ecriture : *O quam pulchra es cafta generatio cum claritate : immortalis eft, &c.* Il fait la généalogie & l'éloge de cette famille, dont il raconte une partie des exploits. On ignore l'année de sa mort.

ANONYME. Un homme de favoir, mais perverti par un zèle fanatique, jeta ici, en 1567, les fondemens de la fecte dite des Parfaits, qui fut écrafée dès fa naiffance. Il prétendoit que l'homme, une fois perfuadé d'être en la grace de Dieu, étoit impeccable, confubftantiel avec J. C. & condéifié avec lui. Ce fectaire, qui étoit calvinifte, ouvrit les yeux & rentra dans le fein de l'églife.

JEAN RIOLAN. De la bonne organifation qu'il apporta en venant au monde, on conjectura qu'avec un peu d'étude il deviendroit un jour un fujet diftingué, & l'effet répondit à ce qu'on en attendoit. Habile dans la littérature & la philofophie, il ne l'étoit pas moins dans les langues favantes qu'il parloit, & dans lefquelles il écrivoit avec une facilité admirable. Il n'y avoit point d'auteur ancien qu'il ne connût parfaitement, & dont il ne fût en état de faire l'analyfe. Après avoir régenté au collège de Boncourt en 1574, il fe livra à la médecine & à la chirurgie. En peu de tems il paffa docteur en cette faculté, & profeffa avec honneur la médecine & l'anatomie dans l'univerfité de Paris, où pour difciple il eut entr'autre *Paʒully*, premier médecin du roi de Danemarck, & connu par fes écrits. Louis Roland de Richeville a dédié à Riolan l'*Epicedion de Diane*, en 1604, comme à l'un des plus beaux ornemens des facultés de Médecine de toute l'Europe : en effet, favant dans l'antiquité, il défendit, avec tout le zèle poffible, la doctrine d'*Hippocrate* contre les chimiftes, & il vola à l'immortalité fur les pas de *Fernel*, dont il a commenté une partie des écrits. Il mourut des fuites d'un ulcère dans les reins, le 18 octobre 1605, à l'âge de 66 ans. *Jean Riolan*, fon fils, fuivit la même profeffion, comme on le verra dans peu : l'Hiftoire de l'Univerfité fait mention d'un autre *Jean Riolan*, qui étudioit à Paris en 1527, lequel embraffa l'état eccléfiaftique, & de *Guillaume*, étudiant au même endroit l'an d'après, en qualité de religieux.

Du Boulay, ibid.

Pierre de l'Etoile.

Guy-Patin.

Du Boulay.

SES ÉCRITS.

Difputationes duæ, una de origine, altera de incremento & decremento philofophiæ, habitæ Burdigalæ in fcholâ Aquitaneâ;

quibus acceſſit comparatio dialeѐicæ & logicæ, ex Stoïcorum, Platonicorum & Peripateticorum placitis. Pariſiis, apud Thomam Richardum, 1565, in-4. Après avoir appris aux élèves de l'école de Bordeaux, qu'en entrant un jour par curioſité dans l'académie de Paris, il fut frappé des productions des grands hommes qu'il y vit, & qu'après les avoir admirées il ſe livra à la philoſophie, dont il attribue l'origine à Dieu ſeul, il fait l'éloge dans ce premier diſcours des perſonnages célèbres ſortis de leur collège ; dans le ſecond, il fixe l'époque à laquelle les Arabes occaſionnèrent la décadence de la philoſophie, qui ſe releva par la ſuite. Il ỳ fait connoître les différentes ſectes des philoſophes, & prétend, d'après Albert, qu'on ne ſauroit être philoſophe ſans fréquenter les écoles.

Ad dialecticam Petri Rami una ex (20) *prælectionibus, Riolano docente raptim exſcripta. Pariſiis, apud Thomam Brumennium, 1568.* Ces deux ouvrages ont été inconnus à ſon fils, qui n'auroit pas manqué de les inſérer dans l'édition qu'il a donnée des ouvrages de ſon père.

Ad Fernelii librum de elementis Commentarius. Il eſt dédié à Jean Mazile, médecin.

— *Ad librum de temperamentis,* dédié à Marc Myron, médecin du roi, à qui il ſe plaint de ce qu'il y avoit alors autant de chirurgiens & d'apothicaires que de médecins, tandis qu'autrefois le même homme exerçoit les trois profeſſions, & il l'engage à faire expulſer les charlatans & les empiriques. Dans ſes notes il n'eſt pas toujours de l'avis de *Fernel.*

— *Ad librum de ſpiritu & calido innato,* dédié à Simon Petreus, ſous qui il avoit étudié.

— *Ad librum de facultatibus animæ,* dédié à Henry Deſcoubleau, évêque.

— *Ad librum de functionibus & humoribus.*

— *Ad librum de procreatione hominis,* dédié à Simon Marion.

— *Ad libros de abditis rerum cauſis.* Paris, chez Adrien Perier, 1602, *in-*8. dédié à Philippe Hurault, chancelier de France. *Thomas Brumennius* avoit publié ces Commentaires ſur *Fernel* en 1577, *in-*8. Ils reparurent chez Jacques Foillet en 1589.

Vander Linden.

De primis rerum naturalium principiis , libri iij. Paris , Adrien Perier, 1602, *in-*8. La préface roule fur les exercices d'émulation.

*De animâ mundi, difputatio philofophica. Parifiis, apud Brumennium , 1570. Ibid. 1602 , in-*8.

— *De fato.*

— *De libero arbitrio.*

Difputatio metaphyfica, an Deus & natura unum fint ?

— *De utraque Dei providentiâ, ordinariâ , feu generali, quæ natura; altera extraordinariâ, feu particulari, quæ fortuna dicitur. Parifiis , apud Thomam Brumennium , in-*4. 1568.

— *De idæis & univerfis.* Cet écrit eft d'après Platon.

— *An Deus fit primus motor ? Parifiis, 1571, in-*4. Il y compare la métaphyfique de Ramus avec celle d'Ariftote , & parle de l'origine & de la fin du monde.

— *An potentia fit prior aĉu ?*

— *An Deus fit aĉus purus ?*

*Univerfæ medicinæ compendia. Bafileæ, apud Conrardum Waldkirck, 1601, in-*12. Paris, chez Perier en 1606, 1618 & 1619. *Ibid.* chez Boullenger 1638, *in-*8. avec des notes & des correĉions. Cet ouvrage contient la phyfiologie , d'après *Fernel*, la diète à obferver dans l'état de fanté , la pathologie , la thérapeutique , ou l'art de bien guérir. Paris, chez Perier. Il y eft traité des affeĉions des parties inférieures, & des maladies externes.

Particularis methodi medendi, libri duo. Ils font fubdivifés en plufieurs feĉions. Dans la dédicace au parlement, il fronde les empiriques & les charlatans , qu'il voudroit qu'on expulsât.

Traĉatus de febribus , ex bibliothecâ Jacobi Mantelli. Paris, Boullenger, 1640 , *in-*8. La doĉrine de *Riolan*, fur cette matière , y eft développée avec exaĉitude & beaucoup de méthode.

Tous ces ouvrages ont été imprimés en 1 vol. *in-fol.* l'an 1610, par les foins de fon fils, chez Plantin. L'éditeur y a joint un livre *de morbis puerorum*, compofé par fon père, dont il a augmenté auffi les Œuvres chimiques. A la tête

de ce volume on voit le portrait de l'auteur, gravé par
Valbegk en 1601. Il eſt revêtu de la robe de doêteur; ſur la
tête il a un bonnet à trois cornes, & ſon viſage eſt garni
d'une barbe à la capucine. On lui attribue quelques autres
ouvrages, qu'on ne rencontre point dans ce recueil; tels
ſont :

De immortalitate animæ, diſputatio philoſophica.

Expoſitio in Hippocratis aphoriſmos.

Artis medicinalis, theoricæ & praêticæ, ſyſtema. Cet ouvrage,
revu & corrigé par *Emmanuel Stupan*, parut à Bâle, chez
Louis Leroy, en 1629, *in-*8.

*Ad Libavi maniam reſponſio, pro cenſurâ ſcholæ Pariſienſis
contrà alchimiam lata.* Paris, chez Adrien Perier, 1606, *in-*8.
Le collège de médecine lui fit à l'occaſion de cette réponſe
des remercîmens, imprimés à la fin de l'ouvrage.

Dans un diſcours particulier, dédié aux de Lorme, médecins du roi, imprimé à Paris, chez Pierre Ramier, *in-*8.
1614, il prouve qu'il n'y a point de vrais hermaphrodites;
il falloit qu'on penſât différemment, puiſqu'autrefois leurs
auteurs, qui en auguroient des malheurs, les jetoient à la
mer. *Jacques Duval*, médecin à Rouen, a fait une réponſe
à cet écrit.

Ces derniers ouvrages ont été imprimés en 1 vol. *in-*8°.
Paris, chez Boullenger 1638, avec des notes.

CLAUDE POSTEL. En 1571 il fit profeſſion de la
règle de ſaint Benoît dans le monaſtère des Céleſtins de
Paris; & après avoir été prieur de Colombier, dans le
Vivarais, en 1584, de Paris en 1592, de Vichy en 1596,
il mourut l'an 1598.

Becquet, Hiſt.
Cœleſtin.

SES ÉCRITS.

Margaritæ evangelicæ medulla. Il y préſente à ſes leêteurs
une nourriture ſolide & durable; il leur ouvre, dit-il, un
champ vaſte où ils peuvent ſe promener, une prairie émail-
lée où les plus belles fleurs ſe rencontrent ſous leur main.

Les pêcheurs y trouvent les moyens de s'y reconnoître, s'ils veulent essayer leurs forces, suivre les impulsions de la grace, maîtriser leurs sens, & reconnoître l'obligation dans laquelle ils sont de se livrer entièrement à Dieu. Il y prescrit des exercices spirituels, il donne des documens, & propose des méditations propres à conduire les fidèles à la perfection évangélique, & à l'union intime avec la Divinité.

De bono statu religiosi, liber aureus. Il y explique les différens avantages qu'on retire de l'état monastique ; la prééminence, l'utilité du même état, les plaisirs qu'on y goûte : il s'élève contre les moines oisifs, paresseux, qui méconnoissant la grace & le bonheur de leur position, portent en murmurant le joug du Seigneur, retournent vers le monde qu'ils avoient quitté, vieillissent sans avoir connu les douceurs des consolations spirituelles, deviennent inutiles aux autres, à charge à eux-mêmes, & n'ont aucun goût pour la piété.

Speculum divinæ bonitatis. Il y travailloit en 1583, temps auquel il souffroit des douleurs d'estomac continuelles. Il a rassemblé tout ce qui se trouve épars dans la bible sur la bonté de Dieu, pour la consolation des malades & des affligés, afin de les préparer à voir venir la mort sans la craindre. Il commence par ces mots : *Faciamus hominem, &c.*

Rigor divinæ justitiæ. Il s'y propose de ramener les indévots par la crainte de la justice divine ; cet ouvrage, tiré de l'écriture, & composé en 1584, commence par ces paroles : *Tulit Dominus Deus hominem, & posuit in paradiso voluptatis.* On le conserve manuscrit, ainsi que les trois autres, dans la bibliothèque des Célestins de Paris, *in-*4°.

Catalogue alphabétique *des principaux Ecrivains ecclésiastiques*, avec le titre de leurs ouvrages & le temps où ils ont vécu. *Ibid. in-*8. manuscrit.

Table des principaux hérésiarques, avec l'histoire de leurs écrits & celle des erreurs qu'ils ont répandues. *Ibid.*

Becquet, Hist. Cœlestin.

PIERRE SAUVAGE fit profession dans le monastère des Célestins

Céleftins de cette vile, le 25 juillet 1573, après y avoir donné une partie de fes biens. Dès le 22 avril 1592, il fut nommé prieur de Rouen. En 1596 il l'étoit de Sens, où il mourut en 1603.

SES ÉCRITS.

Sermones de tempore & de fanctis. Il les avoit compofés & débités à l'âge de 28 ans, étant fous-prieur à Amiens. C'eft un vol. *in-4°.* manufcrit qui fe trouve dans le couvent de Sens.

Expofitio regulæ fancti patris Benedicti. Il la fit à Amiens en 1589. L'Epître commence par *Permulti fanè in Benedicti regulam conciones ediderunt.* On garde ce volume à Sens. Hue Sauvage vivoit en 1341.

ROBERT FEVIN fe donna tout entier à la médecine, qu'il exerça en cette ville, & fur laquelle il a compofé le traité fuivant.

Vander-Linden.

De abufu medicinæ coercendo, tractatus, in quo tum empiricorum, tum ιατρομαγευων, medendi ratio refellitur ; & qui hactenùs receptus eft fafcinandi modus, impoffibilis demonftratur. Paris, Jean Charron, 1574, *in-8°.* Il fe déchaîne dans ce Traité contre les empiriques, les charlatans, & autres prétendus guériffeurs par la magie, art trompeur, qui faifoit anciennement partie de la médecine. L'Ouvrage, adreffé à *Guy Marel,* doyen des médecins de cette ville, eft dédié aux magiftrats municipaux. On y voit l'éloge de la ville, de fes lois, de fes ufages & fon gouvernement, tel qu'il étoit alors, c'eft-à-dire, à peu près républicain.

ANONYME. Ce poète citoyen a compofé une efpèce d'Ode en 26 ftrophes, de 6 vers chacune, au fujet de deux difcours préfentés aux maire & échevins de cette ville, par *Claude le Matre,* fieur d'Andicourt, en 1579 & 1580, pour les engager à mettre cette place à l'abri de toute furprife. L'auteur y a inféré l'éloge de *le Matre,* celui de fes defcendans, & celui de la famille des *Clabauts,* auxquels *le Matre*

L

étoit allié par fa femme. Il y brûle auffi un grain d'encens en l'honneur des *Morvilliers*, & nous apprend que *Philippe*, mentionné ci-deffus

Manufcrits de Montmignon.

A fondé ces draps gris ,
Pour au pauvre pupile
De cette fienne ville
Façonner des habits.

Becquet, Hift. Cœleftin.

VINCENT DE LESSAU. Le 26 décembre 1582 il prit l'habit religieux dans le monaftère des Céleftins , où il fit profeffion l'an d'après. On le vit bientôt à la tête de diffé-rentes maifons de la congrégation , où fon bon exemple maintint la plus exacte régularité. Las enfin d'être entière-ment aux autres , il fe réduifit à l'état de fimple particulier, pour être tout à lui , & rejoignit fa patrie , où il fe livra plus que jamais à l'étude des mathématiques. Ceux qui ve-noient le confulter s'en retournoient étonnés de fon favoir. Après une maladie très-longue il mourut le 3 février 1626, comme le difent des vers françois, compofés fur fa mort, par *Guillaume de Leffau*, fon frère. Cette famille exiftoit en 1487.

SES ÉCRITS.

Dialectices compendium. Manufcrit *in-*4°. avec figures , dans la bibliothèque de Paris.

Conceptiones dialecticæ. Manufcrit *in-*4°. dans celle d'Amiens.

Il avoit laiffé beaucoup d'écrits fur les mathématiques , mais ils ont été furtivement enlevés de la maifon de Paris.

Hift. d'Amiens,
t. 2. p. 177.
La Croix du
Maine.

FRANÇOIS ROSE. S'il n'a point pris naiffance parmi nous , mais à Paris, comme quelqu'un l'a dit, fans le prou-ver , il en étoit au moins originaire. Il vivoit dans la capi-tale du royaume en 1584. On a parlé de lui comme doyen de notre cathédrale. C'étoit un amateur des belles-lettres, & un grand partifan de l'antiquité. Au mois de janvier 1595 il rendit une fentence de féparation entre *Gabrielle d'Eſtrées,* maîtreſſe de *Henri IV,* & le fieur d'*Amerval,* fon mari. Il eſt auteur de l'*Hiſtoire de la conquête de Conſtantinople, par Baudouin IX, comte de Flandre, en 1204.* Manuſcrit.

JEAN LE ROY. Ce littérateur, qui vivoit en 1584, a traduit de l'Italien en François, *le livre des divers ordres de Chevalerie,* écrit par *Sanfovin.*

La Croix du Maine.

CHARLES DE LOUVENCOURT, forti du collège à peine, entra dans la congrégation des chanoines régu-liers de fainte Genevieve, & demeura pluſieurs années dans l'abbaye de faint Acheuil, qu'il abandonna pour le prieuré-cure de Hédicourt, l'un & l'autre dans le voiſinage de cette ville. Son premier ouvrage fut le *Gâteau ſpirituel,* imprimé à Paris, chez François Huby, 1604, *in-*12. Dans ſa retraite, il donna *la fondation de l'Egliſe de faint Sauveur au village de Hédicourt, diocèſe d'Amiens, avec quelques traits ſur les pélerinages.* Arras, chez Guillaume de la Riviere 1606, *in-*16. Les *Louvencourt* paroiſſent dans les titres depuis 1472.

FRANÇOIS DE COURCELLES fit fon occupation prin-cipale de la médecine, & l'on a de lui, ſur cette matière, les deux écrits fuivans.

Vander-Linden.

De verâ mittendi ſanguinis ratione legitimâ in hæmatothra-ſeas. Francofurti, apùd hæredes Andreæ Wechel, 1593, *in-*8. L'ouvrage eſt diviſé en quatre fections, & dédié au duc de *Buillon,* dont la famille avoit toujours protégé ſes ancêtres. Après avoir réfumé tout ce qu'on avoit écrit jufqu'alors ſur ce fujet, il penfe que bien loin de prodiguer la faignée dans toutes les maladies, on ne doit l'employer qu'avec pruden-ce, parce qu'elle ne tue que trop fouvent. Telle eſt la mar-che de l'auteur : il définit le fang, détaille fes caufes, s'é-tend ſur la pléthore, dont il fait connoître les efpèces ; ſur la cacochymie, & la manière dont les fucs fanguins fortent des veines. Dans la feconde fection, il veut que dans la cacochymie l'on préfère la purgation à la faignée , qu'il n'exclut cependant pas dans tous les cas. La troifième roule fur les dangers & les avantages de la faignée. La quatrième fait voir les dangers que courent les malades & le foulagement qu'ils reçoivent , lorfqu'ils font gouvernés par des ignorans ou par des maîtres de l'art. Ce Traité eft terminé par un confeil qu'il donne à François Galoet , préfident de Scdan , pour fe maintenir en bonne fanté.

Traité de la pefte. Sedan, chez Abel Rivery, 1595 , *in-12,* dédié au même feigneur. Ce fléau régnoit alors dans cette ville , & les médecins croyoient ne pouvoir guérir les malades que par la faignée. Il prouve contre eux qu'il y a des peftes auxquelles elle ne convient nullement : il enfeigne les précautions à prendre pour que chaque malade ait dans fon domicile les remèdes néceffaires à fa guérifon : vient enfuite la defcription de la pefte, qu'il divife en deux efpèces. Après avoir donné les moyens de la difcerner, il en fixe les caufes , les fignes qui la devancent, ce qu'on doit faire pour la prévenir & la guérir ; de-là il paffe aux fièvres peftilentielles , au charbon , au pourpre , & finit par une pieufe méditation à l'ufage des peftiférés , pour les mettre en état de mourir dans le feigneur : un médecin miffionnaire n'eft pas un être commun.

LOUIS ANDRIEU naquit d'une famille bourgeoife, qui remonte jufqu'en 1371 , & d'où fortit *Jeffé Andrieu,* apothicaire, maître de la confrairie du Puy en 1559. Il fit de grands progrès dans l'étude des belles-lettres , à laquelle il confacra la plus grande partie de fa vie. Après fes premières claffes il alla à Paris , pour y achever fes humanités , ainfi que les cours de philofophie & de théologie. Il étoit profeffeur du collège de Calvi , lorfqu'il fut élu recteur de l'univerfité, le 24 mars 1581. Il profeffa auffi dans le collège de Boncourt & ailleurs. Dans cette carrière il eut la confolation de former nombre d'élèves , qui fe diftinguèrent par la fuite. L'univerfité le choifit de nouveau pour fon recteur le 10 octobre 1584. De retour dans fa patrie, il

Du Boulay ; Hift. Univerfit.

y posséda un canonicat de la collégiale de saint Firmin, puis une prébende de la cathédrale, & l'évêque *François le Febvre de Caumartin* le choisit pour son promoteur. Ce fut le corps de ville d'Amiens qui le tira des collèges de Paris, pour l'établir principal du sien. Il avoit beaucoup de penchant pour la poésie & la fiction. Il contribua à la beauté de l'entrée solemnelle que fit *Henri IV* le 18 août 1594, par l'idée d'un théâtre qui fut dressé sur la place au blé de cette ville : on y voyoit un *Hercule* qui mettoit l'hydre à mort, & il y ajouta des vers de sa composition, en faveur du collège de Calvy, où il étudioit. Il publia, en 1586, une pièce de 100 vers latins ; dans le même temps, il fit imprimer trois odes dans la même langue, à la louange de trois docteurs de Sorbonne. La première a pour sujet *Jean Sulmon*, Picard de nation, professeur de théologie, ci-devant professeur du cardinal le Moine, homme très-habile dans le grec & le latin : il y a de la chaleur, de l'enthousiasme dans cette strophe :

> *Bacchus rapit me , pierius calor*
> *Mentem perurit , pectora cynthium*
> *Spirant calentem, mente sanum*
> *Pythius error agit furentem.*

La seconde regarde *Martial Lescurius*, natif de Limoges. *Andrieu* feint que Mercure est envoyé par Jupiter, pour lui donner le bonnet de docteur. La troisième concerne *Claude Cardon*, de Laon, ancien professeur de philosophie, dont il détaille la vie.

On a encore de lui une pièce de vers latins, à l'occasion de l'entrée de l'évêque *François le Febvre de Caumartin*, imprimée à Amiens, chez Charles Hubaut, en 1618.

Une autre, aussi latine, adressée au père de cet évêque. Le chanoine *la Morliere* a inséré l'une & l'autre dans ses antiquités d'Amiens, de l'édition de 1627, *in-fol.* Dans la première, il représente la douleur de la ville d'Amiens, à l'occasion de la mort de *Geoffroy de la Marthonie*, son évêque, & sa joie de le voir succéder à ce grand prélat. On y voit les devoirs d'un faint évêque bien détaillés, & le cérémonial de l'entrée de fon fucceffeur, auquel il fouhaite tout ce qu'on peut defirer pour ceux qu'on aime, la fanté du corps, jointe à celle de l'efprit, pendant une longue fuite d'années, & le paradis à la fin.

Il a fait auffi quelques vers à la louange de *Guillaume du Peyrat*.

JEAN DEBONNAIRE, écolier du collège de Lifieux, compofa la même année 12 vers latins, imprimés chez Denis Dupré, dans un recueil de pièces adreffées au parlement, qui avoit protégé les droits de l'univerfité, dans la caufe d'*Hamilton*, à l'occafion du rectorat. Il y parle en faveur du collège où il prenoit fes leçons.

Goujet ; Biblioth. Fr. t. 16, p. 44.

ANONYME. On ne le connoît que par l'*Enchyridion, feu manuale facerdotum diœcefis Ambianenfis*, qui parut *in-4°.*, l'an 1584.

La Croix du Maine.

PIERRE DE MIRAULMONT. *Martin de Miraulmont*, procureur & notaire, époufa *Marie Montenefcourt*, qui lui donna *Pierre*. Au fortir de la première éducation, il ébaucha fes études dans fa patrie, & alla enfuite faire fon droit à Paris, où fes talens lui ménageoient une réputation brillante & des places diftinguées. Pendant vingt-deux ans il fut confeiller du roi en la chambre du tréfor ; puis lieutenant général de la prévôté de l'hôtel & grande prévôté de France, vers 1580, & enfuite prévôt de l'hôtel & grand prévôt de France. Sa famille étoit noble, & lui écuyer, feigneur de la Mairie & de Courchon. Le roi le regardoit comme un des plus grands hommes de bien de la cour. Docte dans toute l'étendue du terme, il rempliffoit fes momens de repos par des recherches fur l'antiquité. Il mourut fubitement à Paris le 8 juin, à l'âge de 60 ans ; mais non pas en 1611, puifqu'il figna le 26 décembre de cette année fa dédicace à *Nicolas Brulart*, chancelier de France. On le trouva mort dans fa chambre, & couvert de fon drap, au

rapport de Pierre de l'Etoile, dans fon journal de Henri IV,
tom. ij, p. 271.

Ses *Mémoires fur l'origine & inftitution des cours fouverai-
nes & juftices royales, étant dans l'enclos du palais royal,* parurent dans la même ville en 1584, chez Abel Langelier, *in-*8.
L'auteur, qui les dédie à *Philippe Huraut,* vicomte de Che-
verny, chancelier de France, lui dit qu'il avoit entrepris cet
ouvrage uniquement pour s'en fervir dans l'exercice de fa
charge de confeiller en la chambre du tréfor, & que le refte
eft le fruit de fes momens de loifir. On fait d'autant plus
de cas de cet ouvrage que tout en eft fidèle & certain, à
moins qu'on ne veuille s'infcrire en faux contre les regiftres
& monumens publics dont il a fait ufage. On n'avoit auparavant fur cette matière que des extraits ou des fragmens
publiés par des écrivains qui raifonnoient à vue de pays,
fans le moindre témoignage, fondés feulement fur une opinion commune, à laquelle l'erreur & l'ignorance donnoient
cours. L'édition faite à Paris, en 1612, chez Pierre Chevalier & Claude de la Tour, eft corrigée, augmentée de beaucoup, & pleine d'érudition. On y a ajouté les noms & fur-
noms des préfidens du parlement, depuis 1331 ; les maîtres
des requêtes de l'hôtel du roi ; les noms des procureurs généraux du roi, depuis 1319; ceux des avocats généraux, depuis 1315 : l'hiftoire de la chambre du tréfor, de la panne-
terie de France, de la chambre des comptes, & des préfidens, depuis 1316 ; les avocats généraux des aides, & les
préfidens de cette cour, depuis 1370. On s'y étend plus au
long fur ce qui concerne les élus : on y traite de la cour des
monnoies, de fes officiers & de leurs obligations ; enfin, on
fait connoître le bailliage du palais, la chambre des eaux
& forêts, la connétablie & maréchauffée, l'amirauté, les
tréforiers de France, le royaume de la bazoche, la jurifdic-
tion de ce petit roi, fa juftice, fes officiers, & le prince
des fots.

    Le prévôt de l'hôtel & grand prévôt de Paris. Paris, Che-
valier, 1610, *in-*8°.

    Juridiction & privilèges de la prévôté de l'hôtel du roi, grande

prévôté de France, qui est à la suite du grand prévôt de l'hôtel.
Paris, 1651, *in*-4°.

Traité de la chancellerie, avec un recueil des chanceliers & garde des sceaux de France. Paris, François Huby, 1610, *in*-8°. Il est dédié au chancelier *Nicolas Brulart*. Comme il n'avoit qu'ébauché cette partie, il rassemble ici les chefs & les premiers officiers des chancelleries, depuis l'établissement de la monarchie jusqu'en 1610. Après en avoir fait connoître l'origine & l'institution, il développe l'étymologie du nom de chancelier. Ce traité est exact & succint. L'auteur avoit donné séparément en 1609 ce recueil des chanceliers.

LOUIS CHOQUET, fils de *Nicolas* & d'*Isabeau Prevôt*, naquit d'une famille bourgeoise, connue depuis l'an 1457, dans les titres du chapitre.

Le *recueil*, aujourd'hui si rare, *des mystères de l'ancien testament*, qu'on représentoit sur le théâtre de l'hôtel de Bourgogne, contient une pièce dramatique originale de la composition de ce poète, qui passoit pour fameux vers le milieu de ce siècle : il a pris pour sujet la création du monde. Après avoir averti dans une note, que celui qui fait le personnage de Dieu, doit être seul dans le paradis jusqu'au moment de la création des Anges, il fait ouvrir la scène à la Divinité par ce monologue :

> Pour démontrer notre magnificence,
> Et décorer les trônes glorieux,
> Voulons ce jour, par divine excellence,
> Produire faits divins & vertueux.

Les Anges sont à peine tirés du néant, que *Lucifer* se révolte contre son créateur ; *& en soy pourmenant, par manière d'orgueil,* il parle ainsi :

> Quand je me vois en si noble pourpris,
> Resplendissant sur ceux de ma semblance,
> Le cœur mesmeut, & suis forment épris
> De régenter en plus haute excellence......

Pourquoi

Pourquoi , fi vous voulez me croire (1),
Nous monterons laffus en gloire ,
Pour tout régir fans différence :
Là me afferrai par excellence
Au fiége de la Trinité ;
Et vous autour en affiftance
De ma gloire & félicité.

Dieu fe montre alors , & lui dit en le précipitant dans les Enfers :

Non afcendes , fed defcendes ,
Lucifer , pas ne monteras
Où tu tends par préfumption ;
Mais au plus parfond defcendras
En tartarique infection.

Alors *faint Michel* chaffe *Lucifer* & fes complices , en leur difant :

Dragon puant , infatiable
D'orgueil , & fière ambition ;
Va-t-en , comme damné diable ,
En infernale manfion.
Vuide hors de la région
Des hauts cieux , divins , triumphans ;
Va-t-en , toy & ta légion
Es palus infernaux puans.

Ici , avertit le poëte , doivent trébucher Lucifer & les autres avec précipitation , *& doit avoir* , ajoute-t-il , *autant de diables tout prêts en Enfer , lefquels en menant grande tempête , jetteront feu , & Lucifer dira* :

Harau, harau , je me repens :
Où fommes nous , diables infernaux ?

S A T H A N.

Il n'eft pas tems , il n'eft pas tems.

____

(1) Il parle aux autres Anges , fes complices.

L U C I F E R.

Harau , harau , je me repens :
Plongés fommes avec ferpens ,
Couleuvres, dragons & crapaux.
Harau , harau , je me repens.

A S T A R O T H.

Au puits d'enfer fommes fichés
A jamais fans. rémiffion.

L E V I A T H A N.

Pour rien nous rompons bien la tête ,
Car il n'eft grace , ne mercy.

A G R A P P A R T.

Rien n'y vaudroit donner requefte ;
Force eft de demourer ici.

L U C I F E R.

Diables , huyons & menons cris ;
C'eft le plus beau de notre chance.

S A T H A N.

Nous qui fommes en enfer écrits ,
Diables , huyons & menons cris ,
Etonnons les cieux par nos huys
En infernale réfidence.

A S M O D E U S.

Diables , huyons & menons cris ;
C'eft le plus beau de notre chance.

Le drame finit par une grande tempête dans l'air ; ainfi la bonne foi de nos pères ,

Zélée en fa fimplicité ,
Joue les Saints , la Vierge, & Dieu par piété.

Le myftère de l'Apocalypfe, en rythme. Paris , Angeliers , 1541 , *in-fol.* Ce poëme contient environ 9000 vers.

FRANÇOIS DE LOUVENCOURT naquit, en 1569, de *Jean*, confeiller au bailliage, & de *Marie de Saquefpée*. Au fortir des écoles, il alla étudier à Paris, puis faire fon droit à Bourges. Ses progrès lui donnèrent du goût pour les belles-lettres : il aima fur-tout la poéfie, & fe délaffa fouvent avec les Mufes. Le chanoine *la Morliere*, qui lui adreffa un fonnet, en guife de couronne, dans le temps que *François* étoit encore à marier, le repréfente comme un jeune homme bien fait, dont le teint étoit vermeil, la bouche fucrée, les yeux faits aux œillades, & la mufe délicate. Telle fut la réponfe à cette galanterie :

> Comment de myrthe, ou d'autre arbre parée,
> Ma tête irois-je ombrageant pour mon prix,
> Moi, qui ne fus jamais des favoris
> De tes neuf Sœurs, ou bien de Citherée ?

> Des traits d'Amour j'ai bien l'ame enferrée,
> Et tous les os de fes flammes épris :
> Je chante bien & la main qui m'a pris,
> Et la prifon qui me tient enferrée.

> Mais, ce n'eft pas que comme un bon guerrier,
> D'un fi beau cercle il me faille lier.
> Tels gens que moi, de tels dons ne font dignes.

> Il m'en falloit préparer un plus laid,
> Une couronne, ou bien un bracelet
> Entortillé de chardons & d'épines.

Bien des rimailleurs au-deffous de lui, ne poufferoient pas l'humilité fi loin. *Mes vers*, dit-il ailleurs, *ne font ni des vers luifans, ni des vers à foie.*

Il étoit feigneur de *Vauchelles* & de *Bourfeville*, confeiller du roi, tréforier de France, & général des finances en Picardie. Dans la place de maire qu'il occupa en 1623 & 1624, il ne fit abfolument que du bien à fa patrie, qu'il aimoit tendrement. Naturellement bon, doux, affable, il étoit toujours prêt à faire plaifir, & des qualités fi rares lui attirèrent le respect & l'amour de tous ses concitoyens. On pouvoit lui appliquer ces paroles :

Tum pietate gravem ac meritis si fortè virumquem
Conspexêre, silent, arrectisque auribus astant:
Ille regit dictis animos, & pectora mulcet.

En qualité de premier échevin, il harangua en ces termes, le 6 juin 1625, *Henriette de France*, sœur du roi, reine d'Angleterre.

Si quelqu'un est triste, Madame, ce n'est que du regret de vous voir éloignée; & en ce cas, Madame, si vos navires n'avoient pas assez d'eau pour vous conduire, nos larmes leur en fourniroient en abondance. La reine répondit d'une façon qui fit remarquer combien elle étoit satisfaite.

Curieux de connoître les hommes, il fit un voyage en Allemagne & en Italie, & ses courses lui procurèrent des relations avec plusieurs savans. Il mourut dans son lieu natal, le 4 août 1638, & fut inhumé aux Ursulines, où repose à ses côtés *Charlotte Clapisson*, sa femme. On l'accusoit d'avoir été vendu au maréchal de l'*Estrade*.

Ses Écrits.

Suivant le goût du temps, il donnoit beaucoup dans les sonnets. On en voit un sur la passion du Sauveur; un autre, où il se dispose aux souffrances, à l'exemple de son divin maître; trois sur le mépris des folles amours, qu'il regrette d'avoir suivies pendant dix ans. Dans celui qu'il adressa à *Elisabeth Trudaine*, fille du seigneur d'*Oissi*, trésorier de France en cette province, il fait ainsi l'éloge des vers & de la voix de cette demoiselle méritante.

Ces vers sont faits du miel des mignardes abeilles,
Votre voix en bonté ne se peut imiter;
Les uns peuvent les vers d'*Alcée* surmonter,
L'autre attirer les rocs sur vos levres vermeilles.

Ses amours, & premières œuvres poétiques, en quatre

Livres, parurent à Paris en 1595, avec son portrait à la tête de ce recueil, dédié à *Catherine d'Orléans*. On y voit des pièces adreſſées au vidame *Emmanuel d'Ailly* ; au roi, ſur la réduction de cette ville, au duc de *Longueville*, au comte de *Saint-Pol*, au ſeigneur d'*Humieres*, à divers amis & parens ; & un morceau ſur la mort du ſieur de *Leſſau*, greffier de la ville.

Paraphraſe & traduction en vers du pſeautier de ſaint Auguſtin, à ſa mère ſainte Monique. Amiens, chez Jacques Hubault, 1627, *in-*4°. de 49 pages, en comprenant l'épître dédicatoire à la ſœur *Catherine de ſaint Auguſtin*, ſupérieure des religieuſes Urſulines d'Amiens. Il y dit qu'il ne ſongeoit guère à mettre au jour cet ouvrage, qu'il avoit compoſé *dans les chemins*, lorſque ſeul, avec un laquais, il alla au jubilé d'Orléans, & qu'il ne le donne qu'à la ſollicitation d'une demoiſelle dévote ; il le dédie par préférence à cette mère, ſous les yeux de laquelle il avoit une fille en penſion. Il s'y plaît aux jeux de mots : *Ce ſont fruits*, (dit-il, en parlant de cet Ouvrage, *qui ont cru ſur un arbre dont mon cœur porte la racine, & les branches montent juſqu'au ciel de vos mérites : fruits à la vérité de vers & bien verds, mais doux en leur ſuc & leur ſubſtance....* Dans les deux ſonnets qui terminent le livre, il compare cette même religieuſe à la colombe qui revint dans l'arche, après avoir vu l'état du monde ; il vante ſes talens, ſes vertus, & finit dévotement par lui promettre la vie éternelle. Il a traduit en outre l'hymne *Jam lucis orto ſidere*, en cinq ſtrophes.

Au ſujet d'un tableau que poſſédoit *Nicolas Sellier*, procureur fiſcal, repréſentant une des viſions de *ſaint Jean l'évangéliſte* dans l'Apocalypſe, il compoſa ce qu'il appeloit une ode : elle a ſept ſtrophes de treize vers chacune, entremêlées d'antiſtrophes, d'autant de vers & d'épodes, qui chacunes en ont dix. On ne voit ni le beau déſordre, ni la marche majeſtueuſe & légère de cette eſpèce de poéſie ; l'auteur décrit tout uniment juſqu'au cadre de ce tableau, qu'il voudroit faire paſſer pour une merveille du monde.

Il fit imprimer à Paris, en *in-*4°., l'an 1641, *ſa traduction* de l'Anglois *du voyage autour du Monde, de François de Drac*, amiral d'Angleterre. Cet ouvrage curieux est estimé.

Les mémoires qu'il avoit recueillis sur cette ville sont restés manuscrits, ainsi que la relation de son voyage.

OMER TALON, (*Audomarus Talæus*). Quelle que soit l'autorité de *la Croix du Maine*, qui le fait naître dans le Vermandois, il est prouvé qu'il est venu au monde en cette ville, pendant le séjour d'*Omer Talon*, son père, colonel d'un régiment Irlandois, au service de *Charles IX*. Ce jeune enfant prit de bonne heure le parti des lettres, & les cultiva toute sa vie. En 1534 il demeuroit au collège du cardinal le Moine, & prêta serment à l'université, sous le rectorat du sieur de Mery. Ayant accepté une chaire de professeur de réthorique, il la remplit avec la plus grande distinction. C'étoit l'ami & le défenseur de Pierre Ramus. On fait qu'il étoit prêtre ; mais il n'est pas sûr qu'il soit mort curé de saint Nicolas-du-Chardonnet. Il cessa de vivre en 1562.

S e s   É c r i t s.

Andromari Talæi institutiones oratoriæ, 1544, in-8. Ce petit ouvrage, dédié à l'université, a eu plusieurs éditions : on en fit une à Paris, chez Roigny, en 1548.

Rethorica. Parisiis, apud Ludovicum Grandin, in-8. Ibid. apud Andream Wechel, 1562. Ibid. apud Dionisium Dupré, 1574, in-4. Hanoviæ, 1611, avec des notes de Jean Pécheur (*Piscator*). Claude Minoe en a donné des commentaires, publiés à Paris, chez Beys, l'an 1577, in-4. Antoine Fouquelin l'a traduite en françois.

Oratio habita in gymnasio Mariano, anno 1544. Parisiis, apud Jacobum Bogardum. Ibid. 1577, apud Dionisium Vallensem, in-8. Cette harangue, prononcée à l'ouverture des classes, roule sur la malheureuse circonstance de ce temps-là : la crainte de la guerre rendoit les collèges presque déserts. L'habile professeur s'étend sur les qualités & les devoirs des maîtres & des écoliers. Celui qui instruit doit avoir des

Du Boulay,
Hist. Universit.

mœurs, du favoir, de l'activité & de l'amour pour l'étude, & c'eſt ainſi qu'il devint utile à l'état. Ses élèves doivent aimer les lettres, la ſcience, le travail, parce que les connoiſſances diſtinguent preſque ſeules les hommes des animaux : il faut en outre qu'ils écoutent avec attention, qu'ils réfléchiſſent en leur particulier ſur ce qu'on leur a enſeigné. Il leur faiſoit connoître alors les poètes, les orateurs, les philoſophes, & le traité d'*Ariſtote* ſur les mœurs.

Rethoricæ præfationes. L'une eſt ſur la dialectique de Pierre Ramus, avec des notes imprimées dans l'édition qu'en donna Guillaume Rodingue, en 1596 ; l'autre roule ſur la philoſophie morale. Elles avoient paru précédemment à Paris, chez Matthieu David, en 1558, & à Francfort, l'an 1583, *in-8.*

Prælectiones in Porphyrium. Pariſiis, apud Joannem Roigny, 1547. Ibid. apud Matthæum David. Francofurti, apud Wechel, 1575, in-8. Elles ſont dédiées à Jean Sabel, ſavant chanoine de Chartres. *Talon* n'en prend que ce qui eſt utile & vrai ; & après avoir ſupprimé tout ce qui y eſt étranger, il en éclaircit les obſcurités. On y voit qu'il profeſſoit alors au collège de Preſles.

Prælectiones in primum Ariſtotelis Ethicorum. Pariſiis, apud Matthæum David, 1550, in-4. Il les dédie au cardinal de Lorraine. Avec la béatitude d'*Ariſtote*, ſes élèves n'auroient point joui du vrai bonheur, qui dans la vraie religion eſt Dieu, & c'eſt dans ce ſens qu'il leur explique l'ancien philoſophe.

Præfatio in topicâ Ciceronis. Paris, 1550, *in-4.*

— *In tres libros Ciceronis de oratore.* Paris, Perier, 1553, *in-4.* Il en donne l'explication.

— *In ejuſdem paradoxa. Ibid. apud Robertum Stephanum.*

— *In Lucullum, 1550. Pariſiis.*

Partiones oratoriæ Ciceronis, 1551, in-4.

Academia, ſeu explicatio academici fragmenti Ciceronis. Pariſiis, apud Joannem Roigny.

Admonitio ad Adrianum Turnebium, regium græcæ linguæ profeſſorem. Francofurti, apud Wechel, 1556. Pariſiis, apud Dioniſium Vallenſem, 1577, in-8. Il y relève avec chaleur une critique trop violente échappée à ce ſavant.

Tous ces ouvrages ont été raffemblés à Bâle, chez Pierre Perne, fous ce titre : *Audomari Talæi, quem Petri Rami The-feum dicere poffis, opera, 1575, in-4.* de 706 pages. La pré-face eft de Thomas Freigius.

JEAN DEMARET *ou* DESMARETS, en latin *Demare-thus*, dont les aïeux exiftoient en 1433, vivoit encore en 1556. On ignore les époques de fa naiffance & de fa mort. Ces écrits feuls le font connoître.

Paronomafia & difcriminale lexicon, quadrifidis præcipuè differentiis nominum fubftantivorum, adjectivorum, verborum fimplicium & compofitorum diftinctum, cum homœomeriâ & abun-dantiâ verborum. Parifiis, apud Simonem Colinæum, 1536, in-8. Cette efpèce de dictionnaire eft latin & françois. On y voit la reffemblance & la différence que les mots ont entr'eux, ainfi que leur fignification. Les enfans à qui ce livre fervoit de vocabulaire, y trouvoient les genres, les déclinaifons, les dérivés, les prétérits, les fupins, les régimes, la quantité & l'ortographe.

Perarchon grammatices. Ibid. 1543, in-12. Cet ouvrage étoit deftiné à diriger la jeuneffe ftudieufe dans la carrière des fciences : il lui fait connoître les fources de l'éloquence, & la conduit par gradation à la vertu, en élaguant ce qu'il y a d'impur dans les auteurs claffiques. Après avoir défini la grammaire, il traite des huit parties de l'oraifon, & établit les règles de la formation des verbes, ainfi que leur conju-gaifon.

SIMON DUFRESNE. Sa profeffion de docteur en méde-cine lui fit un nom diftingué, & ne l'empêcha pas de fe délaffer quelquefois avec les Mufes ; mais le fonnet qu'il adreffe au chanoine la Morliere, au fujet de fon nobiliaire de la province, ne fert qu'à prouver qu'il entendoit infini-ment mieux l'art de guérir que l'art des vers. Il fut regardé toute fa vie comme un homme fage, docte, de la probité la plus reconnue, d'un vrai mérite : dans l'occafion, on le trouvoit toujours prêt à rendre fervice, jufqu'à fe facrifier

pour

pour l'utilité publique. Sur ſes vieux jours, il eut néanmoins la foibleſſe de protéger un charlatan, nommé le
Cointe, en approuvant & défendant même par des écrits *les
ariemens* que celui-ci propoſoit pour purifier les maiſons
infeſtées de la peſte. Simon mourut le 14 juin 1652, à l'âge
de 82 ans, étant né en 1570. Il repoſe dans l'égliſe des
Clariſſes, à côté de *Marie Boulenger*, ſon épouſe, décédée
le 4 janvier 1660. Les *Dufreſne* ſont connus depuis 1351.

ANTOINE FAUQUEL. On a de ce prêtre un diſcours, La Croix du
ou plutôt un journal *du ſiège de la ville de Guiſnes*, imprimé Maine.
à Paris, chez Olivier de Harſy, en 1558, *in*-8. & chez
Huby.

Une *Epitaphe de la ville de Calais*, & une *Chanſon ſur* Biblioth. du P.
la priſe dudit Calais. Paris, Caveiller, 1558, *in*-8. Cette Le Long, tom. 2,
pièce de vers eſt une paraphraſe du verſet 15 du chapitre pag. 230.
31 de *Jérémie*. L'auteur l'applique à la ville de Calais, &
tous les noms latins y trouvent leur place.

LOUIS DE LATTRE fit honneur à ſa patrie, en ſe dif-
tinguant parmi les Jéſuites, par ſa doctrine & ſes talens
décidés pour l'éloquence de la chaire. Claude de Mons en
parle avec éloge à la page 136 de ſes Blaſons anagrammatiques. Cette famille remonte à l'année 1512.

GEORGES D'AMIENS. Ses prédications le firent con-
noître avantageuſement dans le public. Il le fut dans ſon Biblioth. Capu-
ordre par ſa qualité de profeſſeur en théologie. Infatiga- cin.
ble dans ſes études, il paſſa toute ſa vie à la lecture des
meilleurs auteurs, tant anciens que modernes. La mort,
qui ne reſpecte point les ſavans, enleva ce ſexagénaire en
1657.

S E S   É C R I T S.

Tertulianus redivivus, ſcholis & annotationibus illuſtratus ;
in quo utriuſque juris forma ad originem ſuam recenſetur, &
avitæ pietatis amatoribus inquirendi norma præſcribitur. Pari-

fiis, *apud Michaelem Soly*, *1646*, *1648 & 1650*, 3 vol. *in-fol*. Cet écrit excellent contient une doctrine solide, vraie, claire. Le véritable sens de *Tertullien* y est rendu : le style en est aisé & coulant.

Trina sancti Pauli theologia, *positiva*, *moralis*, *& mystica*, *seu omnigena in sancti Pauli apostoli epistolas commentaria*, 3 vol. *in-fol*. Paris, Denis Thierry, 1649 & 1661. Le dernier volume parut à Lyon, chez Boissat & Romey, l'an 1664.

Theologia sanctorum patrum in sex tomos in-folio distributa. La mort l'empêcha de faire paroître cet ouvrage, qui se conserve manuscrit dans le couvent des Capucins de Paris.

Oraison funèbre de madame la duchesse douairière d'Elbeuf, (*Marguerite de Chabot*), *prononcée en l'église de N. D. de Soissons*. Paris, 1653, in-4.

ADRIEN DE HEU. Cette famille doit son origine à *Adrien I*, né au bourg de Granviller, avocat en parlement, créé lieutenant général en la prévôté de Beauvaisis, par lettres expédiées à Châlons, en 1552. Il eut deux frères, *Jacques* & *François*. Ce dernier ayant passé à Malte, s'y distingua en qualité de frère servant pendant quelques années. Ses services l'anoblirent & le firent créer chevalier de l'ordre, sous le grand maître *Hugues de Loubeux Vendala*, le 8 décembre 1584. Il est dit dans la lettre de création, que *la nature nous faisant naître égaux*, *& les hommes inclinant naturellement vers le mal*, *le droit des nations a introduit l'usage de distinguer par des grades d'honneur ceux qui brillent par leurs vertus*, *ou leurs actions éclatantes*, *afin qu'à leur exemple les autres soient animés à servir utilement la religion & l'état.*

D'*Adrien I* sont issus *Claude*, *Antoine*, *Jean* & *Catherine*. *Claude*, licencié ès lois, fut d'abord avocat au bailliage d'*Amiens*, puis conseiller du roi, prévôt royal à Grandviller. De *Magdeleine de Mons*, fille de *Jean*, conseiller, prévôt royal d'Amiens, & d'*Antoinette le Maître*, avec laquelle il se maria, en conséquence du contrat passé le 23 mars 1574, il eut *Adrien*, *Marie*, *Jacqueline* & *Magdeleine*.

Adrien II, écuyer, fieur de Conty, qui fait le fujet de cet article, naquit ici, & après avoir fait fon droit à Paris, le roi Henri le Grand le pourvut, par lettres du 6 novembre 1597, de la charge de confeiller au bailliage & fiège préfidial, dont étoit revêtu Simon le Mattre, fon oncle maternel, mort fans enfans, en défendant fon quartier le jour de la furprife de la ville. *Adrien*, qui avoit été confeiller du roi en fes confeils d'état & privé, lieutenant général &. préfident en la fénéchauffée de Ponthieu & fiège préfidial d'Abbeville, eut trois filles de fon mariage avec la demoifelle Boulet. L'aînée époufa le fieur de Boulogne, procureur du roi; Catherine, la cadette, fut mariée au fieur le Blond, feigneur de l'Etoile; la dernière, au fieur de Caules, gentilhomme des environs d'Arras. Magdeleine, feconde fille du fieur le Blond, époufa le comte de Gouffier, feigneur de Bouillencourt, près Mondidier.

Regift. du Bail-liage.

Magdeleine de Heu, fœur de notre écrivain, époufa Louis Lamy, prévôt royal de Grandviller. Nicolas Lamy, l'un de fes enfans, a poffédé la même charge environ trente ans; mais fon aîné étant mort de bonne heure, & fon cadet, Alexandre-François Lamy, décédé depuis quelques années, auquel nous fommes redevables de cet article, s'étant fait chanoine régulier de la Congrégation de France, cette charge a paffé en d'autres mains.

On a d'Adrien, qui mourut à Abbeville, des *Commentaires fur les Coutumes du Bailliage d'Amiens*, imprimées à Paris, chez Gervais Alliot, en 1653, *in-fol. Item*, dans le Coutumier de Picardie, *Paris*, 1726, *in-folio*, 2 vol. par une fociété de Libraires.

ANONYME. Un de nos poètes, dont le nom s'eft perdu, eft auteur de ces vers latins, fur la reprife de Calais, par le duc de Guife, en 1558.

> *Tam fubito captos an non mirare Caletes ?*
> *In promptu caufa eft, pulfus ab urbe Deüs.*
> *Expulfi templis fuperi, divûmque facratæ*
> *Effigies, nihil hîc religionis erat.*

Dixiſſes tetrum cacodæmona regna tenere
Hic, ubi nulla ſacræ ſigna fuére crucis.
Vicit peccatum probitas, cacodæmona Chriſtus,
Anglos Henricus, mœnia Guiſiades.

HUBERT MORE. Sous le nº. 2116 des rhéteurs & orateurs conſervés à la bibliothèque du Roi, on trouve de lui une collection, ſous ce titre : *Oratoriæ definitiones ex optimis quibuſque rhetoribus, collectæ per Hubertum Morum, Ambianum. Pariſiis, apud Gabrielem Buon, 1578, in-4.* de 131 pages. Cette édition eſt la troiſième.

Du Boulay, Hiſt. Univerſit.

PIERRE FOURNIER étudioit en 1540 au collège de Boncourt, & ſept ans après il fut élu recteur de l'univerſité. Son inclination le tourna du côté du barreau, où il ſe diſtingua. On voit de lui une *Epigramme*, dans laquelle il engage Scévole de Sainte-Marthe, ſon diſciple, à ſuivre ſon exemple. L'origine des *Fournier* remonte à l'an 1333.

JEAN DE MONS, ſieur d'Hédicourt, épouſa *Honorée de Villers*, dont il eut *Claude de Mons*, qui paroit ci-deſſous. *Jean* étoit conſeiller au bailliage & ſiège préſidial depuis le 18 février 1587. Il eſt auteur d'un écrit en vers & en proſe, ſous ce titre : *la Démonſtration de la quatrième partie de rien, & quelque choſe, & tout ; avec la quinteſſence tirée du quart de rien & de ſes dépendances, contenant les préceptes de la ſainte magie & dévote invocation des démons, pour trouver l'origine des maux de la France, & les remèdes d'iceux*, dédié à la ville d'Amiens. Paris, Etienne Prevoſteau, 1594, *in-8*. Dans cet ouvrage, ſingulièrement énigmatique, dont la première partie eſt adreſſée au roi par une épître très-pieuſe, il dit qu'il a tiré par l'alambic, & *au feu de ſa bonne volonté*, cette quinteſſence contre les ulcères qu'a le royaume en pluſieurs de ſes *parties nobles*. Après avoir raconté ſa viſion ſur le triſte état de la France, il contrefait le magicien, en annonçant le retour de la paix & celui des beaux jours des François. Ce livre a des marges prodigieuſement chargées de paſſages latins tirés de la bible. L'origine de cette famille remonte à l'année 1457.

ROBERT FOURNIER, étant chanoine de la cathédrale, aſſiſta au concile de Trente, où, après l'évangile, il prononça un diſcours ſavant : *De Chriſto puero, circumciſo, & Jeſu vocato. Brixiæ, apud Damianum Turlinum, 1563, in-4*. C'étoit un doĉteur de grand renom. Il fut principal du collège d'Amiens, puis précepteur du duc d'Alençon, frère de Charles IX, & mourut en 1573, après avoir été reĉteur de l'univerſité en 1547.

BRÉVIAIRE DU DIOCÈSE. La première refonte s'en fit en 1528, par les ſoins d'Adrien de Hennencourt, doyen de la cathédrale. On le remit en meilleur état ſous l'épiſcopat du cardinal de Créquy, l'an 1550. Il fut retouché & réimprimé en 1607, ſous l'évêque Geoffroy de la Martonie, ainſi que ſous François Faure, en 1667, & il parvint à peu près à une eſpèce de point de perfeĉtion en 1746, par les ſoins de l'abbé Valart, & de quelques autres coopérateurs d'un mérite & d'une capacité reconnus, ſous l'épiſcopat glorieux de Louis-François-Gabriel d'Orléans de la Mothe.

LUCIEN FLAMMIGNON naquit, le 4 mars 1584, de *Pierre Flammignon* & de *Marie Watin*. Il exerçoit à Paris la profeſſion d'avocat, lorſque le dégoût du monde le tranſporta chez les Carmes déchauſſés, où il prit l'habit le 11 mars 1617. Il prononça ſes vœux le 15 du même mois de l'année ſuivante. Il fut ſept fois ſous-prieur, & autant de fois prieur à Paris, Nancy, Pont-à-Mouſſon, Limoges, & ailleurs; vicaire, maître des novices & définiteur provincial. On admiroit ſa candeur, l'intégrité de ſes mœurs; ſa converſation étoit aimable, ſa vie régulière, ſon ſavoir étendu. Il ſavoit, comme ſa langue maternelle, le Latin, l'Italien & l'Eſpagnol. La mort l'enleva à Charenton, proche Paris, le 18 décembre 16...

Biblioth. Carmelit. t. 2, p. 262.

Ses Écrits.

Tragédie en vers des faints Lucien, évêque de Beauvais, & de fes compagnons Maximien & Julien.

Catalogue des Auteurs des Carmes déchauffés François.

Sermons des dimanches de l'année. Sermons de morale. Autres pour les fêtes du Seigneur ; pour les fêtes des Saints ; pour le renouvellement des vœux ; pour la prife d'habit des religieufes, & plufieurs fur divers fujets.

Vie de la vénérable mère Ifabelle des Anges, Efpagnole, dont il avoit été confeffeur pendant fix ans, durant fon féjour à Limoges, en qualité de prieur.

La pratique de la foi vive, du R. P. Thomas de Jefus, Carme déchauffé, traduite de l'Efpagnol.

Les Cantiques de l'amour divin du V. P. Jean de la Croix, Carme déchauffé. Cette traduction eft en vers.

Cantiques fpirituels contre les ennemis de l'ame, du même, également traduits en vers.

Cantiques de la mère Thérèfe de Jefus, en vers.

Quelques poéfies imprimées avec les œuvres d'Antoine Roxas, prêtre Efpagnol, en vers.

Apologie pour la défenfe du premier tome de l'Hiftoire prophétique du père François de fainte Marie, contre les ennemis de l'ordre des Carmes.

De l'honneur dû aux déceets de l'Inquifition, compofé d'abord par le père Jofeph de l'Incarnation, Carme déchauffé Efpagnol, imprimé à Madrid en 1655.

Relation des miffions des Carmes déchauffés dans la Perfe & les Indes, traduite de l'Italien du P. Alexandre de faint Silveftre, Carme.

Plufieurs omiffions découvertes dans la verfion françoife des lettres de *fainte Thérèfe de Jefus*, avec les notes de *Jean de Palafox & Mendoça*, de la traduction de *Pelicot*.

<table><tr><td>La Morliere ;
Antiq. d'Amiens.</td><td>ANTOINE TRUDAINE, tréforier de France, fieur d'Oiffy & de Dreuil-fur-Somme, confeiller du roi, tréforier</td></tr></table>

de France, & général de ses finances de Picardie, étoit encore à marier l'an 1597. Il avoit quelque goût pour la versification, & un penchant marqué pour les anagrammes, genre d'écrire dans lequel il réussissoit passablement, pour ce temps-là. On voit de lui l'*Anagramme du chanoine la Morliere*, qu'il a la complaisance de comparer à *Pindare, Horace, Pétrarque* & *Ronsard*. Il épousa *Françoise de Louvencourt*, & mourut au mois de novembre 1627. De cette bonne & ancienne famille, sont sortis des conseillers d'état, des intendans des finances, un prélat, un commandeur de l'ordre militaire de saint Louis. *Antoine* participoit aux droits de *Tonlieu* dans cette ville, à cause de son fief, dit le *Tonloier*, mouvant de l'évêque ; en conséquence, il avoit le droit d'aller à l'offrande, le jour de la Chandeleur, le premier après les chanoines & autres habitués à l'église cathédrale, & d'emporter seul son cierge, que chacun laisse.

PIERRE DE SACY, d'une famille connue dès 1293, joignoit aux connoissances nécessaires au vrai ministre des autels, un certain talent pour la poésie : on en juge par une espèce d'*Epigramme* latine qui se trouve à la tête des antiquités de cette ville, par le chanoine *la Morliere*, & mieux encore par la ballade qu'il présenta l'an 1602, pour concourir au prix de la Confrairie du Puy. Telle étoit cette pièce singulière, dont l'auteur paroît avoir vécu au-delà de 1642.

> Le clair soleil de la divine grace,
> Qui de l'esprit illumine les yeux,
> Sur le zénit du chef de notre race,
> Dardoit à plomb ses éclats radieux ;
> Mais las soudain que l'épaissie image
> Du vice ombreux eût emblé le visage
> De ce flambeau aux yeux de la raison,
> L'homme fut mis en l'obscure prison
> De toute erreur ; si que par délivrance,
> Dieu promit lors de donner en saison,
> *Terre d'où prit la vérité naissance.*

Or quand ce Dieu , qui des aftres compaffe
Le double cours , brûlant d'amour pieux,
Dans le *marry* de la terreftre maffe ,
Voulut verfer fon germe précieux,
Ayant eflu dedans ce bas étage,
Non quelque mont rebouffi de la rage
De vent d'orgueil, de fes dons vint toifon ;
Puis y coulant fa germeufe influence,
Il engroffa , cultivant de fes dons,
Terre d'où prit la vérité naiffance.

Phébé neuf fois avoit fa pleine face
Fardé des rayes de l'aftre *hefpérieux* ,
Quand du faint clos de cette humble terraffe ,
Naquit çà bas le Verbe glorieux.
Je te falue , du Père ô vive image !
Fils éternel , Dieu de Dieu, fans partage ,
Phare facré , flambeau , guide raifon ,
Or que tu nais deffus notre horifon ,
Je veux mon luth monter d'une nuance ;
Pour haut fonner cette fainte chanfon,
Terre d'où prit la vérité naiffance.

L'Efprit tandis planta *charneufe* châffe ;
Il eft enclos de peur défectueux ,
Pour traire en foi la chofe qui ne paffe
Par les pertuis des fons officieux.
Dieu donc voulant l'homme follement *laige*
Dreffer au trac du célefte héritaige,
Jugeant l'efprit, durant fa liaifon ,
Au corps inepte à divine leçon ;
Il a choifi , pour fa fublime effence
Rendre vifible en l'humaine toifon,
Terre d'où prit la vérité naiffance.

Mais quoi ! celui, ce tout qui tout embraffe
Dans l'infini de fon être *abymeux* ,
A vuides mains vient-il en cette place ;
Comme à notre œil il femble fouffreteux !
Rien moins. Vois , vois ces Vierges fur l'herbage
Si *bien veignans* des bras & de courage.
Juftice , paix , bonté paye rançon
Et vérité ; d'elles Chrift enfançon
Vient d'*enheurer* l'Adamifte femence ;
Qui a fourni de fon propre giron,
Terre d'où prit la vérité naiffance.

ENVOI

ENVOI AU MAITRE DU PUY.

Maître, affranchis du triste *matrisson*
Qui détenoit les ames en frisson,
Durant la nuit de l'aveugle ignorance,
Louons, joyeux, avec son nourrisson,
Terre d'où prit la vérité naissance.

JEAN RIOLAN. Destiné à fournir, à l'exemple de son père, une carrière brillante, il naquit en 1580. Sorti des études communes à la jeunesse, il se dévoua entièrement à celle de la médecine. Son assiduité au travail le mit bientôt en état de prendre le bonnet de docteur dans la faculté de Paris, où il fut depuis professeur royal d'anatomie, de botanique & de pharmacie ; & ensuite premier médecin de *Marie de Médicis*, mère de *Louis XIII*. Son savoir dans l'anatomie fit l'ornement de la célèbre école de la capitale. Il avoit la main très-habile pour les opérations, auxquelles il se livra dès sa plus tendre jeunesse, & on lui est redevable de plusieurs découvertes dans un art si utile à l'humanité. Il eut pour maître en médecine un disciple de son père, nommé *Simon Pierre*, professeur royal ; & à son tour il compta parmi ses élèves *Primerose*, médecin qui se distingua à Londres. A l'âge de 27 ans, il mit en lumière ses premières observations sur l'anatomie. Il avoit l'esprit très-vif ; c'étoit un de ceux qui savoient le plus de particularités, tant sur la médecine que sur l'histoire ; & on le regardoit comme un des premiers savans de son siècle.

Il tenta vainement de dépouiller les chirurgiens de l'université de Paris de leur robe doctorale & du bonnet quarré, parce qu'*Hippocrate* vouloit que le chirurgien grec portât dans l'exercice de son art des vêtemens courts avec des manches étroites.

Le froid l'incommodoit beaucoup ; & comme il étoit extrêmement laborieux, il avoit dans son cabinet un poële à la mode d'Allemagne : il corrigeoit lui-même avec soin toutes les épreuves de ses ouvrages ; assez souvent il se transportoit à Chartres, pour satisfaire la dévotion particulière

Guy-Patin, lettres.

O

qu'il avoit à la Mère du Sauveur. L'amour-propre n'étoit pas son foible ; il avoue au contraire qu'il a eu honte plufieurs fois des chofes qu'il avoit écrites. L'amitié des gens de lettres lui plaifoit infiniment plus que les faveurs des grands, auffi a-t-il été loué par tous les auteurs de fon temps.

Il imagina la fupputation du fang de chaque peuple ; & d'après cette idée, il pofe pour principe qu'un malade peut perdre, fans danger, la moitié de fon fang. Il en donne 30 livres aux Allemands & aux Flamands, & n'en accorde que 20 aux François ; en conféquence, il condamne les premiers à en perdre 15 & les autres 10.

C'étoit un homme puiffant, gros, d'une taille avanta-tageufe, & d'une fanté affez robufte ; elle fut néanmoins affoiblie par un afthme, & par la pierre dont on lui fit l'opé-ration en 1641 : elle fe rompit en plufieurs pièces, mais il en refta des morceaux, qui l'affujettirent l'année fuivante à les faire extirper de nouveau. En 1654, il fut attaqué d'une ophthalmie qui l'empêcha de lire & d'écrire. Il devint doyen de l'école de médecine après la mort de *Toutain*, & fe fentant vieux, il fit avoir la furvivance de fa chaire à *Guy-Patin* fon ami. Comme il étoit né naturellement mordant, il ne ménageoit point ceux qui l'attaquoient. Faute d'avoir trem-pé fon vin, comme il ordonnoit à chacun de le faire, il fut em-porté par une fuppreffion d'urine, le 19 février 1657, à l'âge de 77 ans. *Anne Riolan*, fa fœur, avoit époufé *Charles Bou-vard*, confeiller du roi en fes confeils, médecin de S. M.

Il n'a point eu d'agrémens dans fa maifon. Sa femme a été mauvaife toute fa vie, criarde, acariâtre, & ménagère outre mefure : fon fils aîné, qui avoit pour 6000 livres de bénéfices, n'étoit point rangé : le cadet, avocat en parle-ment, fe maria contre fa volonté en 1650, lui caufa de grands embarras par fon inconduite, & plaida pendant plus de fept ans contre lui. Quoique le père gagna par-tout, il ne put jamais le ramener à fon devoir. Sa fille aînée, belle & fage, mourut affez jeune : la cadette fut mariée à la cam-pagne. Il ne fit avant fa mort ni teftament ni autre difpofi-tion par écrit, & comme il avoit déshérité l'avocat, fes en-

fans plaidèrent enfuite les uns contre les autres. Son portrait a été gravé par l'*Afne*, *Depas*, *Edelink* & *Rouffelet*.

SES ÉCRITS.

Chirurgia in Germaniâ edita. Ce premier ouvrage parut
à Leipfick, l'an 1601, chez les héritiers de Beyer, *in-*12.,
par les foins de Jeffenius, médecin de Wirtemberg, qui en
fut l'éditeur ; & la troifième édition, faite à Paris en 1618,
a été revue par l'auteur. On y voit l'ancienneté, l'utilité,
l'origine de cet art, & les qualités néceffaires à ceux qui
l'exercent.

*Apologia pro Hippocratis & Galeni Medicinâ , adversùs
Quercetani librum de prifcorum philofophorum veræ medicinæ
materiâ. Parifiis , apud Adrianum Perier, 1603, in-12.*

*Ad famofam Turqueti apologiam, refponfio. Ibid. 1603,
in-12.* La faculté, d'après cette réponfe, condamna Turquet à ne plus exercer la médecine.

*Brevis excurfus in battologiam Quercetani , quo alchimiæ
principia funditùs diruuntur, & artis vanitas demonftratur.*
A cette fortie contre Duchefne, zélé partifan du grand
œuvre, on a joint la cenfure de l'école de Paris. *Ibid.*
1604, *in-*12.

*Apologia pro judicio fcholæ Parifienfis de alchimiâ , ad
Harveti & Baucineti recoclam cramben. Ibid. 1604 , in-12,*
& immédiatement après à Francfort. Riolan s'eft caché pour
répandre cet écrit, fous le nom d'*Antarvetus* , ennemi
d'Harvet.

*Comparatio veteris medicinæ cum novâ, hippocraticæ cum
hermeticâ , dogmaticæ cum fpagyricâ. Ibid. 1605 , in-12.*
L'auteur dédie ce parallèle à l'archevêque de Sens, & dit
dans la préface, qu'il ne fuffit pas pour l'humanité d'être
habile médecin, qu'il faut en outre être honnête homme,
fans quoi l'on empoifonneroit impunément. On a réuni
dans le même volume l'écrit intitulé : *Examen animadver-
fionum Baucineti & Harveti.*

Incurfionum Quercetani depulfio. Ibid. 1605 , in-12.

*Difputatio de monftro Lutetiæ nato anno 1605. Parifiis, apud Oliverium Varennæum, 1605, & Adrianum Perier, 1606, in-*8. Il en fait connoître la génération, ainfi que les caufes de fa monftruofité.

Cenfura demonftrationum Harveti, pro veritate alchimiæ. Paris, Perier, 1606, *in-*12. Cette critique eft vive & foudroyante.

*Schola anatomica novis & raris obfervationibus illuftrata; cui adjuncta eft accurata fœtûs humani hiftoria. Ibid. 1608. Item, Genevæ, apud Joannem Celerium, 1624, in-*8. Il y rend publique la méthode claire, facile qu'il fuivoit dans fes démonftrations anatomiques, d'après l'infpection de tout ce qui avoit paru avant lui fur cet art.

En 1610 il donna l'édition des Œuvres de fon père, imprimées chez Plantin, *in-folio,* & dédiées à Henri IV, avec des corrections & additions à ce que l'auteur de fes jours avoit laiffé imparfait.

Nicolas Habicot, chirurgien de Paris, ayant publié un écrit où il foutenoit que des os qu'on y avoit apportés étoient ceux du géant *Theutobocus, Riolan* fit paroître, en 1613, *in-*8. une réponfe à la *Gigantiftéologie,* fous le nom de *Gigantomachia :* il y prend le fimple titre d'écolier en médecine, & combat par beaucoup d'autorités l'exiftence des géans ; il attaque de fuite l'*Oftéologie* de *Theutobocus,* & prétend que fuivant les proportions prifes des os de la cuiffe & de la jambe, le corps entier ne devoit avoir que 13 pieds : il en conclut que ce font des os d'éléphant, par comparaifon des os de l'un avec ceux de l'autre. Cette critique eft terminée par une fortie fur les chirurgiens en général. *Guillemeau* répondit en 1615 à *Riolan,* par un écrit apologétique touchant la vérité des géans ; celui-ci donna en réplique la *Gigantologie,* qui parut chez Adrien Perier, en 1618, *in-*8. Dans cette hiftoire de la grandeur des géans, il démontre que de toute ancienneté les plus grands hommes & géans n'ont pas été plus hauts que ceux de ce temps ; que toutes les grandeurs prétendues, au deffus de dix pieds, font chimériques ; & il ne craint pas d'af-

furer que tant de grands os trouvés dans la terre , & ref-
femblans à des os humains , font des os de monftre ma-
rins, ou de baleines, ou d'éléphans, ou des os foffiles. Il y
a dans cet écrit des raifons affez fortes contre l'exiftence
des géans en général ; mais quand il eft queftion de dé-
terminer la nature des grands os , il prouve puérilement
qu'il peut s'engendrer & fe former dans la terre des pierres offeufes , femblables en figure aux os humains. Il termine fon ouvrage par un chapitre particulier fur les nains,
pour montrer que de tout temps il s'eft vu de petits hommes, auffi bien que des grands. Comme notre auteur avoit
mis de l'encre dans cet écrit , ainfi que dans un autre intitulé *Correction fraternelle fur la vie d'Habicot* , qu'il traite
de péché mortel vivant fous une forme humaine , de fou
marchant dans les ténèbres , de zoophyte fans yeux , de
hibou , de fatyre , de more blanc , d'efprit moifi , noirci de
vices , & de baudet, galanteries renouvelées de nos jours
par les premiers littérateurs , celui-ci lui rendit la pareille
dans fon *Antigigantologie* , où il tente de renverfer le fyftême de fon adverfaire. La fociété de gens de lettres , auteurs du nouveau *Dictionnaire hiftorique* , attribuent mal-à-
propos au père de notre écrivain cette *Gigantologie*.

*Ifagogica de offibus tractatio , cum ofteologiâ infantum ufque
ad feptennium , ex veterum & recentiorum præceptis defcriptâ.*
Paris , Perier , 1614 , *in*-8. On y trouve le livre des os , de
la compofition de *Galien* , & l'apologie de ce docteur contre les apprentis & les novateurs anatomiftes. Denis Moreau réimprima l'Oftéologie en 1626 , *in*-4.

*Simiæ ofteologia , ut difcrimen offium hominis & fimiæ in-
notefcat.*

*Ofteologia ex Hippocratis libris eruta , collecta , & in ordi-
nem digefta.* Ces deux ouvrages ont été inférés dans le même volume.

*Anthropographia. Parifiis , apud Dionifium Moreau , 1618,
in*·8. Adrien Perier , la même année , la fit reparoître. On
le redonna en *in*-4. en 1626 ; & dans l'édition de 1649,
faite à Londres , fous le format *in-folio* , outre des augmen-

tations confidérables , on a joint différens autres écrits de la même plume , & *Guy-Patin* en a fait la table. Cet ouvrage fuppofe une grande lecture , beaucoup d'expérience , de l'efprit infiniment , & une doctrine profonde. L'auteur l'a compofé d'après les obfervations nouvelles & les fiennes propres ; il y enfeigne fa manière d'opérer. Sa matière eſt divifée en fix livres. Le premier a pour objets le corps humain, l'origine, les progrès de l'anatomie, bafe de la médecine. Après avoir défini cet art, il le divife en plufieurs efpèces, en explique le but, & s'étend fur les qualités néceffaires à l'anatomifte. Les trois livres fuivans font employés à la divifion des parties du corps : la myologie fait le fujet du cinquième , & le dernier traite des nerfs.

La même année *Riolan* fit imprimer, *in-8°.* une *Requête au Roi, pour l'établiffement d'un jardin royal à Paris* ; elle fut favorablement écoutée , & ce jardin de plantes médicinales fut établi par lettres patentes de Louis XIII, du mois de février 1626.

Enchiridion anatomicum & pathologicum, ad ufum theatri anatomici adornatum , in quo ex naturali conftitutione partium receffus a naturali ftatu demonſtratur. Paris, Meturas, 1648, *in-12.* Leyde, 1649, *in-8. Ibid.* 1655. Paris, Gafpard Meturas , 1658. Cette dernière édition eſt augmentée du quart : on l'a traduit en françois fous le titre de *Manuel Anatomique & Pathologique , ou Abrégé de toute l'Anatomie.* Paris, Meturas, 1661, *in-12.* Dans ce livre, tiré de fon *Anthropographie,* l'auteur s'appuyant fur l'expérience & la raifon, expofe les mufcles du corps, la méthode de les difféquer, & de connoître leur fituation naturelle. En démontrant la ſtructure des parties du corps, il enfeigne les endroits où fe forment les maladies ; il traite des os, des préceptes généraux que doit connoître l'anatomifte , de la peau, des membranes, des veines, des artères, des nerfs, ligamens & cartilages. On a joint au bout le *Difcours contre la nouvelle doctrine des veines lactées,* tiré de la réponfe que fit Riolan à ce fujet. Un *Difcours*

contenant fon fentiment *touchant le mouvement du fang dans
les bêtes & les hommes*, tiré de fa réponfe à *Slegel*, avec
les utilités de la circulation : un *Difcours des ongles*, un *des
poils, des valvules, des veines*, & un traité de l'*anatomie
pneumatique.*

Opera anatomica vetera, recognita & auctiora. Paris, 1649,
in-fol. Ibid. 1650. *Cum opufculis anatomicis novis.*

Tous ces ouvrages ont été raffemblés dans l'édition de
fes Œuvres, donnée en 1650, chez Meturas, *in-fol.* avec
des tables très-exactes. Depuis ce temps il a publié les écrits
fuivans :

*Curieufes Recherches fur les écoles en médecine de Paris
& de Montpellier.* Paris, chez Meturas, 1651, *in-*8. Il les
raffembla dans la chaleur d'un procès entre ces écoles, fur
leur préexcellence. On y apprend quantité de faits concernant l'univerfité de Paris, & les facultés de médecine divifées entre elles. Il y parle de divers écrivains & de leurs
ouvrages ; mais il y a auffi trop de vivacité & d'injures contre Jean Cortaud, médecin de Montpelliet, qu'il nomme
Courtaud, & contre plufieurs autres.

*Opera anatomica varia & nova, imprimis de motu circu-
latorio fanguinis in corde, ejufque circulatione verâ ex doc-
trinâ Hippocratis.* Paris, Meturas, 1652. Il y en a eu fept
éditions, dont la dernière a été donnée par Guy-Patin.
Pierre Conftant a traduit cet ouvrage en françois. La circulation du fang avoit été trouvée par Harvé, mais il en fait
connoître le cours en lui fixant des routes moins longues,
plus faciles & plus vraies : ce qui n'étoit que philofophique-
ment expofé, il l'a démontré & mis à l'ufage des médecins.

*Quæftio medica, an propter motum fanguinis in corde cir-
culatorium mutanda Galeni methodus medendi ?*

*De offibus ad Tyrones, commentarius didacticus & apolo-
geticus pro Galena, adversùs novitios & novatores anatomi-
cos.* Il appelle ces derniers des extraits d'hommes, *homun-
ciones*, des atômes, qui veulent s'élever contre la faculté,

pour fe faire un nom : il les compare aux Celtes, qui ofoient lancer des traits contre Jupiter.

Notæ in Joannis Vallæi duas Epiſtolas de circulatione ſanguinis.

Animadverſiones in hiſtoriam anatomicam Andreæ Lau‑ rentii.

— *In theatrum anatomicum Gaſpari Bauhini.*

— *In librum anatomicum de fabricâ humanâ Andreæ Spi‑ gelii.*

— *Ad inſtitutiones anatomicas Gaſpari Bartholini.*

— *Ad anatomica Gaſpari Hofmanni.*

— *In ſyntagma anatomicum Joannis Weſlingii.* Après l'énu‑ mération des erreurs dans leſquelles ſont tombés ces ana‑ tomiſtes, il les relève ſans jalouſie, non pour inſulter au lion mort, mais uniquement pour l'utilité du genre humain, triſte victime ordinaire de l'impéritie.

Reſponſio prima ad experimenta nova anatomica Joannis Pecqueti, adversùs hemorofin in corde, ut chylus hepati reſtituatur, & nova Riolani de circulatione ſanguinis doctrina conſervetur, 1652.

In tractatum de diaphragmate Æmiliani Pariſani. La pré‑ face nous apprend que pendant trente hivers Riolan a dif‑ féqué plus de cent corps, pour l'inſtruction de ſes élèves.

Spongia alexiteria adversùs virulentos tactus Æmiliani Pariſani. C'eſt une réponſe à cet orgueilleux, qui ſe van‑ toit de l'avoir terraſſé, ainſi que les autres anatomiſtes, à l'occaſion de la diſpute ſur le diaphragme.

Viventis animalis obſervationes anatomicæ. On les a join‑ tes à l'hiſtoire anatomique du *fœtus* humain. Cet écrit eſt dédié à Héroard, premier médecin de Louis XIII. La jalou‑ ſie des docteurs Allemands ſuſcita des critiques à l'auteur, dont on a encore un *recueil contre l'antimoine*, & une réponſe ſavante à l'apologie de Mayerne.

Opuſcula nova anatomica, judicium novum de venis lacteis, tam meſentericis quàm thoracicis, adversùs Thomam Bartho‑ linum. Lymphatica vaſa Bartholini refutata. Animadverſiones ſecundæ fecundæ ad anatomiam reformatam Bartholini. Ejufdem dubia anatomica de lacteis thoracicis refoluta. Hepatis funerati & reffufcitati vindiciæ. Paris, Mathurin Dupuis, 1653, *in-8.* Il dédie l'ouvrage à l'école de médecine, & il rend grace aux mauvais philofophes qui lui ont procuré l'occafion de faire des recherches pour les réfuter victorieufement. Le dernier ouvrage, forti de fa plume vers le même temps, porte pour titre : *Raræ obfervationes anatomicæ.*

NICOLAS BLASSET. Dans les regiftres du bailliage on rencontre Abraham Blaffet, père de Nicolas, marchand, qui de la veuve de Jean le Clerc, plombier, eut en 1587 Nicolas, architecte & fculpteur du roi, l'un des plus habiles ftatuaires de fon fiècle. Il époufa N. de Sachy, puis Anne Poftel, qui lui donna Elifabeth & Catherine-Urfule. La dernière fe maria à Pierre Godde. Un autre Nicolas Blaffet étoit, en 1698, directeur des aides en l'élection de Mondidier, commis à la recette générale d'Amiens, infpecteur général, en 1700, fur tous les commis des élections d'Amiens & de Péronne. Notre artifte, qui eut un frère connu chez les Capucins, fous le nom de père Bonaventure, lequel mourut de la pefte, en 1668, maladie qu'il gagna en affiftant les citoyens attaqués de ce fléau, avoit ceffé de vivre le 2 mars 1659. Il repofe dans l'églife de faint Firmin le confeffeur.

S E S   O U V R A G E S.

On admire le tombeau de la famille de Rambures, dans l'églife des Minimes d'Abbeville.

Trois Vierges, de marbre blanc, dans la nef de la cathédrale, frappent les yeux des curieux. L'une tient l'enfant Jefus dans fes bras ; l'autre, dans une pareille pofition, eft accompagnée de deux Anges qui la couronnent, & tient fous fes pieds la Mort & le Serpent. La troifième eft une Affomption, accompagnée de quatre enfans ailés, de plufieurs têtes d'Anges, & le haut fe termine par une gloire. Elles font d'une belle proportion, d'une expreffion noble, & d'un beau caractère : la draperie eft bien entendue & d'un beau faire. L'artifte a fait un heureux accord du linge mouillé avec une draperie plus moëlleufe, qui leur fert comme de manteau. Les enfans font admirables par leur proportion & la vérité des chairs.

Les figures de l'Annonciation, en bas-relief, placées dans une chapelle à droite en entrant, font de grandeur naturelle, & forment un tableau en marbre blanc, fur un fond de couleur. Il femble que la Vierge, profternée vis-à-vis un prie-dieu, fente toute l'étendue de fon bonheur. Ce morceau eft de 1655.

En entrant à droite, paroît un groupe en pierre, adoffé contre un pilier, & compofé d'un chanoine à genoux, d'une Vierge & d'un faint Antoine, rendus avec beaucoup d'expreffion & bien drapés.

Dans la chapelle de faint Louis, on voit en pierre la ftatue de faint Roch & celle du pieux monarque, dont la draperie eft un chef-d'œuvre. Blaffet, par ignorance de la chronologie, a décoré ce prince du collier de l'ordre de faint Michel. La ftatue de la Vierge, dans la chapelle de prime, eft encore de lui ; ainfi que celle de faint François de Paule, dans l'églife de faint Firmin le confeffeur; l'exécution en eft magnifique. Le Chrift, en bois, placé à la féparation de la nef d'avec le fanctuaire de l'églife des Capucins, eft encore un de fes bons ouvrages. Etant maître du Puy, en 1625, il fit préfent d'une Vierge qui offre une clef à J. C., en montrant le premier homme lié à un arbre.

Nous renvoyons pour les autres ouvrages fortis de fes mains habiles, à ce qu'on a dit dans l'Hiftoire de cette ville, tome ij, pages 103, 110, 123, 243, 280, 284 & 286.

Ces morceaux font connoître jufqu'à quel point il poffédoit le rare talent d'imiter parfaitement la nature. Il

manioit le marbre avec adreffe & facilité ; il en ôtoit la
dureté , en donnant à fes draperies de la légéreté & de la
tranfparence. En imprimant les traits qu'il vouloit rendre ,
il donnoit à tout ce qu'il touchoit de la tendreffe , de la
vie, du mouvement. Les contours de fes ftatues font beaux,
bien prononcés , les membres en font favamment deffinés ;
le beau naturel y eft dignement repréfenté , les draperies
bien placées , les plis bien agencés , bien jetés. Ces talens
lui méritèrent le titre d'architecte & fculpteur du roi. Il a
fondé la meffe folemnelle qui fe chante le 9 mai dans la nef
de la cathédrale.

Son portrait, gravé par Jean l'Enfant, en 1658 , *in-folio*,
le repréfente avec des cheveux en mauvais ordre , des yeux
petits , une bouche , un nez bien faits , des mouftaches &
un bouquet de barbe au-deffous de la lèvre inférieure : il a
au cou un collet à glands , & un manteau lui enveloppe le
corps.

VILLIERS , quoique traiteur de profeffion , a foigneufement raffemblé en un volume , écrit de fa main , ce qui
s'eft paffé avant & pendant le fiège de cette ville , par
Henri IV. C'étoit un des plus ardens citoyens pour faire
entrer le monarque dans la place.

STATUTS SYNODAUX DU DIOCÈSE. En les publiant , en
1546 , l'évêque *François de Piffeleu* y joignit tous ceux que
fes prédéceffeurs avoient faits. Les prélats , dans ces ouvrages , ont ordinairement des coopérateurs chargés de raffembler les matériaux , & plufieurs étoient vraifemblablement
de cette ville : il fuffira d'en donner un extrait très-léger.
L'évêque , entre autres chofes , ordonne à fes prêtres de
porter une foutane qui defcende jufqu'aux talons ; il défend
les fouliers à jours , découpés , ou peut-être garnis de brillans ou petits miroirs , *calceos feneftratos.* Il leur prefcrit
de ne pas fortir fans chaperons ou bonnets, *fine capu-
tiis.* Il oblige les prêtres mercenaires à affifter aux offices

de paroiſſe : il défend à tous le concubinage, le commerce, l'exercice des profeſſions de notaire, d'avocat, ou de procureur, à moins qu'ils n'agiſſent dans leur propre cauſe. Il ordonne aux curés de lire au prône les prières communes, qui commençoient par *bonnes gens* : défenſes ſont faites de baptiſer l'enfant dans le ventre de la mère, s'il n'en paroît rien au-dehors ; d'avoir des hiſtrions, des muſiciens, des danſes au repas d'une première meſſe. On y fixe la dédicace des égliſes au ſecond dimanche de juillet. Tous les curés ou leurs vice-gérens ſe confeſſeront au moins une fois l'an à leur doyen rural, & les doyens à l'official. Les curés aſſiſteront aux chapitres convoqués par les doyens, & le repas ne paſſera point 15 ſous pariſis par tête.

Dans ceux que publia l'évêque *François Faure*, en 1655 & 1662, on lit qu'un prêtre, chargé du ſoin des ames, payoit 20 ſous pariſis d'amende, applicable à des œuvres de piété, chaque fois qu'il négligeoit de faire le prône ou le catéchiſme. On déſigne les livres que tout prêtre doit avoir, & à chaque viſite ils étoient tenus de les repréſenter, & de fournir des preuves comme ils avoient étudié. On défend aux prédicateurs les queſtions curieuſes, de nature à produire des altercations, des diſputes capables de troubler la paix, ou d'altérer le repos des conſciences. Les maîtreſſes d'école ne recevront point de garçons, les maîtres point de filles. Le titre d'un eccléſiaſtique ſera de 100 l. de revenu annuel. Un prêtre ne pourra pas être, à l'égard d'un autre, directeur & dirigé, confeſſeur & pénitent. L'uſage du tabac leur eſt défendu. Les queſtions de morale ſe réſoudront par les maximes de l'évangile, & non par les opinions relâchées de quelques docteurs particuliers. Les égliſes ſeront fermées après le ſoleil couché, ou ſi l'on y confeſſe plus tard, on prendra des lumières, afin d'éviter le ſcandale. On ne ſonnera la nuit que pour la ſolemnité de la nativité du Sauveur. On ne conduira point le deuil en habit eccléſiaſtique. Quiconque ne communiera point à Pâques, ſera privé de la ſépulture.

ADAM LE VASSEUR, fils d'Antoine, avocat en cette ville, & d'Anne Potentier, se livra à l'étude de la jurisprudence. Après avoir été lieutenant général à Boulogne, il fut reçu conseiller au parlement de Paris, vers le commencement de ce siècle. Les *Vasseur* existoient en 1369.

JACQUES CORNET. Les bons patriotes ne sauroient être trop connus. De ce nombre fut incontestablement Jacques Cornet, sieur de Langle, de Coupel-lès-Revelles, & du fief d'Ynval en Artois, ancien premier échevin de la ville d'Amiens, fils de Michel, seigneur dudit fief d'Ynval, & de Marie d'Ynval, fille de Pierre, conseiller au bailliage d'Amiens. Notre Amiénois, Romain dans l'ame, naquit le 5 octobre 1563. Le 20 février 1590, il épousa Anne Rabache : de ce mariage sortirent plusieurs enfans, entre autre Nicolas Cornet, dont on parlera bientôt. Cette famille est une des plus anciennes de la ville, où elle existoit en 1413.

La maladie contagieuse qui affligeoit cette place, le força d'en sortir le 15 août 1596, avec sa femme, trois enfans, & deux nourrices. Il se retira au village de Septoultre, chez une parente, & ne rentra que le 15 décembre dans le lieu de sa naissance. Il y étoit le 11 mars 1597, lorsque les Espagnols enlevèrent la place par surprise.

Je demeurois alors, dit-il, dans la rue saint Denis, & quoique les trois quarts de la ville fussent saisis, nous n'en savions rien, parce que la cloche du béfroi ne sonna point l'alarme. Les plaintes & les cris parvinrent jusqu'à ma maison, où j'écrivois à un de mes amis, exilé à Rouen. Je sortis sur le champ, armé & en bonne volonté de rendre à ma patrie & à ma ville un bon devoir pour la défense d'icelle ; mais je n'eus pas avancé quarante pas, que l'ennemi parut devant moi, du côté de Notre-Dame, venant en bon ordre. Je crus devoir rentrer chez moi, pour donner, comme je le croyois, le dernier adieu à ma femme, & la bénédiction à mes enfans. Je pris & mis au milieu d'eux un crucifix, & dis à ma femme : Ma mie, mon pouvoir

ne vous peut aujourd'hui garantir d'outrage & fâcherie ; il n'y
a que Dieu seul qui le puisse : je le prie de tout mon cœur de
vous conserver la vie & de bénir mes enfans, comme je le fais.
Vous ne me verrez jamais vif prisonnier entre les mains des
Espagnols : il faut que je meure ou me sauve, pour me rendre utile à mes enfans, que les ennemis, comme je le crois,
ne tueront point, parce qu'ils sont fort petits. Après ce discours, malgré ma femme qui se lamentoit & s'efforçoit de m'arrêter, je sortis avec mes armes, & m'en allai droit au carrefour
de saint Denis, où je ne fus pas sitôt arrivé, que nous apper-
çûmes l'ennemi du côté de la belle croix, carrefour des Jacobins, au dessus de la porte de Paris, & du côté des Augustins. Je me retirai à la porte de Noyon, où parut à l'instant le
comte de Saint-Pol, qui la fit ouvrir pour gagner Corbie ; je
pris la même route, avec plusieurs autres habitans, le long de
la Somme ; je jetai ma cuirasse dans un fossé près de la vallée.
Affligé de regret, dès le même soir j'aurois voulu être mort
plutôt que d'être sorti. Je prie mes enfans, s'ils tombent en
pareil inconvénient, de se résoudre à mourir & se montrer vail-
lans & courageux, au lieu de penser à se sauver ; le salut que
l'on rencontre en telles occurrences, fait mourir ensuite plusieurs
fois le jour. Nous avons perdu en outre le droit d'être absolument gouvernés par nos magistrats concitoyens, & la liberté,
chose si chère, si désirable, qu'il vaudroit mille fois mieux
s'exposer à la mort, que de la perdre.

Il faut confesser, à la louange de nos ennemis, qu'ils se sont
montrés très-respectueux & très-prudens envers les filles & les
femmes. A quoi attribuer ce bonheur ? à la grace de Dieu, qui
a voulu récompenser les femmes de cette ville, de la ferme
loyauté qu'elles ont toujours gardée à leurs maris, telle que je
crois qu'en France, jusqu'à ce jour, ni depuis, il ne s'en peut
garder ni observer de plus grande.

Peu de temps après cette surprise je priai ma femme, par
une lettre que lui fit tenir Samuel, trompette du comte de Saint-
Pol, d'abandonner ce qui nous restoit de biens, & de venir
me joindre à Picquigny, où en l'attendant je passai onze nuits

couché fur le plancher, n'ayant qu'un fagot fous la tête, en guife d'oreiller. Étant enfin arrivée avec nos trois enfans, nous allâmes nous réfugier à Abbeville, d'où la pefte nous chaffa trois mois après. Nous gagnâmes Beauvais, où nous reftâmes jufqu'à la reprife d'Amiens par notre très-bon, très-magnani-me & très-clément roi Henri IV.

Le peuple réfugié dans Abbeville y a trouvé des habitans merveilleufement rudes, farouches & pleins de reproches ; mais à Beauvais, un bon peuple, compatiffant & vraiment chrétien.

En décembre 1597, nous rentrâmes dans notre patrie, avec nos enfans, Nicolas, Antoine & Genevieve. Cette anecdote, fi naturellement écrite, fi glorieufe pour nos concitoyennes, eft un extrait du regiftre mémorial de la famille des Cornets, paffé, par la mort du fieur de Lifleron, à M. de Boncourt, ancien échevin.

LOUIS LE FEBVRE DE CAUMARTIN naquit d'une famille diftinguée, originaire du Ponthieu, & portoit les titres de feigneur de Caumartin & de Boiffy. Deftiné par fes talens aux grandes places, il parut fur la fcène du monde, en qualité de maître des requêtes. Nommé préfident au grand confeil, fous Henri III, on le vit confeiller d'état fous fon fucceffeur, enfuite intendant de cette province, ambaffadeur en Suiffe, garde des fceaux, par lettres patentes du 23 feptembre 1622. La cour l'employa, pendant quarante-cinq ans, aux plus grandes affaires de l'état, tant il étoit habile négociateur. Il eut de demoifelle Marie Miron deux fils, entre autres enfans ; l'aîné devint préfident, & François monta fur le fiège épifcopal d'Amiens. *Voyez l'Hift. de cette Ville, t. j. p. 142, t. ij, p. 68.*

Samfon, Hift. des Maïeurs d'Abbeville.

Godefroi, Hift. des Chanceliers.

FRANÇOIS BLANCHART, né en 1606, chanoine régulier de la congrégation de fainte Genevieve, prononça fes vœux dans l'abbaye de faint Acheuil. Son mérite étoit fi univerfellement reconnu & fi rare, que pendant un temps

confidérable il fut, de trois ans en trois ans, élu abbé général. Sa piété le faifoit encore plus remarquer que fa place.
Il étoit le fanal & l'exemple de fes confrères. Il mourut au
mois de février 1675. Son portrait, gravé par Nantcuil, a
été exécuté en 1673, en grand *in-folio*. Les titres du chapitre font mention d'un Jean Blanchart, qui étudioit au
collège en 1457.

NICOLAS DE BLAIRYE. Toutes les vraifemblances
concourent à attacher cet homme de lettres à la chaîne de
nos compatriotes : il étoit docteur en théologie, & prieur de
Sorbonne, en 1596. Après avoir été pourvu d'un canonicat
de la cathédrale, il fut fucceffivement théologal, pénitencier, prévôt, & grand vicaire du diocèfe. Il annonça la
parole de Dieu avec fuccès pendant plus de vingt-cinq ans,
& prêcha le carême à la cathédrale en 1599. La pureté de
fes mœurs égaloit celle de fa doctrine. Il ceffa de vivre le
9 juillet 1625. Ce nom eft connu dès 1484.

S E S   É C R I T S.

Le tréfor des grandes richeffes de l'Eglife, & ce que doi-
vent faire ceux qui les reçoivent & les diftribuent. Amiens,
Jacques Hubault, 1618, *in*-8. Cet ouvrage, dédié à François le Febvre de Caumartin, évêque d'Amiens, contient
vingt-un chapitres, qui regardent principalement les Sacremens, & 253 pages d'impreffion, fans l'épître dédicatoire
& la préface, après laquelle on lit ce quatrain :

> Veux-tu chrétien théfaurifer ?
> Vis faintement, ne m'efcrois rien ;
> Veux-tu ton nom éternifer ?
> Prens ce trefor, garde-le bien.

L'auteur a tout tiré de l'écriture, des canons, des pères,
& des théologiens ; fon ftyle eft familier, l'ordre en eft
clair & aifé ; auffi la vérité, ajoute-t-il, eft fimple, & fe
contente

contente de fa naïve beauté, fans farder ou plâtrer fon vifage. La gloire de Dieu, la deftruction des héréfies, & la confolation des ames, font *le blanc où il a vifé*. Il répond victorieufement aux objections des prétendus réformés, qu'il compare à la mouche cantharide qui tourne tout en venin. Dans le chapitre du mariage, il prouve que l'homme, chef de la femme par la loi de Dieu, l'eft auffi par la nature, qui lui a donné de la barbe, & le rend chauve de bonne heure. Or, la *tête chauve*, dont *Synofius* a fait l'éloge, *eft la plus propre pour gouverner : les deux premiers Apôtres, Jules Céfar, Hippocrate, & les principaux favans n'avoient prefque point de cheveux;* & l'auteur nous apprend qu'*une femme ne perd jamais les fiens que par maladie*.

Trois tableaux, lefquels les ames défireufes de leur falut doivent regarder fouvent. Ibid. 1615, *in*-12, de 525 pages. Dans le premier, l'auteur traite de la fimonie & de fes efpèces, de ce qui regarde les bénéfices, la réfidence, les devoirs des bénéficiers; des diftributions qui fe font aux chanoines, des aumônes, du facrilège, des vœux, de l'état monaftique, des nobles, des gens de juftice, des marchands, de l'ufure, & de la mifère des pécheurs. Le fecond roule fur les parties de la pénitence & les péchés mortels: on y voit ce qu'il faut faire pour plaire à Dieu; ce qui concerne la confeffion, la fatisfaction, le jeûne, l'oraifon. Il a compofé le troifième en faveur des ames fcrupuleufes & craintives; & pour leur fournir de quoi les confoler, il s'étend fur le fcrupule, dont il fait connoître l'origine. Cet ouvrage eft dédié à Henri d'Orléans, duc de Longueville, gouverneur de la province.

J. Canu & un Anonyme, du nombre des cervelles renverfées, à force de renverfer des noms, ont trouvé dans celui de notre auteur; le premier, *ja fon Dieu la cryblé;* & l'autre, *i lyrâ, i cœlo beandus*. Ce Canu lui a adreffé plufieurs fonnets.

PIERRE DE CAMP, Cordelier de l'obfervance, étoit

Q

un perfonnage dévot, qui, prenant le capuce, fe retira
avec quelques hermites au village de Piquepuce-lès-Paris,
où il imitoit la grande auftérité des Capucins d'Italie. La
reine Catherine de Médicis, édifiée, émue du genre de
vie de ce religieux, l'envoya à Rome en 1573, avec une
lettre de fa main, & une autre de Charles IX, fon fils,
adreffées au pape Grégoire XIII, à l'effet d'obtenir de fa
fainteté un nombre de religieux Capucins que Pierre
amena, & pour qui la reine-mère fit bâtir le couvent du
fauxbourg faint-Honoré, où le conducteur mourut en odeur
de fainteté.

NICOLAS D'AMIENS. Ce religieux Capucin mourut
gardien à Troies, l'an 1618, à la fleur de fon âge; mais
il étoit mûr pour le ciel, fa vie n'ayant été qu'un enchaînement continuel de vertus. Au moment de fa mort,
raconte l'annalifte crédule, fa fœur, qui demeuroit à deux
cent milles de-là, reçut de ce bon père lui-même des
nouvelles de fon décès : *Par la miféricorde de Dieu*, lui
dit-il, *je jouis de la béatitude éternelle.* Quoiqu'elle ignorât
qu'il eût été malade, elle ne put méconnoître fa voix;
mais, loin de s'épouvanter, elle verfa quelques larmes, &
fe plaignit en fille forte de ce qu'il la quittoit fitôt.

Zacharias Bovetius, annal. Capucinorum.

CLAUDE DE MONS vint au monde l'an 1591. Son
père Jean de Mons, feigneur de Hédicourt, ancien confeiller au préfidial, avoit époufé Antoinette Picquet : ces
époux concoururent à donner à leur fils une éducation
digne d'eux, & il en profita au-delà de leurs efpérances.
Pendant le féjour qu'il fit à Paris pour étudier le droit,
il prit du goût pour la poéfie. De retour dans fa patrie,
il fut revêtu d'une charge de confeiller au même fiège,
& prouva qu'on peut être très-honnête homme, magiftrat
intègre, & mince verfificateur. De fon mariage avec Marie
de Villers, il eut un fils nommé Jacques, & des filles. Il
étoit fubdélégué de l'intendant, lorfqu'il mourut le 7 mai
1677.

SES ÉCRITS.

Les chants oraculeux, tant en acclamations d'honneurs &
louanges pastorales fur dignes fujets, qu'en libres déclama-
tions & pures vérités de Dieu, des faints pères, & d'autres
grands auteurs, fur les abus, vanités & corruptions du monde.
Amiens, chez Jacques Hubault, 1628, *in-16.* de 240 pages.
Cet effai, qu'il dédie à fon père, eft divifé en trois livres,
dont le premier eft nommé *livre bucolique;* le fecond, *livre*
fatirique; le troifième eft un ramas de fes pièces diverfes.
Le premier eft compofé de fept chants, remplis de verbia-
ge : il en adreffe un à Henri d'Orléans, duc de Longueville,
fous le titre de *Rameau d'olive Amiénois;* un à Catherine de
Gonzague de Clèves, mère de ce duc, fous celui de *Chape-*
let du rameau d'olive; un autre au duc & à la ducheffe de
Chaunes, intitulé le *Menalien;* un autre nommé le *Tityrien.*
Dans celui des *Chaftes merveilles d'Amour,* tout ce qu'il dit
peut inftruire, édifier même; mais, femblable à certains
prédicateurs, il difoit mal les meilleures chofes. La franchife
de fon caractère fe manifefte dans la préface : *J'aime mieux,*
dit-il, *me faire des ennemis en reprenant, que des amis en flat-*
tant. Dans le fixième chant il parle ainfi à l'Amour :

Pauvre Amour, je te plains d'être fi mal voulu
Du monde, qui te prend pour un fonge malices :
Toi qui ne fais rien plus qu'inventer fes délices,
Qu'amorcer le gibier dont il eft fi goulu.

On trouve dans le fecond livre des *fonnets anagramma-*
tiques, & diverfes pièces qui n'inftruifent de rien, & dont
les penfées ne dédommagent point plus que les vers, de l'ennui qu'en caufe la lecture. Il finit par des *traductions de plu-*
fieurs hymnes, après avoir fait connoître en ces termes fes
fentimens fur les biens du fiècle.

Quant à moi, fur l'indifférence
Me tenant ferme déformais,
Adieu, dis-je, adieu l'efpérance,
Et la fortune pour jamais.

> Des vrais biens & délices pures,
> Quiconque tu fois amateur,
> Tourne le dos aux créatures
> Pour voir en front le créateur.

Dans le troifième, fon zèle impétueux fe déchaîne fans ménagement contre les abus dans tous les états, & c'eft dans fes fatires qu'il eft plus fupportable.

> Il faut avec des gens, foit d'églife ou de cloître,
> Contrefaire le faint, & pour tel apparoître,
> Genoux fléchis au temple, en main le chapelet,
> Prier à bras croifés, les yeux blancs comme lait.....
> Ni Dieu, ni les bons faints, n'ont pas tant aux églifes
> D'apparence que nous, nos blafons & devifes.....

A la fin des fept chants dont ce livre eft compofé, on trouve un difcours intitulé : *la Sageffe & Vertu chrétienne*, & un autre latin & françois, qu'il prononça dans la première de ces langues, lorfqu'il fut confeiller : il y abjure l'art des vers, pour ne s'appliquer déformais qu'à rendre la juftice. Sa retraite ne devoit pas occafionner un grand deuil fur le parnaffe. Il compare la fcience humaine à l'eau nette qui fert à laver les yeux de l'ame, pour qu'ils voient plus facilement la lumière célefte. Le refte confifte en des tra-traductions plates *des pfeaumes*, & d'autres *paffages de l'écriture fainte*.

Les Propos falutaires du père de famille parurent au même endroit, l'an 1648, *in-12*.

Les Blafons anagrammatiques, très-chrétiens & religieux, du Hiérapolitain d'Amiens, fur diverfes fleurs perfonnelles de piété, de nobleffe, de juftice & de littérature, fignalans en Dieu la contrée. Amiens, chez Jean Mufnier, 1662, *in-8*. Ces anagrammes, tirés des livres facrés ou d'autres ouvrages de piété, regardent J. C. & fa mère, les faints, plufieurs de nos rois & reines, des princes, princeffes, & autres feigneurs de marque, ainfi que les perfonnages les plus diftingués du royaume, de la province & de cette ville.

L'auteur eſtropie la plupart des noms , à force de donner la torture à ſon eſprit pour les anagrammatiſer. Quoiqu'en petit nombre , ſes vers latins l'emportent de beaucoup ſur les françois. Deux Capucins & un Carme , approbateurs de l'ouvrage , en font un éloge pompeux ; le dernier l'excite à le donner au public , qui peut n'avoir pas été auſſi empreſſé à l'acheter.

Le bref idyliacq , ſenil & contemplatif du Hiérapolitain d'Amiens , mis par eulogie préalable devant ſes Blaſons anagrammatiques très-chrétiens. Amiens , Jean Muſnier , 1663 , *in*-8. On le conſerve à la bibliothèque du Roi , ſous le n°. 5103 de la partie des belles-lettres.

Dès 1595, il avoit publié la *Sexteſſence dialeﬅique & potentielle , tirée d'une nouvelle façon d'alambiquer , ſuivant les préceptes de la ſainte magie , & invocations , tant pour guérir l'hémorragie , plaies , tumeurs & ulcères vénériennes de la France , que pour changer les choſes plus nuiſibles , en bonnes & utiles.* Paris , Etienne Prevoſteau , *in*-8. de 396 pages : cet ouvrage eﬅ bien inférieur aux écrits ſur leſquels on s'eﬅ appeſanti.

Reditus Ambianenſem deliciarum præventus. Il y peint la joie des habitans , lorſqu'ils revirent le duc de Longueville , pour lequel il demande une ﬅatue.

Son fils Jacques de Mons l'ayant un jour indiſpoſé contre lui par une étourderie , notre auteur prit , pour l'épouvanter , un piﬅolet qu'il croyoit vide , le banda , & le menaça de le tuer : l'amorce prit , & le bon père , tout tremblant , n'eut pas plutôt poſé l'arme ſur la cheminée , que le coup partit. Il y reconnut la main du ciel , qui récompenſoit ſa piété dès ce monde , en lui conſervant d'une façon ſi particulière ſon fils unique.

La famille des de Mons eﬅ auſſi recommandable que jamais. Ils étoient baillis de Lucheu , de Pas , d'Orville , & lieutenans généraux du comté de Saint-Pol. Après les ducs de Longueville , ils ont contribué plus que perſonne à l'établiﬅſement des Carmes de Lucheu , comme le prouve une lettre de ces religieux , du 2 avril 1662. Henri d'Orléans ,

comte de Saint-Pol, avoit une confiance entière en Gabriel
de Mons, écuyer, fieur d'Omermont, & avocat. Dans une
lettre du 26 octobre 1658, ce prince le traite d'affectionné
ami, & Louis de Bourbon emploie les mêmes termes,
ainfi que la fœur du grand Condé, époufe du duc de Longueville, en 1669.

NICOLAS GAUDRAN, prêtre, docteur en la faculté
de théologie de Paris, chanoine & pénitencier de l'églife
d'Amiens, naquit dans la rue du Hocquet, comme le renfeigne fon épitaphe. En qualité de député du chapitre, il
affifta, en 1585, avec Jean le Roy, licencié en droit,
chanoine de la même églife, au concile provincial de Reims.
Il mourut le 12 février 1616, & fut inhumé dans la cathédrale. On lit fur fon maufolée, *ut carduis lana, fic arduis
virtus*, paroles qui défignent la profeffion de fon père. Ses
écrits font des preuves durables de la profondeur de fon
favoir.

Démonftration de la vraie Religion contre toutes les héréfies.
Paris, Charles Seveftre, 1610, *in*-8. L'ouvrage dédié à Anne
de Caumont, époufe vertueufe de François d'Orléans,
Comte de Saint-Pol, gouverneur de la province, contient
502 pages. L'auteur débute par faire voir que tous les êtres
défirent le bien ; il fait connoître enfuite l'excellence de
l'homme, que tout invite à la connoiffance de Dieu :
fes effets font d'aimer, d'adorer l'Être fuprême. Après
avoir défini la religion, & prouvé que la véritable eft celle
du Chrift, que les faints pères en font les interprètes irré-
prochables, il confeille aux catholiques les moins éclairés,
chaque fois que les novateurs voudront les féduire, de leur
fermer le bec, en répondant bravement : *Les anciens Pères,
qui étoient plus gens de bien que nous, n'ont pas ainfi parlé ;
nous nous en tenons à leur doctrine. En fait de religion*, ajoute
l'auteur, *il faut plus de croyance que de fcience, & qui ne
croit pas de préférence aux écrivains facrés, n'a point la tête
faine. Les pères anciens, ainfi que les thermes des payens,*

*pofés fur les chemins pour empêcher les voyageurs de s'éga-
rer, nous difent :* Hàc eundum; *c'eſt par-là qu'il faut aller.*
Il développe les rufes des hérétiques, réfout leurs objections les plus fortes, prouve qu'il leur eſt impoſſible de
montrer leur fucceſſion ; que leur aveuglement eſt une
punition du ciel ; que leur opiniâtreté naît de l'ambition de
fe faire un nom quelconque ; qu'ils n'ont que de faux miracles ; qu'ils n'ont point été envoyés pour enfeigner la religion. Le livre traite des conciles & de leur autorité, de l'é-
glife fi fouvent perfécutée, de la primauté de faint Pierre
& de l'évêque de Rome, de l'écriture fainte, des péchés
qui jettent dans l'héréfie. Après avoir prouvé que la mauvaife vie de quelques prêtres ne rend pas leur doctrine
fauffe, & traité de ce qui regarde la prière, la foi, la grace,
il exhorte les proteſtans à rentrer au fein de l'églife, contre laquelle ils ne feront jamais que de vaines tentatives,
comme le difoit le pape Alexandre à l'empereur Frédéric
Barberouffe :

> *Niteris incaffum navem fubmergere Petri :*
> *Fluctuat, at nunquam mergitur illa navis.*

Sermons ou traités de l'état des trépaffés. Amiens, chez
Jacques Hubault, 1616, *in-*12. Dans cet écrit, dédié aux
maire & échevins de ladite ville, l'auteur traite en douze
chapitres de la mort, du reſte des peines dues au péché,
du purgatoire, & de ce qu'on y fouffre ; des regrets des
ames qui y font détenues, des fecours qu'elles demandent,
de la façon de les fecourir ; de la fin de leurs peines, favoir
du paradis. Dans le chapitre des efprits, il croit aux reve-
nans : l'ouvrage finit par les indulgences que gagnent ceux
qui prient pour les trépaffés. Dans la préface, il fait l'éloge
de fa patrie, & de Noël Fournier, chanoine d'Amiens, qui
à chaque repas faifoit dire à fes penfionnaires le *De profundis* avant le *Benedicite*, afin que les morts qui les nour-
riffoient, fuffent les premiers fervis, comme on y eſt obligé, ajoute-t-il, par l'infcription des tombeaux, dont le

mot *monumentum* fignifie fouvenir. On trouve dans l'ouvrage quelques hiftoires apocryphes & puériles fur ce qui
regarde les efprits. Ce livre, de 516 pages, a pour approbateurs les péres A. de Moranvillier, Auguftin du couvent
d'Amiens, & Jean Fournier, prieur de la même maifon.

NICOLAS CORNET. Jacques Cornet, feigneur du fief
d'Ynval en Artois, de Coupel & de Langle, élu neuf fois
échevin de cette ville, & maire en 1606, eut de fon mariage
avec Anne Rabache, Nicolas, né le 12 octobre 1592, &
baptifé dans l'églife de faint Michel, où il fut tenu fur les
fonts par Nicolas de Nibat, fieur de Belliviller. Les autres
enfans furent Michel, qui fe fit Jéfuite ; Charles prit l'habit
de faint François chez les Capucins : cinq autres garçons,
Antoine, Jacques, Henri, Adrien & Jean-Baptifte, reftèrent dans le monde, ainfi que Genevieve. Magdeleine mourut religieufe Clariffe ; Catherine fe fit Urfuline, & Marie
devint prieure de Moreaucourt, ordre de Fontevrault.

Nicolas fit fes premières études chez les Jéfuites d'Amiens,
ou fes progrès furent fouvent couronnés par des prix. On
remarquoit, dès fa plus tendre enfance, qu'il étoit porté à
la vertu & à la piété ; il avoit une dévotion particulière envers la fainte Vierge. Tranfplanté à Paris, il demeura quelque temps parmi les Jéfuites, & il y prononça un difcours
françois, grec & latin, qui furprit les plus habiles. Il quitta
les Jéfuites quelque temps après, fit fon cours de théologie dans l'univerfité, fe mit fur les bancs de Sorbonne, &
fut reçu docteur en théologie de la faculté de Paris, maifon
& fociété de Navarre.

Ayant embraffé l'état eccléfiaftiqne, il fut fucceffivement
doyen de faint Thomas du Louvre, prieur de Notre-Dame
de Vouvant en Poitou, prieur de Vielarfy, près de Soiffons, puis grand-maître du collège de Navarre, en 1634.
Pour entrer dans l'état eccléfiaftique, il n'a connu d'autre
porte que celle qui eft ouverte par les faints canons. Bien
loin de défirer les bénéfices, il crut qu'il en avoit trop,
quand

Quand il fe vit environ douze cents livres de rente, il fe défit bientôt de fes titres, & tant qu'il les a tenus, les pauvres & les fabriques en ont prefque tiré tout le fruit. Il honoroit le fimple néceffaire par un retranchement effectif de toutes les fuperfluités.

Pendant qu'il étoit fyndic de la faculté de théologie, il s'éleva des troubles fur la queftion de la grace; il propofa, le premier juillet 1649, la cenfure des cinq propofitions qu'il avoit extraites du livre de Janfénius, & il en a beaucoup avancé la condamnation à Rome; ce qui le fit connoître des papes Innocent X & Alexandre VII. Affermi de bonne heure dans les maximes de l'églife, exercé dans fes emplois, plein de fon efprit, nourri du meilleur fuc de fa doctrine, il a foutenu dignement l'ancienne pureté de fes maximes. C'étoit un docteur auffi recommandable par fon humilité, que célèbre par fon érudition & fon zèle à défendre la doctrine de l'églife. On l'auroit vu élevé aux premiers rangs, fi, jufte en toutes autres chofes, il ne s'étoit oppofé en cette feule rencontre à la juftice de nos rois.

Le cardinal de Richelieu voulut l'avoir pour confeffeur; mais ce docteur refufa d'accepter un emploi dont il fentoit tout le poids, & il fe contenta d'entrer dans le confeil de cette éminence. Le cardinal Mazarin l'établit préfident du confeil de confcience, & lui offrit l'archevêché de Bourges, qu'il fe contenta de mériter fans l'accepter. On lui offrit même, de la part du roi, de fournir aux frais des bulles, mais il remercia la reine-mère & le miniftre, en déclarant qu'il n'avoit pas les qualités naturelles & furnaturelles néceffaires pour les grandes dignités.

Son efprit net & fubtil éclairciffoit les difficultés les plus épineufes. On trouvoit dans lui, avec mille autres qualités, un tréfor inépuifable de fages confeils, de bonne-foi, de fincérité, d'amitié conftante & inviolable. Il étoit le père & le protecteur des maifons religieufes, l'une des plus vives lumières de la faculté de théologie, & l'un des plus grands ornemens de fon fiècle : c'étoit un tréfor tout à-la-fois pu-

blic & caché ; il fe couvroit, autant qu'il pouvoit, de nuages
épais. Il étoit plus illuftre par le defir de cacher toutes fes
vertus, que par le defir de les acquérir, & la gloire de les pofféder. Ses confeils étoient droits, fes fentimens purs, fes
réflexions efficaces, fa fermeté invincible. Ce docteur de
l'ancienne marque, de l'ancienne fimplicité, de l'ancienne
probité, également élevé au-deffus de la flatterie & de la
crainte, étoit incapable de céder aux vaines excufes des
pécheurs, ni aux inventions de la chair & du fang. Il poffédoit les avantages naturels & furnaturels, les richeffes des
deux teftamens, les faints pères, les fcolaftiques ; il avoit
la fcience de l'antiquité & de l'état préfent de l'églife ; &
par deffus tout cela, il brilloit par l'innocence de fa vie. Il
a été confulté de toute la France. Ses ennemis même lui
rendent ce témoignage, que fes confeils étoient droits, fa
doctrine pure, fes difcours fimples, fes réflexions fenfées,
fes jugemens fûrs, fes raifons preffantes, fes réfolutions
précifes, fes exhortations efficaces, fon autorité vénérable.
Les miniftres & les prélats ont également concouru à l'eftimer. La France n'a point eu d'ame plus françoife que la
fienne, & l'état point d'efprit plus attaché à fon prince que
le fien. Il étoit également régulier dans tous fes devoirs.
On fait que dans une affaire d'un de fes amis, qu'il avoit
recommandée aux juges comme jufte, il répara de fes
deniers le tort qu'il reconnut, quelque temps après, avoir
été fait à la partie adverfe, tant il étoit lui-même févère
cenfeur de fes bonnes intentions.

Le roi le nomma avec d'autres commiffaires, pour examiner les différends furvenus entre l'abbeffe & les religieufes de Fontevrault, qui prétendoient fe fouftraire à fon
obéiffance.

De même qu'il avoit fait un facrifice de fon corps &
de fon ame au Seigneur, il confacra fon entendement à la
foi, fa mémoire au fouvenir éternel de Dieu, fa volonté à
l'amour, fon corps au jeûne & à la piété. Il fe retiroit fouvent à Saint-Germain-en-Laye, pour chercher le repos dans

la maifon de campagne qu'il y avoit. Par-tout il étoit fimple dans fes difcours, inviolable dans fa parole, incorrup-
tible dans fa foi, fidèle aux exercices de l'oraifon.

Après avoir fait, par fon teftament, quantité de legs
pieux, il mourut entre neuf & dix heures du foir, dans le
collège de Boncourt, le 18 avril 1663, & fut inhumé dans la
chapelle du collège de Navarre. Il étoit âgé de 70 ans 6 mois.
L'archevêque d'Auch officia à fes funérailles. Son convoi
fe fit à faint Etienne-du-Mont, fa paroiffe. Hardouin de
Péréfixe, archevêque de Paris, deux autres évêques, & les
docteurs de la faculté de théologie, fe trouvèrent à fes
obsèques. Comme l'univers n'a rien de plus grand que les
grands hommes modeftes, le collège de Navarre ordonna
de faire le panégyrique de fon grand-maître, & le grand
Boffuet, évêque de Meaux, qui s'en chargea, le prononça,
dans le lieu où le défunt repofe, le 27 juin 1663. Cette
oraifon funèbre fut imprimée par les foins des parens de
l'illuftre défunt. Charles-François Cornet, feigneur de Coupel, Saint-Marc, Graville & autres lieux, confeiller, avocat du roi au bailliage & fiège préfidial d'Amiens, neveu
du défunt, a fait des notes fur ce difcours, que l'orateur
fublime n'a jamais avoué, quoiqu'il ne foit pas fuppofé ;
mais il ne fe trouve ni dans les éditions de fes oraifons
funèbres, faites fous fes yeux en 1689, ni dans les fuivantes : on ne l'imprima pour la première fois qu'en 1698, à
Amfterdam, où on l'altéra, dit-on, jufqu'à le rendre mé-
connoiffable ; auffi l'a-t-on fupprimé depuis peu des Œuvres
du célèbre orateur chrétien.

On lit cette épitaphe au-devant de fa tombe.

D. O. M.

IN SPEM RESURRECTIONIS.

Híc jacet Nicolaus Cornet, presbyter Ambianus, magnus
regiæ Navarræ magifter, vir præftantiffimi ingenii, prudentiæ

incredibilis, eximiæ fimplicitatis ac modeftiæ, folidæ pietatis, ac profundæ eruditionis : de hocce collegio duplicis cathedræ theologicæ, ac collegiorum Becodiani ac Tornacenfis additione amplificato ; de facrâ facultate pro munere fyndici difficillimis temporibus femel atque iterùm adimpleto, ac de ecclefiâ plurimis titulis optimè meritus, maximè propter detectas & extractas ex ingenti volumine Janfenii Yprenfis famofas quinque propofitiones, à fummis pontificibus Innocentio X & Alexandro VII pofteà damnatas, velut hæreticas, ac deindè toto orbe catholico profcriptas ; nulli invifus, præterquàm ecclefiæ hoftibus, meruit, procurante regiâ Navarrâ infigni oratione panegyricâ poft mortem commendaria.

Manufcrits de la famille.

De Henri Cornet, frère du défunt, écuyer, feigneur de Coupel, defcendent les branches de Cornet de Lifleroy, & Cornet de Coupel.

On prétend que le cardinal de Richelieu fe fervit du grand-maître de Navarre pour compofer la belle préface qui fe trouve à la tête de fon livre de controverfe, intitulé : *Méthode la plus courte & la plus affurée pour convertir ceux qui fe font féparés de l'églife.* On lui attribue un autre ouvrage, fous ce titre : *Molinæ collatorumque adversùs doctrinam fancti Auguftini apparatus,* 1649, *in-8.*

Jean Devaux a gravé fon portrait *in-4.*

HENRI D'ORLEANS, deuxième du nom. Ce fils de héros naquit le 27 avril 1595, du mariage de Henri d'Orléans I, duc de Longueville, avec Catherine de Gonzague de Clèves. Henri le Grand le tint fur les fonts de baptême & lui donna le nom. Héritier des biens de fon père, il le fut bientôt de fon courage & de fes vertus ; auffi reffentoit-il en diverfes rencontres les effets de l'affection que le monarque avoit pour lui. Aux titres de duc de Longueville & d'Etouteville, de prince & comte fouverain de Neufchâtel, comte de Saint-Pol, de Dunois, de Chaumont, de Tancarville & de Colomiers, il réuniffoit ceux de connétable, chambellan héréditaire, gouverneur & lieutenant général de S. M. en Normandie. Par lettres-patentes du 8 mai 1595, le roi lui réferva le gouvernement de la Picardie, qu'il quitta en 1619 pour celui de la Normandie. En 1629 il accompagna Louis XIII dans le Montferrat, dans le pays Meffin deux ans après, & le jour de la Pentecôte 1633, le roi l'affocia à l'ordre des chevaliers du Saint-Efprit, parmi lefquels il tint le premier rang. Toujours fidèle à fon prince, il le fervit utilement contre les religionnaires, & en Lorraine, dans la guerre contre la maifon d'Autriche ; il fut fait lieutenant général des armées du roi, & battit dans la Franche-Comté le duc Charles, en 1638. Il réduifit plufieurs places fous l'obéiffance du roi, tant en Allemagne qu'en Italie, & défit fur le Rhin le duc Savoli, près du château de Blamont. Comme on lui connoiffoit autant de prudence que de valeur, il fut un des miniftres choifis pour gouverner l'état pendant la minorité de Louis XIV. On jeta les yeux fur lui pour tenir le premier rang entre les ambaffadeurs plénipotentiaires de France, pour la paix générale qui fe devoit traiter dans les villes de Munfter & d'Osnabrug. Par-tout il fe montra digne des emplois dont on le chargea, & vérifia par fa conduite la bonne opinion qu'avoit de lui Henri le Grand. Il donna des preuves de fa magnanimité, lorfque, s'oppofant aux violences de celui qui voulut ufurper, non-feulement fon gouvernement de Picardie, mais auffi entreprendre plufieurs autres chofes contraires au repos de l'état, il y oppofa une vigoureufe réfiftance & un courage inflexible.

Le dernier avril 1617 il époufa, à Paris, Louife de Bourbon, fille aînée de Charles de Bourbon, comte de Soiffons, grand-maître de France, & d'Anne de Montaffié. Après la mort de cette princeffe, il prit, le 2 juin 1642, Anne de Bourbon, fille de Henri, prince de Condé, premier prince du fang, & de Charlotte-Marguerite de Montmorency. Il eut de la première trois enfans, & une fille de la feconde.

VINCENT VOITURE. Henri le Grand, le vrai père &

l'amour de fes fujets, avoit depuis peu foumis à fon obéiffance cette place que l'Efpagne lui avoit enlevée par furprife, lorfque Voiture y naquit (1), l'an 1598, de Vincent,
qui avoit été échevin en 1593, & de Jeanne de Collemont.
Son père, homme de belle humeur, & partifan de la bonne
chère, abandonna la province pour fe fixer à Paris, en qualité de marchand de vin en gros, fuivant la cour. Etant fer-
Regiftres de la
Ch. des Comptes. mier du vin à Amiens, on lui avoit donné 600 livres de
gratification le 27 avril 1595. Son fils, qui toute fa vie ref-
pira l'air contagieux de la cour, ne s'y gâta point. Il fit
fes études au collège de Boncourt, avec le jeune comte
d'Avaux, dont il gagna l'eftime & l'amitié. Ce feigneur,
devenu par la fuite négociateur habile, miniftre d'état &
plénipotentiaire à Munfter, fe reffouvint des agrémens que
lui avoit procuré la fociété de Voiture, qui difoit les chofes les plus grandes fur des airs de flageolet, & il réfolut
de jeter les fondemens de fa fortune. Il entretint, malgré
les affaires dont il étoit chargé, un commerce de lettres
réglé avec fon camarade de collège. L'un & l'autre s'y rap-
peloient avec fatisfaction le bon temps qu'ils avoient paffé
enfemble. Voiture en recevoit fouvent des bienfaits, & le
comte, nommé intendant des finances, le fit fon commis,
fans l'aftreindre à en remplir les fonctions, afin que les
appointemens, en augmentant le bien-être de fon protégé,
le miffent en état de cultiver les belles-lettres, incompati-
bles avec les occupations d'un bureau. Témoin dans fa jeuneffe des troubles, des divifions furvenus dans l'état, il
fut s'accommoder aux circonftances, & ne prêta fa plume
à aucun parti. Jamais il ne fit de fatire ; jamais il ne lâcha
la moindre épigramme contre qui que ce fût. Les marques
d'eftime que lui témoignoit le fieur de Chavigny, fecrétaire d'état, jointes à l'amitié dont l'honoroient les maréchaux de Schomberg & de Grammont, lui ouvrirent toutes
les portes. On le reçut avec plaifir à l'hôtel de Rambouil-

---

(1) Sur le grand marché, dans la maifon nommée le blanc Pignon.

let, qui étoit alors le rendez-vous de tous les beaux-efprits. Il eut la douce fatisfaction de s'y voir defiré, goûté ; & il dut au cardinal de la Valette les faveurs dont les grands le comblèrent, malgré la diftance qui fe trouvoit entre fa condition & la leur. Ces protections lui firent obtenir quelques penfions, une charge de maître-d'hôtel chez le roi, celle d'introducteur des ambaffadeurs & maître des cérémonies, chez Gafton, duc d'Orléans, frère unique de S. M. En fuivant ce prince, qui pendant les troubles s'étoit éloigné de la cour, en 1636, notre poète étoit affez bon politique pour fentir qu'il alloit s'attirer la difgrace du cardinal de Richelieu : il la craignoit & fut la prévenir, en faifant entrer adroitement l'éloge fage & délicat de cette éminence, dans une lettre au fujet de la reprife de Corbie fur les Efpagnols, en 1636.

Deux ans auparavant, l'académie françoife l'admit au nombre de fes membres, & il s'y lia d'une amitié particulière avec le grand Corneille. Vers l'an 1627, il paffa de la Beauce à Efpinay, où le tombeau du maréchal de Strozzi lui fit naître l'envie de fe faire enterrer avec ce héros ; mais on s'y oppofa, dit-il, parce qu'il avoit encore trop de chaleur, & qu'on ne le trouvoit pas affez mort ; de-là il fit porter fon corps maigre & défait à Nancy. De retour à Paris, il refta trois jours dans une maifon, où deux perfonnes moururent de la pefte, fléau terrible, dont l'antimoine le préferva. La manie de courir le pays étoit devenue fa paffion dominante. Il auroit été en Flandres comme un Parifien va à Vaugirard. Après avoir paffé une campagne à l'armée, dans la partie méridionale du royaume, il alla à Bruxelles, puis en Efpagne, par ordre & pour les affaires de Gafton d'Orléans, fon maître, en 1632. Il vit la plus belle partie de cette péninfule, & l'année fuivante, pendant fon féjour à Madrid, il eut beaucoup de part aux bonnes graces du comte, duc d'Olivarès, miniftre du roi Philippe IV. La délicateffe de fa fanté, les douleurs, qui ne le quittoient point, rendirent folitaire & farouche l'homme du monde le plus

Extrait de fes Lettres.

galant. Il y réfida huit mois fans parler à une femme, &
fans jouer. Cette pofition le réconcilia avec les livres & l'é-
tude ; enfuite il s'embarqua pour l'Afrique & fut fatisfait
de voir un pays fi différent du nôtre par fa température &
les mœurs de fes habitans. De retour en Efpagne, il vit
l'Efcurial & Aranjuez, & pendant près de fix ans de réfidence, il refta homme de bien dans l'endroit du monde où
il y a le plus de tentations, & où le diable fe déguife le
mieux.

Après avoir quitté l'Efpagne, il débarqua à Lisbonne, où
il fit une maîtreffe plus douce que la marmelade du pays ; &
au bout de peu de temps il revint à Paris où les plaifirs
l'attendoient. Madame la princeffe, la ducheffe de la Trimouille & plufieurs autres le menoient à l'envi à leurs
terres, pour y jouir des agrémens de fa converfation.

Louis XIII jeta les yeux fur lui en 1638, pour porter au
duc de Florence la nouvelle de la naiffance du dauphin.
Accompagné de fon neveu, Voiture alla défier fur la mé-
diterranée les vents qu'il avoit affrontés fur l'océan, & remplit fon objet. Le goût des voyages le tranfporta les années
fuivantes à Blois, à Richelieu, à Saumur, à Tours. Par-tout
la mélancolie le gagnoit, parce qu'il n'y voyoit pas ce qu'il
aimoit à Paris ; néanmoins les courfes moins longues qu'il
faifoit aux environs de la capitale, ne contribuoient point
peu à rétablir fa fanté, qu'avoit beaucoup altérée le fecond
voyage qu'il fit en Italie en 1639. La fièvre l'arrêta un jour
dans Rome, & lorfqu'il arriva à Turin, il étoit fi décharné,
que de 104 livres qu'il pefoit en quittant Paris, il n'en
pefoit plus que 52. Dans cet état, il joignit l'armée pour
rendre fes devoirs au cardinal de la Valette ; enfuite s'étant
remis en mer, il aborda à Savonne, de-là à Gènes, & de
nouveau à Rome, où il occupa un palais magnifique, & où
on lui rendit des honneurs proportionnés à la commiffion
dont il étoit chargé. Il fut fenfible fur-tout au bon accueil
que lui fit le cardinal Barberin. Au commencement de l'année fuivante il repartit pour Marfeille ; & dans le mois de

feptembre

feptembre, il fuivit la cour à Amiens, où il eut l'agrément
de fe trouver avec des dames qui parloient Picard admirablement bien. En 1642, ayant été nommé pour être de la
fuite du roi en Catalogne, il defcendit de Lyon à Avignon,
vit Grenoble, parcourut une partie de la Provence & du
Languedoc, & revint à Paris, d'où il ne fortit plus que pour
aller remplir fa charge à Fontainebleau, ou pour fe divertir
à Liancourt. Vers ce temps-là l'académie des Humoriftes de
de Rome l'infcrivit au nombre de fes membres.

Les plaifirs, les honneurs littéraires, rien ne diffipoit la
mélancolie qui le minoit ; Paris même l'ennuyoit : le
goût de la galanterie lui paffoit, & fon cœur commençoit
à s'ufer. Il ne trouvoit plus dans cette ville immenfe que
des viandes trop falées, & des hommes qui l'étoient trop
peu : il n'y voyoit plus un grain de fel attique. Ce changement, dans un caractère auffi aimable, étoit la fuite des
infirmités. Il avoit paffé une partie de fa vie avec auffi peu
de fortune que de fanté ; mais fur la fin de fa carrière, le
dieu des richeffes le favorifa au-delà de fes efpérances : il a
joui de dix-huit mille livres de rente, tant en gages qu'en
penfions.

Avec de l'arrangement il feroit mort riche ; mais quoiqu'ambitieux, la pareffe lui étoit fi naturelle, qu'il fe refufa
aux affaires, à des emplois honorables, & négligea jufqu'à
l'intérieur de fa maifon. Son extrême paffion pour le jeu le
mettoit fouvent à l'étroit : les revers qu'il y effuya le per-
fuadèrent enfin que la béatitude ne confifte pas dans le jeu;
la philofophie vint à fon fecours.

Outre des étouffemens & des foibleffes fréquentes dont
il étoit tourmenté, la rate le fatiguoit encore ; & des coli-
ques, occafionnées par la pierre & la gravelle, achevèrent
de lui donner du mépris pour la vie. *Que l'homme eft foible,*
difoit-il alors ! *il ne faut que quelques grains de fable pour*
l'abattre : auffi fe regardoit-il comme la meilleure paraphrafe qu'on pût faire du *Miferere.* Outre un clou qui le
privoit de tout fommeil, la goutte, la fièvre fe réunirent

S

pour l'accabler. Il mourut à Paris, dans la rue de saint Thomas-du-Louvre, le 27 mai 1648, à l'âge de 50 ans, sans avoir été marié. Il repose à saint Eustache ; on lit ce vers sur sa tombe :

Vetturius nulli nugarum laude secundus.

Jusqu'à présent, dit la marquise de Sablé, en apprenant son décès, *je n'ai eu que de la crainte de la mort ; mais puisqu'elle m'ôte Voiture, je la veux haïr jusqu'au tombeau.* Ménage lui a composé cette épitaphe, qui désigne les diverses langues dont le défunt avoit la connoissance :

> *Etrusca charites, camenæ iberæ*
> *Hermes gallicus, & latina syren*
> *Risus, deliciæ, dicacitates,*
> *Lusus, ingenium, joci lepores,*
> *Et quidquid fuit elegantiarum*
> *Quo Vetturius, hoc jacent sepulcro.*

Sarrasin, dans une description de sa pompe funèbre, nous apprend une partie de ses aventures.

Il fut vingt ans l'oracle du Parnasse, l'organe des réputations, sans concurrens, sans rivaux, car Balzac ne passoit que pour être plus savant. Quoiqu'on le lise moins que jamais, son souvenir ne sera point anéanti, & son nom ne paroîtra point indigne d'ouvrir ce siècle d'esprit, de goût, & de génie. Après sa mort l'Académie Françoise porta le deuil, & cet honneur qu'elle lui décerna n'a point été renouvelé depuis pour aucun de ses membres les plus illustres.

Il étoit petit, d'une complexion foible, délicate, mais bien taillé, des mieux planté sur ses jambes, & joli de visage. Sa tête, assez belle, étoit dès l'âge de 34 ans, chargée de quantité de cheveux blancs : il avoit les dents de devant fort serrées, les yeux un peu égarés & noirs, de même que la barbe, les sourcils joints, le teint brûlé, la mine alongée, depuis ses voyages en Espagne & en Portugal, & l'air entre doux & niais. Sans être magnifique dans ſes habits, on le diſtinguoit par ſa propreté & ſa contenance compoſée. Il ſe tenoit mal à cheval, jouoit volontiers à la paume, & ne ſe refuſoit point à la danſe; mais qu'il s'en tiroit mal! on eût dit qu'il ſe mettoit en garde à la fin de chaque cadence.

Dans toutes les occaſions il ſe montra fils tendre & bon parent: il étoit ami conſtant, fidèle, généreux. Balzac lui envoya demander un jour 400 écus à emprunter: Voiture donna galamment la ſomme, & prenant la promeſſe que lui remit le commiſſionnaire, il mit au bas: *Je ſouſſigné, confeſſe devoir à M. Balzac la ſomme de 800 écus, pour le plaiſir qu'il m'a fait de m'en emprunter 400.*

Plein de bonne foi, de diſcrétion, de probité, il avoit de la religion, & étoit charitable envers les pauvres. Jamais il n'a donné, comme on l'a déja dit, dans la ſatire, & encore moins dans un libertinage groſſier.

Il portoit dans la ſociété des mœurs auſſi douces que ſon eſprit. Sa politeſſe, ſon enjouement, la légéreté de ſa converſation, le faiſoient deſirer, rechercher, chérir des perſonnes du premier mérite: il faiſoit les délices de la cour de France, & plaiſoit également dans les pays où la curioſité le mena. La droiture de ſon cœur inſpiroit pour lui autant de reſpeϭ que d'attachement: ſes réparties, preſque toujours heureuſes, étoient pleines de feu. Il étoit inacceſſible à toute animoſité: la baſſe jalouſie, ſi commune entre les auteurs, n'eut jamais priſe ſur lui. Il avoit de l'ambition, mais il aimoit encore plus la gloire.

A la cour, théâtre de l'envie, où rien n'échappe aux regards jaloux de l'exiſtence d'autrui, on lui reprochoit ſouvent ſa naiſſance par des bons mots, par des quolibets qu'il ne laiſſoit pas ſans réponſe. Quoiqu'il entendît raillerie autant que perſonne, c'étoit-là ſon endroit ſenſible. Par ménagement pour ſa ſanté, il ne buvoit que de l'eau. Comme il entroit par haſard dans une chambre où quelques officiers étoient en débauche, le plus échauffé l'apoſtropha le verre à la main, en lui difant qu'il ne vaudroit jamais fon père, puifqu'il ne vendoit ni ne buvoit de vin. Il fe vengea de ces reproches par deux rondeaux, où il prouve que l'eau, bien loin de glacer le fang, augmente fa chaleur, accroît la force de l'homme, aiguife fon efprit, & le rend plus propre à combattre vaillamment fous les drapeaux de la déeffe de Cythère. Il démontre que cette boiffon rend aimable, courtois, adoucit le caractère le plus féroce, & apprend à jouir fans manquer de difcrétion.

Plus on s'appercevoit de fa fenfibilité, lorfqu'on atta-quoit la profeffion de fon père, moins on le ménageoit. Comme on crut un jour qu'il recherchoit la fille d'un pour-voyeur de chez le roi, on lâcha des vers, où l'on difoit qu'il fe mettoit à portée de faire bombance, puifque, fi fon époufe donnoit les viandes, il étoit en état de fournir le vin.

Madame Desloges, jouant avec lui au jeu des proverbes, lui dit, pour lui faire fentir qu'elle en rejetoit quelques-uns des fiens : *Cela ne vaut rien, percez-nous-en d'un autre.*

Le maréchal de Baffompierre ajoutoit, pour marquer combien notre auteur appréhendoit d'être raillé fur ce fujet, que le vin, qui fait revenir le cœur aux autres, faifoit pâmer Voiture. Les douceurs qu'il diftribuoit aux belles dans la converfation, firent encore dire au même feigneur que c'étoit dommage que Voiture n'eût point été du mé-tier de fon père, car aimant les douceurs, comme il les aimoit, il n'auroit fait boire à la cour que de l'hippocras.

Sa belle humeur, fes faillies, fon imagination vive & enjouée le rendoient l'ame & l'agrément des bonnes focié-tés. Quelques anecdotes font connoître la trempe de fon efprit.

Certains beaux-efprits, qui faifoient des remarques à l'Obfervatoire, s'imaginoient avoir apperçu des taches dans le foleil. Voiture fe trouvant dans une compagnie où on lui demanda des nouvelles : *Tout ce que je fais*, répondit-il, *c'eft qu'il court de fort mauvais bruits du foleil.*

En qualité d'interprète de la reine-mère, il fit dire un jour à un ambaſſadeur étranger de belles choſes qui n'étoient pas dans ſon diſcours. On le lui fit remarquer : *S'il ne les dit pas*, reprit-il, *il doit les dire.*

Un ſeigneur de la cour, qu'il avoit offenſé par un trait malin, voulut lui faire mettre l'épée à la main. *La partie n'eſt pas égale*, dit Voiture : *vous êtes brave, je ſuis poltron ; vous voulez me tuer ; eh bien, je me tiens pour mort.* Ce propos fit rire ſon ennemi & le déſarma.

De tous les germes d'eſprit, celui de la converſation eſt le plus rare. Il en faut beaucoup pour bien écrire, pour bien cauſer ; outre la juſteſſe & la facilité, il faut de la politeſſe, de l'uſage du monde, des connoiſſances, du goût, de l'imagination, de la grace ; rien de tout cela ne lui manquoit. D'un ton de voix agréable, il défendoit ſes opinions ſans humeur, & ſans recourir aux raiſonnemens ſymétriſés de l'école : il avoit l'art de tourner joliment en badinage les entretiens les plus ſérieux, & ſes galanteries amuſoient toujours.

Pluſieurs défauts déparoient tant de belles qualités ; il avoit les vices d'un monde diſſipé & d'une cour galante. Avec ſes égaux il faiſoit le petit ſouverain : accoutumé à fréquenter des *Alteſſes*, il ne ſe contraignoit qu'avec les grands. Dans ſes propos avantageux, il feignoit d'être fort amoureux, & n'étoit qu'inconſtant : s'agiſſoit-il d'aimer en cinq ou ſix lieux tout à-la-fois, perſonne ne le faiſoit auſſi fidèlement que lui. A l'en croire, il aſſiégeoit les places les plus jolies, les mieux ſituées, & levoit rarement le ſiège. Il en avoit conté à toutes ſortes de perſonnes, depuis le ſceptre juſqu'à la houlette ; & cependant de tant de conquêtes prétendues, il ne laiſſa qu'une fille naturelle.

Son imagination brilloit principalement auprès des perſonnes du ſexe. *Quand j'ai vu que Voiture venoit voir ma femme*, diſoit un gentilhomme à une dame de ſes amies, fort ſpirituelle, *j'ai acheté des tablettes pour écrire ſes bons mots, & cependant elles sont toutes vides. Croyez-moi*, lui répondit-elle, *donnez vos tablettes à votre épouse, je vous promets qu'elles seront bientôt remplies.*

Les bonnes graces d'un sexe enchanteur empêche l'amour propre de s'endormir. Voiture aussi s'aimoit beaucoup : son amie madame de Sablé le lui reprochoit en riant, & lui disoit qu'il avoit une vanité de femme.

La nature lui avoit donné une ame fière, hautaine. S'il étoit de notre condition, disoit M. le Prince, on ne pourroit le souffrir.

Il avoit quelques passions raisonnables parmi celles qui ne l'étoient pas, & dans son déréglement, une partie de son cœur resta toujours saine : il l'employoit à l'étude & aux réflexions sérieuses. Ce cœur banal, cet infidèle qui n'aimoit que depuis Bagnolet jusqu'à Charonne, qui prêchoit qu'il faut être amoureux aussi long-temps qu'on le peut, & qu'on accusoit de n'être point prudent dans ses plaisirs, ne fut plus qu'un pécheur admirablement converti. Les infirmités mirent son ame en repos du côté de l'amour ; la littérature, & son esprit, qui sans contredit est la partie qui lui fait le plus d'honneur, ne pouvoient qu'y gagner.

Revenu des égaremens d'une jeunesse volage, il travailla à donner de la solidité à son jugement, & cultiva plus que jamais la langue latine. La clarté avec laquelle il explique les passages les plus difficiles des meilleurs poètes, prouve qu'il en connoissoit les beautés : peu de bons auteurs lui étoient inconnus, & il osoit quelquefois en apprécier le mérite. Sa petite vanité cependant fut un jour furieusement humiliée : en parlant latin à un ambassadeur, il lâcha quelque terme impropre dont on le badina, & depuis il se tint sur ses gardes.

Au goût qu'il avoit pour quelques-uns de nos anciens poètes françois & latins, il joignit l'étude des langues italienne & espagnole. D'après la lecture des meilleurs auteurs de ces nations, il s'est formé je ne sais quel caractère

nouveau qu'il n'a imité de perſonne, & que preſque perſonne ne peut imiter de lui. Dès l'âge de quatorze ans il
compoſoit des vers, tant latins que françois : l'*Hymnus Virginis, feu Aſtreæ*, pièce d'environ 120 vers, parut à Paris
l'an 1612, *in-4*. Ses ſtances adreſſées, ſous le titre de
Mars, à Monſieur, frère unique du roi, furent imprimées
en 1614. Les vers Eſpagnols qu'il répandit dans le public,
étant à Madrid, paſsèrent pour être de Lopès de Vega,
tant la diction en étoit pure, tant Voiture poſſédoit bien
cette langue qu'il aimoit : il ne verſifioit toutefois que par
amuſement & ſans prétention.

  Quintus Catulus, Romain, ayant rencontré, à la pointe
du jour, une jeune beauté, la mit dans un quatrain au def-
ſus de l'aſtre qui commençoit à paroître. Balzac, qui en
trouvoit la penſée très-noble, pria Voiture de traduire un
ſonnet que Caro, poète italien, avoit fait à l'imitation de
Catulle. Peu flatté d'être traducteur, Voiture compoſa un
ſonnet ſur la belle matineuſe, & prit pour ſujet mademoi-
ſelle Paullet. Beaucoup de poétereaux s'exercèrent, à ſon
exemple, & ſur l'aurore & ſur le couchant. Un autre ſonnet occaſionna, peu de temps après dans la littérature, une
eſpèce de révolution qui mérite d'être racontée.

  Le parnaſſe a toujours été une région ſujette aux cabales,
aux ſéditions, aux guerres civiles : le ſonnet de Benſerade
ſur Job, & celui de Voiture ſur Uranie, partagèrent tous
les beaux-eſprits ; chacun ſe tint ſur le qui vive, tout fut
en mouvement ſur l'Hélicon ; il n'étoit point permis de refter neutre. Cette guerre littéraire, entre les Jobelins & les
Uranins, c'eſt ainſi qu'on nommoit les deux partis, fit naître quantité de petits ouvrages. Le prince de Conty ſe déclara chef des premiers : la ducheſſe de Longueville parut à
la tête des ſeconds, avec les marquiſes de Montauſier & de
Sablé, auxquelles ſe joignirent Sarraſin & Balzac. La cour
étoit partagée auſſi ſur ces deux pièces ; les factions diſpu-
tèrent beaucoup ſans rien décider ; & les deux partis ne faiſoient pas moins de fracas dans l'empire littéraire, que les

frondeurs & les royaliftes en faifoient dans l'état. Les Uranins lâchèrent contre Benferade des traits fatiriques, qui
attaquoient moins fon fonnet que fa perfonne. La faction
du prince de Conty fut plus modérée ; elle ne répondit que
par trois vers contre la princeffe qui s'obftinoit à médire
de Job.

> Le deftin de Job eft étrange ;
> D'être toujours perfécuté
> Tantôt par un démon, & tantôt par un ange.

Enfin le prince de Conty porta, en juge auffi éclairé
qu'équitable, cette décifion attendue depuis long-temps :

> L'un (1) eft plus grand, plus élevé,
> Mais je voudrois avoir fait l'autre.

En qualité de poète, on regarde Voiture comme le père
d'un nouveau genre de poéfies qui tient le milieu entre
le férieux & le burlefque, & qui étant également éloigné
de la gravité & de la bouffonnerie, femble confifter principalement dans le mélange de la badinerie aimable avec la
plaifanterie. Sans imiter fervilement Marot, il le prit pour
modèle de fon enjouement badin. Il a été un des premiers
qui ait entrepris de retrancher de fes vers le faux brillant
des grands mots & l'affectation du grand ftyle. En récompenfe, les pointes y font trop fréquentes : les ridicules jeux
de mots & de penfées, les plates équivoques & les froides
allufions s'y rencontrent trop fouvent. On ne fauroit même
approuver un certain libertinage qui règne dans toute fa
galanterie, & qui n'eft guère moins pernicieufe pour les
jeunes gens, que les obfcénités des autres poètes. On a de
Voiture de très-jolis vers ; mais on convient avec l'auteur
de la Henriade qu'ils font en petit nombre, quoiqu'on
ait dit qu'il faifoit les Mufes à fon badinage. Il eft vrai que

____

(1) Celui de Voiture.

dans

dans fon fiècle il étoit un des grands maîtres de la région des vers galans. Ceux qu'il fit pour la reine Anne d'Autriche, font un monument de la liberté qui régnoit à la cour de cette princeffe, dont les frondeurs lafsèrent la douceur & la bonté. Il n'imitoit pas mal le doucereux Catulle. On le compte parmi les beaux-efprits qui firent revivre le rondeau, la ballade, le triolet & le madrigal, que l'on avoit abandonnés depuis la réforme que Malherbe avoit introduite fur notre Parnaffe. Il fit revenir encore le goût Marotique qui commençoit à fe perdre. De fes courfes fur les Efpagnols & les autres nations, il rapporta auffi-bien que Sarrafin les romances & les glofes. Ses ballades & fes rondeaux déterminèrent bien du monde, pendant un temps, à faire des rondeaux & des ballades. On difoit de fon vivant qu'il étoit aimable jufque dans fes lanturlus; mais en général, les règles les plus communes font violées dans fes poéfies.

La pièce de vers qui lui fait le plus d'honneur, comme poète, dont la manie étoit de broder des riens avec beaucoup de délicateffe & d'agrément, eft fans difficulté celle-ci, adreffée au grand Condé fur fa maladie.

> Commencez, feigneur, à fonger
> Qu'il importe d'être & de vivre;
> Penfez à mieux vous ménager.
> Quel charme a pour vous le danger,
> Que vous aimiez tant à le fuivre?
> Si vous aviez dans les combats
> D'Amadis l'armure enchantée,
> Comme vous en avez le bras
> Et la vaillance tant vantée,
> Seigneur, je ne me plaindrois pas.
> Mais en nos fiècles, où les charmes
> Ne font pas de pareilles armes,
> Qu'on voit que le plus noble fang,
> Fût-il d'Hector ou d'Alexandre,
> Eft auffi facile à répandre
> Que l'eft celui du plus bas rang;

Que d'une force fans feconde
La mort fait fes traits élancer,
Et qu'un peu de plomb peut caffer
La plus belle tête du monde,
Qui l'a bonne y doit regarder.
Mais une telle que la vôtre
Ne fe doit jamais hafarder.
Pour votre bien & pour le nôtre,
Seigneur, il vous la faut garder.
Quoi que votre efprit fe propofe,
Quant votre courfe fera clofe,
On vous abandonnera fort.
Croyez-moi, c'eft fort peu de chofe
Qu'un demi-dieu quand il eft mort.

C'eft principalement dans le genre épiftolaire que Voiture s'eft fait une réputation durable. Dans fes lettres, dont s'amufoient les femmes du premier rang, on trouvoit charmant ce ton de familiarité qui n'auroit pas réuffi à tout autre. Ce qu'il y a de fâcheux, c'eft que l'envie de montrer de l'efprit lui fait dire des chofes dont la décence & l'honnêteté même peuvent être alarmées. Les railleries fines, délicates, paroiffent calquées fur Lucien. On difoit en proverbe, qu'il falloit laiffer les billets doux à Voiture. Il en écrivoit en Caftillan, en Efpagnol, en Portugais & en Gaulois. Il prit avec chaleur la défenfe du *car*, que l'académie Françoife vouloit fupprimer.

Julie d'Angennes de Rambouillet, marquife de Montaufier, qui avoit imaginé le fujet du roman d'*Alcidalis* & *Zélide*, le lui communiqua, & dès 1633, il en avoit ébauché cent feuilles. Cet ouvrage imparfait, dont on défireroit la fuite par une bonne main, a été rendu public avec fes autres écrits, & féparément, à Paris, chez la veuve Mauger, en 1677, *in-*12, par les foins du fieur des Barres, qui l'avoit achevé. On y trouve une économie judicieufe de deffein, une variété agréable, des defcriptions riches, des entretiens naïfs, fins, délicats, & bien des fpiritualités quinteffenciées, qu'on prenoit alors pour le beau naturel.

Le reſte de ſes productions conſiſte en des chanſons, des placets, des épîtres, trois métamorphoſes en proſe ſerrée, une romance eſpagnole, & un fragment de l'éloge du duc d'Olivarès, miniſtre d'Eſpagne.

La première édition de ſes Œuvres parut en 1649, *in-4*; la ſeconde en 1650, à Paris, chez Courbé, *in-4*; la troiſième en 1754. L'édition de 1756, chez le même, paſſe pour la cinquième. On en fit une l'an 1657, *in-12*, à Amſterdam; une autre *in-4*. en 1658. Une à Paris, chez Jolly, en 1672, *in-12*, & 1677. *Ibid.* chez la veuve Mauger, en 1685, 2 vol. *in-12*, & 1693. *Ibid.* chez Guignard, en 1713; chez Robuſtel, en 1729; chez Clouſier, en 1734, & chez Ganeau, en 1745. Ce fut Martin Pincheſne, ſon neveu, mort en 1705, âgé de 89 ans, qui procura l'édition de 1650, dédiée au prince de Condé; il mit à la tête l'éloge de ſon oncle. En 1653, il fit paroître la défenſe de ſes lettres par Coſtar, & publia ces mêmes lettres en 1654.

La figure que Voiture a faite dans le monde, prouve que l'eſprit étoit alors extrêmement couru, & qu'il donnoit entrée par-tout. S'il renaiſſoit, il ne pourroit rentrer dans le grand monde que par l'inclination qu'il auroit pour le jeu, qui a pris la place de la converſation.

Aujourd'hui que rien n'empêche de l'apprécier, jugeons-le ſans partialité. De ſon temps le pédantiſme étoit remplacé par le faux bel-eſprit, auquel a ſuccédé le *naturel* & le *bon goût*, qui à leur tour ſemblent vouloir s'éclipſer. Ses grands ſentimens en amour, & la petite liberté de ſa galanterie, le rendirent l'homme à la mode. Il étoit le premier auteur bel-eſprit; il fut l'auteur bien aimé, & peu d'écrivains de ſon temps fourniſſent autant d'exemples de penſées fines & délicates. On ne peut diſconvenir qu'il ait beaucoup contribué à perfectionner notre langue. On ſortoit alors de la barbarie, on étoit encore dans l'ignorance. Chacun vouloit avoir de l'eſprit, & l'on n'en avoit point encore. On cherchoit des tours au lieu de penſées. Né avec un génie frivole, mais facile & délicat, il brilla le premier dans cette aurore de la littérature françoife. Les moindres fujets lui fourniffoient matière à de jolis ouvrages ; les riens même avoient de l'élégance fous fa plume : *Quidquid calcaveris hic, rofa fiet.* Il favoit faire un choix prompt & judicieux des mots & des expreffions dont il connoiffoit parfaitement les fignifications & les nuances différentes ; il faififfoit affez bien les caractères : dans plufieurs portraits, on remarque une touche légère, des réflexions folides, philofophiques, des defcriptions plaifantes. Il a donné au ftyle cet air d'agrément & de badinage aifé que n'avoient pas les écrivains qui l'ont précédé, fur-tout Balzac qui étoit toujours monté fur des échaffes. Ce fut enfin un des hommes les plus aimables que les lettres & l'ufage du monde aient jamais formés.

Tout change fous ce globe. Ses écrits, dont le ftyle vieillit, ne font plus les modèles fur lefquels on puiffe fe former le goût. La perfection grammaticale a penfé déshonorer fes lettres, & l'on s'en occupe aujourd'hui très-peu. On l'eftime pour avoir infpiré le goût de la littérature, mais on lui reproche la ridicule ambition de montrer de l'efprit par-tout, même dans les fujets les plus communs. Girac prophétifa que fes plaifanteries, auffi mauvaifes que beaucoup de fes antithèfes, pafferoient de mode, & cela eft arrivé. Ses lettres contiennent des indécences que le bon ton ne permet plus ; mais quoi qu'en dife l'auteur du Temple du goût, qui prétend que Voiture n'a pas à lui plus de 60 pages, il jouira toujours de la gloire flatteufe d'avoir été l'homme de fon fiècle qui s'eft le mieux tiré de ce genre d'écrire. Le père Brumoy le peint ainfi :

> Déja l'ingénieux Voiture
> Joint fur fon médaillon l'art avec la nature ;
> Vous diriez qu'il foumet les Grâces à fes loix,
> Qu'il les fait à fon badinage ;
> Que toutes, pour lui rendre hommage,
> Accourent encor à fa voix.

Son portrait a été gravé, d'après Champagne, par Nanteuil, en 1649, *in-4.*, & depuis par Lubin & par Crefpy.

JEAN DEBONNAIRE, prêtre, docteur en théologie de la faculté de Paris, a donné au public des *Inftructions Chrétiennes, divifées en deux parties ; favoir, la diftribution du temps en œuvres de piété, avec une méthode pour fe confeffer, & pour utilement entendre la fainte Meffe.* On les a imprimées à Saint-Quentin l'an 1683, & on les vendoit à Paris, chez Louis de Heuqueville, *in-*12. Ces inftructions, écrites en faveur des ames pieufes, font toutes fondées fur les maximes de la morale chrétienne. L'ouvrage eft terminé par diverfes prières, par le renouvellement des promeffes du baptême, & par les litanies de J. C. & de la Vierge.

Jufqu'à préfent le germe des fciences avoit eu du mal à fe développer. On n'a prefque vu que des ébauches tracées par des crayons timides. C'étoit l'enfance du génie ; mais nous touchons au temps de fa virilité. L'empire littéraire & le goût ont eu leur révolutions de même que tous les états.

XVIe Siècle

JEAN FORGET. Avant d'entrer, en qualité de frère oblat dans l'ordre des Minimes, il excelloit dans la fculpture. Le tabernacle du grand autel du couvent de Nigeon, où il mourut en janvier 1601, peu de mois après fa profeffion, eft un morceau digne des regards des curieux.

Diarium Minimorum.

ROBERT VISEUR naquit en 1555, vis-à-vis les boucheries, où demeuroit Robert fon père, tanneur de profeffion, & fut baptifé dans l'églife de faint Firmin le confeffeur. Après avoir fait d'excellentes études, il prit le bonnet de docteur en théologie de la faculté de Sorbonne, à laquelle il fit honneur par fes talens, & devint enfuite curé de ladite paroiffe de faint Firmin. Ses travaux apoftoliques lui procurèrent un canonicat de la cathédrale, & l'évèque le nomma grand-vicaire en 1617. Il poffédoit la fcolafti-

Regift. de cette Paroiffe.

que à un degré de perfection auquel peu de personnes sont
parvenues. Ce qui le faisoit principalement estimer des
savans, c'étoit le talent particulier qu'il avoit pour la con-
troverse. Les protestans le redoutoient, & dans plusieurs
disputes, il défia les calvinistes de tenir contre ses objections. Il étoit en grande relation avec le cardinal Baronius.
Après sa mort, arrivée le 6 septembre 1618, il fut enterré,
suivant sa volonté, dans le cimetière de saint Denis.

Chartier du Chapitre.

S E S   É C R I T S.

*Réponse catholique aux déclarations de deux moines apos-
tats, qui depuis naguères ont abjuré la vraie religion en l'assemblée des hérétiques.* A Arras, chez Guillaume de la Riviere,
1602, *in*-12. L'auteur dédie cet ouvrage à Geoffroy de la
Martonie, évêque d'Amiens. Il s'y propose de détourner
les catholiques d'un exemple aussi scandaleux, & de ramener les hérétiques au giron de l'Eglise, en leur faisant voir
qu'on ne doit point entendre les passages de l'écriture dans
son sens privé & particulier, mais d'après les saints pères
& les interprètes avoués par l'Eglise. Après avoir prouvé
la vérité de la Religion catholique, & réprouvé la fausse
doctrine, il répond à toutes les objections des protestans.
L'un de ces moines apostats y est désigné sous le nom de
Palory. Cet écrit, plein d'érudition, au jugement des docteurs de Sorbonne, contient 310 pages.

*Recueil de la vie, mort, invention & miracles de saint Jean-
Baptiste, où il est montré que le reliquaire d'Amiens est son
vrai chef.* Amiens, chez Jacques Hubault, 1609, 1613,
1618 & 1649. Il est dédié à François le Febvre de Caumartin, évêque de la même ville. Le cardinal Baronius, à
qui il avoit fait part de cette production, lui répondit en
1606 : *Il est difficile de fixer l'époque de l'invention & de la
translation de cette relique ; cependant, comme elle est chez vous
en grande vénération, & que vous croyez en jouir, jouissez-
en tranquillement :* **Uti possidetis, ità possideatis.** Le célèbre

Ibid.

du Cange a depuis levé ces difficultés. Baronius finit par louer la piété de l'auteur, dont la differtation a même été imprimée à la fin des Œuvres de l'éminence.

Le Miroir ardent de la vie & mort du glorieux précurfeur de notre Sauveur, faint Jean-Baptifte. Plus, un ample narré du tranfport de fes faintes reliques, pour la vérification du facré chef d'icelui, qui pour le jourd'hui repofe en la ville d'Amiens. Paris, chez Rollin Thierry, 1604, *in*-8. de 48 pages.

Araonis purgati, feu pfeudo-Cherubi deftructio, 1609, *in*-8.

Refponfio ad expoftulationem & quæftiones Joannis Moncæi. Paris, Rollin Thierry, 1609, *in*-8.

Conférence tenue avec le miniftre d'Amiens (le Hucher), fur le point de la fainte Euchariftie. Paris, chez Rollin Thierry, 1609. C'eft, dit l'auteur, un antidote contre le poifon de la fauffe doctrine, bu & à boire.

Traité de la vérité de la fainte Euchariftie & du faint Sacrifice de la Meffe, défendus contre l'héréfie de ce temps. Paris, Heureux Blanvilain, 1611, *in*-8.

De Euchariftiâ, feu Sacrificio Miffæ, contra Hucherium. Ce miniftre proteftant, qui avoit entrepris la réfutation des écrits de Vifeur, paroît ici bien foible.

Tractatus contrà Molinaum, 1613. C'eft la réfutation des réponfes que le miniftre Dumoulin avoit données à dixfept queftions que Vifeur lui avoit propofées.

Tractatus contrà Lutherum & Calvinum. Il en eft parlé dans le *Codex Sorbonicus*, manufcrit, coté 1516.

Réfutation de ce qui s'eft publié contre le Jéfuite Gautier, fur fa conférence à Amiens contre les prétendus réformés.

La manière de donner l'habit aux fœurs de Vifitation de fainte Marie.

Lettre circulaire fur la mort de deux religieufes de la même communauté d'Amiens.

Les Vifeur font anciens dans le pays. Jean étoit faïeteur en 1479. Un prêtre du même nom paroît en 1509. Pierre étoit commis du fermier des aides de la Province en 1631.

Ceux qui les ont fuivis fe font alliés aux Godart & aux Fontaine.

N. LE HUCHER. En fa qualité de miniftre de la Religion prétendue réformée, il fit paroître, l'an 1609, une réponfe aux quatrième & huitième écrits de Robert Vifeur, imprimée à Mildebourg. Le fectaire y fait le badin, & dit en jouant fur les mots, que *Vifeur a mal vifé, & devifé plutôt que difputé.* Il perfifte à y nier la tranfubftantiation, la préfence réelle de J. C. dans l'Euchariftie, & le faint facrifice de la Meffe, qu'il regarde non comme un facrifice propitiatoire & fatisfactoire, mais uniquement d'actions de graces. Dans fes conférences publiques François Veron, Jéfuite, le couvrit de confufion, au point qu'il abandonna le pays, après avoir refufé de figner les actes de ces conférences imprimées en 1615 chez Jacques Hubault.

N. DE LA TOUR. Le 17 avril 1615 il publia une lettre datée de cette ville, *fur la fuite* ignominieufe *du miniftre le Hucher.* Ce pafteur du village de Haloy, pour les prétendus réformés, ayant été confondu, comme on l'a dit, par le père Veron Jéfuite, fe retira à Clermont en Beauvaifis, avec fa courte honte.

Sotuel, Biblioth. Societ. Jefu.

FRANÇOIS-ADAM LEURIN. A l'âge de 18 ans il prit l'habit chez les Jéfuites en 1620, & il y prononça les trois vœux folemnels. A un efprit aifé & fécond, il joignoit une piété exemplaire. Ses vertus chrétiennes éclatèrent principalement à la fin de fa carrière. La patience ne l'abandonna point un inftant au milieu des infirmités, des fouffrances, des douleurs aiguës dont il étoit accablé. Muni des facremens de l'Eglife, il expira dans le lieu de fa naiffance, le 5 décembre 1652. Adrien Leurin étoit receveur, payeur des gages du prévôt des maréchaux, en 1595.

SES

SES ÉCRITS.

La Vie parfaite, tirée fur celle de Jefus-Chrift. Amiens, chez Robert Hubault, 1643, *in-4.* de 689 pages. Elle eft adreffée aux filles de fainte Marie, fous le nom d'*Angéli-que.* Il les prie de cacher ce livre, & de le mettre à l'ombre & à l'abri du foleil, de même que les jeunes plantes que l'on couvre à midi. La première partie contient la vie de J. C. jufqu'à fon baptême ; la feconde, jufqu'à la cêne ; la troifième, jufqu'à fa réfurrection.

Traduction françoife du Traité de faint Ambroife, fur la viduité & fur les Vierges. Paris, 1645, *in-12.* Le *Livre des Veuves* a paru féparément à Paris, chez Sébaftien Huré, 1647, *in-16.*

LÉONOR D'ORLÉANS. Le 9 mars 1605, vers les 11 heures de la nuit naquit ce duc de Fronfac, fils de François d'Orléans comte de Saint-Pol, gouverneur & lieutenant général en cette province, & d'Anne de Caumont, ducheffe de Fronfac, qui, en mère tendre, pleine de religion, fe refufa aux retardemens qu'on vouloit apporter à la réception du baptême de fon enfant, & dès le lendemain, fans attendre les réponfes des grands qui pouvoient affifter à la cérémonie, elle fit choifir deux pauvres, qui, en qualité de parrain & marraine, tinrent le nouveau-né fur les fonts. Dès 1614 il affifta, à Paris, aux états-généraux du royaume. Il fuivit Louis XIII dans la guerre contre les religionnaires révoltés, & au mois d'avril 1622, il fut témoin de leur défaite dans l'ifle de Rié en Poitou. Après s'être trouvé aux fièges de la Rochelle & de Montpellier, il fut tué devant cette dernière place, à une fortie des affiégés, le 2 feptembre 1622. La France, qui fondoit fes plus belles efpérances fur fes talens militaires qui commençoient à percer, le regretta beaucoup. Il repofe à Châteaudun avec fes aïeux paternels.

La Morliere,
Antiq. d'Amiens.

V

CHARLES LE CARON. Sous l'an 1606 on le rencontre avec Antoine fon frère, dans les regiftres du bailliage de cette ville où il naquit ; fon père, Guillaume le Caron, lui procura toute l'éducation poffible. A force de réfléchir fur ce qui l'affimiloit ou le diftinguoit des bêtes, par la conftruction du corps, il réfolut de travailler à perfectionner fa nature, en fe livrant à la philofophie & à la médecine, qui lui faciliteroient les moyens de fervir utilement fa patrie. Il prit le bonnet de docteur, & fes connoiffances furent d'un grand fecours à l'humanité. Il eft auteur d'un écrit de 28 pages *in-12*, fous ce titre :

Oratio habita Ambiani in diffectione corporis humani ; in quâ hominis dignitas enarratur, quâ is cæteris præftat animantibus, & illud Apollinis oraculum, nofce te ipfum, accuratè exprimitur. Ambiani, apud Jacobum Hubault, 1612. Dans ce difcours, d'une latinité très-pure, il fait voir avec quelle furprife les anciens philofophes admiroient le corps humain ; il examine la différence qui fe trouve entre nos corps & ceux des animaux. Après avoir parlé de l'origine des arts, il paffe à l'efprit humain & à la penfée. En avouant que le vifage eft trompeur, il foutient qu'il fait connoître plus fouvent encore le caractère des hommes. Il prouve enfuite, d'après Ariftote, que l'homme n'a la face élevée vers le ciel, que parce qu'il a une nature divine, & qu'il eft créé pour la contemplation & la fageffe ; qu'il n'a des mains que pour travailler. Il finit par une énumération des grands hommes qui ont pris plaifir à anatomifer le corps humain.

JEAN BONNART. Cette famille bourgeoife paroît dans nos archives dès 1269. Jean, docteur en médecine, fit imprimer en 1613 de petits ouvrages qui nous font inconnus jufqu'à préfent ; & au mois de février 1645, un autre Jean Bonnart, receveur général des finances en Picardie, répandit un libelle diffamatoire contre Jacques de Chaulnes, feigneur de Laucornier, intendant de la généralité d'Amiens.

NICOLAS D'AMIENS, né en 1606, entra de bonne heure dans l'ordre des Capucins de la province de Paris, & mourut, très-regretté, dans le couvent de la rue faint-Honoré, le 27 octobre 1687, à l'âge de 81 ans ; il en avoit paffé 63 en religion, & plus de 40 dans différentes charges, ayant été lecteur en philofophie & en théologie, gardien plufieurs fois dans différentes maifons de la province, confeffeur des Capucins de Paris & d'Amiens, définiteur plus de 25 ans, provincial quatre fois, commiffaire général en Champagne, en Lorraine, en Touraine & en Bretagne. Dans ces divers emplois, il a toujours fait paroître beaucoup de prudence, une force d'efprit admirable, & un zèle extraordinaire pour toutes les obfervances régulières, auxquelles il s'eft foumis lui-même jufqu'à la fin de fa vie, avec une exactitude furprenante. Dans un corps bien conftitué, il portoit un efprit qu'il a confervé dans fa vigueur & fa force jufqu'à fon dernier foupir. Des qualités fingulières, un mérite folide & vrai, accompagné d'une affabilité qui gagnoit les cœurs, le rendoient capable de gouverner l'ordre entier.

Mercure galant, nov. 1687.

JACQUES LE TELLIER. Il avoit en 1605 la réputation de docteur célèbre en médecine, & fon favoir, joint à l'expérience, rendit des fervices effentiels à l'humanité fouffrante. Il exiftoit des Tellier en 1276.

Journal de Trévoux, août 1731.

LOUIS DU FRESNE, n'eût-il que l'honneur d'être le père de Charles du Cange, dont on parlera bientôt, ce hafard feul engageroit à le faire connoître ; mais il a d'autres droits pour ne pas être oublié. C'étoit un homme docte, favant dans la langue grecque, ami par goût des lettres & de ceux qui les cultivoient. Il étoit écuyer, feigneur de Froideval & du Cange, confeiller au bailliage, & prévôt royal de Beauquene. Un jugement mûr, joint à beaucoup de vivacité d'efprit, le diftinguèrent dans le temple de Thémis. Quelquefois même il effayoit de monter fur le Parnaffe,

Baluze.

mais ſes efforts étoient plus hardis qu'heureux, à en juger par un ſonnet qu'il adreſſe à Adrien de la Morliere, ſur ſon nobiliaire de la province. De ſon mariage avec Marie Vaquette, naquirent trois garçons, Adrien, qui lui ſuccéda dans la prévôté de Beauquene, Jean, dont on va s'occuper, & Louis, qui ſe fit un nom dans la profeſſion de médecin.

RAOUL DIGNOUART. Les manuſcrits le renſeignent comme un poète qui nous appartient, mais ils ne citent aucun ouvrage qui puiſſe nous mettre en état d'apprécier ſes talens. Il vivoit encore en 1616. C'étoit le rimeur de l'hôtel de ville, qui l'an 1588 lui donna généreuſement ſix livres pour les ſonnets & quatrains qu'il compoſa à l'occaſion de l'entrée du gouverneur de la province.

Mercure de juin
1737, 2ᵉ. vol.

JEAN DU FRESNE, ſieur de Preaux, étoit fils de Louis, prévôt royal de Beauquene. A l'âge où l'on ſonge à ſe faire un ſort quelconque, il fixa ſa demeure à Paris, où il exerça la profeſſion d'avocat avec beaucoup d'honneur & de diſtinction : il ſuivit long-temps les audiences. Cet homme de bien, auſſi prudent que ſage, rompu dans l'étude du droit civil & de la loi municipale de ſa patrie, mourut dans la capitale en 1675.

SES ÉCRITS.

Journal des principales audiences du parlement de Paris. On eut de la peine à le faire conſentir à publier ce recueil d'arrêts intervenus depuis 1623 juſqu'en 1657, & ſouvent cité ſous le nom d'arrêts de du Freſne : il s'y prêta néanmoins, & ce premier volume, imprimé à Paris en 1678, eut de ſon vivant quatre éditions. Il dédia les trois premières à Matthieu Molé, premier préſident, & la dernière à Jean Molé de Champlaſtreux, ſon fils, préſident à mortier.

Commentaire sur la coutume générale du bailliage, & sur la coutume locale de la ville, prévôté & banlieue d'Amiens, suivi de beaucoup d'arrêts, tant concernant cette coutume, que sur plusieurs autres matières. Paris, chez Etienne Maurroy, 1662, *in-fol.* On a inséré ce commentaire dans l'édition de 1726 du coutumier de Picardie.

LOUIS DU FRESNE, seigneur de Boisbergues, étoit aussi un homme de lettres. Il a composé quelques ouvrages dont les manuscrits se sont égarés.

ADRIEN DU FRESNE, sieur de Froideval, avocat en parlement, prévôt royal de Beauquesne, s'amusoit quelquefois, vers la fin du siècle, à deviner les énigmes. Cette famille a sa sépulture dans l'église des Clarisses, sous cette épitaphe :

Fraxineum proles, donec rediviva resurgat,
Tecta sub hoc recubat luminis orba solo.

BONAVENTURE D'AMIENS. Vers le même temps existoit ce frère Capucin, qu'un goût naturel pour la peinture a fait connoître avantageusement. Plusieurs sujets de piété, supérieurement exécutés, fixèrent sa réputation. Il passa pour avoir donné des leçons de perspective au fameux Quentin Varin.

HENRI QUIGNON. Dans le recueil des pièces critiques, lâchées dans le public du vivant du connétable, il est parlé de ce rimeur sous l'an 1620. Lorsque la maison de Luynes entra en faveur, il prit parti contre, & le goût naturel des hommes pour la satire donna du crédit à ses vers.

Le portrait naturel du très-illustre & incomparable temple Ambianois, imprimé à Amiens, chez Jacques Hubault en 1619, *in-8.* & dédié à la duchesse de Longueville, est une efpèce d'ode de 85 ftrophes, de 6 vers chacune. *Si j'apperçois*, dit-il dans la dédicace, *que cet échantillon reçoive quelque œillade favorable de votre grandeur, je mettrai toute peine à l'accompliffement de quelques pièces encommencées.* Il ne paroît pas avoir tenu parole, & la princeffe apparemment n'aura point été charmée de ce début, qui fuffit pour juger du refte.

> Ores, ma Mufe aiguillonnée,
> D'une fureur Apollinée,
> Frédonnant fur le luth François,
> Veut d'une corde inufitée
> Louanger l'Eglife plantée
> Dans le parterre Ambianois.

En parlant des piliers, il dit:

> Les hautes colonnes menues
> Portent fon chef dedans les **nues**,
> Qu'il femble, d'un baifer mignon,
> Careffer les yeux de la Lune,
> Par les privautés de la brune,
> Comme l'amant *Endimion.*

Vers le même temps verfifioit encore David Quignon, qui, dans une pièce adreffée à Jean fon fils, à qui il annonçoit fa mort prochaine, demande à être inhumé dans la fépulture de la famille; *car*, ajoute-t-il, *fi les Quignons* (allufion à ce mot, qui en patois fignifie un chanteau de pain) *font féparés, au jugement on aura de la peine à trouver le pain tout entier.* Ce nom exifte depuis 1357. David Quignon décora la chapelle de faint Paul en 1616.

La Morliere;
Antiq. d'Amiens.

ANTOINE D'AGUESSEAU. Il eft bien flatteur pour cette ville d'avoir été l'origine d'une famille fi recommandable, fi chère à Thémis & à toute la France. Né au milieu de nous avec le germe des talens, il fut, dès fa jeuneffe, entraîné par un goût naturel vers le barreau, où fes defcendans se sont fait depuis une réputation immortelle. Il avoit beaucoup de savoir & une vertu rare. On le vit successivement lieutenant criminel au châtelet de Paris, conseiller d'état, maître des requêtes, président au grand conseil, & intendant de Picardie vers l'an 1642 ; enfin, président du parlement de Bordeaux. La réputation qu'il a laissée après lui dans cette dernière ville, s'est perpétuée jusqu'à présent, & son éloge est consacré dans l'histoire de la Saintonge. Il est l'aïeul de Henri-François d'Aguesseau, chancelier de France, dont le nom seul fait l'apothéose. Ce nom se rencontre dans les registres de l'hôtel-de-ville, en 1593.

CHARLES LE SCELLIER épousa Geneviève Randon. La profession de médecin, qu'il exerça dans sa patrie, lui fit un nom cher à l'humanité ; on le connoît du côté des belles-lettres par un écrit sous ce titre :

De febrium naturâ, differentiis, symptomatis, & causis paroxismorum, libellus, cui accesserunt quæstiones ad praxim medicam perutiles ac necessariæ, cum tractatu compendioso de causis & signis urinarum ac pulsuum. Ambiani, Jac. Hubault, 1627, in-12. de 224 pages. Ce traité est dédié à Honoré d'Albret, duc de Chaulnes, gouverneur de la province, à qui l'auteur n'osoit le présenter, tant est naturelle, vis-à-vis des grands, la timidité des hommes ordinaires. Ce qui l'a cependant rassuré, fut le bon mot rapporté par Suétone, en la vie de César Auguste : cet empereur appercevant l'embarras d'un jeune homme du peuple, qui lui présentoit une requête en tremblant, fit défense de s'approcher de lui dorénavant, comme si l'on présentoit une obole (*stipem*) à un éléphant. L'ouvrage doit le jour à un feu qui, en rendant difforme le visage du docteur, le retenoit chez lui. En le composant, dit-il, il a moins cherché l'agrément du style & la réputation de bon écrivain, que le bien, le soulagement des malades. A la fin de la dédicace il promet une *Méthode particulière pour guérir les fièvres,*

La définition de cette maladie eſt ſuivie de ſes cauſes, ainſi que celles des paroxiſmes, des temps où les fièvres règnent de préférence, de leurs eſpèces, de la nature des ſymptômes qui y ſont détaillés. Dans les queſtions, il fait connoître pourquoi les médecines entraînent l'humeur ; il examine s'il eſt à propos d'en ordonner dans les maladies aiguës, & dans quel temps de la maladie il faudroit le faire ; ſi la purgation conviendroit un jour de criſe, & pour guérir une peſte cathartique ; ſi la ſaignée doit précéder la purgation, dans le cas où l'on emploieroit l'un & l'autre remède ; ſi dans les inflammations internes on doit ouvrir la veine, vis-à-vis ou à l'oppoſite de la partie affectée ; ſi la diète convient dans les maladies. Charles repoſe, ainſi que ſa moitié, dans l'égliſe de ſaint Firmin en Caſtillon, où il a fondé deux meſſes chaque ſemaine. Ce nom eſt connu dès l'an 1381.

CHARLES D'ALBRET, troiſième fils d'Honoré, duc de Chaulnes, maréchal de France, vidame d'Amiens, lieutenant général de la province, naquit en 1625, dans la maiſon de la rue des trois Cailloux, dite le logis du Roi. Il fut baptiſé le 16 juin par l'évêque François Faure, & tenu ſur les fonts par la Reine & le duc de Chevreuſe.

JEAN CUIGNET, parent de Nicolas, religieux Minime en 1511, depuis provincial de Gènes, étoit fils de Charles & de Barbe Avegneaux ; il vint au monde avec un organe admirable, & ce rare préſent de la nature lui donna du goût pour la muſique, qu'il poſſéda parfaitement. Après avoir été curé d'Auxi-Château, il fut chapelain & chantre de la cathédrale d'Amiens. Aux concours de la fête des égliſes de la province, il remportoit ſouvent le prix qu'on donnoit alors au meilleur motet, & ceux qui l'entendoient le ſurnommoient le roſſignol. Il a légué 2000 liv. à l'hôtel-Dieu, autant à l'hôpital. On lui attribue un écrit latin intitulé : *De juſtitiâ & jureconſultis, oratio. L'éloge ou harangue*

gue *panégyrique de saint Quentin*, fuivi d'un *petit difcours,
préfenté aux maïeur & échevins de la même ville*, fut imprimé à Amiens en 1623, *in*-8. Les Cuignet font connus depuis 1457.

R. PECQUET, après le décès de Guillaume l'Hofte, qui, pendant que la pefte ravageoit cette ville, n'a jamais ceffé d'expofer fes jours pour la confervation de ceux de fes compatriotes, fe fit recevoir dans le collège des Médecins pour y rendre les mêmes fervices. Il eft auteur d'une brochure de 56 pages, fous ce titre.

Difcours où il eft fuccintement traité de la lèpre & de la pefte. Amiens, chez Jacques Hubault, 1626, *in*-12. Dans la dédicace, adreffée aux maire & échevins, il place la médecine au deffus de toutes les autres fciences. Il repréfente dans l'avant-propos, l'homme exempt des infirmités auxquelles il devint fujet par le péché ; mais en le rachetant, Dieu lui donna la connoiffance de la médecine. Dans le corps du difcours, il fait connoître les caufes, les fignes, les pronoftics & les remèdes de la lèpre & de la pefte, la police néceffaire, lorfque ces fléaux règnent, le régime de vie qu'il faut garder, & les moyens de s'en préferver. Il paffe de-là au charbon & au bubon. Après avoir prévenu les habitans contre les charlatans, qu'il voudroit qu'on chafsât de la ville, il finit par parler de la lèpre de l'ame. Jérôme Pecquet étoit commiffaire-examinateur en 1568.

BENOIT BAUDOUIN. Il eft certain qu'il étoit fils d'un cordonnier, mais on ne voit nulle part qu'il ait exercé cet art mécanique, comme quelques-uns l'ont avancé trop légérement. A la fin de fes humanités il alla pourfuivre fes études à Paris, où il prit le degré de bachelier en théologie. Sur les inftances réitérées des officiers municipaux de la ville de Troyes, il accepta la place de principal du collège, & s'y acquit une grande confidération. De retour dans fa patrie, vers l'an 1629, on le choifit en qualité de maître

X

de l'hôtel-Dieu, auquel il fit du bien jufqu'à fa mort arrivée le 27 novembre 1632. Il y repofe fous cette épitaphe.

> Ci-gît le corps, mais vive eft la mémoire
> D'un *Baudouin*, qui d'un ftyle doré
> En vers françois Séneque a décoré,
> Fait un foulier d'une plume de gloire :
> Il fut à Troyes un principal fans prix,
> Régent d'Amiens, puis maître en ce pourpris.

On rencontre des Baudouin depuis l'an 1364.

SES ÉCRITS.

Calceus antiquus & myfticus. Paris, 1615, *in-8. Ibid.* 1633. Amfterdam, 1667, avec d'autres traités. A Leyde, en 1711, avec les notes de Nidam ; & à Leipfick, en 1732, avec celles de Jacher. Cet ouvrage, fur la chauffure des anciens, lui acquit beaucoup de réputation ; il ne l'a point compofé pour faire honneur à fon premier métier prétendu ; les preuves qu'on voudroit en tirer ne font rien moins que concluantes ; d'autres l'attribuent, avec quelque reffemblance, au moins, à des reproches qu'on lui fit fur la baffeffe de fon extraction ; mais il vaut encore mieux conclure qu'ayant ramaffé, comme tous les gens de cabinet, des matériaux fur divers fujets, fon choix étoit tombé fur celui-ci, propre à lui fournir quelque badinage par le rapport éloigné qu'il avoit avec la profeffion de fon père. Cet écrit, dont le fujet eft auffi bien traité & rempli qu'il peut l'être, eft une preuve frappante de l'efprit & de l'érudition de l'auteur, qui l'a dédié à fon évêque Geoffroy de la Martonie.

Dix Tragédies de Séneque, traduites en vers françois. Troyes, Noël Moreau, dit le Coq, 1629 ; elles font dédiées à Louis Largentier, baron de Chapelaines.

Il a auffi fait réimprimer les *Sonnets d'Adrien de la Morliere*, qui l'en remercia par un fonnet très-plat, auquel Baudouin a répondu par un autre qui ne vaut pas mieux.

CHARLES LE ROY. Le 5 juin 1622, il fit à l'âge de 21 ans profeſſion dans le couvent des Minimes, à Nigeon près Paris. La nobleſſe de ſon ſang paroiſſoit devoir le fixer dans le monde ; ſon humilité le concentra dans le cloître, où la pureté de ſes mœurs & ſes macérations continuelles le firent connoître malgré lui pour un vaſe d'élection dans ſa patrie, où il mourut, le 31 août de la même année, en odeur de ſainteté. Pendant ſon noviciat, il offrit à ſes maîtres un modèle de perfection. Il avoit l'air d'un ange, tant la piété, la vertu lui étoient naturelles. Chacun ſe ſentoit forcé d'avoir pour lui & de la vénération & de l'amour.

Diarium Mi-
nimor. t. 2.

HYACINTHE D'AMIENS, religieux Capucin de la province de Paris, ſe diſtingua dans la chaire apoſtolique, où il acquit quelque gloire. Il paſſoit pour ſavant & pieux, qualités qui ne vont pas toujours enſemble. Les preuves les plus ſenſibles de ſon ſavoir ſe tirent des écrits ſuivans.

Dyoniſius Ge-
nuenſis, Biblioth.
Capucin.

Le Tableau de l'ame mourante dans les douleurs de Jeſus. Paris, Claude Cramoiſy, 1631, *in-8. Ibid.* Denis Thierry, 1632. Cet écrit, très-myſtique, contient 320 pages. Il met ſous les yeux du lecteur toutes les ſouffrances du Chriſt, à l'aſpect deſquelles une ame chrétienne ne peut ſurvivre. *Chère ame,* dit-il dans la préface, *j'ai entrepris de te montrer les diverſes & différentes couleurs qui paroiſſent ſur la face de Jeſus ; mais auparavant de te crever les yeux pour te faire mieux voir ce qui ne ſe voit qu'en ténèbres, c'eſt au ſaint amour d'en bénir le deſſein, & à vous, mon Jeſus, de l'agréer, à qui je voue & conſacre les couches & les traits de ce préſent tableau.* Ces couleurs prétendues ſont l'humilité, la patience, & les autres vertus du Sauveur. Dans le chapitre V, il appelle les rois de la terre *des petites déités mortelles, qui ſemblent abattre à leur vénération tout le reſte des créatures, & ne veulent pas que leurs ſujets s'approchent d'eux autrement que la louange à la bouche.* On lit au chapitre VIII : *Quand*

X ij

on voit fuer un homme en dormant , c'eſt un ſigne manifeſte de grande indigeſtion ; en voyant Jeſus ſuer le ſang , c'eſt un ſigne manifeſte d'une indigeſtion toute ſpirituelle , & qu'il ne peut digérer l'ingratitude des pécheurs. Saint François d'Aſ-ſiſe , chap. IX , informé du ſcandale donné par un de ſes reli-gieux , pleuroit un jour amérement : Pourquoi t'affliges-tu, pauvre petit homme que tu es ? lui dit Dieu , en le reprenant doucement : j'ai pris la charge & le ſoin de ta religion ; pour une ame perdue , j'en ferai naître une infinité d'autres qui ne manqueront jamais de fidélité. Judas , chap. XI , en qualité d'apôtre , étoit déſigné archevêque. Dans le XIVe. Adam , jar-dinier du paradis , étoit familier des anges. Mon Jeſus , pour-quoi , dit l'ame mourante dans le XXIV.e , refuſerai-je d'être attachée à la croix , des clous de votre amour , moi qui ai été ſi cruelle que de vous y attacher avec les clous de ma dureté ? A l'occaſion des myſtères , il avoit dit dans le premier , cette théologie eſt trop profonde pour la paſſer à gué : nous nous perdrions dans cet océan , ſi nous cinglions plus avant ; il en faut demeurer dans l'admiration & le ſilence.

Image de la vie de l'ame dans la gloire de Jeſus-Chriſt. Ibid. 1635.

ANTOINE DROULIN , fils d'un Hortillon , tenoit la place du pénitencier de notre Egliſe , l'an 1631 , & il enſei-gnoit la grammaire aux enfans de chœur. On le connoît par les écrits ſuivans.

Miſcellanea opuſcula. Ambiani , apud Jacobum Hubault , 1631. C'eſt un recueil *in*-8. de poéſies latines , dédié à Fran-çois le Febvre de Caumartin , évêque d'Amiens. L'auteur , paſſionné pour les vers dès ſa plus tendre enfance , n'en fit jamais que pour entretenir la piété dans les cœurs ; & l'étude de la théologie morale qu'il enſeignoit , ne l'empêchoit point d'exercer fréquemment ſa muſe. La dédicace & l'épî-tre au lecteur , où il fait l'éloge de la poéſie , ſont des preu-ves de ſon éloquence en proſe. Ce recueil contient des para-phraſes des pſeaumes pénitentiaux & de quelques autres ; de l'oraifon dominicale, de la falutation angélique, du fymbole des apôtres ; une pièce fur la douleur & la pénitence du pécheur contrit ; une lamentation d'un pénitent qui retombe dans le péché ; des paraphrafes de divers hymnes, cantiques & oraifons ; des vers fur la miféricorde de Dieu, fur la vanité & l'inconftance des chofes du monde ; des emblêmes ; un dialogue entre un pécheur & la foi, fur la naiffance de J. C. Un morceau fur la chute & le rachat du premier homme ; d'autres, où le pécheur demande à être délivré de fes péchés & du jugement dernier , &c. On trouve à la fuite un difcours latin , prononcé par l'auteur dans la chapelle de l'évêque, fur le facrement de l'Euchariftie.

Elegia Chrifti falvatoris, nec-non Virginis ejus femper intemeratæ matris, in utriufque litanias. Ambiani, apud Jacobum Hubault, 1633, *in*-12. C'eft une paraphrafe en vers fur ces litanies. L'ouvrage eft dédié à Auguftin de Louvencourt, chanoine & archidiacre. Dans l'hiftoire de Rouen, Charles Droulin paroît comme archidiacre du petit Caux, en 1493.

GUILLAUME DE LESSAU étoit frère de Vincent dont on a parlé. Après fa profeffion religieufe, dans la maifon des Céleftins de faint Pierre à Chatres, dans la forêt de Compiegne, il joignit aux devoirs, aux connoiffances propres à fon état, un goût marqué pour la poéfie françoife ; quoiqu'il n'ait travaillé que fur des fujets de piété, ce talent pourroit bien l'avoir éloigné des places. On préféroit alors affez fouvent ceux qui médifoient en profe, à ceux qui prêchoient en vers. Il étoit lié d'une amitié tendre avec Jacques le Vaffeur, doéteur en théologie, doyen de la cathédrale de Noyon, comme il paroît par la 81.e lettre de ce dernier. Après avoir demeuré long-temps à Paris, il mourut à Metz en 1634.

Becquet , Biblioth. Cœleftin.

S E S   É C R I T S.

Tetraftica moralia & alphabetica. Metz, Claude Felix, 1634. Ce font des vers latins que l'auteur a traduits en françois.

Globulorum piorum feries, in laudem beatæ Virginis Mariæ. Manufcrit. Il a encore rendu en vers françois les principaux myftères de notre religion, avec un artifice & une fymétrie, auxquels il a ajouté des figures deffinées correctement & peintes avec grace. Ce manufcrit fur vélin fe trouvoit dans les bibliothèques de cette congrégation, à Paris & à Amiens. On lui prête auffi un ouvrage afcétique, dédié à faint François de Sales, imprimé à Lyon, à ce qu'on dit, l'an 1618.

CLAUDE SALLÉ. Les archives de l'abbaye de faint André, ordre de Prémontré où il étoit religieux, & qu'il quitta pour pofféder le prieuré du Val-Reftault, nous le renfeignent comme auteur des écrits fuivans.

Abrégé, ou petit recueil des chofes plus remarquables, depuis la fondation de l'églife & abbaye de faint André-au-Bois, jufqu'à l'an 1634 ; enfemble le Catalogue & fuite des abbés dudit lieu, avec un bref récit de leurs faits plus notoires. Paris, chez Jean Beffin, 1634, *in*-12. Il le dédie au R. P. en Dieu, Noël Ducandas, abbé de cette maifon. On trouve à la fin les feigneurs & châtelains de Saint-Omer & de Beaurain, depuis l'an 1084. Ce livret fut réimprimé à St.-Omer, l'an 1670.

Collectiones memorabilium abbatiæ fancti Andreæ. Sancti-Audomaro, apud Carlier, 1651, in-12. Ce font les mêmes chofes traduites en latin.

HENRI ROGEAU. On nous dit bien qu'il naquit le 19 novembre, mais fans défigner l'année. Ce ferviteur de Dieu parut au jour pour fervir à fes concitoyens de modèle de piété & de vertus. Son père Henri Rogeau étoit avocat en parlement, & bailli du temporel de l'évêché d'Amiens en 1599 ; fa mère étoit de la famille des Hannicqués. Il fut le fecond des fept enfans fortis de ce mariage. C'étoit un homme de bien, franc, droit, naïf, & d'une humilité profonde, d'une foi pure : il faifoit maigre les mercredis ; &

quoique chanoine, il ne fongea jamais à engraiffer, dans l'oifiveté & dans l'indolence, un corps deftiné à être la pâture des vers. Il eut un canonicat de faint Nicolas en 1635, la cure de faint Firmin le confeffeur en 1648 ; devint enfuite promoteur, puis chanoine de la cathédrale en 1652. Il remplit fes devoirs avec exactitude dans ces différens poftes ; il partageoit fes revenus avec les pauvres ; entreprenoit des miffions, s'attachant plus aux vérités de l'évangile dont il étoit plein, qu'à l'éloquence du ftyle. Il mourut d'une attaque d'apoplexie le 16 novembre 1687. Jean Rogeau étoit procureur en 1373.

OBRY étoit un eccléfiaftique vertueux, retiré & plein de zèle pour le falut des ames. On le chargea en 1639 de la direction des religieufes de fainte Marie, auxquelles il prêchoit fans ceffe l'humilité & l'amour de Dieu, vertus dont il étoit rempli. On lui adreffoit toutes les perfonnes de mauvaife vie, tant fes talens pour la converfion des pécheurs étoient connus. Les plus obftinés dans le mal devenoient fouples, dociles & foumis entre fes mains. Toujours occupé à la vifite des prifons & des hôpitaux, ou à crucifier fa chair, il vivoit dans les jeûnes & l'abftinence. Il s'endormit dans le Seigneur le 28 feptembre 1673. Matthieu Obry vivoit en 1443.

MATTHIEU LEQUIEU, prêtre, curé d'Ailly-fur-Somme, adreffa une anagramme en vers latins & un fonnet en françois, l'an 1631, au poëte Antoine Droulin, fur fes poéfies intitulées *Mifcellanea*. Dans le latin, il le compare à Arion ; dans le françois pitoyable, il l'appelle un rare fonneur de vers.

JEAN CUIGNET, avocat en parlement, adreffe au même, à la tête du même livre, un fixain peu propre à illuftrer ce jurifconfulte.

PIERRE BORÉE. Dans l'ordre de Prémontré, dont il embraſſa l'inſtitut, il conſerva une régularité ſtriéte, qui, jointe à ſon mérite particulier, contribua beaucoup à ſon avancement. Après avoir été prieur de Reſſons & d'Outre-bois, il le fut de l'abbaye de ſaint-Jean-d'Amiens. Il ſe livroit à la prédication avec aſſez de ſuccès. On ignore l'année de ſa mort. On le connoît mieux par ſes ouvrages.

Apotheoſin ſacri Roſarii, 1637.

L'Innocence martyre, repréſentée en la vie de ſaint Cyr & de ſainte Julitte ſa mère. Paris, Thomas Lozet, 1645, *in*-8. de 405 pages. Il dédie ſon ouvrage à ces deux martyrs, dont il ſe dit le très-humble ſujet & zélé orateur. Ce livre eſt précédé d'une préface, dans laquelle il compare le monde à une grande conciergerie, dans laquelle tous les êtres vivans ſont priſonniers, & où il n'y a point de geolier pour garder les autres, parce qu'aucun n'eſt exempt de crimes. Aucun néanmoins n'en échappe, parce que la mort, bour-reau de la nature, les extermine tous. Dans l'ouvrage on voit les parens, le pays, la naiſſance, l'éducation, les pro-grès, les perfeétions & les exercices de ſainte Julitte avant ſon mariage ; dans l'état du mariage, où elle mit au jour ſaint Cyr, & dans ſon veuvage, où elle fut perſécutée ainſi que ſon fils, & tous deux empriſonnés & mis à mort pour la foi. L'auteur, après avoir détaillé leurs miracles & fait leur éloge, parle de leur canoniſation & des lieux différens où leur mémoire eſt en vénération. Il finit par des maximes de l'Innocence martyre.

Paranymphe de ſainte Urſule & de ſes Compagnes, marty-res. C'eſt une traduétion en vers françois, très-lâches, très-irréguliers, de la proſe qui ſe chante le jour de la fête de cette ſainte dans la cathédrale de Cologne, dans l'égliſe de Steinveld & autres du même dioce̔ſe, où ces vierges ont ſouffert le martyre. Cette pièce eſt ſuivie d'une épigramme ſur la conſtance de ces viétimes de la foi. Amiens, Robert Hubault, 1648, *in*-8.

Le grand favori de la ſainte Vierge, ſaint Joſeph Herman,
prêtre,

prêtre, *religieux de l'ordre de Prémontré*, vivant en 1232. Ces deux morceaux qu'on a repréfentés chez les religieufes Urfulines, ont été imprimés à Amiens, chez Robert Hubault, en 1648, *in-12.*

Les juftes & filiales acclamations d'honneur & de joie fur l'heureufe bénédiction du R. P. en Dieu, Auguftin le Scellier, général de l'ordre canonial de Prémontré. Dans cette pièce de vers françois il fait parler le génie de l'ordre ; mais on auroit tort de juger de l'efprit de l'ordre par celui que l'auteur introduit fur la fcène. Les penfées ne font point recherchées, l'encens eft fade, & le poète eft peu exact dans fes rimes.

Ode prophétique. Il y prédit le bien que doit faire ce nouveau général. Quoique les prophéties poétiques foient fujettes à caution, il eft bon de mettre les lecteurs à portée de juger de fon ftyle, lorfqu'il prophétife ou qu'il loue.

> Les deux bras de fa charité
> Affeoiront l'uniformité
> Sur le trépied de la conftance ;
> Et tous ces bigeares habits,
> Inufités au tems jadis,
> N'efchaperont pas fa défenfe......
>
> Il agit par-tout en pafteur ;
> Il marche deffous l'équateur :
> Son falut eft fa propre affaire,
> Sa ferveur eft fon horifon,
> Le zodiaque fa maifon,
> La juftice fon hémifphère.

Le 18 juillet 1647 il préfenta à ce général, dans le collège de l'ordre à Paris, deux anagrammes de fon nom, avec l'explication en vers latins. Dans *Auguftinus le Scellier,* il a trouvé, grace à fa patience, *luces, ardes velut ignis, electus à viris Angelus.* On a encore de fa mufe quelques vers à la louange de Jean de Cauchies, fon confrère.

Y

JEAN DU MOLLIN *ou* **DU MOULIN.** Guy-Patin repréfente ce médecin comme un charlatan affamé, qui fe vantoit d'avoir le fecret d'un firop de mars, dont il promettoit des merveilles à la populace ftupide, & qui s'étant rendu à Paris, dans l'idée d'y faire fortune avec fes reffources chimiques, y mourut d'apoplexie en 1668. La brochure qu'il a publiée porte ce titre.

La Fourbe découverte, ou le Récit véritable de la fuppofition dont s'eft fervi Henri de la Cointe, pour tirer l'approbation des médecins de la ville d'Amiens, datée du 10 octobre 1634, en faveur de fon airiement, avec le défaveu de la fufdite approbation. Paris, 1635, brochure *in-*12 de 35 pages. Du Moulin, dont le ftyle eft violent, traite fon confrère de fourbe, qui hafarde tout pour acquérir de la réputation ou faire fortune ; d'impofteur, qui fait profeffion de piper les autres, fous prétexte de leur être utile. Il montre de quelle façon il a furpris l'approbation du collège des médecins d'Amiens, pour mettre en ufage fon prétendu remède, deftiné à purifier les maifons infeftées de la pefte, & prouve qu'il a donné un faux expofé de fa compofition. En effet, fur les plaintes que portèrent les habitans des mauvais effets du remède, on en fit la décompofition, & le nouveau charlatan avoue lui-même qu'il y entroit de l'antimoine, de l'arfenic & de l'eau-forte. Du Moulin fait fentir les inconvéniens de ce fpécifique prétendu, & retire publiquement fa fignature. Les autres médecins approbateurs étoient S. & L. du Frefne, & L. le Maire. Le nom de du Mollin eft connu depuis 1465.

ADRIEN LAMY, fils de Louis, prévôt royal de Grandviller, naquit dans ce temps. Il mourut à Paris, & fut enterré dans l'églife de la paroiffe de faint Séverin. Il a laiffé un manufcrit fur la Coutume de Paris. Ce nom eft connu depuis 1423.

JEAN DE CAUCHIES fit profeffion en cette ville dans

l'abbaye des chanoines réguliers de l'ordre des Prémontrés,
& fes talens pour la conduite des ames le firent nommer à
la cure de la paroiffe de faint Germain. Tout entier à fon
troupeau, il ne mit la main à la plume que pour lui rendre un nouveau fervice. En 1646 il publia en latin, *in*-12,
à Amiens, *la vie de faint Germain l'Ecoffois*, évêque &
martyr, patron de fon églife, & 20 ans après il en parut
une nouvelle édition à St.-Quentin, chez Claude le Queux,
in-16. Ce livre contient, outre la vie du faint, en latin &
en françois, l'office de la tranflation de fes Reliques, conformément au bréviaire en ufage alors, & aux rubriques
traduites en françois pour la commodité des paroiffiens,
& l'office du même faint, tant pour le jour de la fête que
pour l'octave. Il mourut de la pefte. On connoît des Cauchies depuis 1558.

ROBERT CARON, religieux Céleftin, vivoit à peu
près dans le même temps. Dans la bibliothèque de cette
congrégation, dans la ville d'Amiens, on conferve de fa
main un volume *in*-12 qui paroît être de fa compofition.
Il confifte en différens écrits fous ces titres :
   Tractatus de Religione & caftitate.
   Tractatus de voto promiffo Deo atque reddendo.
   De factis & dictis feniorum.
Cette famille eft connue dans nos archives depuis l'an
1246.

PIERRE ROBBE, religieux cordelier du couvent
d'Amiens, poffédoit toute la théologie fcolaftique & morale à un tel degré de perfection, qu'on difoit communément que s'il étoit poffible de la perdre, on la retrouveroit
en lui. C'étoit en outre un homme très-fobre, des plus
zélés pour l'obfervance régulière. Après avoir gouverné la
province quelque temps, il mourut le 29 février 1655.

PAULIN D'AMIENS, religieux Capucin de la province de   Biblioth. Capucin.

Paris, fut gardien dans fa patrie, & fucceffivement défini-
niteur & miffionnaire apoftolique. Il fe diftingua par fes
talens pour la chaire. Plein de zèle pour la religion, favant
dans l'écriture-fainte, il étoit fcrupuleufement attaché au
moindre de fes devoirs. On ignore l'année de fa mort.

*Manuale Miffionariorum, feu Methodus quam tenere de-
bent Miffionarii Capucini ad confirmandos catholicos, &
convincendos hæreticos.* Paris, 1656, *in-*8. Cette méthode a
le double avantage d'être claire & courte.

CHARLES LE SENECHAL, fils de Vincent, feigneur
de Bacouel, contrôleur de l'artillerie à Amiens, & de Marie de Lattre, naquit dans cette ville, où la famille de ce
nom fubfifte encore. Dès fa tendre jeuneffe il fe livra à
l'étude, & les fuccès répondirent à fes travaux. Il époufa
Marie Touttefaire, à laquelle il apporta la feigneurie de
Bacouel, & fe fit recevoir avocat au parlement. Le peu
de foin qu'il prit pour vivre dans la mémoire des hommes
nous a privés de fes productions. On ne connoît de lui que
trois épigrammes latines, compofées à la louange du chanoine la Morliere, & imprimées en 1642 à la tête de fes
Antiquités d'Amiens. Charles mourut le 27 avril 1658. Cette
famille paroît dès 1403.

JEAN PILON. Les manufcrits font mention de ce chanoine régulier comme d'un homme qui fe diftinguoit en
1662, par fon amour pour la prière, & dont la piété folide
édifioit tout le pays.

MICHEL CORNET, ce frère de Marie ci-deffous, &
de Nicolas, grand-maître de Navarre, naquit le 9 avril 1607,
& mourut quatre ans après avoir prononcé fes premiers vœux
chez les Jéfuites. Il vivoit avec tant de piété & de ferveur,
que fes confrères le furnommoient le petit ange. Il a mérité
d'avoir ici fa place, parce qu'il a couru à pas de géant dans
la voie du falut. *Confummatus in brevi, explevit tempora
multa.*

ETIENNE-MARTIN DE PINCHESNE. De tous les disciples de Ménage, ce neveu de Voiture est un des plus connus pour la poéfie françoife. Dans une de fes préfaces, il annonce qu'il avoit pris la réfolution de ne rien publier de fon vivant, & il auroit bien fait ; mais il a préféré de hafarder fa réputation, & voilà fon tort. La fureur poétique qui donne fouvent la fièvre chaude aux autres verfificateurs, avoit dégénéré en fièvre lente dans fa veine, & fes vers en communiquent les effets, qui font la pâleur & le dégoût, dans l'efprit de ceux qui les lifent. Il nous apprend que dans fa jeuneffe il avoit quitté le Parnaffe pour fuivre la cour ; la perte n'étoit pas grande. Après avoir été contrôleur, il vint rejoindre les Mufes qui ne l'ont point traité favorablement. Le rang qu'il prétend tenir parmi les poètes n'eft pas dans le cas d'exciter l'envie ; & quoiqu'il ait donné une édition des œuvres de fon oncle, il a bien peu hérité de fon efprit. Malgé cela il avoit, comme mille autres, l'ambition d'entrer à l'Académie Françoife. Au refte, quoiqu'il ait manqué de plaire en fait d'écrits, il n'en étoit pas moins honnête homme.

Son premier ouvrage a été un poëme dramatique paftoral, intitulé *l'heureufe Alliance du Roi & de la Reine.*

La Rochelle, ou l'Héréfie détruite. Cette efpèce de poëme a été imprimé vers 1640.

Poéfies héroïques, où fe voient les éloges du Roi, des Princes & Princeffes de fon fang, & de toute fa cour. Paris, Cramoify, 1670, *in-4.* Il publia ce livre à l'âge de 30 ans, & l'on s'apperçoit à merveille qu'il ne lui coûta que deux ans de travail. C'eft un recueil d'odes, de fonnets, d'épîtres, de ftances, ballades & épitaphes, qui rempliffent 172 pages.

Poéfies mêlées. Paris, Cramoify, 1672, *in-4.* de 429 pages. Ces vers galans, férieux & philofophiques font dédiés au duc de Montaufier.

CATHERINE GERMAIN, née en 1602, époufa Simon Berthelot, commiffaire dss poudres en Picardie, dont elle reſta veuve. L'uniformité de ſa vie, ſon extrême charité, & ſa patience envers les pauvres, qu'elle guériſſoit des maux jugés incurables, l'ont rendue recommandable. Son portrait a été gravé *in-fol.* par *Van-Schupen*, en 1693. Elle eut de ſon mari, qui avoit été auparavant contrôleur, receveur des tailles en l'élection de Mondidier & Roye, trois enfans, dont un garçon nommé François, & deux filles, ſavoir, Catherine & Marie. Elle mourut le 15 juin 1676, à l'âge de 74 ans, & fut inhumée dans l'égliſe de la paroiſſe de ſaint Leu, ſous cette épitaphe.

Hîc jacet DD. Catharina Germain, vidua DD. Simonis Berthelot, conſiliarii regii & pulverii tormentarii in Picardiâ, nec-non Atrebatenſi comitatu præfecti. Hæc verè chriſtiana fuit, verè mater pauperum exſtitit : acceſſit ad ſacra frequenter, tulit adverſa fortiter, in proſperis ſe geſſit humiliter, ardua perfecit viriliter, noſocomiis ſollicitâ charitate providit ; multos à morbis graviſſimis ſuo marte liberavit. Nudis veſtimenta, eſurientibus alimenta, miſeriis quibuſlibet ſublevamenta abundè præſtitit. Omnibus chara, omnibus miſerabilis, omnibus flebilis, obiit in Domino..... Ipſi benè apprecare.

Vie de M. Mathon, p. 41.

MARIE CORNET, fille de Jacques, ſieur de Coupel & de Langle, ancien premier échevin de cette ville, naquit l'an 1609, le 14 ſeptembre. Appelée par une bonne vocation à l'état religieux, elle s'y diſtingua par des vertus frappantes dans la communauté des dames du prieuré de Moreaucourt, ſous le nom de ſaint Charles, & elle y mourut de la mort des juſtes, le 22 avril 1707, âgée de 98 ans moins cinq mois. Après avoir été pluſieurs fois ſupérieure, elle obtint un bref pour ne plus être élue.

CHARLES DU FRESNE, ſieur du Cange. Ses écrits lui ont acquis dès ſon vivant une réputation qui ne s'éclipſera qu'avec l'empire des ſciences. Né le 18 décembre 1610, à ſept heures du matin, il fut baptiſé le même jour dans l'égliſe de ſaint-Firmin-à-la-Pierre. Louis du Freſne ſon père, écuyer, seigneur de Froideval, conseiller & prévôt royal de Beauquene, sorti d'une famille originaire de Calais, d'où elle fut chassée par les Anglois en 1347, épousa après la mort de Marie Vaquette, sa première femme, Hélène de Rely, & c'est d'elle que naquit Charles, dont l'éducation fut confiée aux soins des Jésuites qui gouvernoient le collège de cette ville. Une application suivie, jointe à une vivacité d'esprit étonnante, ne tarda point à le distinguer parmi les écoliers de sa classe. Sur le rapport de ses maîtres, qui lui trouvoient des dispositions pour toutes les sciences, son père voulut essayer si la magistrature seroit de son goût. Il l'envoya pour cet effet étudier à Orléans, & le 11 août 1631 il fut reçu avocat au parlement de Paris ; mais après avoir fréquenté quelque temps le barreau, sans aucun dessein de s'y attacher, il l'abandonna absolument, & revint dans sa patrie, pour s'y livrer à l'étude de l'histoire sacrée & profane, grecque & romaine, ancienne & moderne. La mort de son père, arrivée en 1638, ne lui offrit qu'un vide affreux. Il en étoit chéri, & la tendresse reconnoissante lui fit verser long-temps des larmes sur son tombeau. Pour avoir une consolation dans ses peines, il épousa le 27 mai Catherine Dubos, fille de Philippe, écuyer, seigneur de Drancourt, conseiller du roi, trésorier de France & général des finances au bureau d'Amiens, & de Catherine Thierry. Il en eut cinq garçons & autant de filles. Le commerce aimable d'une épouse digne de lui, le délassoit agréa-blement des occupations sérieuses de son cabinet, & son application aux sciences ne le détourna jamais des devoirs de la vie civile.

Le 10 juin 1645 il fut reçu dans une charge pareille à celle de son beau-père. Son assiduité à en remplir les fonctions ne dérangeoit en rien son projet de jeter de nouvelles lumières sur l'histoire. L'idée d'un savant universel se présente à son imagination échauffée : il en est flatté, & pour essayer de la remplir, il enfante les plans les plus vastes. Tout devient de son ressort. Indifférent pour ses propres intérêts, il ne cherchoit point à faire fortune ; s'il étudioit, comme il le difoit fouvent, ce n'étoit que pour fon plaifir : *Mihi cano & mufis.*

La nature de fes ouvrages l'engageoit à faire de fréquens voyages à Paris, où il fixa fon domicile en 1668, temps auquel la pefte l'obligea de quitter fa patrie. Sa réputation, concentrée jufqu'alors dans la province, acquit un nouveau luftre dans le centre des arts & des fciences ; il s'y fit autant eftimer par fes talens que par fa douceur, fa politeffe & fa modeftie : il fortoit de la pouffière de fes livres avec l'air le plus affable. Ses écrits, tout volumineux qu'ils étoient, fe fuccédoient avec une rapidité furprenante. Il y fut connu de tous les favans, & s'y lia d'une amitié intime avec dom Mabillon & dom Michel Germain, Bénédictins fi renommés par leurs travaux. Du Cange n'étoit point de ces favans dont le filence ftupide & l'air embarraffé font dire à qui les fréquente, peut-on être fi bête avec tant d'efprit ? Il étoit favant avec grace ; la nature fembloit lui avoir dit, fois tout ce qu'il te plaira. Il eut également l'honneur d'être connu de Louis le Grand, des princes, des premiers du royaume, & fes productions firent voler fon nom chez les étrangers. Ses forties de fon cabinet avoient rarement l'amufement pour but : pour l'ordinaire il paffoit d'une bibliothèque dans un chartrier, pour retomber dans le mufée d'un littérateur, ou dans le laboratoire d'un artifte hâbile. Ce fut en dépouillant les regiftres de la chambre des comptes de Paris, qu'il découvrit qu'on fe fervoit de l'artillerie en France dès l'an 1338.

L'étendue, la diverfité de fes connoiffances lui gagnoient l'eftime de tous ceux qui avoient befoin de fon fecours : acceffible à tout le monde lettré, il ne fe refufoit qu'aux oififs ; rien n'égaloit la douceur de fon caractère traitable, accommodant, honnête, affable ; il ne parloit qu'avec la plus grande modeftie de ce qui pouvoit le concerner. Jamais on ne le vit s'élever au deffus des autres, dans les temps même où il donnoit les preuves les plus frappantes de fon érudition.

érudition. Bien loin de prendre un ton affirmatif, toujours humiliant pour l'amour-propre d'autrui, il propofoit au contraire fon fentiment, plutôt comme une fimple conjecture que comme une décifion; il ne rougiffoit même point d'avouer ingénument qu'il ignoroit beaucoup de chofes, & qu'il fe trompoit fouvent.

Un voyageur étranger lui ayant été adreffé, comme à l'homme le plus au fait de l'ancienne Hiftoire de France, du Cange, qui difoit que pour faire des ouvrages tels que les fiens il ne falloit que des yeux & des doigts, lui dit : *La matière fur laquelle vous me confultez n'a jamais fait l'objet de mes études; je n'en fais que ce que j'ai retenu en lifant les livres dont j'avois befoin pour d'autres écrits; mais dom Mabillon eft votre homme.* L'étranger fe rend auprès du Bénédictin profond, qui, par une réponfe à peu près femblable, le renvoie à notre auteur : *Mais, mon R. P. c'eft lui-même qui m'envoie à vous. — Je le reconnois pour mon maître; cependant, fi vous m'honorez de vos vifites, je vous communiquerai avec plaifir mes foibles connoiffances.* Tels étoient alors les grands hommes : penfe-t-on aujourd'hui comme eux ?

Il avoit l'efprit facile, agréable, vif, gai, fans prétentions; fon cœur étoit inacceffible à cette maladie du bel-efprit, qui fait qu'on fe montre par-tout; auffi n'a-t-il point fait fortune. Il fuffit, difoit-il, que l'homme de lettres ait de quoi fe nourrir, s'habiller & acheter des livres. Loin de tromper les libraires, après les avoir impitoyablement rançonnés, on eût dit qu'il ne travailloit que pour les enrichir. On ne lui connut de fon vivant, au-delà de fon patrimoine, que 600 livres de penfion fur le tréfor royal, dont on le gratifia en 1686, pour avoir corrigé les cartes chronologiques de Rou. En confidération des peines qu'il avoit prifes pour l'édition de la chronique d'Alexandre, les libéralités du Roi fe répandirent après fa mort fur fa famille, par une gratification de deux mille livres fur les fonds des bâtimens.

Z

Ce mortel, fufcité pour délivrer huit ou neuf fiècles de
la tyrannie des barbares, & les mettre en état de faire envie
aux fiècles les plus floriffans, auroit dû toujours vivre; mais
non, le temps de fa diffolution approchoit. Ufé par le travail, accablé fous le poids des années, il fut attaqué au
mois de juin 1688 d'une rétention d'urine, dont il foutint
avec une patience vraiment chrétienne les longues & cruel-
les douleurs. La même incommodité, foulagée pour un
temps, reparut en feptembre ; &, défefpérant d'en guérir,
il attendit avec tranquillité le fort commun à tous les êtres,
& fe prépara à ce paffage terrible pour les cœurs ulcérés,
avec une connoiffance entière & une parfaite liberté d'efprit.
Enfin, confumé par la violence continuelle du mal qui le
retenoit au lit depuis quinze jours, le plus inftruit de
tous les hommes expira comme un homme ordinaire, le
23 octobre, entre 6 & 7 heures du foir, muni des facremens
qu'il reçut avec une piété éclairée & folide, digne des premiers fiècles de l'églife. Il repofe dans l'églife de faint
Gervais, fous cette épitaphe.

*Sifte, viator, & benè precare extincto heu ! ibique fepulto
clariffimo viro Carolo du Frefne, domino du Cange, nobili
apud Ambianos ftirpe oriundo, Franciæ quæftori in Ambianenfi præfecturâ ; quem fi noveris, virum noveris candidis
moribus, ingenio fuavi, judicio fagaci & exquifito, capaci
animo, & fummâ eruditione repleto ; qui eximiâ & minimè
fucatâ ergà Deum religione ac pietate, blandâ ergà amicos
fide & obfequio, facili ac liberali ergà litteratos doctrinæ com-
municatione, omnium fibi amorem demeruit, & magnam
fibi paravit, tum virtutis, tum fcientiæ exiftimationem. Quan-
tùm illi litteræ debeant, abundè teftantur libri complures in
publicum commodum ab eo editi & evulgati, rei antiquariæ
fcientiâ haud vulgari refperfi.*

A fes côtés repofent fon époufe, morte le 19 juillet
1694, & Philippe fon fils, décédé avant elle, le 22 juin
1692.

Ainfi mourut ce grand homme, que l'Europe entière à

regretté, & que tout bon François a dû pleurer. La nature appauvrie a dû fentir en le perdant tout le fier afcendant des lois du deftin. Il manque à l'univers, à fon fiècle, à fa patrie ; mais il vivra dans les faftes littéraires auffi long-temps que fubfiftera l'empire des fciences.

L'éloge de du Cange n'eft à proprement parler que celui de fes ouvrages, comme l'éloge d'un héros fe borne à fes actions. La vie privée d'un homme de lettres eft pour l'ordinaire quelque chofe de bien fec & de bien petit. Père tendre, digne époux, ami fidèle, il fut révéré dans fa famille, aimé de fes compatriotes, qui ne l'entendoient jamais fans s'inftruire. Le monde favant le refpectoit, parce qu'il s'étoit rendu auffi utile à la littérature que la plupart de fes devanciers. On le regardoit comme un hiftorien couronné, un géographe exact, un jurifconfulte profond, un généalogifte éclairé, un critique fage, un antiquaire favant, pleinement verfé dans la connoiffance des médailles & des infcriptions. Il favoit prefque toutes les langues, poffédoit à fond les belles-lettres, & s'égayoit parfois avec les Mufes, comme le prouve une épigramme latine à la louange de la Morliere, auteur du Nobiliaire de Picardie. Dans une infinité de manufcrits & de pièces originales, il avoit puifé des connoiffances fans nombre fur les mœurs & les ufages des fiècles les plus obfcurs.

Contre l'ordinaire des philofophes, il favoit fon monde. Travailloit-il, il le faifoit avec une facilité merveilleufe & une conftance furprenante. Sa latinité, auffi pure que noble, ne fe reffent nulle part de la promptitude avec laquelle les volumes fe fuccédoient.

Il étoit d'une taille au-deffous de la médiocre, mais bien prife, & d'un fort tempérament, quoiqu'affez replet. Il portoit la tête haute, il avoit l'extérieur ouvert, le vifage aimable, le fouris gracieux ; des yeux bien fendus & pleins de feu annonçoient fon efprit. Pour empêcher les révolutions du fang & de la bile qui abondoient chez lui, il fe donnoit de l'exercice, & la promenade la plus longue ne le fatiguoit pas. Tout à fes amis, s'il eut des ennemis, loin de les méprifer, il les aima en chrétien, fans avoir la foibleffe de les craindre. C'eft à la poftérité à apprécier le mérite d'un homme qui a tant fait d'honneur à la France ; il nous fuffit de l'admirer. Son portrait a été fait par Giffart & Def-rochers.

SES ÉCRITS IMPRIMÉS.

Hiftoire de l'Empire de Conftantinople, fous les Empereurs François, 1657, impreffion du Louvre, *in-fol.* dédié à Louis XIV, qui reçut favorablement un hommage fi digne de fon amour pour le progrès des fciences. La première partie contient l'hiftoire de la conquête de cette capitale, en 1204, écrite par Ville-Hardouin, avec une nouvelle verfion à côté, revue, corrigée fur le manufcrit de la bibliothèque du Roi, & enrichie d'obfervations hiftoriques & d'un gloffaire. On voit dans la feconde ce que les François & les Latins ont fait de plus mémorable dans cet empire, jufqu'au temps où les Turcs s'en font rendus les maîtres. Les pièces juftificatives font tirées des écrivains du temps, des chroniques, des chartes, de différentes pièces qui n'auroient point vu le jour', & qui viennent à l'appui de l'hiftoire de France, mife en vers par Philippe Mouskes. Cet ouvrage eft plein d'érudition & de critique.

Traité hiftorique du chef de faint Jean-Baptifte. Paris, Sébaftien-Mabre Cramoify, 1665, *in-*4. Il y fait le récit de la découverte de cette relique précieufe, & de fes tranflations différentes, avant qu'elle ait été apportée à Amiens. Avec une érudition folide, il réfute les prétentions des églifes qui croyoient poffèder le même tréfor, & prouve clairement que fi le chef du faint eft quelque part, c'eft chez nous. Il y donne auffi quelques traités grecs fur le même fujet, tirés de la bibliothèque du Roi.

Hiftoire de faint Louis, roi de France, écrite par Jean, fire de Joinville. Ibid. 1668, *in-fol.* Le favant éditeur y a rétabli les endroits qui avoient été corrompus par ses devanciers ; il y a joint les établissemens & ordonnances du pieux monarque, & plusieurs autres pièces relatives à son règne, qui y paroissent pour la première fois. Des dissertations aussi curieuses que profondes sur des points différens d'antiquité, des remarques, des observations lumineuses éclaircissent les passages qui avoient besoin d'explication. Les citations sans nombre prouvent une lecture prodigieuse, & le style fait connoître que l'art de bien écrire en françois n'étoit pas le premier talent de ce grand homme. La seconde édition parut en 1688, & l'on en imprima une troisième au Louvre en 1761.

Joannis Cinnami imperatoris grammatici historiarum libri VI, seu de rebus gestis à Joanne & Manuele Comnenis imp. C. P. græcè & latinè, cum notis historicis & philosophicis. Item & in Nicephori Briennii Cæsaris, Annæ Comnenæ Cæsarissæ Alexiadem, & ejusdem Joannis Cinnani historiam Comnenicam ; accedit Pauli Silentiari poetæ, Cyri filii, descriptio sanctæ Sophiæ, græcè & latinè, cum uberiori commentario. Item, descriptio ejusdem Ecclesiæ & cæterarum ædium sacrarum, ex variis scriptoribus. Parisiis, typographiæ regiæ, 1670, in-fol. La dédicace, adressée au ministre Colbert, précède une préface savante qui sert d'introduction à cet ouvrage qui n'avoit point encore vu le jour. Après avoir fait connoître l'historien Cinname & sa famille, il éclaircit par des notes intéressantes la description de la ville de Constantinople, & finit par la généalogie des familles de Comnene, de Brienne, des ducs de la Pouille, des rois de Sicile, & des Sultans.

Mémoire sur le projet d'un nouveau recueil des Historiens de France, avec le plan général de ce recueil. Il le dressa d'après les matériaux que lui fit remettre le ministre Colbert, qui avoit jeté les yeux sur lui pour exécuter le projet. On y voit le nom des auteurs, la trempe de leur esprit, la nature de leurs ouvrages, le temps où ils ont vécu, & l'ordre dans lequel ils devoient être placés. Ce mémoire,

que le père le Long a inféré dans fa bibliothèque hiftorique, ne fut cependant pas du goût du miniftre ; il engagea
l'auteur à le refondre : mais notre favant, perfuadé qu'il
gâteroit tout l'ouvrage s'il fuivoit de pareils ordres, répondit franchement que puifque fon travail avoit le malheur
de déplaire à ceux qui l'en avoient chargé, il leur confeil-
loit de chercher quelque perfonne plus en état que lui de
remplir leurs idées, & fur le champ il renvoya les matériaux qu'il avoit entre les mains, aimant mieux nuire à fes
intérêts, & les facrifier même par cette vivacité, déplacée
peut-être, que de travailler, par une complaifance fervile,
fur un plan qui, fans faire honneur à la France, auroit fait
tort à fa réputation. On a vu depuis ce vafte deffein rempli
par dom Bouquet, dont on parlera bientôt.

*Gloffarium ad fcriptores mediæ & infimæ latinitatis, in quo
latina vocabula novatæ fignificationis, aut ufûs rarioris, barbara & exotica explicantur, eorum notiones & originationes
deteguntur, complures ævi medii ritus & mores, legum, con-
fuetudinum, municipalium & jurifprudentiæ recentioris for-
mulæ & obfoletæ voces, utriufque ordinis ecclefiaftici & laïci
dignitates & officia enucleantur & illuftrantur ; innumera denique fcriptorum loca, Græcorum, Gallorum, Latinorum, Ita-
lorum, Hifpanorum, Germanorum, Anglorum, Sac, expen-
duntur, emendantur, elucidantur. Acceffit differtatio de numifmatibus imperatorum Romanorum. Parifiis, 1678, apud
Ludovicum Billaine, in-fol. 3 vol. Item, Francofurti ad
Mœnum, 1679 & 1681, in-fol.* 3 vol. *Ibid.* avec des augmentations, 1710, 3 vol. Cet ouvrage, attendu de toute
l'Europe avec impatience, mérita, dès qu'il parut, les
applaudiffemens de tous les gens de lettres & des amis
de l'antiquité.

Le prompt débit de cette collection étonnante, l'empreffement des libraires de Francfort pour la réimprimer,
firent bientôt juger de fon excellence & de l'opinion
avantageufe qu'on en conçut tant en France que dans les
pays étrangers. En effet, l'immenfité de ce travail n'eft

prefque pas compréhenfible ; on y trouve quantité de mots anciens & barbares éclaircis avec toute l'érudition poffible, par des paffages tirés d'un nombre infini d'auteurs, tant imprimés que manufcrits : on y rencontre plus de deux mille obfervations, & des differtations favantes fur différens fujets, tant facrés que profanes, auffi utiles que curieux. Une préface inftructive détaille les caufes de la corruption de la latinité ; elle eft fuivie d'un catalogue d'environ cinq mille auteurs de la baffe latinité, dont on fait connoître la nation, la dignité, la profeffion, le temps où ils ont vécu, & l'endroit où leurs écrits fe trouvent imprimés lorfqu'ils ne font pas corps à part. Du Cange avoit fagement prévu que la mine qu'il venoit d'ouvrir fourniroit quantité de nouvelles veines à ceux qui lui fuccéderoient, & que fon travail pourroit être augmenté, corrigé, & enrichi. Les Bénédictins de la congrégation de faint Maur fe font chargés de l'entreprife, & l'ont dignement exécutée en 1733 & 1766.

On raconte, à l'occafion de ce Gloffaire, une anecdote affez fingulière. Ayant un jour fait venir quelques libraires dans fon cabinet, il leur montra un vieux coffre placé dans un coin, en leur difant qu'ils y pouvoient trouver de quoi faire un livre, & que s'ils vouloient s'en charger, il étoit prêt d'en traiter avec eux. Ils acceptèrent l'offre avec joie ; mais à la place du manufcrit qu'ils cherchoient, ils ne trouvèrent qu'un tas de petits morceaux de papier, dont la plupart leur fembla déchirés & hors d'ufage. Du Cange fourit de leur embarras, & les affura de nouveau que le manufcrit étoit dans le coffre. L'un des deux jeta pour la feconde fois les yeux fur quelques-uns de ces lambeaux, & les trouva chargés de remarques favantes, d'autant plus faciles à mettre en ordre, que chaque papier contenoit le mot particulier que l'auteur entreprenoit d'expliquer. D'après cette découverte, jointe à la connoiffance qn'ils avoient des talens de l'auteur, le marché fut bientôt conclu : telle eft, dit-on, l'orgine du premier Gloffaire.

On n'ignore pas combien ce dictionnaire demandoit de recherches ; mais il n'y avoit que du Cange qui pût affaifonner une matière fi sèche de tant de chofes favantes & curieufes.

Cyrilli, Philoxeni, aliorumque veterum Gloffaria latino-græca & græco-latina, à Carolo Labbæo collecta, & in duplicem alphabeticum ordinem redacta, cum variis emendationibus, ex mff. codicibus petitis, vivorumque doctorum caftigationibus & conjectaneis ; quibus accedunt gloffæ aliquot aliæ latino-græcæ ex iifdem codicibus mff. quæ nunc primùm prodeunt. Paris, Billaine, 1679, *in-fol.* Sous la main du favant éditeur, cet ouvrage eft devenu d'un ufage plus commode, plus facile & plus intéreffant.

Hiftoria Bizantina, duplici commentario illuftrata, quorum prior familias ac ftemmata imperatorum Conftantinopolitanorum, cum eorumdem Auguftorum numifmatibus & aliquot iconibus, præextereà familias Dalmaticas & Turcicas complectitur : alter defcriptionem urbis Conftantinopolitanæ, qualis extitit fub imperatoribus chriftianis. Parifiis, apud Ludovicum Billaine, 1680, in-fol. Venetiis, 1729. Du Cange avoit été jufqu'alors le feul homme de l'Europe qui eût abfolument lu dans leur langue originale tous les auteurs qui avoient écrit fur Conftantinople ; il eut encore le courage de les charger de fes commentaires. Après avoir traité dans la préface des parties dont eft compofée cette hiftoire, il démontre l'utilité de la fcience des généalogies ; il entre dans celle des empereurs de Conftantinople, depuis Conftantin le grand jufqu'aux Paléologues & aux Cantacuzenes inclufivement. On y trouve l'hiftoire & la fuite généalogique des rois & princes de la Dalmatie, de la Servie, depuis Héraclius ; de la Croatie, Bulgarie, Bofnie, & des premiers fultans de la Turquie. Une idée du détroit du bofphore de Thrace précéde divers plans de la ville de Conftantinople, d'après les changemens qui y font furvenus, & les planches de figures à la grecque font toutes accompagnées de remarques qui en facilitent l'intelligence.

Les

Les familles anciennes de cette capitale de l'empire d'Orient s'y rencontrent, ainsi que les dignités du palais des empereurs & de l'église grecque ; les termes grecs & barbares y font expliqués, & l'éditeur n'avance rien qui ne foit appuyé de l'autorité des auteurs contemporains, fcrupuleufement cités à la marge.

Lettre du fieur N. confeiller du roi, à fon ami M. Antoine Wion d'Hérouval, au fujet des libelles qui de temps en temps fe publient en Flandre, contre les RR. PP. Henfchenius & Papebroch, Jéfuites. Paris, 1682. *Item,* Anvers, 1683, *in-4.* L'abbé d'Artigny l'a inféré dans le tome quatrième de fes Mémoires. Les Bollandiftes, peu crédules, n'avoient point refpecté la fabuleufe origine des prétendus enfans d'Elie. Senfibles à cette contradiction, les RR. PP. Carmes firent retentir leurs plaintes par une grêle d'écrits fatiriques. Du Cange, fans fe faire connoître, entra dans le champ de bataille, & fe déclara dans cette lettre pour le père Papebroch.

Joannis Zonaræ monachi magni, anteà vigilum præfecti, & primi à fecretis, Annales ab exordio mundi, ad mortem Alexii Comneni. Parifiis, *ex typographiâ regiâ,* 1686 & 1687, *in-fol.* 2 vol. Ces Annales étoient connues par la traduction latine qu'en avoit donnée Jérôme Wolphius, mais le foin de les rendre plus correctes étoit réfervé à notre écrivain infatigable. Pour y parvenir, il a confronté le traducteur avec l'original, & relevé les fautes qui fourmilloient dans la verfion : il a collationné le texte grec fur les meilleurs manufcrits, & puifé les notes hiftoriques dans des auteurs grecs, dont le nom n'étoit pas même connu. On y trouve la fuite chronologique des rois des Vandales ; celle des gouverneurs qui commandèrent en Afrique jufqu'en 698, & un fupplément à l'hiftoire de la ville de Conftantinople.

Gloffarium ad fcriptores mediæ & infimæ græcitatis, in quo græca vocabula novatæ fignificationis aut usûs rarioris, barbara, exotica, ecclefiaftica, liturgica, tactica, nomica, ja-

*trica, botanica, chimica explicantur, eorum notiones & ori-
ginationes reteguntur: Complures ævi medii ritus & mores ;
dignitates ecclesiasticæ, monasticæ, palatinæ, politicæ, &
quamplurima alia observatione digna, & ad historiam Bizan-
tinam præsertim spectantia recensentur & enucleantur, è libris
editis, ineditis, veteribusque monumentis. Accedit appendix
ad Glossarium mediæ & infimæ latinitatis, unâ cum brevi ety-
mologico linguæ gallicæ ex utroque Glossario. Lugduni, Anis-
son, 1688, in-folio, 2 vol.* Ce Glossaire grec & latin est aussi
intéressant dans son genre que celui de la basse latinité. Il ne
fut pas moins recherché par les savans, qui s'attendoient
avec raison à y trouver, comme dans l'autre, une merveil-
leuse érudition : c'est le même plan. L'auteur examine dans la
préface comment la langue grecque a perdu son ancienne
pureté, & il attribue à la translation de l'empire les principales causes de sa corruption. Les termes barbares, semés
dans quantité de livres grecs du bas Empire, sur lesquels
personne ne jetoit les yeux, y sont expliqués avec autant
de justesse que de précision, de même que les charges &
les dignités, tant du palais que de l'église de Constantinople. Les remarques répandues dans le corps de l'ouvrage
peuvent passer pour autant de dissertations qui expliquent
les difficultés qui s'offrent à l'occasion des médailles. Ce qui
manquoit au Glossaire latin paroît à la fin de celui-ci, avec
une collection des figures dont chaque profession se servoit
comme d'autant de renseignemens. Six cents auteurs au
moins, & plus de quatre cents manuscrits y sont cités :
nombre de tables exactes en rendent l'usage très-commode ;
il y en a pour les auteurs, pour les matières, pour les
dignités, les charges ou fonctions, pour les noms des
arbres & des plantes, & enfin pour les mots françois dérivés du grec.

Faisoit-on en sa présence l'éloge de ses deux Glossaires,
qui éclaircissent tout ce que la Grèce & l'ancienne Rome
avoient de barbare ? Ennemi déclaré des louanges, telle
étoit la réponse de du Cange : *On lit communément les*

livres pour en tirer ce qu'il y a de bon, & je n'en ai lu beau-
coup que pour y prendre ce qu'il y a de mauvais : les savans
font leurs réflexions sur les pensées sublimes des auteurs ; je
ne me suis attaché qu'à des mots inusités, inconnus & barba-
res ; j'aurois dû imiter l'abeille, j'ai fait le métier de l'arai-
gnée & de la sangsue. Ainsi ce savant modeste cachoit l'art
admirable avec lequel il avoit converti en or pur les plus
vils métaux.

Paschalion , seu Chronicon Paschale , sive Alexandrinum ,
à mundo condito ad Heraclii imperatoris annum vigesimum.
Opus hactenùs fastorum siculorum nomine laudatum ; deindè
chronicæ temporum epitomes , ac denique chronici Alexandrini
lemmate vulgatum , nunc tandem auctiùs & emendatiùs prodit
cum novâ latinâ versione & notis chronicis & historicis. Pari-
siis , ex typographiâ regiâ , 1689, in-fol. Ces tables paschá-
les , auxquelles la mort l'a empêché de mettre la dernière
main , ainsi qu'à l'*Histoire Bizantine de Nicéphore Gregoras ,*
ont été réimprimées dans le premier volume du nouveau
Gallia Christiana , d'après l'édition qu'en avoit donnée Baluze,
qui plaça à la tête l'éloge de l'auteur , & confia à Jean Boi-
vin le soin du second ouvrage publié en 1702.

L'énumération de tant d'écrits immenses étonna Bayle :
il ne se trouve , dit-il , aucun savant qu'on puisse opposer
à du Cange , soit que l'on considère la continuité de ses travaux, la profondeur de ses recherches, ou l'étendue de ses
connoissances. Tous lui ont survécu ; ils se soutiennent tous :
leur utilité , leur mérite font de sûrs garans qu'ils se perpé-
tueront d'âge en âge.

MANUSCRITS.

Si cette quantité d'écrits sortis de la presse a de quoi
surprendre , on ne sera pas moins étonné de la collection
manuscrite qu'il a laissée après lui, & qu'il consacroit à l'utilité publique. En 1630 il dressa, pour soulager sa mémoire,
une *Carte généalogique des Rois & de la maison de France ,*

Notice par Du-
fresne d'Aubigny,

A a ij

depuis Pharamond. Relativement au temps où elle a été faite, on peut la regarder comme un chef-d'œuvre : elle eft deffinée fur vélin, & porte 11 à 12 pieds de haut fur 6 à 7 de large. La propreté, l'élégance du deffin s'y réuniffent à la netteté du caractère. Elle préfente généralement, diftinctement & fous un feul afpect, les lignes directes, les différentes branches, les alliances, le blafon. Les écuffons font remplis d'un précis hiftorique.

Onze volumes de fimples matériaux, dont le baron de Hohendorf avoit fait l'acquifition à Paris pour le prince Eugene, avoient paffé depuis à la bibliothèque impériale de Vienne, où ils reftèrent jufqu'en 1752, époque à laquelle leurs majeftés Impériales en firent préfent à celle du Roi.

Le premier volume contient des extraits des fermens que fait le roi d'armes, lors de fon inftitution ; un recueil de blafons, des traités de paix, les noms des bacheliers & chevaliers bannerets ; l'ordonnance des tournois & des joutes ; les électeurs de l'empire, les rois, les ducs, comtes, marquis, avec le cérémonial de leur création ; l'obsèque du connétable du Guefclin ; la façon dont le roi doit être armé pour combattre ; les armes des rois, des foudans, des ducs, des comtes, des maifons nobles, des pairs de France & de quelque vieux preux. A la fuite des notes fur le Créquier, on voit les armes & les alliances de quelques maifons nobles, particulièrement de Picardie, de Flandre & d'Artois ; fuivent les blafons ou recueil de Vermandois, héraut du roi Charles VII, fait en 1425 ; les armes d'Angleterre & d'autres royaumes ; le recueil des armes des rois & feigneurs de divers états, fait par Cécile Hérault, maréchal d'armes du Hainault ; les armes des rois, ducs, comtes, vicomtes, barons, feigneurs & nobles d'Ecoffe ; l'art du blafon, des queftions fur le droit des armoiries ; l'édit des duels de Philippe-le-Bel ; un cérémonial fait le 3 novembre 1564 par Jacques le Bourg, héraut d'armes des Pays-Bas ; les généalogies & alliances de l'ancienne maifon de Rivery & de quelques autres ; les ordonnances d'Angleterre pour les armes à outrance, fuivies d'une lifte des ouvrages des auteurs qui ont écrit fur les monnoies & les généalogies. On voit dans le fecond l'efquiffe d'une Géographie univerfelle de la Gaule ; & l'on y remarque, outre un abyme d'érudition, le fruit d'une leéture immenfe. Il y eft fucceffivement parlé de l'antiquité de ce pays, des auteurs qui, outre les géographes, en ont fait la defcription ; du nom de Galates donné aux Gaulois, de leurs habits, armes, force de corps, courage, religion ; de leur langue & des anciens mots gaulois ; de leur éloquence, de leurs exploits, colonies, ftature, & des anciens ducs. Il paffe enfuite aux révolutions arrivées fous vingt-cinq empereurs Romains ; il s'étend fur l'établiffement du chriftianifme, fur les héréfies & les mœurs tant des Gaulois que des Francs, fur les limites de leurs provinces, l'état de leurs villes, la fertilité de leurs campagnes, dont il fait connoître les rivières, les montagnes & la nature du climat.

Dans le troifième, jufqu'au huitième exclufivement, eft renfermée l'efquiffe du vafte projet d'une géographie hiftorique, ancienne & moderne de tous les pays compris dans l'ancienne Gaule, dont les limites s'y trouvent fixées. Ces recherches font prodigieufes ; c'eft un amas d'extraits & de citations d'auteurs anciens & modernes, d'infcriptions, de cartulaires, & d'autres monumens également refpeétables.

Il a raffemblé dans le huitième une lifte très-ample de cartes & de plans propres à éclaircir la connoiffance de la Gaule. Cette lifte eft fuivie de celle des ordres de religieux & religieufes établis en France, avec l'époque de leur établiffement dans chaque ville, & les noms des auteurs qui en ont parlé : il s'occupe enfuite à prouver, d'après le père Sirmond, que faint Denis, évêque de Paris, n'eft point l'Aréopagite.

On voit dans le neuvième les armes & blafons des maifons nobles de la Provence, d'après Noftradamus ; les généalogies & armoiries de quelques maifons de Picardie, & des maïeurs d'Abbeville ; des extraits des différens cartulaires de la Picardie , de l'hiſtoire de France de Philippe de Mouskes , de pluſieurs romans & autres livres manuſcrits ; d'autres extraits de la vie de ſaint Denis , en vers , & d'un livre intitulé *Liber principum*, contenant les fiefs & arrière-fiefs de la couronne , avec les noms de leurs poſſeſſeurs , &c. Des matériaux pour ſervir à l'hiſtoire de l'Artois , de la Flandre françoiſe , & de quelques autres provinces du royaume.

A la ſeule inſpection des dixième & onzième , où toutes ſortes de matières ſont raſſemblées , on découvre le projet d'une encyclopédie. On a obligation du renſeignement de ces volumes au ſieur Duval , bibliothécaire de l'empereur à Florence , qui , ſe trouvant à Vienne en 1749, prit la peine de les parcourir & d'en faire la notice , qu'il envoya à M. du Freſne d'Aubigny , arrière-neveu de ce grand homme.

Dans le reſte , on apperçoit quelques morceaux à peu près finis , d'autres ſeulement commencés & imparfaits ; le ſurplus ſe borne à de ſimples extraits ou à des renſeignemens.

Les morceaux les plus avancés ſont l'Hiſtoire des principautés & des royaumes de Jéruſalem , de Chypre & d'Arménie , ſous les princes latins , avec celle des familles qui les ont poſſédés : on y voit la chronologie des rois , des barons & des grands officiers ; à la ſuite viennent la Syrie ſainte , ou l'hiſtoire des deux patriarches d'Antioche & de Jéruſalem ; celle des archevêques & évêques qui en dépendoient ; celle des abbés & abbeſſes : l'hiſtoire des égliſes de Chypre ; l'établiſſement & la ſuite des grands maîtres du Temple...... Les familles Normandes , ou la généalogie des rois de Sicile , des comtes d'Anverſe , des princes de Capoue & de la maiſon de Grentemeſnil , avec la liſte des ſeigneurs Normands qui ſe trouvèrent aux premières conquêtes de la Pouille , de la Calabre , de la Sicile , & celle des ſeigneurs tant Normands que François qui ont ſervi dans les armées

des empereurs de Conſtantinople. Cet ouvrage, relatif à
l'hiſtoire Bizantine, eſt chargé de citations..... Une hiſtoire
des comtes & baillis d'Amiens, des comtes de Montreuil,
de Ponthieu, des vicomtes d'Abbeville, des ſeigneurs de
ſaint-Valery, de la ville de Calais, & de quelques lieux des
environs : dès 1713 cette partie paſſa ſous les yeux du cen-
ſeur Saurin, pour être imprimée. Ce manuſcrit eſt à la
bibliothèque du Roi.

*Projet d'une Hiſtoire de la Gaule Belgique & de la Pi-
cardie, ſuivant ſa première étendue.* Ce volume, cité dans
la bibliothèque du père le Long, eſt terminé par les généalogies des principales familles de la province, & par des
pièces juſtificatives qui rempliſſent un autre porte-feuille.
L'abbé Maſclef, chanoine de la cathédrale d'Amiens, connu
par ſa grammaire hébraïque, avoit été en grande relation
avec M. du Cange, & poſſédoit une copie de ce projet qu'il
fit dépoſer par ſon teſtament dans l'abbaye de ſaint Riquier.
On a encore de du Cange un recueil de corrections, remarques ou additions ſur les *Chroniques de Monſtrelet,* imprimées
chez Guillaume Chaudiere en 1572, où les noms Allemands,
Anglois & autres noms étrangers ſont impitoyablement défi-
gurés.

Dans la claſſe des ouvrages ſeulement commencés, ſont
un Traité de l'origine & de l'uſage des armoiries, qui, outre
ſon mérite particulier, a encore dans ſon genre celui de la
nouveauté, du moins parmi les François : des Mémoires
pour un nobiliaire de la France, diſpoſés par ordre alphabétique, & très-utiles à l'hiſtoire des grands fiefs de la couronne. Quant aux volumes où il avoit inféré des matériaux
pour une hiſtoire des dignités & des grands officiers de la
couronne, on ne les conſerve plus.

Enfin, les ouvrages imparfaits ſont des Mémoires pour
l'hiſtoire des évêques d'Amiens ; ils ne vont que juſqu'à
Jean Roland, mort en 1378..... L'Eſſai d'un traité des Oracles.... Des matériaux pour ſervir à l'Hiſtoire, tant ancienne
que moderne de la France, de l'Angleterre & des Pays-Bas...

Des notes fur vingt-cinq manufcrits anciens, fans compter celles qui fe trouvent fur quelques livres de la bibliothèque du Roi, où font actuellement dépofés tous ces manufcrits dont Louis XIV a fait l'acquifition.

Comment un homme peut-il avoir tant penfé, tant lu, tant écrit, & avoir été 50 ans marié ? C'eft une réflexion qui vient naturellement à tout le monde. En effet, une union qui a duré un demi-fiècle, & qui n'a point retardé le progrès des études d'un mari, eft une efpèce de phéno-mène qui fuppofe dans l'époux un fond de caractère bien philofophique. Il étoit fi favant, qu'il paroiffoit que le ciel vouloit montrer en lui jufqu'où peut atteindre la force de l'efprit humain, & le ranger dans la petite claffe des êtres privilégiés, que le père Fulgention appeloit *hominès mille-narios*, des hommes que la nature ne produit qu'en mille ans. Héros du fiècle, qui n'êtes grands qu'en traînant avec vous la défolation, la terreur ou l'effroi, les travaux tant admirés de l'écrivain dont nous traçons la vie, valent vos plus beaux exploits !

MICHEL & FRANÇOIS DU FRESNE. Ces deux frè-res, du même lit que Charles, embrafsèrent l'inftitut des Jéfuites. Le premier, né le 16 novembre 1608, compofa fur les Sacremens un Traité latin, qui fe conferve parmi les manufcrits de Charles, qui en a inféré quelques articles dans fon Gloffaire. Il enfeigna la théologie pofitive, & fut long-temps principal du collège de la Flèche, où il mourut le 1er janvier 1663. François, né le 24 février 1663, depuis recteur à Arras, s'eft rendu célèbre par fes prédications. Il mourut en novembre 1680 : ainfi l'efprit, les talens étoient devenus héréditaires dans cette famille, dont le nom ne s'oubliera jamais.

CLAUDE FRANÇOIS naquit en 1615, d'une famille qui exiftoit dès 1490. Après avoir appris un peu de deffin & les premiers principes de l'art de peindre, il alla fe perfec-tionner à Paris fous le fameux Vouet & fous Le Brun. Il

paffa

paſſa enſuite à Rome, pour y prendre le goût des grands maîtres, & revint dans la capitale, où il ne tarda pas à ſe faire une réputation flatteuſe. Malgré les avantages que lui promettoient ſes talens, il prit l'habit religieux, en 1641, chez les RR. PP. Récollets du fauxbourg Saint-Martin, où il prononça ſes vœux en 1644. L'archevêque de Pére-fixe lui offrit plus d'une fois de l'ordonner prêtre ; l'humi-lité pieuſe de François, plus connu ſous le nom de frère Luc, ſe borna à recevoir le diaconat. Il mourut âgé de 70 ans, le 17 mai 1685.

L'Aſſomption de la Vierge qui ſe voit au maître-autel des Jacobins de cette ville, eſt traitée d'une manière ſin-gulière. Ses autres tableaux décorent pluſieurs maiſons de ſon ordre. Il en fit un vers l'an 1671, pour Matthieu Vaſſe, chapelain de la cathédrale, & l'on en conſerve quelques autres dans ce temple auguſte. On en voit un de la Vierge, dans la chapelle de ſaint Nicolas aux Clercs, peint en 1666, & dans la chapelle *Retro*, celui où le Sauveur tire ſa ſainte Mère du tombeau, pour la tranſporter au ciel.

CLAUDE ROHAULT, quoique inférieur en talens au phyſicien célèbre dont il étoit l'aîné, en eut de nature à trouver ici ſa place. Né vers l'an 1618, & entraîné vers l'état religieux, il choiſit l'ordre de Prémontré. Peu de temps après ſa prêtriſe il fut pourvu du prieuré-curat de Holnon, diocèſe de Noyon, & il mourut dans ce bénéfice. Outre Jacques, dont on fait mention plus bas, il eut un frère chanoine & une ſœur mariée, comme il le dit dans une lettre en patois Picard, datée du 9 février 1679, où il ſe traite humblement de rimailleur, de faiſeur à loiſir d'im-promptus, & de prêcheur de campagne. Combien d'autres n'en diroient pas autant, quoiqu'ils ne valent pas mieux !

S E S   É C R I T S.

L'Inſtitution Chrétienne, avec d'autres Ouvrages de piété, en vers françois. Paris, chez Pierre le Petit, 1674, *in-*12. de 138 pages. *Ibid.* chez Guillaume Defprez, 1675, avec des augmentations. Si le nombre des approbateurs prouve le mérite d'un ouvrage, celui-ci eft fingulièrement bon. Il eft approuvé de Michel Colbert, abbé général de l'ordre, qui en reçut la dédicace des évêques de Soiſſons, d'Amiens, de Noyon, d'Aulonne, & de fix doƈteurs. Les pièces différentes, antérieurement imprimées féparément, comme le dit l'auteur dans la dédicace, font, après l'*Inſtitution Chrétienne,* une *Paraphraſe des Commandemens de Dieu & de l'Egliſe,* & de *la Salutation Angélique*; un *Abrégé de la vie du Sauveur & de celle de la Vierge*; des *Motifs de confolation pour les affligés, dans l'eſpérance des biens éternels*; une *Exhortation à la Pénitence,* traduite du latin, vers pour vers, ainſi qu'un *Diſcours de J. C. fur la dignité & les devoirs des Paſteurs*; une *Méditation fur l'Enfer particulier de l'Athée hypocrite*; *deux Harangues latines,* l'une fur l'entrée de l'évêque de Noyon dans fon diocèſe, l'autre à l'occaſion de la viſite faite par ce prélat dans la paroiſſe de Holnon; une traduƈtion d'un *Cantique fur le mépris du monde*; une traduƈtion de l'*Oraiſon de faint Thomas au faint Sacrement de l'Autel*; une d'un *Formulaire de Prières*; la *Vie de faint Quentin martyr*: celle *de faint Auguſtin, de faint Norbert, de faint Alexis: le Bouquet facré,* compoſé des plus rares vertus de quelques Saints; & enfin des *Cantiques nouveaux,* recueillis & augmentés. Saint-Quentin, chez Claude le Queux, 1680. Les vers font durs & négligés, mais l'auteur aimoit mieux, dit-il, abandonner une belle rime, que de ne pas exprimer fidèlement les points de notre croyance.

PIERRE LE FRANC, né en 1619, fe rendit recommandable dans l'état religieux qu'il embraſſa chez les Cordeliers de cette ville. Son application à l'étude en fit bientôt un doƈteur de la faculté de Paris, & fes confrères le virent avec fatisfaƈtion à la tête de la province, après l'avoir été du couvent d'Amiens. En 1662 il remplit avec diſtinc-

tion la station du carême dans la cathédrale. Par reconnoiffance des marques de bonté que lui donna l'évêque François Faure, il fit fon épitaphe en ftyle lapidaire, ainfi que
l'éloge concis des religieux, diftingués du commun, élevés
dans ce monaftère, favoir : Robert Meffier, grand conver-
tiffeur ; Jean le Bégue, confeffeur de Marguerite de Valois,
reine de Navarre ; Hugues du Gard, fléau des hérétiques ;
Jean Clabaut, miffionnaire auffi pieux que zélé ; Bernardin
Pollet, dont la fcience égaloit les vertus ; Jean Scillion,
homme d'un mérite & d'une prudence rares ; Antoine Rouffel, orateur éloquent, très-verfé dans le grec & l'hébreu,
tous trois fucceffivement provinciaux.

Etant gardien à Reims en 1673, il fit reconftruire le
portail de l'églife, & graver au milieu, fur une pierre de
marbre, & en lettres d'or, ces paroles : *Deo homini, &
beato Francifco, utrique crucifixo.* Un des grands vicaires
du cardinal Barberin, qui occupoit ce fiège, juftement
fcandalifé de la fingularité de l'infcription, envoya fur le
champ le promoteur de l'officialité, avec ordre de la fupprimer au plus tôt. Le gardien s'en défendit d'abord ; mais
fes remontrances ayant été jugées non-recevables, il fit
enlever de nuit la table de marbre, & mettre ces mots à
la place des premiers : *Crucifixo Deo homini, & fanƈlo Francifco.* Le père le Franc ne fe croyoit point battu ; il publioit
par-tout que fa première idée étoit orthodoxe ; mais le
célèbre critique, M. Thiers, prit la plume, & lui démon-
tra le contraire. Il mourut dans le lieu de fa naiffance, où
fa tombe eft chargée de cette épitaphe.

*Quis hîc ad altare quiefcit ?... Petrus le Franc..... an bene-
volentiæ, an meritis debet tam facrum fepulturæ locum ? Scri-
bebat ut Hieronimus, concionabatur ut Paulus, fratribus ut
Bonaventura imperabat ; dileƈlus Deo & hominibus habebatur.
Num, quæ ifti, protulit oracula & miracula patravit ? Non
quïd ergò, & ubi ? Ambiani, Parifiis, Carnuti, Remis,
Sedani, in omnibus hujus provinciæ urbibus, verbum Dei quò
admirabile eft, mirabiliter explicabat, loquebatur, declama-*

*bat, sapientioribus, magnatibus, populis. Fratribus nostris
templa & domos ædificabat, ornabat, dotabat, virtutibus &
scientiis decorabat. Dic quibus tanta operabatur ? Dictum est.
Adde, eloquentiâ sublimi, urbanitate nulli incommodâ, omnibus gratâ, cunctis benè faciens, nullis malè. Ut tempora-
lem, sic æternam gloriam adeptus est. Credendum, quibus Deus,
religio, charitas motivum sunt ut huic, sic adipiscuntur. Quo-
modo tantum virum mors rapere ausa est ? Excors mors hunc
rapuit quadraginta dierum morbo, quem Christum patientem
semper intuens sustinebat. An senem, an juvenem ? Senem
octoginta trium annorum, sapientiâ Salomonis, Simeonis desi-
deriis, Martini conformitate, charitate Joannis, Francisci
paupertate laudabili commendabilem.*

*Per quem hîc florebant res nostræ ac inclita virtus,
Crudeli, fratres, funere raptus obit.*

MICHEL & PIERRE DU NEUF-GERMAIN. Le premier composa, à l'usage des laïques, un Almanach spirituel
de cette ville, qui fut rendu public en 1647. Guillain le
Bel l'a réimprimé en 1673. On a du second une assez bonne
épigramme sur la naissance du duc de Bretagne.

LOUIS PALYART *ou* **PAILLART.** Son épitaphe latine,
qui se lit vis-à-vis la chapelle de sainte Marguerite, au bas-
côté droit de la cathédrale, nous le renseigne comme un
prêtre vertueux, comme un homme apostolique. Il étoit
docteur de l'Université de Paris, & quoique pourvu d'un
canonicat de la cathédrale d'Amiens, il courut à pas de
géant dans la voie du salut, en faisant sans relâche des
exercices spirituels ou des missions. Son zèle ardent abré-
gea sa carrière. Il mourut en bonne odeur à l'âge de 51 ans,
& alla recevoir la récompense de ses travaux.

Un chanoine d'Arras du même nom, mais de la naissance
duquel nous ignorons l'époque, passe pour auteur d'un Dictionnaire Picard qui n'a pas été imprimé, & qui refondu

avec celui qu'avoit compofé un curé d'Amboile près Vin-
cennes, pourroit fournir un ouvrage utile à la province. Le
nommé du Bois d'Amiens, & un particulier de Saint-Quentin, avoient formé le même projet, fans qu'on fache ce
que font devenus leurs matériaux. Drouet Paillart vivoit
en 1406.

Différend entre les Curés & quelques nouveaux Cafuiftes.

A l'imitation des pafteurs de Paris, les nôtres préfentè-
rent à l'évêque, le 5 juillet 1658, une requête contre le
livre intitulé *Apologie pour les Cafuiftes*, & contre trois
Jéfuites nommés Longuet, de Leffeau & Poignant, profeffeurs de cas de confcience dans Amiens. Le 27, ils remirent au prélat un factum contenant l'extrait des écrits dont
ils croyoient devoir fe plaindre. Après un mûr examen
de la morale en queftion, ces pères furent condamnés le
12 novembre aux dépens envers les curés, & affignés pour
fe voir contraints à révoquer publiquement les propofitions
qu'ils avoient avancées, avec défenfe d'enfeigner cette doctrine pernicieufe, & de retenir ou débiter ladite apologie.

JACQUES ROHAULT. Son père, marchand de vin de
profeffion, demeuroit à l'enfeigne de l'étoile d'or, vis-à-
vis le grand portail de l'églife de faint Germain. Jacques
y prit naiffance en 1620, & reçut une éducation fortable.
Porté d'inclination à l'étude, il fit des progrès rapides.
Bientôt fa paffion dominante fe tourna vers les mathématiques. Après s'en être occupé férieufement fous les plus
habiles maîtres de Paris, on ne tarda pas à le regarder
comme un des premiers philofophes & mathématiciens de
fon fiècle. Son efprit pénétra tous les fyftêmes des philofophes, tant anciens que modernes, mais il s'attacha fur-tout
à ceux de Defcartes. Pendant dix à douze ans il y enfeigna
ces deux fciences avec une réputation extraordinaire. Il y

donna aux ouvriers & aux artistes des leçons excellentes pour les mettre en état de pousser les arts à un plus haut degré de perfection. Pierre Sylvain Regis, fameux Cartéfien, s'attacha à Rohault, & devint sous cet habile homme un des premiers légiflateurs de la nouvelle philofophie. Ainfi que Defcartes, dont il étoit le plus célèbre difciple, Rohault n'a pas été à couvert des reproches de ceux qui vouloient rendre fa foi fufpecte, par les conféquences qu'ils tiroient de cette nouvelle doctrine, dont l'avocat Clerfelier, qui donna fa fille en mariage à notre auteur, a fait l'apologie. Univerfellement reconnu pour un homme de bien, d'une grande probité, d'une doctrine pure, & de bonnes mœurs, Rohault mourut à Paris en 1675, à l'âge de 55 ans. Comme il avoit été fidèlement attaché à Defcartes pendant fa vie, il ne s'en fépara pas même après fa mort. Il repofe dans l'églife de faint Etienne-du-Mont, fous cette infcription, compofée par Santeuil.

D.　O.　M.

Et æternæ memoriæ Jacobi Rohault Ambiani, celeberrimi quondam mathematici & philofophi, cujus cor hîc repofitum.

> *Difcordes jam dudum æquis rationibus ambæ,*
> *Et natura, & religio fibi bella movebant:*
> *Tu, rerum caufas, fidei & myfteria pendens,*
> *Concilias utrafque, & amico fœdere jungis.*
> *Munere pro tanto, decus immortale fophorum*
> *Hoc memores pofuére tibi venerabile buftum,*
> *Quos unum doctrina facit, compingit in unum,*
> *Doctaque Cartefii offa hoc marmor, corque Roalti;*
> *Has tanti exuvias hominis Lienardus ad aras*
> *Appendit fidi officiis cumulatus amici. —— Pofitum anno 1675.*

Journal des Savans, 1695. Ce Liénard, docteur en médecine de la faculté de Paris, hérita de quelques-uns des manufcrits du défunt, dont il avoit été le difciple, & en reconnoiffance, il avoit fait cette autre inscription, à la requisition de Jacques Rohault, chanoine de Saint-Quentin, frère unique du physicien.

Ec quid homines quandiù supererunt, & terra movebitur, tantum hominem, tam gravem philosophum, mathematicum tam illustrem, magistrum Jacobum Rohault Ambianum, annos dum occubuit natum LV non loquentur? Quem vel mutus hîc lapis, post annos ab interitu XXII silere non potuit. Lapis hîc compos votorum fratris ejus unici, compos memoris & grati in fratrem philosophum amici, ob collatum sibi olim, ejus studio, & eâ quâ valebat apud regem Ludovicum magnum, ac Delphinum serenissimum gratiâ, cujus studiis philosophicis, illustrissimo Meldensi episcopo designatus, per honorificum regalis ecclesiæ San-Quintinianæ canonicatum. Nec plura, viator. In tanti, ac tam religiosi philosophi obitum post homines natus, & ereptum terris Cartesium, ad res physicas atque mathematicas verè nati hominis universa sua, nitida, ac verè laconica de rebus physicis, mathematicis, & ipsâ Eucharistiâ, scripta in æternum commendabunt. Lege & luge, non denegatis, piis tanti viri manibus, precibus christianis.

Son portrait a été gravé par Desrochers.

SES ÉCRITS.

Traité de Physique. Paris, Savreux, 1671, *in*-4. Il en conçut le projet en étudiant les ouvrages de Descartes. Le choix des choses contenues dans ce livre ne le rend pas moins recommandable que la manière dont elles y sont traitées. Au lieu des subtilités, des questions abstraites qui ne servent qu'à diviser les philosophes, l'auteur a ramassé quantité de choses dont la connoissance est également utile & curieuse. On y trouve un traité de cosmographie, un abrégé d'anatomie, & un extrait de ce qu'il y a de plus nécessaire dans l'optique, la dioptrique & la catoptrique. Les nouvelles expériences qui peuvent donner quelques lumières dans la physique y sont rapportées. Les machines

qui fervent à faire ces expériences y font décrites ; & ce qui
eft très-important pour perfectionner la phyfique , notre
auteur a eu la curiofité d'examiner les fecrets de divers
arts ; par exemple , ceux de la chimie , de l'orfévrerie ,
de l'art des affineurs & de celui des teinturiers : il tâche de
rendre raifon de quelques-uns de ces fecrets.

Il traite ces matières en géomètre : fa manière fimple ,
aifée & naturelle, eft un chef-d'œuvre de goût. Il commence
par les définitions , les axiomes , les hypothèfes. Il fait
voir enfuite que cela étant fuppofé , il faut néceffairement
que toutes chofes arrivent , comme on les voit arriver en
effet , de manière que tout le livre n'eft qu'une fuite d'expériences raifonnées & arrangées méthodiquement. Quoiqu'il
femble s'attacher particulièrement à la doctrine de Defcartes , dont il expofe la philofophie avec clarté & méthode ,
il prétend n'avoir rien avancé qui ne foit conforme aux
principes d'Ariftote , & n'avoir fait le plus fouvent que
particularifer des chofes que ce prince des philofophes a
dites en termes très-généraux , en quoi il a plutôt confirmé la doctrine de ce péripatéticien , qu'il ne l'a com-
battue.

L'ouvrage eft divifé en quatre parties. Dans la premiere ,
il eft queftion du corps naturel en général , des élémens
qui le compofent & de fes propriétés. Dans la feconde , on
confidère la nature & le mouvement des corps céleftes.
On examine dans la troifième ce qui regarde l'air , le feu ,
l'eau , la terre , les métaux , les minéraux & les météores.
Dans la quatrième , on parle des corps animés , & principalement de celui de l'homme , dont on confidère en détail
toutes les parties. Tout y eft traité avec méthode & exactitude. Ce qu'il y a de plus achevé néanmoins , c'eft le chapitre de l'aimant. L'auteur y rapporte quantité d'expériences qu'il a faites , & il y a ramaffé tout ce que l'on a écrit
jufqu'ici de confidérable fur ce fujet. Dans la préface , Rohault prévoit bien des contradictions. Il y fait voir que rien
n'empêche autant les progrès de la phyfique , que les queftions

tions inutiles ou trop abſtraites, le crédit qu'on accorde aux anciens, le mépris des expériences & la négligence des mathématiques. La quatrième édition dans laquelle ſe trouvent ces réflexions, parut revue & corrigée à Paris en 1682, chez Guillaume Deſprez, en 2 vol. *in*-12. L'éditeur l'a dédiée au duc de Guiſe, à qui Rohault avoit expliqué ſa phyſique, & qui en fut récompenſé par bien des faveurs. Le même ouvrage fut réimprimé en 1683 & 1705. On prétend que l'auteur en avoit donné une traduction latine en faveur des étrangers, mais c'eſt à Bonnet, médecin de Genève, qu'ils en ont l'obligation. Antoine le Grand, après l'avoir revue, y joignit ſes notes, & la fit imprimer à Londres. Jean Clarke, docteur en théologie, la traduiſit en Anglois en 1725, & y ajouta des notes : le docteur Samuel Clarke en avoit publié auparavant une verſion latine, enrichie de notes tirées de la philoſophie de Newton & d'Antoine le Grand.

Entretiens ſur la Philoſophie. Paris, Michel le Petit, *in*-12, 1671. *Item*, 1673 & 1675. L'auteur parle, dans le premier, de l'Euchariſtie, & dans le ſecond de l'ame des bêtes. Ils ont été vivement attaqués par Elie Richard, médecin de la Rochelle. Cette critique eſt la ſixième pièce du recueil de divers traités touchant l'Euchariſtie, imprimé à Roterdam en 1713, en 2 vol. *in*-12. Ces entretiens ſont l'ouvrage du bel-eſprit & du bon ſens. L'auteur y défend les nouvelles opinions contre les ſectateurs d'Ariſtote. La matière première, ſelon lui, n'eſt rien autre choſe que la ſubſtance étendue, abſtraction faite des différentes formes qu'elle peut avoir : on ne ſauroit concevoir les formes matérielles comme des ſubſtances ſéparables de la matière, & les accidens ne peuvent auſſi être conçus ſans quelque ſubſtance ; néanmoins, ſans reconnoître aucune diſtinction réelle entre la ſubſtance & les accidens, on peut facilement expliquer de quelle façon les accidens du pain euchariſtique demeurent après la tranſubſtantiation. Quant aux bêtes, il prouve qu'elles ne ſont pas capables de connoiſſance ; qu'en ſuppo-

C c

fant qu'elles ne font rien autre chofe que des machines infen-
fibles , on peut facilement expliquer tout ce qu'elles fem-
blent faire par un principe fenfitif & raifonnable. Une horloge , dit-il , eft compofée de bien moins de parties qu'une
bête , cependant elle marque les heures, les demi-heu-
res , &c. ; il ne faut donc pas s'étonner de ce que font les
bêtes. Si l'on objecte qu'on monte les horloges , il répond
que les alimens remontent les refforts des bêtes , & que
leur donner à manger c'eft les remonter.

Œuvres pofthumes, in-4. Paris, Guillaume Defprez, 1682.
Ce recueil contient huit traités différens de mathématiques ,
favoir les fix premiers livres des élémens d'Euclide , la trigo-
nométrie ou la réfolution des triangles , la géométrie pratique , les fortifications, les mécaniques , traduites en latin
par Samuel Clarke , la perfpective , la réfolution des triangles fphériques & l'arithmétique. Ce font les traités qu'il
avoit coutume d'enfeigner, non pas cependant tels qu'il les
dictoit , mais comme il les expliquoit dans fes leçons particulières. Les curieux les ont demandés avec tant d'inftances , que Clerfelier, fon beau-père & fon difciple tout enfemble , qui en étoit dépofitaire , n'a pu s'empêcher de les
donner au public. Dans la préface , l'éditeur fait , comme
on l'a dit , une longue apologie de l'auteur, qui , à ce qu'on
prétend , a traduit en françois quelques ouvrages de Defcartes.

Diarium Mini-   ISAAC CAIGNET joignoit à un génie tranfcendant la
morum.   conduite la plus fage , les mœurs les plus innocentes , & la
vie la plus fainte. Toutes les vertus chrétiennes, il les poffédoit à un degré fupérieur. Il a été plufieurs fois général
de l'ordre des Minimes. Un Antoine Caignet étoit échevin
en 1490.

Ibid. t. 1.   NICOLAS BARRÉ naquit , le 21 octobre 1621 , du
mariage de Louis Barré avec Antoinette Pellé , bons bourgeois diftingués par leur probité. Ses parens , qui dès fon

enfance entrevirent en lui le germe de toutes les vertus chrétiennes, ne négligèrent rien pour les mettre à profit. Dans l'âge où la raison fe manifefte à peine, il défiroit déja ardemment de s'unir étroitement à Dieu, & plus il avançoit dans fes études, plus il fe fortifioit dans le deffein de quitter le fiècle, pour ne s'occuper que de l'éternité. Il étoit encore écolier lorfque, par fes prières, il rendit la fanté à une de fes fœurs qui, peu d'années après, embraffa à Abbeville la règle des Minimes. Dans le collège de fon lieu natal on admiroit la vivacité de fon efprit, fa mémoire prodigieufe, fa prudence éclairée. Ses camarades avoient pour lui un tel refpect, qu'en fa préfence les plus étourdis n'ofoient proférer aucune parole contraire à la gloire de Dieu ou à la réputation du prochain. Egalement propre à toutes les fciences, il en parloit avec facilité, & l'on prenoit plaifir à l'entendre. Ce goût pour la littérature & les beaux arts lui parut une paffion à laquelle il devoit réfifter. Il fe borna à la fcience divine, & le 31 janvier 1640 il embraffa l'inftitut de faint François de Paule, dans le couvent des Minimes de Nigeon proche Paris, & prononça fes vœux en 1642. Il y étudia la philofophie & la théologie fous des profeffeurs habiles, qui furent furpris de l'étendue de fa conception. N'étant que diacre, on le chargea d'enfeigner les jeunes religieux, dont il enrichiffoit en même temps & le cœur & l'efprit.

Ami du filence, fervent dans fes prières, il étoit tout entier à fon prochain, & rien n'égaloit fon humilité. Croyant néanmoins n'avoir été jufqu'alors qu'un ferviteur inutile, il pria plus que jamais & châtia fon corps par des mortifications dont la continuité lui attira plufieurs maladies qui donnèrent un nouvel éclat à fes vertus. Ses fupérieurs voyant qu'il fe détruifoit par les excès de fa pénitence, lui interdirent le cilice & la ceinture de fer dont il étoit chargé, & s'imaginant que l'air natal lui rendroit la fanté, ils l'envoyèrent dans fa patrie, d'où il fortit en affez bon état, pour demeurer à Rouen. Il y prêcha fréquemment ; fes fer-

mons attendriffans furent fuivis , & les principaux habitans
fe mettoient fous fa direction. D'après la connoiffance de
fes talens pour les converfions , on lui adreffoit les liber-
tins les plus endurcis. Pendant plus de 20 ans il profeffa
fucceffivement la philofophie & la théologie. Il poffédoit
tellement la Somme de faint Thomas, qu'il répondoit fur le
champ à toutes les queftions qu'on pouvoit lui faire. Cet
homme intérieur, agité , par tempérament, des paffions
les plus violentes, fut par fa religion les amortir & les
réprimer. Donnoit-il l'abfolution à fes pénitens, il trem-
bloit , tant il étoit perfuadé d'y tenir la place de Dieu.
Ennemi des louanges , il cachoit le plus qu'il pouvoit fes
bonnes actions. Tant de belles qualités n'empêchèrent pas
qu'il n'eût des ennemis affez téméraires pour chercher à
altérer fa réputation. Peu de temps avant fa mort il n'eut
d'autre lit qu'un fauteuil. Chaque jour il récitoit l'office de
la Vierge & le Rofaire. Le Seigneur étoit toujours préfent
à fes yeux. Soit qu'il étudiât, qu'il écrivît, qu'il priât, il
ne le faifoit qu'à genoux. Confolateur des pauvres, il étoit
encore la force des infirmes, le médecin des malades, le
foutien des pupilles & des veuves. Il étendit de tous côtés
les écoles fpirituelles de l'enfant Jefus. Ce fut lui qui établit à Paris celle de la paroiffe faint Sulpice en 1678 , & une
autre pour les garçons, en 1681 , au quartier de faint Germain-des-Prés. On auroit de la peine à compter le nombre
des converfions opérées par fes difcours & par fes exemples.
Après avoir demeuré à Rouen plus de 15 ans , on l'envoya à
Paris en 1675, & il y mourut en odeur de fainteté le 31 mai
1686. Son corps ne fut pas plutôt expofé dans l'églife , que
la multitude vint lui baifer les pieds , tandis que d'autres
coupoient des morceaux de fes vêtemens. Son portrait a été
peint par Vivien , & gravé par C. Simoneau. Antoine Barré
étoit procureur en 1563.

SES ÉCRITS.

Maximes spirituelles. Paris, chez Urbain Coutelier, 1694, *in*-12. Elles ont été recueillies par l'abbé de Servien de Montigny, qui les a dédiées à madame de Maintenon. Cet abbé avoit été le dépofitaire des plus intimes fecrets de l'auteur, qui le chargea de conferver l'inftitut des maîtreffes des écoles de l'Enfant Jefus, répandues depuis dans toutes les provinces, & qui lui devoient leur origine. Ces maximes font autant de règles de conduite pour avancer dans la religion & marcher sûrement dans la voie du ciel. Tout y eft appuyé fur l'évangile & fur les principes de la théologie. Il y en a 54 pour la direction des ames, 36 pour la conduite des maîtreffes des écoles. On voit enfuite des mémoires & inftructions pour la fanctification des fœurs ; les règlemens à faire obferver dans les écoles ; les maximes fondamentales de cet inftitut, & l'abrégé de l'hiftoire de l'inftitution des mêmes écoles.

Recueil de Lettres spirituelles. Rouen, chez J. B. Befongne. *Ibid.* chez Guillaume le Boucher, 1697, *in*-12. Cet ouvrage, très-utile à ceux qui veulent travailler efficacement à leur fanctification, eft précédé d'un abrégé de la vie de l'auteur, à qui l'on adreffoit de préférence tous les pénitens incorrigibles. Ses talens pour gagner les pécheurs lui fufcitèrent des envieux, qui firent courir le bruit qu'il avoit recours à la magie pour abufer le peuple & parvenir à fon but ; mais fon innocence triompha par-tout. En quelques endroits de ces lettres le ftyle paroît un peu fingulier, les paraboles y fourmillent ; & l'on rencontre des expreffions extraordinaires, que le même éditeur a cru devoir conferver comme des traits du caractère de l'efprit de ce grand directeur. Ces lettres, au nombre de cinquante-neuf, font adreffées à des religieufes, à des perfonnes du monde, dont on voit les réponfes ; à des dévotes, à des gens de qualité, à des directeurs, à quelques religieux, à des miffionnaires, à fes amis, à des gens dans l'affliction, à des supérieurs : dans d'autres, il donne des leçons pour apprendre à combattre l'orgueil, à conserver la paix dans les plus grands troubles. Il décrit dans la vingt-cinquième une espèce d'horloge spirituelle, ou journée chrétienne, pour faire penser à chaque heure à quelqu'un des attributs de la Divinité. Il y fuit la vaine éloquence du style qui flatte l'oreille, sans aller jusqu'à l'ame.

L'abbé de Servien possédoit encore du même auteur plusieurs volumes manuscrits, contenant des lettres relatives aux matières différentes sur lesquelles on le consultoit.

Dans sa jeunesse, le pieux écrivain avoit composé des pièces d'éloquence, ainsi que des traités de mathématiques & de géographie, que les Minimes d'Amiens remirent au sieur Dumont, conseiller au bailliage, & parent du défunt.

FRANÇOIS DE HODENCQ. On peut sur ce doyen de la cathédrale consulter ce qu'on en a dit, p. 179 du 2.ᵉ tom. de l'Histoire de cette Ville. Malgré le silence des mémoires du temps, nous le croyons né ici en 1624, d'un conseiller du roi en l'élection, & peut-être de Claude de Hodencq, qui paroît en cette qualité dans nos archives, l'an 1612. Comme il étoit sans chanoinie, il soutint un procès en 1673 contre son chapitre, au sujet de la préséance qu'on lui contestoit. A beaucoup d'érudition il joignoit une grande connoissance de l'antiquité. D'après les titres de l'abbaye de Lieu-Dieu, il a composé l'*Histoire des Seigneurs de Saint-Valery*, & l'on regrette qu'elle soit restée manuscrite.

GUILLAUME DE LESTOCQ, né le 22 janvier 1627, reçut de la nature une organisation qui fit conjecturer qu'il marcheroit à pas de géant dans la carrière des sciences, & l'on ne se trompa point. Ses talens furent en peu de temps reconnus dans l'Université de Paris. Le sieur de Saint-Beuve, professeur royal en théologie, ayant été dépossédé le 26

février 1655, Guillaume fut élu en sa place le 7 mars suivant, & l'exerça pendant 48 ans avec une estime universelle, & la réputation d'un des plus sages & des plus habiles théologiens de son siècle. Quoiqu'il ait beaucoup écrit,
il n'a rien fait imprimer. Il étoit docteur & sénieur de la
maison & société de Sorbonne, aumônier du Roi, prieur
de Domart en Ponthieu, & chanoine d'Amiens, lorsqu'il
mourut à Paris, le 19 juillet 1704, âgé de 77 ans & 6 mois.
Ses aïeux remontent à l'année 1423.

NICOLAS DE LESTOCQ, ancien curé de la paroisse
de saint Laurent, à Paris, étoit vraisemblablement de la
même famille que Guillaume. Il est auteur de l'écrit suivant.

*La Voie de l'aigle au ciel, ou l'Intention chrétienne, dirigée
à la gloire de Dieu, par les règles & pratiques tirées de l'Ecriture sainte.* Paris, chez Denis Moreau, 1646, *in-4.* L'ouvrage est dédié à l'archevêque de Corinthe, coadjuteur de
Paris, à qui il dit dans la préface que les hommes, ainsi que
de nos jours, n'ont plus devant les yeux ni la gloire, ni la
crainte de Dieu. Cet ouvrage, ajoute-t-il, est propre *à guinder les hommes en haut,* & à leur faire prendre l'essor vers
celui qui est plus élevé que les cieux. Dans le corps du
livre il prouve la nécessité de l'intention pour faire le bien,
l'importance de la bonne, & la difficulté de la produire
comme il faudroit. On voit dans le premier livre la définition de l'intention, sa nature, les actes qui la doivent
accompagner, la pratique de ces actes qui la produisent;
quelle doit être la fin de l'intention, & cette fin est Dieu,
qui seul mérite d'être glorifié par nos œuvres qui doivent
ne se rapporter qu'à lui. Le second traite des moyens
par lesquels on glorifie Dieu; de l'intention nécessaire
quand on a atteint l'âge de raison, de la durée de l'intention, des causes de sa cessation, des moyens de la renouveler, de la vertu qui la produit, des qualités qu'elle
doit avoir. Le dernier roule sur la diversité & les cau-

ſes des intentions différentes des philoſophes, des payens, des mondains, des phariſiens ; & après avoir parlé des intentions mercenaire, ſervile, trompeuſe, il détaille la chrétienne, fait voir la différence qu'il y a entre elle & toutes les autres, & finit par le tableau de l'ingratitude des hommes.

Mercure Gal.
juil. 1702. NICOLAS LE BEGUE s'eſt fait, par ſes talens, une réputation plus brillante que s'il avoit été grand par ſa naiſſance. Dès ſa plus tendre enfance il eut du goût pour la muſique, & après avoir appris le clavecin, ſous des maîtres qu'il ſurpaſſa, on lui confia l'orgue de ſaint Méderic de Paris. Il étoit auſſi organiſte de la chapelle du roi. La diſtinction avec laquelle il exerçoit ſon art, ſa charité envers les pauvres, & ſa piété, lui ont mérité cette épitaphe glorieuſe, qu'une probité de vie ſuffiſamment connue lui attira autant d'admirateurs de ſes vertus que ſon mérite lui en fit naître. Il ſacrifia tout à Dieu dès qu'il ſe ſentit en état de pouvoir remplir ſa ſainte volonté par des œuvres de piété. Il conſidéra toujours ſes amis & ſes proches dans un eſprit de bienveillance & d'attachement. Il aima les pauvres, qu'il fit les premiers héritiers de ſes épargnes, étant lui-même le vrai miroir de la pauvreté évangélique, par ſon propre dépouillement. Il contribua à l'embelliſſement de quelques lieux ſaints, où il donna de ſa libéralité ; dota l'épouſe de J. C. par des prières & des ſacrifices qu'il y fonda. Devenu l'amour des peuples, le charme & l'ornement de ſon art, les délices de ſon prince, qui l'honora tant de fois d'une diſtinction particulière : religieux dans ſa conduite, rigoureux & vigilant dans ſes devoirs, toujours ſévère à lui-même, ennemi du faſte & des applaudiſſemens, il ne s'étudia qu'à chercher le royaume de Dieu & ſa juſtice, afin que rien ne lui manquât pour l'éternité. Enfin, après de longues & de rudes épreuves d'une patience conſommée, muni des ſacremens, eſperant ſans ceſſe en la miſéricorde divine, qu'il réclama

juſqu'à

jufqu'à fon dernier foupir , plein de réfignation , d'amour ,
& de foi en J. C., univerfellement aimé, regretté & pleuré,
il rendit fon ame en paix au Seigneur , le 6 juillet 1702 ,
âgé de 72 ans.

Outre cette épitaphe, de la façon du fieur Robert, l'abbé
le Houx en a fait plufieurs en vers latins ; il a auffi paru des
pièces de vers à fa gloire, tant les Mufes fe plaifent à célé-
lébrer le mérite. Jean le Begue, dit Hennon, vivoit en
1462.

CHARLES & ADRIEN DU CROCQ. Cyr du Crocq ,
receveur de l'abbaye de faint Pierre de Corbie , époufa
Peronne Cudefer, dont il eut Charles, docteur en médecine
de l'univerfité de Valence , agrégé au collège des médecins de la ville d'Amiens, qui époufa demoifelle Hemart ,
dont il n'eut point d'enfans. Il prit en fecondes noces Louife
Correur , qui lui en donna douze. Sa réputation parvint
jufqu'au roi, qui par lettres-patentes du 22 juillet 1647 ,
le nomma fon médecin ordinaire & extraordinaire de fa
maifon , pour être auprès de fa perfonne. Les fervices qu'il
rendit à fa patrie, durant la pefte de 1668 , lui méritèrent
un brevet de confeiller d'état. On a de lui un *Avis familier
& falutaire au peuple d'Amiens , pour fe préferver & garantir
de ce fléau , in-12 , 1668 ,* chez Jean Mufnier.

Adrien , l'aîné de cette famille nombreufe , & né en
1636, fe livra , fous les yeux de fon père , à la même
profeffion , prit le bonnet de docteur à Montpellier , &
époufa Marie de Bailly , fille de Robert , greffier de cette
ville , laquelle lui donna onze enfans. Conftamment appliqué à l'étude , que n'apprit-il pas dans fon cabinet ? Il
favoit la plupart des langues de l'Europe , & poffédoit le
grec & le latin. Chimifte zélé , il avoit deux laboratoires
pour délaffemens. Un favant du premier ordre , fût-il aux
extrémités de l'Europe , il alloit le trouver, pour profiter de
fes lumières. Appelé pour être le confervateur de la fante
de fon roi , l'amour de la liberté & de la patrie l'emporta

fur l'honneur que ce choix lui procuroit. Sa vigilance,
fon exactitude à vifiter fes malades, lui attirèrent la confiance & l'amour de fes compatriotes. Chez lui les qualités
du cœur égaloient au moins celles de l'efprit. Il étoit fage,
prudent, & pendant qu'il fut échevin, il s'acquitta de cet
emploi avec un applaudiffement général. Un goût naturel
l'entraînoit vers les beaux arts & les belles-lettres. En
1667 & 1668 la pefte reparut & caufa une défolation générale ; la frayeur en avoit banni tout bon confeil. Le père
& le fils ne furent point fourds à la voix de la charité ; ils
partagèrent enfemble le danger commun pour fauver la
patrie. Charles mourut le 23 feptembre 1671. Son fils,
après avoir pleuré fa perte, s'appliqua plus que jamais à
marcher fur fes traces. Loin de regarder la piété comme
incompatible avec la profeffion de médecin, il confoloit
les malades par des paroles pleines d'onction, en même
temps qu'il leur rendoit la fanté par fes remèdes. A la plus
parfaite intégrité il joignoit un abord doux, facile, une
candeur inexprimable. Ses fervices ont rendu fa mémoire
immortelle. Il poffédoit l'art de réconcilier les efprits divi-
fés. Il fentoit moins de fatisfaction à vifiter les riches que
les pauvres. Savant fans orgueil, bon par tempérament,
il étoit tout à tous. Pendant fa jeuneffe il s'étoit plu à converfer avec les Mufes, mais il préféra le plaifir d'être utile
au public, à celui de l'amufer. La mort l'enleva le 26 décembre 1713, à l'âge de 79 ans, 15 mois & 17 jours.

S E S   É C R I T S.

*Confidérations férieufes & importantes fur la méchante con-
duite & mauvais gouvernement dans la pefte de la ville d'A-
miens*, in-4. de 80 pages. Il y fait paroître bien du zèle &
un grand feu contre les caprices de certains magiftrats &
de quelques efprits ambitieux, qui fe font, dit-il, ingérés
de vouloir gouverner fans talens, fans miffion, fans vocation. Il s'élève contre le confeil de fanté qui n'étoit compofé que de gens affectés, imprudens, timides, & fans ex-

périence, & où l'on n'admit aucun médecin. Il fait voir qu'on a laissé séjourner trop long-temps les malades dans la ville, en mai 1668, temps où la peste fut reconnue dans la rue des Polies ; qu'on a mal-à-propos choisi la Magdeleine pour lieu de santé, par préférence à saint Roch ; que les magistrats consultoient leurs intérêts dans ce changement : qu'on a refusé des gens envoyés par la cour pour arrêter ce fléau, & que l'on a par préférence employé des charlatans ; que la police a été usurpée par les subdélégués ; que l'intendant se comporta mal ; & il rapporte tous les autres abus qui se commirent dans ce temps de misère.

Un Hippocrate, dont les matières sont rangées par ordre alphabétique, avec des notes marginales de la main de l'auteur, 4 vol. petit *in-fol.* Mss.

Traduction d'un abrégé de la doctrine d'Hippocrate, d'après *Jean Hiskias, Cordi-Luce*, comte Palatin, 1673, 3 vol. grand *in-4.* Mss.

Recueil de toutes sortes de remèdes, de secrets & d'observations particulières sur les maladies extraordinaires, traitées par l'auteur, avec quelques entretiens & consultations, in-4. 660 pages. Mss.

Recueil de remèdes, secrets & curiosités concernant la médecine, les arts & métiers, & sur-tout les minéraux ; ensemble une *Traduction de Jean Antonides Vander-Linden,* sous ce titre : *Manuductio ad Medicinam.* Ces deux recueils manuscrits ont été donnés en 1754 au sieur Rohault, médecin à Amiens, dont on parlera bientôt. Le dernier est *in-4°.* & contient 372 pages.

Traduction de quatre livres des caprices de Médecine, du très-excellent docteur Léonard Fioraventi, Bolonois, augmentés de secrets très-importans, & imprimés à Venise en 1582, mss.

De Phytologiâ, de alternantibus primariis quæ sunt plantæ, earumque membra ; id est radices, folia, semina, cortices, &c. Mss.

—*De alternantibus secundariis, quæ sunt succi, olea, lacrymæ, resinæ, gummata.*

—*Claſſis tertia de purgantibus primariis.*
—*Claſſis quarta de purgantibus ſecundariis.*

Tempus colligendi partes plantarum, *in*-8. 148 pages.

Traduction du Commentaire & Obſervations de Jean Agri-cola, *Palatin*, *profeſſeur & docteur en médecine*, *ſur les remè-des chimiques de Jean Poppius* : on y trouve de grandes opé-rations ſecrètes, & beaucoup de préparations nouvelles en médecine, chirurgie & alchimie. L'original latin fut imprimé aux dépens de Thomas Schurers & de Mathias Goetzen, en *in*-4. de 840 pages.

Traduction de Léonard de Capoue, diviſée en huit raiſon-nemens & diſcours, dans leſquels, en rapportant par parties l'origine & le progrès de la médecine, il fait voir claire-ment ſon incertitude. L'ouvrage fut imprimé pour la ſeconde fois à Naples en 1679, *in*-4. de 396 pages.

Opuſcules ſur l'urine, *la fièvre*, *la chimie*, *la concrétion des métaux*, *les voies abrégées pour faire l'or & l'argent*, *les principes métaphyſiques*, *phyſiques & moraux de la Médecine*, *&c. in*-8. 340 pages.

Traduction d'un diſcours Anglois, *ſur l'intérêt des Malades*, *la Médecine & les Médecins*, *contre les Apothicaires; in*-4. de 126 pages.

Dictionnaire Allemand & François, 224 pages.

Bibliotheca Boldeiana, avec un catalogue des meilleurs livres de Médecine, *in*-8.

Pharmacopea extemporanea Thomæ Fulleri, 1709, *in*-8. 94 pages.

Traité des Maladies vénériennes, petit *in*-4. 53 pages.

Corps entier de la Médecine pratique, en latin. Il y traite de la pharmacie, de la chimie, de la guériſon de toutes les maladies, tant internes qu'externes. Cet ouvrage eſt tiré principalement de Pottier, Hoffman, Cordi-Luce, Walos Schmide & de Blancard; *in*-4. très-épais.

Dictionnaire Allemand, *Latin & François*, 4 volumes *in*-12.

Depuis ſa mort ces manuſcrits ont paſſé chez les ſieurs

de la Court, fes héritiers : quelques-uns lui ont été enlevés par de faux amis. Comme il étoit connu de ce que la médecine & la chimie avoient de plus diftingué, il entretenoit des relations avec plufieurs de ceux qui excelloient dans ces profeffions. Cette réponfe à une de ces lettres, fignée du favant Lemery, & datée du 20 novembre 1677, en fournit la preuve.

C'eft bien de l'avantage & de l'honneur pour moi d'avoir l'eftime d'une perfonne auffi éclairée que vous ; & mon livre a un heureux fort, puifqu'il a mérité votre approbation. Je fouhaiterois avec bien de la paffion pouvoir converfer de bouche avec vous : le profit m'en demeureroit tout entier, y ayant beaucoup à apprendre dans vos entretiens..... Mais puifque je ne peux avoir ce bonheur, je tâcherai d'y fuppléer par le moyen des lettres, quand j'en trouverai l'occafion.

On conferve à la bibliothèque du Roi un *Traité de l'Aftrologie judiciaire*, compofé par Jean du Crocq, qui vraifemblablement étoit de la même famille, laquelle fubfifte depuis 1457.

FRANÇOIS PETIT. Ce muficien, l'un des chantres de la cathédrale, vivoit dans le même temps. Il avoit un certain goût pour la poéfie latine ; auffi fut-il toujours trèsgueux, comme il l'avoue dans ce diftique.

Faâlus inops, fato mecum ludente magiftro,
  Hîc orans aliquid, cogor adire pios.

Dans fes différentes maladies, le charitable du Crocq le vifita gratuitement, & le malade le paya en monnoie du Parnaffe, par deux Acroftiches. Dans le premier, de 15 vers, les mots *Adrianus du Crocq* reviennent cinq fois en ligne perpendiculaire, auffi n'eft-il pas fupportable : le fecond, moins gêné, peut du moins fe faire lire.

Votum & virtutum fplendor, doctiffime du Crocq
Dictavit meritis carmina noftra dare.
   Omnes nam fpectas , ullo nec honore fuperbis
Orta in te bonitas , quæ fuit antè , manet.
   Petris eft celebrare virum quem gloria morum
Magnificat meritis, quem bona fama beat.
   Infigni ftirps laude micat longæva parentum
Inter honoratos enumeraris avos.
   Patrem quid verfu claræ præconia ftirpis ?
Nam fatis hîc populus laude tumet meritis.
   Rerum majorum contendens vincere honores ,
Virtute , ingenio nomen ad aftra vehis ;
   Sat teneris annis tribuifti tempora mufis ;
Summâ tu rerum cognitione vales.
   Docta tibi fixam pofuit prudentia fedem
Dignum vel Pallas legit in ore locum.
   Vive diu felix , fi quidem tu vivere dignus ,
Vive Noël noftri tempora patris , amen.
   Confervas multos , multis vitamque prolongas ,
Cunctos tu fuperas fcire tuo , arte tuâ ;
   Dectifonæ tua me cæpit facundia famæ ,
Rumoris fplendor docta per ora volat.
   Officiofus homò es , nulli virtute fecundus ,
Offulges multis fido in amore prior.
   Cunctas ut laudes verbo complectar in uno ,
Cunctis es charus , gratus erifque Deo.
   Quapropter , fatis profperrima confecro veftris
Quæ facro hæc grati pignora cordis habent.

JEAN BARON. La probité reconnue de cet eccléfiaftique fuffiroit pour l'infcrire dans ce Catalogue , fi fon
rang n'y étoit pas défigné par le talent qu'il avoit pour la
poéfie latine. Il a fait en vers l'épitaphe de Nicolas Cornet,
dont on a lu la vie ci-deffus , & l'éloge fuivant des Blafons

anagrammatiques de Claude de Mons , excellent juge &
mauvais poète.

Dat tibi jura Themis , citharam tibi præbet Apollo ,
Undè tones judex , undè poeta canas :
Juſtitiam alternò colis hinc , Muſaſque labore ,
Chriſto hærens ſoli noĉte , dieque , tamen.

Il étoit chapelain de la cathédrale lorſqu'il mourut , le 4
mars 1695. Son corps repoſe dans l'égliſe des religieuſes
Urſulines , dont il étoit directeur.

CLAUDE DESTRÉES. Ses parens , d'une famille honnête , lui donnèrent une éducation convenable , qu'il mit
à profit. Son goût pour la vie retirée le tranſporta chez les
Céleſtins , où il prononça ſes vœux. Il demeuroit à la maiſon de Marcouſſy , près Paris , lorſqu'informé de la vie
pénitente qu'on menoit à l'abbaye de la Trape , depuis la
réforme , il s'y retira avec l'agrément de ſes ſupérieurs. Sa
vocation venoit du ciel , & dès-lors il ne ceſſa point de marcher en préſence du Seigneur. La ſimplicité , l'obéiſſance ,
l'exactitude dans les obligations & les devoirs de cet état ,
étoient ſes moindres qualités. Sa régularité , les pénitences
qu'il s'impoſoit , avoient quelque choſe de ſurprenant. Il
étoit rempli de charité pour ſes frères , plein de confiance
en ſon ſupérieur , & toutes les vertus chrétiennes & religieuſes ſe trouvoient en lui dans un degré éminent. Sa ten-
dreſſe pour Dieu étoit ſi grande , ſi ſenſible , que lorſqu'il
étoit en ſa préſence , dans la lecture , dans l'oraiſon , ou à
l'office du chœur , on remarquoit ſur ſon viſage une ſéré-
nité qui démontroit la ſatisfaction de ſon ame. Sa penſée à
la grandeur de l'Eternel étoit preſque continuelle , auſſi
jouiſſoit-il d'une paix qui n'étoit jamais troublée , & qui
paroiſſoit comme inacceſſible , même aux tentations. Attaqué d'un rhumatiſme , qui lui occaſionna un grand abcès ,
dont on fit l'ouverture depuis l'épaule juſqu'aux reins , il
ſouffrit l'opération ſans témoigner reſſentir la moindre dou-

Hiſt. des Relig,
de la Trape.

leur. Toutefois, sa santé s'affoiblissoit, sans que son altération diminuât rien de ses devoirs & de ses exercices. Deux jours avant sa mort, il travailla au jardin près de trois heures. La veille il dit la messe à quatre heures du matin, & suivit la communauté. Dans la conférence il parla du desir qu'il avoit de mourir bientôt, & de son espérance dans la bonté de Dieu. Le lendemain, il se leva à trois heures, & comme il se préparoit pour aller dire la messe, un vomissement de sang, subit & violent, l'étouffa dans le moment même, le 11 mars 1680. Une vie aussi sainte n'avoit pas à redouter une mort inopinée.

THOMAS PERDU. De la différence du caractère des hommes, provient la différence de leurs occupations. Celui-ci se plaisoit avec les Muses. On trouve un échantillon de ses talens poétiques dans une Ode de 43 strophes de 10 vers, imprimée à Saint-Quentin en 1665, au commencement de la vie de saint Germain l'Ecossois, à qui elle est adressée. L'auteur décrit ainsi une tempête & un calme.

> La tempête imitoit la nuit,
> Et renversant l'ordre du monde,
> La flamme que l'onde détruit,
> Sembloit s'accorder avec l'onde ;
> Et le pilote épouvanté
> De voir d'un & d'autre côté
> Que la foudre faisoit la guerre,
> Doutoit s'il devoit présumer
> Que le ciel lançât le tonnerre,
> Ou qu'il se formât dans la mer.
>
> S'il voyoit parfois dans les airs
> Que le jour vainquît les ténèbres,
> La seule lueur des éclairs
> Formoit ces images funèbres ;
> Mais enfin le bruit t'éveilla,
> Et jugeant aussi-tôt par-là

L'auteur

L'auteur de ce tems effroyable,
Tu fis le figne de la croix,
Et tu précipitas le diable
Au premier accent de ta voix.

A l'inflant les vents obflinés,
Retenant leurs moites haleines,
Rentrèrent les flots mutinés
Dans leurs demeures fouterraines.
Le calme effaça la fureur :
Au lieu de ravage & d'horreur
On ne fentit plus qu'un zéphir,
Dont le délicieux foupir
Sembloit moins poufler le navire,
Que le careffer à plaifir.

PIERRE PINGRÉ. Les bienfaiteurs de l'humanité ne font pas moins du reffort de cette Hifloire que tous ceux qui jufqu'aujourd'hui y occupent une place. Il étoit évêque de Toulon, & confeiller du roi en fa cour des aides à Paris, lorfqu'il fonda, le 16 novembre 1661, à l'hôpital des Incurables de cette ville, un lit pour un malade du diocèfe d'Amiens, qu'il laiffa à la nomination des maire & échevins. En 1658, il étoit prieur & feigneur de Souvigny. Dans le même temps François Pingré, fon frère, feigneur de Farinviller, étoit confeiller au grand confeil. Il mourut dans fa ville épifcopale le 5 décembre 1660. Son portrait a été gravé par N. Poiffy, *in-fol.* Cette famille remonte à l'année 1457.

ADRIEN PERDU, marié à Elifabeth de Villers, vivoit à cette époque. Quoiqu'homme de robe, fans négliger les lois qui faifoient fon étude principale, il trouvoit encore des momens pour faire fa cour aux Mufes. Il adreffe ce compliment à Claude de Mons, auteur des Blafons anagrammatiques.

Nomina celforum meliùs nemo ulla virorum
Laudibus aptavit quàm tua Mufa piis.

Quorumcumque etenim pertentes nomen acutus,
Quod nitet in geſtis hoc anagramma ſonat.
Ergo tu celebre, ac præclarum nomen habeto,
Per quem ſunt meritis nomina clara viris.

Etant avocat-fiſcal, en 1665, il adreſſa des ſtances françoiſes à Jean de Cauchies, ſur les recherches que ce dernier avoit faites, pour donner au public la vie de St. Germain l'Ecoſſois. Dans ces 186 vers, le poëte déplore le
peu de connoiſſances que l'on a de la patrie & de la vie
du Saint dont il réſume une partie. Il décrit ainſi le paſſage de ſaint Germain, de l'Ecoſſe en France, & ſes
actions.

> Une roue en voguant lui tient lieu de navire,
>   Sans mât ni matelots :
> Tout l'Océan frémit de voir comme elle vire
>   Pour traverſer les flots.
> Tout le peuple Gaulois effrayé s'en étonne,
>   Le prend pour un eſprit ;
> Il l'aborde, & prêchant ce que le ciel ordonne,
>   Le gagne à Jeſus-Chriſt.....
> Il va catéchiſer les peuples de Moſelle,
>   Et c'eſt-là que Germain
> Se voit mitrer le front d'une corne jumelle,
>   La croſſe dans la main.....
> On a vu ſon eſprit voler deſſus les nues,
>   Ainſi que dans l'été
> Se guinde un pigeon blanc ſur les croupes chênues
>   De ſon vol argenté.....
> Chacun à l'environ lui bâtit des Egliſes (1),
>   Et la ville d'Amiens
> Lui fabrique un vaiſſeau qui paſſe en mignardiſes
>   Ceux des Ephéſiens.

Hiſt. du Théât.
François.

CHARLES & ACHILLE VARLET. Charles, ſieur de la
Grange, après avoir joué la comédie dans la province, entra

―――――――――

(1) L'Egliſe paroiſſiale de ſaint Germain.

én 1607 dans celle de Moliere, y débuta en 1658, & paſſa, *Dict. des Théat.*
l'an 1673, dans celle de Guenegaud. Il fut conſervé à la
réunion des deux troupes, en 1680. Après avoir joué quelque temps dans le tragique & le comique, il abandonna le
premier genre à l'époque de la réunion. Il fut pluſieurs fois
l'orateur de la troupe, & mourut en 1692. Il avoit épouſé
Marie Raqueneau, qui de la troupe du palais royal paſſa
dans celle de Guenegaud, où elle jouoit les rôles de ridicules. Elle ſe retira le 1er. avril 1692 avec la penſion, &
mourut en février 1727.

Achille ſon frère, ſieur de Verneuil, embraſſa la même *Ibid.*
profeſſion, courut la province, entra dans la troupe du
marais, puis dans celle de Guenegaud en 1673. Il quitta
le théâtre le 19 juin 1684, & ſe retira avec penſion dans
ſa patrie, où il mourut vers la fin de 1706.

ANONYMES. En mai 1616 parurent des *Remontrances
préſentées au Roi, ſur le fait de la citadelle d'Amiens*, in-8,
& pour engager S. M. à la faire raſer. En 1652, on rendit
public un *Factum pour l'Echevinage, contre pluſieurs Eche-
vins*, in-4. & une requête ſur le même ſujet, auſſi *in*-4.
Biblioth. du P. le Long, t. 3. p. 313.

MARIE-AIMÉE FOURNIER naquit vers l'an 1637,
d'une famille très-honorable. Son père étoit un magiſtrat
conſidéré par ſon mérite reconnu, par des vertus & une
probité à toute épreuve. Marie, l'aînée des filles, avoit le
corps bien fait, de l'eſprit beaucoup, un jugement ſolide:
elle avoit encore de la prudence, & rien du volatil de la
jeuneſſe. Raiſonnable avant l'âge, toutes ſes inclinations
parurent portées au bien. Indépendamment de tant de
belles qualités, ſa mère naturellement pieuſe & charitable,
lui inſpira encore les mêmes ſentimens, & voyant avec
plaiſir fructifier la bonne ſemence qu'elle répandoit, elle
la mit ſous la direction du père Saint-Ivre, connu par ſes
écrits moraux. A peine fut elle ſortie de l'enfance, que les

premiers de la ville la demandèrent en mariage ; mais le directeur voyant les parens difposés à répondre favorablement, leur déclara que leur fille n'étoit pas née pour le monde, que Dieu la choififfoit pour l'élever dans le cloître à la perfection de fon amour. Peu après, malgré les oppofitions, elle furmonta fa tendreffe naturelle, s'arracha de fa famille ; & les auteurs de fes jours, craignant de réfifter trop long-temps à la voix du ciel, fe prêtèrent à fa généreufe réfolution. Son entrée à la Vifitation fit beaucoup de bruit dans la ville. Le monde regrettoit un fujet qui lui auroit fait honneur. A l'accompliffement de tous fes devoirs, elle uniffoit l'humilité la plus grande. Plufieurs prélats, des perfonnes de la première qualité, les eccléfiaftiques les plus vertueux, vinrent la voir après fa mort, comme la fainte du couvent. Elle avoit compofé quelques *Ecrits afcétiques ;* mais infenfible à l'amour-propre elle fit tout brûler, lorfqu'étant fupérieure elle fe vit attaquée d'une maladie dangereufe. Pendant toute fa vie on lui vit la même ferveur qu'elle avoit eue pendant fon noviciat. Elle mortifia tous fes fens, toutes fes paffions, fe refufa aux plaifirs les plus innocens, renonça à faire paroître le brillant de fon efprit, ainfi qu'aux reparties vives, promptes, qui, en prouvant la pénétration & la délicateffe de fon génie, la faifoient paroître dans toutes les rencontres avec diftinction. Elle parvint, en un mot, à la plus grande perfection qu'il foit poffible d'atteindre ici-bas. Son cœur touché, pénétré des chofes céleftes, fe refufoit tout le refte. A la fuite de plufieurs attaques d'apoplexie, il lui refta une paralyfie douloureufe qui la forçoit de boiter en marchant, & qui, devenant générale, la fit mourir de la mort des juftes le 28 août 1701, à l'âge de 68 ans, & de religion 52.

Statuts synodaux du Diocèse.

L'évêque François Faure les a publiés au fynode général, tenu le 5 octobre 1662. Ils ont été imprimés chez la veuve

Hubault. Les matières fur lefquelles ils roulent, font la doctrine chrétienne, l'ordre, la vie, la converfation des eccléfiaftiques; les chapitres, les conférences, la réfidence des bénéficiers, l'office divin, les fêtes, les églifes, les ornemens, les vafes facrés, les cimetières, les facremens, la fépulture des fidèles, l'adminiftration du temporel des églifes, la juridiction eccléfiaftique, les cas réfervés au prélat. Henri Feydeau de Brou en a publié en 1696, *in*-8, quelques-uns des fiens avec ceux de fes prédéceffeurs.

FRANÇOISE DARLY. Peu de perfonnes ont fourni une carrière plus longue, & pratiqué plus conftamment & avec plus de zèle les vertus du chriftianifme. Elle naquit vers l'an 1627, & confacra à l'âge de 15 ans, fa virginité au Seigneur, chez les religieufes Urfulines. Les qualités de fon efprit faifoient l'ornement & les délices de la communauté. L'honneur de defcendre par fa mère de la lignée de faint François de Paule, étoit un nouvel aiguillon pour l'engager à marcher fur fes pas. A peine connut-elle les foibleffes ordinaires de l'enfance : comblée des dons de la nature & de la grace, elle connut prefque en naiffant & fes devoirs & la fin pour laquelle Dieu l'avoit créée ; auffi fut-elle regardée comme une religieufe parfaite & une fupérieure fans défauts. A un efprit vif, elle joignoit une gravité & une douceur charmante. Sa première ferveur ne fe démentit jamais ; la maifon étoit embaumée de l'odeur de fes vertus. Elle avoit l'art de pénétrer les efprits, donnoit à tout un tour agréable. Elle avoit l'air aifé, les manières engageantes, la converfation douce, folide: compatiffante pour les autres, elle n'étoit dure que pour elle-même, & fupportoit avec joie toutes les rigueurs de la pénitence. Après une maladie de 28 jours, pendant lefquels elle donna l'exemple de fa patience & de fa réfignation à la mort, munie des facremens qu'elle reçut avec une piété édifiante, elle s'endormit dans le Seigneur, le 21 avril 1699, âgée de 72 ans, après en avoir paffé 57 en religion. Dès 1434, il paroît des Darly dans nos archives.

FRANÇOIS DE MONTMIGNON. La même année vit terminer la carrière de ce docteur en théologie, de la maifon & fociété royale de Navarre, qui pendant 35 ans gouverna avec un zèle ardent, une prudence confommée, & l'édification la plus grande, la paroiffe de faint Nicolas-des-Champs à Paris, dont il avoit été nommé curé en 1665. Il étoit le père des pauvres, qu'il fit fes légataires en partie ; & en procurant à fon clergé les commodités qui lui manquoient, l'office divin fe fit dès-lors avec plus de décence & d'exactitude.

Diarium Minimorum.

JEAN DE VILLERS. Les biens confidérables dont jouiffoit fa famille, ne le flattèrent pas affez pour le retenir dans le fiècle. A l'âge de 19 ans, il fit profeffion chez les Minimes dans le couvent de Nigeon près Paris, le 14 feptembre 1657. Il s'y fit connoître par des vertus frappantes, & par les qualités fupérieures de fon efprit, dont il ne fit ufage que pour la gloire de Dieu, l'utilité du prochain, & l'avantage de fon ordre. On citeroit à peine un exercice où il ait manqué de fe trouver, malgré le nombre des pénitens dont il avoit la confiance, & les fermons fréquens qu'il diftribuoit aux peuples. Il gouvernoit fes confrères avec douceur, leur infpiroit fa piété & fa dévotion. Il érigea une chapelle en l'honneur de faint Jofeph, dans l'infirmerie de la maifon d'Amiens. Livré tout entier au falut des ames, il exerçoit encore les talens dont il étoit doué, pour mettre de l'ordre dans les affaires, tant domeftiques qu'externes, en fe chargeant de la procure générale de la province. Il mit tous fes foins à maintenir la difcipline & la régularité dans les monaftères, & mourut ici d'une attaque d'apoplexie le 8 février 1693.

Il eft auteur d'un *Catéchifme* & d'un *Livre de Méditation* imprimés. On rencontre des Villers en 1222.

Anonymes.

L'exactitude exige qu'on fasse ici mention des hommes modestes & faits pour être connus, dont l'un a rendu publique une *Lettre circulaire sur la mort de deux religieuses* du monastère de la Visitation de cette ville, en date du 12 décembre 1673; & l'autre, une *Lettre à du Vivier*, ministre ici de la religion prétendue réformée : elle est datée du premier février 1679.

GODEFROY LE BUTEUX, fils de Philippe, procureur & notaire, étoit ami des sciences, & particuliérement connoisseur & curieux en médailles, dont il forma un cabinet. Il avoit épousé Marguerite du Crocquet, & succédé le 13 décembre 1617 à Pierre Famechon, dans la place de procureur du Roi du bailliage. La mort s'en saisit en 1637. Ce nom existe dans nos archives depuis 1446.

LOUIS CAUSTIER. Ses écrits font la source pure où nous puiserons les particularités de sa vie. Il eut pour père Louis Caustier, hortillon ; pour mère, Marie Ordé, qui le mit au monde en 1637 sur la paroisse de saint Leu. Quoiqu'obligés de vivre du travail de leurs mains, ses parens vertueux lui procurèrent une bonne éducation. Dès qu'on le vit en état d'exercer ses bras, on l'employa au métier de son père, qui s'apperçut bientôt que la délicatesse du tempérament de son fils étoit incompatible avec des exercices aussi violens. Il le plaça en qualité de clerc chez un procureur; mais la Providence ne le destinoit pas à une profession aussi scabreuse. Le jeune homme, quoiqu'il n'eût que quatorze ans, profitoit des momens vides pour s'occuper de la poésie latine, dont il avoit reçu les premières leçons dans le collège. Des connoisseurs en ayant vu quelques lambeaux, y trouvèrent du feu, & l'encouragèrent à suivre ses études. Il suivit ce conseil. Quelques années après son père mourut, & sa mère s'étant remariée, il se rendit à Paris, sans la moindre ressource, pour y faire sa philosophie. Plein de confiance en Dieu, il s'apperçut peu de jours après son arrivée, que le ciel ne l'abandonnoit pas. Un professeur le plaça en qualité de précepteur auprès du fils de M. Fouquet. Il y resta sept ans ; & dans cet espace, il parvint à la prêtrise. Sans la disgrace de ce protecteur, Caustier pouvoit se flatter de sortir de son obscurité. A cette époque, il étoit maître-ès-arts. Il quitta la Capitale, & après une résidence de huit mois dans l'Aquitaine, il rentra dans sa patrie. Là, détaché du desir séduisant de faire fortune, il se fixa à des biens plus solides , & se borna à remplir les devoirs du sacerdoce. Des maladies violentes le mirent deux fois sur le bord du tombeau ; & s'il s'en retira, ce fut moins par le secours de l'art des médecins, que par celui de l'Etre suprême. Deux fois il essaya de gouverner une paroisse de campagne, & son goût deux fois le ramena à la ville. Rendu à ses premiers erremens , & aux douceurs du repos qu'il préféroit à des places lucratives, il se fixa à la chaire & au tribunal de la pénitence. Il étoit directeur de la communauté des religieuses de saint Julien, lorsqu'il mourut en 1712.

SES ÉCRITS.

Solatium Camænæ Ambianensis pià varietate delinitum. Ambiani , apud viduam Roberti Hubault , 1695 , in-8. de 120 pages. L'Epître en vers ïambes , adressée à l'évêque Feydeau de Brou , est assez bien amenée ; mais les vers françois de la Dédicace sont foibles & prosaïques. L'ouvrage renferme des Hymnes sur les saints évêques de cette ville, sur les martyrs , les confesseurs , les vierges des environs ; des Elégies , des traductions de quelques Pseaumes ; une espèce de Poëme sur la chute des anges & de l'homme ; un Apologue sur la reconnoissance , & une Description de

la

la ville d'Amiens , dédiée au fieur du Cardonnoy , maire. On ne doit pas , lui dit l'auteur,

> S'arrêter à la phrafe
> Qui peut-être aura peu d'emphafe
> Dans un médiocre latin
> Qui n'eft point par-tout du fatin ,
> Pour la raboteufe matière
> Qui ne fouffre par-tout l'efquierre.

Après avoir décrit les promenades , il parle ainfi des amufemens de la jeuneffe :

> *Namque fub occiduas Phœbus cùm decidit oras ,*
> *Turba frequens juvenum læto difcrimine fexus*
> *Quam notat, ad libitum greffu fpatiatur amœno.*
> *Nunc lentè gradiens , volucri nunc libera motu ,*
> *Indulgens animo, dulci fe famine mulcet,*
> *Cantillanfque fuos fenfim meditatur amores.*
> *Nec meliore refert habitu fua gratia Nymphas ,*
> *Quam decet Ambianas Nympharum forma puellas.*

M. Maréchal, avantageufement connu dans le genre ana-créontique, a pris plaifir de les imiter ainfi :

> Dans le plus galant appareil ,
> Mais brillant chacun de fes charmes ,
> Les deux fexes, en foule , au coucher du foleil ,
> De l'amour , à l'envi, vont effayer les armes.
> D'un pas tranquille & doux on fe promène en paix :
> Les regards languiffans , les entretiens fecrets,
> Tout difpofe les cœurs aux plus tendres alarmes.
> Parfois on paroît fuir , pour fe voir de plus près :
> On fe quittte , on s'affemble , & la jeune Bergère ,
> Qu'émeut l'écho lointain d'une chanfon légère ,
> Du côté du Chanteur porte fes yeux diftraits.

O vous d'Amiens filles touchantes !
Qui peut voir vos appas, fans former un defir ?
Parmi vous, les Bergers choififfent leurs amantes ;
Et toujours fur vos pas naît la fleur du plaifir....
On retrouve, chez vous, les Nymphes de la Fable,
    O fortunés Amiénois !
Votre Ville, en tout temps, fut la Patrie aimable
Des Grâces dont les Grecs ne connoiffoient que trois.

Cette defcription eft fuivie d'une élégie fur la deftruction de l'hofpice de faint Roch : d'une épître à un de fes amis qu'il engage à le venir voir, d'une ode fur l'amour du repos & de la tranquillité : d'une autre à fon Mécène ; d'une plainte à l'occafion de la mort d'un curé de fes amis ; d'un précis de fa vie, dont on a fait ufage ici ; d'un compliment à Harduin de Péréfixe, fur fa nomination à l'archevêché de Paris, l'an 1662, & de quelques épigrammes fur Santeuil.

On ne fauroit fe refufer à joindre ici la defcription de l'églife cathédrale. Les vers nous en ont paru mâles & nombreux.

> *Dic quantum reliquas Gallorum infignior ædes*
> *Ambiani facrata domus, dilecta tonanti,*
> *Patronæque fuæ femper dilecta Mariæ*
> *Excuperet, nàmque irradiant miracula totam,*
> *Fabrica nil demi patitur, nec fuftinet addi*
> *Ad formam ; nullis marceffit gloria nævis :*
> *Quippe inter pulchras tantum fuper eminet omnes,*
> *Quantum parva folent inter virgulta cupreffi.*

FRANÇOIS DE CAMPS. Qu'il eft beau de ne devoir, comme lui, fa fortune qu'à foi-même ! Son père, quincaillier de profeffion, tenoit auffi une hôtellerie : il fut employé pour ouvrir & fermer les portes de cette ville, où fon fils naquit le 31 janvier 1643. Sa mère, devenue veuve, l'emmena avec elle à Paris, n'ayant alors que huit à neuf ans, & le mit chez les Dominicains du fauxbourg faint Germain, en qualité de ferviteur de meffes. M. Serroni, alors évêque d'Orange, depuis évêque de Mende, & enfuite premier archevêque d'Alby, lui trouvant des difpofitions à faire quelque chofe, prit foin de fon éducation, le plaça en qualité de clerc chez un notaire nommé le Moine, où il reftà cinq ou fix ans, & l'en tira pour en faire fon fecrétaire. Le prélat dès-lors fe déclara ouvertement fon proteteur. Il l'envoya à Rome pour obtenir un indult du pape, qui lui accorda la faculté de conférer en commende quatre bénéfices confiftoriaux, dépendans de l'abbaye de la Chaife-Dieu. Il donna à fon fecrétaire le prieuré de Florac; & peu après, il lui fit avoir en 1678 l'abbaye de faint Marcel, diocèfe de Cahors, & quelques autres bénéfices. M. Serroni étant parvenu à l'archevêché d'Alby, engagea le P. Leon, évêque de Glandeve, à demander notre abbé pour fon coadjuteur, & en 1682, il le fit députer par le fecond ordre pour affifter à l'affemblée du clergé, où il prit la qualité de coadjuteur défigné de Glandeve. A la follicitation du zélé protecteur, l'illuftre affemblée le chargea de lire les pièces à examiner dans le bureau établi pour juger fi la conduite qu'avoit tenue l'archevêque de Touloufe contre M. Caulet, évêque de Pamiers, étoit canonique. Pour rendre efficace la défignation de fon protégé, M. Serroni fit propofer l'abbé de Camps au Roi, par le père de la Chaife, pour coadjuteur de Glandeve. S. M. y confentit. Mais l'abbé de Bourlemont ayant fait fa démiffion de l'évêché de Pamiers, auquel il avoit été nommé en 1685, le même protecteur l'obtint au mois de novembre pour M. de Camps, qui pour des raifons détaillées dans les lettres du docteur Arnaud, ne put jamais obtenir fes bulles de Rome. Pour l'en dédommager, on lui donna en 1693 l'abbaye de Signy, diocèfe de Reims, & celle de faint Marcel en 1713. Il ceffa de vivre à Paris le 15 août 1723, à l'âge de 82 ans.

Il étoit très-verfé dans la connoiffance des médailles,

dont il avoit un grand nombre. Il avoit fait auſſi une étude particulière de l'Hiſtoire de France. Ses aïeux paroiſſent dans nos archives dès l'an 1349.

Ses Écrits.

Diſſertation ſur une médaille grecque d'Antonin Cara-calla. Paris, 1677. L'auteur l'adreſſe au ſieur Caracavit. Cette médaille, intéreſſante pour les curieux, l'une des plus rares du cabinet du Roi, offre au revers des ſpectacles & des jeux publics : on prétend ici qu'elle repréſente des jeux de funambules ou danſeurs de corde, & d'après cette idée, le diſſertateur propoſe ſes conjectures avec beaucoup d'eſ-prit & d'érudition. Les Cizicéniens qui l'ont frappée excel-loient, en effet, dans l'art de danſer & voltiger ſur la corde.

Lettre à M. Terrein, à l'occaſion de ſon Livre ſur l'Obé-liſque & la Vénus de la ville d'Arles. On l'a inſérée dans le Mercure de juin 1684.

Eloge d'Hyacinthe Serroni, premier archevêque d'Alby. Paris, 1687, *in-4.*

Lettre à Thomaſſin de Maiſangue, contenant quelques remarques ſur une diſſertation du Chevalier de la Chauſſe, intitulée : *Aureus Conſtantini Auguſti nummus de Urbe, devicto ab exercitu Gallicano Maxentio, liberatâ, explica-tus.* Rouen 1703. Notre antiquaire penſe que cette médaille n'a été frappée qu'en 313 après cet événement, mais il veut qu'elle l'ait été pour perpétuer la gloire que Conſtan-tin s'acquit la même année par la bataille livrée aux Fran-çois-Germains que défit l'armée romaine des Gaulois. Cette critique tombe encore ſur d'autres points relatifs à la France & au nom des François.

De la Garde des Rois de France & de ſon ancienneté. Cette diſſertation eſt imprimée dans le Mercure de France, vol. de juillet & août 1719 ; on la réimprima l'an 1745, dans le 15ᵉ. vol. des *Amuſemens du cœur & de l'eſprit.* Dans cette pièce auffi curieufe qu'inftructive, on prétend qu'il y a eu des gardes-du-corps de tout temps ; que de ce corps de compagnons ou comtes, *comites*, fe formèrent en même-temps le confeil & la garde de nos premiers Rois ; que ces princes, à l'exemple des Empereurs Romains, en ont tiré les comtes ou gouverneurs des provinces de leur royaume. On démontre qu'il n'entroit que des perfonnes du premier ordre dans la garde du Roi. Cette garde étoit, au fentiment de l'auteur, compofée en partie de fergens, tant à cheval qu'à pied. On voit ici de quelle manière ils étoient armés ; l'établiffement des gardes-du-corps actuels ; celui de la garde écoffoife, des francs-archers, des gardes-françoifes, & des cent-fuiffes.

L'Hiftoire des Filles de la Maifon de France, & autres Princeffes, qui ont été données en mariage à des Princes hérétiques ou payens, fe trouve dans le Mercure de novembre de la même année.

Du titre de très-Chrétien, donné aux Rois de France & aux Princes iffus de leur fang par mâles, depuis le baptême de Clovis premier. (*Voyez* le volume de janvier 1720).

Obfervations critiques fur la Carte géographique qui eft au commencement de l'Hiftoire de France du P. Daniel, imprimée en 1696. (*Voyez* le volume de juillet).

Réponfe à la réfutation du P. Daniel, Jéfuite, contre la differtation fur le titre de très-Chrétien donné aux Rois de France. (*Voyez* les volumes de juin & novembre).

De la Nobleffe de la Race royale des François. (*Ibid.* juillet).

Que la dignité impériale a été attachée à la Couronne de France depuis Clovis ; que les Rois de la première & feconde Race ont pris le titre d'Empereurs, & qu'il leur a été donné par leurs fujets & par les étrangers. (*Ibid.* août).

Que Robert-le-Fort n'étoit point Saxon d'origine, mais Prince du fang des François. (*Ibid.* novembre).

Syftéme touchant l'origine de la Maifon de France & fes prérogatives. Le titre de Roi très-Chrétien & l'origine de nos Rois, font deux articles de ce fystême. Notre abbé prétend que le titre de très-Chrétien a été infcrit au feul fang de France depuis le baptême de Clovis. (*Voyez* les mois de novembre & décembre). On a foutenu le contraire dans des remarques critiques inférées dans le Mercure de février 1723 , & dans la continuation des Mémoires de Littérature , tome 10.

Differtation hiftorique du Sacre & du Couronnement des Rois de France , depuis Pepin-le-Bref jufqu'à Louis-le-Grand inclufivement. (Mercure de mai 1722). Cet ouvrage eft rempli d'une érudition peu commune & de recherches très-curieufes. On y trouve nombre de chofes qui ne font rapportées ni dans le grand cérémonial , ni par les auteurs qui ont publié des Hiftoires générales de France , & l'on y relève les erreurs de plufieurs écrivains. Cette differtation a été critiquée dans le volume de novembre.

Lettre fur l'hérédité des grands Fiefs. Elle eft par extrait dans le volume de feptembre. On y attaque ce que dit le P. Daniel dans fon Hiftoire de la Milice, liv. 3 , c. 1 ; favoir, qu'il y a eu un petit traité entre le roi Hugues-Capet & les grands du royaume pour l'hérédité des grands fiefs. On fait voir qu'il eft faux que Hugues, prince , pour engager les grands à l'élire roi , leur ait donné la propriété des fiefs qu'ils avoient ufurpés , & que depuis fon élévation fur le trône, il en ait difpofé , de même que fes fucceffeurs , lorfque ces fiefs ont été vacans par la mort de ceux qui les poffédoient. Cette Lettre contient 17 pages.

Extrait d'une Lettre écrite à M. du Cardonnoy , confeiller vétéran au préfidial d'Amiens. C'eft une réponfe à ce magiftrat qui lui avoit adreffé une lettre au fujet de la critique anonyme dont on vient de parler. Notre abbé répond que l'on n'a critiqué que des bagatelles , au lieu de relever des fautes & des omiffions confidérables. Il promet une nouvelle édition de fon écrit fur le facre de nos Rois. Cette lettre eft dans le Mercure de février 1723.

La Vie du Roi Robert. On trouve à la fin une longue

differtation fur les époques différentes du jour de fon facre, dont la cérémonie fe fit dans l'églife d'Orléans , fuivant l'hiftoriographe. *Ibid.*

Differtation fur le divorce du Roi Robert avec Berte fa quatrième femme. Le détail & les circonftances de cette grande affaire ont été rapportées fi infidélement par les hiftoriens les plus modernes , & avec tant de partialité par les Ultramontains , qu'il réfolut de publier fur ce fujet ce qu'il en a trouvé dans les contemporains les plus exacts, imprimés ou manufcrits, & dans les actes qu'il en a vus dans la feconde capfule des archives du château Saint-Ange , qui concernent les affaires des François. *Ibid.*

Differtation fur les cinq mariages de Robert , furnommé le Pieux , Roi de France. Sa première femme fut Elanche , la feconde étoit une fille de l'Empereur de C. P. ; Rofelle , veuve d'Arnoul XI , comte de Flandre , fut la troifième ; la quatrième fut Berte de Provence , qu'il répudia enfuite ; & la cinquième , Conftance, fille de Guillaume comte d'Arles. Cette pièce eft inférée dans le Mercure de mars 1723.

De la Souveraineté de la Couronne de France fur les Royaumes de la Bourgogne transjurane & d'Arles. Cette pièce fe trouve dans le Mercure d'avril 1723. Il y fait voir que cette haute fouveraineté avoit lieu , lors même que ces royaumes ont été poffédés eomme biens héréditaires & fucceffifs , par quelques empereurs d'Allemagne. Ce n'eft ici que l'extrait d'un traité plus étendu qui dès cette année étoit muni de l'approbation du cenfeur , & prêt à mettre fous la preffe. Il démontre que ces royaumes n'ont jamais été fiefs de l'Empire, non plus que les autres pays que les empereurs ont poffédés en deçà du Rhin. On y voit l'origine de ces royaumes, & une fuite conftante des preuves de la fouveraineté que nos rois y ont toujours eue.

SES OUVRAGES MANUSCRITS.

Cartulaires hiftoriques des Rois de France de la troifième

Race, ou *des Chartres concernant les règnes de Hugues-Capet & les suivans, jusqu'à la fin de celui de Louis XI, & quelques fragmens d'Historiens qui font mention des Chartres conservées dans les cartulaires des églises, ou ailleurs; avec des sommaires des actes à la tête des chapitres, & ensuite des notes historiques.* in-fol. 51 vol. En voici le détail.

Dates singulières qui se trouvent dans les chartres qui concernent l'Histoire de France. in-fol.

Histoire de la guerre & de la levée des troupes & des vaisseaux pour les armées de terre & de mer, depuis le commencement de la monarchie jusqu'à présent; avec les lettres de convocation du ban & de l'arrière-ban, & les rôles de montres & revues, contenant les noms des grands & autres nobles qui y ont assisté. 4 vol. in-fol. Cette histoire est pleine de recherches savantes & curieuses sur les François. La petite partie imprimée en forme de dissertation dans le Mercure d'octobre 1719, n'en est que la préface & le sommaire.

Remarques critiques sur l'Histoire eccléfiastique de la chapelle des Rois de France par Archon.

Critique du parallèle des cardinaux Ximenès & de Richelieu, par René Richard.

Recueil de pièces concernant les paréages & associations des Rois dans la justice temporelle des archevêchés & évêchés, & autres bénéfices depuis Philippe Auguste. in-fol.

Tarif de diverses monnoies anciennes de nos Rois sous la première Race, évaluées sur la prisée de la monnoie d'aujourd'hui, le sol valant alors 8 liv. 5 sols de notre monnoie, in-fol.

Preuves de l'Histoire des Comtes de Charolois.

Table des Maisons de France qui prouvent leur généalogie, depuis l'an 900 de J. C.

Observations & notes sur le Nobiliaire historique de la France.

Abrégé de l'Histoire de France, depuis l'an de J. C. 288, jusqu'à l'élévation de Hugues-Capet. *in-fol.* Dans la bibliothèque de M. de Beringhen.

Remarques

Remarques critiques sur les deux dissertations du P. Daniel.
Ibid.

Remarques sur les historiens de France & sur ceux de Lorraine. in-fol. Ibid.

Parallèle de Clovis I, roi des François, & de Théodoric I, roi des Ostrogoths, contre le père Daniel. Ibid.

Remarques critiques sur la préface & les notes du père Ruinart, jointe à l'édition des ouvrages de Grégoire de Tours & de la chronique de Frédegaire, & sur l'onzième article du vingt-sixième chapitre du second livre de la Diplomatique du père Mabillon. Ibid.

Lettre au père Hugo, sur l'histoire de Sigebert, roi d'Austrasie. Ibid.

De l'abdication volontaire du roi Childeric, & de la succession légitime de Pepin-le-Bref à la couronne des François. Ibid.

Lettre à M. Schmink, au sujet de son édition d'Éginhart, écrite le 30 juin 1712 ; avec des notes & des observations sur cette édition. Dans la bibliothèque impériale.

Notice générale du règne du roi Hugues-Capet, en huit chapitres, & de celui du roi Robert, en sept chapitres. in-4. Dans la bibliothèque du Roi.

Remarques critiques sur l'histoire de Philippe-Auguste, par Baudot. Ibid.

Dissertation où l'on prouve que Clovis étoit issu des rois de France qui avoient régné avant lui ; à la tête de son cartulaire de Hugues-Capet. Ibid.

Documenta domûs sancti Arnulphi ducis, & ejus posteritatis è Merovingorum stirpe, collecta & illustrata. Ibid.

Remarques critiques contre les preuves rapportées par du Bouchet, sur l'origine de saint Arnoul. Ibid.

Dissertation où il prouve que saint Arnoul venoit en ligne masculine du roi Clovis. Ibid.

Abrégé de l'Histoire chronologique des reines de France jusqu'à Fançois I. in-fol. *Ibid.*

Origine du duché de Bouillon & de sa mouvance ; avec les pièces qui servent de preuves. in-fol. *Ibid.*

G g

Histoire de la haute souveraineté des rois de France sur les royaumes de Bourgogne & de Provence. in-fol. revêtu de l'approbation du censeur. *Ibid.*

Traité de la souveraineté du Roi sur les Bretons & sur le duché de Bretagne, contenant la réfutation de l'histoire de cette province par le père Lobineau ; avec les pièces & titres qui servent de preuves. in-fol. *Ibid.*

Origines & mouvances des grandes seigneuries situées le long de la Meuse, contenant l'histoire de Sedan, Charleville, Arques, &c. in-fol. *Ibid.*

Dissertation du comté de Soissons, & de sa mouvance de la couronne de France. in-fol. *Ibid.*

Autre, dans laquelle on fait voir que les Rois de la première & de la seconde Race, ont épousé deux sortes de femmes ; que les premières étoient d'une haute naissance, & que les secondes étoient qualifiées de concubines & d'une naissance abjecte. in-fol. *Ibid.*

De l'abdication volontaire de Childeric III, & de la succession légitime à la couronne des François. in-fol. *Ibid.*

Souveraineté du Roi sur les comtés de Hainault & d'Ostrevent, fiefs de la couronne de France. in-fol. *Ibid.*

Dissertation touchant les droits du Roi sur les royaumes de Naples & de Sicile. in-fol. *Ibid.*

Traité de la souveraineté de la couronne de France sur l'ancien royaume de Lorraine, avec les pièces qui servent de preuves. 2 vol. in-fol. *Ibid.*

Traité de la souveraineté des rois de France sur les ducs & duché de Lorraine, avec les preuves. 2 vol. in-fol. *Ibid.*

Dissertation historique sur la souveraineté des rois & couronne de France sur le Barrois, avec les preuves. in-fol. *Ibid.*

Traité de la souveraineté de la couronne de France sur le royaume de Lombardie, avec les preuves, & deux dissertations relatives à ce sujet. in-fol. muni d'approbation & de privilège. *Ibid.*

Réflexions critiques sur le Livre du père Germon, contre la *Diplomatique du père Mabillon.* Ibid.

Notice du supplément de la Diplomatique du père Mabillon.
Ibid.

Notice générale du règne de Louis VIII, avec ses remarques. Elle est dans la bibliothèque de M. de Beringhen.

Notice du règne de Henri I, de Philippe I, de Louis VI, de Louis VII, de Philippe-Auguste & de leurs successeurs. Ibid.

Remarques critiques sur le Traité de l'origine de la Régale, par Audoul. in-fol.

Recueil de pièces, avec quelques dissertations concernant l'histoire de l'église & de l'évêché d'Alby. in-fol. 2 vol.

Remarques critiques sur la Vie de saint Gérard, publiée par le père Benoît Picard, Capucin. in-fol.

Réfutation & réponse à ce Père, au sujet de deux châteaux qu'il prétend avoir été construits par Fréderic, duc de Lorraine.

Des Rois & des Princes du Sang de France qui ont vu leurs petits-fils & arrière-petits-fils.

Dissertation sur les dignités héréditaires attachées aux terres titrées.

Origine des armoiries & des surnoms en France.

Nombre de pièces importantes & curieuses sur les Trois-Evéchés. Elles ont passé entre les mains du même abbé de Beringhen, comme nous l'apprend dom Calmet dans son Histoire de Lorraine, tome I. page 60.

Peu de princes avoient une collection aussi complète des médailles des empereurs, & des événemens de l'empire romain. C'est d'après son cabinet précieux que Jean-Foy Vaillant, à sa requisition, publia en 1694 son volume *in-4*, intitulé : *Selectiora Numismata.* Le maréchal d'Estrées fit l'acquisition de ces médailles.

Le laborieux antiquaire avoit encore recueilli dans un catalogue toutes les médailles de bronze que le même Vaillant n'avoit point mises dans ses colonies, ni dans ses villes grecques, & qui n'avoient été connues que depuis la publication de ses écrits. Notre abbé en fit présent à Eugene, prince de Surbeck.

En reconnoiſſance des bienfaits dont l'avoit comblé le prélat Serroni , il lui compoſa l'épitaphe qui ſe lit à Paris dans l'égliſe du noviciat des Dominicains réformés.

  JEAN-LOUIS D'AMIENS auroit été fixé plus haut , ſi nous avions parcouru plutôt ſon ouvrage , où il ſe dit né le 6 janvier 1617. Ce religieux Capucin de la province de Paris , ne ſe borna point aux talens qu'il avoit pour la chaire ; il étoit encore ſavant dans l'aſtronomie , la géometrie & la chronologie , comme le prouve l'écrit ſuivant.

  L'Atlas des temps , diviſé en quatre livres. Le premier offre la période ludoviſienne , du nom de Louis-le-Grand , formée ſur l'Aſtronomie. « L'auteur s'étant apperçu que la période julienne ne pouvoit pas convenir à la ſupputation des Grecs, a inventé celle-ci qui eſt beaucoup plus ample , puiſqu'il la fait durer plus de 15000 ans. On y voit tous les principes de la chronologie , avec tous leurs cycles , & leurs caractères propres aux années , depuis la création du monde juſqu'à la naiſſance du Meſſie. On trouve au ſecond la nouvelle méthode chronologique , établie ſur le ſtyle eccléſiaſtique & le calcul aſtronomique ; toutes les fêtes mobiles paſſées & à venir , & l'on y reconnoît la vraie chronologie différente des autres. Le troiſième contient la chronologie ſacrée de l'écriture ſainte ; toutes les difficultés de l'ancien teſtament y ſont réſolues , avec une parfaite intelligence de la ſuite & du rang que doivent tenir tous les livres canoniques ; l'on y voit de plus en diſcours & par les tables en abrégé la chronologie générale & particulière , ſainte & profane , de tous les ſiècles paſſés juſqu'à la première année de grace. Dans le quatrième , dont l'âge des chrétiens fait la matière , la chronologie nouvelle des années de grace, ſe vérifie par les livres ſaints toute la chronologie ſacrée depuis la création du monde juſqu'aujourd'hui. Pourſuivant la période de Louis-le-Grand , ajoute l'auteur , on voit en abrégé tous les événemens les plus conſidérables arrivés dans l'égliſe , les empires, les royaumes , & les états depuis l'an de grace 1,

juſqu'à 1680, avec tous leurs *propres caractères qui ſe pour-*
ſuivent juſqu'à la conſommation des ſiècles.» *Dédié au Roi par*
le R. P. ſeigneur de la Motte. Paris, 1680; & à Amiens,
chez Guiſlain-le-Bel, 1683, *in fol.* Paris, chez Dezallier,
1685. Aucun livre n'a un titre auſſi long, auſſi impoſant,
auſſi vain, & néanmoins, à en croire les ſavans, il y a peu
d'ouvrages auſſi chargés d'erreurs, auſſi mauvais. Comme on
ne le débitoit point ſous le nom du ſeigneur de la Motte,
que fit-on ? Par une ſupercherie aſſez commune de nos
jours, on ſupprima le premier feuillet, où l'on fit paroître
le nom de l'auteur véritable, afin d'en impoſer, & l'on
afficha cette nouvelle édition prétendue en 1684 ; mais le
public n'en a pas été la dupe. Un grand livre eſt un grand
mal, a dit quelqu'un, & cet adage ne ſe vérifie que trop ici.
Loin de tenir les grandes promeſſes faſtueuſement étalées
dans le titre, il repréſente à la vérité le temps & l'atlas
ſéparément, mais il ne les fait point voir enſemble. L'épître
dédicatoire qui devoit être le morceau le plus correct, le
plus châtié, n'eſt qu'une eſpèce de galimathias ſans ſuite,
ſans liaiſon : pluſieurs phraſes manquent de ſens & de conſ-
truction. La préface eſt ſuivie d'un ſonnet de l'imprimeur à
la louange de l'auteur, & du ſyſtême de l'atlas des temps,
qui ſert d'introduction à l'ouvrage. L'auteur y diſtingue ridicu-
lement deux atlas, celui du monde & celui des temps ; c'eſt
comme ſi l'on diſtinguoit le même homme en cadet & en aîné.
A l'en croire, cet écrit volumineux ſe fera voir chez toutes les
nations, & pour lui en faciliter le voyage, le cher père promet de le traduire en latin, afin qu'au moyen de cette langue
qui a cours par-tout, il puiſſe ſe naturaliſer au langage de
tous les pays du monde, pour ſervir à tous les hommes dans
la ſuite de tous les temps, *ou l'avenir trouvera le paſſé.* En
parlant des règles & des lois de la chronologie, il examine
ſévérement, & traite avec mépris tous ceux qui l'ont devancé. Il a donné le nom d'atlas à ſon ouvrage, parce qu'en
effet la chronologie, la chronique & la chronographie comprennent tous les événemens & toutes les révolutions du

globe. Il y compte les années par les famedis, par les femaines fabbatiques , jufqu'au temps où l'on a commencé à compter par les dimanches. Les tables font curieufes & vont jufqu'en 1680. On trouve à la fin fes réponfes à quelques difficultés qu'on avoit propofées contre fon livre.

Les critiques les moins violens ont remarqué en plufieurs endroits des chimères infoutenables , & d'incroyables inepties. Cependant fi l'on en croit le R. P. fa chronologie eft la feule véritable , lui feul a trouvé la première année de la création du monde ; fa manière de compter eft la plus jufte, la plus exacte , la plus admirable, & la plus digne , par conféquent, d'une approbation univerfelle. Quelle modeflie ! Les connoiffeurs penfent au contraire qu'il a tout gâté en donnant aux années d'autres épactes que celles du calendrier grégorien qu'il regarde pourtant comme l'ouvrage de Dieu, qui, en créant le foleil & la lune, femble les y avoir affujettis ; on prouve que , bien loin d'être juftes, les calculs ne s'accordent fouvent ni avec l'églife , ni avec l'auteur ; qu'en mille endroits , il eftropie les noms des écrivains qu'il cite; qu'il eft fouvent en contradiction avec lui-même. On a compofé cet article en partie d'après les notes marginales ajoutées de main de maître fur l'exemplaire de la bibliothèque des Dominicains de la rue faint Honoré , à la fin duquel fe trouvent des réponfes de l'auteur aux objections principales de fes adverfaires. Quelque févère que foit la critique l'ouvrage n'en prouve pas moins une étendue prodigieufe de connoiffances & un travail immenfe que peu de têtes font en état d'entreprendre. La Sorbonne & les autres approbateurs ont jugé qu'il auroit été à fouhaiter que cet écrit eût précédé le favant Scaliger , qu'il auroit foulagé de la période julienne; qu'il auroit arrêté l'opiniâtreté des hérétiques contre le calendrier grégorien; qu'il a traité cette matière avec profondeur & bien différemment des autres chronologiftes , & que cet atlas eft un véritable tréfor aftronomique , géographique & chronologique de toutes les hiftoires divines & profanes. L'auteur , ajoute le père le Franc, docteur célèbre en théologie, est un atlas de science.

Epitome historiarum omnium à Christo nato , ad octogesimum annum suprà millesimum sexcentesimum , cum omnibus characteribus , usque ad consummationem sæculi. Ibid. 1685. *in-fol.*

FRANÇOIS MATHON , né en 1618 , embrassa l'état ecclésiastique , dans lequel son esprit & ses sentimens de piété le firent connoître pour un vrai serviteur de Dieu. Il maintint la charité & la bonne union entre les religieuses Carmélites de cette ville dont il fut le chapelain. Il mourut le 16 octobre 1708 , âgé de quatre-vingt-dix ans & douze jours. Le père Postel a donné sa vie au public.

CLÉMENT D'AMIENS, Capucin, est connu de peu de personnes, par un petit livret intitulé : *Observations sur le calendrier romain.* Paris, chez Jean Couterot , 1667. Il y prend parti pour Levera , astronome romain, contre le sieur Petit, au sujet de la solemnité de la Pâque.

JACQUES-HYACINTE FEJAC , né en 1647 , reçut le premier nom avec le baptême , & le second en religion. Il fit profession en cette ville le 24 février 1663 , à l'âge de 16 ans & trois mois. Il avoit fait de bonnes humanités & parloit avec la plus grande facilité tant en latin qu'en françois. Il se distingua entre les jeunes gens de son temps , par les thèses qu'il soutint avec applaudissement dans cette école & ailleurs. A peine sorti de ses études, il secoua la poussière scolastique pour se livrer à l'éloquence de la chaire: pendant plus de 30 ans, il annonça la parole divine & remplit avec succès à Paris & dans les villes principales , les stations d'Avents, de Carêmes, & d'octaves du saint Sacrement. Jusqu'à l'âge de 69 ans , il a joui d'une santé inébranlable qui lui promettoit une carrière plus longue. Un voyage qu'il fit dans sa patrie trompa les espérances de son ordre : il y fut attaqué d'une maladie grave, qui l'enleva à ses confrères au mois de septembre 1715. Aux inftances de fes amis, il a donné au public les écrits fuivans.

Panégyrique du roi Louis XIV, prononcé dans l'églife des frères Précheurs de Caen, le 5 feptembre 1685, jour de la naiffance du Roi, au fujet de la ftatue que cette ville a élevée à la gloire de Sa Majefté. Caen, Yvon, 1685, *in*-4. Paris, André Cramoify, 1685, *in*-4. Cet ancien profeffeur en théologie étoit alors prieur de Caen. Le difcours a été réimprimé en 1691 à Lille, chez Jean Henri, *in*-12, dans un recueil d'oraifons funèbres & harangues. L'auteur y prouve par les actions du monarque, qu'il eft l'amour du monde chrétien, & l'admiration du monde politique : *Faites, ô mon Dieu*, ajoute-t-il dans la péroraifon, *que les peuples le révèrent ; que les rois l'imitent ; que tout lui foit affujetti, & que lui-même vous foit foumis !*

Oraifon funèbre de haute & puiffante dame madame Anne-Marie-Louife d'Orléans, fouveraine de Dombes, ducheffe de Montpenfier, comteffe d'Eu, prononcée dans l'églife principale d'Eu, au mois d'avril 1693. Paris, André Cramoify, *in*-4. & chez Pepingué & Lefebvre. Le portrait de la princeffe eft tracé d'après fon teftament, où l'on voit que la religion & la charité ont été les principes de fa conduite.

Panégyrique de faint Thomas d'Acquin, prononcé à Touloufe dans l'églife des frères Précheurs. Touloufe, 1697, *in*-4. chez Pech ; & à Paris, chez Cramoify. Ce docteur de l'églife a été une épée redoutable entre les mains de Dieu par les combats & les victoires qu'il a remportés fur les ennemis de l'églife. Cette épée brille, parce que Thomas a eu la charité parfaite qui fait les grands faints ; elle perce, parce qu'il a eu cet inviolable attachement à la vérité qui fait les grands docteurs : elle eft toujours fuivie de la victoire, parce qu'il a eu ce zèle & cette force que Dieu donne à ceux qu'il choifit entre les docteurs & les faints pour en faire les défenfeurs de fon églife. La troifième partie finit ainfi : *Il n'eft pas néceffaire pour notre falut, que Dieu nous dife, quand nous paroîtrons*

paroîtrons devant lui, que nous avons bien écrit, comme il le dit à saint Thomas ; mais il nous importe de tout qu'il nous dise que nous avons bien vécu. La vertu sans la science peut nous sauver ; la science sans la vertu est inutile, & l'on ne doit étudier que pour trouver dans la science des moyens & des motifs de pratiquer la vertu. L'orateur étoit alors prieur de Rouen.

Panégyrique de sainte Catherine de Sienne, prononcé le jour de sa fête 30 avril 1697, dans l'église des frères Prêcheurs de Bordeaux. Ibid. chez la veuve de G. de la Court, 1697, in-4. L'amour divin la pressa de se donner à J. C. & pour être à lui, elle se dégagea de tout. Il la pressa de se conformer à J. C. & pour lui ressembler & lui plaire, elle souffrit tout. Il la pressa de travailler pour la gloire de J. C. & elle entreprit tout pour le servir. Telle est la division de ce discours.

Oraison funèbre de haute & puissante dame madame la marquise d'Heudicourt, gouvernante des enfans de la maison de la Reine. Nancy, Gaydon, 1710, in-4. Sortie d'une illustre famille, elle soutint la noblesse de sa maison par sa vertu. Distinguée à la cour par une importante charge, elle en remplit les fonctions avec autant de religion que de dignité. Occupée de Dieu dans sa retraite, elle n'y vécut que pour se préparer à bien mourir. Telles sont les qualités de la défunte, développées par l'orateur chrétien.

Oraison funèbre de haut & puissant prince Louis de France, dauphin de Viennois, & de son épouse haute & puissante dame madame Marie-Adélaïde de Savoye, dauphine, prononcée dans l'église cathédrale de Metz. Ibid. 1712, in-4, chez Jean Collignon. C'est l'exposé des vertus royales & chrétiennes qui brilloient dans ces deux augustes époux. L'orateur a pris pour texte : Heureux l'homme qui demeure appliqué à la sagesse, & dont l'esprit occupé de la présence de Dieu ne le perd point de vue ! Ecclésiast. c. 14.

Il est auteur du Discours prononcé l'an 1695 devant

Louis XIV par l'abbé de Saint-Bertin, en préfentant à ce monarque les comptes des états d'Artois.

Panégyrique du Roi, prononcé le 5 feptembre 1699, dans l'églife paroiffiale de faint Germain-en-Laye, en préfence du roi & de la reine d'Angleterre. Paris, chez Jacques Lefebvre. *in-4.* L'auteur y prouve que, grand comme Jofué par de célèbres victoires, le Roi eft très-grand par ce qu'il a fait pour le falut de fes fujets. Fejac étoit alors provincial de la province de faint Louis.

En 1715, il fe propofa de mettre un Avent fous la preffe : il roule fur les conditions de la charité dont parle faint Paul, épit. 1 aux Corinthiens, c. 13, mais la mort l'en empêcha.

Quant à fes fermons de la Quadragéfime, il les a communiqués à des amis qui les ont prêchés long-temps à Paris, & qui lui font redevables de leur fauffe réputation. Voyez *Scriptores ordinis prædicatorum Jacobi Echard,* t. 2. *in-fol.* p. 790.

PIERRE CARON étudioit en 1657 au collège de cette ville, gouverné par les Jéfuites, qui, connoiffant fes excellentes difpofitions à faire un fujet précieux, ne manquèrent pas de l'incorporer à leur compagnie. Il ne trompa point leur attente. Ses compatriotes le virent en 1691 remplir dans la cathédrale la ftation du Carême avec les plus grands applaudiffemens. Après avoir exercé le même talent dans diverfes autres églifes, il alla en recevoir la récompenfe en 1714.

ALEXANDRE LE SELLIER DE RIENCOURT étoit fils pofthume de Charles docteur en médecine, & de Marie-Françoife de Villers, femme de grande vertu, & très-charitable.

Après ce qu'on a dit dans le fecond volume de l'Hiftoire de cette ville, p. 179, il ne refte plus qu'à faire connoître du côté des talens cet homme de mérite, né en 1649. La nature l'avoit doué d'un jugement ferme, folide, & d'une pénétration d'efprit fingulière. Son goût pour les belles-lettres l'engagea à fe former une bibliothèque curieufe, dont il avoit une connoiffance parfaite. Elle a paffé après lui, ainfi que plufieurs de fes manufcrits, à l'abbaye de faint Riquier. On admiroit la vivacité & la fidélité de fa mémoire. Chaque jour on trouvoit de nouveaux charmes dans fa converfation. Il avoit autant de connoiffances dans la difcipline eccléfiaftique, que d'attention à la maintenir par fon exemple. Les évêques de Brou & Sabbatier lui donnèrent toute leur confiance. Le célèbre du Cange & dom Mabillon furent fes amis intimes, parce qu'ils connoiffoient l'étendue de fon favoir, tant dans l'hiftoire & le droit civil & canonique, que dans la chronologie. Le bien qu'il faifoit aux hôpitaux ne l'empêchoit point d'étendre encore fes charités fur les pauvres étudians, & fur les vicaires de la campagne. Une apoplexie l'enleva fubitement, mais toute fa vie avoit été une préparation à la mort. On conferve dans le chartier du chapitre une collection en 34 vol. *in-4*, écrits de fa main, contenant quantité de morceaux fur des matières intéreffantes & curieufes, relativement à la littérature, l'hiftoire & la politique. Dans fes quarts-d'heures de loifir, il travailloit à mettre en ordre le tréfor littéraire du chapitre, & l'extrait qu'il en a fait forme un volume *in-fol*. Il a encore raffemblé des mémoires fur les évêques, les doyens, les hommes diftingués fortis du même chapitre, & laiffé des notes fur les rits de cette églife, & fur les abbés de Forémontier. Son corps repofe fous cette épitaphe, qui renfeigne quelques autres particularités de fa vie.

D. O. M.

Hic in Domino quiefcit ALEXANDER LE SCELLIER DE RIENCOURT, *Ambianenfis Ecclefiæ Decanus & Canonicus, Forefti-Monafterii Abbas.*

A puero in virtutibus educatus, virtutem in fenectam coluit.

Doctrina , integritate, gravitate sacerdotibus præluxit. Missiones , quibus olim allaboraverat, opimâ dotatione in perpetuum firmavit. Capituli jura nemo altiùs scrutatus, nemo sapientiùs tuitus est. Concordiam inter fratres inconcussam aluit. Vacante sede bis , bis sub episcopis Henrico & Petro vicarius generalis , diœcesim universam per annos trigenta sine pacis ac disciplinæ labe administravit. Tot inter curas & inter calculi cruciatus , choro semper assiduus. Pauperes eleemosynis , optimates morum suavitate , cunctos ordines charitate non fictâ devinxit.

> *Ob. 6. Dec. 1716. æt. 67. Decanat. 26. Reddat Deus mercedem laborum.*

Vie de M. Mathon, p. 43.

MARIE PECQUET, fille de Rolland médecin, & d'Anne Loth, enleva l'approbation, l'estime , les applaudissemens & la vénération de cette ville où elle naquit. Dès sa tendre jeunesse, elle marcha sous les yeux de Dieu & de ses parens dans les sentiers de la vertu. Elle épousa François Desuin avocat, à qui elle donna onze enfans, dont sept moururent en bas âge. Son époux , mort le 27 août 1656, lui laissa pour consolation trois filles, Marie - Jeanne , femme de François Pinguet de Belingan, ancien maire d'Amiens; Anne, mariée d'abord à Charles Louvel du Viviers , puis à Eustache de Louvencourt de Blangi , lieutenant-colonel de cavalerie , & Marie-Marguerite, épouse de Claude Morel de Cresmery, président au siége présidial.

Son veuvage n'interrompit point sa piété , ses prières, ses jeûnes, ses mortifications, mais il accrut ses charités. Elle conduisoit ses enfans dans les prisons & les hôpitaux , & fit de sa propre maison un hôpital où il y avoit jusqu'à dix lits pour y retirer les prisonniers de guerre malades, qu'elle faisoit manger à sa table comme ses propres enfans lorsqu'ils étoient convalescens. Sa vaisselle d'argent , ses habits , elle vendoit tout en faveur des pauvres dont ses greniers étoient les magasins. La mort subite de la dame Pinguet de Belingan fa fille, arrivée le 27 octobre 1675, fut pour elle un coup de foudre qui la fit mourir le 17 novembre de la même année. On l'enterra, fuivant fa dernière volonté, fous le portail de l'églife de faint Acheuil, dans le chœur de laquelle fon mari repofe.

ADRIEN MOREL. De l'abbaye de fainte Genevieve de Paris, où depuis plufieurs années il avoit prononcé fes vœux, il paffa à l'abbaye de la Trape où il a vécu peu de mois fous le nom de frère Placide. Il entra dans cette maifon avec des fentimens de piété & les plus grandes difpofitions à la pénitence. Jaloux de fuivre J. C. & d'imiter les faints par la voie des auftérités & des mortifications, il y trouva tous les avantages qu'il cherchoit. Son cœur docile y fut tranquille & content. Jamais il ne manqua au moindre des exercices. Il ne trouvoit du repos, de la confolation & du mérite, que dans la foumiffion & la dépendance. Sa modeftie charmoit; fa douceur gagnoit tout le monde, & fon recueil- lement continuel, qui tenoit plus de l'ange que de l'homme, infpiroit la piété. L'abnégation de lui-même lui faifoit ou- blier & méprifer toutes les chofes fenfibles, tant fa vie étoit intérieure. Tous les jours il inventoit quelque nouvelle efpèce d'auftérités, & qui l'auroit fuivi, eût marché fur les traces des folitaires les plus pénitens. Frappé de maladie, il fit une confeffion générale, fe plaignit de ne point fouf- frir davantage, & regretta de n'avoir point fait profeffion. Le père abbé lui fit prononcer fes vœux, quoique le temps du noviciat ne fût pas expiré. Dès-lors le malade fatisfait ne montra plus qu'un vifage gai. A fa prière, le père abbé lui fit ôter l'ufage de la viande qui ne lui fervoit de rien, & le revêtit d'un cilice. Le temps de fa diffolution approchoit; il alla recevoir à l'églife l'extrême-onction, & le lendemain il entra dans l'agonie, reçut la bénédiction de l'abbé, qui, après avoir fait la croix de cendre, le fit mettre fur la paille, & lui dit : *J'ai bien de la joie, mon frère, de ce que vous allez à notre Seigneur avec tant de confolation, de confiance & de marques fenfibles de fa miféricorde. Quel bonheur!* répondit le mourant, & il rendit fon ame à Dieu le 30 mai 1695, au milieu des pfeaumes & des cantiques que l'on récitoit, & dans un avant-goût du torrent de délices dont il alloit être enivré pour jamais dans la maifon de Dieu. On trouve des Morel dès l'an 1238.

NICOLAS DE VILLERS ROUSSEVILLE, chevalier, feigneur de Villers, Saint-Paul, Rouffeville, Boulainvilliers, la Tourelle, Vignacourt, Cany, Hanoque en Champagne, & châtelain de Famechon, naquit vers l'an 1652 de François de Villers, feigneur de Rouffeville, contrôleur des guerres, & de Françoife de Leftocq, fille de Nicolas, feigneur de Beaufart. Au mois d'avril 1693, il époufa Marguerite Dufrefne, dame de Fancamp, fille de Louis, écuyer, feigneur de Fredeval, & par cette alliance, il devint coufin, & non pas neveu du célèbre du Cange, comme plufieurs l'ont fauffement avancé. De ce mariage, il eut Antoine fille unique, née le 14 avril 1696, & mariée en 1712, par contrat du 7 novembre, avec Jean-Gedeon-Anne, marquis de Joyeufe, comte de Grandpré, lieutenant-général du gouvernement de Champagne & Brie. Ce feigneur, qui n'avoit époufé que le coffre-fort, ne vécut point avec fon époufe. Telle eft communément la fuite des alliances que fait faire l'ambition. La commiffion de procureur du Roi pour la recherche des nobles de la province, & des ufurpateurs des titres de nobleffe, dont il avoit été pourvu par arrêt du confeil d'état, l'avoit enrichi prodigieufement. Il mourut le 2 décembre 1726, & fut inhumé dans l'églife du village de Famechon.

SES ÉCRITS.

Nobiliaire de Picardie, généralité d'Amiens. Il contient en 451 feuilles, l'extrait des titres & généalogies produits devant les intendans Bignon & de Bernage, avec les jugemens par eux rendus jufqu'en 1716, en vertu des déclarations du Roi du 4 feptembre 1696, & 16 janvier 1714. L'ouvrage parut en 1717. Chaque feuille eft partagée en trois colonnes, dont la première contient les preuves; la feconde la généalogie; la troifième les jugemens rendus par les intendans. Les critiques prétendent qu'on y a mélangé le vrai corps de la nobleffe avec des familles d'une extraction différente. Quoi qu'il en foit de cette opération, dont les nobles, qui y étoient intéreffés, ont fait les frais, ce volume eft très-rare, par la difficulté d'en raffembler toutes les feuilles. Il exifte un exemplaire curieux par les notes dont le fieur d'Hozier a chargé les marges. Dans celui de faint Faron de Meaux, on ne trouve point deux fortes de familles qui fe prétendent nobles : les unes, parce que leur defcendance eft douteufe; les autres, parce qu'ayant impofé au public fur leur antiquité, elles ont évité l'impreffion. Biblioth. du P. le Long. t. 4. p. 513.

Hiftoire généalogique des plus anciennes maifons de Picardie tant éteintes que vivantes. Ces cahiers qui pourroient former 5 ou 6 *in-fol.* font épars çà & là. *Manufcrit.*

Généalogies des familles de robe de Paris, avec des notes fur leur origine. in-fol. M. le Couvreur de Boullinviler en poffède quelques-unes. *Manufcrit.*

Chronologie de la plupart des feigneurs des villages du diocèfe d'Amiens, depuis 1200. *in-fol. Manufcrit.*

Extraits de plufieurs anciens titres, tant d'abbayes & chapitres, que de communautés, tirés avec les fceaux figurés, *manufcrit,* 5 vol. *in-4.* d'environ mille pages chacun, avec une table des matières & des noms des maifons. Il y en a une partie chez M. le Couvreur, qui a raffemblé avec foin quantité de matériaux relatifs à l'hiftoire de la Picardie. *Manufcrit.*

Hiftoire des anciens comtes d'Amiens. Ce n'eft qu'une copie de ce que le célèbre du Cange, qui lui communiquoit une partie de fes connoiffances, avoit écrit fur ce fujet. *Manufcrit.*

Hiſtoire des mayeurs d'Amiens, avec leurs armes. *in-fol.*
Manuſcrit.

Hiſtoire chronologique des Comtes de Ponthieu. in - fol.
Manuſcrit.

Fragmens d'une Hiſtoire de Picardie. in-fol. 2 vol. chez M.
le Couvreur.

Recueil de toutes les Epitaphes de Picardie. Ibid. in-fol.
Manuſcrit.

JEAN VACQUETTE, *ou* VAQUETTE, écuyer, ſei-
neur du Cardonnoy, naquit en 1658. Après avoir commencé dans ſa patrie ſes études chez les Jéſuites, il les
acheva chez les pères de l'Oratoire à Juilly, où il fit paroître beaucoup de diſpoſitions pour les belles-lettres. Il alla
enſuite étudier en droit à Paris, & s'y fit recevoir avocat au
Parlement. De retour à Amiens, il y fut pourvu d'une
charge de conſeiller au préſidial, charge en quelque façon
héréditaire dans ſa famille depuis l'an 1544. Dans l'exercice
de ſes fonctions, on ne tarda point à reconnoître en lui une
ſcience profonde des lois, dirigée par une parfaite intégrité, double mérite auquel il dut la mairie & lieutenance
générale de police que lui déférèrent deux fois tous les ſuf-
frages. Rien n'égale le zèle avec lequel il s'acquitta d'un
miniſtère auſſi critique, ni la fermeté avec laquelle il en
dévora les dégoûts. Son unique peine réelle eût été d'en
cauſer aux autres ; mais ſes ménagemens pour la nobleſſe,
& ſa condeſcendance pour le peuple, parèrent à cet inconvénient. Il aimoit tout le monde, il fut généralement aimé.
Le 29 février 1696, il eut l'honneur de complimenter
Jacques II, roi d'Angleterre, qui paſſoit pour aller à Calais.
La ville en différens temps le chargea auſſi de rendre ſes
reſpects au prince de Conti, au premier préſident de
Meſmes, au duc d'Elbeuf en qualité de gouverneur de la
province. Ce fut lui qui conçut la première idée de la ſociété
de gens de lettres qui ſe forma en 1700, & ſa maiſon en
étoit le lycée. Il faiſoit particuliérement ſes délices de la
poéſie

poéfie & de la mufique ; mais les devoirs inféparables de
fon miniftère l'empêchèrent de donner à ces loifirs de fa
vie tout le temps qu'il eût fouhaité. A plufieurs qualités
éminentes, ce digne magiftrat joignoit une connoiffance
parfaite des médailles. Les plus célèbres amateurs des monumens antiques, tant en France que dans les pays étrangers, entretenoient avec lui un commerce réglé. Le premier cabinet de médailles qu'il acquit d'un de fes parèns,
avoit été formé & perfectionné par les foins de trois curieux, dans l'efpace de plus de cent ans : il y joignit l'élite
de dix ou douze cabinets, fans y comprendre ce qu'il put
trouver ailleurs de médailles antiques de toute efpèce, dont
il avoit formé des fuites confulaires & impériales prefque
complètes. Il ne fe borna pas aux antiques, & paffa aux
modernes, dont il travailla à former des fuites que peu de
curieux s'étoient avifés d'entreprendre. Egalement verfé
dans la fcience de l'hiftoire, il étoit fouvent confulté par
l'abbé de Camps, à qui fes lumières ne furent pas d'un
foible fecours. Ses *Obfervations fur la Bibliothèque hiftorique
du père le Long* ont été inférées dans le fupplément que ce
favant en donna. Nous avons encore de lui des *Mémoires
hiftoriques de la ville d'Amiens*, manufcrits, *in-4.* & l'abbé
de Fontenu reconnoît qu'il lui eft redevable d'une partie de
fes renfeignemens fur le camp de Céfar près de Péquigny.
On lit dans le Mercure de décembre 1722 fes remarques fur
une differtation de l'abbé de Camps, concernant le facre &
couronnement de nos Rois.

Ses poéfies connues font : *l'Exilé à Verfailles*, nouvelle
comique en vers ; *les Religieufes qui vouloient confeffer*,
conte en vers libres ; *le Singe libéral*, conte tiré du Page
difgracié de Triftan l'hermite ; *la Précaution inutile*, poème
héroï-comique tiré de Scaron.

Il mourut au mois d'octobre 1739, regretté de tous les
connoiffeurs en vrai mérite. De fon mariage avec Marie
Cordier, qu'il avoit époufée en 1688, il eut deux fils &
une fille, morte en bas âge. Jean Vaquette, avocat au Par-

lement, mourut à 21 ans; Claude-Louis, fon cadet, feigneur du Cardonnoy, de Lancheres, Saint-Sauveur, &c. confeiller au grand Confeil, époufa dame Marie-Catherine le Gillon. Cette famille étoit connue en 1550.

JEAN LAGACHE, fils de Pierre & de Magdeleine Becquerel, tous deux de bonne famille bourgeoife, naquit le 13 mars 1660. Ses premières idées le firent pencher du côté du commerce, & pour s'y perfectionner, il alla à Paris s'établir marchand drapier. Au bout de quelques années, fes connoiffances le firent élire conful; mais cette profeffion s'accordoit peu avec la paffion qu'il avoit pour les arts. Il revint dans fa patrie s'occuper tout entier, tant de la mécanique, que de la pierre philofophale, au grand regret de fes héritiers, qui le voyoient fruftrer leur efpérance en dépenfant beaucoup pour perfectionner nombre de machines de fon invention, deftinées à l'utilité publique, & facrifier le refte à la recherche d'une chimère qui a produit, à la vérité, quelques découvertes, mais en ruinant prefque toujours ceux qui les ont faites. Il mourut fans avoir été marié, au mois d'avril 1738. Un Antoine Lagache étoit homme d'armes de la compagnie du fieur de Crevecœur en 1569. Cette famille eft connue depuis l'an 1389.

SES OUVRAGES.

Des petits Moulins de bois à mettre dans la poche, lefquels tournent parallèlement ou perpendiculairement à l'horizon, & qui écrafent le grain auffi gros & auffi menu que l'on veut. Le plus petit de ces moulins fait en un jour affez de farine pour nourrir cinquante perfonnes. Ils triturent & réduifent en bouillie les matières & les grains dont on tire l'huile, de façon qu'il en fort une plus grande quantité que par le moyen des mortiers. Ces moulins ne font pas fujets à prendre feu. Le plus petit monde le riz; fa meule, dans fa plus grande circonférence, n'a que deux pouces de diamètre,

& celle du plus grand, trois. Avec celui-ci, on peut moudre trente-cinq à quarante livres de bled par heure, au moyen d'une meule à aiguifer qui donne le branle, & qu'un feul homme fait tourner auffi facilement qu'une fileufe fait tourner un rouet. A cette meule à aiguifer, on peut appliquer cinq moulins qui agiront tout à-la-fois par une feule manivelle : on peut même y attacher un bluteau pour paffer la farine qui n'en fera ni échauffée, ni mêlee de fable & de gravier. L'auteur offrit d'en faire en grand, qui tourneroient par le moyen de l'eau, du vent, ou des chevaux, & qui donneroient autant & plus de farine que les meilleurs moulins à vent & à eau. L'Académie des fciences, à laquelle il en préfenta un en 1725, le trouva fort fimple, très-commode, & fort utile à bien des gens & en beaucoup d'occafions. Il en eft parlé dans fes Mémoires, volume de 1722, p. 122. art. 4.

Des Ailes de Moulin de deux pieds & demi de longueur qui vont à tout vent réglé, quoique placés même obliquement. Elles peuvent s'appliquer aux moulins ci - deffus, ainfi qu'aux pompes pour l'élévation des eaux. Les vents ne les violentent pas dans leur mouvement, & elles vont plus réguliérement que les ailes ordinaires.

Des Tirebours d'acier, pour empêcher le branlement & le cahotage des berlines, chaifes de pofte, & phaëtons. On les place & on les ôte fans rien déranger aux voitures.

Un Houdrageoire à fac, pour nettoyer & curer à peu de frais les ports de mer, baffins, étangs, & autres pièces d'eau qui n'ont pas d'écoulement. On tire le fable ou limon à proportion de la grandeur du fac.

Des Ailes de Moulin obliques, avec un cabeftan pareillement oblique qui en fait l'arbre. Si on les pofe dans un bateau amarré par des ancres au plus fort courant d'une rivière, un homme feul, par leur moyen, remontera les plus grands bateaux.

Une Machine très-fimple pour boucher la lumière d'un canon à l'inftant même qu'on met le feu à l'amorce, ce qui empê-

che la lumière de s'agrandir, & les travailleurs d'être incom-
modés de la fumée dans un vaisseau.

*Une manière de doubler la portée d'un canon, d'un fusil ou
d'un pistolet*, quoiqu'en diminuant de moitié la charge ordinaire de la poudre, par le seul moyen d'un bouton mis à la
culasse. L'auteur a ajusté de pareils fusils pour le marquis de
Broglie & M. de Goude le fils, maître des requêtes, qui,
avec cette armure, ont atteint le gibier à plus de cent
pas.

Un Soufflet foulant ou aspirant à deux usages ; l'un pour
servir de pompe dans les vaisseaux, l'autre pour élever les
eaux par elles-mêmes, ce qu'on ne sauroit faire par le moyen
des pompes.

Une autre Machine pour élever les eaux par elles-mêmes
sans pompe, ni piston, ni tuyaux comme il en faut aux
chapelets ordinaires. Cette machine fait un mouvement
perpétuel quand on lui a donné le premier branle.

Une Pendule de bois avec deux roues seulement sans
dents, & deux balanciers qui se règlent l'un l'autre, ce qui
donne une grande justesse à la pendule, & fait qu'elle n'est
sujette à aucune variation.

Un Pressoir en grand ou en petit, qu'un homme seul
peut gouverner & faire agir aisément & plus promptement
que les pressoirs ordinaires, par l'unique moyen d'une vis
double qui serre plus qu'aucun estoc de serrurier.

Manière d'enfoncer les pilotis, une & deux fois plus
promptement qu'à l'ordinaire, avec le même mouton &
avec la moitié moins de monde. Ces machines ont excité la
curiosité du duc d'Orléans régent, qui ordonna à l'auteur
de les faire porter au Palais-Royal le 29 novembre 1723,
où S. A. leur donna son approbation après les avoir examinées
deux fois attentivement. Le prince lui avoit même accordé
un privilège pour faire & vendre, à l'exclusion de tous
autres, les moulins & tirebours d'acier ; mais étant mort
cinq jours après, le brevet ne put lui en être expédié. Dès
1722, ces machines reçurent l'approbation de l'évêque de

Mercure de mai 1727.

Ibid.

Frejus qui les examina avec le sieur Jonjon de l'Académie royale des sciences. Le Contrôleur général témoigna qu'il en étoit satisfait, lorsqu'il les vit au mois de juin 1724. L'an d'après le prince de Carignan & le duc de Chaulne les trouvèrent parfaitement bien inventées, de même que M. le Garde des Sceaux qui les vit chez le sieur de Launay, directeur des balanciers pour les médailles.

En 1726, il augmenta & perfectionna ses moulins de bois. Les eaux s'élèvent sur un modèle mouvant qui fait un mouvement perpétuel quand on lui a donné le premier branle. Il y a deux tuyaux pour l'élévation des eaux, une roue à sabot, deux soufflets de nouvelle structure, soit pour fouler, soit pour aspirer l'eau d'une manière plus aisée qu'avec les pompes ordinaires; ces soufflets agissent sans frottement. Chacun d'eux contient, par exemple, un pied-cube d'eau qui pèse soixante-dix livres. La roue à sabot fait faire six mouvemens aux deux soufflets en un tour, ce qui fait quatre cents vingt livres de pesanteur d'eau. Il y en a la moitié pour le levier du poids de deux cents dix livres. Cela est plus que suffisant pour donner le mouvement aux deux manivelles des soufflets. Les sabots se remplissent par le haut & se vident par le bas. Le mouvement qui fait vider trois fois chaque soufflet en un tour de roue, est triangulaire & très-curieux. Rien de plus commode pour vider promptement les batardeaux, les étangs & les puits.

Manière de tourner au tour, toujours du même côté avec l'archet à la main comme avec le pied, sans grande ni petite roue. L'auteur se servoit d'un crochet qu'il appliquoit à la pièce qu'il vouloit tourner, & faisoit cette manœuvre avec beaucoup plus de facilité & d'agrément.

Horloge qui se remonte d'elle-même. Pour opérer ce mécanisme, il ne se servoit que d'une roue ou deux, avec une roue à rencontre & un balancier à pendule. A l'arbre de la roue à rencontre, il tournoit une corde ou cordon avec un poids au bout. Ce poids étant monté, faisoit tourner la roue de rencontre pour recevoir les palettes du balancier,

Mercure de France.

Ibid.

auquel le poids donne le calme. Au balancier il en appliquoit un autre, & ils alloient enfemble l'un par l'autre ; ils faifoient même aller une autre roue de rencontre en rocher d'une nouvelle fabrique. Celle-ci remontoit un autre poids par l'arbre de ladite roue ; & quand le poids étoit remonté, il retomboit dans l'inftant par une defcente, & faifoit en defcendant remonter le poids de la roue de rencontre pour aller de même continuellement, de façon qu'il y avoit par un feul mouvement un poids qui defcendoit & un qui remontoit. Quand ils étoient à leur fin, celui qui étoit remonté, faifoit, en defcendant de lui-même par fon plus fort poids, remonter l'autre poids. Un troifième balancier auffi appliqué tournoit continuellement, & le balancier à pendule le faifoit aller, pour fuppléer par fon branle dans l'inftant de ces deux mouvemens de rechange , ce qui n'étoit qu'une chute. Ce balancier caufoit toute la juftefle. Il étoit pofé fur une roue fans dents, qui tournoit à l'arbre de la roue à rocher.

L'inventeur offrit en 1727 de faire à l'arfenal de Paris *un canon* tout monté fur un affût ordinaire qui fe cacheroit à l'ennemi par un parapet ou tertre. Quand on voudroit le tirer, on le haufferoit de deux ou trois pieds fur fon affût , & on le baifferoit auffitôt pour le recharger. On pourroit mettre fur cet affût un canon de fon invention , qui, avec la moitié de longueur & moitié de charge de poudre , porteroit une fois plus loin que les autres de même calibre & que les plus longs courfiers des galères ; même on le chargeroit fi l'on vouloit par bafcule. Il fe fit fort d'y ajouter une baffine pour boucher la lumière dans l'inftant même que l'on met le feu , ce qui empêcheroit , comme on l'a dit , la lumière de s'agrandir. Il a commencé cette expérience par les fufils.

La même année il fit une autre *expérience fur la poudre,* avec un canon de fufil percé à jour fans culaffe. Il a mis dans le milieu une charge de poudre retenue avec de la bourre des deux côtés : il a percé une lumière dans ce milieu à l'endroit de la poudre : cela a produit deux coups qui ont porté également les deux balles & à même diftance que les fufils ordinaires ; d'où il conclut que la poudre eft pouffante par elle-même, & que ce n'eft ni l'air ni le vent qu'elle occafionne qui chaffe la balle, & que fi c'étoit l'air, le canon ne feroit pas tant de bruit quand la poudre en fort.

Mémoire fur l'invention d'un Inftrument d'Aftronomie. C'eft une fphère marine & aftronomique, mouvante fi l'on veut, & de la dernière fimplicité : on connoîtra par fon moyen les vents ; elle fera trouver à toute heure fur mer, & dans l'inftant, les méridiens autour de la terre, l'heure & les minutes tant du foleil que de la lune, les longitudes & latitudes ; le tout fe rapportera également avec les étoiles connues. Une application avec la bouffole donnera les preuves de toutes les opérations. Ce fera par le foleil & la lune qu'on fe réglera la nuit comme le jour. Cette fphère fera toujours pointée au midi perpendiculairement & horizontalement : elle démontrera les quatre points du monde par l'aiguille de la bouffole à laquelle elle fera appliquée. La bouffole fera connoître le pôle à fon ordinaire ; l'un réglera l'autre fuivant les endroits où elle fe trouvera fur mer. Par cet à-plomb, on connoîtra les hauteurs du foleil & des étoiles, les longitudes & latitudes où elles fe trouveront au ciel, pour les rapporter à celles où l'on fe trouvera fur mer par les calculs ordinaires.

Mercure de Septembre 1728.

Secret pour arrêter fur le champ les chevaux qui prennent le mors aux dents. Il confifte à donner lieu au poitrail de leur tomber fur les jambes de devant, ce qui les tient pris & les arrête tout court. On y parvient en détachant les deux courroies de cuir qui foutiennent le poitrail au couffin où ils font attachés au haut des épaules, & en les attachant avec un cordon à nœud coulant qu'on peut tirer dans le moment.

Ibid.

Une Pendule très-fimple & naturelle qui n'a que deux roues fans dents, lefquelles fe font tourner aifément l'une &

Ibid.

l'autre avec un balancier qui y eſt attaché. Cette pendule n'eſt ſujette à aucune variation de temps, parce qu'elle n'a ni reſſort, ni corde, ni chaîne, & que les pivots ſervent à la régler avec le balancier. Elle va dans la dernière juſteſſe ſans ſe déranger. On ne la remonte, ſi l'on veut, que tous les mois. L'auteur l'a faite pour ſervir à la ſphère marine. Avec l'une & l'autre on trouve dans le moment les méridiens, les latitudes, & l'on fixe les longitudes ſur mer & ſur terre, pourvu que l'on ſache poſitivement l'heure, l'an & le jour.

En 1729, il trouva la *Manière d'appliquer une roue d'aile de Moulin à l'eau en l'air, à l'arbre de la poulie qui fait monter l'eau par le chapelet des ſabots*, dont on a parlé plus haut. Ces ailes reçoivent au deſſus de la poulie l'eau ſortant des ſabots, & font tourner continuellement cette poulie au lieu de la manivelle, en y donnant le premier mouvement. Suppoſé que chaque ſabot contienne un quarteau, c'eſt 150 livres peſant d'eau : la poudre fera ſortir l'eau de cinq ſabots dans ſon tour, & elle pourra faire quinze à vingt tours chaque minute. Chaque tour de poulie donnera un muid. Ainſi l'on aura par heure trente-ſix mille muids à vingt tours par minute. Moins *il y a* de profondeur où les ſabots puiſent l'eau, plus les ailes du moulin tourneront vîte.

La même année, il prétendit avoir découvert la *Quadrature du Cercle*, par règle de géométrie ſimple & naturelle qui ne ſe trouve dans aucun livre. Pour le prouver, il a fait un inſtrument marqué des meſures néceſſaires, avec lequel il a reconnu qu'on fait dans la dernière perfection le jaugeage de toutes ſortes de tonneaux & de cubes, & que l'on trouve les racines quarrées de toutes ſortes de plombs & figures géométriques.

Mémoire ſur le mouvement perpétuel. Il en a fourni un modèle ſimple, naturel, ſans frottement, même des deux pivots. Les chutes des peſanteurs ou des leviers ſe font, comme celles des boules qui tombent d'en haut l'une ſur l'autre, de fort près, & remontent par leur centre pour

redeſcendre

redefcendre continuellement par la circonférence ou l'extré-
mité du cercle , & donner ainfi le mouvement à toute la
machine. Ce modèle eft de cuivre & n'a que cinq pouces
de diamètre. Les boules d'étain font plates , & l'arbre ou
pivot fur lequel la machine tourne eft d'acier; le tout ne
pèfe pas plus de trois à quatre livres. La quadrature du
cercle & le mouvement perpétuel font encore à trouver ,
ainfi que la pierre philofophale que notre méçanicien cher-
cha long-temps.

CHARLES VAILLANT. Dans un fiècle comme le nôtre ,
les modèles de vertus ne fauroient être trop fouvent remis
fous les yeux. Cet honnête homme naquit vers l'an 1654 ,
avec des inclinations bien différentes de celles des mondains
infenfés. Ennemi des fauffes richeffes & des plaifirs bruyans
& toujours faux que l'on goûte ici bas , il fe dévoua entiérement au Seigneur dans l'abbaye de faint Jean , de l'ordre
des Prémontrés. Régulier en tout , il poffédoit l'heureux
fecret de fe faire aimer de fes confrères dans les différentes
maifons où il demeura. On ne le chargea d'aucun office
dont il ne s'acquittât avec un applaudiffement général. De
jour en jour fa réputation s'étendit comme la bonne odeur
de J. C. Appelé , ainfi qu'Aaron , au gouvernement des
ames , il alla, en qualité de prieur-curé , préfider à l'églife
du village de Remiencourt , où il nourriffoit fpirituellement
fon troupeau par des difcours auffi perfuafifs que fes exemples. Les pupilles , les orphelins trouvoient chez lui des
fecours journaliers , & fes charités abondantes ne laiffoient
aucun malheureux dans la paroiffe. Chez lui les étrangers
étoient affurés de recevoir en paffant la plus gracieufe hof-
pitalité. Les mortels les plus agréables à Dieu font ordinairement éprouvés fur ce globe aux tentations les plus violentes , aux fouffrances les plus douloureufes. Vers la fin
de fa carrière , différentes maladies fe réunirent pour exercer fa patience. La violence de fes maux ne lui tira des
foupirs que vers le ciel. Au lit de la mort , il ne voulut

d'autres confolateurs que fes confrères, à qui il demanda, comme une grace, d'être réuni avec eux dans le caveau de l'abbaye. Ce digne pafteur, plein de génie, d'une affabilité rare, & charmant dans la fociété, mourut le 3 avril 1735, après avoir été religieux foixante ans, & prieur-curé cinquante.

JEAN PAGÉS defcendoit d'Antoine, originaire du bourg de faint Andiol dans le Vivarais, qui, dans fa jeuneffe, s'étant battu à coups de fronde avec fes camarades contre d'autres jeunes gens, fut impliqué dans la mort du fils d'un homme de qualité qui en avoit été frappé. Obligé de s'expatrier, il prit le parti des armes vers 1620, & à fon paffage en Picardie, il époufa Marie Robert, fille d'Antoine, notaire au bourg de Marfeille en Beauvoifis. Sa bonne conduite & fa valeur lui acquirent l'eftime d'Honoré d'Albret, duc de Chaulnes, lieutenant-général en Picardie, qui lui donna le 15 août 1622, des lettres de fauve-garde pour la maifon qu'occupoit fon beau-père dans ledit bourg. Antoine étoit alors fergent-major de la citadelle d'Amiens. Le Duc qui en étoit gouverneur, voulant lui faire fentir les effets de fa protection, lui donna le commandement d'Albret le 3 feptembre 1635, en l'abfence du fieur d'Inval, & le 30 octobre, il le chargea de lever une compagnie de cinquante carabins, pour en compofer la garnifon & faire des courfes dans les environs. Cette troupe n'avoit d'autre paie que le butin qu'elle pouvoit faire ; Pagés s'empara du fort d'Hebuternes fur la frontière d'Artois. Il commandoit en chef la cavalerie dans Péronne en 1636, & peu de temps après dans Amiens, d'où il fit plufieurs forties contre des partis efpagnols, & prit le 4 feptembre le gouverneur d'Auxy-Château. Le 10 du même mois, le Roi lui donna commiffion d'une compagnie de cent arquebufiers à cheval, & le 7 octobre il reçut ordre d'aller vers Encre avec fa compagnie & cent moufquetaires pour garder la frontière. Etant tombé dans une embufcade que lui dreffèrent les Efpagnols, il fut

conduit à Maubeuge, & après avoir payé fa rançon, il mourut dans le bourg de Marfeille le 25 novembre 1640. Des
fix enfans que lui donna fa femme, il ne refta qu'André
qui époufa à Amiens le 14 janvier 1646, Marie le Prefire,
fille d'Adrien, négociant, & de Catherine Benoît. De ce
mariage fortirent 14 enfans, dont le feptième fut notre
auteur, né fur la paroiffe de faint Martin en 1656. Il eut
de Jeanne de Rouvroy, fon époufe, onze enfans, dont un
garçon très-pieux, qui embraffa l'état ecclefiaftique. Jean
Pagés partageoit fon temps entre fa profeffion de marchand
& l'étude. Il mourut en 1719.

S E S   É C R I T S.

*L'augufle Temple, ou Defcription de l'Eglife Cathédrale
de Notre-Dame d'Amiens, avec des Remarques.* Cet ouvrage
manufcrit, divifé en plufieurs dialogues, dont le fixième
eft un entretien fur cette ville, fur celles qui font fituées
fur la Somme, ainfi que fur les rivières qui s'y déchargent, remplit 2 vol. *in-fol.*, datés de 1715. On a fait ufage
des chofes utiles qui s'y rencontrent.

La Promenade marchande eft un recueil de vers galans
fur les perfonnes du fexe, qui de fon temps paffoient pour
être les plus belles. Telles étoient les demoifelles Artus,
Filieux, Feuquel, Caron, Quignon, Galand, Debonnaire,
Oger, Dubois, Durieux, Vas, Langevin, Leroux, Lefort,
Beaugrant, Feret, d'Hollande, Pilart, Hofchedé, Boiftel,
Pièce, le Cigne, Barré, Cornet, Mercier, de la Haye,
Damiens, Lucet, Pingré, le Pot, Fouquerel, Danger,
Martin, Paillard, Normand & Morel. Dans ces diftiques
& quatrains, il y a bien des fadeurs, bien des jeux de mots,
mais de l'imagination & de l'efprit dans plufieurs. Jouant fur
le nom de le Pot, il dit :

> Buveurs trop altérés, aimez, c'eft votre tour ;
> Cupidon prend le Pot pour donner de l'amour.

Il y a de l'efprit, du feu, des beautés même dans ces
ftances irrégulières adreffées par un More à la belle
Aminte :

Depuis le jour fatal que mon cœur vous adore,
Je n'ai rien pu gagner par ma fidélité :
   C'eft avec trop de cruauté
   Traiter les gens de Turc à More.

Sans doute qu'à vos yeux je ne fuis point aimable,
Etant d'une figure un peu terrible à voir;
   Mais fi je fuis noir comme un diable,
Je ne fuis pas, Aminte, auffi diable que noir.

Je connois la tendreffe, & je fais que l'on aime
   A Montauban tout comme ailleurs;
   Car l'amour eft par-tout le même,
Il eft de tout pays & de toutes couleurs.

Je ne difpute pas à vos lis la clarté :
   L'ombre au jour cède la victoire ;
Mais, n'en déplaife au blanc, le noir a fa beauté,
Et l'ébène a fon prix auffi bien que l'ivoire.

   Si votre ame préoccupée
Ne peut s'accommoder de la noire couleur ;
Qu'il vienne des rivaux éprouver ma valeur,
Je me ferai contre eux tout blanc de mon épée.

Mais hélas! je prévois qu'amour, dont le pouvoir
   M'a mis à vos rigueurs en bute,
Ne finira jamais notre longue difpute,
Et que nous en ferons toujours du blanc au noir.

J'adorois le foleil avant de vous connoître,
Mais vos beautés, Aminte, ont un charme fi doux,
   Que dès que je vous vis paroître,
   Tout mon encens fuma pour vous.

> Les autres amans diffimulent ;
> Moi, je viens fans façon vous dire mon fouci :
> C'eft le foleil qui m'a noirci,
> Et ce font vos yeux qui me brûlent.

Dans une autre pièce adreffée aux confrères de Notre-Dame du Puy, il fait dire à Dieu le Père, par la Mère du Sauveur, parlant de fon fils :

> L'amour l'ayant rendu mortel comme nous fommes,
> Il devoit être à moi comme un fruit de mon fein ;
> Mais, s'étant fait victime, il eft à tous les hommes.

CLAUDE-HONORÉ LUCAS DE DEMUYN prit le nom de la première de fes terres ; il époufa une parente du miniftre Colbert, dont il eut quatre garçons & deux filles. L'aîné fut confeiller à la grand'chambre du parlement de Paris ; un autre, capitaine de vaiffeau de roi, & chevalier, mourut à la Havanne, après s'être fignalé dans des occafions importantes. Le troifième a été chanoine de l'églife de Tournai ; & celui qui nous occupe, né vers l'an 1660, fe fit une réputation durable dans l'ordre des Prémontrés. Une des filles époufa Antoine le Caron de Choqueufe, écuyer, fieur de Marieu, confeiller au bailliage d'Amiens, & l'autre un gentilhomme de Saintonge nommé Heriffon. Leur père accompagna le fieur de Croiffy lorf-qu'il alla en ambaffade en Angleterre, & à fon retour, la cour le nomma intendant de Rochefort en 1674. Comme il avoit beaucoup de piété, il mit toute fon attention à régler cette ville, à l'exemple de fon prédéceffeur Colbert de Terron qui avoit donné tous fes foins pour la fonder. Il en chaffa le libertinage qui y cherchoit un afile. Il y procura des miffions fréquentes, & fe fervit de l'autorité de fa place contre ceux que les difcours des orateurs facrés & les bons avis ne purent gagner. Tour-à-tour intendant & miffion-naire, il fit des fondations utiles. Son zèle éclata fur-tout pour la confervation des prétendus réformés. Jaloux de les faire rentrer dans le fein de l'églife, il employa la douceur de l'inftruction, & la févérité des lois. Il humilia les endurcis, en leur faifant ôter par arrêt du confeil du 11 feptembre 1677, toute diftinction, tous les moyens d'en acquérir, & même la qualité de fidèles. Cette fermeté en gagna beaucoup qui parurent fincèrement attachés à la religion. Pour les intérêts & la gloire de fon prince, il mit le bon ordre par-tout, & les fortifications de la place en fi bon état, qu'il fit échouer plus d'une fois les deffeins des Hollandois par fa prudence, fon activité, fa vigilance. La ville lui doit une partie de fes embelliffemens. Quelques négligences dans la marine, & les fortifications faites contre l'intention du miniftre Colbert, le firent rappeler. Il fupporta patiemment cette difgrace, fe retira à Paris, delà à la campagne, où il mourut dans le fein de la tranquillité.

Imitateur de fes vertus, Claude-Honoré, après avoir pris le bonnet de docteur, devint prieur de Routon près Provins, puis de Prémontré où il avoit prononcé fes vœux, & abbé général de l'ordre le 17 juillet 1702. L'évêque de Laon lui donna la bénédiction abbatiale le 25 mai de l'année fuivante dans l'abbaye de faint Martin de la même ville. Il remit la maifon en bon état, vifita toutes celles de la France, de la Lorraine, des provinces du Rhin & de la Flandre. En 1717, il convoqua à Prémontré un chapitre général, & mourut le 13 novembre 1740, âgé de plus de 80 ans. Il a été chéri de fon ordre par la douceur & la bonté de fon caractère. C'eft lui qui fit corriger le bréviaire imprimé à Verdun, chez Claude Muguet en 1709. Avant fon élévation à la dignité de général, il réunit à la congrégation de fainte Genevieve le prieuré qu'il poffédoit. Dans tous les emplois qu'on lui a confiés, il a donné des preuves d'un grand favoir & d'une fage conduite. La maifon de Prémontré avoit befoin d'économie; il fe réduifit au feul néceffaire, & ne fe réferva que les chofes dont il ne pouvoit fe paffer fans avilir la dignité de fa place. Son portrait a été

gravé par Defrochers. Les Lucas paroiffent dans nos archives
depuis 1403.

FRANÇOIS MASCLEF étoit fils de Nicolas , maître
hauteliffeur , & de Claire Poftel. Le peu de fortune & la
médiocrité de la condition de fes parens ne les empêchèrent
point de veiller à la bonne éducation de leur fils , né en
1662. Il reçut la tonfure dès fa plus tendre jeuneffe , &
après fes études d'humanités , & les cours ordinaires de philofophie & de théologie, il s'appliqua à l'écriture-fainte ,
dont il fit fon étude principale. Pour s'éclaircir fur les difficultés de la lettre , il étudia les langues indifpenfables pour
qui veut lire les textes originaux. Il apprit l'hébreu, le grec,
le fyriaque , le chaldéen & l'arabe. Toutes ces langues lui
étoient auffi connues que la fienne propre. Il porta dans
l'étude des différens idiomes dè l'Orient l'efprit de philofophie & d'invention.

Dès qu'il eut accepté la cure de Raincheval, à cinq lieues
de cette ville , il partagea fon temps entre les fonctions du
miniftère & fon cabinet. Quelques années après , le vertueux évêque Feydeau de Brou , ayant eu occafion de
connoître par lui-même quelle étoit l'étendue des connoiffances de ce pafteur, & la folidité de fon mérite, le tira de
fa cure pour le charger de la direction des jeunes eccléfiaftiques de fon féminaire, & voulut qu'il n'eût point d'autre table que la fienne. Le fage prélat ne faifoit prefque
rien fans le confulter ; c'étoit fon théologien : le pieux
favant de fon côté ne fe fervoit de la confiance de fon évêque, que pour procurer le bien du diocèfe.

Après la mort du prélat, qui lui avoit donné un canonicat
de la cathédrale, en 1702 , les fentimens du théologien fur
les matières du temps ne furent point du goût du nouvel
évêque Pierre Sabbatier. On ôta à M. Mafclef le foin du
féminaire, & prefque toutes les autres fonctions publiques.
Heureufement le prédéceffeur l'avoit mis en état de fe procurer le temporel. Dès-lors il eut plus de facilité que jamais

pour fe livrer entiérement à l'étude. Il reprit celle des langues qu'il favoit déja, & de plus, il apprit l'italien & l'efpagnol, de manière à entendre les écrivains fans le fecours des traductions. Cette application trop fuivie, jointe à une retraite prefque continuelle & à une vie mortifiée, l'épuisèrent enfin, & le firent paffer à une meilleure vie le 14 novembre 1728. Il repofe dans l'églife cathédrale. Par fon teftament, il a laiffé fa bibliothèque à l'abbaye de faint Riquier. C'étoit un homme auftère, également refpectable par fes mœurs & par fes connoiffances.

SES ÉCRITS.

Philofophie & Théologie à l'ufage des Eccléfiaftiques du Diocèfe d'Amiens. Cet ouvrage, deftiné à rendre les études des jeunes clercs plus faciles & plus folides, devoit être imprimé ; mais différens incidens, & principalement la mort de M. de Brou, en 1706, obligèrent l'auteur de le garder *manufcrit.*

Les Conférences eccléfiaftiques du diocèfe d'Amiens, fur les devoirs & les obligations de l'état eccléfiaftique, & fur les principales vérités de la religion. Il y en a plufieurs dans ce vol. *in-*12. auxquelles il a eu la meilleure part.

Grammatica hebraica, à punctis, aliifque inventis Maffore- thicis libera. Paris, Colombat, 1716, *in-*12. de 497 pages. Cette grammaire eft différente pour les principes de toutes celles qui avoient paru jufqu'alors. L'auteur rejette les points des Mafforethes, c'eft-à-dire, des Juifs du neuvième ou du dixième fiècle, & fe propofe d'enfeigner l'hébreu fans ce fecours. L'ouvrage eft divifé en deux parties. Dans la pre- mière, fous le nom de prolégomènes, il établit les fonde- mens & les preuves de fa méthode, & répond à toutes les objections qui lui ont été faites, ou qu'il a pu prévoir qu'on lui feroit. Il fuppofe que les points hébreux ont été inven- tés plus de mille ans après que la langue hébraïque a ceffé d'être en ufage ; que la grammaire des Mafforethes, dreffée

fur

fur ces points , eft encore plus récente. Il prouve qu'ils ignoroient comment on prononçoit l'hébreu lorfqu'il étoit une langue vivante , & qu'ils l'ont fait prononcer d'une manière différente de celle dont on le prononçoit dans les premiers temps. Il démontre que pour l'apprendre exacte-ment & en pénétrer le vrai fens, il eft indifférent de quelle manière on le prononce , dès que la prononciation dont on fe fert exprime fuffifamment tous les caractères qui en com-pofent les mots , & que l'on appelle confonnes; qu'il eft de même fort inutile de favoir comment on le prononçoit lorf-qu'il étoit encore une langue vulgaire. Il en conclut qu'on peut abandonner la prononciation des Mafforethes, & con-féquemment qu'il n'y a aucun rifque à dreffer une gram-maire fur une prononciation toute nouvelle , & entiérement différente de la leur. Il propofe un cinquième principe , favoir, que pour lire le texte hébreu dans fa pureté & l'en-tendre dans fon vrai fens , il le faut néceffairement lire & expliquer indépendamment des points des Mafforethes. Il conclut du principe, que pour avoir une grammaire hébraï-que fuffifante pour les perfonnes habiles , il faut qu'elle enfeigne cette langue par les feuls caractères que l'on appelle confonnes , indépendamment des points. Il prouve que cette manière eft plus fûre , plus commode que celle des Mafforethes , & que fi l'on a tant tardé à s'en fervir , c'eft qu'on l'ignoroit. En comparant fa méthode avec celle des Mafforethes , il fait voir que la dernière n'eft ni fûre , ni commode ; que la fienne au contraire a tout enfemble ces deux caractères, & il le prouve. Il trouve que la grammaire ordinaire eft longue, difficile , pleine de puérilités & de minuties, propre à donner un mauvais tour à l'efprit & à dégoûter de l'étude de l'hébreu ceux même qui ont le plus d'intérêt de le favoir : la fienne au contraire eft courte, facile, favorable aux anciennes verfions de l'écriture-fainte & fur-tout à la vulgaire, qui fouvent ne diffère de l'hébreu qu'à caufe de la ponctuation : elle eft propre enfin à appren-dre toutes les anciennes langues orientales fans points : il

L l

répond enfuite à vingt-neuf objeftions; il donne des inftructions fur la route que doivent tenir ceux qui veulent apprendre l'hébreu. Dans le corps de la grammaire, on lit avec
plaifir ce qu'il dit de l'ancienne prononciation des lettres
hébraïques : il s'eft donné la peine de mettre en vers techni-
ques les règles des verbes défeftifs : les difficultés que
caufent ces verbes, y paroiffent réduites à peu de chofe. Il
répond aux objeftions du père de Quadros , jéfuite de Sala-
manque. On admire autant l'érudition de l'auteur que fa
belle latinité. La liberté avec laquelle il s'élève contre les
points , les voyelles, & plufieurs autres minuties rabbiniques,
ayant choqué dom Guarin, favant bénédiftin, qui préparoit depuis long-temps une grammaire hébraïque dans un
fyftême oppofé à celui de Mafclef, il attaqua ce favant
chanoine dans le premier volume de fa grammaire, en 1724.
Mafclef répondit à cette première attaque par une lettre de
24 pages *in*-12 , en françois , imprimée la même année à
Paris, chez Quillau. En 1728 , étant venu faire un voyage
à Paris au mois de juillet , il emporta en s'en retournant le
fecond volume de la grammaire du Bénédiftin , nouvellement imprimée , & dans laquelle on critiquoit fort au long
la grammaire fans points. Comme M. Mafclef préparoit alors
une nouvelle édition de la fienne , il s'appliqua auffi à répondre à tous les points combattus par dom Guarin, & ce fut au
milieu de ce travail que la mort l'enleva. Cette grammaire
a été redonnée après fa mort en 1731 , en 2 vol. *in*-12. A
Paris , chez la veuve Paul Dumefnil. Le premier ne contient que la grammaire hébraïque qui avoit déja été donnée,
mais fort augmentée dans cette nouvelle édition : le fecond
renferme trois autres grammaires, la chaldéenne, la fyriaque, la famaritaine, & les réponfes à dom Guarin, fous le
titre de *Vindiciæ*, qui ont été achevées par le père de la
Bletterie , prêtre de l'Oratoire , ami de M. Mafclef. Ce
fecret d'apprendre l'hébreu fans points , étoit defiré depuis.
long-temps. Dans la préface de cette feconde édition , on
démontre la néceffité d'apprendre la langue hébraïque , &

on prefcrit pour cela un ordre de lecture aux commen-çans. Le fecond tome eft précédé d'une préface ; dans le premier chapitre, on traite de l'affinité du chaldaïque avec l'hébreu. A la tête de la grammaire fyriaque, l'auteur fait voir l'affinité de cette langue avec l'hébreu & le chaldéen. L'édition de 1721 eft en 3 vol. *in*-12 : le premier de 459 pages , le fecond de 231 , le troifième de 375. Par cette méthode , à la facilité de lire l'hébreu, fe joint celle d'ap-prendre ce qu'il y a de principes certains ; le nombre des conjugaifons eft moindre , & il n'eft plus néceffaire de fe charger d'une infinité d'obfervations qu'on avoit de la peine à apprendre par une étude fuivie de plufieurs années. Dès 1711 , M. Mafclef avoit annoncé cette nouvelle méthode au public par des mémoires. Elle a été défendue de nou-veau en 1732 par le père Houbigant de l'Oratoire dans fes racines hébraïques. Par un jeu de mots déplacés, fes enne-mis difoient de cette grammaire , *Mala Clavis* (Mafclef) *peffimam edidit clavem.*

Lettre de l'auteur de la nouvelle Méthode pour apprendre l'hébreu fans points , à M. de Bacq, ancien recteur de l'Uni-verfité. *in*-12. Paris, chez Quillau, 1725. On y relève plu-fieurs erreurs du Bénédictin.

Catéchifme d'Amiens. C'eft celui que l'on connoît fous le nom de l'évêque Feydeau de Brou.

Lettre au cardinal de Rohan , & trois autres Lettres à M. Sabbatier , évêque d'Amiens , au fujet de la Bulle Uni-genitus.

Dénonciation à M. Sabbatier d'un libelle en forme de Caté-chifme, intitulé , Inftruction familiaire fur la foumiffion due à la Bulle *Unigenitus.* 1713, *br. in*-12.

Trois Dénonciations au même prélat , de dix propofitions foutenues & enfeignées au collège des Jéfuites d'Amiens. in-4 , 1719. Le Jéfuite dénoncé étoit le père de Mingrival, pro-feffeur en philofophie. Le 8 feptembre , il dénonça une autre propofition du père Georgelin , qui y profeffoit auffi.

L l ij

*Quatrième Dénonciation en forme de Lettre écrite à M.
l'évêque d'Amiens, de deux Thèses soutenues au collège des
Jéfuites de la même ville ; l'une au mois de mars , & l'autre
au mois de juin* 1724. Cette lettre eft demeurée manufcrite , & l'écrit compofé pour la fignature du formulaire, n'a
point été imprimé.

•• GUILLAUME DUMANOIR , dont les aïeux remon-
tent en 1348 , fe diftingua dans la mufique. Il étoit en 1658,
violon du cabinet de S. M. , & roi de tous les violons du
royaume.

Suppl. de Mo-
reri de l'an 1749. CHARLES-JOSEPH BOULLANGER naquit le 12 mars
1664 , d'une famille ancienne, diftinguée par les différens
emplois dont elle a été revêtue. Laurent Boullanger, avocat, étoit maître du Puy en 1521. De lui fortit Nicolas, qui
d'Anne Royer eut Vincent , avocat au parlement, procureur du Roi de la ville d'Amiens, à qui Antoinette de
Beguin , fille de Philippe de Beguin, maïeur de la même
ville , donna Philippe Boullanger , feigneur de Salleux ,
Hamel & autres lieux, confeiller du Roi, élu en l'élection
d'Amiens, & père de Nicolas Boullanger, avocat en parlement tige des Boullanger du Hamel. François - Philippe ,
l'un de fes frères, reçu docteur en médecine le 5 feptembre
1645, époufa en 1662 Magdeleine Poullain, de qui il eut
Charles-Jofeph dont il s'agit.

Après avoir fait fes études avec beaucoup de diftinction
dans fa patrie , il vint à Paris où fon mérite le fit connoître
en fi peu de temps , qu'il fut reçu au ferment d'avocat en
parlement le 4 décembre 1684, après avoir foutenu fes
thèfes & fes examens avec les plus grands applaudiffemens.
Le 10 février 1688 , il fut admis à une charge d'avocat aux
confeils. Son mérite lui obtint une difpenfe d'âge, même
avec des diftinctions honorables. Quelques années après fon
mariage , il fut pourvu , par lettres du roi du 20 juin 1698,
de l'office de confeiller de Sa Majefté , expéditionnaire en

cour de Rome , auquel il fut reçu le 27 du même mois.

Partagé entre les fonctions de ces deux charges, il trouva dans les connoissances qu'il avoit acquifes , & dans celles que fon amour ardent pour l'étude lui faifoit acquérir tous les jours , des reffources plus que fuffifantes pour s'en acquitter avec cette diftinction qui l'a toujours fait honorer de fes confrères , refpecter du public , & eftimer des plus illuftres magiftrats , dont plufieurs font venus avec empreffement recevoir de lui les premières inftructions de la magiftrature , & puifer dans fes lumières celles qu'ils n'avoient point encore. Auffi ont-ils toujours confervé pour lui les fentimens de la plus tendre affection.

Il n'avoit jamais féparé l'étude de la littérature de celle des lois ; auffi remarque-t-on dans tous les mémoires qui font fortis de fa plume, beaucoup d'ordre, de jufteffe , de précifion, de pureté de ftyle joint à une grande folidité. Les favans, tels que Gibert, ancien recteur & profeffeur de l'Univerfité, de Sachy de l'académie françoife , & autres fe faifoient honneur de l'avoir confulté. Il avoit auffi un goût fûr pour décider de la bonté d'un ouvrage , mais il ne décidoit jamais qu'avec une modeftie encore plus eftimable que l'excellence de fon goût. C'eft ce qui lui avoit procuré tant d'amis diftingués dans la littérature. Baillet le vifitoit ordinairement une fois chaque femaine. Il étoit lié étroitement avec Rollin, & avec les plus favans Bénédictins de la congrégation de faint Maur.

Gibert. Jugem. des Savans.

Mais une étude à laquelle il avoit toujours donné la préférence, autant que fon état & fes autres occupations pouvoient le lui permettre , c'eft l'étude de la religion. Celle de l'écriture-fainte en particulier lui étoit devenue fi familière, qu'il la favoit prefque toute de mémoire, & que fouvent il en expliquoit les endroits obfcurs avec autant de facilité que le pouvoit faire un théologien de profeffion. Cette étude faifoit fa confolation & fon foutien, fur-tout dans les fréquens accès d'un afthme dont il avoit été attaqué étant

encore jeune , & qui ne l'a jamais quitté que par intervalles.
Il eſt mort le 13 mars 1741 , lorſqu'il entroit dans la 77ᵉ
année de ſon âge. Il avoit formé une bibliothèque nom-
breuſe & bien choiſie , dont le catalogue , à la tête duquel
eſt ſon éloge , de la compoſition de l'abbé Goujet , ſon
intime ami , a été imprimé la même année du décès de ce
juriſconſulte très-eſtimable du côté du cœur & de l'eſprit.
Ce nom eſt connu depuis l'an 1293.

ANONYME. Il eſt auteur d'un écrit ſous ce titre :
*Plainte de la ville d'Amiens contre une entrepriſe des Jéſuites
de la même ville*, datée du 8 mars, & de 4 pages *in-4*. On y
accuſe ces pères de chercher à s'y agrandir de plus en plus
en augmentant leurs bâtimens , leur égliſe , leur collège , en
acquérant de nouveaux bénéfices , & en augmentant leurs
revenus. Mais on y déclame avec trop de paſſion contre ces
religieux , à qui les lettres ont eu tant d'obligation.

JEAN - BAPTISTE PINGUET DE BELLINGAN ,
dont les mémoires du temps fixent la naiſſance au 31 octobre 1666, entra à l'âge de 16 ans dans la compagnie de
Jeſus , où il prononça ſes derniers vœux le 2 février 1700.
Pendant long-temps il a exercé avec ſuccès le miniſtère de
la prédication. On le vit ſucceſſivement recteur du noviciat
de Paris , provincial , puis recteur de la maiſon profeſſe.
Après avoir prêché l'avent dans la cathédrale d'Amiens en
1714 , & le carême l'an d'après , il annonça la parole divine
pendant un autre avent , en préſence de la reine d'Angleterre , & remplit pluſieurs ſtations de carême dans les paroiſſes de Paris. La mort le ſaiſit dans la maiſon profeſſe ,
le 9 mars 1743. On rencontre des Pinguets en 1360.

SES ÉCRITS.

Retraite ſpirituelle ſur les vertus de J. C. avec un Diſcours fur la néceffité de le connoître & de l'aimer. Il y en a eu trois éditions *in*-12. La dernière a paru à Paris , chez Giffey.

De la connoiffance & de l'amour de N. S. J. C. Paris, chez Rollin , 1734, *in*-12. Cet écrit contient douze chapitres , où l'on voit que la connoiffance du Sauveur eft néceffaire pour notre falut ; que le defir de le connoître eft un figne de prédeftination ; qu'elle eft néceffaire pour notre perfection , & conduit à la connoiffance de Dieu le père. L'auteur paffe enfuite à la nature de l'amour que nous devons avoir pour J. C. , dont l'humanité doit être également l'objet de notre amour, car hors de lui , c'eft une illufion de chercher un modèle de vertu. On fait connoître ceux qui doivent particuliérement étudier J. C. dont les myftères & les actions devroient être le fujet ordinaire de nos méditations qui rendroient l'oraifon utile. C'eft au Sauveur qu'il faut s'adreffer pour obtenir la grace de rendre nos prières efficaces , & fes grandeurs nous engagent à l'honorer par un culte fpécial. Suivant l'expreffion d'Ifaïe , l'écrivain a puifé dans les fontaines du Sauveur les réflexions capables d'allumer dans les cœurs ce feu facré de l'amour divin , & il a ajouté à la fin du traité , des prières propres à l'exciter & à l'entretenir.

Retraite fpirituelle pour tous les états , à l'ufage des perfonnes du monde & des perfonnes religieufes. Paris , chez Giffey , 1746 , *in*-12. Dans cet ouvrage pofthume , rédigé par le père de Beauvais , on traite des vertus de J. C. que l'on propofe pour modèles aux lecteurs. Plufieurs communautés le confervoient manufcrit avant qu'il fût rendu public , & s'en fervoient pour leurs retraites. On y trouve le même caractère de piété , la même folidité que dans les écrits précédens. Tout y eft propre à conduire au but que l'auteur s'eft propofé. On y retrouve la même onction dont l'auteur étoit pénétré , & qu'il répandoit abondamment pendant fa vie, dans la chaire de vérité , & dans le tribunal de la pénitence.

Eloge de Jean Hardouin , jésuite. Il eſt imprimé dans la bibliothèque françoiſe de Dufauzet , t. 30. part. 1.

MARIE-FRANÇOISE DE L'INCARNATION. Un nouveau modèle de vertus s'offre à nos lecteurs dans l'abrégé de la vie de cette vierge pieuſe , née en 1667. Elle a porté dès ſa jeuneſſe le joug du Seigneur , & le trouva toujours doux & léger. Elle fut de bonne-heure fidelle à écouter la voix de l'eſprit ſaint. Quoique la piété & la prière fiſſent ſon occupation dans le monde , elle prit , à l'âge de 17 ans , la réſolution de ſe conſacrer au Seigneur dans la religion , pour être à lui ſans partage. Pleine d'ardeur pour la pénitence & la ſolitude , elle entra chez les Carmélites. Dès ſon noviciat , elle donna des marques d'une vertu ſolide. Exacte aux moindres obſervances , la retraite , l'oraiſon & le ſilence faiſoient toutes ſes délices. En ſe ſéparant du monde par les vœux , elle ſe réſerva le ſeul ſoin de plaire à Dieu. Elle chériſſoit la pauvreté ; les privations étoient ſes richeſſes , la pénitence ſes plaiſirs , l'obéiſſance ſa conduite. C'eſt dans le ſoin des novices qu'on lui confia , que ſon intérieur parut à découvert. Tout ce qu'elle leur diſoit venoit de l'eſprit de Dieu. Pénétrée d'une foi vive , ſa parole étoit comme un dard enflammé qui allumoit dans les cœurs le feu de l'amour divin. Elle inſpiroit l'amour de l'humiliation , de la croix , & ſur-tout du renoncement à ſoi-même. Sa pénétration diſtinguoit dans les ames ce qui étoit de l'eſprit céleſte d'avec ce qui venoit de l'eſprit ſéducteur. Elle ſe reprochoit comme de grandes fautes ce qu'elle appercevoit d'imparfait dans le bien qu'elle faiſoit. Sa vertu principale étoit l'amour de Dieu ; toute ſa conduite étoit l'accompliſſement de la règle & des conſtitutions. Elle jouiſſoit de la paix d'une bonne conſcience , eſpèce d'anticipation du bonheur de l'éternité. Dès ce monde , elle fit l'expérience que le Seigneur donne au centuple à ceux qui quittent tout & eux-mêmes , pour n'être qu'à lui. Bonne , douce , paiſible , charitable , elle n'étoit dure & ſévère qu'à elle-même. Son tempérament

ment robuſte lui donnoit les moyens de pratiquer la règle ;
elle la ſuivit toute ſa vie avec la plus grande exactitude.
Cependant ſa vue s'affoibliſſoit depuis pluſieurs années.
C'étoit un fruit mûr pour le ciel ; la terre n'étoit plus digne
de la poſſéder. Elle mourut d'une attaque d'apoplexie ,
ſuivie d'une paralyſie qui s'étoit emparée de la moitié de
ſon corps , le 4 juin 1752 , âgée de 77 ans, & de religion
59.

ANTOINE - EMMANUEL BRUNEL deſcend d'une
famille , qui, dans nos titres , remonte à l'an 1468. Entré
de bonne-heure dans l'ordre de Prémontré , il s'y diſtingua
dans la théologie ; il étoit docteur de Sorbonne , & prieur
de l'abbaye de ſaint Jean d'Amiens , lorſqu'en 1708 il prononça un diſcours latin , en recevant le corps de François
Mathon , pieux eccléſiaſtique , mort en odeur de ſainteté.
On l'a imprimé à la page 459 de la vie de cet homme de
Dieu.

N... LE PICARD. Cette demoiſelle , dame d'Aubercourt , naquit l'an 1671. Elle étoit fille de François le
Picard , ſeigneur du même lieu , préſident des tréſoriers
de France en la généralité d'Amiens , & de dame Anne
de la Fortereſſe. Quoique jeune , bien faite , & jouiſſant
d'un bien conſidérable , elle a vécu après la mort de ſes
père & mère, dans une pénitence & dans une auſtérité que
l'on auroit peine à croire , ſi l'on rapportoit quelle étoit ſa
vie. Elle couchoit depuis pluſieurs années ſur une ſimple
planche , élevée ſur deux tréteaux , & ne ſe nourriſſoit que
de potages aux herbes ſans beurre , ou de légumes à l'huile.
Elle a ſouhaité d'être enterrée dans le monaſtère des dames
religieuſes de Popincourt au fauxbourg ſaint Antoine , où
elle a fondé une meſſe à perpétuité. La mort l'enleva en
1697. Bertrand le Picard étoit tréſorier-général en Picardie
l'an 1593.

Mercure galant
juin 1697.

Mm

ANONYMES.

Lettre d'un prédicateur d'Amiens, écrite à un de ſes amis de Paris, au ſujet de la célèbre miſſion faite ces jours derniers, par monſeigneur l'évêque d'Amiens, dans ladite ville. 27 pag. *in·*4. On y fait en abrégé le récit de cette miſſion, que l'on regarde comme la plus régulière, la plus éclatante & la plus accomplie. Depuis le temps de ſaint Charles Borromée, il ne s'en eſt jamais vu, ajoute-t-on, qui ait été entrepriſe avec autant de zèle ; conduite avec tant de jugement, ménagée avec tant d'honnêteté, exécutée avec tant d'exaĉtitude, & qui ait été enfin achevée avec tant de ſuccès & de bénédiĉtions. L'évêque prit pour le ſeconder le père Choran, jéſuite, miſſionnaire infatigable. Cette miſſion s'ouvrit le premier novembre 1673 par un ſermon du prélat, qui prit pour texte ces paroles : *Sicut miſit me vivens pater, & ego mitto vos.* Le père de Chevigny de l'Oratoire, & pluſieurs de ſes confrères, les Capucins, les Auguſtins, le père le Franc, cordelier, les Carmes, les Jacobins, les Minimes coopérèrent tous à faire réuſſir cette pieuſe entrepriſe.

Sous le nom des *Reclus de ſaint Leu d'Amiens,* d'autres anonymes donnoient, dans le même-temps, des explications en vers des énigmes propoſées dans le Mercure galant ; on voit entre autres, ſous ce nom, un rondeau inſéré dans le volume de juin 1679, & quelques énigmes de leur façon dans les volumes ſuivans.

FRANÇOIS DE VITRY. Ce père du peuple portoit les titres d'écuyer, ſeigneur des Auteux, la Heſtroye & Wailly. Il étoit maire, ou premier échevin en charge de la ville d'Amiens, lorſqu'à la tête du corps de ville, il prononça dans le palais épiſcopal, la dernière fête de Pâques 1682, un *Diſcours imprimé depuis, & dans lequel il remercie l'évêque François Faure qui avoit prêché cette année le Carême dans* *fon églife cathédrale.* Il contient 22 pages *in*-12; l'auteur y réfume avec beaucoup de juftefle tous les fujets , toutes les preuves , toutes les inftruâions , & même les plus beaux paflages des fermons de ce prélat, fans omettre l'ordre des jours dans lequel il les a prêchés. Cet écrit fit juger de l'efprit de l'auteur, qui s'acquit une réputation beaucoup plus grande par le foin qu'il prenoit du foulagement des pauvres , & par la vigueur avec laquelle il maintenoit la police, l'honneur & l'autorité de l'hôtel-de-ville.

N … PETIT. Cette demoifelle , fille d'Antoine , avo-cat du Roi au bailliage & fiège préfidial , honora fon fexe par fa qualité de favante. Le favoir fe joignoit dans elle à la piété la plus exemplaire. Elle paffoit peu de jours fans s'ap-procher de la fainte table. Parfaitement éclairée fur les principes de la religion, fes lumières ne fe bornoient point aux feules queftions du catéchifme ; les plus épineufes de la théologie n'étoient pas au deffus de fa pénétration. Sur les matières de la grace, elle fuivit toujours la plus pure doârine de l'églife , enfeignée par faint Auguftin. Auffi bonne philofophe que théologienne , elle ne voyoit rien d'obfcur dans Gaffendi. On la trouvoit toujours prête à défendre le fentiment de cet auteur qui nie qu'il y ait dans les corps une pefanteur naturelle abfolue. Dans les conférences , perfonne ne réuffiffoit mieux qu'elle à mon-trer que des corps en équilibre dans une balance , pour avoir une maffe égale, font tirés également par des atômes crochus. Il y avoit peu d'ouvrages d'efprit & de doârine dont elle n'eût pris leâure , & elle en tiroit toujours des conféquences auffi juftes que folides. Pour direâeur, elle avoit choifi un religieux Minime, dont les lumières éga-loient les fiennes. Sa vie auroit peut-être été plus longue , fi elle eût voulu recevoir les fecours de la médecine. Après avoir fait , par fon teftament, plufieurs legs pieux , elle mou-rut au mois de juillet de l'année 1707. Son corps repofe à Paris dans l'églife de faint Severin. Elle avoit écrit beaucoup

Mercure Gal. avril 1707.

M m ij

fur la fpiritualité , & ces manufcrits ont paffé chez les Minimes de Paris. On la comparoit à mademoifelle de Gournay pour l'érudition. Connue d'un grand nombre de favans, on lui comptoit d'illuftres amis. Le premier préfident de Harlay l'eftimoit & en faifoit beaucoup de cas.

JEAN BARON, fils de Charles, braffeur de profeffion, étoit procureur au bailliage & fiège préfidial de cette ville, où il naquit, lorfqu'en 1698 il donna au public une *Ode latine à la louange de faint Firmin, martyr, premier évêque d'Amiens, & deux Hymnes pour les matines & les laudes du jour de la décollation du même faint.* L'auteur dédia ces pièces à Firmin du Croquet, confeiller au bailliage, fubdélégué de l'intendance, par une épigramme qui fe lit à la tête. Sa verfification eft un peu dure. Il repréfente ainfi la découverte que faint Salve fit du corps du martyr, & le miracle qui s'opéra, dit-on, dans le canton.

> *Tuum fuperno lumine falvius*
> *Orans fepulchrum detegit ; hinc odor*
> *Manans amœnus, fanat ægros :*
> *Cernit hyems ftupefaɛ̃la flores ;*
> *Mutat reliɛ̃lâ canitie comam,*
> *Vernifque gaudens veftibus indui,*
> *Sanɛ̃lum falutat, quem reclinans*
> *Spontè caput veneratur arbor.*

LOUIS ALET, fils de Claude & de Jeanne Marteau, naquit le 9 août 1673, fur la paroiffe de faint Remy, où il fut tenu fur les fonts de baptême par Louis Damiens & Marie Leclerc. Le 31 juillet, deux ans avant fa prêtrife, il fut inftallé chanoine de l'églife de Longpré-les-Corps-Saints ; il en dépouilla les archives, & fit imprimer à Amiens, chez Nicolas-Caron Hubaut en 1699, *in-8*, le *Récit de la fondation de l'églife N. D. de Longpré-les-Corps-*

Saints, en la comté de Ponthieu, dans l'évêché d'Amiens, avec l'*Hiſtoire de la réception des ſaintes Reliques de cette égliſe*, dont la fête ſe ſolemniſe tous les ans le premier dimanche après le 29 août. Il a dédié cet extrait des titres du chapitre à Honoré de Buiſſy, écuyer, ſeigneur-patron du lieu. Cet auteur, de petite ſtature, mourut le 18 juillet 1744, des ſuites d'une défaillance de membres qui le retint au lit pendant 18 mois.

N ... CANON, après avoir fait ſes premières études à Amiens, lieu de ſa naiſſance, alla à Paris, où il fut élevé & eſtimé dans le collège du cardinal Lemoine. A peine ſorti de ſa licence, qu'il fit avec beaucoup d'honneur, l'évêque de Metz auquel il s'étoit attaché, & qui en faiſoit grand cas, lui procura un canonicat de ſa cathédrale en 1703. C'étoit un ſujet très-eſtimable, & de l'acquiſition duquel cette égliſe n'eut qu'à ſe louer. Jamais eccléſiaſtique ne fut plus attaché que lui à ſes devoirs : ſa piété étoit tendre & affectueuſe. Attaché aux ſciences par goût, il y a fait de grands progrès, dont ſon humilité a ſouſtrait la connoiſſance au public éclairé.

Mercure galans juin. 1703.

N ... PATTE. Un bourgeois de ce nom a laiſſé en mourant un journal des événemens ſurvenus dans cette ville pendant la meilleure partie de ſa vie. De pareils matériaux ſervent de renſeignemens pour bien des familles, & ne ſont pas inutiles pour l'hiſtoire. On connoît des Patte depuis 1457.

FRANÇOIS DU GARD, lorſqu'il mourut en 1702, étoit ſeigneur de Longpré, chevalier de l'ordre de ſaint Michel, & chef de ſa famille originaire de Picardie, où il s'eſt allié depuis quatre ſiècles aux plus illuſtres maiſons de la province. Pendant quarante années, durant leſquelles il a tenu académie à Paris, il a rempli avec exactitude tous les

Mercure galan mars 1702.

devoirs de fa profeſſion, ce qui le fit généralement eſtimer
& aimer de tous ceux qui le connoiſſoient. Il ne poſſédoit
pas ſeulement l'art d'enſeigner à monter à cheval, il avoit
encore un talent ſingulier pour former la jeune nobleſſe au
bien & à la vertu. Il faiſoit ſon plus grand plaiſir d'être
avec elle, & ſes entretiens familiers étoient toujours mélés
de conſeils ſalutaires. Il joignoit à la connoiſſance de l'hiſtoire celle des médailles, dont il a laiſſé une très-belle ſuite.
On voit quelques-uns de ſes ouvrages dans les mercures de
ſon temps. Si le poſte qu'il occupoit lui avoit permis de
cultiver les belles-lettres avec aſſiduité, il eût pu s'y faire
un nom. Il étoit naturellement brave, & reçut pluſieurs
bleſſures glorieuſes. Ses garçons, qu'il a pris ſoin de former
dans ſa profeſſion, ont ſoutenu ſon académie avec une
approbation générale.

PIERRE POSTEL, chanoine régulier de l'ordre des
Prémontrés, & docteur en théologie, a donné au public la
*Vie, l'eſprit, les ſentimens de piété de François Mathon,
prêtre, chapelain des Carmélites.* Amiens, chez Guillain le-
Bel, 1710, *in-*12. L'auteur a dédié cet ouvrage, qui en
ſupprimant les inutilités ſe réduiroient à la moitié, à Louis-
Gaſton Fleuriau, évêque d'Orléans, abbé de ſaint Jean
d'Amiens. Le père Poſtel étoit le directeur de cet homme
de Dieu. Son ſtyle eſt lâche en bien des endroits; il entre
dans des détails minutieux. On lui a obligation du catalogue & d'une grande partie du mérite de la bibliothèque de
l'abbaye de ſaint Jean, dont il a été prieur. On l'avoit
choiſi pour collègue de père Hugo, qu'il aida dans le
déchiffrement des chartres de l'ordre en Picardie & en
Artois. Il avoit dans cette partie des yeux d'Argus, un eſprit
ſain, un diſcernement juſte. Les autres écrits ſortis de ſa
plume féconde ont pour titres:

Vive Jeſus! poème compoſé par un ſolitaire. Amiens,
Guillain le-Bel, 1701, *in-*12.

La Vie de saint Norbert, patriarche des chanoines réguliers de l'ordre des Prémontrés, archevêque de Magdebourg, & primat de toute l'Allemagne, en vers françois, manuscrit, *in-4.*

Traité contre les armoiries apposées sur les choses saintes & dans les églises, manuscrit, *in-4.*

Sermons, panégyriques, exhortations, manuscrit, *in-4.* 5 vol.

Recueil de divisions de plusieurs sermons & panégyriques, manuscrit, *in-4.*

Miscellanea, latin & françois, en prose & en vers, manuscrit, *in-4.*

Calendrier historial, où il est parlé principalement des religieux chanoines réguliers de saint Jean d'Amiens, manuscrit, *in-4.*

Alphabet des ignorances du frère P. Postel, ou *petit Dictionnaire* latin & françois, manuscrit, *in-4.*

Philosophia moralis ad usum christianæ scholæ accommodata, manuscrit, *in-4.*

Metaphysica, manuscrit, *in-4.* Peut-être n'est-ce qu'une copie de celle qu'on lui a enseignée.

Decor Carmeli : la beauté du Carmel, ou *Lettres circulaires des religieuses Carmélites, depuis leur établissement en France,* manuscrit, *in-4.*

La Vie du cœur d'un idiot dans l'oraison, manuscrit, *in-4.*

Le Cœur contrit & humilié devant Dieu, tantôt resserré par la douleur, tantôt élargi par l'amour, & relevé par l'espérance, manuscrit, *in-4.*

Entretiens spirituels, où l'on voit la conduite de Dieu sur une âme choisie, (la sœur Marie-Magdeleine de *Wauran,* dite de la *Présentation, religieuse Carmélite d'Amiens,*) manuscrit, *in-4.* 4 vol.

Réflexions morales sur chaque verset des quatre livres de l'Imitation de J. C. manuscrit, *in-4.* 4 vol.

Glanes d'épis de bled glanés dans les champs des riches par la pauvre fourmi de l'abbaye de saint Jean d'Amiens , pour en faire le pain de la parole de Dieu , manuscrit , *in-*4. 2 vol.

Lettres de piété d'une religieuse converse de l'ordre de saint Benoît , avec les réponses de son Directeur , manuscrit , *in-*4. 4 vol.

L'Ouverture de cœur d'une religieuse converse de l'abbaye du Paraclet d'Amiens , par lettres au père Postel son directeur , avec quelques réponses à ces lettres , *in-*4.

Explication du cabinet de la bibliothèque de saint Jean d'Amiens , selon l'ordre des planches dessinées par M. de Faye , manuscrit , *in-fol.*

Poésies françoises , manuscrit , *in-*4. 2 vol.

Journal de ce qui s'est passé dans Amiens depuis 1702. L'auteur l'a poussé jusqu'au temps de sa mort, *manuscrit, in-*4. Tous ces écrits sont déposés dans l'abbaye de S. Jean de la même ville.

N . . . MILLE. On rencontre ce nom dans les archives de l'hôtel-de-ville, depuis l'an 1376; mais on ignore absolument si ce chanoine régulier , de l'ordre des Prémontrés, a mis au jour quelqu'ouvrage. Des vers manuscrits dont il est l'auteur, font connoître qu'il avoit de l'imagination & du feu. Il y a des idées dans une pièce où il chante la *douceur du bon vin;* mais il ne les rend pas toujours admirablement, & ne s'asservit pas assez aux règles de la poésie. Il dit, dans un bouquet pour la fête d'une Dame,

> Tous ceux que la nature a formés comme vous
> D'un limon moins grossier que le limon vulgaire ;
> Trouvent des charmes aussi doux
> Dans le présent d'un cœur sincère
> Que dans les plus riches bijoux.

Et

& jouant fur fon nom propre , il fait dire à cette Belle ,
par l'œillet:

> Oui , fi Jupin, moins difficile ,
> Et fenfible à nos tendres pleurs ,
> Transformoit les mortels comme au temps de Virgile ;
> Vous verriez fous ma fleur, non cent humains , mais Mille.

CLAUDE PRESTAU. Les manufcrits du temps parlent
de cet eccléfiaftique Amiennois , comme d'un affez bon
poëte latin. Ils en allèguent pour preuve une pièce de vers
qu'il adreffa à Henri Feydeau, évêque de cette ville en 1687,
& une autre fur faint Firmin martyr , le premier de nos
prélats. Il y compare le nouveau prélat à fon faint prédéceffeur: ainfi que lui , vous n'avez eu befoin , lui dit-il , que
de vos vertus pour monter à cette place.

> *Unus jam tantos hanc qui ornavêre cathedram* ·
> *Paftores æquas dotibus egregiis.*
> *Te doctrina , fides , pietas , te purus & ardens*
> *Augendæ decorat religionis amor.*
> *Cernere Firminum videor , Chriftoque , gregique ,*
> *Pectore jam toto qui fua , feque facrat.....*

ANONYMES. Ils font les auteurs de différentes lettres
& des réponfes , au fujet d'un procès entre le chapitre & le
doyen François de Hodencq. On y examine fi un doyen ,
non prébendé , a droit d'entrer dans les affemblées capitulaires pour y préfider , recueillir les fuffrages , & conclure
à la pluralité , lorfqu'il s'agit de difcipline eccléfiaftique ,
correction de vie & de mœurs, ou autres chofes fpirituelles.
Ces écrits refpectifs ont été publiés en 1673 & 1674.

SAINT GABRIEL.

On a d'un Carme déchauffé de ce nom une *traduction*

françoife d'une pièce de vers latins, que le père Longueval, jéfuite, adreffa à l'évêque, pour l'engager à venir en cette ville.

RENÉ THUILLIER. Ses talens pour la prédication le diftinguèrent dans l'ordre des Minimes, à l'honneur duquel il a confacré une partie confidérable de fon temps pour mettre au jour le livre intitulé, *Diarium patrum, fratrum, & fororum ordinis Minimorum provinciæ Franciæ, five Parifienfis, qui religiofè obierunt ab anno 1506 ad annum 1700.* Paris, Giffart, 1709, *in-4.* de 284 pages. Il publia cet ouvrage par ordre du chapitre provincial tenu à Nigeon, l'an 1707; peu après il donna le fecond volume. Dans la préface, l'auteur parle des couvents répandus dans la province. Il fixe les époques de leur fondation, & fait mémoire des fondateurs, des reliques, des chofes remarquables qui s'y trouvent, & des événemens dignes d'être rappelés à la mémoire.

Differtatio de poteftate correctorum localium ordinis Minimorum fancti Francifci de Paula, in foro contentiofo. Ibid. 1697, *in-12.* de 222 pages. Dans le même volume eft un autre ouvrage de 79 pages, fous ce titre : *Opufculum de modis quibus poffunt correctores locales exercere fuam poteftatem ut judices.* Ces écrits font dédiés au général de l'ordre & aux membres affemblés à Valence en Efpagne pour le chapitre général. L'auteur s'y élève contre une plume anonyme qui avoit révoqué en doute le pouvoir des correcteurs. Il avoit donné en 1703 une *traduction nouvelle de la règle des Minimes.* Après avoir été plufieurs fois provincial, il mourut en 1714. Jérôme Thuillier vivoit en 1596.

Recherches fur la Chirurgie.

JEAN DE VAUX fe fit un nom dans fa profeffion de chirurgien royal au châtelet, & mourut le premier juin 1696. Ses aïeux remontent jufqu'en 1337.

CLÉMENT & FERET. Ces deux perfonnages jouiffoient en 1679 du talent bien mince de groffir le Mercure galant de l'explication en vers des énigmes. On rencontre des Clément en 1446.

N... PINGRÉ, jéfuite, né d'une famille honorable, dont le nom remonte jufqu'en 1457, étant profeffeur au collège de Louis-le-Grand, compofa un *ouvrage latin fur la naiffance du comte d'Eu*, en 1701. L'auteur y invoque Mars & Apollon qu'il engage à prendre l'illuftre enfant fous leur protection.

Mercure galant; déc. 1701.

CHARLES-FRANÇOIS CORNET, neveu de Nicolas, grand-maître de Navarre, étoit feigneur de Coupel, Saint-Marc, Warlus, & avocat du Roi au bailliage & fiège préfidial, lorfque le 26 janvier 1698, il prononça une *Harangue au fujet de la publication de la paix*. On la trouve dans le Mercure galant du mois de février fuivant. Elle contient l'éloge du Roi. Le ftyle n'en eft pas admirable, mais tout y reffent l'excellent patriote. Vers 1700, il fit deffiner par Charles Desbordes, ingénieur, & graver par François Ertinger, le plan de cette ville en quatre feuilles. Il l'a dédié à l'évêque; les explications qu'on y trouve font très-utiles.

Il a encore fait fur l'éloge de Nicolas Cornet fon oncle, par Boffuet, des remarques qui fervent à expliquer plufieurs faits. On les trouve à la fuite de l'édition de 1698. Il mourut le 21 feptembre 1710.

DE NAINVILLE. On doit aux talens de ce fondeur habile un bon nombre des pièces qui décorent les jardins de Verfailles.

JEAN HOULON, antiquaire curieux en médailles, étoit confeiller au bailliage & fiège préfidial depuis le 15 décembre 1696. En 1719, il a fait graver trois de ces médailles, dont une d'Hoftilien, les autres de Conftantin ; & dans le Journal des favans de la même année, il a invité les connoiffeurs en cette partie, à en dire leur fentiment. Un anonyme en a porté fon jugement l'an d'après dans le même ouvrage périodique. Ce nom remonte dans les titres jufqu'en 1428.

DUMOULIN. Les Mémoires du temps font mention de cet officier de grande réputation, & d'une intrépidité encore plus grande. En 1707, à la tête de trois cents hommes d'élite, il entra dans Malines, y fit reconnoître Philippe V, brûla plufieurs magafins, pénétra jufqu'à l'hôtel-de-ville, amena pour ôtages, le bourguemeftre, le gouverneur, avec quatre colonels, & fe retira fans avoir perdu un feul homme.

JEAN LE CORREUR paroît dans les archives, fous l'an 1686, en qualité de prêtre & maître-ès-arts. Il eft le véritable auteur de l'*Almanach fpirituel de cette ville*, *pour l'an 1673*, & non le fieur Watin, vicaire de la paroiffe de faint Martin, comme plufieurs l'ont fauffement cru. Ce dernier a feulement pu préfider à l'édition qui s'en eft faite en 1703. Robert le Correur étoit payeur des gages des juges préfidiaux, l'an 1585.

HENRI DUGARD nous apprend dans fon teftament qu'il a écrit en vers, que le lendemain de fa naiffance il fut baptifé au village de Longpré-lès-Amiens. Il fait fon légataire univerfel Guillain Monfort, magifter du lieu. Il défend de dépenfer beaucoup à fes obfèques, & il ajoute :

> Qu'on ait foin de l'églife, on fera beaucoup mieux,
> Car jamais les gros frais n'ont conduit l'ame aux cieux.

Il lègue 20 liv. pour chaque ménage indigent. Ce tefta-

ment eſt daté du 9 novembre 1710 ; il veut qu'on en garde
une copie dans les archives de la même égliſe. On a de lui
d'autres vers qui ne reſpirent que la piété.

CRESSENT. Le ciſeau de ce ſculpteur habile eſt très-
connu. Il a exécuté en marbre les buſtes de Cérès & de
Cléopâtre : les deux Anges adorateurs qui ſe voient dans la
collégiale d'Abbéville, paſſent pour des chefs-d'œuvre. On
eſtime deux urnes du jardin des Vanrobais ; la figure de
l'aſſomption de la Vierge dans l'égliſe de l'hôpital-général
d'Amiens, ainſi que les ſtatues & les bas-reliefs des ſtales du
chœur de l'abbaye de Corbie. Le mauſolée d'Adrien Creton
n'eſt pas ſans mérite.

ANTOINE ANGUELLE, connu par ſes voyages, étoit
neveu du procureur-général des Prémontrés. Vers la fin de
ce ſiècle, il a paſſé pluſieurs années au milieu des ſauvages
de la Louiſiane, où on l'appeloit le Picard du Gay.

JEAN-BAPTISTE D'HANGEST, né l'an 1680 de François, marchand de profeſſion, devint ſucceſſivement chanoine & théologal de la cathédrale. C'étoit un homme ami
de l'étude & de la retraite. Il préféroit, après les devoirs de
ſon état, le plaiſir de s'inſtruire dans la bibliothèque qu'il
s'étoit formée, à tous les futiles amuſemens des oiſifs du
ſiècle. Son projet principal étoit un Pouillé topographique
& hiſtorique du diocèſe. Il devoit y faire entrer, à l'article
de chaque endroit particulier, les perſonnages diſtingués
qui y avoient reçu le jour. Sa mort arrivée l'an 1758, l'empêcha d'y mettre la dernière main. Les matériaux étoient
conſidérables, mais lui ſeul pouvoit les employer. Je l'ai
tenté pluſieurs fois inutilement : ſon écriture étoit le déſeſ-
poir des archiviſtes, & ſes héritiers s'en ſont ſervis depuis à
des uſages plus que profanes.

En qualité d'académicien dans ſa patrie, il a lu aux ſéances
publiques, à commencer en 1754, une *diſſertation ſur Fran-*

çois de Camps ; une *sur les repas & les lits des anciens* ; une autre *sur les Vidames de France, & notamment sur le Vidame d'Amiens* : des *Mémoires pour servir à l'Histoire ecclésiastique, civile & littéraire de la province de Picardie* ; un *Mémoire historique sur les Druïdes* ; & une *idée du temps & de la construction de l'église cathédrale d'Amiens*. Nous respectons trop les propriétés, pour nous étendre plus au long sur ces productions destinées à faire partie des Mémoires académiques.

Différend des Curés avec les Jésuites.

Journal des Savans, janv. 1688.

LE père Jacques des Mothes, prêchant au collège le dimanche des Rameaux 1686, dit qu'il y avoit obligation pour faire ses pâques, de communier à sa paroisse, & qu'il étoit libre de se confesser à un prêtre approuvé de l'ordinaire. Les curés de la ville présentèrent à l'évêque une requête où ils exposoient que cette doctrine étoit contraire à différens conciles & aux statuts du diocèse, ainsi qu'à tous les rituels du royaume, & ils concluoient à ce que le prédicateur fût tenu de se rétracter, avec défense de soutenir à l'avenir une pareille doctrine. Le Jésuite de son côté en présenta une où il déclaroit ce qu'il avoit dit en chaire, & il s'y plaignoit de ce que les pasteurs avoient avancé dans leurs prônes contre lui & sa compagnie, & demandoit qu'ils fussent condamnés à se rétracter & à l'amende. Le 31 mai le prélat rendit une ordonnance dont les curés appelèrent à la métropole de Reims, qui, le 26 septembre, en rendit une dont l'évêque appela également le 30 octobre, & le 28 décembre il en interjeta appel au saint siège, qui, par un bref du 19 novembre, nomma trois évêques, commissaires-juges de l'appel. L'évêque d'Amiens prétendit qu'il y avoit nullité dans l'obtention du bref ; mais le 5 février 1687, celui de Meaux le déclara déchu de son appel, & le 22 mars il rendit un jugement en faveur des curés, en obligeant les fidèles à demander à leur pasteur la permission de fe confeffer dans le temps pafcal. Ce jugement fut publié aux prônes des paroifles, & fignifié à tous les fupérieurs des maifons religieufes.

ANTOINE-IGNACE GONTIER, fils d'Antoine & de Marguerite Buteux, parvint par degré, de la qualité de docteur de Sorbonne, à celles de chanoine & théologal de l'églife de Chartres. Son éloquence & fes talens pour la chaire lui ont fait un nom. Il prononça, le 22 août 1701, dans cette églife, l'*Oraifon funèbre de Philippe, frère du Roi, duc d'Orléans & de Chartres*, imprimée à Paris, chez la veuve Hortemels, *in-4.* Il prit pour texte ces paroles d'Ezéchiel : *Le roi verfera des larmes, le prince plongé dans la trifteffe fera revêtu de deuil, & les mains tomberont au peuple, de douleur & d'étonnement.* L'orateur y fait voir que ce prince régna fur tous les efprits par fa fageffe, & fur tous les cœurs par fa bonté. Sans chercher de grandes phrafes, fans alambiquer fes penfées, il s'exprime nettement, & prouve folidement ce qu'il avance, fans que la flatterie arrache de fa bouche une feule parole que la vérité ou la religion puiffent jamais reprocher à fon cœur.

Le 7 feptembre 1708, il débita dans l'églife de l'abbaye des Clairets, celle de *Françoife-Angélique d'Etampes de Vallançay, abbeffe de cette maifon, de l'ordre de Cîteaux*, imprimée chez Louis Guerin, *in-4.* 1709. L'orateur a pris pour texte ces paroles de la fageffe : *Il y a dans elle un efprit d'intelligence, faint, unique, multiplié.* Il dévoile dans cette vierge fage un efprit fimple, par rapport à fa conduite particulière ; un efprit étendu, relativement au gouvernement des autres ; un efprit faint, par rapport au fervice du Seigneur. *Dans ce Difcours*, dit-il, en apoftrophant l'auditoire, *j'aurai de quoi vous inftruire, vous édifier, vous furprendre. Faffe le ciel que je n'y trouve pas auffi de quoi vous confondre !*

Oraifon funèbre de très-haut, très-puiffant & très-excellent prince Louis XIV, furnommé le Grand, *roi de France & de*

Navarre, à Chartres, chez André Nicolazo, 1715, fut prononcée dans l'églife dont il étoit chanoine, le 27 novembre. Il a pris pour texte ces paroles de l'eccléfiafte: *Il a été grand felon le nom qu'il portoit, très-grand pour les élus de Dieu, capable de vaincre les ennemis qui s'élevoient contre lui. Il n'eſt plus cet auguſte Monarque*, dit-il dans l'exorde, *à la gloire de qui l'éloquence & la poéfie alarmées, après avoir mis en œuvre toutes leurs figures & leurs artifices, ont avoué tant de fois leur infuffifance, juſqu'à ne trouver pas même le nom de grand affez énergique pour exprimer fa grandeur.* Il a été grand ſur le trône aux yeux des peuples, c'eſt la première partie; il l'a été à la tête des armées aux yeux des puiſſances ennemies, c'eſt la feconde; il a été grand & très-grand dans l'églife aux yeux des fidèles pour le falut des élus du Dieu vivant, c'eſt la troifième : des peuples gouvernés par fa fageſſe, des ennemis foudroyés par fa valeur, l'églife édifiée & foutenue par fa religion, repréfentent fes vertus politiques & civiles, militaires & héroïques, morales & chrétiennes. Couronné d'abord par les mains de la fageſſe, il l'eſt fucceſſivement par celles de la victoire & de la religion. Glorieux comme les Salomons & les Conſtantins fur le trône, généreux comme les Davids & les Théodofes à la tête des armées, religieux comme les Jofias & les Louis dans l'églife.

On a encore de fa plume une *traduction de l'Oraifon de Cicéron contre Verrès.* Paris, chez la veuve Thibouſt, 1682, *in*-12. Il y eſt parlé de plufieurs beaux monumens de l'ancienne Sicile. Les Gontiers remontent juſqu'en 1481.

FRANÇOIS VILLEMAN étoit fils d'Adrien, huiſſier audiencier au bailliage de cette ville. Après de bonnes études dans le collège de fa patrie, où il étoit écolier en 1691, il fuivit fa vocation pour l'état eccléfiaftique, & peu de temps après fa prêtrife, on le nomma à la cure de Sailly-le-fec dans ce diocèfe; enfuite il poſſéda un canonicat de la collégiale de faint Nicolas, juſqu'au temps auquel il fut nommé chanoine de l'églife cathédrale. Le chapitre qui
connoiſſoit

connoiſſoit la capacité de ce confrère infatigable au travail du cabinet, qui faiſoit ſon unique plaiſir, lui confia le ſoin du chartrier de la compagnie. L'étude de la liturgie & des cérémonies anciennes de cette égliſe étoit ſon occupation principale. Il mourut le 18 juillet 1743, & fut enterré dans l'égliſe de ſaint Nicolas, dont il chargea ſon frère Adrien, duquel on va parler, de décorer le chœur. Ses intentions ont été plus que remplies par les bienfaits que celui-ci a procurés à cette égliſe. On croit les Villemans originaires d'Angleterre. On en rencontre dans nos archives en 1484.

SES ÉCRITS.

Obſervations ſur les Bréviaires, Miſſels & Rituels, relativement aux uſages de l'égliſe d'Amiens. Dans ce volume *in-fol.* & manuſcrit, contenant 500 pages, on traite de l'office divin & des changemens qui y ſont ſurvenus; on examine ſi dans la compoſition d'un office on doit toujours ſe faire une loi de le tirer entièrement de l'écriture-ſainte. L'auteur paſſe enſuite aux ſaints locaux & au calendrier du diocèſe, aux ornemens épiſcopaux & ſacerdotaux, & aux habits que les chanoines portent au chœur. Il s'étend ſur le jour des cendres, ſur le jeûne, ſur l'uſage de voiler les images, ſur l'office de la ſemaine-ſainte. Dans le chapitre 9, il prend la défenſe de Dom Claude de Vert, ſur ſon explication ſimple, littérale & hiſtorique des cérémonies de l'égliſe. Dans les ſuivans, il eſt queſtion du jour de pâques, de l'office du ſaint ſépulcre, des repréſentations ridicules qui ſe faiſoient dans l'égliſe d'Amiens à certaines fêtes de l'année; de la bénédiction & aſperſion de l'eau qui ſe fait les dimanches, ainſi que de l'uſage de cette eau bénite; du prône, du temps auquel on doit le faire, & des parties qui le compoſent: de l'offrande, de la ſecrète & autres prières qui ſe font après; des dyptiques, du grand voile qu'on prépare chaque jour ſur l'autel, & dont on ſe ſert à la meſſe du chœur pour envelopper la patène; du *ſanctus* que le prêtre devroit chanter avec le chœur fur le ton de la préface, afin de pouvoir commencer le canon dans le filence. Il agite dans le 17ᵉ. cette queftion, fi les paroles du canon, *per quem hæc omnia*, *&c.* doivent être dites fur l'hoftie & fur le calice, lorfqu'on bénit du bled nouveau ou des fruits à cet endroit de la meffe, & fi l'on peut faire la bénédiction avant ces paroles. Le prêtre doit-il remettre la fainte hoftie fur le corporal immédiatement après avoir dit *omnis honor & gloria*, ou ne doit-il pas attendre qu'il ait dit *per omnia fæcula?* tel eft le fujet du 18ᵉ. Dans les trois derniers, l'auteur examine à quel endroit de la meffe il convient donner les bénédictions nuptiales & épifcopales; & après avoir parlé de la fépulture des prêtres & décidé s'ils doivent avoir la tête à l'orient, & les pieds à l'occident, il finit par l'obligation qu'ont les eccléfiaftiques d'étudier les rits & cérémonies pour les expliquer au peuple. Cet ouvrage qu'il défère à l'autorité de l'églife, paffa à la cenfure; mais M. d'Argenfon qui préfidoit alors à la chambre fyndicale des Libraires, crut devoir en écrire à l'évêque d'Amiens, qui témoigna vouloir le lire avant que le privilège fût délivré. Le manufcrit parvint au prélat, qui en témoignant fa fatisfaction à l'auteur, trouva la critique trop mordante, quoique très-jufte. Le docte chanoine en effet n'y épargne perfonne, & jette un ridicule fur les défauts de nos bréviaires, miffels & rituels. L'évêque n'ayant pu, comme il en avoit le deffein, dit l'auteur dans une lettre du 27 juin 1742, garder cet ouvrage, le pria de ne le point faire imprimer, & l'humble chanoine y confentit fans infifter.

Lettre à un curé de Paris, 1738, *in-*12.de 83 pages. A l'inftance de fes confrères, il la publia pour qu'on adoptât dans ce diocèfe, comme on fe le propofoit, le bréviaire de Paris, dont il relève plufieurs défauts. Il y attaque l'archevêque de Sens, au fujet de Claude de Vert, qu'il avoit traité affez mal. Loin de s'en fâcher, feu M. Languet fit exhorter le critique à continuer de travailler fur la liturgie, & à faire quelque ouvrage plus étendu. *Il eft feulement fâcheux*, ajoutoit le prélat, *de voir nos troupes tirer fur nous.* Ce confeil, joint aux follicitations des gens de lettres , fit éclore le livre d'*obfervations* dont on vient de parler. L'objet principal de cette lettre eft de prouver qu'on devroit s'affranchir des lois que fe font impofées les nouveaux liturgiftes, telle que celle d'affortir toujours l'ancien & le nouveau teftament, & il en démontre le ridicule par des exemples.

Il a encore laiffé un *Catalogue hiftorique des Evêques d'Amiens, contenant ce qui s'eft paffé de plus mémorable fous leur pontificat.* Manufcrit.

N... LEQUIEU DE MOYENNEVILLE , auffi recommandable par fa capacité que par fes fervices militaires , étoit ingénieur en chef à Dunkerque, où, l'an 1713 , il traça le plan du canal de Mardick, exécuté l'année fuivante , en conféquence d'un difcours folide & éloquent qu'il avoit compofé pour démontrer l'utilité de ce projet. Lorfqu'il mourut, il étoit directeur des fortifications de la Flandre. Il donna le jour à Jacques-François-Jofeph , chevalier, feigneur de Villers-l'Hôpital , Fortel , Saint-Leu, & autres lieux, lieutenant-colonel au corps royal du génie , chevalier de l'ordre royal & militaire de faint Louis, mort le 18 feptembre 1780. Cette famille , qui remonte en 1457, fe perpétue avec honneur dans le fervice.

JACQUES DU BELLAY. Quoiqu'on ignore les époques, tant de fa naiffance que de fa mort, il eft aifé de conclure qu'il vint au monde vers la fin de ce fiècle. Dans une pièce de vers latins, affez élégans & bien penfés , qu'il préfenta à l'évêque Pierre Sabbatier , le jour de fa fête , tout au plus tard en 1710, il fait fa petite confeffion au prélat , en lui apprenant que par libertinage , tout au moins par étourderie , il abandonna le cours de fes études pour entrer dans les troupes, où il refta douze ans.

Dat tibi qui bis fex annis per caftra fatigans,
Nil nifi fanguineos novit habere libros.

Sa verfification ne fe reffent nullement de l'interruption
de fon commerce avec les mufes. Il y paroît regretter les
égaremens de fa jeuneffe, & avoir non-feulement repris fes
études, mais pourfuivi fa carrière jufqu'au facerdoce, fous
la protection de ce prélat, qu'il regarde comme fon Mécène,
fon foleil, fon pilote, fon modèle & fa gloire. Il convient
d'avoir compofé d'autres bouquets : ma mufe, dit-il,

Aufa, viros quondam cecinit probitate faventes,
Nunc oblita facri montis, opaca latet.

L'éloge du pieux évêque n'a rien de fade ; on n'y rencontre que des vertus dont tout le diocèfe conferve la mémoire, & l'on croiroit qu'il a voulu peindre celui qui gou-
verne aujourd'hui ce diocèfe.

Nobilitas dos una animæ tibi, corporis una :
Corpore nobilis es, fanguine nobilior...
Urbis amor, decus, & templi ornamenta fuperbi
Firma, Petram folidas Firmior ipfe lapis...
Si qui in extremis inopinâ forte per urbem
Preffus anhelet opem, mox finè tefte faves...
Tutus egenorum pater es, pia tendis in antris
Brachia, & obfcuro carcere dona fodis...
Si feftina leves pariat difcordia rixas,
Promptior aucturo fis medicina malo.

Il apoftrophe ainfi tout le diocèfe :

Vos ite, tutus ager, via certa paratur ; inermis
Stat-leo, centum oculis afpicit Argus oves.

MARTIN BOUQUET naquit le 6 juin 1685 de N... Bouquet & de N... Pihan, perruquiers de profeſſion. Il reçut le
baptême dans l'égliſe paroiſſiale de S. Remy, fit ſes humanités
& quelques années de théologie dans ſa patrie, d'où il ne ſor-
tit que pour s'engager dans la congrégation de S. Maur. Après
ſon noviciat, il fit profeſſion de la règle de ſaint Benoît dans
l'abbaye de ſaint Faron de Meaux, le 16 août 1706. On
l'envoya à Blois en 1707, pour y paſſer une année de jeune
profès. L'an d'après il vint à ſaint Remy de Reims, où il fit
deux années de philoſophie & une de théologie, la ſeconde
à ſaint Denis en 1711, la troiſième en 1712 à ſaint Germain-
des-Prés. Dès-lors on avoit formé le deſſein de l'aſſocier aux
études du ſavant père Dom Bernard de Montfaucon; mais
avant l'année de récollection, qui précède la prêtriſe, il ſe
rendit, en 1713, à un cours d'hébreu & de grec qui ſe faiſoit à ſaint Nicaiſe de Reims. Il reçut la prêtriſe au commencement de 1714, & après trois mois de récollection,
on le rappela à ſaint Germain-des-Prés, où il mit en latin
l'*Antiquité expliquée de Dom Montfaucon*. Nommé bibliothécaire de cette abbaye fameuſe, il s'acquitta dignement
pendant pluſieurs années de cet emploi honorable; mais
comme il aimoit le travail, & que cette charge lui prenoit
bien du temps, il s'en démit.

La Cour ayant chargé en 1723 la congrégation d'une
nouvelle *Collection des Hiſtoriens de France*, il falloit pour
une entrepriſe auſſi grande un ſavant laborieux, que rien
n'effrayât. On jeta les yeux ſur lui, & il s'y livra tout entier
ſans adjoint. Les matières du temps dans leſquelles il avoit
pris parti, lui firent abandonner ſaint Germain-des-Prés,
pour ſe fixer aux Blancs-Manteaux dans Paris. Sur la fin de
ſa vie, il s'étoit aſſocié un de ſes confrères, deſtiné à pour-
ſuivre ſon ouvrage. Il mourut le 6 avril 1754, à l'âge de 68
ans & 8 mois, univerſellement regretté de ce que la Cour
& Paris ont de plus illuſtre, & même de toute l'Europe
ſavante. Il étoit de bonne humeur, de la plus aimable ſociété
du monde. Bon, ouvert, obligeant, humble, ami de l'étude

& de la retraite. Il étoit encore animé de l'efprit de fon état, & plein de charité pour les pauvres. En le choififfant parmi fes honoraires, l'académie d'Amiens pouvoit fe flatter d'avoir un mortel des plus diftingués par fa vafte érudition. Le Roi, dont il étoit hiftoriographe, l'avoit gratifié de 1500 liv. de penfion fur le tréfor royal. Ce nom fe trouve dans les archives en 1467.

SES ÉCRITS.

Il travailla d'abord fur Jofeph l'hiftorien, furnommé Flavius. Il l'avoit corrigé fous les yeux de Dom Montfaucon; mais fachant qu'un Anglois l'avoit prévenu, il envoya gratuitement à l'éditeur ce qu'il avoit commencé.

Rerum Gallicarum & Francicarum fcriptores, c'eft-à-dire, *Recueil des Hiftoriens des Gaules & de la France, contenant tout ce qui a été fait par les Gaulois, & ce qui s'eft paffé dans les Gaules avant l'arrivée des François, & plufieurs autres chofes qui regardent les François, depuis leur origine jufqu'à Clovis.* Paris, 1738, tome premier, aux dépens des Libraires affociés, chez Gabriel Martin & autres, *in-fol.* de 882 pages. Cet ouvrage eft des plus importans & des plus intéreffans pour la nation. C'eft un recueil de tous les diplomes des Rois, & une nouvelle édition en un corps de tous les auteurs de fiècle en fiècle qui ont écrit fur l'Hiftoire de France. Ce volume contient tout ce que les anciens hiftoriens ont dit des Gaules. Dans le *Profpectus*, imprimé en 16 pages *in-4.* en latin & en françois, on voit quels font ceux qui avant lui avoient conçu un pareil deffein. Mais cette carrière paroiffoit abandonnée lorfqu'il y entra. Dès qu'il eut commencé ce travail, il ne ceffa jamais d'y rapporter toutes fes études. A la tête de ce premier volume, il a placé une carte géographique des Gaules Cifalpine & Tranfalpine, dreffée fur les defcriptions des anciens, tant hiftoriens que géographes; quant à la partie de la carte de Putinger, qui regarde la Gaule, elle fe trouve à l'endroit qui lui convient.

Quatre tables terminent ce volume. La première contient
les noms des villes, des autres lieux & des peuples : la
seconde, les noms françois des villes, avec les noms latins :
la troisième, le nom des personnes : la quatrième est pour
les matières. L'auteur a ajouté des notes critiques aux
endroits qui en avoient besoin. La préface qui traite de
plusieurs questions concernant les Gaulois, est suivie d'une
table chronologique, c'est-à-dire, d'annales gauloises &
françoises, qui contiennent par ordre des temps, les principaux faits dispersés çà & là dans le volume. Ce plan, que
Dom Bouquet a suivi constamment par la suite, a été
approuvé par M. le Chancelier, après plusieurs doctes conférences tenues chez lui à ce sujet. Ce recueil devoit se
terminer à la mort de François I. Il y a quatre appendix à
la fin de la première & de la seconde Race, & dans la troisième, il s'en trouve à la fin de chaque époque. Le premier
appendix contient des vies de saints, dans lesquelles on
trouve une infinité de bonnes choses relatives à notre
histoire, & qu'on chercheroit inutilement ailleurs : le second
est pour les lettres historiques des Rois, des Papes, des
Evêques, &c. le troisième comprend les lois, les formules,
les constitutions des Rois, & des extraits des conciles ou
des capitulaires qui ont rapport à l'histoire & aux coutumes.
On a rangé dans la quatrième les diplomes de nos Rois.
Quand les années ne sont point énoncées dans le texte, on
les met à la marge. Il y a deux autres tables : l'une pour les
mots barbares, dont l'éditeur donne l'explication ; l'autre
pour les généalogies des princes & des grands du royaume.
Au commencement de chaque Race, une carte géographique représente les états que nos Rois possédoient, & pour
la commodité des étrangers, le titre de l'ouvrage, les préfaces, les annales ou tables chronologiques & autres choses
sont en latin & en françois. On peut dire de cet ouvrage,
par regno liber est, comme on disoit autrefois du Louvre,
par urbi domus est. Ce recueil exigeoit des lectures immenses. En traitant de la Gaule dans sa préface, le docte com-

pilateur parle de fes divifions , de fes noms différens, de
l'origine des Celtes & des Gaulois, de leur langue, de leur
religion , de leurs mœurs & coutumes, de leurs expéditions,
de leur littérature. Il traite en particulier de l'établiffement
des Marfeillois dans les Gaules , de la forme de leur république, de leurs mœurs & de leurs ufages. Les auteurs raffemblés dans cette collection s'accordent fouvent très-peu
entre eux, & fouvent trop peu avec eux-mêmes. Quel travail n'a-t-il pas fallu pour les concilier enfemble ? Ce volume
qui va depuis l'an 162 jufqu'à l'an de J. C. 481 , eft fuivi
d'un catalogue des anciens géographes , hiftoriens, orateurs,
philofophes , poètes , qui ont parlé des Gaulois , & dont le
favant éditeur a extrait tout ce qui les regarde. Le frontif-
pice gravé contient une dédicace en ftyle lapidaire , dans
laquelle les auteurs contenus dans le recueil dédient eux-
mêmes leurs ouvrages au Roi.

Le fecond volume parut en 1739; il contient 728 pages,
fans la préface & les tables. On y voit plufieurs écrits qui ne
fe trouvent point facilement ailleurs. La préface latine &
françoife eft divifée en deux parties. Dans la première , on
donne la notice des monumens littéraires contenus dans ce
volume ; on traite dans l'autre quelques queftions concernant la nation des Francs , & dont la difcuffion eft propre à
éclaircir l'hiftoire des premiers temps de notre monarchie.
On y donne l'édition des œuvres de Grégoire de Tours,
mife au jour par Dom Thierry Ruynart en 1699 , & enrichie
de nouvelles notes qu'on ne lit pas fans profit, & de varian-
tes tirées de trois manufcrits inconnus à Dom Ruynart.
On nous informe de ce qui regarde les écrits & les auteurs
qui entrent dans la collection; de l'origine des Francs , de
leur nom , de la France & de fon étendue ; des mœurs des
Francs , de leurs Rois , du temps où ils ont eu une demeure
fixe dans les Gaules , de leur gouvernement , de la fuc-
ceffion du royaume des Francs. Les annales commencent
à l'année de l'ère commune 179 , & finiffent avec l'an
756.

Le

Le troisième, imprimé en 1741, contient 808 pages sans la préface, la table chronologique, & le catalogue des ouvrages contenus dans ce livre. On prouve dans la préface que les Rois des Francs & leurs enfans portoient une chevelure encore plus longue que celle des Francs leurs sujets. On donne des observations curieuses sur les indictions & sur le temps où elles ont été marquées dans nos actes publics, & une notice critique des principaux ouvrages dont il s'agit ici. Les annales commencent à l'année de J. C. 275, & finissent en 756.

Le quatrième, publié en 1741, a 771 pages, sans la préface, la table chronologique & le catalogue des ouvrages. La préface commence par l'énumération des actes & des monumens qui composent ce volume qui termine l'histoire de la première Race. Les annales vont depuis 369 jusqu'en 756.

Le cinquième, imprimé en 1744, a 851 pages, sans la préface & la table chronologique. Il contient ce qui s'est passé sous les règnes de Pepin & de Charlemagne, c'est-à-dire, depuis l'an 752 jusqu'en 814, avec les lois, les ordonnances, les diplomes de ces deux Rois, & autres monumens historiques. L'auteur commence par fixer le commencement du règne de Pepin ; il expose ensuite les 70 pièces que contient ce volume, & sur chacune d'elles il a fait des remarques judicieuses. Il en établit l'autorité, fixe le temps où elles ont paru, en fait connoître les auteurs & les lieux où on les conserve. On y voit par-tout un homme d'une grande érudition & d'une saine critique. La table chronologique commence en 687, & finit en 821.

Le sixième comprend les gestes de Louis-le-Débonnaire, d'abord Roi d'Aquitaine, & ensuite Empereur, depuis l'an 781 jusqu'en 840, avec les lois, les ordonnances, les diplomes de ce Prince, & autres monumens historiques. Il fut imprimé en 1749. La préface contient un précis de la vie de cet Empereur, & une notice des pièces qui composent

P p

le volume. La table chronologique va depuis 754, jufqu'en 840.

Le feptième, imprimé en 1749, renferme les actions des fils & des petits-fils de Louis-le-Débonnaire, depuis l'an 840, jufqu'en 877, avec les capitulaires de Charles-le-Chauve, & d'autres monumens hiftoriques. On voit dans la préface l'abrégé de la vie de ces Princes, & la notice des pièces de ce volume. La table chronologique va jufqu'en 880.

Le huitième s'étend depuis 877, jufqu'en 987; c'eft-à-dire, depuis le commencement du règne de Louis-le-Begue, fils de Charles-le-Chauve, jufqu'à la fin du règne de Louis V, dernier Roi de la feconde Race. Il contient les diplomes des fils & des petits-fils de Louis-le-Débonnaire, qui n'ont pu entrer dans le volume précédent. Il parut en 1754, époque de la mort de l'éditeur, qui a laiffé à un de fes confrères les amples collections qu'il avoit faites pour la continuation de cet ouvrage. Le neuvième volume étoit fort avancé quand il mourut. Dom Haudiquet, qui travailloit la partie des croifades, fous la direction du défunt, a été chargé de fuivre cette entreprife.

NICOLAS DE LESTOCQ avoit pour frère Guillaume, docteur & profeffeur royal en Sorbonne. A ce qu'on a dit de ce refpectable favant, page 180 du fecond volume de l'Hiftoire de cette ville, il fuffira d'ajouter qu'il vint au monde, pour l'honneur de ce diocèfe, en 1686. Ceux qui l'ont vu, fe fouviennent qu'il joignoit à la figure la plus gracieufe, un air de douceur & d'amabilité qui forçoient à le chérir. Sa preftance, fon air de dignité, le rendoient propre, indépendamment de fes talens littéraires & de fes vertus, à figurer dans les premières places de l'églife. La pureté de fes mœurs, fa prudence, fa fagacité, fon application continuelle aux langues favantes, le firent bientôt connoître. Il étoit jeune encore, lorfque l'évêque Feydeau de Brou s'apperçut de fon mérite, & lui accorda fa confiance, en l'engageant de quitter la maifon de Sorbonne où il demeuroit, pour fe fixer auprès de lui, en qualité de théologal. Le prélat eut la fatisfaction de voir que tout le diocèfe applaudiffoit à fon choix par l'empreffement avec lequel on alloit entendre les fermons édifians & pathétiques du jeune orateur. Après la mort de cet évêque, il en prononça l'*Oraifon funèbre* dans l'églife cathédrale, le 24. octobre 1706. Quoique l'auteur n'ait pas eu fix jours entiers pour s'y préparer, le difcours parut bien rempli. Dans la première partie où il s'étend fur la néceffité de la fubordination parmi les hommes, il réduit les devoirs des fujets à l'égard de leurs princes, à la foumif-fion & à l'affiftance; il fait confifter cette foumiffion dans une obéiffance fans réferve & dans une fidélité inviolable. Dans la feconde partie, il fait voir que les princes font hom-mes comme nous, que fans le fecours des autres hommes ils ne peuvent prefque rien, & qu'avec leur fecours, ils ne peuvent rien fans la protection du ciel; il en conclut que les fujets doivent à leurs princes une double affiftance tem-porelle & fpirituelle.

Mercure galant
nov. 1706.

L'exiftence du corps de faint Firmiñ le confeffeur dans la cathédrale de cette ville, ayant été attaquée dans la *Lettre à un curieux*, attribuée au fieur de Létoile, abbé de faint Acheuil, ouvrage condamné par l'évêque en 1697, & défendu par Jean-Baptifte Thiers, il publia en 1711, une *Differtation fur la tranflation du corps de ce faint évêque*, im-primée à Amiens, chez Charles-Caron Hubault, en 1711, *in*-8. Pour fupplément à cet écrit, il donna l'an 1714, la *juftification de la tranflation du faint confeffeur*. Malgré l'arrêt du Confeil d'Etat, du 27 avril 1699, qui fupprima les pro-ductions de ceux qui fixoient les reliques à faint Acheuil, ils firent paroître de nouvelles *Remarques critiques*, fuivies d'une feuille volante, intitulée l'*Ombre de M. Thiers*. Notre jeune docteur pulvérifa fes adverfaires dans fes *Lettres fur ces remarques* forties de la même preffe en 1714; *in*-16. Auffi refta-t-il victorieux, comme on peut le voir page 133 & fuivantes de l'Hiftoire de cette ville, tome 2.

P p ij

On lui attribue, avec beaucoup de vraisemblance, la *Lettre sur un article du Journal des Savans, du 8 avril 1715*, où il est parlé des reliques de saint Firmin le confesseur, à l'occasion de l'ouverture de la châsse, faite le 10 janvier de la même année. Il a aussi laissé des *Remarques manuscrites sur les actes de saint Firmin le martyr, & sur le temps où ils ont été écrits*.

L'an 1751, le Duc d'Orléans ayant fondé en Sorbonne une chaire de théologie pour l'explication du texte hébreu de l'écriture-sainte, il fit en qualité de sénieur, & à la tête de douze anciens docteurs & de six professeurs de la maison, un remercîment à S. A. R. le 8 janvier. Il y dit que cet établissement est aussi honorable pour la Sorbonne, qu'avantageux à l'église, & qu'il sera un monument éternel du zèle du prince pour la religion, & de sa science profonde & peu commune de la langue sainte.

N . . . PINGRÉ, sieur de Salency, personnage intéressant, sur lequel nous avons inutilement cherché des informations, joignoit aux talens militaires la pratique des vertus du christianisme. Dans un âge avancé, il attaqua, avec une vigueur bien rare, à la tête du régiment de Normandie, la colonne épaisse, & presque impénétrable que nous opposèrent les alliés dans la plaine de Fontenoy.

LOUIS DUCANDAS naquit vers l'an 1686 de Jean François, procureur, & de Marthe-Restitude Godquin. Après avoir fait une partie de ses études, il se présenta chez les Célestins, où il resta peu de temps en qualité de novice. Des visions fréquentes qu'il disoit avoir, & dont il faisoit naïvement le récit, firent appréhender que la solitude du cloître ne fît travailler de plus en plus son imagination exaltée. On lui conseilla un genre de vie plus dissipée, & il profita de l'avis. Rentré dans le monde, il y continua ses études, & embrassa l'état ecclésiastique. Instruit pleinement des devoirs de cet état, il ne s'en écarta jamais. Ses connoiſſances, ſes vertus, lui procurèrent un canonicat de l'égliſe de Noyon, qu'il poſſéda pendant 36 à 37 ans. Il fut en outre grand-vicaire du même diocèſe, & mourut dans ladite ville, en 1758, âgé de 72 ans. Les Ducandas ſubſiſtent depuis l'an 1346.

S E S   É C R I T S.

Syſtéme tiré de l'écriture-ſainte, ſur la durée du monde, depuis le premier avénement de J. C. juſqu'à la fin des ſiècles. Paris, Huart, 1733, *in-12.*

Recueil de déciſions importantes ſur les obligations des cha-noines ; ſur l'uſage que les bénéficiers doivent faire des reve-nus de leurs bénéfices, & ſur la pluralité des bénéfices. Noyon, chez Pierre Rocher, 1746, *in-*12 de 528. *Item,* 1751. L'au-teur, en raſſemblant ce que les caſuiſtes avoient écrit ſur ces matières, ſe propoſe de rectifier l'idée que l'on a com-munément des obligations des chanoines. L'ouvrage diviſé en trois parties eſt ſubdiviſé en treize chapitres, ſous chacun deſquels il a réuni les déciſions qui y avoient le plus de rap-port. A la tête de ces déciſions, il a mis des ſommaires qui indiquent ce qui s'y trouve de plus important. Dans la pre-mière partie, il donne une idée générale de l'origine & de la nature des prébendes ; il fait voir que les chanoines, excepté dans certains cas, ſont obligés de réſider ſous peine de perdre les diſtributions & même les gros fruits. Il traite enſuite de l'office divin, de l'obligation où ſont les chanoi-nes de chanter à l'égliſe, & d'aſſiſter à toutes les heures canoniales, indépendamment même des diſtributions quo-tidiennes & manuelles dont il fait mention. On voit enſuite que les vacances des chanoines ne ſont que tolérées. Après avoir parlé du pointeur, des chanoines jubilaires, on prouve que les canons n'exemptent de l'aſſiſtance à l'office, que dans les cas d'infirmités ou de juſte néceſſité ; on traite enſuite des fondations, & de la façon de les acquitter ; des affemblées & ftatuts capitulaires ; de l'obligation où font les Chanoines d'y affifter. Dans la feconde partie, on prouve qu'après avoir vécu d'une manière frugale, un bénéficier, qui n'eft que l'économe de fon bénéfice, doit employer le refte en charités & en œuvres pieufes. Dans la dernière partie, l'auteur s'élève contre la pluralité des bénéfices, laquelle eft défendue, quand un feul fuffit pour l'honnête entretien du titulaire, & il explique ce que c'eft que cet entretien honnête ; il ajoute que la coutume & l'ufage contraires font des abus. Il fuit de-là naturellement, que le collateur qui confère un bénéfice à un eccléfiaftique qui en a déja un, pèche auffi grièvement que celui qui accepte. Tous ces points font traités clairement, folidement, avec ordre & précifion. Cet ouvrage eft très-utile aux chanoines en particulier, & à tous les bénéficiers en général ; mais il les gêne trop pour les flatter beaucoup. Les répétitions qu'on y rencontre font la fuite néceffaire de la réfolution que l'auteur a prife de rapporter les décifions toutes entiè-res ; il auroit dû extraire des réponfes des docteurs, ce qui convenoit à fon deffein ; il auroit évité par-là les redites. Au refte, il falloit que cet écrivain fût, comme les anciens chevaliers, fans peur & fans reproches, pour publier un pareil livre à la face de fon chapitre. On y trouve un docteur févère, fans égards pour les foibleffes de l'humanité, fans complaifances, & fans ménagement pour perfonne ; un homme zélé, qui veut qu'on marche dans la voie étroite.

Journal de Tré-voux, janv. 1747.

ADRIEN MAILLART. On fuppléera ici de fon mieux aux mémoires qu'on a inutilement demandés. Sa profeffion d'avocat au Parlement de Paris, ne l'empêcha point de s'appliquer à l'hiftoire. Il s'attacha à découvrir ce qui avoit échappé à la pénétration de nos hiftoriens modernes, & du père Daniel en particulier. Il mourut vers 1750. On ren-contre des Maillart dans nos archives depuis 1336.

SES ÉCRITS.

Coutumes générales d'Artois, avec des notes. Paris, chez Nicolas Goffelin & Jacques Quillau en 1704, *in-4.* Une carte géographique préfente d'abord l'étendue de la province en général, & celle des juridictions en particulier. L'auteur a mis fur trois colonnes les trois textes de ces coutumes par Charles Dumoulin, François Bauduin & Nicolas Goffon. On voit en caractères italiques ce qui a été ajouté ou changé dans les premiers. Une chronologie hiftorique repréfente les princes qui, depuis les premiers rois de France, ont poffédé les provinces d'Artois, foit en fouveraineté, foit en propriété, & les gouverneurs généraux qui ont eu l'adminiftration des Pays-bas, fous l'autorité des rois d'Efpagne. Quoique l'auteur ait travaillé cet ouvrage avec une attention fcrupuleufe, & fur un grand nombre de pièces originales, l'*in-fol.* eft tombé de 30 liv. à 12 liv. En plufieurs endroits, il éclaircit les notes de Dumoulin. Dans la traduction du commentaire latin de Goffon, il a confervé toute la force & la beauté de l'original. Dans fes notes fur le texte des coutumes, les principes font folidement établis, les ufages de la province, les réglemens anciens & récens faits en interprétation de chaque article, fidélement rapportés, & toutes chofes y font digérées avec ordre & par une méthode qui aide la mémoire en facilitant l'intelligence. La feconde édition, revue & augmentée par l'auteur, parut en 1739 à Paris, chez Jean de Bure, en 1 vol. *in-fol.* de 1031 pages. Outre les notes plus nombreufes, il y a inféré un ancien manufcrit de la bibliothèque du Roi, concernant les ufages de l'Artois, & une carte du confeil provincial de cette province & des environs, figurés par Jaillot.

Differtation fur les limites de la France germanique, d'avec l'Aquitaine gothique, au midi de la rivière de Loire, telles qu'elles étoient en 481. En fuivant la chronique de Sigebert, compilée par M. Adrien Maillart, ancien avocat au

Parlement de Paris , auteur des notes fur l'Artois , rendues d'un ufage univerfel par la chronique. L'auteur ayant trouvé un veftige de ces limites, y a fait fes obfervations qui occupent 9 pages du Mercure de juin 1725 , en y comprenant fes obfervations fur les noms C. Hilderic, C. Lovis , C. Herebert, C. Lotaire, C. Hildebert, C. Hilperic. Il prétend que la lettre antérieure C. fignifie le Roi Coning. *Ibid.* janvier 1736.

Lettre à l'occafion d'une differtation fur Ifis & Cibèle. Mercure de mars 1726.

Differtation fur les bons mots. Il convient qu'étant parfemés à propos dans un livre , ils contribuent à le rendre agréable. Il examine quelle eft la nature d'une fentence , quelles font fes qualités , fes avantages, & après avoir défini le bon mot dont le mérite confifte dans la pointe, il regarde comme un excès de folie la vanité paffagère de fe faire remarquer , par une miférable faillie , aux dépens de fes amis , de fa fortune, de fa vie même. Il exclut de la converfation tout bon mot flatteur ou fatirique, & n'en admet que d'indifférens , en petit nombre. *Ibid. octobre.*

Remarque fur la bataille de Latofao, livrée en 596 ou 597. Il place ce lieu dans le diocèfe de fens. *Journal de Verdun, mars,* 1728.

Eclairciffemens fur le lieu du martyre de faint Leger. Cet écrit , où il relève le père Daniel , eft exact & précis. *Ibid, mai.*

Eclairciffemens fur le lieu de la mort du roi Dagobert II. L'auteur y critique le même hiftorien. *Ibid , juin.*

Difcours à l'ouverture de la conférence publique des avocats de Paris. Il le prononça en 1730 , en qualité de bâtonnier de l'ordre.

Lettre fur le chien de Montargis. Mercure de novembre, 1734.

Differtation fur le lieu de la naiffance de faint Louis. Ibid, février, 1735.

Lettre

Lettre au sujet de Bretigny, où se fit un traité de paix. *Ibid.* mai.

Lettre sur le Lemovicum *de César*, *sur le* Limonum *de Ptolomée, & sur le* Vetus pictavis. *Ibid. décemb.* t. 2.

Lettre au sujet des voyages de César en Angleterre : on y parle du *Portus iccius. Ibid.* févr. 1736.

Réponse au père Texte, Dominicain, relativement au lieu de la naissance de saint Louis. *Ibid. juin.*

Lettre sur le Vellaunodunum *de César.* Ibid. juillet. *Item,* août, 1737.

Lettre sur saint Sigismond, roi de Bourgogne. Ibid. décembre, 1736.

Discours prononcé en la chambre de saint Louis au Palais, le 9 mai 1738, en qualité de bâtonnier sortant. On le trouve à la fin de ses coutumes d'Artois. Un événement étranger à cette histoire, le fit par la suite rayer du tableau des avocats.

Lettre à M. Rafficod, avocat au Parlement de Paris, sur le franc-aleu. Merc. d'avril, 1740.

Lettre à M. Secousse, avocat en Parlement, sur la qualification de Sansterre, donnée à des Princes, en date du 31 octobre. Cette dénomination, selon l'auteur, vient de ce qu'ils étoient sans apanage.

Eclaircissemens donnés à l'auteur de la Description géographique & historique de la haute Normandie, édition de 1740. Ils regardent l'Échiquier. Notre écrivain appuie de nouveau ce qu'il avoit avancé ; c'est-à-dire, qu'il n'a eu le dernier ressort qu'en 1499, par l'édit de Louis XII, & que les appels s'en portoient au Roi. *Ibid. décembre.*

Remarques sur le lieu de la mort du roi Henri I, arrivée le 4 août 1060. Il fixe cet accident à Vitry, dans la forêt de Bievre, aujourd'hui de Fontainebleau. *Ibid.* août, 1741.

Extrait d'une Lettre à M. Secousse, ancien avocat au Parlement, sur une difficulté topographique. Il y est question d'un lieu dans le Dunois, nommé *Marche noir,* que l'auteur prétend être le même que *Lac noir.* Ibid.

Q q

Mémoire sur un comte d'Armagnac. Il est adressé à l'auteur des généalogies historiques des maisons souveraines. *Ibid. octobre.*

Extrait d'une Lettre adressée à l'abbé le-Bœuf, de l'Académie des inscriptions & belles-lettres, au sujet d'Athies sur Orge. Il prétend que c'est le lieu où se fit le traité de 1305. *Ibid. novembre.*

Observation sur un sujet de bibliographie ecclésiastique. Ce sujet est le *Traité de Panorme sur le concile de Bâle.* Ibid. décembre.

Avis à M. Secousse, au sujet du pays nommé Alnetum. *Ibid. janv. 1742.*

Discussion à faire sur la banlieue de Paris, du côté de saint Denis, proposée à l'abbé le-Bœuf, au procureur-fiscal de saint Denis, & à tous les amateurs de l'antiquité. Il s'agit de recherches dont il indique les sources. *Ibid. avril.*

Lettre à M. Brussel, auditeur des comptes, sur quelques chartres & plusieurs noms de villes. Ibid. mai.

Lettre sur la congrégation d'Arrouais.

ANTOINE-ADRIEN VILLEMAN imita le bon exemple de François son frère aîné. Il partageoit tout son temps entre le service divin & les amusemens toujours utiles des savans honnêtes & chrétiens. Après avoir été chanoine de la collégiale de saint Nicolas, l'évêque Pierre Sabbatier le nomma, le 29 septembre 1718, à un canonicat de la cathédrale. Sa qualité de secrétaire de l'évêque occasionna des procès entre le prélat & le chapitre, avec lequel ce digne confrère fut long-temps brouillé. Il s'en dédommageoit auprès du pontife qui avoit pour lui une tendresse de père. Versé dans l'antiquité, il profita des visites qu'il fit dans le diocèse pour rassembler ce qui lui parut de plus curieux, soit en monumens anciens, soit en matériaux utiles à l'histoire topographique, & cette notice dont on a eu communication, est une preuve frappante de ses connoissances & de son bon goût. Exécuteur fidèle des dernières volontés de fon frère, envers l'églife, il y a lui-même verfé des fommes qui lui ont acquis le nom de bienfaiteur. Sa bibliothèque confidérable par le nombre des livres liturgiques & par quelques antiques, eft paffée à l'abbaye de Valoires, qui en fit l'acquifition. On y voyoit entre autres un ancien graduel à l'ufage de l'églife de Sarisbery en Angleterre ; des antiquités fépulcrales, des ciboires & crucifix de 4 à 500 ans. Il mourut en 1748, & fut inhumé à côté de fon frère.

ANTOINE DE BACQ, fils d'Antoine, procureurnotaire, & de Jeanne Limeu, profeffa long-temps dans l'Univerfité de Paris, dont il devint recteur l'an 1724. En vertu de fes degrés, il avoit obtenu un canonicat de l'églife d'Amiens, qu'il céda pour la chancellerie en 1728. Le cardinal de Noailles, conjointement avec le doyen & le chancelier de l'églife de Paris, l'avoit nommé deux ans auparavant coadjuteur du fieur Leullier, grand-maître & principal du collège du cardinal Lemoine, & malgré l'oppofition des bourfiers, il en fit les fonctions, en conféquence d'un arrêt provifoire. En qualité de recteur, il prononça, en 1709, le *Panégyrique de Louis XIV*, *fondé par le corps de ville de Paris*. Il prouve dans ce difcours, que le Monarque fut toujours un zélé défenfeur de la religion, & un puiffant protecteur de la juftice. Il étoit provifeur de Sorbonne lorfqu'il mourut. François, fon frère, fut également principal du collège du cardinal Lemoine.

LOUIS-JOSEPH-MAXIMILIEN D'HALLENCOURT, chevalier de l'ordre militaire de faint Louis & de celui de faint Lazare, marquis de Boullainvillier, feigneur de Vraignes & autres lieux, naquit vers le même temps. Il entra de bonne-heure dans le fervice, & parvint au grade de fous-lieutenant des grenadiers des gardes-françoifes. De fon mariage avec demoifelle Marie-Adrienne Picquet, il eut Marie-Adrienne-Ulphe, mariée en 1748, à Gabriel-Henri Bernard, chevalier, comte de Boulainvillier, grand-prévôt de Paris. Ce militaire inſtruit ne bornoit pas ſes occupations à fatiguer des chevaux ni des chiens. Il a compoſé, en 1752, un *Mémoire reſté manuſcrit, concernant les portions congrues*, & il y démontre la néceſſité de les augmenter. La mort termina ſa carrière vers l'an 1756. Il repoſe dans ſa terre de Dromenil. Adrien-François d'Hallencourt de Boullainvillier, ſon frère, abbé de Saint-Quentin en l'Iſle, diocèſe de Noyon, & grand chantre de Verdun, ceſſa de vivre le 3 février de l'année ſuivante.

JEAN-JOSEPH DECOURT, fils de François, négociant, élu maire en 1656, dont les aïeux remontent à l'année 1476, épouſa Charlotte d'Agueſſeau. En 1711, il étoit conſeiller du Roi, contrôleur général des finances de cette généralité. La mort l'enleva le 14 décembre 1723. Son caractère d'eſprit étoit bon. Il alloit toujours à la raiſon des choſes, & ne ſe payoit ni de promeſſes, ni de paroles. A l'amour de la littérature, il joignoit celui de la muſique, & ce goût décidé le lia d'une amitié intime avec le père Caſtel, jéſuite, qui lui adreſſa une *Lettre ſur le Clavecin oculaire, & l'art de peindre les ſons, ainſi que toutes ſortes de pièces de muſique.* Il ſe faiſoit encore un amuſement de la connoiſſance des pétrifications.

Les Mémoires chronologiques & hiſtoriques pour ſervir à l'Hiſtoire eccléſiaſtique & civile de la ville d'Amiens, tirés de pluſieurs auteurs & d'anciens manuſcrits, comme porte le titre, ne ſont guère qu'une copie des mémoires laiſſés par le ſieur de Louvencourt de Vaucelles, dont on a parlé. Ils compoſent deux volumes *in-fol.* & contiennent peu de choſes dont on n'ait fait uſage. Ils ſont actuellement dans la bibliothèque de M. Bertin, ancien miniſtre & ſecrétaire d'état, qui en a fait l'acquiſition, moyennant 150 liv.

LOUIS ROHAUT n'eut de ſon mariage avec Marie-Françoiſe Oger, qu'une fille mariée à M. Bourdin, comte de Monſures, ancien officier d'artillerie, & chevalier de l'ordre militaire de faint Louis. Ses connoiffances dans la médecine firent honneur au collège de cette ville. Ce defcendant du grand phyficien Jacques Rohaut, mourut vers l'an 1757, dans un âge avancé. Rien ne prouve mieux la réputation qu'il s'étoit acquife & la confiance qu'on avoit en lui, que l'efpèce de confternation occafionnée par le regret de le perdre. Le 18 mai 1755, il écrivit à l'Académie royale des fciences, une *Lettre contenant des obfervations & expériences qu'il avoit faites fur l'antimoine.* Au rapport de cette compagnie, c'eft une véritable découverte qu'elle a vérifiée avec toute la fatisfaction poffible. Il s'agit de la réduction des fleurs de régule d'antimoine, opération que l'on regardoit comme impoffible.

LUPICIN PLÉART, curé de la paroiffe de faint Firmin en Caftillon, décédé à la fin du mois de mars 1755, étoit un homme d'efprit, un pafteur éclairé, mais d'un caractère un peu vif & cauftique. On en jugera par cette apoftrophe fingulière qu'il adreffa aux RR. PP. C... en leur préfentant le corps de la demoifelle Val, qui leur avoit donné une partie de fes biens.

Exuvias vobis præfentamus, reverendi patres. Non multa dicam de domina Magdalena Val. Triftes quidem, & dulces exuviæ. Dulces, quia vobis femper benefecit dum viveret. Triftes, quia ceffabunt beneficia. Nos numquam ut patrem agnovit : vobis erat perfectè notæ. Ubi thefaurus, ibi effe cor & corpus decet. Hæc habetis omnia. Ite, cuftodite, ficut fcitis.

FRANÇOIS PLANQUE, né le 29 juin 1696, fit fes études dans fa patrie. En 1720, il alla à Paris, où il s'appliqua à la lecture des livres de médecine. Dans ce temps-là, à-peu-près, le chirurgien Guerin lui confia le foin de l'éducation de fon fils, qui a fuivi la même profeffion, & qui dans un âge mûr, par une reconnoiffance agiffante, a voulu vivre avec lui comme ami, fous le même toit.

Après avoir fréquenté les écoles, il prit à Reims le bonnet
de docteur en cette faculté, l'an 1747. C'étoit un travailleur
infatigable. Il lisoit beaucoup, faisoit des notes, des observations, des extraits, & amassa des matériaux immenses,
dans le dessein d'exécuter les projets qu'il avoit conçus.
Insensible à tous les autres amusemens, il passa la meilleure
partie de sa vie dans son cabinet, d'où sont sortis les ouvrages suivans.

*Bibliothèque choisie de médecine, tirée des ouvrages périodi-
ques, tant françois qu'étrangers, avec plusieurs autres pièces
rares, & des remarques utiles & curieuses.* Paris, chez d'Houry,
1748, *in-*4, 11 vol. Il a presque fini cette collection volumi-
neuse, qui passe pour très-bien faite. Elle est par ordre alphabétique ; les connoisseurs l'ont jugée utile, importante &
nécessaire. L'auteur s'en occupa pendant plus de 20 ans.
On y trouve rassemblés des mémoires, non-seulement sur
la médecine théorique & pratique, mais encore sur la physique, l'histoire naturelle, la chimie ; des dissertations, des
observations, des découvertes, des expériences, & des
remarques tirées des livres de pratique.

La Chirurgie complette, suivant le système des modernes.
Ibid. 1744, 2 vol. *in-*12. Cet écrit est regardé comme élé-
mentaire par les chirurgiens mêmes, & aujourd'hui il est
encore estimé comme un livre classique. On le réimprima
en 1757, avec des augmentations considérables.

Observations sur la pratique des accouchemens, par Viardel.
Ibid. 1748, *in-*8. C'est une nouvelle édition qu'il a procurée
au public, & à laquelle il a joint ses notes.

*Les Observations rares de médecine, de chirurgie & d'ana-
tomie, traduites de Vander-Wiel,* avec figures. Paris, chez
Charles d'Houry, 1758, 2 vol. *in-*12. Elles étoient deve-
nues rares. Le traducteur a joint à la fin deux dissertations
du même auteur : la première, sur la licorne ; la seconde,
sur la nourriture du fœtus, & une table des matières à la fin
de chaque volume. La traduction est exacte, correcte, &
propre à suppléer à l'original même. Cet ouvrage renferme

ce qu'une pratique de 50 ans lui avoit appris de plus curieux ; (car il exerçoit dans la capitale la médecine qu'il
avoit bien étudiée , mais uniquement pour ſes amis , à la
confiance deſquels il ne croyoit pas devoir ſe refuſer.) Il
l'avoit d'abord donné en langue vulgaire, pour exciter l'émulation de ſon fils , alors étudiant à Leyde. Il y a encore réuni
dans un ordre méthodique les *Obſervations nombreuſes* de
feu de la Mothe , chirurgien des plus verſés dans l'art des
accouchemens, & la nouvelle édition , faite en 1765 , a été
bien accueillie.

Il avoit commencé la *Bibliographia medica,* mais il ne l'a
pas continuée. On en imprima chez d'Houry , 78 feuilles
in-4 , en 1744. Malgré les recherches & le travail que cet
ouvrage doit lui avoir coûté, on ne ſauroit regretter qu'il n'ait
pas été rendu public. Le plan étoit trop vaſte pour être bien
rempli. Ce qui a paru eſt plein de répétitions, d'inexactitu-
des , de choſes étrangères , d'omiſſions conſidérables. On
réimprima par ſes ſoins, en 1751 , en 2 vol. *in*-12 , un livre
ſingulier , qui ſe trouve entre les mains de tout le monde ,
qu'on s'arrache dans l'âge bouillant des paſſions, mais qui
n'eſt pas digne de l'eſpèce de réputation dont il jouit , le
Tableau de l'amour conjugal.

Il a eu beaucoup de part à l'édition des *Principes de chirurgie* , faite en 1757, & elle s'eſt améliorée ſous ſa plume.
Les partiſans des eaux lui ſont redevables de pluſieurs
obſervations lumineuſes ſur celles de Barège , Bourbon-
l'Archambaut, & Bourbonne. Après avoir vécu en homme
ſage , il mourut l'an 1765 , le 19 ſeptembre. Un prêtre de
l'Oratoire du même nom, a donné , en 1731 , des obſervations *in*-12, ſur la fontaine de Fonteſtorbe.

CHARLES-ALEXANDRE BARON, fils de Jean, procureur au bailliage, & de Jeanne-Catherine Boutte, vint au
monde le 12 décembre 1697. Fait pour la ſociété, où il
étoit toujours aimable , en qualité d'éducateur , il vécut
pendant long-temps au château de Daveneſcourt, & il y

contribuoit aux amufemens de la maifon de la Myre , tant par la gaîté de fon caractère , que par des vers fans préten-tion , dont plufieurs mériteroient d'être confervés. Cette famille reconnoiffante lui procura, en 1745 , le prieuré de Chandé, diocèfe de Lyon, qui , joint à un petit patrimoine & à un canonicat de Fouilloy , lui fit un fort affez gracieux pour un homme fans ambition.

Il débuta dans le monde littéraire , en foutenant dans le Journal de Verdun en feptembre 1727, que *la colère de la femme eft plus à craindre que celle de l'homme*. On lit dans le Mercure de mars 1736 , l'épitaphe de fa mère , décédée le 8 du même mois. Il y fait l'éloge de cette femme vertueufe, qui , avec peu de biens , ne laiffa pas d'élever convenable-ment douze enfans à qui elle avoit donné le jour. Dans le volume de janvier , notre abbé adreffa à la comteffe de la Myre , qui avoit été reine la veille des Rois , d'autres vers dont on ne rapportera que ceux-ci :

> Trop fortunés fujets , rendons-lui nos hommages ;
> Les vices vont être abattus ;
> Son règne va former un royaume de fages
> Toujours conduits par fes vertus.

Dans les volumes de l'année fuivante , du même ouvrage périodique , *les fouhaits de bonne année*, qu'il fait à fon frère, procureur au bailliage , font tournés avec une légéreté fpi-rituelle. L'ode intitulée *le Parnaffe* , n'eft point fans mérite, & il y a du naturel dans la *Fable du ramier & de la tourte-relle*. Dans une pièce , adreffée à Charpentier fon ami , curé de Fignières, *fur la démangeaifon de rimer*, il prétend que la poéfie ne doit pas être une occupation.

> Le vers doit être un jeu, non une fervitude ;
> Pour moi, je m'en fers , s'il me plaît.
> Phœbus s'avife-t-il de prendre un air d'étude ?
> Je fuis fon très-humble valet.

Une

Une *Epître*, au même, *fur les louanges*, fait voir qu'en entrant dans la carrière des belles-lettres, on doit fe mettre au deffus des critiques, & du mépris même, auxquels ont été expofés les plus grands écrivains.

> En commençant, rien n'eft facile.
> Voit-on des fruits dans le printemps?
> On n'a point tout-à-coup la force de Virgile;
> Mais cela vient avec le temps.

Il y abjure la fatire, & jamais il n'a rompu cette efpèce de vœu. *Ibid*, mars 1738. On lit dans le fecond volume de juin, le morceau intitulé, *la Nymphe Umbra*. C'eft une allégorie, ou petit conte, dédié à une Dame dont il fait l'éloge, & dont la conclufion eft que la réalité feule rend le bonheur folide. *Le Rondeau fur la folie des hommes*, prouve qu'il les connoiffoit bien. Dans le Journal de Verdun, du mois d'août 1739, il attribue la difette des denrées au dérangement des faifons, & à la longueur de l'hiver précédent : l'heureux changement qui fuccéda, lui paroît être la fuite des attentions du cardinal de Fleury, miniftre, & à ce fujet, il a compofé le madrigal qui s'y trouve. Après avoir publié, en 1770, *des Confeils à une jeune Demoifelle*, il mourut fubitement à Mondidier, où il repofe, le 27 octobre 1772, dans la 74°. année de fon âge. L'amitié, qui nous uniffoit, nous a convaincu plus que perfonne, qu'il avoit des vertus, des talens & des amis. Nous répétons avec regret ce vers qu'on croiroit avoir été fait pour lui :

Occidit hîc, doctis flebilis, atque bonis.

ANONYMES.

Dans une lettre, en date du 18 février 1722, inférée dans le Mercure du mois de mars de la même année, il a expliqué , avec beaucoup de fagacité , une énigme qui fe trouve dans la chronique manufcrite de l'Abbaye du Bec.

    C. C. H. étoit un homme à bons mots, qui, à force de lire des vers , s'amufoit quelquefois à en fagoter. On lui attribue cette épitaphe badine.

> Ci gît maître François Gedant ,
> Docteur de Bourges très-favant ,
> De faint Martin , digne vicaire ,
> Qui prenoit foin du luminaire ,
> Entretenoit les ornemens,
> Et publioit les mandemens.
> Il étoit ennemi des moines ,
> Eftimoit très-fort les chanoines ;
> Et defiroit de tout fon cœur
> Avoir une place en leur chœur.
> Jamais il ne fit fa licence ;
> Mais telle étoit fon éloquence ,
> Que le jour qu'il devoit prêcher ,
> Tout étoit plein jufqu'au clocher.
> Cet homme étoit fi charitable,
> Qu'on le voyoit toujours à table
> Avec la veuve & l'orphelin
> Qu'il vifitoit foir & matin.
> Enfin , c'étoit un très-faint homme ,
> Et l'on ne peut comprendre comme
> Un perfonnage fi zélé
> Mourut fans être au moins curé.
> C'étoit pourtant bien fon affaire.
> Dès qu'il ouvroit la bouche en chaire ,
> On croyoit entendre Auguftin ,
> Ou plutôt le grand faint Martin.

> Vous qui paffez, ame fidèle,
> En ce lieu montrez votre zèle,
> Et dites pour le trépaffé
> *Requiefcat in pace.*

Vivorum ut magna admiratio, ita cenfura difficilis eft.   XVIIIe. Siècle.
Velleius Paterculus.

Une compagnie de gens éclairés, fe forma l'an 1702, fous le nom de *Cabinet des Lettres.* Seize perfonnes, dont la moitié étoit eccléfiaftique, la compofoient. Les mémoires du temps n'ont confervé que les noms de ceux qui fuivent. Pouffemotte de l'Etoile, chanoine régulier, pour lors abbé de faint Acheuil, eftimé par fon mérite, par la délicateffe de fon efprit & fon favoir. L'abbé Delfaut, chanoine de la cathédrale, fils d'un préfident de Soiffons, qui y figuroit en qualité de fecrétaire, & dont il refte des poéfies manufcrites. Adrien Creton de Wiamville, préfident du préfidial, homme poli & d'un goût délicat. Jean Vaquette du Cardonnoy, confeiller au préfidial, renommé parmi les antiquaires, tant par fon goût pour les belles-lettres, que par fa capacité dans la fcience des médailles antiques & modernes, dont il poffédoit, comme on l'a dit, une collection des plus curieufes & des plus riches; c'étoit chez lui que fe tenoit l'affemblée tous les lundis. Damien d'Hébecourt, avocat en Parlement, diftingué par la jufteffe, la vivacité & la délicateffe de fon efprit. Charles-François Cornet & Louis Petyft, avocats du Roi. Vuillart, fieur d'Auvilliers, directeur des poftes de la province. Le fieur Prévoft, & vraifemblablement Nicolas Dumont, confeiller au même préfidial, connoiffeur & curieux en antiques, dont le cabinet a paffé par droit d'héritage à Nicolas de Villers Rouffeville, dont on a parlé ci-deffus. Cette fociété, efpèce d'aurore, qui en annonçoit une plus confidérable, a difcontinué fes féances, en conféquence d'un Edit portant défenfe de

Mercure galant,
juin 1702.

R r ij

tenir aucune affemblée fans en avoir obtenu des Lettres-
patentes.

Les chofes reftèrent en cet état jufque vers le milieu de
ce fiècle. Alors les gens de lettres, depuis trop long-temps
ifolés, fe rapprochèrent, & fecondés de la protection du
duc de Chaulnes, gouverneur général de la province, ils
obtinrent par fon canal, le 30 juin 1750, des Lettres-patentes portant établiffement en cette ville d'une *Académie des
fciences, belles-lettres & arts*. Pour favorifer l'émulation des
Littérateurs, le Corps de Ville fonda à perpétuité une
médaille d'or de la valeur de cent écus, deftinée à récompenfer l'auteur de la meilleure pièce fur les fujets donnés,
& jufqu'ici cette compagnie a eu l'avantage de n'en propofer que d'utiles à l'humanité, au commerce, au bien de
l'état, ou à l'honneur de la patrie. Les réglemens, l'éloge
de ceux qui compofent cette fociété, les ouvrages qui en
font fortis, tout cela eft du reffort de cette compagnie. Nous
continuerons de nous borner aux écrivains qui ont pris naiffance au milieu de nous.

L'émulation que cet établiffement durable a produite
parmi les gens de lettres, a également influé fur les artiftes
dont les talens & les bras font fi utiles à la fociété.

Le Jardin des plantes, établi en même temps que l'Académie, fous les aufpices du même protecteur, concourt
également à l'utilité perfonnelle de chaque citoyen. Il eft
fous la direction de quatre académiciens, dont un eft chargé
de donner des leçons publiques de botanique. Sa Majefté y
a attaché 2000 liv. à prendre annuellement fur le gros
octroi.

Il manquoit une école publique & gratuite des arts, de la
manufacture de cette ville & du commerce. On eft redevable de cet établiffement formé en 1758, à la protection de
M. d'Invau, alors intendant de la province, & à la bienveillance du duc de Chaulnes, qui, pour exciter l'émulation
parmi les élèves, a accordé des prix qui fe diftribuent chaque année à ceux qui les méritent. Le fieur Scellier, fous

la direction duquel eſt cette école, y enſeigne tout ce qui a rapport à la géométrie, aux mathématiques, au deſſin & aux arts (a).

Par les ſoins attentifs du même intendant, Sa Majeſté a fixé en cette ville, par Arrêt du Conſeil du 6 août 1761, une chambre de commerce & une bourſe, dont les avantages intéreſſent toute la province.

Les ſuccès, les progrès des établiſſemens relatifs au commerce, ſont dans une place comme celle-ci, un objet des plus intéreſſans. Dès 1756, le ſieur Bonvalet jeta les premiers fondemens d'une manufacture d'étoffes fleuries, qui ſe perfectionne tous les jours par le brillant, la vivacité des couleurs, les nuances & la nouveauté des deſſins, accommodés au goût variable de la nation. Cette entrepriſe augmente conſidérablement le commerce des pannes, en attirant la curioſité & l'argent des étrangers. Avant lui, on n'avoit nulle part porté à un ſi haut degré ce genre d'impreſſion des étoffes & des toiles. Les machines innombrables qu'il invente journellement, les ſecrets particuliers & ſûrs dont il ſe ſert, annoncent le grand artiſte & le bon citoyen. Si le ſieur Bonvalet n'eſt pas l'auteur de cette manufacture, on doit à ſes recherches & à ſon application continuelle la reſtauration de cette fabrique d'étoffes imprimées, preſque anéantie au moment qu'elle avoit été établie à Beauvais & dans quelques autres villes.

Une manufacture de colle, utile à celle de draps, a été établie par le ſieur Caron en 1755.

A la manufacture de gazes en ſoie, nouvellement éta-

(a) A la première diſtribution des prix, faite le 2 novembre 1760, le jeune Trancy, qui promet beaucoup, & Morviller, tous deux fils de menuiſiers, ont reçu les premieres couronnes dans la partie du deſſin. Sous la protection du gouvernement, & du corps municipal, on a accordé depuis peu à cette école un ſallon à l'hôtel-de-ville, pour en jouir chaque année pendant quinze jours. Les amateurs, artiſtes, artiſans, manufacturiers, tant de la Picardie, que des provinces voiſines, peuvent y expoſer à la curioſité du public, leurs inventions, leurs chefs-d'œuvre, & tous les morceaux ſinguliers qui ſortiront de leurs mains.

blie , on a joint celle de blondes en foie, fous la direction du fieur Bernard , plein d'intelligence & de zèle pour ce genre de travail.

Par Lettres-patentes du 21 mai 1763 , enregiftrées en Parlement le 14 juin , & le 22 en cette ville, S. M. donne au collège une confiftance plus folide que jamais , en aftreignant les régens & profeffeurs à fuivre en tout la méthode & les ufages de l'univerfité de Paris. Conformément à l'Edit de février 1763 , le collège eft réglé par un bureau d'adminiftration , compofé de l'évêque , préfident né ; du lieutenant général , du procureur du Roi du bailliage , du maire de la ville , du premier échevin , de deux notables , & du principal du collège.

L'an 1700 parut le plan de cette ville en quatre feuilles , avec des remarques curieufes. C'eft l'ouvrage du père Menard , chanoine régulier de faint Martin-aux-Jumeaux , & de Charles-François Cornet de Coupel , avocat du Roi , qui , après l'avoir fait deffiner par l'ingénieur Desbordes , le firent graver à Paris , par François Ertinger.

ANONYME. Il a fait imprimer , chez G. le-Bel , en 1703 , un *nouveau Calendrier fpirituel & perpétuel* , contenant les fêtes & folemnités qui fe font pendant le cours de l'année dans les différentes églifes de la ville & fauxbourgs , ainfi que les jours de jeûne , & les fêtes chommées dans le diocèfe , *in-*12 de 36 pages. Cet ouvrage avoit paru moins complet , fous le titre d'*Almanach fpirituel* , l'an 1673.

JEAN-LOUIS DESJARDINS. Colette - Elifabeth le-Vaffeur, *femme de Guy Desjardins* , aide-major au gouvernement d'Amiens, & commandant des portes de la même ville, le mit au monde le 18 août 1701. Quoique occupé pendant une bonne partie de fa vie en qualité de greffier de la milice bourgeoife , & de commandeur de la garde , il ne négligea pas l'étude de la phyfique , dont il avoit puifé les principes dans les meilleures fources. Après des obferva-

tions vérifiées mille & mille fois, il inventa un *Météoromè-*
tre françois, efpèce d'hygromètre, fervant à marquer le
degré de féchereffe & d'humidité de l'air. On peut voir la
defcription & l'ufage de cet inftrument fi utile, dans les
Affiches de cette province de 1777, pages 174, 187 & 195.
Sa conftruction étoit regardée comme une chofe prefque
impoffible, & cette tentative remplira peut-être un jour les
vœux des phyficiens. Le mémoire de l'auteur eft écrit avec
beaucoup de netteté & d'intelligence ; la machine eft très-
propre à défigner exactement les divers degrés de féchereffe
& d'humidité; & en la comparant avec le thermomètre & le
baromètre, elle annonce les grandes pluies, les temps fâcheux, les orages, les vents plus ou moins fecs, plus ou
moins violens, & femblables météores qu'il importe de
connoître & de comparer dans les différentes parties du
monde, à différentes hauteurs, dans différentes vallées,
pour connoître & la marche de la nature, & l'influence des
variations de l'atmofphère fur le corps humain, fur les animaux & fur les plantes. Ce jugement eft le réfultat des
approbations données à cette découverte, par MM. de la
Sone & Reynard, célèbres profeffeurs de phyfique, & par
l'Académie d'Amiens. Les Desjardins paroiffent dès 1457.

Conférences du Diocèse.

Cet ouvrage contient toutes celles qui ont eu lieu depuis
le mois de décembre 1695, jufqu'au 28 juillet 1701 inclufivement. Alexandre le Sellier de Riencourt, doyen, & le
chanoine Bacouel, ont rédigé la partie qui concerne les cas
réfervés. François Mafclef a été le rédacteur de la partie qui
regarde les eccléfiaftiques; & Pierre le Caron, préchantre,
s'eft chargé des réponfes aux difficultés propofées fur l'évangile des dimanches de l'avent, des quatre-temps & de la
meffe de minuit. La réponfe aux queftions propofées dans
ces conférences fur les obligations des eccléfiaftiques, a été
imprimée *in*-4. à Amiens, chez Nicolas-Caron Hubault, en
1700, 1701 & 1702.

Réfultat des Conférences Eccléfiaftiques du Diocèfe.

Ces deux volumes *in-*12, imprimés chez Charles-Caron Hubault, le premier en 1702, l'autre en 1704, contiennent les traités des actes humains en général & des lois qui fuivent la conférence fur la théologie morale, où l'on examine fon objet, fa néceffité. Vient enfuite le traité des lois, fuivi de ce qui regarde la coutume & les privilèges. Le fecond volume embraffe les traités de la confcience, des péchés, des vertus théologales, de la foi, l'efpérance & la charité. On en a donné une nouvelle édition en 1706 & 1707.

N... CORNET, religieux Bénédictin de la Congrégation de faint Maur, eft auteur d'une *Differtation fur les Princes & Seigneurs de Franche-Comté qui fe font diftingués dans les croifades.* Elle eft dans les regiftres de l'Académie de Befançon, où elle eut *l'acceffit* à la diftribution du prix de 1766.

N... MUSET. Cet artifte, doreur & peintre, réuffiffoit parfaitement à imiter toute forte de marbres.

JEAN-BAPTISTE-MICHEL DUPUIS joignoit le talent de la mufique à celui de la fculpture; mais il manioit le cifeau avec plus de délicateffe que le clavier de l'orgue. Les ftales de la collégiale de faint Nicolas, le maufolée de l'évêque Sabbatier, & la chaire de la cathédrale, que les connoiffeurs regardent comme l'une des plus belles du royaume, font autant de monumens qui l'ont diftingué dans le fecond de ces beaux arts. Cet académicien mourut à Paris au mois de mars 1780, avec la glorieufe réputation d'avoir encore eu plus de vertus que de talens.

GABRIEL-

GABRIEL-FLORENT DE SACHY DE CAROUGES
fe rendit auffi recommandable par fes lumières & par fon
rang, que par fes fentimens d'humanité, de générofité & de
tendreffe pour les malheureux. Il naquit au commencement
de ce fiècle, de Jean-Baptifte-Jofeph de Sachy, tréforier de
France, dont le nom remonte jufqu'au treizième fiècle, &
de demoifelle Marcelet, fa première femme. Gabriel époufa
N... Ricard, qui lui donna deux garçons & une fille, qui
joignit à une figure intéreffante, le gofier le plus féduifant.
Le 6 mars 1724, il fut reçu préfident-tréforier de France au
bureau des finances de cette ville, place dans laquelle, ainfi
que dans celle de maire, qu'il occupa en 1760, il fit éclater
dans plufieurs circonftances délicates, fes principes d'équité,
fa fermeté & la jufteffe de fes vues. Ayant remarqué que les
aumônes en argent, qui fe répandent fur les pauvres, ne
font fouvent pour eux qu'une occafion attrayante de débauche & d'ivrognerie, il prit le parti de diftribuer chez lui, à
un certain nombre de pauvres, pendant un mois de l'année,
la fubfiftance en nature. Ce projet fi digne d'être imité, fi
applaudi dans le temps, ne fut interrompu que par fa mort,
arrivée en 1772. Son corps repofe chez les Minimes, où
les regrets univerfels l'ont fuivi dans le tombeau.

Il publia un *Effai fur la néceffité & fur les moyens d'établir
des fontaines publiques dans la ville d'Amiens. Ibid.* chez
Godard, 1749, *in-4.*

L'*Avis pratique aux Laboureurs fur les bleds*, parut en
1755. *Ibid. in-*12. C'eft un extrait de la differtation de
M. Tillet, à laquelle notre bienfaiteur de l'humanité a ajouté
quelques réflexions, & un remède contre les chenilles & les
chardons.

DENIS-ISIDORE DESMERY, doƈeur en médecine, &
membre de l'académie de cette ville, lut dans les affemblées
publiques, à commencer en 1750, plufieurs de fes ouvrages, fous ces titres : *Mémoire fur le jardin des plantes & fur la
botanique*, fcience dont il a fait depuis nombre de cours

publics. *Mémoire sur les avantages de l'inoculation de la petite vérole dans les enfans au dessous de quatorze ans.* Dissertations *sur l'utilité des sciences, des belles-lettres & des arts. — Sur l'influence de l'air sur le tempérament. — Sur Fernel, médecin de Henri II. — Sur Guy-Patin. — Sur l'utilité de l'étude des langues grecque & latine*, tant pour les savans, que pour les jeunes littérateurs, qui, s'ils connoissoient cet écrit, sacrifieroient, dit-on, l'étude des langues vivantes à celle des langues mortes. — *Réflexions sur le style épistolaire, & sur le physicien Rohault. — Sur le Charlatanisme. — Sur les dispositions organiques, relativement à l'esprit. — Discours préliminaire pour servir à un ouvrage sur l'histoire naturelle de la Picardie. —* Autre, *sur la nécessité des lettres dans les professions principales de la société. — Lettre sur l'apoplexie, sur ses causes, & sur la manière de la traiter.* On l'a publiée dans les affiches de la province.

MICHEL SIMON, fils de Michel, receveur des consignations, & de Marguerite Hochedé, reçut de la nature la figure la plus intéressante & les plus heureuses dispositions pour les belles-lettres. Il s'y livroit en se jouant, & faisoit des vers françois excellens, avec une facilité singulière. Plusieurs de ses voyages à Bruxelles n'avoient d'autre but que le désir d'y voir le grand Rousseau, dont il imitoit au mieux le genre épigrammatique. Quelques essais répandus dans le public, tels que l'*esprit de contradiction* & *la double confession*, fourniroient les preuves de ses talens & du feu de son imagination, mais le ton trop libre qui y règne ne permet pas de les insérer ici. Une vie trop dissipée altéra son tempérament & sa fortune. Il étoit venu au monde au mois d'août 1704, & mourut le 20 mars 1768. Les titres renseignent des Simon depuis 1552.

PIERRE-CLAUDE HAUDICQUER, fils de Pierre, & de Marie-Marthe de Court, tous deux de bonne famille bourgeoise, vint au monde vers le même temps. Il épousa le 16 janvier 1720, Jeanne Debonnaire, qui lui donna plufieurs enfans, entre autres un garçon mort capitaine d'infanterie, & chevalier de l'ordre de faint Louis. Après avoir été négociant pendant un temps confidérable, il crut devoir quitter le commerce, & mourut le 18 février 1767, contrôleur-juge-garde de l'hôtel de la monnoie. Il repofe dans le cimetière de faint Denis.

Pendant la meilleure partie de fa vie, il s'eft occupé férieufement d'un ouvrage confidérable, qui eft refté manufcrit. Il s'y propofoit de réunir en un feul tous les poids & toutes les mefures du royaume. Salomon Haudicquer vivoit en 1499. De la même famille eft vraifemblablement forti le père Haudicquer, Jéfuite, qui alla en qualité de miffionnaire, chez les Maronites, l'an 1682. Il falua le Patriarche à Cannobin, lieu de fa réfidence.

JEAN-BAPTISTE CHARPENTIER reçut de la nature un goût fi marqué, fi vif pour la poéfie, que ce talent inné lui promettoit une place diftinguée fur le Parnaffe, fi fes parens peu fortunés, loin de le retenir auprès d'eux, avoient eu les moyens de lui faire prendre l'air de la capitale pendant quelques années. Il fit fes études dans fa patrie, & embraffa l'état eccléfiaftique. Après fa prêtrife, il vicaria peu de temps, & fut nommé, en 1728, à la cure de Fignières, près Mondidier. Ami de la fociété, il venoit de temps en temps s'y délaffer, & fans les Mufes, le chagrin l'eût enlevé à la fleur de fon âge dans cette folitude où il fe trouvoit abfolument déplacé.

Les Mercures de 1739, 1740 & 1741 font les dépofitaires de la moindre partie de fes productions. On y lit une *Ode fur la briéveté de la vie* ; une *fur le vrai bonheur* ; une *Fable* intitulée, *la linote & la pie*. Ses vœux pour la fanté du marquis de Clermont - Tonnerre font d'une tournure ingénieufe & facile. Pour charmer les ennuis de fa trifte pofition, il compofoit jufqu'à des énigmes, des logogry-

phes, tant latins que françois, & même des bouts-rimés.
Ennemi des louanges, il n'attachoit aucune prétention à ce
qu'il avoit produit de plus faillant. Naturellement enclin à
la fatire, il ménageoit très-peu ceux dont il avoit à fe plaindre. Dans une épître, fur le ton de Marot, il badine légérement un archidiacre, jadis militaire, qui, altier vis-à-vis
les curés, comme il l'avoit été envers les foldats, avoit
encore la vanité d'étaler, dans les presbytères où il mangeoit,
un couvert de vermeil. Il a laiffé, fur le même, une *Fable*
intitulée, *les corbeaux*. Pendant long-temps il a travaillé à
un *Catéchifme hiftorique, chronologique, dogmatique, géographique & critique de tous les conciles de France*, où il fe
propofoit de ne rien taire aux dépens de la vérité. La délicateffe de fa poitrine lui occafionnoit de fréquentes indif-
pofitions, qui par degrés le conduifirent au tombeau le 7
octobre 1772. Une partie confidérable de fes poéfies fe
trouve tranfcrite fur les regiftres de l'églife de Fignières, à
la fin de chaque année. Le refte eft tombé entre les mains
du fieur Watier, fon neveu, demeurant à Montigni, près
Mondidier.

JEAN - BAPTISTE DE RODES defcend de cette
famille noble, originaire du Languedoc, & fixée dans la
Picardie depuis plus d'un fiècle. Jacques de Rodes, maréchal des camps & armées, obtint de Sa Majefté l'érection
en baronnie de la terre de Belloy en Beauvoifis. Jacques de
Rodes, écuyer, époufa Marguerite Petift, fille de Louis,
préfident en l'élection d'Amiens, & de ce mariage, naquit
le 22 octobre 1708, J. B. baron de Rodes. Il étoit déja
avancé en âge, lorfqu'il s'imagina que pour devenir poète,
il n'y avoit qu'à le vouloir. Bientôt il entra dans la lice; il
chanta en vers, frappés à fon coin, tous les événemens de
cette ville; il fit le portrait de la plupart des belles & de
celles qui ne l'étoient pas. En 1757, il en adreffa à Madame
du Boccage, au fujet de fa Colombiade. Dans fon *Apologie*

de Greffet, au sujet de sa Lettre sur la Comédie, imprimée en 1759, aprés avoir dit que cet exemple peut sanctifier la plume des pòètes, il ajoute:

> L'odeur de sainteté par-tout se communique,
> Comme un bel instrument en salle de musique,
> Par-tout se fait entendre, & fait impression.

Le prétendu poëme, rendu public, sur la bête féroce qui ravagea le Gevaudan, l'emporte sur ce qu'il y a de plus original. Sa Muse, ennemie de la contrainte, se met au dessus des règles, sans trop s'asservir à la rime, ni même à la langue. Sincérement attaché à toutes les vertus du christianisme, rien n'égale sa probité, sa crédulité, & l'innocence de ses mœurs. Son enthousiasme ne lui a dicté que des éloges, qui, semblables aux grotesques dans la peinture, ont diverti & même fait rire plus d'une fois. De son porte-feuille volumineux est sortie *la Description du jeu de Colin-Maillard*, que le versificateur nomme *quatrabeuse*, d'après le patois du pays; celle des cérémonies de la cathédrale, celle du parnasse de Greffet, c'est-à-dire, de sa maison de campagne, où il trace les moyens d'en élever un, dont le propriétaire seroit l'Apollon; l'auteur y voudroit une *cascade d'eau*. Il a critiqué les hautes coëffures à la mode, ainsi que le mantelet, qu'il compare à la mître & au rochet des prélats. Un épithalame est pour lui l'ouvrage d'un moment; il dit dans l'épitaphe d'un chanoine,

> Par un trop long repos, il devint gros & gras,
> Ce qui s'acquiert à table, ainsi que dans les draps.

LOUIS - ANTOINE PETYST, d'une famille connue depuis 1221, succéda l'an 1729, à Louis, son père, dans la charge d'avocat du Roi en ce baillage. Jurisconsulte profond, littérateur très-instruit, on le distinguoit encore par sa piété exemplaire. Par un compliment amené à propos, il intéreffa , l'an 1742 , le duc & la ducheffe de Chaulnes, à concourir à l'etabliffement de l'académie , qui depuis fe fit un mérite de le compter parmi fes membres. Dans la féance publique de 1752 , il lut un *Difcours fur les difficultés qui fe trouvent dans l'acquifition des fciences* ; un autre, huit ans après , *fur les règles qu'il faut fuivre pour parler & fe taire à propos*. Il exerçoit la mairie à la fatisfaction des habitans , lorfqu'en 1769 il en prononça un troifième fur l'amour de la patrie, dont il eut toujours le cœur enflammé. On conferve dans les regiftres de l'académie , fes obfervations fur la reine Brunehault.

ANONYME. Il eft auteur d'une épître en vers françois, adreffée au fieur Galand, curé de la paroiffe de faint Remi, exilé par la Cour au village d'Allonville , à raifon de fon appel de la *Bulle Unigenitus*. Le rimeur engage ce pafteur à fe rétracter, & à rejoindre le plus tôt poffible fon troupeau , dont il étoit chéri.

JEAN-BAPTISTE GRESSET naquit en 1709 de Jean-Baptifte , confeiller du Roi, commiffaire-enquêteur-examinateur au bailliage de cette ville , dont il fut échevin, & de catherine Rohaut , defcendante du célèbre phyficien de ce nom , l'un & l'autre de famille honnête, & toux deux refpectables par leur probité. Les Jéfuites; fous qui il fit fes humanités , ne tardèrent pas à s'appercevoir , par la vivacité de fon efprit & la rapidité de fes progrès , que leur élève feroit un jour le plus heureux génie, & le plus bel-efprit qui ait peut-être jamais exifté. Ils conçurent le projet de l'incorporer dans leur fociété, dont il endoffa l'habit en 1725 , à l'âge de 16 ans. Après fon noviciat, il enfeigna fucceffivement les humanités à Moulins, à Tours & à Rouen. Les momens que lui laiffoient les travaux effentiels de fon état , il les confacroit aux Mufes. Il débuta dans le public, en 1730 , par une *Ode fur l'amour de la patrie*. L'an d'après , il en publia une autre *fur la mort de fa fœur* , religieufe dans l'hôtel-Dieu d'Amiens. Celle à Louis XV, *sur la guerre*, sortit de la presse en 1733. Ces Essais, publiés dans l'âge de l'inexpérience, dans l'enceinte & la société d'un collège, respirent ce tact, cette délicatesse de goût, & ce bon ton qu'on ne suppose que chez les gens du monde. *Vert-vert* parut, & fixa le nom de l'auteur au temple de mémoire. Rien n'en a égalé le succès. C'étoit un enthousiasme sans exemple. La profession de l'auteur, lorsqu'il le composa, sembloit le justifier, ainsi que le contraste très-singulier de l'habit lugubre dont il étoit revêtu, avec le ton plaisant & gai de l'ouvrage. On imprima ce poëme badin ou héroï-comique à Rouen l'an 1734. Il y en eut trois éditions dans l'espace d'un an. Aussi est-ce un ouvrage charmant, inimitable, immortel. Il fit d'autant plus d'éclat, & son mérite parut d'autant plus grand, que le sujet offroit moins de ressources. Ce poëme, si couru, brouilla cependant le jeune poëte avec le chef de la société, qui le transféra à la Flèche. L'ennui l'y prit ; il porta ses plaintes au provincial, & ne recevant pas de réponse satisfaisante, il demanda sa sortie, l'obtint, & se retira à Tours, où il resta quelques semaines. Il fit en vers & en prose la relation de ce voyage de Paris à la Flèche.

Rendu à cette liberté précieuse, à laquelle on renonce trop souvent, faute d'en connoître tout le prix, il se fixa quelque temps à Paris. Il devint l'idole de la capitale. Les grands se disputoient l'honneur de le protéger. Par leur canal, il obtint des pensions considérables sur le Mercure, sur la cassette, & le titre de poëte de Paris, avec 5000 liv. d'appointemens annuels. Il fut couru par-tout où il y avoit des lecteurs, & répandu dans le plus grand monde.

Le recueil de ses poésies, imprimé à Blois, chez Masson, l'an 1734, *in*-12, renferme une *traduction* libre, ou plutôt une imitation hardie *des églogues de Virgile*. Cette édition n'en contenoit que six ; mais elles parurent toutes, ainsi que les *bucoliques*, & plusieurs autres petites pièces de vers, dans l'édition faite à Amsterdam en 1741. Telles sont l'*ode à Virgile*, qui a pour titre, *Euterpe* ou *la vie champêtre ;*

une *idylle sur le genre pastoral* ; des *odes sur l'ingratitude*, *la médiocrité*, *la canonisation de saint Stanislas Kotska*, & de *saint Louis de Gonzague* ; d'autres *au roi Stanislas*, *au duc de Saint - Aignan*, & à *M. de Rastignac*, archevêque de Tours.

Dans le courant de la même année 1734, parurent à Rouen, *le carême impromptu* & *le lutrin vivant*, réimprimés l'an d'après. *La Chartreuse*, épître agréable, remplie de graces, à laquelle Chaulieu n'a rien de comparable, devint publique en 1735. Les ouvrages périodiques de la même année renferment *la puissance lyrique*, ode tirée de Pindare, & un compliment des plus spirituels, en vers. Il donna en 1736, *des vers sur la tragédie d'Alzire* ; une épître aux dieux pénates, & une à sa muse.

Tant qu'il vécut parmi les Jésuites, il eut pour amis les hommes les plus célèbres de la société. Le père Bougeant avoit été envoyé à la Flèche, pour avoir publié l'*amusement philosophique sur le langage des bêtes*. Dès qu'il fut rappelé à Paris, Gresset lui adressa une épître sur son retour. Il fit en 1737, des *vers sur l'exposition des tableaux au Louvre* ; son *adieu aux Jésuites* parut quelque temps auparavant. L'*épître à M. Orry*, contrôleur-général, est de 1738, ainsi que celle intitulée, *les ombres*, & celle *sur sa convalescence*. Les morceaux qui lui échappoient dans la société avoient cette molle négligence, préférable quelquefois à l'exacte symétrie du travail ; on y trouvoit ces sentimens doux & bons qui peignent, & qui font aimer ceux qui les éprouvent ; ces expressions énergiques, pittoresques, dont le secret n'est réservé qu'aux vrais poètes.

Lorsqu'il enseignoit la réthorique, il avoit prononcé en 1733, un *discours sur l'harmonie* ; il le traduisit en vers françois quatre ans après. C'est un ouvrage éloquent, tout de feu, un chef-d'œuvre d'imagination. Ce simple jeu d'esprit renferme toutes les richesses de l'expression & tout l'enthousiasme de la poésie.

Le portrait de la duchesse de Chaulnes, & les *vers sur la*
colonne

colonne de l'hôtel de Soiſſons, ſont de 1739. Il répondit l'an d'après au compliment du ſieur de la Place, ſur l'arrivée de M. Chauvelin, intendant de Picardie à Arras, accompagné de notre auteur, qui dans ſa réponſe fait l'éloge de cette ville, & celui du père Lagneau, qui y prit naiſſance, & qui avoit été ſon régent à Amiens.

Déterminé à courir la carrière du théâtre, & à s'élever au ſublime, il donna *Edouard III*, tragédie en cinq aĉtes, repréſentée le 22 janvier. On y trouva quelques fautes hardies, qui valent ſouvent mieux que des beautés correĉtes. La pièce réuſſit, malgré les cabaleurs qui jugeoient l'intrigue froide, le ſtyle plus froid encore, la diĉtion pénible, ampoulée, incorreĉte. *L'ode ſur la convaleſcence de Louis-le-bien-aimé*, vit le jour en 1744, & fut ſuivie, l'an d'après, de la *comédie de Sydney*, repréſentée le 3 mai, & remplie des plus belles penſées & des plus beaux vers ſur le ſuïcide. Les frondeurs intraitables n'y virent qu'une intrigue petite, un roman aſſez commun. *Le Méchant*, autre comédie en cinq aĉtes, parut le 15 avril 1747, & eut 24 repréſentations. C'eſt un modèle de verſification coulante, facile & variée. On y admire la vivacité, l'abondance des ſaillies, & la vérité des portraits. Cette pièce fut refuſée par les comédiens, peu connoiſſeurs en beaux ſentimens. L'auteur ſe décourageoit, lorſqu'après l'avoir lu dans quelqu'un des premiers hôtels de Paris, des ſeigneurs puiſſans la firent jouer. Le ſtyle & les épigrammes heureuſes dont cette pièce eſt remplie, confirmèrent à notre poète le titre d'écrivain agréable, facile & léger.

Sa réputation & ſon mérite percèrent juſqu'au trône. Louis XV reconnut ſes talens par des bienfaits. Fréderic, roi de Pruſſe, l'honora de pluſieurs lettres & d'une ode, dans laquelle ce Salomon du Nord daigne faire ſon éloge.

Le 21 mars 1748, il remplaça Danchet à l'Académie-Françoiſe, ſans le ſecours des ſollicitations, ſans qu'aucune femme eût parlé pour lui, & aux acclamations du public, & des gens de lettres, à la ſatisfaĉtion même des concurrens.

T t

Le 4 avril, il prononça fon difcours de réception. Son mérite fut auffi récompenfé d'une place d'académicien honoraire de Berlin.

Peu content de ces honneurs, il voulut en faire rejaillir une partie fur fa patrie. Après le duc de Chaulnes, gouverneur de la Picardie, perfonne n'a plus concouru que lui à pofer les fondemens de l'académie de cette ville. En conféquence du zèle avec lequel il avoit influé dans l'obtention des lettres-patentes, le Roi l'en nomma préfident perpétuel, & il prononça en cette qualité un difcours fur la liberté littéraire & philofophique, & le termina par une action digne d'un cœur également philofophe & citoyen. Il abandonna la flatteufe diftinction de préfident perpétuel, contre laquelle plufieurs membres s'étoient foulevés, & par ce facrifice, il rendit un nouvel hommage à fa patrie. Le 22 février 1751, il époufa Mlle. Charlotte Galland, fille d'un négociant, ancien maire de cette ville. Dans l'affemblée publique de l'académie, il fit lecture de fon *ode au roi de Pruffe fur fon couronnement.* Deux ans après, il y lut un des deux chants nouveaux, ajoutés au *Vert-vert*, fous le titre de l'*ouvroir*, ou *le laboratoire de nos fœurs.* Le 25 août 1754, il répondit, comme directeur de l'Académie-Françoife, au difcours de réception de M. de Boiffy, & à celui de M. d'Alembert. Il y fit l'année fuivante, l'*éloge de l'évêque de Vence.* L'*épître à M. de Boulogne*, contrôleur-général des finances, parut en 1757; il en adreffa une *autre à Madame de Pompadour*, à l'occafion de l'attentat commis fur la perfonne facrée de S. M. du fond de la folitude où il vivoit avec fa digne moitié; fortit en 1759 une *lettre fur la comédie*, dans laquelle il abjure ce genre d'ouvrage. Depuis cette époque, on n'eut de fa plume qu'une *épître*, où il engage un feigneur à oublier les fonges de la jeuneffe; une *lettre au duc de Choifeuil*, fur le mémoire hiftorique de la négociation entre la France & l'Angleterre. Elle ne prit point dans l'efprit de certains compatriotes jaloux de fa gloire. L'hermite de Camons, difoient-ils, y demande la charité au miniftre. Une *épître fur le mariage*, dans laquelle il fronde les brochures éphémères, les rimailleurs, & la multiplicité des almanachs ; des *vers fur une groffeffe ;* une *ode à une Dame, fur la mort de fa fille,* religieufe *à Amiens*, & un *éloge* délicat & très-poétique *du roi de Danemarck*, qui lui envoya une médaille d'or, avec cette devife : *Merenti.*

En 1767, il lut dans l'affemblée académique de cette ville, l'*éloge de M. Chauvelin*, intendant des finances ; & quatre ans après, *le Gazetin*, petit poëme dans lequel on retrouve les agrémens ingénieux du *Vert-vert*, & l'énergie philofophique de *la Chartreufe*.

Des ordres fupérieurs le chargèrent, en 1773, d'un travail particulier dont S. M. lui témoigna fa fatisfaction, en lui accordant une penfion de 800 liv. En 1776, parut l'*épitre à M. de Monregard*, intendant général des poftes. Amiens, chez la veuve Godart. Cette bagatelle fut encore jugée avec févérité ; on y trouva des longueurs, de l'obfcurité, mais beaucoup de traits énergiques, brillans, fi familiers à l'auteur. En qualité de directeur de l'Académie-Françoife, il avoit offert au Roi, le 5 juin 1774, les hommages de cette compagnie, à fon avénement à la couronne ; & le 4 août, il *répondit*, dans cet aréopage, *au difcours de réception de M. Suard.* Il écrivit encore, dans la même année, une *lettre* flatteufe à un ancien Jéfuite, *au fujet d'une harangue latine* de celui-ci, *à l'occafion de la naiffance du dernier duc de Bourgogne.*

Louis XVI lui accorda des lettres de nobleffe en 1775. C'eft vraifemblablement pendant le dernier féjour que notre auteur fit à Paris, qu'il publia fa réponfe au comte de Treffan, à qui il fait fentir la difficulté qu'il y a d'écrire, d'être feul, de fe coucher, de fe lever, & encore plus de rimer dans cette ville tumultueufe. Il acheva fa carrière littéraire par un *couplet*, où il engage une Dame à ne plus veiller la nuit, & par des *vers à l'occafion de fon* dernier *difcours à l'Académie - Françoife*, auquel il attachoit peu d'importance.

T t ij

S. M. le nomma , en 1777 , écuyer , chevalier de fon ordre , & hiftoriographe de l'ordre royal & militaire de faint Lazare. Mais fa fanté depuis long-temps chancelante , borna la jouiffance de ces titres honorifiques. Il mourut fubitement , dans le lieu de fa naiffance , le 16 juin , d'un abcès qui lui creva dans la poitrine. Le maire de la ville a mené le deuil , que fuivoit tout le corps municipal ; quatre académiciens foutenoient le poële , & les larmes des citoyens faifoient fon éloge.

Peu avant fa mort , il avoit entrepris la continuation des *quatre Facardins* , conte d'Hamilton. On a trouvé dans fes papiers , deux poëmes ; l'un intitulé *le Parrain magnifique* , & l'autre , *le Gazetin.*

Le défunt , qui connoiffoit toute la force des termes , & leur vraie place ; qui étoit fécond fans être prolixe , & chez qui notre langue a acquis de nouveaux tours, & notre poéfie un nouveau genre , avoit les mœurs douces , aimables. Il avoit toute la foi & la dévotion des premiers chrétiens. Il étoit d'une taille médiocre , & d'une complexion délicate.

On a donné , en 1747 , une édition de fes œuvres , en 5 vol. ; une à La-Haye , en 1750 , en 2 vol. *in-12* ; une autre à Londres , mais l'auteur n'y a eu aucune part, non plus qu'à celles qui ont paru depuis. Ces recueils informes font groffis de beaucoup de pièces qui ne font pas de lui. *Voyez fa Vie imprimée* à Paris , chez Berton, Libraire, en 1779 , *in-*12.

L'auteur fyftématique , & fouvent en contradiction avec lui-même dans fes Annales Politiques , où , pour fon malheur , il s'eft imprudemment permis de tout dire , de tout écrire , prétend que Greffet ne laiffe point un vide fenfible dans la littérature. Il feroit bien embarraffé de nommer le poëte qui remplace dignement l'auteur du *Vert-vert.* La retraite dans laquelle il s'étoit confiné , ne rend pas plus vraifemblable la prétention du défunt à la place de fous-précepteur dans la maifon de France.

FRANÇOIS DE LIGNY naquit la même année, le 3 mai, de Marie-Marguerite Rohault, époufe de Charles de Ligny, notaire, l'un & l'autre alliés aux familles bourgeoifes les plus honnêtes. A l'âge de 16 ans, le jeune élève des Jéfuites de cette ville, entra dans la même fociété. Après avoir régenté les humanités avec diftinction, il fe livra tout entier à fon talent pour la chaire. Ses amis, & des perfonnes en place l'avoient chargé de l'hiftoire de la province de Nivernois. Il s'y prêtoit par la feule envie d'obliger, mais fes fupérieurs s'y refusèrent, le trouvant plus utile, plus néceffaire à la converfion des pécheurs. A l'extérieur, il avoit peu de ce qui frappe & prévient en faveur d'un orateur ; mais dès qu'il fut connu & apprécié, ces défauts même tournèrent au profit de cet homme de génie. A peine fut-il entré dans les différentes provinces où il fe fit entendre, qu'il excita par-tout les acclamations & le bruit d'une réputation qui ne pouvoit être arrêtée dans fon vol rapide que par une fuite d'événemens inattendus. Il prêcha un carême à Paris dans l'églife de la maifon profeffe, en préfence des maîtres de fon art, & dès ce moment, ils ne le perdirent pas un inftant de vue. Il fut rappelé enfuite de la province pour habiter cette même maifon, où il n'y avoit de place ftable & marquée que pour les fujets diftingués par leurs emplois, ou par leur deftination future. Il fut nommé pour prêcher à la Cour, mais la fuppreffion de la fociété l'en difpenfa. Depuis la diffolution de la fociété, il fixe fa réfidence à Avignon, où, avec une penfion très-modique, il eft plus aifé de fournir à fa nourriture & à fes autres befoins, que dans bien d'autres endroits. Autant que fon âge & fa fanté délicate le lui permettent, il y exerce le miniftère de la prédication avec un tel fuccès & un fi grand concours, que l'on a fouvent élevé des eftrades dans les églifes pour y doubler les places. L'abbé de Ligny joint à toute la candeur & la fimplicité d'un enfant dans la fociété, toute la gravité férieufe & réfléchie d'un philofophe chrétien, toute l'énergie & les graces d'un favant & d'un bel-efprit dans la converfation, toute la jufteffe & le fublime, talens au deffus de la plupart des hommes, dans la compofition. Il a la vue baffe, & la meilleure preuve de la confidération dont il jouiffoit, fe tire d'un bref de difpenfe que lui avoit accordé le général, pour fe lever plus ou moins tard, felon l'état de fanté ou d'indifpofition dans lequel il pourroit fe trouver, en dérogeant pour lui à la règle du réveil à quatre heures précifes : grace marquante & difficile à obtenir. Son occupation au foin des ames lui laiffoit peu de momens , & il en profita pour donner au public les ouvrages fuivans.

La Vie de faint Ferdinand, roi de Caftille & de Léon. Paris , chez Butard , 1769 , *in*-12. L'ouvrage eft dédié à Ferdinand, prince de Parme, defcendant de ce Roi vertueux. L'auteur l'a compofé d'après les actes les plus authentiques & les écrivains les plus accrédités. Le ton de cet ouvrage eft noble & foutenu. Les détails hiftoriques & politiques, relatifs aux cours d'Efpagne & de France dans le douzième fiècle, font juger des talens de l'auteur pour écrire l'hiftoire, & combien il eût été à defirer qu'il ne fe fût pas borné à cet effai.

Hiftoire de la Vie de N. S. J. C. depuis fon incarnation , jufqu'à fon afcenfion , dans laquelle on a confervé & diftingué les paroles du texte facré , felon la Vulgate. Avignon, chez Domergue, 1776, *in*-4°. 4 vol. Les livres des philofophes , malgré toute leur pompe , font bien petits près de celui-là. Au récit, puifé dans les évangéliftes , l'auteur a joint tout ce qui pouvoit fervir à éclaircir les difficultés, & à développer les vérités intéreffantes de la morale chrétienne. Les explications font d'une clarté frappante , les réflexions d'une jufteffe & d'une onction qui perfuadent l'efprit en même temps qu'elles touchent le cœur. Tout y refpire la piété & la profonde érudition de l'auteur. Les chofes excellentes, répandues dans les notes, font même oublier quelques imputations vagues , & les faillies d'un zèle trop ardent & trop peu réfléchi. Les de Ligny font connus dès 1545. Dans un livre de la bibliothèque des Quatre-Nations, fous le n°. 12210 , on rencontre en 1693 , un licencié en théologie de ce nom , qui avoit été premier profeſſeur au collège du Roi à Douay.

FLORIMOND - ISIDORE MARIÉ DE TOULLE , ſeigneur de Faucaucourt , chevalier de l'ordre militaire de ſaint Louis , ancien capitaine-commandant au régiment de Grammont , cavalerie, a écrit des *Mémoires pour ſervir à l'hiſtoire de la Campagne de Bohême , en 1741 & 1742.* On les conſerve manuſcrits dans les regiſtres de l'académie dont il eſt membre. Il eſt veuf de Marie-Thérèſe Greſſet , qui lui a donné des enfans qui ſervent également le Roi avec diſtinction. Cette Dame le cédoit à peine à ſon frère en fait d'eſprit & de connoiſſances.

ANTOINE - ELOY - BERNARD DE VALICOURT étoit ſubſtitut du procureur du Roi au bailliage , en 1727. C'étoit un homme d'une probité reconnue , & qui à beaucoup d'intelligence dans ſa profeſſion , allioit un goût marqué pour les belles-lettres. Quelquefois même il ſe délaſſoit avec les Muſes. Scandaliſé d'une parodie hétérodoxe d'une bulle de jubilé , il lâcha , contre l'auteur anonyme , cette épigramme.

> Avec ſoin, grand prélat , tu recherches l'auteur
> D'un ouvrage mauvais , impie , abominable ,
> Qui bleſſe la vertu , qui fait frémir d'horreur ;
> Je le tiens... Le voici... C'eſt l'avocat du diable.

Les Bernards ſont fréquens dans nos archives depuis 1366.

GILBERTE HOCHEDÉ , fille de Charles , négociant , ancien échevin , & d'Anne Salé , paroît dans nos archives en 1730. Elle ſe ſignala par ſa piété frappante parmi ſes concitoyens , & à Paris , où elle mourut le 21 octobre 1743.

Sa vie n'a presque été qu'un exercice continuel de patience
& de charité. Sa mémoire est sur-tout en bénédiction dans
la paroisse de saint Etienne-du-Mont, où elle a répandu
pendant nombre d'années la bonne odeur de J. C. & où plusieurs personnes conservent avec respect des morceaux de
ses vêtemens. Elle demeuroit dans la pension du Quarre,
qui ne subsiste plus. Sa famille existe depuis 1419.

FRANÇOIS THUILLIER. Ce que fut Vadé, relativement au patois de Paris, il le fut parmi nous en amusant
les meilleures maisons de la province par l'imitation parfaite du ton & du jargon de la populace. Sous ses vêtemens
ordinaires, il étoit comme le commun des hommes; sous
l'habit grotesque de paysan & le surnom de Jacquet, c'étoit
un être singulier, un Taconet; les naïvetés les plus risibles
sortoient en foule de sa bouche, & ses gestes auroient déridé
les philosophes les plus sombres. Outre le compliment à
Gresset sur son mariage, il en fit imprimer un autre adressé
au duc de Chaulnes, gouverneur de la province, qui devoit
dans peu faire son entrée. A cette occasion, il lui dit, en
parlant de la garde bourgeoise:

> Tu voiro des fusils où quignot poën d'cailleux:
> Ed-zeutres où quo ne voit l'queue d'un quien ni baguette :
> Grament d'canons d'féyeux liés aveuq des cordlettes,
> Ed-z-épées où qui gno sans pus q'un bout d'coffin,
> Des guimberdes ed six pieds, & des sabres sans fin.

Pour divertir les sociétés, il négligea imprudemment sa
profession de marchand tapissier. Il mourut en 1780, à
l'âge de 70 ans, des suites d'une paralysie, & dans ses infirmités, il fut abandonné, selon l'usage, par ceux qui ne
pouvoient autrefois se passer de lui. Il avoit épousé Marie-
Honoré Debonnaire, dont il n'eut point d'enfans.

N... DE SAVOYE.

N... DE. SAVOYE. Les Journaux contiennent plufieurs lettres de ce digne pafteur du village de faint Ouën, près de Vignacourt, au fujet d'une quantité de perce-oreilles, que l'introduction d'un de ces animaux produifit dans la tête d'un enfant nommé la Fille. La paroiffe de faint Ouën eft actuellement gouvernée par un de fes neveux du même nom, en faveur duquel il a réfigné.

JACQUES-JOSEPH DE RODES. Le droit d'aîneffe ne donne pas la fupériorité des talens. Inférieur en âge au baron, ce chevalier, né le 25 juin 1711, avoit une trempe d'efprit toute différente. Sorti des mains de fes premiers éducateurs, il entra au fervice à Metz parmi les cadets gentilshommes. Tout entier à fa profeffion, il fe diftingua dans les mathématiques, au point que l'académie d'Amiens l'admit au nombre de fes membres ; il étoit même à la veille d'être reçu dans celle des fciences de Paris, lorfqu'il mourut le 6 mai 1761.

Ses Écrits.

Mémoire fur les moyens de détruire les rochers qui empêcheroient la navigation ; & additions à ce mémoire. Mercure de mars 1749, & juin, t. 2.

Dans un autre mémoire, il donne la *defcription d'un piège pour prendre les loups.* Voyez le Journal économique, mars 1751.

Ses manufcrits confiftent en une *differtation,* datée de 1749, *fur les moyens de multiplier davantage les bas d'eftames;* en différens *mémoires fur la fcience des nombres, les fractions, les parallèles.* Le refte du porte-feuille contient ce qui fuit :

Remarques de méchanique au fujet de l'architecture hydraulique. On s'y étend fur les moulins différens, les puits, les appartemens, les fcies à planches, l'artillerie, la conduite des canaux, le méchanifme d'une lampe d'églife, les clô-

V v

tures de fer, les jardins & promenades , les bois & chauffa-
ges , les marchés, le méchanifme du compas.

*Manière de piloter , griller & maçonner les piles d'un pont,
fans détourner ni épuifer les eaux , & auffi folidement.* Ce mémoire, en 27 pages manufcrites , petit *in-fol.* paroît avoir
concouru pour un prix de l'académie de Befançon. On lit au
bas cette épigraphe:

> . . . . . . *Tentamus condere pontem*
> *Tam folidum , quàm fi forbta fuiffet aqua.*

*Mémoire pour empêcher les bateaux de faire naufrage en
defcendant fous les ponts, par un courant trop rapide.* La fuite
feule de cet ouvrage contient 16 pages du même format,
avec un deffin qui démontre l'idée de l'auteur qui s'en occupoit en 1749.

*Mémoire fur la néceffité des fciences , des belles-lettres & des
arts.* Il comprend 32 pages , & les ratures fréquentes prouvent que fon intention étoit d'y mettre un jour la dernière
main.

Dans un *placet au comte de Saint-Florentin ,* pour lors miniftre , il propofe l'établiffement d'un ordre particulier, en
faveur de la nobleffe qui auroit fervi l'état pendant la guerre,
au rifque de fa vie, & en temps de paix , par fes talens & fon
efprit. Il voudroit qu'elle fût décorée d'une croix de la grandeur de celle de Saint-Louis, attachée de même à la bouton-
nière par un petit ruban bleu brodé. Cette croix portant un
Saint-Efprit , fe donneroit également aux gens de robe &
aux eccléfiaftiques reconnus pour nobles. Il propofe encore
pour tous les académiciens une croix en or ou cuivre fur-
doré , portant un foleil cizelé , & attachée par un ruban
bleu.

*Des Réflexions fur le genre de vie que doivent mener les
gens d'étude , & fur-tout les mathématiciens ; fur la defcription
des arts & métiers ,* entreprife par l'académie des fciences ,
& fur les qualités néceffaires à un vrai académicien. Des *Ex-*

traits des ouvrages de Simon Goulart. Une *traduction françoise du second livre sur la matrice des femmes,* compofé par
Jafon Defprez de Zurich , & imprimée à Amfterdam , en
1657, chez Jean Blaeu. Des *Extraits du livre* intitulé *Solini
Polyhiftoria.* Des *Réflexions du chevalier Temple sur la goutte;*
des *notes sur les animaux , sur les paffions.* Une *Differtation
sur les avantages de l'étude des beaux arts & des fciences pour
former l'efprit.* Des *Réflexions générales sur le bon goût.*

Effai d'un projet de moulin au foleil , qui pourroit être
utile , fur-tout dans nos colonies , où cet aftre donne davantage & a plus de force. 7 pages *in-fol.*

Des Inftrumens ou *Machines fimples, confidérées en particulier, avec des remarques fur leur ufage.*

Une *Explication du cantique de Moïfe , après le paffage
de la mer rouge.* Un *Mémoire sur l'utilité des fciences.* Des
*Extraits qui font voir que les gens d'efprit font moins prolifi-
ques que ceux qui font nés pour les exercices du corps.* Des
Réflexions fur les balances ; d'autres *fur le voyage de Paul
Lucas en Égypte , fur les changemens furvenus dans les langues , fur les monnoyes , les oifeaux , fur les mœurs des différens peuples, fur l'arpentage & les mefures ; fur les oracles , les
fonges, les preftiges & miracles prétendus; fur la manière de lever
des plans & de faire les cartes géographiques ou topographiques
d'un pays.*

Des *Extraits & Remarques fur nombre d'auteurs , comme
Belidor , le héros de Gratien & autres ; fur les tailles , les taill-
liables & les privilégiés.*

Des *Obfervations nouvelles fur des perfonnes qui ont paru
mortes, quoiqu'elles fuffent vivantes, & fur l'utilité d'enterrer
avec les habits & à vifage découvert.* C'eft une efpèce de fupplément à l'écrit de feu M. Bruhier , *fur les enterremens pré-
cipités.*

*Mémoire où l'on fupplée aux démonftrations qu'on defireroit
dans le traité des principes de la géométrie.*

*Defcription d'une machine pour garantir du naufrage les
bateaux qui paffent fous les ponts.*

V v ij

Devis & conditions auxquels sera obligé l'entrepreneur de la grande écluse destinée à remplacer celle qui étoit au bord de la chaussée de Calais, du côté de Gravelines.

Devis des ouvrages de maçonnerie qu'il convient de faire pour la construction du grand aqueduc, destiné à conduire à Versailles les eaux de la rivière d'Eure.

Comme il lisoit beaucoup, il a fait des *Remarques sur les hommes, les femmes, les garçons & les filles.* Selon lui, c'est le devoir conjugal, plus ou moins bien rempli, qui brouille les époux. On y détaille les différentes vues dans lesquelles on se marie, ce que risque un garçon en prenant une servante jolie. Il exhorte les nouveaux mariés à être décens lorsqu'ils rendent visite à des religieuses, pour ne pas les dégoûter de leur état : il s'étend sur les agrémens & les incommodités du ménage ; il passe de-là à la vie d'un garçon & d'une fille, dont il déploie les obligations, ainsi que les effets de l'amour. Ensuite il traite de la jalousie, des intrigues, des ruses des amans, de l'adultère, de l'agrément de faire nourrir ses enfans chez soi. Il est rare, dit-il, que les grands seigneurs soient beaux, parce que leurs père & mère ne font que des mariages de politique & de convenance. La recette de l'auteur, pour éviter le chagrin, est de faire bon feu, bonne-chère, & de se donner toutes ses aises ; mais il faudroit qu'il en procurât aussi les moyens. Il enseigne l'art de plaire dans la société, & nous apprend pourquoi les filles aiment les militaires de préférence. Après avoir parlé des mésalliances, des avantages & des funestes effets de la beauté, du divorce, des stratagêmes des femmes pour tromper leurs époux, il parle des filles publiques, des suites terribles de l'oisiveté, du luxe dans les habits, de l'éducation de la jeunesse. Peut-être en refondant ce manuscrit, où tout est confondu, où les répétitions sont sans nombre, pourroit-on réduire les 303 pages *in-4°*, en une mince brochure qui amuseroit, avec un peu de style, par la singularité des idées qui s'y trouvent.

LOUIS-FRANÇOIS DAIRE, à qui l'on a accordé une place dans l'Année Littéraire, ne reparoît ici que pour ne rien négliger dans l'ordre chronologique. Il naquit le 6 juillet 1713, d'Elifabeth Wallet, époufe de Louis Daire, négociant. Devenue veuve au bout de deux ans, fa mère fe retira à Mondidier fa patrie, avec fon fils, qui y reçut la première éducation, après laquelle il continua fes études dans le collège d'Amiens. A la fin de fa philofophie, fe fentant plus de goût pour l'étude & la vie fédentaire que pour le commerce auquel on le deftinoit, il entra, l'an 1732, dans la congrégation des Céleftins. A peine fut-il prêtre, que le fupérieur général l'appela à Paris pour y profeffer la philofophie & quelques traités de théologie. Débarraffé, au bout de trois ans, du chaos ariftotélique, & des argumens fophiftiques de l'école, il alla demeurer à Rouen l'an 1740; & mettant à profit fon repos, il s'y livra tout entier à la littérature. Trois ans après, il revint dans fa patrie, dont il dépouilla les archives, dans l'intention d'en tirer parti. Après avoir été fucceffivement fous-prieur à Rouen, Lyon, Amiens & Paris, & enfuite prieur à Efclimont dans la Beauce, il le fut de Metz, où l'affemblée des députés des communautés eccléfiaftiques l'élut unanimement, le 28 juillet 1768, en qualité de député des réguliers. Par amour pour la confervation de fon corps, il abdiqua ce prieuré, & fon refus de fe prêter au projet de fécularifation, imaginé par des cervelles dérangées, lui occafionna des chagrins & des pertes pécuniaires, fenfibles pour tout autre que pour un homme défintéreffé. Dans le chapitre général, tenu à Mante-fur-Seine en 1770, il refufa conftamment fa voix à l'auteur de la révolution, que l'on y éleva à la première place. Cette oppofition n'empêcha point M. l'évêque de Rhodez, commiffaire de S. M. de charger le père Daire de la bibliothèque de Paris, & du foin de dépofer à celle du Roi, les manufcrits & les livres imprimés les plus intéreffans, qui fe trouvoient dans les maifons de la Congrégation. Sur ces entrefaites, parut la *tragédie du Siège de Calais*, qu'on regardoit comme l'inoculation du patriotifme. Le bibliothécaire préfenta à M. de Jarente, évêque d'Orléans, qui avoit alors la feuille des bénéfices, la preuve confignée dans tous les ouvrages périodiques, de fa defcendance de Jean Daire, l'un des échevins de cette ville; mais la prompte difgrace du prélat empêcha l'effet de fes bonnes difpofitions en faveur du parent de ce héros. La diffolution des Céleftins ayant rendu ce dernier à l'état du clergé féculier, il fe retira dans fa patrie, où, entre les bras de l'amitié, au milieu de la plus aimable fociété, il finit fa carrière entre l'étude & les amufemens permis à fon âge & à fa profeffion.

La manie de verfifier le féduifit comme mille autres dans fa jeuneffe, fans examiner s'il étoit avoué d'Apollon. Des vers à Madame Lévêque, femme-auteur ; *au comte de Clermont, prince du fang, fur la mort du duc de Bourbon; à Greffet, fur la tragédie d'Edouard;* tous morceaux inférés dans les Mercures de décembre 1739, 2ᶜ vol. & janvier 1740, ne datent pas plus fur le Parnaffe que le *tableau de la bataille de Maftrict, l'ode à l'académie d'Amiens ; le Rien, les merveilles d'une fontaine* prétendue minérale ; *l'ode fur la mort de Monfeigneur le Dauphin;* celle *fur l'entrée du duc de Chaulnes à Amiens*, publiés féparément les années fuivantes. Pour fe délaffer, il donna une *relation d'un voyage de Paris à Rouen*, où elle fut imprimée chez Prévôt, en 1740, *in-*12, ainfi que des *ftances fur l'inondation* de la même ville, & d'autres bagatelles de cette nature. Pendant quelques années il donna l'*Almanach de Picardie* dont il avoit conçu le projet. Principalement occupé d'idées patriotiques, il fit paroître l'*Hiftoire civile & eccléfiaftique de la ville d'Amiens*, à Paris, chez Delaguette, 1757, 2 vol. *in-*4°. avec gravures. L'*Hiftoire civile, eccléfiaftique & littéraire de la ville & du doyenné de Mondidier.* Amiens, chez Caron Hubault, 1765, *in-*12. Le *Tableau hiftorique des fciences, des belles-lettres & des arts dans la province de Picardie, depuis les premiers temps jufqu'aujourd'hui.* Paris, Hériffant, 1769. Une *Critique de l'effai de l'Hiftoire de Picardie*, inférée dans l'Année Littéraire

1770, & dont le véritable auteur a marqué de l'humeur dans sa réponse. Le *Dictionnaire des épithètes françoises* parut à Lyon, chez Bruyset-Ponthus, en 1758, *in*-12. La *Vie de Gresset*, à Paris, chez Berton, l'an 1778, *in*-12.

Ses porte-feuilles contiennent quantité de *Mémoires sur les hommes célèbres de la province entière*, qu'il se fait un plaisir de communiquer. L'*Histoire des doyennés du diocèse* n'attend qu'une occasion favorable pour voir le jour, ainsi qu'un *Poëme sur le mépris des grandeurs*, dont le pape Célestin V est le héros ; un *Voyage de Flandres* ; une *Traduction du miroir des foux*, de *Guillaume Vigel*; & la *Vie de Philippe de Maizières, chancelier de Chypre*. Sa *Dissertation sur la tourbe* fut adoptée par l'académie de Rouen, qui, l'an 1759, l'admit au nombre de ses associés dans la classe des sciences. Dans ses voyages en qualité de secrétaire du supérieur général, il forma un catalogue alphabétique de tous les manuscrits qui jusqu'en 1769 se trouvoient encore dans les bibliothèques de son ordre en France. Du dépouillement des archives de divers endroits, il lui reste un volume *in-fol.* de noms, tant nobles que roturiers, où bien des familles sont dans le cas de trouver des renseignemens qu'on chercheroit inutilement ailleurs.

N... THEVENART, qui, dans le Mercure d'avril 1732, se dit né en cette ville, fournissoit de temps en temps à cet ouvrage périodique, des sonnets en bouts rimés ; tâche difficile à bien remplir.

N... BOUSSINGAULT. A la fin de ses études, il quitta sa patrie pour servir le Roi en qualité de soldat dans un régiment de cavalerie. Les devoirs de son état ne l'empêchèrent point de publier, en 1747, *in*-4°. un petit *Poëme sur les victoires du maréchal de Saxe*. Les officiers en prirent lecture, y trouvèrent de l'imagination ; & le temps de son engagement étant expiré, ils lui procurèrent par le canal du prince de Condé, une place de commis sur le port de cette ville. En

1753, il adreſſa à cette alteſſe ſon tribut de reconnoiſſance par une *épître* en vers héroïques ſur *les maux de la guerre*, imprimée à Amiens, chez Caron Hubault, *in-*4°. Par le détail des funeſtes effets qu'elle produit, il fait voir qu'elle eſt la ſuite de la colère du ciel contre les coupables humains. Parmi nombre de vers aſſez bien frappés, il s'en trouve de foibles & proſaïques.

PIERRE-ANTOINE-BENOIT DODEREL naquit le 8 juillet 1714, d'un père tendre, ſeigneur d'Orbendas, & officier en l'hôtel des monnoyes de cette ville, qui, jouiſſant d'une fortune aiſée, ſe plut à la conſacrer à l'éducation de ſon fils unique. L'Univerſité de Paris, ce berceau de tant de grands hommes, fut auſſi le ſien. C'eſt elle qui développa les germes des talens & des vertus que la nature avoit mis en ſon ame. Il apprit dans cette école à chérir les lettres, à les cultiver pendant toute ſa vie. Revêtu, dès l'âge de 23 ans, de l'office de préſident de l'élection, il ſentit tous les devoirs de ſa charge. Homme public, il fut dès ce moment l'homme du peuple ; les malheureux devinrent ſes enfans, & ce ſentiment dura tant qu'il vécut. Sa porte & ſon cœur étoient toujours ouverts aux habitans de la campagne ; à toute heure, il étoit prêt à les entendre. Prévenir ou réformer les abus dans la répartition des impoſitions, protéger l'opprimé, conſoler la veuve, défendre le pupille, préſenter les plaintes de ceux qui ſouffroient, après en avoir vérifié la juſtice ; ſolliciter des ſecours pour ceux qui avoient eſſuyé des pertes, telles étoient ſes occupations journalières. Il étoit le père de 300 paroiſſes, & l'étoit avec tant de vérité, qu'on auroit pu croire que c'étoit ſur ſes poſſeſſions que frappoient chaque année, la grêle ou le feu, l'inondation ou la foudre. Son intégrité, ſon amour pour la juſtice, ſes qualités aimables, ſes prévenances ſi flatteuſes, ſes ménagemens ſi délicats, lui méritèrent l'attachement de tous ſes confrères. Eſprit, aménité, modeſtie, enjoûment, politeſſe, bonhomie, ſimplicité touchante, il réuſſiſſoit tout. Il

connoiſſoit

connoiſſoit les graces de l'élocution , parloit ſa langue avec
pureté. Sa plume ſavoit donner à ſes idées , toujours fines ,
abondantes & bien choiſies , le tour le plus heureux pour les
exprimer. Perſonne ne le connut ſans l'aimer. Juſqu'à ſa
mort , il entretint avec M. d'Invau , magiſtrat éclairé , qui
de l'adminiſtration de cette province , fut appelé à celle des
finances du royaume , une correſpondance ſuivie. Libéral
envers les pauvres , il ne leur a jamais refuſé ſes ſecours ,
que quand , par ſes aumônes abondantes , il étoit réduit à
l'impoſſibilité de donner encore. Il conſacroit des inſtans
aux hautes ſciences , & les heures ſe fixoient pour lui , parce
qu'il ſavoit n'en perdre aucune. La muſique avoit auſſi des
droits ſur ſon ame ſenſible , & il eut des ſuccès dans ce genre
ſéduiſant. Jamais il ne ſe permit un mot contre un ami , un
trait contre un abſent. Ami véritable & officieux , époux
attaché , père très-tendre , s'il deſiroit de vivre , c'étoit pour
ſon épouſe , pour ſa fille & pour ſes amis. Mais ſes jours
étoient comptés & touchoient à leur terme. Une maladie
cruelle ne laiſſoit d'eſpoir que dans les eaux minérales. Il
s'expatrie ; ce qui devoit le guérir , agrave ſes douleurs ; ſes
forces diminuent , & bientôt il ne lui reſte de reſſource que
dans cette philoſophie chrétienne & conſolante , qui place
le ſage au deſſus des événemens du ſort. Les approches de
la mort n'altérèrent ni ſa douceur , ni cette urbanité qui
fut , pour ainſi dire , ſon caractère. Ses amis abſens , ſon
épouſe déſolée , ſa fille , l'objet de ſes plus tendres affections ,
voilà ce qui l'occupoit. Son cœur reſpiroit à peine , il aimoit
encore. La mort l'enveloppa de ſes ombres , à Aix-la-Chapelle , le 29 août 1780. Nous avons obligation de cet article
à M. Demaux , jeune homme plein de littérature , de douceur , & de tous les talens ſi deſirés dans la bonne compagnie.

Les regiſtres de l'académie ſont dépoſitaires d'un *Eſſai
ſur le règne de Charles V*, de la compoſition du reſpectable
défunt.

X x

JEAN - BAPTISTE VACQUETTE DE FRÉCHEN-
COURT , fieur de Gribeauval & de Bovelles , parvint , à
force de mérite , aux premiers grades militaires. Il vint au
monde au mois de juin 1715 , pour y fournir une carrière
glorieufe par fon intelligence , fa prudente intrépidité , & la
réunion des talens qui conftituent les grands guerriers. Adrien
Vacquette de Fréchencourt , confeiller au bailliage & fiège
préfidial , & Elifabeth Romanet, fes père & mère , ne négligèrent rien pour fon éducation. Au fortir du collège, où
j'étudiois avec lui , il entra dans le corps-royal d'artillerie ,
& la rapidité de fes progrès le fit bientôt connoître. La
reine de Hongrie , attaquée dans fes poffeffions par le roi de
Pruffe , demanda à Louis XV quelques officiers d'artillerie ,
& M. de Gribeauval fut du nombre de ceux qui allèrent à
fon fecours.

L'Hiftoire du temps a détaillé le fiège de Suidnitz ,
place qui ne paroiffoit pouvoir tenir que peu de jours , &
que notre brave compatriote a défendue en Céfar, l'an 1762,
pendant un temps confidérable. En qualité de général-
major, il dirigeoit les opérations des trois corps, du génie ,
de l'artillerie & des mineurs. Il y déploya journellement des
talens fupérieurs, des lumières peu communes , & une valeur
héroïque qui lui faifoit braver les dangers les plus imminens.
Fréderic ne put lui refufer des éloges, & pour récompenfer
ce fervice, l'Impératrice - Reine l'éleva au grade de velft-
maréchal , & le nomma grand'croix de fon ordre militaire.
La paix étant rendue à l'Allemagne , il fut rappelé dans fa
patrie avec les titres de maréchal-de-camp , lieutenant-général, infpecteur de l'artillerie. En 1771 , S. M. le chargea de
l'infpection de la Picardie , du Hainaut, de la Flandre , de
l'Artois & du Boulonnois. L'année fuivante, il eut celle de
la Bretagne , avec le commandement fur les côtes de cette
province.

Au fujet du code immuable concernant le corps-royal
d'artillerie , il y avoit eu de longs démêlés entre lui & M. de
Vallière. Leurs principes oppofés avoient partagé les mem-

bres de ce corps favant. Ceux du dernier, tenant à l'ancienne méthode, font rejetés en partie dans l'ordonnance du 3 octobre 1774, & les autres prévalent, comme plus conformes aux méthodes adoptées par les puiffances contre lefquelles nous fommes plus expofés à combattre. M. de Gribeauval étoit alors infpecteur général du corps-royal, avec le titre de commandant en chef le corps des mineurs. Le Roi le décora de la qualité de marquis en 1776, & le nomma directeur général de l'artillerie, commandeur de l'ordre de faint Louis, & depuis lieutenant-général. A l'abri de fes lauriers, il attend impatiemment dans fa terre les occafions d'en cueillir de nouveaux en défendant fa patrie. Cet officier général n'a pas moins de modeftie que de fcience & de bravoure. En 1763, il accepta une place à l'académie d'Amiens, & celle d'honoraire de la fociété royale d'agriculture de Paris.

JOSEPH - ANTOINE - TOUSSAINT DINOUART naquit, le premier novembre 1716, fur la paroiffe de faint Remy, de Jean-Baptifte Dinouart, fextelier, & de Marguerite Cornet. Dès fa plus tendre jeuneffe, fon goût pour les belles-lettres, & fur-tout pour la poéfie latine, fe développa d'une façon frappante; mais parvenu à la prêtrife, il entrevit que l'art des vers menoit rarement loin, il l'abandonna pour fe livrer à la prédication. Sa patrie & la capitale du royaume, où il a pris le degré de maître-ès-arts, l'ont entendu avec fatisfaction. Des préjugés, auxquels les perfonnes en place ne fe prêtent que trop, & une petite brochure intitulée, *le triomphe du fexe*, imprimée en 1749, *in*-12, où il prétendoit prouver, finon la fupériorité des femmes fur les hommes, du moins leur égalité, le brouilla avec fon évêque; mais ce qui fut ici la fource de fa difgrace, fut à Paris la caufe de fa petite fortune & de fa réputation littéraire. Il végétoit à Amiens en qualité de deffervant de la chapelle de faint Honoré, fuccurfale de la paroiffe de faint Remy, lorfque le prélat l'interdit. Notre abbé ne refta pas long-temps indécis sur le parti qu'il avoit à prendre. Il quitta avec plaisir cette portion très-congrue, & se retira à Paris. Le curé de saint Eustache l'employa utilement, & il ne quitta cette église, où ses sermons étoient suivis, que pour veiller à l'instruction d'un enfant de M. de Marville, pour lors lieutenant de police, dont l'épouse laissa, par reconnoissance, à l'éducateur, 600 livres de pension viagère. Soustrait à sa patrie par les envieux jaloux de ses talens, par des compatriotes, dont le grand nombre, selon lui, mange, digère & rumine, il trouva à Paris des protecteurs du vrai mérite, qui lui tendirent les bras. L'académie des arcades de Rome le reçut au nombre de ses membres ; aujourd'hui, il goûte les douceurs du repos en qualité de chanoine de la collégiale de saint Bénoît.

Ses Écrits.

Planctus ecclesiæ Ambianensis in obdormitione D. *Sabbatier*, *Ambianensium episcopi.* Ambiani, apud Caron Hubault, 1733. — *In optatissimum d'Orleans de la Motte, Ambianensium episcopi adventum*, ode. Ibid. 1734. — *D. d'Orleans de la Motte episcopo, symbola heroïca.* Ibid. — *Hymni in honorem sancti Remigii.* Ibid. 1735. — *Apollini suo Gresset*, ode. Ibid. 1736. — *Amico suo*, epistola. Ibid. 1737. — *B. Regis inter divos adscriptus*, ode. Il en a adressé une autre aux Jésuites, dont l'éloge est un peu outré. — *Hymni in honorem sancti Caroli Mediolanensis archiepiscopi.* L'auteur a eu la satisfaction de les entendre chanter dans sa patrie.

Outre ces différentes pièces fugitives en vers latins, il a composé des hymnes pour tous les Saints, honorés dans le diocèse, & versifié sur d'autres sujets différens. Ces quatre vers, à l'occasion des fleurs rassemblées dans un jardin, feront connoître sa manière & ses talens pour la poésie latine :

> *Mentito ut latitant florum hîc sub corpore nymphæ,*
> *Ut faciles rident, ut micat ore decus.*

Ne tenero violes has pollice, namque pudorem
Voverunt ; votum virginitatis amant.

M. Maréchal, notre moderne Anacréon, les a ainſi imités.

> Chaque fleur de ce lieu cache une nymphe aimable :
> Sur leur ſein virginal, à leurs chaſtes appas,
> Garde-toi de porter jamais un doigt coupable ;
> Careſſe-les des yeux, mais ne les touche pas.

Réflexions ſur la fréquentation des gens au deſſus de nous. Elles ſont dans le Journal de Verdun, du mois d'août 1747.

Satire contre les viſites du jour de l'an, même année, *in*-12.

Réflexions ſur la ſingularité dans les ſentimens. On les trouve dens le volume de ſeptembre de la même année ; c'eſt une réponſe aux queſtions ſuivantes : la ſingularité dans les ſentimens doit-elle être priſe en auſſi mauvaiſe part qu'on le fait communément ? Se rend-on ridicule ou coupable pour ne point penſer comme les autres ? Eſt-ce le ſentiment général, ou la raiſon & la vérité qu'il faut ſuivre ?

Le ratafiat de ma ſœur. C'eſt un petit badinage ſur feuille volante. — *Bouquet en vers, pour la fête de madame de Marville.* — *Vers à la même, & à la comteſſe de Forcalquier*, dont l'auteur étoit le protégé. — *Avis ſur l'édition des auteurs latins, commencée par Couſtelier.*

Dans le même journal, août 1746, on trouve une *Lettre* bien penſée *ſur les gens de lettres.* Au mois de juin de l'année ſuivante, il critiqua cette propoſition : *On n'eſt jamais heureux qu'autant qu'on croit l'être.* Cette critique fut relevée par le ſieur Desblottes, auquel notre auteur répliqua dans le volume d'octobre.

Réponſe à la queſtion, ſavoir *lequel des deux eſt préféra-*

ble , d'avoir une connoiffance médiocre de toutes chofes , ou de poffeder une fcience ou un art au plus haut degré , & d'igno-rer toutes les autres. Il opine pour la feconde partie de la queftion.

Lettre à M. l'abbé Goujet , chanoine de faint Jacques-l'Hôpital , au fujet des hymnes de Santeuil , adoptées dans les nouveaux bréviaires , imprimée à Arras , en 1748. *in-4.* Il s'y plaint des changemens qu'on a faits à quelques hymnes de ce poète , qu'il met au deffus d'Horace , & à la tête de tous les poètes du dernier fiècle. L'abbé de la Varde , chanoine de la même églife , fit une réponfe à cette cenfure , à laquelle l'abbé Dinouart répliqua la même année , par un écrit inti-tulé , *le Camouflet.* On y trouve des recherches grammati-cales & critiques , mais trop de fiel & d'amertume. Il y venge la province contre fon antagonifte , qui prétendoit que fans l'air de Paris , il n'y avoit point de vrais favans.

La Rhétorique du Prédicateur , traduite du latin d'Au-guftin Valerio , évêque de Véronne & cardinal , compofée par l'ordre de faint Charles Borromée , pour être enfeignée aux jeunes clercs dans les féminaires. Paris , Nyon fils & Guillin , 1750 , 1 vol. *in-12* de 476 pages , fans l'épître dédicatoire , la préface , contenant la vie de l'auteur , le mérite , l'utilité de l'ouvrage & la table des chapitres. Ce volume eft dédié au cardinal Querini , bibliothécaire du Vatican. Outre le titre que l'éditeur a changé , il a fait d'au-tres réformes très confidérables , & fupprimé bien des mor-ceaux qui méritoient d'être confervés. Cette traduction eft écrite d'un ftyle à fe faire lire par ceux même qui cherchent plus dans leur lecture les agrémens que l'utilité qu'on en peut retirer. En plufieurs endroits , le traducteur a fubftitué fes penfées à celles de l'original , & on lui reproche d'avoir confondu fes idées avec celles de fon auteur.

L'Eloquence du corps dans le miniftère de la chaire , ou *l'action du prédicateur.* Paris , Hériffant , 1754 , *in-12.* Ce fut le père Berthier , Jéfuite , qui lui donna l'idée de traiter cette matière ; l'abbé Dinouart y montre un goût décidé pour les mots métaphoriques & les termes ampoulés. Son imagination lui fournit souvent des images trop fortes & des expressions peu ménagées. L'ouvrage est divisé en deux parties. Après une préface bien faite sur les qualités d'un parfait orateur, il est question, dans la première partie, de la nécessité, des avantages, des qualités de l'action, & des moyens de l'acquérir. On examine ensuite s'il faut savoir sa langue par principes pour déclamer avec grace; si un discours sans harmonie peut se soutenir dans l'action, & l'on fait voir la réalité & la beauté de cette harmonie par rapport à l'action. Après une dissertation sur le style le plus propre à l'action, & sur celle qui convient le mieux aux différens styles qu'on emploie, on juge si un prédicateur peut pécher par trop de feu; si celui qui manque d'esprit & de sentimens, peut exceller dans l'action, & l'on prouve que ces deux qualités sont également nécessaires. Les chapitres suivans démontrent que l'excellence & le succès de l'action consistent dans le sentiment, qui, dans le prédicateur, doit être l'expression, & non précisément l'imitation de la nature. Est-il plus facile d'être éloquent en parlant qu'en écrivant? Peut-on parler avec succès quand on parle sans préparation? Quand on prêche les sermons d'autrui, est-il plus avantageux que les prédicateurs soient d'une figure distinguée? doivent-ils, à un certain âge, ne plus paroître en public? Les réponses à ces questions terminent la première partie. La seconde roule sur l'action en particulier, telle que celle du visage & des yeux. De-là l'auteur passe aux qualités & aux défauts de la prononciation, qui doit varier selon les différentes parties du discours, & selon les sujets, les passions, les figures, les périodes & les mots. On traite ensuite de la bienséance de l'action par rapport à l'extérieur du prédicateur, aux lieux où il parle, aux auditeurs qui l'écoutent, aux matières dont il les entretient. L'auteur après s'être appesanti sur la voix, sur ses inflexions, ses variations dans les passions, les figures, & les diverses parties du discours, considère quels doivent être le geste, la mémoire, & comment on peut imiter l'action des bons orateurs. Il finit par prouver que l'action, ainsi que l'éloquence la plus parfaite, fera briller le prédicateur; mais, ajoute-t-il, si elle n'est soutenue par l'action des mœurs, il n'en tirera aucun fruit par rapport à son ministère, qui doit être la conversion des pécheurs. L'auteur a créé cet ouvrage. Personne avant lui n'avoit traité cette matière par raisonnemens & par principes. Ceux qui ont parlé de l'action, se sont bornés au mécanisme. Tels ont été les pères Sanlec, Lucas, & l'abbé de Villiers, dans leurs poëmes, dont on retrouve ici les morceaux les plus frappans. Ce Traité, dédié à M. Joly de Fleury, avocat général du Parlement, est écrit avec vivacité; le style en est net, facile. Certains traits, certains caractères, qui y sont représentés & critiqués à propos, le font lire avec autant de plaisir qu'un roman. Il est également utile aux avocats dans le barreau, aux professeurs dans les collèges, & généralement à tous ceux qui parlent, ou qui se disposent à parler en public. Le but de l'écrivain est de corriger les défauts extérieurs qui déplaisent dans un prédicateur, & qui peuvent empêcher le fruit de ses sermons. Il remarque qu'une taille trop haute est une difformité, ainsi qu'une bosse & un ventre énorme. Il trouve mauvais qu'on porte la tête toujours baissée ou trop levée. Il ne veut point qu'on ferme les yeux, mais qu'on en règle les mouvemens. Il s'étend sur les défauts de la bouche, des doigts, des mains, des bras, des épaules, & sur les habillemens. Enjoué, & quelquefois plus que badin dans ces matières graves, on lui reproche d'avoir accompagné de réflexions burlesques les préceptes sérieux des auteurs qu'il a compilés. C'est rêver, que de mettre, comme il le fait, l'éloquence du corps au dessus des autres parties de l'éloquence, au dessus de celles qui appartiennent à l'esprit : il ignoroit apparemment que c'est par celles-ci qu'on passe à la postérité, tandis qu'il ne reste de l'autre qu'un souvenir que le temps affoiblit tous les jours, & détruit bientôt entièrement. A la vérité, il a rassemblé

femblé fur ce fujet les meilleurs préceptes donnés par les
plus grands auteurs; mais en les étendant, en les dévelop-
pant, il en a fait un livre, où l'on trouve un peu trop de
mots pour les chofes. Il auroit dû éviter la petiteffe minu-
tieufe des détails. Au refte, cet ouvrage annonce une affez
grande connoiffance de la chaire & de la théologie oratoire.
L'auteur a fait imprimer à la fin , & contre fes intérêts, le
poëme du père Lucas, *de geftu & voce*. Il a paru, de l'éloquence du corps, une feconde édition, en 1761 , à Paris,
chez Defprez. L'auteur a profité des lumières qu'une faine
critique lui a fournies. D'après le Journalifte de Trévoux,
il a corrigé, retranché, ajouté. Malgré les incorreétions,
les négligences , & une certaine affeétation déplacée, ce
morceau de littérature eft inftruétif & approfondi.

Indiculus Univerfalis , ou *l'Univers en abrégé , du père
F. Pomey , Jéfuite.* Paris, chez Jean Barbou , 1756, *in-*12.
de 520 pages. Outre les changemens, les correétions, les
augmentations, l'ouvrage eft ici rédigé dans un nouvel ordre
qui en augmente le mérite. Cette produétion eft connue ,
mais l'édition préfente eft la plus correéte. L'utilité du livre
eft fenfible pour tous ceux qui travaillent en latin. Il eft propre à développer les idées des jeunes-gens, & à les multiplier
fur les connoiffances qu'on doit tâcher de fe procurer dans
le monde pendant la vie , en commençant par les chofes qui
regardent la religion & les devoirs. On n'a rien négligé pour
faire un choix des mots latins les plus propres & les plus
univerfellement reçus. Quand ils manquent, l'éditeur aime
mieux pour l'ordinaire employer des circonlocutions , que
d'en créer dans une langue morte , fur laquelle perfonne n'a
le moindre droit. Il a cependant formé quelques mots par
analogie. Il y a joint un petit Diétionnaire des mots latins les
plus communs, auxquels il a pris foin d'ajouter les mots tant
dérivés que compofés, qu'on trouve toujours, par ce moyen,
à la fuite des mots fimples.

Notre Abbé travailla pendant quatre ans , à commencer
à la fin de 1755 , au *Journal Chrétien ,* conjointement avec

l'abbé Joannet. En 1760, les deux affociés renouvelèrent l'accufation de déifme & d'athéifme contre le fieur de Saint-Foy, qui leur fit un procès criminel au Châtelet, & ils furent obligés de fe rétracter. M. Dinouart entreprit le *Journal Eccléfiaftique*, au mois d'octobre de la même année ; il y a évité la caufticité impudente de certains écrivains périodiques, qui s'attirent autant d'ennemis qu'il y a d'honnêtes gens.

Cet écrit périodique, moyennant 12 f. fournit tous les mois des prônes aux curés de la campagne ; mais on eft fâché d'y voir indiquer des livres inutiles ou dangereux pour les mœurs ; des Traités d'anatomie, d'accouchemens, de cuifine ; des théâtres, des contes, des découvertes fur la génération, où l'on parle du fœtus, & le Traité des maladies v..... Quelle agréable variété ! quelle inftruction pour les élèves du fanctuaire ! Il fuffifoit pour eux d'y trouver des extraits des meilleurs fermons & des livres de morale ; des recherches fur les héréfies, fur les lois eccléfiaftiques, fur les conciles ; des annonces pour les fêtes, des cas de confcience, &c. Cet ouvrage continue de s'imprimer à Paris, chez Barbou.

Sarcotis Carme, nou *la Sarcothée*, poëme du père Jacques Mafenius, Jéfuite. Paris, Barbou, 1757, *in-*12, fupérieurement imprimé. *Sarcothée* eft un mot factice, dont on fe fert pour exprimer la nature humaine, ou le compofé de corps & d'efprit dont Dieu eft l'auteur. Cette édition élégante eft accompagnée de la traduction en notre langue. Le poëme eft l'hiftoire de la nature humaine viciée, dégradée par le péché d'Adam. Vis-à-vis cet ouvrage, difficile à traduire, l'auteur a dû fouvent être tenté de rompre fes pinceaux & fes crayons. Quoique la traduction foit un peu trop libre, N. D. ne laiffe pas de rendre le fens avec précifion, & on lui a l'obligation d'avoir remis dans l'ufage littéraire, un affez beau poëme dont il facilite l'intelligence. Des écrivains avoient reproché à Milton d'y avoir puifé pour compofer fon *Paradis perdu*. Le traducteur a foigneufement raffemblé toutes les pièces du procès intenté par les ennemis de l'*Ho-*

mère Anglois. On y trouve d'abord le poëme entier de *Mafe-nius*, enfuite les articles des différens Journaux d'Angleterre & de France, enfin la traduction de la Sarcothée, qui n'eft ni toujours fidelle, ni affez poétique. L'abbé Dinouart imite quelquefois plus qu'il ne traduit. Il fe donne le privilège de retrancher des traits dans les images, d'en tranfporter d'autres où il lui plaît, pour rendre plus apparent le prétendu plagiat de Milton.

Compendium tractatûs matrimonii R. P. Sanchez, focietatis Jefu. 1756. L'éditeur n'y a pas mis fon nom, & la raifon s'en devine.

Lettre d'une Dame Allemande à une Dame Françoife, au fujet de la fameufe comète qui parut en France en 1756. C'eft un badinage fur la légéreté des François & l'inconftance de leurs modes.

Le petit Apparat royal, ou *le nouveau Dictionnaire françois & latin,* enrichi des meilleures façons de parler en l'une & l'autre langue. Cette édition, faite la même année, chez Barbou, a été revue, corrigée & augmentée.

Projet d'Académie eccléfiaftique. On le trouve dans la première feuille du Journal de piété, de l'an 1756.

Traduction des deux oraifons de Cicéron contre Verrès, & de l'oraifon pro Murena. *in-*12. 1758.

Traduction des Offices, & du Traité de l'amitié.

Hiftoire d'Alexandre-le-Grand, par Quinte-Curce, avec les *Supplémens de Freinshemius.* Cette traduction nouvelle parut en 2 vol. *in-*12, l'an 1759 ; puis l'an d'après, chez Barbou, avec le latin à côté du françois.

Manuel alphabétique des Prédicateurs. 2 vol. *in-* 8, 1764.

Éloge latin, en ftyle lapidaire, *de M. Joly de Fleury, procureur général du Parlement,* avec l'*Epitaphe du même Magiftrat.* Journal de Verdun, février 1760.

Abrégé de l'Embryologie facrée, ou *Traité des devoirs des prêtres, des médecins, des chirurgiens, & des fages-femmes, envers les enfans qui font dans le fein de leur mère.* La feconde

édition, augmentée, approuvée par l'académie de chirurgie, & ornée de figures en taille-douce, parut à Paris, chez
Nyon, en 1766, *in-12*. C'eft une traduction du docteur Con-
giamila, faite en fociété avec M. Roux. Les éditeurs y ont
ajouté des recherches fur l'opération céfarienne, par M. Simon; une confultation fur les cas où il eft permis de la faire,
& dans laquelle on examine fi la mère eft obligée de s'y fou-
mettre; on y parle auffi du baptême des monftres. Enfuite
on trouve un extrait des Mémoires du Clergé fur les fages-
femmes, & les Arrêts qui les concernent.

*Vie du vénérable dom Jean de Palafox, évêque d'Angelo-
polis, & enfuite évêque d'Ofme, in-12*. Cologne, 1767. La
vie de cette victime de l'inimitié, eft dédiée à S. M. catholique. C'eft l'ouvrage du père Champion, Jéfuite, dont
l'éditeur a refondu le ftyle & fuppléé aux omiffions réflé-
chies de l'écrivain de la fociété; mais l'éditeur a pris les deux
tiers de cet écrit de 600 pages, dans l'extrait de la morale
des Jéfuites, publié par M. Arnaud.

Méthode pour étudier la théologie, avec une table des
principales queftions à examiner & à difcuter dans les études
théologiques, & les principaux ouvrages qu'il faut confulter
fur chaque queftion. Paris, chez Defprez, 1768. C'eft un
ouvrage de feu M. Dupin, que l'éditeur a revu & augmenté.

La République des Jurifconfultes, précédée de la vie &
des écrits de l'auteur Gennaro, célèbre avocat Napolitain,
Paris, chez Nyon, 1768, *in-8*. Le traducteur a corrigé &
fait difparoître la prolixité, ainfi que les épifodes trop fréquens, & il a rendu la vérité aux portraits, dont les nuances
étoient trop chargées. Il a encore mis à la fuite l'analyfe
d'un Traité Italien, du même, fur l'abus de l'éloquence
dans le barreau, & un Poëme latin fur les lois des douze
tables; le volume eft terminé par trois Elégies.

L'Art de fe taire, principalement en matière de religion,
parut en 1771, *in-12*, chez Defprez. Un mot du cardinal le
Camus, qui difoit au père Lamy de l'Oratoire, en acceptant

fon Traité de l'art de penfer : *Voilà fans doute un excellent art, mais qui nous donnera l'art de fe taire*, a fait naître à l'auteur l'idée de ce Traité. Il porte fur la fuppofition hafardée, qu'on eft inondé de toutes parts d'ouvrages contre la religion, les mœurs & le gouvernement, & qu'on ne peut être philofophe, & être en même temps chrétien & fujet. La première partie renferme les principes néceffaires pour fe taire, les défauts des perfonnes de tous les états dans leur manière de parler de la religion, & les remèdes à tous ces défauts. La feconde a pour objet la manière de s'expliquer par les écrits & par les livres ; on y traite de l'abus des talens contre la religion. C'eft dommage que ce livre ne foit qu'une copie de la *conduite pour fe taire*, imprimée à Paris, chez Benard, en 1695. Ce qu'on a fait pour le groffir n'eft pas plus de notre abbé ; de forte que ce volume eft une efpèce de caverne de voleurs où font amoncelées les dépouilles des voyageurs, & le copifte mal-adroit n'y a guère gagné que la qualification fingulière *d'Alexandre des plagiaires*.

Santoliana, ouvrage qui contient la vie de Santeuil, fes bons-mots, fon démêlé avec les Jéfuites, fes lettres, fes infcriptions, & l'analyfe de fes ouvrages. Paris, chez Nyon, 1764, *in-12* de 384 pages. Une infinité d'anecdotes plaifantes & curieufes, rendent très-agréable la lecture de ce livre. Les *bons-mots* imprimés de ce poète célèbre n'étoient qu'une production informe, où tout étoit fans ordre, où l'on avoit inféré beaucoup de traits faux, & omis beaucoup d'autres très-curieux : mais auffi la plupart de ces prétendus bons-mots manquent aujourd'hui de fel, parce qu'ils ont perdu le piquant de l'à-propos. D'ailleurs, la maifon de faint Victor a vu reparoître avec la plus vive douleur, fous le nom d'un confrère, dont la mémoire eft auffi chère que précieufe, des hiftoriettes indécentes qui n'auroient point dû être données au public. Le recueil de fes bons-mots ne paffe que pour une pitoyable rapfodie ; l'éditeur les raconte avec une plate & babillarde naïveté. Il prodigue l'admiration, les

éloges à des mots évidemment indifférens. Des chofes auffi
fimples que claires y font expliquées avec une fauffe fineffe.
On trouve encore mauvais qu'il ait traduit en public un
auteur connu par des ouvrages que l'églife révère, pour
en devenir la rifée. Au refte, cette compilation diffère fi
peu de l'ancienne, qu'elle en eft la copie, à peu de chofe
près.

*Le Manuel des pafteurs, contenant les règles de l'églife
dans l'adminiftration des facremens, & dans les fonctions du
faint miniftère ; les formules de tous les actes & les exhortations qui y font relatives : les fecours fpirituels pour la confolation des malades & des mourans : les pronoftics dangereux
dans les maladies pour l'adminiftration du faint viatique : la
manière d'exhorter les criminels condamnés à la mort. On y a
joint des prières particulières aux eccléfiaftiques pour fanctifier
chaque jour.* A Lyon, chez Pierre Duplain, 1768. Cette
édition en 3 vol. *in-*12, revue & augmentée, eft la feconde.
La première parut en 1764. Les matières y font difpofées
dans un meilleur ordre. Cet ouvrage, fait d'après les rituels
les plus étendus & les plus exacts, eft de nature à être continuellement dans les mains des pafteurs, & le compilateur
n'a travaillé que pour l'églife.

Abrégé chronologique de l'Hiftoire eccléfiaftique, contenant l'Hiftoire des églifes d'Orient & d'Occident, les conciles, les auteurs eccléfiaftiques, les fchifmes, les héréfies,
les inftitutions des ordres monaftiques, &c. Paris, Hériffant,
1768, 3 vol. *in-*12. C'eft une nouvelle édition que notre
abbé s'eft chargé de revoir, corriger & augmenter. Les
augmentations & les changemens faits dans le corps de l'ouvrage lui appartiennent, ainfi que tout ce qu'on y lit fur le
18ᵉ. fiècle, & même la table.

*Traité de l'autorité eccléfiaftique & de la puiffance tempo-
relle,* conformément à la déclaration du Clergé de France,
en 1682; à l'Edit de Louis XIV, même année, & à l'Arrêt
du Confeil d'Etat du Roi, en 1766, à l'ufage de ceux qui
enfeignent & qui étudient dans les univerfités, dans les col-

lèges & les féminaires de l'églife Gallicane. Paris, Defaint, 1768, *in*-12, 3 vol. C'eft l'ouvrage de Dupin, que notre abbé a revu & augmenté. Chacun fait qu'il contient les quatre propofitions de l'affemblée du clergé en 1682, expliquées, prouvées, avec les réponfes aux objeétions contre ces fondemens de l'églife Gallicane. L'éditeur donne à la tête une notice hiftorique de la publication des quatre articles fufdits. Les augmentations fe réduifent à l'Arrêt du Confeil du 24 mai 1766, qu'on a joint dans le premier volume; à l'édit du mois de mars 1682, & aux aétes de l'affemblée du clergé, tenue la même année : on a renvoyé à la fin du troifième vol. le rapport fait à cette affemblée, par M. Gilbert de Choifeul du Pleffis - Praflin, évêque de Tournay.

Julii Cæfaris commentaria, juxta editionem Urbani Couftelier, interpretationibus & notis gallicis illuftrata. — Hymni Santolii ex autoris autographo, cum emendationibus, variifque leétionibus. Ces deux ouvrages attendent l'impreffion.

JEAN-LÉONORE BARON, d'une famille bourgeoife, que l'on rencontre dans les archives dès l'an 1574, & neveu du prieur de Chandé, dont on a parlé plus haut, naquit vers le même temps de Jean Baron, procureur au bailliage. Il quitta, en 1740, une bourfe qu'il avoit obtenue dans un des collèges de l'Univerfité, & la crainte d'être un mauvais prêtre, le fixa à l'état féculier, & à la profeffion d'avocat, qu'il crut devoir négliger pour tâcher de gravir le Parnaffe. Le prix de morale qu'il remporta, en 1747, à l'académie de Dijon, *fur les avantages que le mérite retire de l'envie*, l'a fait connoître avantageufement dans la république des lettres. Il y a fait entendre une voix plus douce que celle des cygnes avec lefquels il a concouru. Il y démontre folidement, par une gradation foutenue, que *l'envie eft utile aux vertus, aux talens & au mérite*; 1°. parce qu'elle annonce les vertus, & les rend plus parfaites : 2°. parce qu'elle anime les talens & les rend plus finis; double & précieux avantage que le mé-

rite retire de fa plus redoutable ennemie. La fociété littéraire ayant été érigée en académie , en 1750 , il en fut
nommé fecrétaire perpétuel , & débuta par un *Difcours fur
les avantages qui reviendroient à la fociété , fi les fciences entroient dans l'éducation des femmes*, & il a décidé qu'elles
devroient être admifes dans les académies.

L'an d'après, une parodie indécente , impie , de la bulle
pour le jubilé , fe répandit dans la ville, fous le titre de
Jubilé calotin. Ses ennemis l'en crurent l'auteur , & ce fimple foupçon faillit à le perdre. M. de Chauvelin , informé
de ce bruit par le directeur de l'académie , voulut bien lui
accorder fa protection auprès de l'évêque, en l'obligeant ,
ainfi que l'académie en corps , à en faire un défaveu authen-
tique. Cet avis étoit le plus prudent, le plus fage. On le
communiqua au prélat juftement irrité. Le faint homme ,
naturellement doux & charitable, s'en contenta, & tout fut
fini.

Maintenu dans fa place , par cette formalité , il lut à
l'affemblée de 1753, & les années fuivantes , les éloges des
académiciens décédés. On a remarqué dans celui de l'abbé
Houleau des forties un peu vaporeufes. Celui du duc de
Bourgogne a été imprimé à Paris , l'an 1761 , *in-4°*. Tous
ces morceaux ne font guère que de foibles efquiffes , affez
monotones , où le fecrétaire , bien différent de Fontenelle ,
court après l'épigramme aux dépens de la vérité.

Dès 1751 , il avoit fait à Greffet, à l'occafion de fon
mariage , un compliment au nom de l'académie : quelques
penfées en ont paru énigmatiques. Il a mieux réuffi dans plufieurs madrigaux , & celui adreffé à madame Renard , en
1779 , eft affez joli. Voyez les affiches de cette année ,
n°. 50.

Il fit , en 1766 , un *Difcours à la louange du roi Staniflas,*
& deux ans après, des *vers*, tels quels , *fur l'avantage remporté par notre armée navale.*

En anagrammatifant ces mots : *Laurentius Francifcus
Ganganellius*, il a trouvé heureufement, *Francifcanus Galli*
unus

unus erit angelus ; & le faint Père, à qui il envoya, en 1769, cette découverte, daigna l'en remercier par le cardinal Pallavicini, fecrétaire de S. S.

On a de lui en outre un *Difcours fur les difficultés générales & particulières qui ont retardé la publication du recueil des ouvrages de l'académie,* & malheureufement elles ne font pas encore levées.

Une *Lettre* affez originale *fur l'abus du mot,* inférée dans un Mercure de juin, fous la lettre B, pourroit bien être fortie de fa plume.

L'Ange tutélaire aux fidèles du diocèfe, fur la nomination de M. Machault à la coadjutorerie, fe trouve dans nos affiches, dont l'auteur s'eft chargé d'être le rédacteur, afin de jouir du plaifir de n'y louer que fes amis.

LOUIS - NICOLAS DEBACQ. François, avocat au Parlement en ce bailliage, eut de Claude Louvencourt, François, notaire & procureur, époux de Marie Leroi, d'où fortit François, qui exerça les mêmes charges que fon père, & à qui Marguerite Pecoul donna François, greffier civil du bailliage, marié à Marie Perdu, fille de Nicolas, notaire, qui le rendit père de Nicolas, chef d'échanfonnerie, lequel prit pour femme Marie-Madeleine Joly. De ce mariage eft forti Louis-Nicolas, né le 24 janvier 1716, ancien receveur des gabelles, avocat au bailliage, qui, après la mort d'Anne-Marie-Madeleine Affaullé, époufa Anne Tripier, fille d'un refpectable commiffaire. En qualité d'académicien, il lut à la féance publique de 1762, un *Difcours contre le préjugé qu'on ne doit point établir d'académie dans une ville de commerce.*

JEAN-BAPTISTE-ROBERT BOISTEL, deftiné par fon étoile à prolonger la chaîne de nos poètes, naquit le 23 février 1717, d'Antoine, feigneur d'Welles, Magny, Gamaches, &c. & de Marie-Madeleine Jourdain, l'un & l'autre de familles anciennes dans le commerce. Leur fils commença ſes premières études à Arras, les continua à Senlis, d'où on le fit paſſer à Paris à l'âge de 18 ans. Dès-lors il adreſſa une ode de huit ſtrophes à Lolivier ſon ami, favori des neufs Sœurs, exilé de ſa patrie. Dans la capitale, ſon goût marqué pour le théâtre, lui procura la connoiſſance de Fontenelle, Crébillon, Voltaire, Piron, Racine le fils, & d'autres auteurs célèbres. Animé par leurs ſuccès, il eſſaya de marcher ſur leurs traces dans la même carrière :

> . . . . *Quærere cœpit*
> *Quid Sophocles, & Theſpis, & Æſchyles utile ferrent ;*
> *Tentavit quoque rem, ſi dignè vertere poſſet,*
> *Sæpè ſtylum vertens, iterum quæ digna legi ſint*
> *Scripturus...*

Le vide que laiſſe Paris à de vrais philoſophes, les déſagrémens de la littérature, les manœuvres, les cabales des auteurs, & par deſſus tout les inſtances de ſa famille, le rappelèrent dans ſa patrie, où il fut pourvu, en 1747, d'un office de préſident-tréſorier de France au bureau des finances. Il étoit de l'académie d'Amiens, mais il ceſſa d'y paroître, lorſque la préſidence perpétuelle en fut accordée à Greſſet. Les Jéſuites, connoiſſeurs en vrai mérite, firent en vain des tentatives pour atracher à leur ſociété notre littérateur, qui avoit ſon frère aîné parmi eux. Il préféra d'épouſer au mois d'avril 1750, Marie - Jeanne - Joſeph-Bernardine Coſſart, qui le rendit père de pluſieurs enfans, en qui revivent en partie & ſon eſprit & ſes talens. En 1768, le Conſeil le nomma commiſſaire des ponts & chauſſées de la généralité ; & l'an 1776, il fut pourvu d'une charge de ſecrétaire du Roi, maiſon & couronne de France & de ſes finances. Ses enfans jouiſſoient des heureux fruits de ſes ſoins, de ſes peines, & de la conſidération, peut-être, que leur attiroient le mérite & la vertu d'un tel père, lorſque le 28 décembre 1777, jour qu'il deſtinoit à ſolliciter ſes amis pour ſecourir, conjointement avec lui, une perſonne que des malheurs non-mérités lui rendoient intéreſſante, ſans la connoître, il fut enlevé à ſa famille éplorée, le 19 janvier, des ſuites d'une hydropiſie de poitrine, & inhumé dans le cimetière de ſaint Denis.

Quoiqu'il fût naturellement très-vif & un peu ſatirique, il avoit refondu ſon caraĉtère, & n'en faiſoit reſſentir que la douceur. Bon citoyen, époux tendre, il étoit encore ardent ami. Son attachement pour ſes enfans ne peut ſe comparer qu'à l'amour qu'ils avoient pour lui & à leurs regrets de ſa perte. Aĉtif, pénétrant dans les affaires, il mit les ſiennes dans le meilleur ordre poſſible. Il bornoit ſes plaiſirs aux livres qu'il avoit raſſemblés, & au cabinet de tableaux & d'eſtampes bien choiſis, dont la colleĉtion eſt conſidérable.

Son portrait, digne d'être gravé, a été parfaitement rendu par Fontaine, peintre de l'académie royale, ſon compatriote, qui y a joint des attributs poétiques.

La repartie vive & quelquefois piquante ne lui manquoit pas dans l'occaſion. Un homme qui affichoit la prétention, quoiqu'il eût beaucoup moins d'eſprit qu'il s'en croyoit, lui demandoit un jour pourquoi l'on prononçoit *paliſſote* & non *paliſſot*. — *Par la raiſon, Monſieur, que l'on dit, vous êtes un ſote.*

Etant à Paris, au foyer de la comédie, il coudoya, ſans le ſavoir, un prince connu par l'héroïſme de ſes exploits. On alla le joindre pour lui dire de venir faire des excuſes. — *Comment puis-je en faire ? Je ne connoiſſois pas le prince, & c'eſt une choſe inexcuſable.* Le héros informé de la réponſe témoigna ſa ſatisfaĉtion par un ſourire.

Voltaire ayant affiché *Mérope* ſous le nom de *Maffei*, accommodée au théâtre françois, M. Boiſtel lui fit compliment ſur la modeſtie de l'annonce d'une pièce tant applaudie. — *Si on l'avoit mal reçue*, reprit Voltaire, *j'aurois envoyé les ſifflets en Italie.* — *Y renverrez-vous une partie des applaudiſſemens ?*

Z z ij

SES ÉCRITS.

Epître à Racine le fils, 1736. — *Ode à M. Turgot*, prévôt *des Marchands*, fur la fête donnée par la ville de Paris,
en 1737, au fujet du mariage de madame de France, avec
dom Philippe d'Efpagne.

Dans une *Epître à M. le Franc*, inférée dans le troifième
volume des *Amufemens du cœur & de l'efprit*, il excite ce
poète, dont il vante les talens, à travailler plus que jamais
pour le théâtre, & il raffemble dans cette pièce une partie
des règles de l'art théatral. L'*Ode* intitulée, *le Libertin converti*, eft pleine de feu : celle *à fes amis*, compofée à l'âge de
20 ans, eft l'épanchement d'un jeune cœur prêt à fe livrer à
la tendreffe & aux plaifirs de la table.

Antoine & Cléopâtre, tragédie. C'étoit en quelque façon
un fujet nouveau & de pure invention. Le jeune auteur a
furmonté en partie la difficulté. Il la donna aux François le
6 novembre 1741, & la retira malgré les comédiens, après
la fixième repréfentation. Cette pièce le fit rechercher par
plufieurs maifons proteêtrices des belles-lettres, principalement par celles de la Trimouille, d'Aiguillon, de Chaulnes,
de Villars, & autres. On y voit toute la grandeur des
Romains, & l'on y admire des traits de force dignes des plus
beaux génies. Quoique défeêtueufe du côté de l'architeêture
théatrale, & fur-tout du côté de l'intérêt, elle annonçoit
néanmoins un poète plein de talens, qui, fans avoir trouvé
la route du cœur, a fu amufer l'imagination par la variété
de fes fcènes, par des penfées hardies, & des expreffions
fortes ; par les grands objets qu'il offre fucceffivement aux
fpeêtateurs, par la beauté de fes portraits, par la grandeur,
la nobleffe de fes fentimens, & fur-tout par un grand nombre de vers, dignes du père de la tragédie françoife. Quelquefois auffi le ftyle eft négligé, & la diêtion peu cor-
reête.

Il a eu quelque part aux premières feuilles des *réflexions fur les ouvrages de littérature*, fi l'on en croit l'almanach des fpectacles de Paris de 1758.

Irène, tragédie, repréfentée à Paris pour la première fois le 6 novembre 1762, & à Choify, devant le Roi & la famille royale, le 13 décembre de la même année. Les applaudiffemens excités par les premiers actes, furent fuivis de quelques rumeurs fondées fur certains endroits faciles à changer ou à fupprimer, & fur le défaut d'une action précife dans le coup de théâtre du dénouement. Les changemens faits avant la feconde repréfentation furent univerfellement approuvés. On demanda l'auteur par les plus vives acclamations. Ce fuccès s'eft conftamment foutenu jufqu'à la feptième repréfentation, après laquelle l'auteur la retira à caufe de la fanté chancelante de mademoifelle Clairon, qui y jouoit le principal rôle. D'ailleurs, cette pièce a eu des ennemis qui en ont empêché la reprife. La fable en eft entiérement d'imagination. L'auteur n'a emprunté de l'hiftoire Byfantine que les noms des principaux perfonnages, & peut-être le caractère d'un Alexis Comnène, jaloux, foupçonneux, violent, mais ayant des vertus. Les infpirations d'*Irène* ont paru paffer la vraifemblance, l'expofition du drame un peu longue. L'effet du dénouement eft très-beau, l'image du coup de théâtre frappante. C'étoit fon ouvrage de prédilection, & M. Boiftel s'en occupa jufqu'à la fin de fa vie. Il en a travaillé de nouveau le plan & la verfification. Les beautés y fourmillent; fon pinceau mâle y frappe le cœur fans éblouir les yeux. Environ fix ans après, cédant aux inftances de quelques amis, il la laiffa repréfenter à Amiens, où il eut le plaifir rare & flatteur d'être applaudi de fes concitoyens. Il y a rendu la belle fimplicité du théâtre des Grecs.

A la naiffance de l'académie, il débuta en qualité de préfident, l'an 1749, par un *Difcours fur les difficultés qu'elle rencontroit*, & il s'éleva contre ceux qui non contens de ne vouloir pas en être membres, lançoient encore des fatires, des épigrammes, des épitaphes. Il engage fes confrères à tenir bon, & leur promet l'immortalité.

L'Epître à M. de Trudaine, évêque de Senlis , qui l'avoit prié de venir lui lire sa tragédie d'*Antoine & Cléopâtre* , est insérée dans nos affiches de 1776 , n°. 2.

Les morceaux qu'il a laissés manuscrits prouveront dans peu que son génie savoit se prêter à tout. Ils consistent en une *variante de la scène II d'Antoine & Cléopâtre* , acte II. En un *conte* un peu léger , intitulé *le Rat* ; en deux *odes* , l'une à ses amis , l'autre à un anonyme ; en des *vers à M. Chauvelin & à mademoiselle Clairon* ; en un *bout-rimé* ; divers *bouquets* ; une *épître sur le bonheur de l'homme* ; quelques *épigrammes.* A cette collection , à laquelle manquent les *litanies des saints* , adressées à mademoiselle Gaussin , on a joint des *lettres* curieuses & intéressantes , écrites à l'auteur , par le président Hainaut , J. B. Rousseau , Gresset , Piron , de Belloy , & autres.

On voit dans le cabinet des curieux le portrait de Louis Boistel , docteur de Sorbonne , curé de la paroisse de saint Firmin , fait par Simon , *in-fol.*

PIERRE - BERNARD BRUHIER DE NEUVILLE naquit le premier septembre 1717 , de Marie-Thérèse le-Cointe , femme de Jacques Bruhier , ancien receveur de l'évêché de Beauvais. Il fit ses études avec distinction au collège d'Amiens , & annonça dans un âge encore tendre son goût pour la bonne littérature. Dans le journal de Verdun , du mois d'avril , il a répondu à la question , *en quoi consiste la force d'esprit* , & selon lui , c'est dans le jugement. Dans le volume de juillet , il fit une réponse à la demande , *si la perfection des mécaniques & la multiplicité des inventions qui en résultent , sont , à tous égards , avantageuses à un état ?* En décembre 1740 il a disserté & examiné *jusqu'à quel point il est permis à une femme de cultiver sa beauté.*

Les conquêtes du Roi couronnées par la paix parurent à Paris , chez Morel , en 1749. Cette brochure *in*-8. de 38 pages , contient trois odes qui prouvent que l'auteur ne manquoit pas de ce beau feu qui fait les vrais poètes. Mais

les lauriers du Parnaffe font ordinairement fi fecs! Il leur
préféra la Jurifprudence en embraffant la profeffion d'avocat
qu'il exerce avec honneur au parlement de Paris. Nicolas
Bruhier étoit procureur en 1520, & paroît dans les titres de
Poulainville.

ANONYME. Dans le Mercure des mois de novembre
1743 & mars 1744, il a publié des *obfervations fur la manière d'empêcher les marfouins de troubler la pêche des far-
dines.*

NICOLAS LE-LEU, furnommé DURIEUX du nom
de fon époufe, naquit en 1717. Beaucoup d'imagination &
d'efprit l'ont diftingué dès fon enfance. Trop prudent pour
préférer la littérature au commerce, il ne donna jamais à
celle-ci que fes heures de délaffement; les Mufes dans le
befoin lui font un accueil favorable. Madame de V... à
laquelle il avoit envoyé, en 1751, des vers Picards de
Thuillier fur le mariage de Greffet, lui fit en réponfe,
préfent d'un cheval d'Efpagne, qu'il s'excufa ainfi d'accepter.

> Quoi! pour quelques vers de Jacquet;
> Où l'ingénieufe nature,
> De l'aimable & divin Greffet
> Trace l'amoureufe aventure,
> Et chante fi bien l'heureux jour
> Auquel fa moitié tant aimée
> A fu, fous les traits de l'amour,
> Fixer ici fa deftinée;
> En retour, je reçois, Madame,
> Ce fier cheval Andaloufain
> Que pourfuivoit la chafte flamme
> De deux jumens de votre train,

Ce beau , cet ardent bucéphale ,
Qui de nos jours à Fontenoy
Fit voir une vigueur fi mâle ,
Voudra-t-il bien plier fous moi ?
Non. Je vois à fa mine altière
Qu'il rougiroit de me porter ,
Et je pourrois refter derrière ,
Si je rifquois de le monter.

D'ailleurs , ajoute-t-il , en le renvoyant, *je ne faurois le loger que dans mon coffre.*

Dans des *Stances fur l'incendie du palais épifcopal*, arrivé le 19 décembre 1762 , il rend au digne prélat un tribut de louange bien légitimement dû. On les trouve dans le Mercure d'avril de l'année fuivante.

Sa *Differtation fur le commerce & la marine des anciens* , comparés au commerce & à la marine des modernes, fut compofée en 1771. L'auteur étoit alors fecrétaire de la chambre du commerce , place qu'il rempliffoit dignement, & qu'il a peut-être eu tort d'abandonner. Nos titres parlent des perfonnes de ce nom depuis 1371. Hugues le-Leu étoit alors chanoine,

ANTOINE - NICOLAS CARON jouiroit d'un fort moins à plaindre , fi la multiplicité des talens fixoit la fortune. Il naquit le 30 novembre 1719 de Charles Caron , imprimeur, & d'Anne Héron, fille d'un notaire de Beauvais, commiffaire aux faifies-réelles. Son goût pour les arts & les fciences fe manifefta de bonne-heure. En 1744, il donna un petit *Dictionnaire héraldique* avec des figures, & l'explication de toutes les pièces qui entrent dans le blafon. Enfuite il fe livra par goût à la gravure en bois , & fe diftingua beaucoup dans cet art. Les épreuves d'une partie de fes ouvrages fe trouvent au cabinet du Roi , fous le n°. 1028.

Papillon

Papillon en fait l'éloge dans fon hiftoire de la gravure en bois, & par reconnoiffance, notre artifte a gravé fon portrait, & l'a rendu fi reffemblant, que ce morceau paffe pour un chef-d'œuvre : on lit au bas ce quatrain du fieur Caron.

> Tu vois ici les traits d'un artifte fameux,
> Dont la favante main enfanta des merveilles :
> Par fes travaux, & par fes veilles,
> Il reffufcita l'art qui le trace à tes yeux.

Vers l'an 1750, il propofa à l'Académie-Françoife des modèles de caractères pour diftinguer l'*h* afpirée de celle qui ne l'eft pas, & le *t* ordinaire de celui qui prend le fon de l'*s* devant un *i*, ce qui pouvoit contribuer à perfectionner l'ortographe. Cette compagnie célèbre lui répondit par fon fecrétaire, qu'elle fe conformoit aux ufages avoués du public.

Entraîné également par fon goût vers les hautes fciences en général, il imagina, vers 1758, différentes machines, entre autres *une balance* approuvée par l'Académie des Sciences. Par le moyen d'un feul contrepoids proportionné, on peut pefer depuis une livre jufqu'à mille. Il s'y trouve une aiguille qui marque fur un cadran le jufte degré de ce qu'on pèfe.

Peu après il inventa un *Moulin à vent qui tourne horizontalement :* les quatre ailes ont de petites fenêtres qui s'ouvrent ou fe ferment fuivant la direction du vent; de manière que fi le vent fait ouvrir les fenêtres d'une des ailes, celles de l'aile oppofée fe ferment, ce qui fait que le vent trouvant une réfiftance d'un côté & non de l'autre, force le moulin à tourner toujours du même fens, de quelque côté que le vent vienne. Les meûniers ne feroient plus obligés d'orienter leurs moulins toutes les fois que le vent change.

Dans le même temps il a imaginé une *Table pour faciliter l'extraction des racines quarrées & cubiques des nombres,* avec une *Méthode pour trouver en deux coups de plume, par approximation, celles des nombres qui ne peuvent point avoir de racine exacte.* Cette table a été imprimée à Paris, chez Guerin & Delatour.

Méthode géométrique pour diviser le cercle en un nombre quelconque de parties égales, par une ouverture de compas prise au hafard. Cet ouvrage lui a mérité une place dans la société littéraire-militaire, & l'a conduit naturellement à la découverte de la trifection de l'angle qui étoit un problême célèbre plufieurs fiècles avant l'ère chrétienne, & qu'on cherchoit à réfoudre pour parvenir à la découverte des deux moyennes proportionnelles, qui auroient donné la folution du problême *de la duplication du cube.* Ibid. 1759, *in-*12.

Méthode pour réduire en parallélogrammes rectangles tous les polygones quelconques, & les rendre égaux aux cercles. Il la communiqua, vers 1760, à plufieurs favans, & réfuta, d'une manière victorieufe, le fieur le-Père, fecrétaire de l'académie d'Auxerre, qui avoit avancé que le dernier parallélogramme n'étoit pas égal au cercle.

Dans le Mercure de feptembre 1765 il a fait part au public d'une *Méthode pour trouver en deux coups de plume, dans une fuite infinie de triangles rectangles dont les trois côtés font commenfurables, celui de tel terme qu'on voudra.*

Il répondit, en 1778, à l'académie de Berlin, fur cette queftion qu'elle avoit propofée : *Quel eft le fundamentum virium.* On obferve des effets dans toute la nature. Il y a donc des forces ; pour agir, il faut qu'elles foient déterminées. Quelle eft la notion diftincte de la force primitive & fubftantielle, qui, étant déterminée, produit l'effet ; & quelle eft la nature diftincte de la puiffance paffive primitive, &c ? L'auteur, avant de réfoudre ces queftions, examine d'abord les élémens jufques dans leurs principes conftituans, qui font l'étendue, la forme, la dureté & la pefanteur. Enfuite il s'étend fur l'efpace, la force, dont, felon lui, la caufe déterminante n'eft que l'effet de plufieurs forces comprimées. Il examine enfuite ce que c'eft que le temps qui a

èxifté avant tout , & qui continuera d'exifter quand tout
fera détruit, parce qu'il engendre tout, & qu'il eft, dans le
fyftême de l'auteur , ce tout qui généralement donne naiffance à tout; l'être unique de néceffité qui renferme en fon
effence la caufe générale de tous les autres principes; l'éternité enfin , qui eft Dieu. Après avoir parlé de l'efpace qui
renferme tout, de la force qui remplit tout, du temps qui
engendre tout , notre métaphyficien traite du mouvement
qui anime tout. Sa conclufion eft, qu'il n'y a dans la nature
d'autre force primitive & fubftantielle , foit active, foit paffive , qu'une volonté divine , fouveraine & abfolue , qui
s'exécute par les effets de fon intelligence; que cette volonté
eft la force même réfumée en un feul point central ; que fon
intelligence eft le mouvement qui règne entre les parties
conftituantes de cette force , qui toutes reportent leur effet
au point central qu'elles compriment : que ces deux principes , enfin , la force & le mouvement , fe combinent par
une circulation continuelle entre l'étendue & la durée , qui
font l'efpace & le temps , & que les quatre principes fe
transforment ainfi fucceffivement en une infinité d'actions
& de fubftances toujours conféquentes de la volonté fuprême , & variées felon les degrés d'extenfion ou de compreffion
dont la force eft fufceptible.

JEAN-BAPTISTE-ALEXANDRE SAVARY prit naif-
fance fur la paroiffe faint Remy, le 6 juillet 1719, d'une
famille honnête, connue dès 1457. Son père , Jean-Baptifte
Savary lui fervit de précepteur , & fa mère, Marie-Nicole
Demarines, fœur d'un ancien curé de ladite paroiffe , ne
contribua pas peu , par l'émulation qu'elle fut lui infpirer ,
aux progrès qu'il fit dans fes études. Dès qu'il eut achevé
fes humanités au collège des Jéfuites , il alla à Paris , entra
à la communauté de fainte Barbe , où il fit fa philofophie
fous M. le Grontec, célèbre profeffeur du collège du Pleffis.
. Le 5 août 1741 il fut reçu maître-ès-arts , le 22 février
1746 bachelier en théologie , le 4 décembre de l'année fui-

vante grand bourſier au collège du Cardinal-le-Moine, à la nomination du chapitre d'Amiens ; en 1748 il commença ſa licence, & reçut le bonnet de docteur en théologie de la faculté de Sorbonne, le 22 octobre 1750. Après ſon cours académique, quel que fut l'attrait qu'il ſentît pour les belles-lettres, il ſe conſacra entiérement au ſaint miniſtère. Le premier juillet 1751 il entra à la paroiſſe de ſaint Hippolyte du fauxbourg ſaint Marcel à Paris ; après y avoir vicarié juſqu'au 2 juillet 1766, il fut nommé, non en vertu de ſes grades, mais par pure bienveillance, & ſeulement ſur ſa bonne réputation, à la cure de ſainte Colombe de la ville de Sens, par M. de Livry, évêque de Callinique, & abbé de ſainte Colombe-lès-Sens. Le 4 mars 1767, jour des cendres, il a commencé à réſider à ſa cure, & depuis ce temps, il s'y donne tout entier aux devoirs de ſon état : ce n'eſt que par amuſement qu'il revient quelquefois aux belles-lettres, & qu'il leur conſacre ſes momens de loiſir. Jamais il n'a ambitionné le dangereux honneur de ſe faire imprimer ; & ſi quelques-unes de ſes productions ont paru dans le Mercure de France, ou dans les autres ouvrages périodiques, c'eſt à ſon inſu & ſans ſon nom qu'elles y ont été inſérées par quelqu'un de ſes amis, à qui il les avoit communiquées. On ſait par eux ſeulement qu'il eſt auteur de beaucoup de vers, tant françois que latins ; & de pluſieurs recueils de réflexions morales, critiques & philoſophiques, qu'il regarde comme ce qu'il a fait de mieux. Il nous ſuffira de citer quelques vers de ſa façon, qui ſont parvenus à notre connoiſſance.

Arte ſuâ celeres muſcas venatur Arachne,
Sicque ſuâ faciles arte puella viros.

Inquendam ſacerdotem, cui nomen la Pinte.

Hæc vox ſi viſa eſt miriſſima, Virgo ſacerdos,
Certè mira magis vox illa eſt, Pinta ſacerdos.

In effigiem Amici.

Spirans effigies hæc eſt ſocialis amici;
Si non alter adeſt, hîc mihi cunctus erit.

Item.

Corporis hæc oculis ſpecies oſtendit amicum,
Menti perpetuò quem manifeſtat amor.

GASCONNADE.

Un Cadédis , ſur une roſſinante ,
Se prélaſſoit en paſſant le Pont-Neuf ,
Quand tout-à-coup ſa bête chancelante ,
Près d'Henri-Quatre , auſſi roide qu'un bœuf ,
Tombe par terre , & renverſe le ſire :
Lui ſe relève , & parlant aux paſſans ,
Dit : Ce cheval mérite qu'on l'admire ;
Car , choſe ſûre , il n'eſt tombé céans ,
Que par reſpect pour l'auguſte effigie
De ce Héros , l'honneur de ma patrie.

Sur un Prêcheur qui diſoit à tout moment , Je vais finir.

Je vais finir , diſoit à tout moment ,
   Certain Prêcheur hétéroclite ,
   Je vais finir , & cependant ,
   Point ne venoit la fin prédite.
   Tant le répéta , qu'on lui dit :
   Finiſſez-donc , révérend Père ,
   Très-aiſément pouvez le faire ,
   Par-tout votre ſermon finit.

JOSEPH-RENÉ BOISTEL, écuyer, feigneur de Belloy, avocat au bailliage, & membre de l'académie, y prononça dans une affemblée publique, un *Difcours fur le goût*, qui fut beaucoup applaudi. En qualité de directeur de la même compagnie, il a joui de la douce fatisfaction d'y recevoir, en 1777, M. fon fils, également avocat, dont le *Difcours* roula principalement *fur la néceffité d'être utile*, obligation que l'un & l'autre rempliffent envers la patrie & les belles-lettres. Le digne père y répondit avec cette manière éloquente & forte qui le diftinguent depuis nombre d'années dans le barreau ; avec ce ton touchant d'un père qui parle à fon fils. Les mémoires un peu romanefques fur la terre de Péquigny prouvent l'efprit, l'imagination de l'auteur, & un peu d'antipathie pour le Clergé. Vermand Boiftel paroît en 1255 dans le cartulaire de la collégiale de faint Firmin.

N... BERSIN DE VILLERS, confeiller au Grand-Confeil, & grand rapporteur en la Chancellerie, depuis maître des requêtes, étoit très-dévot, quoique favant. Il a laiffé, fuivant le rapport du fecrétaire de l'académie, fon parent, plufieurs pièces de théâtre manufcrites, qui groffiront probablement les Mémoires de cette compagnie dont il étoit membre.

N... Bernard, avocat, quoique d'un tempérament très-foible, & prefque malade habituel, avoit beaucoup lu, comme le prouveront quelque jour au public fes *notes critiques fur les meilleurs auteurs*. Il étoit auffi de la même académie.

NICOLAS-RENÉ HOUZÉ DE CAVILLON, receveur des tailles, membre de la fociété littéraire, fit à la ducheffe de Chaulnes, l'an 1746, un *compliment en vers*, que Voltaire jugea digne de fon approbation. En qualité de directeur, il prononça, en 1754, un *Difcours fur la néceffité de fe former un caractère & un génie citoyen.* On le croit auteur d'une *Lettre à un curé, relativement au nouvel établiffement d'une aumône unique & générale dans cette ville,* ainfi que d'une *Ode fur la convalefcence du Dauphin,* lue en 1752, dans l'affemblée de la faint Louis. Il prouva, en 1763, les avantages que procure à la patrie l'honneur attaché aux affociations littéraires. Sa piété fans oftentation, fon amour pour la charité fecourable, font diftinguer en lui le parfait honnête homme & le vrai chrétien.

N... BOURGEOIS fe condamnoit à être abfolument ignoré dans la république des lettres, mais il eft de notre devoir de faire connoître, au moins, ce qu'il a écrit par amour pour la vérité, & pour l'humanité fouffrante. Ce maître en chirurgie, lieutenant du premier chirurgien du Roi, fut reçu à l'académie de cette ville le 2 avril 1770. L'année fuivante, il publia un *Mémoire fur la caufe des mouvemens & de la mort des enfans nés fans cerveau, & des fœtus acéphales.* Dans le même temps il donna dans les affiches de la province, n°. 24, fes *obfervations fur un enfant né fans aucune trace de cerveau, de cervelet, ni de moëlle alongée;* & les exemples qu'il rapporte de ce jeu de la nature, prouvent que ce phénomène eft moins fingulier qu'on fe l'imagine: enfuite l'auteur examine d'où dépendoit le mouvement dont l'enfant a donné des fignes, les caufes auxquelles on doit attribuer fa mort, & s'il pouvoit vivre ou non. L'académicien, né vers 1720 de Firmin, chirurgien, & de Marie-Jeanne Odoux, native du Forez, lut à l'affemble publique de 1775, un *Mémoire fur les loupes,* & il a fourni plufieurs autres obfervations au journal de médecine. Pierre Bourgeois vivoit en 1355.

ARMAND-PIERRE JACQUIN, né le 20 décembre 1721, de famille honnête, fit dans fa patrie la plus grande partie de fes études, & les acheva à Paris. Il étoit chapelain

de l'églife cathédrale d'Amiens. En 1771 il fut admis en la
même qualité auprès de Monfieur, frère du Roi, & de
madame Victoire. Son mérite littéraire le fit recevoir en
qualité d'honoraire, dans les académies d'Arras, de Metz
& de Rouen. L'an 1773, Mgr. le comte d'Artois le choifit
pour fon hiftoriographe. A beaucoup de connoiffances il
joignoit encore le talent d'écrire.

SES ÉCRITS.

*Entretiens fur les romans, ouvrage moral & critique, dans
lequel on traite de leur origine & de leurs différentes efpèces,
tant par rapport à l'efprit, que par rapport au cœur.* Paris,
Duchefne, 1754, *in-12.* L'ouvrage divifé en quatre entretiens, eft dédié au duc de Chaulnes. Dans le premier, après
avoir donné la notion générale du roman, on montre ce
qui le diftingue de l'hiftoire, du poëme épique, de la fable
fimple. On paffe enfuite à l'origine, à l'antiquité des romans,
dont l'auteur attribue l'invention aux Egyptiens : il marque
les différentes variations qu'ils ont éprouvées jufqu'aujour-
d'hui ; il expofe les défauts de la plupart des romans anciens,
grecs, gaulois & efpagnols, dont il a occafion de parler.
L'inutilité des romans par rapport aux mœurs, à l'hiftoire &
aux belles-lettres, forme le fujet du fecond entretien. Dans
le troifième on fait voir les faux principes que cette lecture
jette dans l'efprit, foit par rapport à la religion, foit par
rapport à la littérature. On apprend dans le quatrième,
combien les romans tendent de pièges à l'innocence, &
combien il eft difficile de fe garantir de leur contagieufe
corruption. Le but principal de l'auteur eft de prévenir les
jeunes-gens contre les égaremens de l'efprit & du cœur, de
faire refpecter la vertu, honorer la vérité, aimer les belles-
lettres ; mais, pour y parvenir, il a dû perdre bien du temps
à la lecture des écrits qu'il regardoit comme inutiles. On lui
a reproché de vains préambules, des digreffions fuperflues,
& les louanges qu'il fe donne par la bouche de fes interlocuteurs.

teurs. Il en introduit trois fur la fcène; un abbé qui déclame contre les romans, une comteffe qui en prend le parti, & un jeune chevalier qui applaudit toujours à M. l'abbé, qui a pris pour guide, & a fuivi pas à pas M. Huet, dans fon difcours de l'origine des romans. Dans les trois derniers entretiens, il a traduit & mis en dialogue la harangue latine du père Porée, Jéfuite, fur les dangers de ces amoureufes fictions. Le traducteur auroit dû citer la fource heureufe où il a puifé. Ce livre, au refte, eft eftimable par les recherches utiles qu'a faites lui-même l'auteur, qui étoit très-verfé dans cette partie de la littérature, & qui avoit un zèle bien louable pour les bonnes mœurs, & pour le bon goût.

Lettres fur les pétrifications trouvées à Albert en Picardie. La première fe lit dans le Mercure de juin 1755, la feconde dans le deuxième de décembre, la troifième dans celui de novembre 1757, où il parle d'une carrière du village de Vaux fous Corbie. Elles font bien écrites; mais dom Robbe, dans l'affemblée académique de 1756, a prétendu que notre abbé avoit travaillé avec trop de précipitation, & qu'il a voulu faire voir ce qui n'étoit pas dans la carrière. On trouve une critique de la première lettre dans le Mercure de juillet 1755.

En 1756 il donna des *Lettres philofophiques & théologiques fur l'inoculation de la petite vérole.* in-12. Paris, chez Caillaud. Il penfe que cette méthode ne peut être raifonnablement pratiquée; que les liens de la fociété défendent de fe faire inoculer, & que la religion y eft formellement contraire.

Lettre à M. de Boiffy, à l'occafion d'un reproche mal fondé, qu'on fit à M. Jacquin, d'avoir maltraité dans fa lettre du mois de novembre 1757, le fieur Décalogne, propriétaire de la grotte qui renferme les pétrifications. L'auteur en prend prétexte de donner fes réflexions fur le plaifir que reçoit un cœur délicat lorfqu'il pardonne. Elle eft inférée dans le Mercure de février 1758.

Difcours fur la connoiffance & l'application des talens.

Paris, chez Duchesne, 1760, brochure *in-12*. Il est dédié au maréchal prince d'Isenghen. L'auteur y établit ces trois propositions. 1°. Chaque homme apporte en naissant des dispositions marquées pour telle science ou tel art. 2°. Pour placer les hommes, il faut connoître ces dispositions. 3°. Il faut les cultiver. Il y a dans cet écrit de la solidité, du jugement, & de très-bonnes vues. Les notes placées à la fin sont courtes, claires & instructives.

De la Santé. Paris, Durand, 1762, *in-12* de 424 pages. Cet ouvrage a le mérite de l'intérêt. L'auteur établit ses règles sur les principes les plus simples de la physique, sur les observations les plus constatées, & sur les expériences les plus invariables. On y traite des différens tempéramens, de l'air, des vents, des climats, des saisons, & du choix d'une habitation ; des alimens solides, de leur affaisonnement, des boissons, & de la sobriété ; du sommeil & de la veille, du travail & du repos, des excrétions & des sécrétions ; de la propreté, des différens sexes, âges & états ; des causes morales qui influent sur la santé, telles que les passions & les affections de l'ame ; des dangers auxquels on s'expose quand on fait des remèdes sans nécessité. Après un tableau de la santé en général & de ses signes, on expose ce qui constitue la bonne. C'est un recueil excellent d'observations utiles, accompagnées de règles qui semblent données par la nature même.

La quatrième édition parut en 1771, *in-12*, chez Desprez, considérablement augmentée. L'auteur y explique d'une manière plus étendue l'influence de l'air sur le corps humain, & donne de nouveaux moyens de purifier celui dans lequel on vit. Il examine plus scrupuleusement la nature des alimens, leurs qualités, leurs préparations par rapport à la santé. Il a totalement refondu ce qui concerne les bains. Il parle plus au long des femmes grosses, des soins qu'il faut prendre des enfans, & de quelques autres états oubliés dans les éditions précédentes : il a ajouté quelques articles sur les préservatifs & spécifiques tirés de la magie & de la charlatannerie. Notre abbé s'étoit proposé de faire une médecine préfervative qui enfeignât le régime qu'il faut fuivre pour fe garantir des maladies dont on peut être menacé par fa conftitution ou par fa faute. Avec tant de connoiffances, pourquoi a-t-il vécu fi peu ? Il termine le traité par ce précepte : la modération en tout, & particuliérement dans le boire, dans le manger, & dans fes paffions, eft le germe de la fanté comme de la vertu ; elle feule eft la bouffole d'une vie tranquille & heureufe.

Introduction à la fcience des médailles, pour fervir à la connoiffance des dieux, de la religion, des fciences, des arts, & de tout ce qui appartient à l'Hiftoire ancienne, avec les preuves tirées des médailles ; ouvrage propre à fervir de fupplément à l'Antiquité expliquée par dom Montfaucon ; par dom Thomas Mangeart, religieux Bénédictin, de la congrégation de faint Vanne & de faint Hidulphe. *in-fol.* Paris, chez d'Houry, Davidts & Tilliard. L'abbé Jacquin, éditeur, a revu le manufcrit en entier, & a préfidé à l'impreffion.

Lettre à M. Fréron, fur l'introduction à la connoiffance des médailles. Il y rend compte de cet ouvrage, pour lequel il s'eft donné beaucoup de foins, avant & après la mort de ce favant Bénédictin. On la trouve dans le premier volume du Mercure de juillet 1764.

Il imita, en 1765, en vers françois, un *diftique fur la mort du Dauphin*, & l'année fuivante, il donna fes *obfervations fur une aurore boréale.*

Lettre fur les obfervations d'un anonyme, contre le lit de cendres chaudes, qu'il avoit propofé, en faveur des noyés, dans le Mercure d'août 1772. Elle fe trouve dans celui de juin 1773, page 180.

Avis aux architectes, aux entrepreneurs de bâtimens, & aux propriétaires qui fe propofent de faire bâtir, fur la manière de procurer aux appartemens l'air le plus falubre. Ibid. novembre 1773, page 174. — *Sur la conftruction des nouveaux bâtimens de l'hôtel-Dieu de Paris.* Ibid. 178. — *Sur des actes de bienfaisance.* Ibid. page 188 & janvier 1774.

Outre des *Lettres parifiennes*, & un écrit intitulé, *les Préjugés*, il a publié un *mémoire fur une réforme à faire dans la nourriture des chevaux.* Ibid. août 1775. Il contient des vues excellentes, dignes de l'attention de tous ceux qui ont des chevaux à nourrir.

Dans fes 2 vol. *in-12.* de *Sermons pour l'avent & le carême*, imprimés chez Defaint en 1769, l'onction & le zèle évangéliques caractérifent notre orateur chrétien, qui paroît s'être formé fur Cheminais. Ces difcours offrent de la méthode, de la clarté, quelquefois de la véhémence, de la douceur, toujours du naturel, & l'auteur paroît perfuadé de tout ce qu'il dit. Un raifonnement à la portée de tout le monde, mais folide; une érudition variée, mais fans fafte; une imagination féconde, mais fage & réglée; des principes bien développés, des vérités rendues fenfibles; une éloquence modefte, foutenue d'un talent réel, ont fixé le prix de cet ouvrage, qui annonce une ame éclairée, vraie, vertueufe & pleine de fenfibilité.

Quelques-uns de ces difcours n'ont point été prononcés dans la chaire de vérité. Une poitrine foible, une voix peu étendue, le forcèrent de bonne-heure à renoncer au miniftère de la parole. Il avoit été élevé dans un féminaire où la règle obligeoit tous les afpirans au facerdoce à réciter chaque année un fermon. On permettoit de les prendre dans des recueils imprimés; il préféra de compofer les fiens.

Son *compliment en vers au comte de Périgord*, nommé au gouvernement général de la province, eft adroit & bien amené.

VINCENT DE WAILLY, auffi connu par fes talens littéraires que par fes qualités fociales, & membre de l'académie, a lu dans la féance publique de 1751, des *Réflexions fur le naturel dans les ouvrages d'efprit;* celles *fur l'imagination* ont été entendues avec fatisfaction deux ans après. Vers l'an 1775, il a traduit en vers la *Pervigilium veneris*, & examiné dans une differtation, quel eft le véritable auteur de cet ouvrage : on connoît encore de l'aimable citoyen une traduction ou imitation en vers de deux odes d'Horace.

N... PETIGNY. Nous aurions defiré pouvoir nous procurer des renfeignemens fur ce Jurifconfulte diftingué, que nous ne connoiſſons que comme avocat en Parlement, & par un *Mémoire en réponfe pour M^e. Coupry Dupré, greffier des préfentations.* Paris, d'Houry, 1764. *in-4.*

PIERRE-JEAN-BARTHELEMI VILIN fut placé peu de temps après avoir reçu la prêtrife, en qualité de vicaire de la paroiſſe de faint Firmin le confeſſeur, fur laquelle il naquit le 23 août 1723. Il poſſéda enfuite fucceſſivement les cures des villages du Candas, de Domemont, & de Cormeilles. Plein de talens pour la conduite des ames, après avoir nourri fes ouailles de la parole divine, il leur enfeignoit encore les moyens de rendre plus fructueufe la culture de la terre. Ses leçons ont occafionné plufieurs défrichemens, & des terrains jufqu'alors incultes, ont mis à l'aife nombre d'agricoles, que des travaux continus, mais moins bien dirigés, faifoient vivre à peine. Cet agriculteur habile, fi fait pour être connu, rentra enfin dans fa patrie, où il poſſède une chapelle de la cathédrale. L'académie de cette ville, la fociété d'agriculture de Paris, & le bureau de Beauvais, ne tardèrent pas à fe l'attacher.

Dès 1765 il publia une *Differtation fur l'établiſſement des manufactures d'étoffes dans les villes du royaume de France, & fpécialement dans les villages de la province de Picardie.* Liège, chez Collette, 1765. *in-*12. Il s'élève contre cet établiſſement dans les campagnes; il en fait voir les abus, les défavantages, le tort qu'il fait à l'agriculture.

Il a contribué au projet des affiches de la province, où l'on peut lire (n° 3. 1770) *l'expérience* que le hafard lui procura *fur la luzerne.* On y voit (n° 14) une *lettre fur une mala-*

die épidémique qui régnoit dans le village de Cormeilles ; des *obfervations* (n° 17.) *fur la greffe des arbres en plein vent* , & *fur-tout des pommiers* ; une *réponfe à une queftion fur la foli- dité des étoffes* , (n° 47.) ; une *lettre , où il rend compte* (1771, n° 9.) *d'une luzernière défrichée* : il y recherche les caufes phyfiques d'un phénomène dont les agronomes n'ont pas fuffifamment rendu raifon.

En 1766 il avoit fait imprimer à Bruxelles une *lettre fur la culture du melon en Picardie & provinces voifines :* on lui fit des objections auxquelles il répondit dans le n° 26 des affiches de 1771. *La lettre fur la plantation des arbres frui- tiers* , (n° 4), précéda fa réponfe à une *lettre fur l'éducation phyfico - morale des enfans de la campagne* , (n° 49). L'an d'après il donna , (n°. 1.) des *obfervations fur les moyens* annoncés *pour faire du bon pain avec du mauvais bled.* Ses *obfervations fur les prairies artificielles* font inférées dans les étrennes d'agriculture de 1766. Le *mémoire fur la conferva- tion des grains dans des paniers de paille de feigle* , a été im- primé à Amiens, chez Godart, en 1774, *in-*12. L'auteur y critique l'étuve inventée par M. Duhamel. Après en avoir examiné les inconvéniens, & détaillé les défauts, il renfeigne la formation des paniers & fait connoître les avantages de cette nouvelle méthode.

L'an 1777 il fit part à l'affemblée de l'académie de fes *réflexions fur la fuppreffion de la mendicité.* Ce mémoire a donné lieu à l'établiffement du bureau général des aumônes des habitans, dont notre écrivain zélé eft le fecrétaire. Pour répondre aux contradicteurs , il a publié dans les mêmes affiches différentes lettres , dans l'une defquelles il rend compte au public de la nouvelle adminiftration. Il a donné, pendant quelques années les étrennes d'agriculture. Dans le *traité de la culture du melon* , imprimé à Amiens , chez Godart, en 1774, il n'établit fes principes que d'après les plus heureufes expériences. Les objets renfermés dans les 16 chapitres font traités d'une manière fimple & à la portée de tout le monde.

Il parle fucceffivement de la melonnière, du fol & de l'expofition qui lui conviennent; des cloches, des couches, du choix des efpèces de melons & de la qualité de la graine; du temps & de la manière de femer & tranfplanter les melons, de celle de gouverner les cloches, des arrofemens, des ennemis de la melonnière; de la taille du melon pour former la plante, des fleurs & des vrilles; de la taille pour faire nouer le fruit, de la nielle, du traitement des melons, depuis qu'ils font noués jufqu'à leur maturité ; du regain & de la manière de recueillir & conferver la graine ; de la culture du melon fous chaffis.

Ces ouvrages, confacrés à l'utilité de la Picardie, par un zélé patriotique, n'ont point affoibli, dans l'abbé Vilin, le goût de l'éloquence facrée ; il s'y livre toujours avec fuccès: il eût pu s'en promettre auffi dans la poéfie chrétienne, comme l'a prouvé à fes amis la paraphrafe de quelques morceaux de Jérémie, s'il n'eût préféré d'être fidèle à l'objet de fes travaux économiques, qui lui ont acquis une célébrité méritée dans fa province. Les Vilin paroiffent dans les archives en 1274.

ANONYME. On ne peut attribuer qu'à un enfant de cette ville, mais mauvais patriote, la pièce de vers qui parut en 1751, fous le titre de *placet au Roi, en faveur de la capitale de la Picardie.* C'eft une fatire violente, mais on y rencontre bien des vérités. L'auteur n'étoit pas fans talens. Pour rendre fes railleries plus piquantes, il met Amiens en parallèle avec Rome. Il fuffira d'en extraire ces huit vers.

> Grands, fuperbes en apparence,
> Mais fobres fouvent à l'excès,
> En étalant leur opulence,
> Les Romains vivoient de navets.

> Tel fent l'ambre & la bergamote,
> Et porte velours parmi nous,
> Qui dînera d'une carote,
> Et foupera d'un plat de choux.

Il badine enfuite fur la politeffe à la grecque de nos jeunes-gens, fur l'académie, l'ancien concert, nos fpectacles, & rien n'échappe à fa critique mordante.

AUGUSTIN DE NAMPS. Dans nos affiches de 1776, n° 40, il a confirmé l'idée qu'on avoit de fes talens pour la poéfie, par une *traduction* affez chaude d'*une* tendre *élégie de Catulle*, & de l'*ode treizième du premier livre d'Horace*, inférée dans le n° 31 de 1777. Ce nom étoit connu dès l'an 1191.

AUGUSTIN-PIERRE DAMIENS DE GOMICOURT, d'une famille diftinguée dans la haute bourgeoifie, & renfeignée dans les titres depuis 1340, abandonna le commerce confidérable que fes pères avoient glorieufement exercé pendant long-temps, pour fe livrer tout entier au goût naturel qu'il fe fentoit pour la littérature, qui devroit n'occuper, peut-être, que des perfonnes libres, ou du moins fans profeffion abfolument incompatible. Aimable en tout temps par les qualités de fon cœur & de fon efprit, il quitta fa patrie, où il naquit, le 7 mars 1723, d'Auguftin-Pierre Damiens, & Marie-Honoré le-Fort, pour fe fixer, en 1772, à Paris, où il étoit deftiné à faire, ainfi que M. Oportune de Vifmes, fon époufe, les délices des fociétés. Dès la naiffance de l'académie, il en fut un des principaux membres. Le duc de Chaulnes, gouverneur général de la province, qui l'aimoit beaucoup, le nomma fecrétaire général du gouvernement de Picardie & d'Artois, & enfuite il devint commiffaire des chevaux-légers de la garde du **Roi**.

En qualité de directeur de l'académie, il a lu, en 1750,
le

le *commencement de l'histoire de la surprise de notre ville par les Espagnols, en 1597, & de sa reprise par Henri-le-Grand ;* & l'année suivante on entendit le reste avec plaisir. Dans le même temps il publia une *dissertation sur la nature des biens ecclésiastiques, in-12.* Dans ses *mémoires & observations historiques & critiques pour servir à l'histoire des premiers temps de la monarchie françoise*, publiés en 1754, *in-12*, l'auteur s'efforce de prouver, contre le sentiment du comte de Boullainvilliers, que les Rois de la première race étoient aussi puissans qu'aujourd'hui. L'*Observateur François à Londres*, imprimé en 1769, est un recueil de lettres sur l'état présent de l'Angleterre, relativement à ses forces, à son commerce & à ses mœurs, avec des notes historiques, critiques & politiques, ajoutées par l'éditeur. Ces lettres sont aussi instructives qu'amusantes. L'auteur paroît avoir bien vu, & connoître le génie, les mœurs, & la politique de la nation dont il parle. Les anecdotes curieuses font disparoître la séchéresse des matières. Dans les archives de l'académie doivent être déposés manuscrits une compilation sur l'*esprit des philosophes & écrivains célèbres* : un *mémoire sur l'architecture gothique de la cathédrale d'Amiens*, avec les plans, profils, élévations & perspective de cette église : des *considérations sur le génie des François sous François II* : une *dissertation sur le gouvernement monarchique des Rois de la première race*, contre le *systême du comte de Boullainvilliers* : un *mémoire sur les maires du palais* : un autre *sur les connétables* ; une *dissertation sur Ursin*, auteur de la vie de saint Leger.

LOUIS-AUGUSTE GOUJON naquit vers le même temps de Louis-Auguste, procureur-notaire, époux de Marie-Rose Copin de Valaupuy. Il eut une jeunesse très-dissipée, & son mariage avec la fille du procureur Trepagne, ne contribua point à le faire revenir de ses égaremens. Il changeoit de position comme on change d'habit : après avoir servi le Roi comme simple soldat, tandis qu'il avoit toutes les qualités propres à succéder à son père, & à rendre sa situation agréable, il mourut notaire à Tain en Normandie, le 11 septembre 1754.

Son gout pour la littérature se manifesta de bonne-heure. Dans le journal de Verdun, 1739, il répond avec esprit à cette question : *De qui doit-on attendre une constance de plus longue durée, lorsqu'une demoiselle riche, & aimée d'un jeune homme sans bien, lui fait sa fortune en l'épousant ?* D'après cette demande, qui doit-on préférer dans la société, d'une personne spirituelle, enjouée, mais fort capricieuse, ou de celle qui sans esprit ni conversation, auroit un caractère toujours égal ? Il décide en faveur de la première. *Ibid.* juin.

L'an d'après, en réponse à la question : *Savoir jusqu'à quel point il est permis à une femme de cultiver sa beauté & de s'ajuster ?* Jusqu'au point, dit-il, qu'en évitant le luxe & le superflu, elle suive exactement ce que demandent d'elle la propreté & la bienséance. *Ibid.* décembre, 1740.

Il satisfit encore, dans le volume d'août 1741, à celui qui vouloit savoir laquelle est la plus dangereuse de ces deux passions, *l'amour & la haine, & à qui des deux faut-il qu'une ame bien née livre plus de combats, si elle veut en être victorieuse ?*

NOEL-FRANÇOIS DE WAILLY, fils de Noel & de Marie-Jeanne Mille, vint au monde le 31 juillet 1724. Après avoir pris dans sa patrie les premières leçons d'humanités, sous le célèbre abbé Valart, il s'attacha à Paris au sieur Philippe de Pretot, grammairien de la première classe, père du censeur de ce nom, connu avantageusement dans la littérature. Sous de pareils maîtres, les progrès des sujets bien organisés ne sont pas douteux. M. de Wailly avoit d'abord embrassé la cléricature qu'il abandonna pour jouir des douceurs d'une amitié réciproque avec Reine-Rose-Adélaïde Ralle, qu'il épousa le 6 juillet 1767, & qu'il eut le malheur de perdre en 1780. Les de Wailly sont connus depuis 1266.

Ses Écrits.

Grammaire françoise, ou *la manière dont les personnes polies & les bons auteurs ont coutume de parler & d'écrire.* Paris, chez de-Bure l'aîné, 1754, *in*-12. Cet ouvrage excellent est clair, précis, méthodique. L'auteur appuie, confirme les principes par des exemples choisis, instructifs & agréables. La première édition de cet ouvrage avoit quelques défauts : la critique & l'envie ne manquèrent pas de les relever, & l'écrivain docile en profita pour rendre sa grammaire parfaite. Il en a supprimé quelques définitions qui avoient paru triviales, des décisions qu'on croyoit hasardées, équivoques, inutiles, & il y mit plus d'ordre, en traitant des lettres avant les mots. On y apprend, outre l'explication des mots, comment dans les adjectifs le féminin se forme du masculin, le pluriel du singulier dans les substantifs & les adjectifs. Les conjugaisons y sont détaillées, & on y trouve la formation des temps & les verbes irréguliers.

Abrégé de la grammaire françoise. Paris, chez Lottin le jeune, 1759, *in*-12. L'auteur y range parmi les voyelles la lettre *y*, qui est cependant tantôt voyelle & tantôt consonne, & dans plusieurs occasions, il donne au caractère *y* le son de deux *i* purs. Les critiques en ont voulu conclure, qu'il vouloit exercer la législation en fait de langue ; mais dans une lettre particulière, imprimée en 1762, il dissipa leurs inquiétudes & releva leurs objections d'une manière satisfaisante. En 1763, le même abrégé parut chez Barbou, sous ce titre : *Principes généraux & particuliers de la langue françoise*, confirmés par des exemples choisis, instructifs, agréables, & tirés des bons auteurs ; avec des remarques sur les lettres, la prononciation, les accens, la ponctuation, l'ortographe, & un abrégé de la versification françoise. Cette édition revue & considérablement augmentée, a été adoptée par l'Université & l'Ecole Militaire. Les éditions suivantes ont succédé rapidement les unes aux autres. Celle de 1773 est la feptième. Les changemens & les additions en augmentent le prix & lui font gagner l'eftime du public. Le mérite principal de cet ouvrage confifte dans la précifion & la clarté du ftyle , dans l'ordre & la fécondité des principes. Pour fe mettre à la portée de la jeuneffe, l'auteur a fimplifié les règles grammaticales ; loin de multiplier les termes métaphyfiques, il a tâché d'en diminuer le nombre & même de s'en paffer. Il fronde fouvent plufieurs principes de Reftaut. Quoique moins volumineufe que les grammaires qui l'ont précédée , celle-ci renferme beaucoup plus de chofes. L'auteur y a inféré un précis de fa differtation fur les moyens de fimplifier notre ortographe. Pour fe former le cœur & s'orner l'efprit, les jeunes-gens y trouvent des maximes, de jolies épigrammes, des penfées ingénieufes, & des bons-mots. Cette variété diminue la féchereffe des préceptes, & en rend fouvent la lecture agréable. La fyntaxe a une certaine étendue , & renferme des remarques dont les jeunes - gens ont le plus de befoin pour parler & pour écrire correctement.

Lettre en réponfe aux difficultés propofées contre la déclinabilité du participe françois. Paris , chez de-Bure , 1759. Il y a bien du bon dans cette brochure. Le fieur Bouchot, auteur d'un rudiment françois, avoit reproché à notre grammairien de n'admettre dans le françois qu'un article fans cas ni déclinaifons ; M. de Wailly démontre dans fa réponfe l'inutilité d'en admettre davantage.

Quintilien, de l'inftitut de l'orateur. Paris, Barbou, 1770, 4 vol. *in-*12. On y corrige plufieurs négligences de ftyle de l'édition de l'abbé Gédoyn, & plufieurs défauts qui venoient du texte même.

L'Art de peindre à l'efprit, efpèce de réthorique du fameux prédicateur dom Sanfaric, revu & corrigé. Paris, chez Lottin l'aîné, 1771, *in-*12.

Oraifons choifies de Cicéron, avec le latin à côté , & des notes fur l'édition de l'abbé Lallemant. Paris, chez Barbou, 1772, 3 vol. *in-*12. *Item*, 1779 , 4 vol. *in-*8. Il n'y a point de pages où l'éditeur n'ait fait des changemens à la traduction de Villefort, pour faciliter aux jeunes-gens l'intelligence du texte du prince des orateurs latins.

Introduction à la syntaxe latine, pour apprendre aisément à composer en latin, avec des exemples de thèmes appropriés aux règles de la syntaxe, & proportionnés à la portée des enfans, à quoi l'on a ajouté un abrégé de l'histoire grecque & romaine, par Jean Clarke, retouché, & mis à l'usage des collèges françois, & augmenté d'un vocabulaire latin & françois. Paris, chez Barbou, 1773, *in*-12. *Ibid*, 1774. Chaque règle de la syntaxe a un chapitre particulier toujours rempli par des exemples qui font autant de petits thèmes qu'on donne à faire aux écoliers, & à côté du thème françois, on place les mots latins correspondans. Le vocabulaire contient les mots employés dans les thèmes, & marque les genres des noms, des pronoms, ainsi que les quatre temps principaux des verbes.

Principes de la langue latine. Rien n'en prouve mieux la bonté que la multiplicité des éditions, dont la septième parut en 1769, chez Barbou, *in*-12. L'ordre en est clair, précis, exact.

Dictionnaire portatif de la langue françoise, extrait du grand Dictionnaire de Pierre Richelet, contenant tous les mots usités, leur genre & leur définition, avec les différentes acceptions dans lesquelles ils font employés au fens propre & au figuré. Nouvelle édition entièrement refondue & confidérablement augmentée. Paris, chez le-Jay. *Item*, Lyon, chez Jean Bruyfet père & fils, 1775, 2 vol. *in*-8. de plus de 600 pages chacun. Ce dictionnaire est estimé, & les augmentations dont cette nouvelle édition est enrichie, lui donnent beaucoup de supériorité fur les précédentes. Dans les écrits modernes, l'usage, depuis quelques années, a, pour ainsi dire, confacré des termes d'arts & de sciences employés fréquemment même dans la plupart des conversations. L'éditeur leur donne place, & préfente les diverses acceptions d'un même mot : il indique le style auquel il appartient, l'emploi qu'on en fait au figuré, les expreffions proverbiales, celles qui font confacrées, & par-là, cette édition eft principalement diftinguée de celles qui l'ont précédée jufqu'à préfent. Elle renferme plus de douze mille mots, & autant de phrafes d'augmentation. Les définitions vicieufes y font rectifiées, & l'on a fu y réunir la concifion que demandoit un abrégé, & cette exactitude rigoureufe qu'exigeoit la multiplicité des détails. Perfonne n'étoit plus capable d'entreprendre & d'exécuter ce travail que l'éditeur que l'on en a chargé. Aucun de fes écrits ne dément la réputation qu'il s'eft acquife d'être l'un de nos plus habiles grammairiens. Il n'a pas tenu à lui qu'il n'ait fait des changemens & des additions dans l'ortographe d'un grand nombre de mots. On a penfé que ces changemens, utiles, à la vérité, pour faciliter la prononciation aux étrangers, multiplieroient les mots chargés d'accens, qui ne font déja qu'en trop grand nombre. On s'eft borné dans ce Dictionnaire à rapporter la façon nouvelle & abrégée, imaginée par l'éditeur pour marquer certaines prononciations difficiles.

Les Commentaires de Céfar, ancienne traduction revue. Paris, chez Barbou, 1776. L'éditeur a eu la patience de la rectifier en plus de trois mille endroits. C'eft un ouvrage prefque réparé à neuf : autant valoit-il le refaire entiérement.

CLAUDE-FRANÇOIS-FELIX BOULLENGER DE RIVERY, homme de génie, qui, à en juger par les effais de fa première jeuneffe, promettoit de fournir une carrière brillante dans l'empire littéraire, naquit fur la paroiffe de faint Jacques, le 12 juillet 1725, de François-Nicolas Boullenger, écuyer, feigneur de Rivery, confeiller au bailliage, & de dame Jeanne de Halloy. Après avoir fait fa réthorique au collège de cette ville, il fut conduit par le père Lucas fon régent au collège de Louis-le-Grand, où ce Jéfuite remplaçoit le père Froquière. Le jeune élève y recommença fa réthorique fous le père Porée, qui l'adopta avec d'autant plus de plaifir, qu'il avoit été le régent de fon père dans la même claffe en 1708.

Dès la première année, l'écolier ftudieux eut un prix d'amplification à la diftribution publique qui s'en fit au mois d'août. Il étoit doué d'un efprit vif, pénétrant, d'une mémoire prodigieufe, & d'une ambition ardente d'occuper les premières places. Il acquit une facilité fingulière de compofer des vers latins. Ceux qui ont étudié avec lui fe fouviennent de la gageure qu'il fit dans cette claffe de faire en une heure de temps un poëme latin de 300 vers, fans aucune faute, & fur tel fujet qu'on lui prefcriroit, & il gagna le pari. On l'a vu dicter à plufieurs fcribes tout à-la-fois. Son inclination s'étant tournée du côté de la robe, il fit fon droit à Paris, & y exerça la profeffion d'avocat, non pour fe faire un chemin à la fortune, mais uniquement pour s'attirer de la confidération. Il plaida quelques caufes au Parlement, même à la Grand'Chambre, où il enleva tous les fuffrages. Le plus flatteur fut celui du premier préfident de Meaupou, qui, charmé de fon éloquence, l'invita à venir fe faire entendre plus fouvent. Mais fa paffion dominante étoit l'amour des belles-lettres & de la philofophie. Ses parens qui le deftinoient à la magiftrature, s'alarmèrent de ce goût qui les contrarioit. Ils le rappelèrent à fa patrie, & le firent pourvoir, en 1751, de la charge de lieutenant-particulier-civil au bailliage & fiège préfidial; & dans la même année, l'académie s'empreffa de lui ouvrir fon fanctuaire, où fon difcours de réception fut très-applaudi. Il y a inféré l'éloge éloquent & véridique de la nouvelle Ecole-Militaire, & s'eft étendu fur l'éducation de la jeuneffe.

L'homme de lettres n'effaçoit point en lui le magiftrat. Il s'acquittoit de fes devoirs avec autant d'intégrité que d'exactitude; il les remplit même avec gloire, en s'oppofant, l'an 1753, à l'enregiftrement de l'arrêt du Confeil, portant création de la chambre des vacations. Il fit même au chancelier des remontrances pleines de feu & d'efprit, imprimées à Paris.

Le 26 octobre il partit pour fuivre une lettre-de-cachet qui l'appeloit à la cour. La lettre fut bientôt levée, & il revint dans fa patrie.

Deux ans après il époufa, au mois de janvier, Marie-Françoife Morel, dame de Belloy, Quevilliers, Quennezy, & autres lieux, plus chère encore à fes yeux par l'amour qu'elle lui infpiroit, que par les biens qu'elle lui apportoit. Malgré ces engagemens il ne renonçoit point au commerce des Mufes, ni à la chaffe où il étoit fort adroit. La tendreffe d'une femme aimable, l'eftime de fes concitoyens, les charmes de la littérature, les avantages de la fortune, les agrémens de la figure, l'ufage du monde, l'efprit de la converfation, un tempérament affez robufte, tout concouroit au bonheur de M. Boullenger, chevalier, feigneur de Rivery, d'Omemont & autres lieux. Il ne formoit qu'un feul defir: il touchoit au moment de le voir rempli; le premier fruit de fon mariage alloit naître, lorfque la petite vérole le frappa dans les bras d'une époufe chérie & prefque mère.

Il mourut le 24 décembre 1758, à l'âge de 34 ans. Il avoit l'ame noble, le cœur fenfible, le caractère enjoué, la conduite décente. Réfervé vis-à-vis des perfonnes qu'il connoiffoit peu, il ne s'ouvroit qu'à fes amis. Il étoit d'ailleurs poli, complaifant, officieux. Il n'a tant écrit de fi bonne-heure, que parce qu'il avoit l'ambition d'acquérir toutes les connoiffances humaines. Il travailloit fans relâche. On lui a fouvent reproché en vain d'embraffer trop d'objets. Né avec beaucoup d'efprit & de talens, s'il s'étoit renfermé dans un genre, il y auroit certainement excellé, & fe feroit fait un grand nom.

S e s É c r i t s.

Momus philofophe. Paris, Duchefne, 1749. C'eft une comédie en un acte, en vers libres & à fcènes à tiroir. L'auteur, qui ne l'avoit pas compofée pour être repréfentée, avoue que ce n'eft qu'un dialogue à plufieurs fcènes, tel que

l'on

l'on en trouve dans Lucien. Momus philofophe ! Ces deux mots font étonnés de fe trouver enfemble. Dans le prologue, un petit-maître & une petite-maîtreffe fe difent des fadeurs en langage précieux. La fcène du poëte eft ce qu'il y a de mieux, & l'explication du prétendu mécanifme des vers, a trouvé des approbateurs. On rencontre néanmoins dans cette pièce, de l'efprit, & quelques détails heureux.

Traité de la caufe & des phénomènes de l'électricité. Paris, Prault fils, 1750. 2 vol. *in*-8. Cet écrit a peu fait de fenfation.

Apologie de l'Efprit des Lois, ou réponfe aux obfervations de M. l'abbé de la Porte fur ce livre, fuivie de réflexions fur le même ouvrage. 1751, *in*-12. Cet écrit fit comprendre que celui qui parloit des lois avec autant d'énergie, fauroit également les défendre.

Recherches hiftoriques & critiques fur quelques anciens fpeétacles, & particuliérement fur les mimes & les pantomimes, avec des notes. Paris, Mérigot, 1751, *in*-12. Cet ouvrage, plein d'érudition, étoit nouveau pour nous. Ceux qui ont écrit fur les anciens fpeétacles, avoient à peine fait mention des mimes & des pantomimes. Le jeune auteur a profité des recherches que les Anglois & les Allemands ont faites fur cette matière. A ce qu'il a pris des étrangers, il a joint des découvertes nouvelles, & des réflexions relatives à nos ufages. Dans la première partie, il eft queftion de l'origine des mimes & des pantomimes, & des temps où ils ont été en règne : la feconde renferme des confidérations particulières fur les pantomimes, dont on détaille toutes les aventures. Malgré le peu d'ordre & de précifion, malgré les longueurs & les redites, ce livre eft inftruétif & amufant.

Lettres d'une fociété, ou remarques fur quelques ouvrages nouveaux. 1751, *in*-12. Il ne parut qu'un très-petit volume de ces lettres critiques, où il avoit pour affociés les fieurs Landon, Larcher, & autres jeunes-gens comme lui.

L'an d'après, il lut à l'affemblée publique de l'académie

Ddd

d'Amiens, un *discours* en vers adressé *au Roi*, & un *essai sur l'innovation dans les lois.*

Fables & Contes, avec un discours préliminaire sur la littérature allemande. Paris, Duchesne, 1755, *in*-12. de 129 pages, sans le discours qui en a 68. La plupart de ces fables & contes sont imités ou traduits de Gellert, poëte célèbre en Germanie. On en trouve plusieurs dans le *Fablier François.* Notre auteur a emprunté quelques sujets de Phèdre & de Gay, ainsi que de Moore, le meilleur fabuliste de l'Angleterre, & de quelques Latins. On voit dans le discours préliminaire, les commencemens & les progrès de la littérature, ou plutôt de la poésie allemande, depuis Charlemagne jusqu'aujourd'hui, & le dissertateur en parle sans préjugés. Il s'étend ensuite sur Phèdre & La - Fontaine. Ce discours, malgré les choses qui y sont déplacées, est instructif & bien écrit.

Dans la traduction de la *Phryné de Hagedorn,* on lit ce joli couplet :

> Elle attend encor la raison ;
> Et connoît déja la parure ;
> Une poupée est sa leçon,
> L'art commence avec la nature.

Il y a des images bien nobles dans la plupart des morceaux qu'il a rendus.

Les fables de l'invention du jeune poëte ne sont ni les moins philosophiques, ni les moins agréables. Il a su exprimer poétiquement plusieurs choses qu'il étoit très-difficile de dire en vers : tels sont les portraits du ver à soie & du limaçon. Poëte par nature, ses vers sont harmonieux. Il pensoit avec esprit, & ce qu'il pensoit, il savoit le peindre. Cet ouvrage est destiné pour les enfans, que l'on peut amuser pendant quelques temps avec de légères fictions ; mais, pour peu qu'on commence à raisonner, & à sentir qu'on est

capable d'une nourriture plus folide, on fe dégoûte infenfi-
blement de ces hochets frivoles.

Daphnis & Amalthée, paftorale héroïque, imprimée à
Amiens, chez Godart, en 1755, n'a pas été jouée.

Il a laiffé manufcrits, une *tragédie de Codrus*, une *comédie*, un *opéra*; des *idées fur les lois*, *fur le commerce*, particuliérement fur la manufacture d'Amiens; quelques *differtations critiques*, une entre autres pour prouver que le docte
François de Camps, n'étoit pas le fils d'un clincailler
d'Amiens, ni d'une baffe extraction, mais d'une honnête
famille de cette ville. M. de Rivery fe faifoit même honneur
de le reconnoître pour fon parent du côté maternel. Il a
laiffé en outre un *effai fur les foffiles de la Picardie*.

JEAN-BAPTISTE BIZET, fans fortir de fa patrie,
trouva le fecret, par fon goût naturel pour l'étude, d'y
acquérir des connoiffances dont il n'eft pas commun de fe
remplir l'efprit dans la province. Il naquit le 30 mars 1728
de Philippe Bizet, & de Marie-Elifabeth de la Place. Son
affabilité, la douceur fi bien peinte fur fon vifage, & principalement fon exacte probité, l'ont fait choifir pour admi-
niftrateur de l'hôpital-général, comme fes talens l'avoient
précédé pour lui procurer une place d'académicien. La phyfique, l'hiftoire naturelle rempliffent les momens que le
foin des pauvres lui permet de donner à fon cabinet.

En 1751, le jour de faint Louis, fa *differtation fur les
preuves hiftoriques, géographiques & phyfiques de la jonction
de la France avec l'Angleterre*, propofées par l'académie,
approcha le plus de la pièce couronnée. Il tient pour la néga-
tive. Le même jour il prononça dans ce licée fon difcours de
réception.

Dans l'affemblée publique de 1753 il lut une *differtation*
qui prouve qu'*il faut beaucoup d'efprit pour réuffir dans le
commerce*. Cette affertion généralement prife, peut être
très-vraie; mais combien d'êtres très-bornés qui ont fait des
fortunes furprenantes!

D d d ij

En 1755 il établit dans un *difcours , combien il feroit avantageux que la littérature partageât l'empire qu'elle a fur le goût avec les autres fciences qui ont un rapport plus prochain au bien de la fociété ;* & il y fit part d'un *mémoire fur les avantages qu'on pourroit tirer pour l'engrais des terres , des matières dont les vents & les pluies rempliffent les vallées.* Il y prouva, en 1760, que *les parties les plus groffières du fumier font auffi propres à former la fubftance des fruits , que celles des différentes parties des plantes qui les produifent.* Il s'étendit, en 1761 , *fur la rareté des bois en Picardie , fur fes caufes , & fur les moyens d'y remédier.* La même année il differta contre l'utilité de la médecine , qui faifoit le fujet d'un difcours du médecin Robecourt, membre de la même académie. Il y fait voir que fans avoir endoffé la robe de Rabelais , tous les amis de l'humanité peuvent, dans les endroits où il n'y a pas de médecins , fecourir les perfonnes affligées de maladies.

Son *mémoire fur l'étendue de l'ancien Belgium ,* obtint le premier *acceffit.* Il en fixe les bornes , & d'après les autres queftions propofées , l'origine du nom de la Picardie lui paroît incertaine , quoiqu'il n'ait été en ufage que vers le commencement du treizième fiècle.

Le *mémoire fur la tourbe ,* imprimé à Amiens, chez Godart, en 1758 , fait voir que ce qui conftitue cette efpèce de foffile , n'eft rien autre chofe que la portion de la couche épaiffe de matières dont les marais ont été remplis peu-à-peu, & que fa combuftibilité provient des végétaux qui ont crû dans les endroits où la tourbe fe rencontre ; que la différence dans les efpèces de tourbes vient de l'état de ces végétaux plus ou moins détruits, de leurs combinaifons différentes avec les matières terreufes qui font entrées dans leur fubftance , de la quantité & de la qualité de ces matières ; que l'odeur fulfureufe de ce foffile eft l'effet de l'union du phlogiftique & de l'acide vitriolique dont fes élémens font remplis. Il fait voir enfuite la manière dont la tourbe a crû & croît encore.

Dans le difcours, lu en 1766 à l'affemblée publique, il fe propofe de faire voir que *les défordres dont l'homme infecte la fociété, viennent ordinairement du peu de foin qu'on apporte dans l'éducation à la culture de fon cœur.* Dans un autre, il parle *de l'utilité & de l'abondance des matières neuves & intéreffantes que pourroit contenir une hiftoire naturelle de la Picardie.*

Le *mémoire fur l'exportation des grains* a été couronné par la fociété royale d'agriculture de Lyon, en 1770. Il expofe les biens réfultans d'une exportation conforme à l'édit de 1762, & les inconvéniens de celle qui feroit indéfinie, ainfi que les maux qui naîtroient d'une exportation qui tiendroit les grains au deffus des facultés du peuple, & fur-tout des ouvriers des manufactures.

En 1771 il lut des *obfervations fur l'électricité.* Son ouvrage le plus confidérable, entrepris par zèle patriotique, & difpofé pour l'impreffion, c'eft un *Dictionnaire topographique de la Picardie*, contenant la defcription des cantons, villes, bourgs, villages, hameaux, & fermes de la province; leur fituation, leur diftance réciproque, leurs rapports dans l'ordre eccléfiaftique, civil & domanial; les établiffemens confidérables qui y ont été faits, les qualités du fol, les différentes productions de la nature & de l'art; les découvertes qu'on a faites dans le fein de la terre, l'induftrie des habitans, ce qui s'y eft paffé de plus mémorable, le temps des foires, marchés francs & autres qui s'y tiennent; les différentes mefures qui y font en ufage, le cours des rivières, & toutes les chofes dignes de remarque dans cette étendue de pays, où il a tout vu, tout examiné par lui-même.

NICOLAS BOURGOIS, né au mois d'octobre 1728, & grand amateur de peintures & d'eftampes, a des connoiffances très-étendues dans la théorie de ces deux arts. Plufieurs de fes lettres fur la gravure ont paru en 1780, & les journaux en ont fait une mention honorable. Le rédacteur de nos affiches lui eſt redevable des articles concernant l'annonce des eſtampes. Plus connu, & mieux apprécié dans la capitale que dans ſa patrie, il y reçoit, en pur don, des premiers graveurs du Roi, les plus belles de leurs eſtampes, toutes les fois qu'ils en produiſent une nouvelle.

JEAN-MARIE VACQUETTE DU CARDONNOY, fils d'un conſeiller du Roi en ſon Grand-Conſeil, fut élevé avec ſoin dans les principes de la morale la plus pure, & embraſſa l'état eccléſiaſtique. Son élévation au ſacerdoce, l'an 1752, fait conjecturer qu'il naquit vers 1729. Il poſſède un canonicat de l'égliſe collégiale de Neſle. Les eſſais de ſa plume ſont des *poéſies badines, galantes & allégoriques, ſuivies de pluſieurs diſcours*. Ce genre lui parut futile, & il l'abandonna. Ses *conſidérations ſur les vérités les plus importantes au chriſtianiſme*, ont été imprimées à Amiens, chez Godart, & ſon *éloge hiſtorique de Vacquette d'Hermilly*, ſon parent, eſt digne de voir le jour & de faire apprécier ſes connoiſſances littéraires.

FRANÇOIS BIARD, négociant, ancien conſul, & membre de l'adminiſtration générale des pauvres, naquit le 4 octobre 1729. Il épouſa Eliſabeth Fortin, fille de Jacques, fermier & receveur au village d'Hérival. Ce citoyen, connu par des actes d'humanité & de charité éclairée, reçut le 25 août 1780, à la ſéance académique, de la part des officiers municipaux, & de la main de madame l'Intendante, une médaille, & l'exemption de toutes charges publiques, pour avoir gratuitement donné ſes ſoins à former ou faire dreſſer au travail un grand nombre d'enfans abſolument pauvres, auxquels ce bienfaiteur eſtimable a procuré en même temps l'inſtruction néceſſaire, relativement à la religion & aux mœurs. Une maladie de langueur le conduiſit au tombeau le 17 août 1781.

PIERRE TRANOY, né la même année 1729, sur la paroisse de saint Leu , d'un père menuisier de profession, acquit, par son application, le titre de mécanicien du Roi. Il s'est distingué de la multitude par des *cuisines économiques portatives*, à l'usage de la marine ; par des *escaliers* d'une construction nouvelle ; par des *échelles* extrêmement commodes dans les bibliothèques considérables ; par des *lits brisés* , exécutés en fer, à l'usage des voyageurs & des officiers ; invention que l'académie des sciences approuva en 1772. Ces lits, qui n'ont ni vis, ni tenons , ni crochets, peuvent être montés & démontés avec facilité en six minutes. Plusieurs autres machines l'avoient mis en vogue. Néanmoins, malgré ses talens, cet artiste est mort peu fortuné, à Paris, dans le courant de septembre 1779.

ALEXANDRE-HYACINTE CLERGÉ, fils du garde-magasin de l'artillerie, & de N... Debrecq, vint au monde vers le même temps , & parut, dès sa plus tendre enfance , destiné à prolonger la chaîne de nos poètes. Ses essais lui promettoient une place honorable sur le Parnasse, si la mort ne l'avoit point souftrait à la terre, le 16 avril 1771 , avant qu'il eût atteint le milieu de sa course. Dans sa première jeunesse, il revint de cette erreur, & suivit sa vocation à l'état ecclésiastique dont il avoit les talens & les vertus. Après s'être fait recevoir bachelier en théologie de la faculté de Paris, il fut nommé chapelain de l'église cathédrale d'Amiens, ensuite chanoine de la collégiale de saint Nicolas , & membre de l'académie , sur l'établissement de laquelle il lut une ode à l'assemblée publique du 29 août 1750. En 1753 il fit imprimer, chez la veuve Godart, une *ode sur l'entrée du duc de Chaulnes* en cette capitale de son gouvernement : on y a trouvé de l'aisance, du feu; le poète y a joint l'éloge de l'épouse de ce seigneur. Il lut dans notre aréopage, en 1763 , une *traduction* en vers françois *de l'épître de saint Paul à Philémon,* & un poëme intitulé, *le chardonneret,* ou *l'amour de la liberté.* Les *vers* répandus dans le public en 1770, *sur la conversion de la marquise de Milly*, n'ont pas la même force à beaucoup près. On a encore de lui plusieurs *cantiques* qui ne sont pas sans mérite. Dans celui sur l'amour divin, il dit à l'Eternel :

> Prenez un cœur qui se donne
> Et veut suivre votre loi ;
> Vous aimer, est ma couronne ;
> Vous servir , c'est être roi.

La vérité parloit par la bouche de notre auteur, lorsqu'il adressa ce quatrain à feu Martin Débonnaire , le modèle des meilleurs pères :

> Qu'en ce jour mille fleurs couronnent votre tête ;
> Votre cœur fut toujours le siège des vertus ;
> Et si le vrai mérite avoit un nom de fête ,
> Vous auriez un patron de plus.

N... GODDE, fils d'un riche commerçant teinturier en écarlate, depuis secrétaire du Roi du grand collège, & de N... Feret, exerce actuellement à Rouen la charge de commissaire des guerres , & ses talens lui ont mérité une place à l'académie de la même ville. Il est auteur d'une *observation intéressante sur une propriété singulière de l'huile de vitriol.* Ses expériences, à cet égard, ont paru exactes , & sa théorie fondée sur les vrais principes. On fait également cas de ses *observations chimiques sur la falsification du savon blanc de Marseille.*

FRANÇOIS-AYMAR DESMERY, de l'âge à-peu-près du précédent, est sorti du mariage de François Aymar, avocat, ancien échevin, & conseiller de ville, avec N... Boulenger. D'heureuses dispositions , jointes à l'amour de l'étude , ne tardèrent point à en faire un sujet excellent. Il suit avec distinction la profession de son père. Plein de douceur, d'aménité, d'aménité, d'efprit, il fe fit aimer fans peine dans l'exercice des fonctions municipales. Ses talens poftulèrent pour lui une place à l'académie, où il lut en différens temps, un *effai fur le goût*, un *difcours fur le rapport de l'académicien avec l'avocat*, & un autre *fur le bonheur des gens de lettres*. Cette famille bourgeoife exiftoit dès 1476.

JACQUES-FRANÇOIS FERET, né en 1734, préféra prudemment l'utile à l'agréable. A l'exemple d'Huchon fon aïeul, dont on a parlé plus haut, il garniffoit de logogryphes, d'énigmes, & de petites pièces de vers, depuis 1765, nos ouvrages périodiques. Ses porte-feuilles font chargés d'autres morceaux auxquels il attacha fi peu d'importance, qu'il abandonna abfolument ce genre d'efcrime pour exercer la charge de notaire avec toute la probité qu'elle exige de l'honnête-homme.

PIERRE-JEAN-BAPTISTE LE-GRAND, né en juillet 1737, témoignoit de trop heureufes difpofitions dans le cours de fes études, pour échapper aux defirs qu'ont toujours eu les Jéfuites de fe réferver les meilleurs fujets de leurs collèges. Il acquit dans cet état le goût, le ftyle léger, ordinaire à la plupart de ceux qui y ont vécu. Nous avons de lui des *contes dévots, fables & romans anciens, pour fervir de fuite aux Fabliaux*, publiés à Paris, chez Onfroy, en 4 vol. *in-8*, qui contiennent les différentes productions de nos ancêtres, pendant les treizième & quatorzième fiècles. Le cinquième volume que promet l'éditeur eft attendu des curieux avec impatience, ainfi que l'*Hiftoire de la vie privée des François*, en 4 vol. *in-8*. & *in-4*. Un autre écrivain s'attribue le dernier ouvrage, en avouant uniquement que notre compatriote a été fimplement chargé d'ajouter de nouvelles recherches à celles déja faites. M. le-Grand convient que l'idée de l'ouvrage eft due au marquis de P... ami de la littérature & des fciences, favant lui-même ; que ce feigneur a encore imaginé de le divifer en quatre parties, *nourriture*, *logement, habillement* & *jeux ;* mais il réclame ſes droits ſur le reſte.

N...JOLLIER reçut, en qualité d'enfant de chœur de la cathédrale , ſa première éducation, ſous les yeux du chapitre. Il mit à profit les leçons du muſicien habile, prépoſé pour inſtruire ces jeunes élèves, parmi leſquels ſon goût ſingulier dans la compoſition le diſtingua beaucoup. Entre les motets qu'il a travaillés , le *diligamte* à voix ſeule, a été fort applaudi au concert ſpirituel du 18 avril 1767.

ALPHONSE DE VISMES , frère de l'adminiſtrateur du ſpectacle de l'opéra, qui, en 1777, fit un diſcours à tous les ſujets qui le compoſent, à l'occaſion de ſon plan, diſcours qu'on peut lire dans le journal de Paris, n°. 346 , eſt auteur *des trois âges de la Muſique*, eſpèce de prologue, qui fut donné le 29 avril 1778 à l'académie royale, dont ſon frère étoit alors régiſſeur. La muſique eſt de Gretry. Cet acte a été mal reçu, comme trop gai pour un opéra bouffon, & trop grave pour un intermède. D'ailleurs les paroles ont paru médiocres pour le fond , & peu lyriques.

MARIE GUENIN, fille de Charles, directeur des aides en cette ville , naquit au mois d'octobre 1738. Peu d'enfans ont auſſi bien mis à profit l'éducation qu'on lui donna; auſſi trouvoit-on peu de perſonnes de ſon ſexe qui à une figure auſſi intéreſſante joigniſſent autant d'eſprit & de talens. En 1756 elle prit pour époux le ſieur de Combe , ſous-fermier des aides, qui la laiſſa veuve l'an d'après. Au bout de quelque temps , le défunt fut remplacé par le fils aîné de M. le Normant de Champflé , receveur général des finances en Picardie, qui eut le chagrin de la perdre en 1770. A l'âge de 17 ans elle mit en muſique *l'opéra de Daphnis & Amalthée*, de feu M. Boullenger de Rivery. Cet eſſai parut un petit chef-d'œuvre, & fit juger qu'avec de pareilles diſpoſitions on verroit faire bien du chemin à un aſtre dont le lever étoit auffi brillant. Cette demoifelle réuffiffoit également bien dans la partie des belles-lettres. Ses connoiffances dans l'hiftoire & la poéfie étoient accompagnées de la modeftie la plus fimple & la moins empruntée.

MARIE - LOUISE - JOSEPH DE CRESSIN, fille de Jean-François & de Claudine Jolly, naquit en 1739. Elle époufa le fieur Douay, bon grammairien & bibliomane éclairé. Après avoir pris fous le fameux Vien des leçons de deffin & de peinture, elle en tint école pendant plufieurs années dans fa patrie, & enfeigna depuis ces talens à diverfes demoifelles de la capitale. Ses deffins lui ont mérité les éloges de plufieurs membres de l'académie royale de peinture. On pourroit dire qu'elle réuffit également dans la figure, les payfages & le paftel.

JEAN-BAPTISTE GROSIER avoit une organifation trop déliée pour que les Jéfuites, fi connoiffeurs en bons fujets, négligeaffent de l'attacher à leur fociété. Depuis la révolution furvenue dans ce corps, il s'eft fait connoître avantageufement, en travaillant à l'*Année Littéraire* fous M. Fréron, qui peu avant fa mort vouloit fe l'affocier. Par reconnoiffance, il fervit quelque temps d'inftituteur & de guide à fon fils, en tenant la plume pour empêcher la décadence de cet ouvrage périodique, qui ne pouvoit tomber en meilleures mains. Tous les extraits qu'il a fournis fe font fait lire avec plaifir : on y trouvoit une critique fine, bien motivée; une parfaite intelligence dans la difcuffion, des extraits fupérieurement faits, un ftyle léger, prefque tout le brillant & le fel de fon prédéceffeur; une littérature très-étendue, un goût sûr, du zèle & de la force pour la caufe des mœurs & de la religion. On lui a obligation de l'édition des *grandes Annales de la Chine* du père de Moyriac de Mailla, Jéfuite François, Miffionnaire à Pekin, dont les premiers volumes ont paru en 1776. Son deffein étoit d'exécuter feul cette entreprife, mais des occupations nouvelles ne lui permettant pas d'y donner tout fon temps, il choifit pour fecond, M. le Roux de Hautefrayes, profeffeur en langues orientales au Collège-Royal, très-verfé dans la connoiffance de l'Hiftoire Chinoife. Le profpectus eft conçu très-fagement, écrit d'un ftyle pur, convenable au fujet. La réponfe aux paradoxes de M. Paw fur les Chinois eft d'une faine critique. L'éditeur a joint à la traduction un tableau de cet Empire, & à la fin plufieurs pièces intéreffantes. L'ouvrage entier doit contenir 12 vol. *in-4*. A Paris, chez Pierre & Cloufier. En 1778, notre abbé publia le profpectus d'un *Journal de Littérature, des Sciences & des Arts*, au profit de l'inftitution des jeunes orphelins militaires, fous les aufpices du Roi & de la Reine, protecteurs de cet établiffement. Il fe livra avec fuccès à cette entreprife jufqu'en décembre 1779 inclufivement, terme auquel le Journal paffa en d'autres mains. Une *imitation de l'ode IV du premier livre d'Horace*, inférée dans le premier volume du Mercure de juillet 1760, annonçoit également les talens de M. Grofier pour l'art des vers.

FRANÇOIS BERNARD, dont la notice nous eft parvenue trop tard, eft fils de Louis Bernard, & de Suzanne Géet, marchands fabriquans à Amiens. Il naquit le 9 mars 1723, fur la paroiffe de faint Firmin-le-Confeffeur. Cet homme laborieux, généralement connu pour habile calculateur, tant dans la tenue des livres, que par un caractère d'écriture diftingué, fe retira à Paris au mois d'avril 1778, & s'y occupa à faire & écrire de fa propre main *un calendrier perpétuel*, indicatif de toutes les fêtes mobiles de chaque année, pendant le cours des fiècles 1700, 1800, 1900 & 2000. On y voit réunis les cycles folaire & lunaire, en chiffres & lettres alphabétiques, dans un tableau fupérieurement gravé, de 18 pouces de large fur 13 de haut. Pour en faire ufage, il fuffit de favoir lire, & d'y donner deux ou trois minutes d'attention. L'auteur, après avoir communiqué fon ouvrage à plufieurs artiftes célèbres, qui l'ont trouvé auffi

beau que régulier, utile à tous les états, & commode, par
fa forme, dans tous les cabinets, a eu l'honneur de le préfenter en perfonne à Louis-le-Bienfaifant, le 17 avril 1781.
Sa Majefté, fatisfaite du travail, l'a reçu avec bonté, & a
daigné lui accorder le privilège exclufif de le faire graver
aux armes de la couronne, imprimer, vendre, faire vendre, & débiter feul par tout le royaume, pendant toute
fa vie, pour en jouir, ainfi que fes héritiers, à perpétuité.

MARIE-CATHERINE-BRIGITE AVENEAU naquit
le 7 février 1744, d'Antoine Gafpard, & de Marie-Catherine Fremon. Douée d'un gofier charmant, fait pour être
admiré dans la capitale, elle quitta la province, & fut admife
dans la mufique de Sa Majefté. Le 12 janvier 1765, elle
chanta le rôle d'Emilie du ballet des élémens. Loin de dé-
mentir dans l'exécution l'éloge que lui attira fon début à
Fontainebleau, ce jeune fujet, qui n'avoit paru qu'au concert d'Amiens, a fait voir, indépendamment de la beauté
de la voix, tous les germes des talens que l'on exige dans
l'exécution du chant théatral. Malgré l'extrême embarras
d'un pareil effai, & tout le trouble que l'on fuppofe facilement en cette occafion, il ne lui a rien échappé de difgra-
cieux, encore moins de ridicule dans le maintien, ni dans
l'action; au contraire, en plufieurs endroits du rôle, elle a
marqué ce fentiment intérieur & naturel d'intelligence &
d'intérêt, qui manque fouvent aux fujets les plus confommés, parce qu'il n'eft que très-difficilement fuppléé par
l'art, & jamais remplacé. Le 24 & le 25 mars, elle chanta le
motet *Ufquequò*, du célèbre Mouret, & les connoiffeurs
s'apperçurent fenfiblement des progrès que fit cette canta-
trice dans l'art du chant, & des avantages qui en réfultèrent
pour faire valoir toutes les beautés de fon organe. La manière
dont elle exécuta un autre motet le 18 décembre, fut extrêmement applaudie, & ce fuccès encouragea infiniment ceux
qui donnoient des foins pour perfectionner une voix auffi

belle. Quelque temps après elle abandonna cet état pour un plus folide, & époufa le fieur Palate. Le baron de Rhodes, qui rime avec tant d'aifance, & qui a fait à fa manière lés portraits de quantité de perfonnes du fexe, a dit quelque part de celle-ci :

> Oui, ma Mufe, il faut que je nomme
> La firène Aveneau pour nymphe de la Somme :
> Ce charmant roffignol
> Sait nous flatter l'oreille en B quart & B mol.

Ce nom remonte à 1588 dans le cartulaire de Longueau.

JEAN-BAPTISTE-AMABLE TRANNOY naquit fur la paroiffe de faint Firmin-à-la-Porte, le 31 juillet 1744. Dès l'établiffement de l'école des arts en cette ville, il s'attacha à l'étude de la géométrie, de l'architecture & du deffin. Il excelle à deffiner en paftel & à la plume, pour imiter la gravure ; le lavis des plans qu'il lève eft d'une propreté charmante, & il ne réuffit pas moins bien dans la perfpective & la figure. Le corps-de-ville a couronné trois fois les morceaux d'architecture & de deffin du jeune artifte qui l'emporta fur fes rivaux par la fupériorité de fon bon goût.

JEAN - CHARLES - FRANÇOIS MAGNIEZ, né de parens obfcurs, mais honnêtes, l'an 1745, fit ici fes premières études qu'il alla achever à Paris. Il avoit alors 18 ans. Sous les maîtres les plus habiles, il mit leurs leçons à profit, & peu fatisfait d'être inftruit, il apprit l'art d'inftruire les autres. Au bout de fix ans il regagna fa patrie, s'y établit maître de penfion. Jaloux de réuffir dans cet état, il s'y confacra entiérement. Ses devanciers n'apprenoient à leurs élèves que du latin & du françois : pour perfectionner leur éducation, il y ajouta la géographie, l'hiftoire, & les langues étrangères. L'*Abrégé de Géographie*, qu'il a fait à leur usage, est simple, clair, méthodique. L'*Abrégé de l'Histoire* commence par l'Histoire sainte, la plus essentielle pour donner à la jeunesse de la religion & des mœurs : elle est suivie de l'*Histoire de France*, la plus nécessaire à ceux de la nation, & l'auteur en est à la troisième Race. L'*Abrégé des Langues latine, françoise, italienne, espagnole, angloise & allemande*, est entiérement fini. Sous les auspices de l'intendant de la province, les pensionnaires soutiennent tous les ans un exercice public sur les belles-lettres, l'histoire & la géographie. Un François Magniez, étudiant en logique, l'an 1773, adressa à l'évêque & à son digne coadjuteur, une *ode latine*, qui a pour sujet, *le triomphe de la religion sur la fausse philosophie*.

N... DE NAMPS, né vers le même temps, reçut de la nature une figure intéressante, & ses yeux décèlent son esprit. Après avoir pris le bonnet de docteur en médecine, dans l'université de Montpellier, il ouvrit chez nous, le 13 mai 1777, un *Cours d'Histoire naturelle, appliquée à la matière médicale, à l'agriculture, au commerce & aux arts*. Son *Discours* roula *sur les avantages de l'Histoire naturelle, & sur la manière de l'étudier*. Ce jeune homme aimable possède éminemment les arts & les sciences qui y ont rapport.

LOUIS - AUGUSTE DE VERMONT, fils aîné de Joseph, l'un des meilleurs procureurs du bailliage, naquit le 10 février 1746. A une imagination ardente, il joint une passion pour la littérature & un goût peu commun pour la musique. Plusieurs morceaux de sa façon, répandus dans nos affiches, n'ont point peu contribué à en faire disparoître la sécheresse. Pour son début dans la république des lettres, il y a inséré, en 1779, n°. 20, une *anecdote patriotique*, qui prouve que Henri-le-Grand, le modèle des bons Rois, étoit tout Picard dans l'ame. Dans le n°. 25, il a soutenu avec esprit, qu'il étoit plus pénible, plus avantageux

de bien traduire que d'inventer. L'an d'après , à l'occasion
de l'ouverture de la salle de spectacle de sa patrie , où l'on
donna *Sidney* , il rendit un hommage patriotique à la mémoire de Greffet. Sous le n°. 31 des mêmes affiches, on lit
deux couplets qui , sans avoir le mérite de la plus belle poésie , ont celui de leur genre , qui se reffent de la négligence
d'un cœur épris. Ces essais font juger qu'avec une exiftence
plus gracieufe , le jeune auteur ne tarderoit pas à se diftinguer de la foule. En 1781 , il a préfenté à notre académie ,
un *Mémoire* manufcrit , *fur l'éducation des enfans renfermés
dans l'hôpital général de cette ville.*

**MARIE - JOACHIM - ÉLISABETH DE LOUVEN-
COURT.** Un exemple moderne de la vie fainte de cette
fille vertueufe eft bien confolant pour cette ville, qui la vit
naître le premier juin 1747. Elle eut pour père , meffire
Nicolas-Barthelemi de Louvencourt, chevalier, feigneur de
Bettencourt, Rivière, Courchon, &c. & pour mère, Marie-
Joachim-Rofe Gougier de Seux. Dès fon enfance, deftinée
par le ciel à être un modèle des vertus chrétiennes, & d'une
fageffe fupérieure à celle du fiècle, elle reçut avec la lumière
du jour, un caractère plein de douceur & d'amitié, une heureufe inclination pour le bien , une difpofition marquée
pour profiter de tout ce qui peut entrer dans la meilleure
éducation. Sa mère, remplie de piété, s'appliqua à la former,
dès l'âge le plus tendre , au fervice & à l'amour de Dieu.
Elle la voua à la Mère du Sauveur & à faint François , dont
elle porta long-temps le cordon avec l'habit blanc. Pour
imiter la Reine des Vierges , la jeune enfant fit à l'âge de
quatre ans une efpèce de vœu de virginité. En fe fuccédant,
les années la voyoient croître en vertu & en fageffe. On y
entrevoyoit un enfant de la grace, une ame prédeftinée. On
remarquoit un refpect, un goût fingulier pour la parole
divine; elle affiftoit aux inftructions qu'on faifoit à fes frères
les fêtes & les dimanches, avec un plaifir, une attention bien
au deffus de fon âge. Remplie d'amour pour les pauvres ,
elle

elle ne prioit jamais avec plus de ferveur que lorfqu'elle fe trouvoit au milieu d'eux. Pour la difpofer à faire fa première communion, fa mère, qui venoit de perdre fon époux, la confia aux dames de l'abbaye du Paraclet ; la jeune vierge avoit alors douze ans. Sa docilité, fon application, la régularité de fa conduite, étoient fouvent citées par les maîtreffes aux autres penfionnaires. Dans un cœur ainfi préparé, & où il y avoit tant de ferveur, fon divin Maître entra pour la première fois le 15 août 1760, & y répandit de nouvelles graces. De retour, peu de mois après, à la maifon paternelle, pleine des richeffes fpirituelles qu'elle avoit amaffées dans la retraite, on remarqua fon dégoût pour la parure & les plaifirs du fiècle. Elle mettoit tout le fien à plaire à l'Eternel par la piété, à faire le bonheur d'une mère tendre, par fon obéiffance & fes attentions, à s'occuper de ce qui pouvoit la rendre agréable à Dieu dans la fituation où la plaçoit fa providence. Sa digne mère, dans l'intention de perfectionner fon éducation, l'envoya à Paris, où elle refta dix-huit mois dans l'abbaye de Panthemont, où elle a laiffé la plus haute idée de fa vertu, & où fa mémoire eft en vénération. La jeune Elifabeth, rendue à fa patrie à l'âge de s'introduire dans le monde, pouvoit fe promettre d'en fixer l'attention. Graces naturelles, qualités d'efprit & du cœur, rien de ce qui pouvoit l'y faire figurer avec éclat ne lui manquoit. Un efprit moins folide en eût été flatté : mais fon jugement étoit formé, fa vertu affermie ; elle ne s'y diftingua que par un accroiffement de ferveur dans la piété, de régularité dans la conduite.

Jufque-là elle s'étoit bornée à l'accompliffement exact des devoirs ordinaires du chriftianifme. Dieu demandoit quelque chofe de plus, & la mit dans des circonftances qui la conduifirent à cette perfection, qui en fit une héroïne de la religion. Une maladie contagieufe dont elle eft attaquée, lui enlève fa refpectable mère & un de fes frères. Accablée de douleur, elle fe fait tranfporter dans le couvent des religieufes de Moreaucourt , voifines de la maifon mortuaire, où elle paffa la première année dans une langueur inquiétante pour fes jours. Sa fanté toutefois prit le deffus , & revenue de l'efpèce d'étonnement où l'avoient jeté des coups fi terribles, elle fe livra à de profondes réflexions. Plufieurs partis avantageux follicitèrent inutilement fon alliance ; elle n'étoit pas deftinée pour un époux mortel. En attendant la voix du Ciel , elle fe fixa dans fa retraite jufqu'au temps où elle ouvrit fon cœur avec confiance à fon pieux évêque Gabriel d'Orléans de la Motte. Le prélat connut bientôt la générofité & le courage de cette ame privilégiée. Sous fa conduite , les progrès furent plus rapides, les troubles , les anxiétés s'évanouirent. L'homme de Dieu lui déclara que le Ciel exigeoit d'elle un genre de vie qui réunît les mérites de la charité active à ceux de la folitude. Inftruite des volontés du Seigneur, & occupée de remplir ce projet, elle commença par s'exercer dans toutes les fortes de bonnes œuvres qui formoient ce plan. D'abord elle fe réduifit à l'état de la fainte pauvreté, fe refferra dans une cellule , s'y nourrit hors des yeux de la communauté, afin de laiffer ignorer fes mortifications & fa vie pénitente. Après avoir renouvelé fon vœu de virginité par un acte écrit & figné de fon fang , elle partageoit fes momens entre les exercices de la piété & de la charité. Indépendamment des offices auxquels elle ne manquoit pas , fes heures de méditations le matin & le foir la fixoient à l'églife un quart de la journée , & une partie de la nuit. Depuis long-temps elle étoit dans la pratique de la communion fréquente ; on lui permit de communier tous les jours. Dès-lors la pieufe demoifelle ne quittoit plus le fanctuaire que pour aller faire reffentir au prochain les effets de fa charité. Les membres fouffrans de J. C. venoient la trouver dans fa retraite, d'où elle s'étoit fait une loi de ne point fortir. Elle y panfoit les bleffés, donnoit aux uns du pain , aux autres des aumônes réglées ; à ceux-ci des fecours paffagers, à ceux-là des lits, des habits, des penfions. Tout

ce qu'elle poffédoit, à l'exception de fon néceffaire le plus
ftrict, étoit employé à ces œuvres charitables, auxquelles
elle joignoit des inftructions édifiantes. Son zèle fe ranimoit,
lorfqu'il fe préfentoit des réconciliations à ménager, des
pécheurs à ramener à Dieu. Autant qu'elle le pouvoit, elle
foulageoit dans leurs fonctions les religieufes de la communauté. Perfonne n'entroit dans fa cellule, où Dieu feul étoit
témoin de fa pénitence. Un pain commun, des légumes
groffiers, fans affaifonnement, étoient toute fa nourriture.

D'accord avec le prélat, qui la conduifoit dans la voie du
falut, elle concerta l'établiffement de l'adoration perpétuelle,
comme un des moyens les plus capables de réveiller la piété
& l'efprit de religion dans la ville. L'exécution ne tarda
point, & on la fixa chez les religieufes de fainte Claire, où
l'expofition du faint Sacrement commença le premier janvier 1773. L'année fuivante, le 15 octobre, la nouvelle
Olympiade fe tranfporta à fainte Claire, dans une petite
maifon voifine de l'églife, vers laquelle on lui accorda une
porte de communication. Profternée devant le faint Sacrement de nos autels, elle fe dévoua entiérement au culte
divin & au fervice des pauvres. Le digne fucceffeur de M. de
la Motte la mit en poffeffion de la maifon, qui devint l'afyle
de fa ferveur, & le théâtre de fes charités. Quelqu'effrayant
que fût fon genre de vie, l'odeur de fes vertus attira plufieurs
perfonnes zélées, difpofées à le partager avec elle. Mademoifelle de Louvencourt fe borna à quatre compagnes, fe
vêtit d'un habit de laine noire fort commune, & fit les trois
vœux de l'état monaftique, qu'on ne lui avoit pas permis
d'embraffer. Dans la chétive retraite où elle s'étoit cachée,
tout annonçoit la pauvreté, le dénuement. Sous un efcalier,
fon lit n'étoit que de la paille, fa vie n'étoit qu'une abnégation, une mortification continuelle. Elle portoit la ferge,
obfervoit une abftinence perpétuelle, & fa dépenfe annuelle
pour fa nourriture ne montoit pas au delà de cent livres. Son

F ff ij

amour pour J. C. la foutenoit dans une vie fi mortifiée. Le temps qui n'étoit pas employé en œuvres de miféricorde, elle le paffoit en préfence de fon divin maître. Les pauvres, les prifonniers, les malades, la voyoient fouvent. Elle avoit des talens finguliers pour difpofer les derniers à bien mourir, & les enfeveliffoit fouvent. Dans une maifon tenant à la fienne, elle plaça douze pauvres femmes infirmes, & les attentions qu'elle leur donnoit, lui fervoient de récréation. Elle y préfidoit aux exercices fpirituels, & y faifoit tous les jours une lecture édifiante. Habile à diftinguer les véritables pauvres de ceux qui ne l'étoient pas, elle effuyoit patiemment de la part de ceux-ci des murmures, des infultes, des duretés. Rien n'égaloit fon humilité & fon mépris pour les louanges. Honnête, polie, prévenante, elle intéreffoit dans la converfation où elle forçoit de dire que rien ne rend autant aimable que la vertu.

Par un vœu particulier, elle s'engagea à faire toujours ce qu'elle croiroit le plus parfait, & fa fidélité à le remplir ne fe démentit jamais. Une pareille vie devoit être plus longue ; mais Dieu, dont les deffeins font bien différens de ceux des hommes, l'appela à lui le 14 octobre 1778, vers les fept heures du matin. Pendant fa maladie, les fouffrances les plus aiguës ne lui arrachèrent aucune plainte. Au bruit de fa mort, la douleur fut générale, les regrets univerfels. Son éloge étoit dans le cœur comme dans la bouche de tout le monde. Les gémiffemens des pauvres furent fes panégyriques, & leurs larmes la gloire de fon tombeau. L'évêque ordonna que fon corps embaumé fût enfermé dans un cercueil de plomb : il fit la cérémonie des funérailles, & dépofa fon cœur au milieu du fanctuaire de cette églife. Son corps repofe dans le petit oratoire qu'elle avoit fait conftruire à côté. Les bonnes ames ne ceffent d'aller la prier tous les jours comme dans un lieu cher à la religion. Les chaires retentirent des éloges de la vénérable défunte, digne d'être admife au rang des Vierges faintes qui entourent le trône

de l'Eternel. Cette demoiselle étoit dame de la Cour-des-
Fiefs, de Flixcourt & autres lieux.

GABRIEL-HENRI DUFORMANTELLE, fils de Henri,
maître maçon & entrepreneur de bâtimens, naquit le 13
mai 1749. Cet élève de l'école des arts, tenue par M. Sellier, s'appliqua principalement à l'architecture. Ses deffins
ont été couronnés plufieurs années de fuite, & l'an 1770 il
obtint la médaille pour avoir deffiné & corrigé le plan de
cette ville. Plufieurs des bâtimens qui la décorent ont été
conftruits d'après fes plans, & font des preuves frappantes de
la manière avec laquelle il fe diftingue dans la même profeffion que fon père. En 1778 il expofa dans la falle des arts la
coupe en long de notre cathédrale, & le deffin du clocher.
Ces morceaux font exécutés avec une précifion, une propreté & une exactitude admirable. Avec plufieurs fortes de
terres, il a fait des effais de briques, qu'il prétend devoir éga-
ler celles des romains.

FRANÇOIS-BERNARD BRUNEL, pourvu le 8 août
1778, d'une charge d'avocat du Roi au bailliage, époufa,
le 3 novembre de la même année, demoifelle Françoife-
Charlotte Pingré. Son goût pour les belles-lettres devança chez
lui de beaucoup la maturité de l'âge. Né le 28 juillet 1750,
de François-Bernard Brunel, tréforier de France au bureau
des finances de cette ville, & de Marie-Élifabeth Bernard,
il publia dès l'an 1771, des *pièces fugitives en vers & en profe*,
imprimées à Amiens, chez Louis-Charles Caron. On y
trouve de l'ame, du feu, de la légéreté. Cette brochure *in-8*.
ne contient que 19 pages. En 1777 parurent des *idylles &
autres poéfies, fuivies des penfées philofophiques, in-12*. Les
vers rempliffent 88 pages, & les penfées 115. Les idylles,
dont les critiques (*Journal de Paris*) prétendent que le ftyle
pouvoit être piquant, font au nombre de 18. L'auteur en a
imité de Geffner, d'Anacréon, d'Hagedorn, de Gleim, &

du baron de Cronegk. Dans la 17ᵉ il peint l'amour avec les traits les plus ressemblans, en ces termes :

> Ce Dieu règne avec les Plaisirs,
> Enfans de l'aimable Silence.
> Il satisfait tous les desirs,
> Mais il fait mourir l'innocence.

Le dialogue intitulé *la mère confidente*, est imité de Marivaux, & deux autres le font de Lichtwer & de Lessing. Il y a de véritables beautés dans l'épître sur l'existence de Dieu.

Dans les *pensées philosophiques*, l'auteur trace le caractère de l'homme estimable : il s'étend sur les airs vrais ou faux que les hommes prennent pour paroître ; ensuite sur les airs de supériorité qu'on s'arroge à raison de sa condition, de son pouvoir, de ses vertus, de son esprit même. Delà il passe au caractère de noblesse, & dans ce chapitre, il promet un ouvrage sur l'honneur. Le reste roule sur la bonté de l'homme, l'orgueil, la vanité, la sincérité, la scélératesse, l'existence de Dieu, les orateurs, les philosophes, le poëme dramatique, la métaphysique, les mathématiques. Les pensées détachées, depuis la page 101, font de Jean-Baptiste Bernard, frère de l'auteur. Ce jeune homme, qui promettoit beaucoup, mourut à Paris en 1776, à l'âge de 22 ans.

Dans une *lettre à M. G.*, notre écrivain explique certaines pensées que le censeur-royal avoit jugées avoir besoin d'éclaircissement.

ANONYME. Il y a du feu, de la légéreté, du style dans une épître adressée en 1771 à M. Brunel : elle roule sur le peu de durée de la jeunesse & des plaisirs, dont il ne reste presque toujours qu'un long repentir ; il l'exhorte à chercher dans la pratique de la sagesse des biens plus solides.

JEAN-BAPTISTE LAGACHE, arrière-neveu de Jean dont on a parlé, naquit en 1750, de Jean-Baptifte, premier commis de la direction des domaines de cette ville. Depuis l'an 1764 il a fourni au Mercure, des énigmes, des logogryphes, des dyftiques latins, des ariettes, & des couplets, dont la plupart font affez jolis. Il paroît avoir abandonné les mufes, qui nourriffent rarement leurs favoris, pour fe donner tout entier à fon emploi de vérificateur des domaines.

NORBERT LAURENT, maître de penfion, né le 5 mai 1752, fe feroit un nom brillant dans la littérature, fi la fortune lui permettoit d'y confacrer plus de momens. Il eft auteur de quelques pièces de poéfie fugitive. Sa traduction en vers d'un morceau du quatrième livre de l'Énéide a été couronnée par l'académie en 1779, à la fatisfaction de tous les bons citoyens.

JEAN-BAPTISTE-LOUIS DEVILLE, fils de Louis-Jofeph, fieur de Lepinoy-Maignelet, procureur du Roi en la maîtrife particulière des eaux & forêts du bailliage d'Amiens, & de dame Marie-Catherine Bofquillon, naquit le 21 août 1752. Ses talens pour la poéfie délaffent de temps en temps les lecteurs que fatigue pour l'ordinaire la féchereffe de nos affiches. On y trouve de fa façon, (au n° 5 de 1776,) un couplet heureux, dans lequel un amant fe confole avec Bacchus des infidélités de fa maîtreffe. Ceux qu'il adreffe à une demoifelle, (1778, n° 7,) font légers & prouvent fa facilité à bien rendre ce qu'il penfe. Il fait fa cour, (1780, n° 2,) à la mufe de l'Artois, Mme Renard, digne à tous égards de cet hommage; mais il a un peu trop prodigué l'encens dans l'éloge outré de la demoifelle Mars, actrice, dit-on, fort ordinaire. Antoine Deville, né à Touloufe en 1596, chevalier des ordres de faint Maurice & de faint Lazare, mort au mois d'août d'apoplexie dans la ville de

Tournay, d'où fon corps embaumé fut apporté à Amiens, où il repofe, étoit vraifemblablement de la même famille. Il fe diftingua dans le génie, & fes écrits fur les fortifications, étoient eftimés avant les découvertes du maréchal de Vauban.

JEAN-BAPTISTE-MODESTE GENCE, né le 15 juin 1755, effaya fes talens en compofant de petites pièces de poéfie & en traduifant en vers plufieurs odes d'Horace, inférées dans différens journaux & dans nos affiches, années 1776 à 1781. En voyageant dans les villes où l'on rencontre le plus d'excellens tableaux, fon goût pour la peinture s'eft fortifié, & fes connoiffances en ce genre ont fait fortir de fa plume une petite brochure intitulée : *Entretien paifible entre un François & un Anglois fur les peintures du fallon.* Des circonftances ont empêché la publication de cette critique, qui ne contient ni fadeurs, ni groffiéretés, ni fiel, ni perfonnalités. Les peintres n'y font jugés que par leurs ouvrages, & l'auteur n'a en vue que le maintien du bon goût. Il y a des vers heureux dans la pièce à la louange du célèbre Soufflot, architecte de l'églife de fainte Geneviève. Les talens du jeune littérateur ne fe bornent pas là. Après avoir été employé au département des chartres de S. M. il exerce dans fa patrie l'état d'archivifte & de commiffaire à terriers. Il déchiffre les anciens titres françois & latins, les met au net, en fait des extraits, les traduit fuivant le befoin, & les range fuivant la place qu'ils doivent occuper dans les chartriers. Il trace & rapporte géométriquement un plan avec toute la jufteffe & l'exactitude poffibles : il le réduit à telle proportion que l'on veut, le lave, l'encadre proprement, & le perfectionne au point d'en tirer tous les fecours néceffaires. Il affemble & difpofe les titres primordiaux & autres d'une feigneurie, fuivant un ordre lumineux qui en facilite les applications ; & par une route des plus fûres, il parvient à la confection des terriers.

LIÉVIN

LIÉVIN DREVELLE, fils de J.-Baptiste & de Marguerite Helbert, naquit en 1755. On a lu de lui dans nos affiches des *observations morales & littéraires*, dignes de l'apoftille flatteufe du rédacteur. Il a envoyé au concours un *éloge de J. B. Rouffeau*, qui, s'il avoit été complet, auroit contrebalancé, peut-être, les fuffrages académiques; mais la partie des mœurs y manquoit, & le concurrent n'avoit pas eu le temps de la traiter : plufieurs autres ouvrages, tant en profe qu'en vers, compofés depuis cette époque, n'attendent que des temps plus heureux pour voir le jour. Ses imitations des odes d'Horace font juger qu'avec beaucoup de feu, le jeune poëte a du nombre & de l'oreille. Nous ne citerons, pour preuve, que la première ftrophe de l'ode 2 du premier livre.

Affez, & trop long-temps, le maître du tonnerre,
Par la neige & la grêle a dévafté la terre :
Affez il a lancé de foudres dévorans,
Contre les murs facrés du temple de la guerre.
Rome a vu fuir au loin fes citoyens tremblans.

CHARLES - GUILLAUME - ALEXANDRE BOURGEOIS, dont l'article eft dreffé à la façon du rédacteur, dans nos affiches de 1781, (n° 49,) naquit le 16 janvier 1759 de N... entrepreneur de bâtimens. Il fe livra par goût à la gravure. Le célèbre Wille, fous lequel il prend les leçons de cet art féducteur, le mit en peu de temps en état de faire honneur à fon maître & à fa patrie. Le jeune artifte vient de mettre au jour le portrait de L. F. G. d'Orléans de la Motte, notre évêque, peint par le Sueur, d'après l'efquiffe qui fe trouve dans le cabinet de M. Rouffel, chanoine de la cathédrale. Ce portrait a 6 pouces de haut, fur 4 pouces 8 lignes de large : il eft dédié à M. de Machault, fucceffeur du pieux prélat, & l'héritier de fes vertus.

PIERRE - FRANÇOIS DE RIBEAUCOURT, fils de

Pierre, ancien négociant, vint au monde le 14 novembre 1768. Ce jeune homme, qui promet beaucoup, a remporté le prix de chimie à la séance académique de 1780, & il a eu l'*accessit* l'année d'après, comme il l'avoit eu dès l'âge de 9 ans. Baillet, non plus que nous, n'auroit point oublié ce phénomène dans l'article des enfans célèbres , par leur savoir.

D'autres jeunes athlètes se présentent à l'entrée de la carrière littéraire ; mais nous sommes fâchés de manquer des mémoires nécessaires pour les faire connoître autant qu'ils peuvent le mériter : il suffira d'en faire mention.

N... SALLÉ a annoncé ses talens pour la profession d'avocat , par la couronne qu'il obtint en 1773 aux Palinods de Rouen , où il a prouvé que *rien de ce qui intéresse l'humanité n'est étranger à l'homme.*

N... MAILLARD , *du Pont-de-Metz* , à peine sorti du collège du Cardinal-le-Moine , où il ne se délassoit qu'avec les logogryphes, prit tout-à-coup un vol sublime, & se vit couronner en 1772 *pour l'éloge de Voiture.* Ce jeune avocat, maître-ès-arts de l'Université de Paris , avoit approché , en 1769 , de la pièce à laquelle on a adjugé le prix sur *les avantages de l'adversité.*

Les Heures de la journée du chrétien ont été composées par trois grands-Vicaires, sous les yeux de l'évêque François-Gabriel d'Orléans de la Motte , & imprimées à Amiens, chez Caron, en 1771, *in-12.* MM. d'Argnies & de Ravidal, coopérateurs de cet ouvrage, utile au salut des ames, ont eu pour adjoint, François-Xavier Joiron, chanoine & chantre de la cathédrale, aussi recommandable par sa régularité que par ses connoissances, & qui dans un âge très-avancé conserve une santé qui lui promet une carrière aussi longue que celle des anciens patriarches. Antoine Joiron paroît en 1530.

Si l'on s'en rapporte à M. Caraccioli, *les Picards font transparens* ; on les voit jufqu'au fond de l'ame, & delà il infère que c'eft peut-être par cette raifon que la Picardie n'a qu'un petit nombre de favans. Que de méprifes dans une feule phrafe ? Nos compatriotes, fi francs, fi naïfs autre-fois, n'étoient pas moins fpirituels que par-tout ailleurs. Qu'il confulte les bibliographes, il verra qu'après la Nor-mandie, notre province eft à peu près celle qui a fourni le plus de gens de lettres. Mais voilà comme les livres fe font; on jette fur le papier ce qu'on rêve fur les nations qu'on ne connoît pas, & ces fauffes idées s'impriment. Delà il eft arrivé que dans le *Voyage de la raifon*, de cet écrivain, ce n'eft pas toujours elle qui parle.

CORRECTIONS, NOTES ET ADDITIONS.

LA province ne fournit pas, à beaucoup près, tous les renfeignemens dont on a befoin pour compléter un ouvrage de la nature de celui-ci. C'eft au féjour dans la capitale, que l'on doit ce qu'on va lire par forme de fupplément.

Page 5. Nous avons la vie de fainte Ulphe, par le père Dobeilh, Jéfuite, imprimée à Lyon, chez Antoine Briaffon, en 1702, *in*-12. Elle eft pleine d'onction. C'eft le tableau d'une religieufe parfaite. On y a raffemblé toutes les quali-tés, toutes les vertus néceffaires aux perfonnes du fexe qui fe confacrent au Seigneur. L'incertitude de l'auteur fur le lieu de la naiffance de cette vierge fainte, nous a engagé à l'adopter, fans être néanmoins perfuadé que le faint Efprit lui ait infpiré de fe meurtrir impitoyablement le vifage, de

le rendre livide à force de coups , & d'en déchirer la peau
avec les ongles.

Page 33. Avant l'incendie de la cathédrale , l'an 1258 ,
le roman d'Abladane, dont voici l'extrait, exiftoit en latin ,
& Richard de Fournival n'en eft que le traducteur. *Abladane*
étoit le premier nom de notre ville , qui paffoit alors pour
l'une des plus fortes cités du monde; on l'appéla enfuite
Somme noble , puis Amiens. Elle fut détruite à plufieurs
reprifes par les Empereurs Romains. Un nommé Flocars ,
grand négromancien, prédit que les Gaulois fe rebelleroient
contre les Romains, & que le Roi des Rois naîtroit d'une
Vierge. Ce Flocars, frère d'Offaces , gouverneur d'Abladane,
fit faire une belle couronne garnie de pierres précieufes , &
par le moyen de fa magie , il la fixa en l'air à l'entrée de la
ville , en difant aux chefs, qu'elle refteroit ainfi fufpendue
jufqu'à l'arrivée du *Sire temporel* de la place. Il fit faire
enfuite la figure d'une belle femme richement décorée d'or
& d'argent , & la plaça renfermée dans une boîte , la
tête tournée du côté de la cité , fur la porte voifine où pen-
doit la couronne. Les habitans la nommoient *la Vierge* , la
prioient & la *tenoient en grant chierté.* Sur la boîte , Flocars
avoit écrit qu'auffitôt que le véritable maître de la ville paroî-
troit , la figure fe tourneroit vers lui , & fe feroit voir dans
tout fon éclat. A chaque côté de cette porte, Flocars fit encore
faire deux *gargouilles* de cuivre, qui , dans le cas où quelqu'un
voudroit entrer par force , vomiroient & lanceroient fur
les imprudens un venin dont ils ne guériroient jamais , & au
contraire , répandroient de l'or & de l'argent à l'arrivée du
fouverain du pays. Tout étant ainfi difpofé , il choifit fa
fépulture entre la ville & le château , comme étant le lieu
où la vraie Vierge devoit être honorée , & la couronne tranf-
férée. Son tombeau fut trouvé chez *les Frères de faint Jacques d'Amiens,* avec cette épitaphe : *Cy gift Flocars, le fouverain maître de Toullette,* (Tolède, où il avoit été 32 ans,)
qui fift en Abladane la couronne glorieufe , & la Vierge aornée.

En mourant, il avoit laiſſé ſes livres à Boèce, qui, d'une femme belle & jeune, eut une fille charmante, nommée Margotte. Offaces, frère du négromancien, laiſſa en mourant ſes villes & châteaux de Picardie à ſes douze fils. Offaces II, qui étoit l'aîné, maria ſa fille au frère de Boèce, qui avoit le gouvernement d'Abladane, quand les députés de l'Empereur de Rome vinrent demander ſi l'on vouloit ſe ſoumettre à ſon empire. On les reçut au mieux ; on leur fit tout voir : la couronne ſuſpendue en l'air les étonna. Au récit de ce que promettoient les *gargouilles*, ils demandèrent ſi perſonne n'avoit jamais tenté d'entrer de force. Julius, frère cadet d'Offaces, leur apprit que le fils du Roi des Gaules en avoit été la victime. Il leur raconta ce qui concernoit la figure de la Vierge, devant laquelle ils firent leur prière. Le lendemain, pour toute réponſe, les habitans refuſèrent de porter le joug de Rome. L'Empereur, d'après cette nouvelle inattendue, tient conſeil & prend la réſolution d'y aller avec des troupes, qui parurent un beau matin à l'heure de prime, à une lieue de la ville. A l'inſtant la boîte ſe tourna de ſon côté. Les Abladanois courroucés prirent les armes ; mais en ſortant de la ville, ils virent la couronne vaciller en l'air, & entendirent un ſon doux comme celui des trompettes. D'après ces ſignes frappans, ils ſe rendirent vers l'Empereur, lui offrirent les clefs, en lui faiſant part de ce qui venoit d'arriver. Ce Prince refuſa de les accepter, & leur dit qu'elles lui appartenoient de droit. Pour les en convaincre, il s'avança avec eux juſqu'à l'endroit où étoit la couronne, qui s'abaiſſa & ſe poſa ſur ſa tête. Alors il reçut les clefs & l'hommage des habitans. La boîte où étoit la Vierge s'ouvrit à ſon tour ; l'Empereur admira ſa beauté, lui fit ſa prière, & promit, avec ſerment, de garder & protéger la ville, *ſi comme bon Sire* doit faire à ſes ſujets. A l'inſtant la Vierge élevant les deux mains, jeta des roſes en abondance ſur l'aſſemblée ; les gargouilles, de leur côté, envoyèrent, au lieu de poiſon, des feuilles d'or & d'argent. L'Empereur fut *moult noblement a aiſié & moult ſeigneurié en*

la cité , par les soins de Boèce. Après huit jours de résidence , l'Empereur, informé que les habitans de *Monstroeul*
étoient fâchés de la soumission d'Abladane, dirigea sa route
vers eux, après avoir laissé dans le château ses trésors &
quelques troupes. La place forte & bien garnie étoit défendue par les fils d'Offaces , qui en avoient la seigneurie.
Pendant que l'Empereur assiégeoit la ville , les environs
étoient dévastés par les troupes, & les soldats de la garnison
d'Abladane tourmentoient les belles femmes , de façon à
mécontenter les habitans , qui en portèrent des plaintes
inutiles. Un chevalier qui aimoit la femme de Boèce, la
menaça, si elle ne faisoit sa volonté, de la perdre de réputation. Un autre s'amouracha de la sœur des douze frères.
Augustin, fils de l'Empereur, devint aussi éperdument amoureux de Margotte , fille de Boèce. Un beau jour que celui-
ci étoit allé, pour affaire, joindre l'Empereur , Augustin vit
du haut de ses *frenestes* , trois beautés qu'une vieille du voisinage menoit promener dans un *vergier* voisin du château.
Les deux chevaliers s'y introduisirent & les engagèrent, par
ordre du fils de l'Empereur, à venir le joindre. La vieille y
consent ; elles s'y rendent imprudemment , & y restent assez
long-temps pour faire concevoir des soupçons , & forcer à
haïr les gens de l'Empereur, qui d'ailleurs avoit fait trans-
porter dans ce château la figure de la Vierge , dans l'intention , à ce qu'on croyoit, de la transférer à Rome. Tout cela
occasionna des mécontentemens , des murmures & des
assemblées qui tendoient à la révolte. Les bourgeois indi-
quèrent, à jour nommé, une fête entre le château & la ville;
toutes les dames & demoiselles y furent invitées pour y faire
belles charolles. Tous les bons *compaignons* qui avoient
mené ribaudie en luxure, s'y trouvèrent , ainsi que les principaux seigneurs de la ville. Le dessein des Abladanois étoit
de faire main-basse sur les Romains. La ville fut garnie de
vitaille. On fit parvenir, à la faveur des souterrains, aux
seigneurs de Montroeul, un ordre de ne se pas rendre, &
on leur annonçoit qu'Abladane alloit lever le joug. Le jour

de la fête on envoya les perfonnes du fexe au lieu défigné, & les hommes, ayant des armes cachées fous leurs *garnemens*, les fuivirent de près. On convint qu'au fignal que donneroit Boèce, un détachement empêcheroit la fortie de la garnifon du château. Dès que le gouverneur vit le chevalier entrer en danfe avec fa femme, il lui trancha la tête d'un coup de fabre : un foupirant de Margotte *fendit la tête jufqu'aux dents* au fils de l'Empereur qui lui tenoit la main : tous les bourgeois alors *faquèrent leur épée, & coppèrent fi menu* les gens de l'Empereur, qu'il n'en refta prefque point. Ceux du château ne furent pas plus épargnés, & tout ce qui s'y trouvoit fut enlevé. Trois ou quatre cents fe réfugièrent dans une tour. On mit le feu au château. La figure de la Vierge & la couronne y furent brûlées, & l'on mit la ville en état de défenfe. L'Empereur, informé de la conjuration & de la mort de fon fils, jura fur tous fes dieux, d'affiéger la place, de la brûler, la détruire & la rafer. Il tint parole, fe mit en marche après avoir abandonné Montroeul, & forma le fiège malgré les Romains, qui le menaçoient d'élire un autre Empereur, s'il ne revenoit inceffamment. Ils élurent même Pompée, que Jules-Céfar chaffa, & à qui il fit couler par la bouche de l'or bouillant dans les entrailles. Cependant la place alloit manquer de vivres, & l'on délibéra dans le confeil, de faire fortir, *fans cotelles & defchaux*, des gens du commun, qui iroient demander grace à l'Empereur. La populace s'y prêta avec jóie; mais à peine fut-elle hors de la ville, qu'on en ferma les portes. L'Empereur, au récit de cette trahifon, fit grace à ces malheureux : de ce nombre étoit un nommé Alefricans, à qui le Prince demanda fi les affiégés avoient beaucoup de vivres. — *Pour quatre ans, Seigneur.* — *Je vois bien que je n'emporterai la place qu'à force ouverte.* Par fon ordre, on jeta des pierres, des *mangoniaux*, & on dreffa des échelles inutilement; l'affaut lui fit perdre bien du monde. Fâché d'avoir été trahi par les fiens, Alefricans révéla à l'Empereur, que Boèce avoit dans fa chambre une figure pofée fur une roue, qui contenoit tous les livres de Flocars, & que, tant qu'il posséderoit cette figure, la ville seroit imprenable; il se chargea même de la lui enlever. Pour y réussir, il se présenta à la porte, criant d'un ton lamentable que l'Empereur vouloit le perdre, parce qu'il étoit cousin de Boèce : on le fit entrer, & il alla loger chez son parent. Pendant que celui-ci étoit au temple, il mit le feu à la màison & regagna le camp des Romains, sous prétexte d'être chargé d'une commission de la part du gouverneur. Les flammes convainquirent l'Empereur du succès de l'expédition. Seigneur, lui dit Alefricans, faites éloigner votre armée; feignez de vouloir retourner à Rome. Laissez seulement en embuscade mille chevaliers d'élite dans les bois du *Val Saintinois*, (aujourd'hui *Sains*). Dès que les bourgeois ne verront plus de troupes, ils s'élargiront, ouvriront les portes & enverront les bêtes aux pâturages; alors les chevaliers s'empareront des premiers postes, & l'armée fera le reste. Ce plan fut suivi à la lettre : les chevaliers portèrent les premiers coups; l'armée mit tout à feu & à sang. Aucun habitant ne fut épargné, & la place fut détruite & rasée. A l'endroit de ce massacre, on fit la *fosse ferneuse de maïeheure.* Alefricans, pour récompense de sa trahison, devint sénateur romain, & fit des lois que l'on suit encore. Jules-César ayant appris que Pompée avoit été couronné Empereur, jura de se venger de lui & de ceux qui l'avoient élevé à cette dignité. Pour exécuter ce projet, il rassembla une armée nombreuse, & regagna l'Italie.

Telle est la marche de ce roman singulier, peu connu, qui, des mains de Jean de Rely & de celles de Charles du Cange, a passé dans le cabinet de M. Beaucousin, avocat en parlement, littérateur très-éclairé & très-communicatif, de qui l'on attend avec impatience l'histoire de la ville de Noyon, sa patrie. Le roman occupe 21 pages du volume *in-fol.* & le caractère est du quatorzième siècle. On voit à la suite, d'une écriture moins ancienne, la généalogie de la maison d'Auxy, & de celle de Raineval; le blason des armes du roi Alexandre, & ceux de bien d'autres familles, avec

des

des notes, & tout ce qui regarde l'ancienne noblesse, la chevalerie, ceux qui commandent les armées, les tournois, la
manière dont se font l'Empereur, les Rois, & les premiers
seigneurs. Suivent des vers sur la courtoisie, la sobriété &
les autres qualités nécessaires aux nobles : le bréviaire des
nobles, consistant en foi, loyauté, honneur, &c. l'obsèque
du connétable Bertrand ; les armes des provinces & cités,
des rois, princes, comtes, &c. l'extrait d'un manuscrit de
blasons enluminés, qui appartenoit en 1638 au Sr. Dumont,
bourgeois d'Amiens.

L'anniversaire du chancelier Fournival se dit à la cathédrale le premier mars.

Page 53. Ce *Jean-tout-le-monde*, dont il est parlé dans
le quinzième siècle, prouve que l'historiette du vacher de
Chauny répondant à Henri IV, qui lui demandoit son nom,
je m'appelle *tout-le-monde*, n'est qu'un réchauffé.

Page 61, ligne 16. Parmentier, ce mot picard signifie,
couturier, tailleur.

Page 71, ligne 3. Le couvent de Nigeon est le même que
celui de Chaillot ou des Bons-Hommes.

Page 74, ligne première. Ce ne fut qu'en 1577 que
Demerlières commença ses leçons de mathématiques au
Collège-Royal, quoiqu'il ait été nommé à cette place du
vivant même de Forcadel, à qui il succéda. Il mourut à Paris
le 23 février 1580.

Ibid. ligne 29. L'*Usage du quarré géométrique décrit &
démontré.* Paris, chez Gilles Gorbin, 1573, *in-*4. L'auteur
le dédie au sieur Ruzé, conseiller, confesseur du Roi, évêque d'Angers. Demerlières est le premier qui en ait donné
la description. Le même ouvrage a reparu en latin, l'an 1579.
*Ibid. in-*4.

La *Pratique de Géométrie décrite & démontrée. Ibid.* 1575,
*in-*4. dédié à Jean Lefebvre de Caumartin, conseiller du Roi,

Hhh

& général de ses finances. Le savant professeur y enseigne la manière d'arpenter.

Si nous n'avons rien dit de Jacques & François Sylvius, ce n'est point par oubli, mais par la certitude où nous sommes qu'ils sont nés au village de Lœuilly, dans ce diocèse, comme on le prouvera quelque jour.

Page 83, ligne 4. On a de François Rose une *ode latine sur la mort de Jean-Edouard Dumonin, poète & philosophe,* imprimée, l'an 1587, à Paris, chez Prévosteau, dans le livre *in-*12. intitulé, *les Tombeaux de Jean de Caurres.*

Page 87, ligne 37, lisez, *le prévôt de l'hôtel & grand prévôt de France, avec les édits, arrêts, réglemens & ordondances concernant sa juridiction.* Paris, P. Chevalier, 1615, *in-*8. de 507 pages, dédié au chancelier Bruslart, & précédé d'une apologie, ou discours emphatique contre les critiques de la juridiction de l'hôtel, par Charles de Miraumont, son fils, avocat au Conseil. L'écrit suivant est le même, & nous n'avons erré que d'après le nouvel éditeur de la Croix-du-Maine.

Page 94, ligne 2. Dans le livre intitulé, *les Tombeaux de Descaures,* on rencontre un *sonnet sur le trépas de Dumonin,* imprimé en 1587.

Page 95, ligne dernière. Cette réponse, attribuée à Talon, passe pour être de Ramus, qui avoit emprunté le nom de son ami Talon.

Page 97. A la tête de chaque volume de son *Tertullianus redivivus,* c'est-à-dire, mis à la portée de tout le monde, par le rétablissement & l'éclaircissement du texte, qui étoit presque inintelligible, le père Georges, dont le nom de famille étoit *Godière,* a mis une prière à la Mère du Sauveur, à laquelle il voue l'ouvrage entier. Le premier volume de 825 pages, sans les tables, est dédié au président Molé, dont il fait l'éloge, & sous les yeux duquel il met la cause de

Tertullien. Dans l'avis au lecteur, on parle du plaifir que l'on goûte à écrire pour le public, pourvu que ce qu'on met au jour foit honnête & de quelque utilité. Le favant éditeur y compare certains libraires à des goinfres, (*Helluones*) qui des yeux dévorent tous les livres, fans fonger à s'en meubler la tête. Il examine enfuite le ftyle, le mérite de l'auteur qu'il interprète, ainfi que les qualités néceffaires aux commentateurs, & finit par expofer la route qu'il a fuivie dans fes notes & obfervations. On voit qu'il a foigneufement raffemblé tous les écrits qui fe trouvoient épars çà & là, & les a rangés dans cet ordre. 1°. Ceux qui traitent des rits eccléfiaftiques ; 2°. ceux qui regardent la doctrine ; 3°. ceux qui ont rapport aux mœurs. Ces traités différens font précédés de la vie & de la défenfe de Tertullien contre les accufations d'Eufèbe, fon plus grand adverfaire. Le fecond volume, de 1084 pages, eft dédié au général des Capucins, & l'épître au lecteur roule fur les goûts différens des gens de lettres, qui finiffent tous par fe fixer à la médecine, à la jurifprudence, ou à la théologie, *la reine des fciences, vis-à-vis laquelle on doit préférer une fobriété chrétienne à une curiofité profane.* Il finit par la manière d'interpréter les auteurs. Le troifième, de 695 pages, eft dédié au cardinal Spada. L'éditeur y a joint l'*Ecclefiaftes Chriftianus*, qui confifte en textes & divifions de fermons fur tous les myftères, les fêtes, les dimanches, l'avent, le carême, les prifes de voiles, les profeffions, la prière, la piété, la perfection, le facrifice de la meffe, & les indulgences. Chaque volume contient des vers latins à la louange tant de l'auteur que de fon interprète. Bernard & Nicolas Godière, neveux du R. P. Capucin, font du nombre de ces poètes. Les approbateurs atteftent tous que cet ouvrage eft plein d'érudition ; que les plus grandes difficultés y font applanies ; que les recherches profondes ont découvert ce qui reftoit caché, & que ce qui paroiffoit hériffé d'épines, ce qui donnoit la torture aux lecteurs les plus intelligens, s'eft applani fous la plume de notre théologien célèbre.

H h h ij

Page 100, ligne 10. Les définitions raſſemblées par Hubert More ſont principalement extraites d'Ariſtote, de Cicéron & de Fabius, en faveur des jeunes-gens moins bien organiſés. L'édition, faite chez Denis Dupré en 1576, ne contient que 22 pages. Gibert n'en a point fait mention dans ſes Jugemens des Rhéteurs.

Page 101, ligne 6. L'Oraiſon latine de Robert Fournier, prononcée le jour des calendes de janvier de la même année, ſe trouve dans le recueil des actes de ce concile, par le père Labbe, page 766 de l'édition de 1667, *in-fol.*

Page 102, ligne 31. A l'exception de la *Relation des Miſſions*, les autres ouvrages de Flammignon ſont vraiſemblablement reſtés manuſcrits.

Page 162. Le traité de la chauſſure des anciens, par Baudouin, contient pluſieurs queſtions oiſeuſes, ſouvent même indiſcrètes. Au chapitre 10, ſur le mot *mullei*, qui ſemble être l'étymologie de nos mules ou pantoufles, l'auteur cite le mot latin *molere*, & dit (en citant Nicolas de Lyra) que Samſon fut enfermé par les Philiſtins, non pour tourner la meule, mais pour donner de ſa race, & rendre (comme un étalon) les Philiſtines mères d'enfans forts. Le chapitre 27 eſt employé à prouver que J. C. a porté, non des ſouliers à boucles, mais des ſandales à cordons. D'après ſaint Baſile, Rupert, Durand, & le théologien Alain, il trouve que la chauſſure eſt une allégorie du myſtère de l'incarnation. Depuis le chapitre 29 juſqu'au 35ᵉ, il s'occupe à faire voir que la chauſſure, priſe métaphoriquement, ſignifie la prédication de l'évangile, l'exemple des ſaints, la mort, le péché, l'eſpérance chrétienne, &c. & c'eſt ainſi qu'il juſtifie l'épithète *myſticus* ajoutée à ſon traité. Sur un mot d'Hérode le ſophiſte, qui, dans Philoſtrate le jeune, dit à ſon frère, *tu as ta nobleſſe aux talons*, Baudouin prétend que cela doit s'entendre de la chauſſure entière, parce que, dit-il, il n'eſt pas vraiſemblable qu'on eût réduit aux talons les marques de nobleſſe. Cela prouve que notre bon Amiénois ne connoiſſoit pas meſſieurs nos *talons rouges*. Le chapitre 23, qui roule ſur la nudité des pieds, peut être complété par les Gymnopodes de l'avocat Rouillard, Paris, 1625, *in-*4. où cette queſtion eſt traitée à l'occaſion d'un décret du général des Franciſcains, qui vouloit faire déchauſſer les Cordeliers. Baudouin nous apprend dans la dédicace, qu'il avoit enſeigné les baſſes claſſes à Amiens.

Page 164, ligne 23. Les Picards entendent par *hortillon*, un jardinier, (*hortulanus,*) qui ne cultive que des légumes.

Page 180. Parmi les pièces que du Cange a miſes à la ſuite de ſon *Hiſtoire de ſaint Louis,* il a imprimé le *Conſeil de P. de Fonteines.* C'eſt un monument précieux de notre ancien Droit François, & M. Beaucouſin en poſſède un manuſcrit du temps, ſur vélin, beaucoup plus correct que celui qu'on a rendu public. Ce littérateur ſavant conſerve encore de ce grand homme, l'honneur immortel de notre patrie, le *Hérault Charolois,* recueil manuſcrit d'une multitude de blaſons, & des obſervations ſur le manuſcrit d'un corps de Droit canonique, qu'on croit être celui de Pithou, publié par M. le Pelletier.

Page 196. Les *du-Neuf Germain* étoient vraiſemblament de la même famille que *Louis,* verſificateur ſi ſouvent perſifflé par les beaux-eſprits de ſon temps, pour ſes bizarres acroſtiches & ſes laborieuſes anagrammes. Il étoit fort vieux en 1652. Le lieu de ſa naiſſance n'eſt pas plus connu que le temps de ſa mort. Ce que l'on connoît du poète hétéroclite, (comme l'appeloit Louis XIII,) tient aſſez de nos rébus picards. Ses écrits ſentent le terroir de Claude de Mons & François Petit. Les ménagemens dont a uſé Voiture, tout en s'amuſant de ce ridicule auteur, induiſent à croire qu'ils étoient compatriotes. Ce problème intéreſſe

notre Hiſtoire ; mais pour le réſoudre, il exige des recherches que le temps ne nous permet pas de faire à préſent.

Page 208. Le goût de Nicolas le-Beque, & la délica-
teſſe de ſon jeu, lui attiroient un grand concours de monde.
On a de lui *trois livres de pièces d'orgue,* & des *vêpres à deux
chœurs.*

Page 228, ligne 5, liſez *Carcavit,* ſavant Lyonnois,
garde de la bibliothèque du Roi, l'ami des Deſcartes, Paſ-
cal, Fermat, & autres grands hommes.

Page 233, ligne 23. Il eſt ici queſtion de Baudot de
Sully, auteur fécond, qui a gardé l'anonyme pour l'*Hiſtoire de Philippe Auguſte,* & pour tous ſes autres ouvrages,
entre leſquels on ne met point ordinairement les dialogues
ſur les plaiſirs, entre Patru & d'Ablancourt, qui ſont certainement de lui, & où l'on trouve des choſes agréables &
ſolides.

Page 236, ligne 3. François de Camps a auſſi été l'éditeur des *Entretiens affectifs ſur les ſept pſeaumes,* compoſés
par cet évêque, & imprimés à Paris, chez Pralard, en 1688,
*in-*8. avec le portrait du pieux auteur, très-bien gravé par
Simonneau.

Page 239. Le père Féjac étoit de l'ordre de ſaint Dominique.

Page 284. Jean le-Correur eſt auteur d'un ouvrage qui
a fait du bruit, ſous le titre de *Traité de la pratique des billets
entre les négocians,* imprimé à Louvain en 1682, *in-*12. de
275 pages ; puis à Mons, l'an 1684, avec des augmentations.
Il y favoriſe le prêt à intérêt, & ce que les théologiens ont
juſques-là regardé comme uſure. Comme il a gardé l'anonyme, Baillet, (*Jugem. des Sav. t. 1. p. 222, in-*4.) le critique indirectement, en lui reprochant qu'après s'être fait

exiler de fon pays, par fon attachement à la bonne morale,
contre le cafuitifme, il s'eft enfuite relâché en faveur de
l'ufure, par fes habitudes avec des marchands. Ce traité a
été vivement réfuté par le prêtre Carrel, par François le-
Maire, chantre de l'églife cathédrale de Beauvais, & par
Gaite, docteur en théologie.

Page 298. Nicolas de Leftocq étoit fils de Nicolas, feignenr
de Leftocq, & de Marie de Villers Saint-Pol. La première
de fes *lettres* fur les *remarques critiques* parut en 1714; celle
fur un article du Journal des Savans fut publiée en 1715,
& contient une *addition*, en 13 pages, pour la juftification de
la même tranflation.

Page 300. Louis-Claude Ducandas a été reçu chanoine
de Noyon, le 10 décembre 1721. Il a plaidé pendant près de
30 ans contre fon chapitre avec la plus grande vivacité, mais
toujours par zèle pour la régularité, fans autre intérêt perfonnel que le plaifir de voir régner le bon ordre dans fa compagnie, réclamant fur-tout l'exécution ponctuelle des fondations aux heures, & dans les formes prefcrites. Le palais a
long-temps retenti de fes appels comme d'abus; il a perdu
beaucoup de procès : fouvent battu, jamais il n'a été vaincu.
Il avoit perfonnellement la plus grande part à tous fes mémoires. Ce prêtre ardent, il faut en convenir, manquoit des
difpofitions extérieures, néceffaires pour faire pardonner les
leçons & la réforme; enforte que s'il a toujours eu le mérite
de vouloir le bien, il n'a guère eu la confolation de l'opérer. Il eft mort après de longues fouffrances, qu'il a endurées
chrétiennement. *Le Syftême,* ouvrage bizarre, n'eft pas de
lui, mais de Claude Lefquevin, chanoine de Noyon. En
1741, Ducandas a fait imprimer, à Noyon, un état des fondations établies dans fon églife, fous le titre de *Cantuaires,*
ou *Meffes baffes fondées, &c. in-4.* de 15 pages. En décembre
1754, il a publié un écrit intitulé, *Lettre d'un chanoine de
l'églife cathédrale de Noyon, au fujet de l'exemption de ce cha-*

pitre, *in*-4. de 26 pages, y compris quinze pièces juſtificatives. Il fixe les bornes de l'exemption de ſon corps, inſiſtant
ſur-tout ſur le droit que l'évêque a ſeul de réduire les fondations, ou de changer, pour juſtes cauſes, les rits & les
offices; le contraire ayant toujours été, ſa pierre de ſcandale.
Un chanoine de la même égliſe, dans ſa réponſe à cette
brochure, fait l'hiſtoire perſonnelle de notre auteur, d'une
manière injurieuſement ſatirique, & cite des autorités favo-
rables à l'exemption.

Page 309. La *Lettre ſur le chien de Montargis* eſt bien
adreſſée à Maillard, mais elle n'eſt pas de lui.

L E C T O R I.

Tu, vivendo, bonos, ſcribendo ſequare peritos.

SUPPLÉMENT

A L'HISTOIRE

DE LA VILLE D'AMIENS.

TOME I, *page 4.* Quand on ignore l'origine de fa famille, on n'a que trop fouvent recours à des fables. L'auteur de l'Hiftoire de l'antiquité de la France & de fes Rois, dont le petit-fils Odo de Charron étoit feigneur de Monceaux-lès-Paris, fait bâtir Amiens par une légion de Grecs, commandés par un nommé Charron, qu'il adopte pour la tige de fa maifon. *Merc. Gal. feptembre 1681.*

Page 5. L'ancien poète Grognet, jouant fur le nom de cette ville, lui fait dire :

> Premièrement je fus diĉte Abladène
> Pour les beaux blés & bois comme en Ardaine ;
> Un peu après ai été diĉte Some
> Pour la raifon de la belle eau de Some ;
> Puis faint Fermin me mit nom Amiens,
> Quant fut martyr, dit, je m'en vois A-miens.

Page 11. Parmi les papiers du père Samfon, carme, à qui les Abbevillois ont obligation de leur Hiftoire, on lit cette defcription :

> *Ambianum , quondam Druidum celeberrima fedes ;*
> *Urbs antiqua, fedens gremio telluris opimæ ,*

Hæc patriæ decus , & pacis , bellique corona :
Alluitur nitidâ fluvii septemplicis undâ.
Summa vehit, revehitque rates , pictrinaque verfat ,
Merciferafque rates portu capiente recondit ,
Et doctis populofa viris , plateifque decora ,
Dives agris , fæcunda ʒito , manfueta colonis ,
Méffe ferax , pietate vigens , ubi culta juventus ;
Munda domo , fortis Domino , pia regibus , aurâ
Dulcis , amœna fitu , fpatiofa , & lata receffu.

Page 31. Philippe d'Alface poffédoit la Comté d'Amiens dès l'an 1152 , comme le prouve une charte relative au droit de travers, pour raifon duquel le comte , l'évêque, le vidame , & le châtelain étoient en conteftation avec la commune.

Page 59. Du Cange, au mot *communia* , prétend que Philippe Augufte avoit confirmé l'établiffement de la commune dès l'an 1190.

Page 61. Pendant qu'il étoit en exercice , le maire ne portoit point le deuil. tit. du 19 décembre 1596.

L'an 1604, l'échevinage obtint la permiffion de porter aux affemblées des robes noires & un bonnet de velours raz , & le premier échevin d'en porter un de velours plein. *Regift. de la Chambre des Comptes.*

Par titre du 29 feptembre 1622, les échevins doivent être natifs de la ville.

Page 65. La charge de procureur du Roi fut créée en titre, par édit du mois de juillet 1690.

Page 70. Les officiers municipaux ayant jugé à propos de remplacer les lanternes par des reverbères , S. M. par arrêt du confeil d'état, du 10 février 1778, leur permet de lever pendant fix ans , fur tous les propriétaires des maifons de la ville , une contribution de quatre deniers pour livre

du montant du loyer de chaque maison. Les exempts, eccléfiaftiques, nobles & autres privilégiés y font affujettis, ainfi
que les locataires perfonnellement, à proportion des bâtimens qu'ils occupent.

Ibid. L'office de greffier de la ville & des communautés
fut créé au mois de juin 1635. Nicolas Picard de Boucacourt
en fut le premier pourvu & propriétaire.

Celui de contrôleur des deniers de la ville fut inftitué
le 12 décembre 1715, & Simon Clabaut en fut le premier
pourvu.

Le greffier des comptes, dont l'office avoit été vendu
le 7 octobre 1481, fut recréé le 24 novembre 1541.

Le greffier des portes, à qui l'échevinage donnoit les
provifions par titre du 26 décembre 1587, étoit obligé, par
un acte de 1614, d'enregiftrer les portiers gratis. En échange,
il avoit chaque jour un homme de moins à la garde. *Reg. de
l'hôtel-de-ville.*

L'office en titre de receveur & contrôleur des deniers
d'octrois accordés fur les fermes, bière, cervoife, pied-
fourchu, bûche, &c. fut créé le 8 février 1598; & Jean de
Cothereau, écuyer, fieur de Cormeilles en Parifis & de Mau-
geville en Beauce, intendant des réparations, fortifications
& avitaillement de Picardie & de l'Ifle de France, en fut le
premier pourvu le 12 mars. On s'eft trompé plus d'une fois
dans le choix de ces différens officiers. S. M. l'an 1381, fut
obligée d'ôter la place de grand compteur à Henri de Roye,
parce qu'il ne favoit pas lire. *Ibid.*

Page 71. Les offices de courtage ont été donnés par nos
Rois à l'échevinage : il ordonnoit la hauffe des éventails des
moulins, par titre du 26 juillet 1565; les caufes des aides lui
étoient attribuées en 1434 : aucun écrivain ne pouvoit inftruire
fans fa permiffion en 1678; & chaque nouveau bourgeois
payoit 16 f. pour fa réception.

Par l'arrêt du confeil du 13 octobre 1772, S. M. réunit
au corps de ville les offices municipaux créés par édit de

novembre 1771 , moyennant 70000 liv. Ce corps reſte compoſé d'un maire , d'un lieutenant de maire, de ſix échevins ,
d'un procureur du Roi, d'un ſecrétaire-greffier, & d'un tré-
ſorier-receveur. Quatre conſeillers de ville ſont choiſis parmi
les anciens maires , ou parmi les notables qui ont paſſé par
la mairie ou par l'échevinage. Les affaires ordinaires ſe réglent
& ſe décident dans les aſſemblées des officiers municipaux.
Dans les extraordinaires , qui peuvent intéreſſer les droits ,
privilèges & poſſeſſions des habitans, on convoque , par billets ſignés du ſecrétaire , le lieutenant-général qui préſide
avec voix délibérative , & les conſeillers de ville. Les délibérations s'envoient à l'intendant , à l'effet d'être par lui
viſées , s'il y a lieu.

L'arrêt du conſeil d'état du Roi , du 17 janvier 1779,
maintient la ville dans la poſſeſſion & jouiſſance de ſes offices
patrimoniaux de police , comme auparavant l'édit d'avril
1778 , & la déclaration du 15 décembre 1770. Ces offices
ſont ceux d'auneurs de toiles & draps ; de jurés vendeurs de
poiſſon de mer, frais , ſec & ſalé ; de viſiteurs , meſureurs de
bois & charbon ; des contrôleurs & viſiteurs des poids & meſures , qui tous ne doivent leur exiſtence qu'à la commune de
la ville , ayant été inſtitués par elle pour l'exercice de la
police , le bien & l'avantage des citoyens.

Un arrêt du conſeil , contradictoire entre la reine de
Navarre & la ville, daté du 6 juillet 1578 , maintient ladite
ville dans ſes quatre offices de priſeurs-jurés.

Les dévaleurs de vin ſont pourvus par la ville , que
l'arrêt du parlement du 31 mai 1729 a maintenus dans ce
droit.

Page 75. A la preſtation du ſerment des maire & échevins , on les faiſoit jurer & promettre, ſur leur part de paradis , d'exercer fidélement leurs fonctions ; de garder les édits
& ordonnances du Roi ; de veiller à tout ce qui concerne le
ſervice de S. M. le repos & la ſûreté de la ville ; d'entretenir
en paix & en union tous les habitans les uns avec les autres,

& avec les gens de guerre. Dans le cas où il fe paffoit quelque chofe contraire au fervice du Roi, ou à la fûreté de la place, ils s'obligeoient d'en donner avis au gouverneur général ou à fon lieutenant, &, en leur abfence, au gouverneur particulier.

Les audiences de l'hôtel de-ville fe tiennent les mardis, jeudis, vendredis, famedis fur les onze heures du matin. On y traite de toutes les affaires de police & de manufacture, ainfi que des conteftations qui furviennent entre les maîtres & les ouvriers.

Page 75. Charles eft renfeigné l'an 1124, en qualité de conful ou maire, dans le cartulaire du prieuré de Lihons.

1209. Gerold, dans un regiftre de Philippe Augufte.

1239. Matthieu de Croy.

1240. Firmin Leroux.

Page 76. 1289. Robert Letruye, écuyer, ayant pouffé l'infolence jufqu'à donner des coups de bâton à Adrien le - Mongnier, maïeur en exercice, le corps de ville lui fit couper le poing. *Reg. de la Ville.*

1296. Liénard Lefecq rendit compte cette année de la charge de cinq navires pris en Flandres fur les Anglois, par Michel de Navarre. *Reg. de la Chambre des Comptes.* Étant maïeur des Waidiers en 1280, il donna le vitrage de la première croifée à droite de la cathédrale, conjointement avec Huguans & Robert de Saint-Fufcien, fes collègues. Pour parvenir à la mairie, il falloit dans ce temps avoir été grand compteur, échevin & prévôt. Avant de remplir les premières places, les Romains commençoient également par être receveurs des finances, édiles, &c.

Page 85. 1751. Gilbert Morel, écuyer, feigneur de Becordel, Contay, Agnicourt, confeiller au bailliage préfidial.

1755. Firmin-Antoine Ducroquet, écuyer, feigneur de

Guyencourt, Eftrées, le Petit-Boquet. Il fupprima les préfens, tant pour lui que pour les autres.

1757. Pierre - François d'Incourt, écuyer, feigneur d'Hangard, Hourges & Ablancourt, mort en exercice.

1760. Gabriel-Florent de Sachy de Carrouges, nommé le 15 mai, continua d'en faire les fonctions.

1762. Gilbert Morel, ci-deffus, mort le 31 octobre 1766. Sa piété, fa douceur, fon amour pour la juftice, font fon éloge.

1767. Jean - Baptifte Jourdain, écuyer, feigneur de Thieuilloy-Leville & autres lieux, négociant, & ancien conful, par brevet du 16 janvier. Il s'eft montré citoyen zélé, plein de lumières & d'intégrité.

1768. Louis-Antoine Petyft, écuyer, confeiller du Roi, & fon avocat au bailliage préfidial.

1771. Jean - Baptifte Jourdain, ci-deffus. L'élection, qui fe faifoit en feptembre, commença à fe faire le 24 juin.

1776. Marie-Jean-Baptifte Morgan, écuyer, chevalier de l'ordre royal & militaire de faint Louis.

1779. Charles - Florimond le-Roux, négociant, connu par fa fermeté pour la défenfe des droits de fa place & de ceux de fes compatriotes.

Page 86. Pour obvier aux dépenfes exceffives qui fe faifoient aux obfèques auxquelles les magiftrats étoient fouvent invités, on décida, le 13 février 1543, qu'on ne ferviroit plus, à la grande table, que quatre plats de viandes, deux de bouilli, deux de rôti; quatre d'entremets, parmi lefquels il n'y auroit qu'une feule pièce de four.

Ceux qui jouoient aux dés, dans les cabarets ou ailleurs, payoient 2 liv. d'amende.

Page 88. Par ordonnance du 9 décembre 1484, les filles de joie qui étoient en grand nombre, étoient aftreintes à porter une aiguillette rouge de quartier & demi de long fur le bras, au deffus du *queute*, (coude) fans *mantelles*

& *failles* qui puffent les couvrir , & les ceintures d'or &
d'argent leur étoient défendues. Ceux qui les logeoient portoient la même marque, & ne pouvoient demeurer que derrière *le don , l'écorcherie* , & dans les rues *de blanchemains,
de ville* , & *des poulies*. On a ceffé depuis long-temps d'exiger
cette bigarrure , par compaffion pour les foibleffes de l'humanité.

Le 28 janvier 1515 , on défendit , fous peine d'amende ,
le *mahonage*. C'étoit un combat à coups de poing , fort en
vogue , auquel toute la populace prenoit part. Les habitans
des paroiffes , divifées par moitié , fe rendoient fur le rempart par deux côtés différens. Les enfans engageoient le
combat contre ceux de leur âge. Le parti qui foibliffoit étoit
renforcé fucceffivement par les jeunes-gens & les hommes
faits. Alors les coups commençoient à pefer , l'affaire deve-
noit férieufe , la fcène étoit enfanglantée , & l'action ne
finiffoit que lorfqu'un des deux partis étoit repouffé jufqu'à
l'endroit qu'on avoit défigné. François I. ayant eu la curiofité d'affifter à un de ces combats , dit à ceux qui l'entou-
roient , que dans une ville frontière comme celle-ci , un
pareil exercice ne pouvoit fervir qu'à encourager la jeuneffe,
en la rendant adroite & vigoureufe. La police a fupprimé
de nos jours cet exercice violent. On en remonte l'origine à
la bataille de Tours contre les Sarrafins , fous Charles
Martel. Ceux qui retournèrent à Amiens, rapportèrent le
nom de *Mahon ,* qui fervoit à donner du cœur aux barbares qui combattoient fous les aufpices de cette fauffe
divinité.

Page 103. Les 200 livres tournois qui fe perçoivent
annuellement fur la prévôté d'Amiens , compofent un fief
mouvant du Roi , à caufe du bailliage , par 60 fols de relief
& 20 de chambellage, comme il paroît par un relief de 1590.
Un autre fief noble de 140 liv. de rente. (Les regiftres du
bailliage difent de 112 liv. parifis ,) à la même mouvance.
Antoine de Saveufe , confeiller au parlement , en a donné

relief le 15 novembre 1572, & Louis de Saveuſe, ſeigneur de Querrieu, le 20 juin 1591.

Page 112. Par l'édit de ſeptembre 1748, le bailliage & ſiège préſidial eſt compoſé de deux préſidens, un lieutenant général civil, un lieutenant criminel, un particulier, un aſſeſſeur civil & un criminel; deux avocats du Roi, un procureur du Roi, un ſubſtitut; trois commiſſaires, un greffier civil & un criminel; un premier huiſſier au bailliage, un en la chambre criminelle, quatre huiſſiers audienciers, huit ſergens à maſſe, un receveur des conſignations, un commiſſaire aux ſaiſies-réelles, & quatre procureurs poſtulans. Tous les autres offices demeurent éteints, à l'exception de celui de chevalier d'honneur. Le 6 février 1749, S. M. ſupprima les offices des ſubſtituts des procureurs du Roi ès juridictions royales de cette ville, vacans aux parties caſuelles; enſemble celui de ſubſtitut des avocats & procureurs du Roi aux traites foraines.

Page 125. Dès l'an 1421, Robert le-Jeune, bailli, encourut la haine du bailliage, qui le ſoupçonna, dit Monſtrelet, d'avoir occaſionné la taille du marc d'argent. Malgré cela, en 1430, MM. de l'hôtel-de-ville lui préſentèrent, à la Touſſaint, pour 46 ſ. 8 den. de poiſſon d'eau douce; à Noël, ſix *capons*, ſix *connins*, & ſix perdrix, qui coûtèrent 38 ſols pariſis; à Pâques ſix *capons* gras, ſix *pouchins* gras, & un *canneron*, dont on paya 44 ſ. cela à cauſe de ſa courtoiſie, qui ne fut pas de durée, comme on le peut voir.

Page 138. Les préſident & lieutenant de l'élection ayant inſulté le préſidial au ſujet du pas, un arrêt du grand conſeil, du 14 mai 1621, décida que par-tout le préſidial précéderoit l'élection, dont les membres ne peuvent ſe qualifier magiſtrats, ni faire porter des baguettes devant eux par leurs huiſſiers, hors des fonctions publiques de leurs charges. Adrien Dufreſne, avocat en parlement, & prévôt royal de Beauquene, eut en 1638 des démêlés avec l'élection pour le

même

même fujet, mais il fut condamné aux dépens, dommages & intérêts.

Page 147. Étienne Mainon d'Invau, nommé intendant le 24 août 1754, miniftre & fecrétaire d'état en 1768.

Guillaume-Jofeph Dupleix, chevalier, feigneur de Bucy, Bacquencourt & autres lieux, nommé en 1766; confeiller d'état en 1780.

François-Marie Bruno, comte d'Agay, chevalier, feigneur de Villers, Mutignay, Bemont, ancien avocat général du parlement de Befançon, nommé au mois d'octobre 1771.

Page 180. Michel-Ferdinand d'Albert d'Ailly, qui fit fon entrée comme gouverneur le 13 novembre 1746, mourut en 1769.

Auguftin de Maffo, chevalier de la Ferrière, maréchal des camps & armées du Roi, fous-gouverneur du Dauphin, fuccède au gouvernement général de la province, & à celui de la capitale, par provifions du 14 octobre 1769. — Par la retraite du chevalier de Redmont, lieutenant-général des armées, S. M. nomma lieutenant du Roi, N... Decondres, meftre-de-camp de cavalerie, exempt des gardes du corps de la compagnie de Luxembourg. Son brevet, daté du 4 mai 1771, a été enregiftré au bailliage le 21 décembre 1772.

Le collège des médecins, l'un des douze du royaume, a été établi en 1656, par lettres-patentes homologuées au parlement, & fes ftatuts furent enregiftrés au bailliage le premier juillet. Chaque membre doit être de la R. C A & R. Nul docteur ne peut être agrégé qu'il ne foit maître-ès-arts, qu'il n'ait étudié quatre ans en médecine, & après fon doctorat pratiqué deux ans dans une ville étrangère. Chaque année, le collège nomme un profeffeur en chirurgie & en pharmacie; tous les trois mois un autre docteur eft chargé de remplir les fonctions de confeiller & médecin du Roi pour les

rapports, & pour préfider à l'examen des chirurgiens & apothicaires.

Page 186. Les fonneurs de l'églife cathédrale font
exempts de la garde bourgeoife, par acte du 20 juin
1622.

Page 187. Du temps des Romains, cette ville étoit répu-
tée maritime.

En fait d'hiftoire, les perfonnes raifonnables voudroient
qu'on dît tout; celles qui appréhendent de ne pas y être
peintes en beau, fouhaiteroient qu'on ne dît rien. Que
faire? Le voici. Etre impartial, ne parler que d'après des
titres.

Page 190. Vers l'an 69 de J. C. temps auquel le Batave
Civilis jeta le trouble dans les environs, nos aïeux fermèrent
les portes à fon parti, & les ouvrirent aux Romains. Lorfque l'Empereur Adrien, voulant donner une nouvelle forme
à la république, divifa la Gaule en provinces, l'an 119 de
Jefus-Chrift, celle d'Amiens eut le troifième rang: *Provincia Ambianenfis, cujus metropolis eft Ambianum*, dit Onu-
phre.

Page 191. On lit dans le manufcrit du père Samfon,
que Julien l'Apoftat fut continué Augufte (Empereur) dans
cette ville, où il féjourna quelque temps avec une partie de
fes troupes, l'an 362.

Page 194. Après la mort de Clovis, cette place tomba
dans le partage de Clotaire: elle appartint enfuite à Chilperic
fon fils, Roi de Soiffons comme fon père; & Clotaire II. réunit en fa perfonne & en celle de fes fucceffeurs, toute la
monarchie françoife.

Page 198. Dans le premier volume de l'Hiftoire de
Rouen, on lit que Guillaume, duc de Normandie, vint ici
trouver le Roi, à qui il fit hommage vers l'an 939.

Page 201. En conséquence du concile tenu à Clermont, l'an 1099, les Amiénois, à l'imitation de Pierre Lhermite leur compatriote, partirent pour la croisade, & se trouvèrent à la prise de Jérusalem. Comme les nobles vendoient alors tous leurs biens pour subvenir aux frais du voyage, les roturiers obtinrent la permission d'acheter des fiefs.

Page 212. L'an 1250, les fanatiques Pastoureaux entrèrent au nombre de trente mille, & leur chef fut regardé par nos crédules ancêtres comme un homme de Dieu. *Vély, Hist. de Fr. t. 5.*

Page 215. On fit des réjouissances en 1320 pour l'arrivée du Roi d'Angleterre. Herpin de Quiry, chevalier & pannetier, vint au devant de ce Prince. Vers la St. Jean, on donna à la Reine son épouse, une couronne que Gilles de Mante acheta 12 liv. parisis. Le corps de ville fit présent au Roi de douze muids, douze septiers de vin, & l'évêque de quatre muids. *Reg. de la Ch. des Comptes.*

Pendant le séjour du Roi Edouard, l'an 1329, se fit ici le traité par lequel l'Agenois & le Quercy ont passé aux Anglois.

Page 216. Par lettres du 8 juillet 1330, le Roi ordonne de restituer à Simon le Mescréant, Adam de Feuquières, & autres habitans, la perte de blés, fèves & pois, occasionnée par les tournois, qui se firent proche le couvent des frères Prêcheurs, les mardi & mercredi avant la Pentecôte de l'année précédente, en présence du Roi. On leur donna 101 liv. 8 den. obole parisis, qui font 50 liv. 10 sols. Jean de Cambio, receveur du bailliage, rendit, de son côté, aux habitans 9 liv. parisis, qu'ils avoient payé de trop, en 1338, pour le subside de la guerre de Flandre. *Regist. de la Ch. des Comptes.*

Sur l'invitation qu'on leur en fit, sept bourgeois de cette ville se rendirent aux joutes de Tournay, l'an 1331. Le premier, nommé Jean Picquet, lequel portoit de sable semé de

trèfles d'or, à la bande de gueules , chargée de trois coupes
d'or, y combattit à cheval contre Jean de Tournay. Clément
Garmant, dont l'écuſſon d'azur étoit femé d'épics d'or à
trois dauphins de même , fit aſſaut avec Pierre de Vaudri-
pont. Jacquemart Picquet , frère de Jean, qui avoit pour
briſure une molette d'argent au haut de la bande de ſon écu,
le fit avec Coiſſambirre. Liénard de Cauchy, qui portoit
d'azur au lion de gueules armé & lampaſſé d'azur , la queue
paſſée en ſautoir, eut affaire à Jean Prévôt. Firmins Rabuiſſons, portant d'argent au buiſſon de ſinople, accompagné de
deux rats rampans de ſable, fit face à Pierron Nechure.
Thomas Andeluye , marqué d'azur écartelé de gueules , à
l'aigle éployé d'or brochant ſur le tout, eut pour rival Godefroy Dorgne. Pâris de Cocquerel, diſtingué par un écu d'azur
à trois cocqs d'or, à la bordure de gueules , parut vis-à-vis
Jacquemin le-Villain. *Ibid.*

En 1333, le Roi remit au corps de ville 3000 liv. pariſis
qu'on avoit avancé pour la nouvelle milice du Prince Jean
de France ſon fils aîné. *Ibid.*

L'an d'après, l'archevêque d'Auch & Guillaume Creſpin
furent nommés commiſſaires de la cour dans l'étendue du
bailliage, ainſi que dans ceux de Lille & de Tournay, pour
la réformation du royaume. *Ibid.*

Le Roi nomma Philippe Hérode, gardien d'Amiens, en
1336. *Regiſt. de la Ville.*

L'aſſemblée de la nobleſſe, en 1338, coûta 112 liv. 10 ſ.
Regiſt. de la Ch. des Comptes.

Le chevalier de Boulainvillier reçut 20 liv. pariſis que le
Roi lui donna pour être venu chercher ici les comtes de
Salisbury & de Suffolk. *Ibid.*

Page 221. Le Roi Jean, pendant ſon ſéjour, en 1361,
fixa les ſommes que les villes de Corbie, Saint - Riquier,
Montreuil & Doullens devoient fournir pour l'entretien de
trois de nos bourgeois en ôtage en Angleterre.

Page 222. Guy Kieret (Quereti), chanoine de la cathédrale, & archidiacre de Glafcou en Ecoffe, avoit promis, le 17 avril 1363, fidélité au Roi, fous peine de perdre fes biens, meubles & immeubles; mais dès l'année fuivante, il prit parti en faveur du Roi de Navarre. *Regiflre du Chapit. Layette de Camons.*

Jacquemart de Morchies & Jean Debuis furent condamnés comme ufuriers, par arrêt du parlement, du 20 juillet 1370, à payer dix marcs d'or fin. *Regifl. de la Chambre des Comptes.*

Page 231. Pour fe conferver de l'autorité & du crédit dans l'efprit du peuple d'Amiens, le Régent & le Duc de Bourgogne y venoient fouvent, de même que le chancelier & le cardinal de Rouen. Ce fut pour les récréer qu'au mois de juin 1425, les confrères du faint Sacrement firent repréfenter les myftères de la Paffion, appelés les *Jeux - Dieu. Regifl. de la Ville.* Ces pièces de théâtre ont été fouftraites de l'hôtel-de-ville, ainfi que plufieurs autres ouvrages précieux.

L'an 1428, frère Jean Connecte, religieux Carme, Breton de naiffance, vint en cette ville, où il prêcha publiquement dans les rues. Comme il couroit le pays depuis long-temps, le peuple le fuivoit par-tout ; les notables des villes par où il paffoit lui préparoient, même dans les places publiques, un échafaut bien décoré, fur lequel on mettoit un autel où il difoit la meffe. Il étoit toujours accompagné de quelques religieux de fon ordre & de plufieurs autres difciples qui le fuivoient à pied, tandis qu'il voyageoit monté fur un mulet. Ses prédications étoient vives. Il déclamoit, fur-tout, contre l'incontinence des clercs & le luxe des femmes. Ces dernières n'ofoient plus affifter à fes fermons, ni fe montrer ; car dès qu'il les voyoit, il attroupoit après elles les petits enfans, à qui il faifoit crier *au hennin*, & il accordoit à ces enfans certains jours de pardon, en vertu du pouvoir qu'il prétendoit en avoir reçu. On le regardoit comme un apôtre. A la fin de ses prédications, il commandoit, sous peine de damnation, de lui apporter les cartes, les dés, & tous les instrumens dont on se servoit pour jouer, & il obligeoit les femmes à lui remettre leurs *hennins*, qu'il faisoit brûler publiquement. Il louoit sans cesse la populace, & faisoit tendre une corde pour séparer les hommes d'avec les femmes. Ce prédicateur ne recevoit point d'argent, mais on le défrayoit par-tout. Il partit d'ici pour se rendre en Champagne, & delà à Rome, où le Pape Eugène IV le fit arrêter ; & sur le rapport de deux cardinaux, chargés de l'examiner, il fut convaincu d'hérésie & brûlé l'an 1431. *Bouchel, Somme bénéficiale.*

En 1434, le 7 novembre, la ville avoit acheté sur l'étape, moyennant 15 liv. 15 s. un muid de vin, destiné pour le Duc de Bourgogne ; mais ce Prince n'étant pas venu, on le revendit 12 liv. 4 s. parisis.

Alors les habitans jouissoient des mêmes privilèges pour les tailles que ceux de Lyon.

Page 233. Charles d'Artois, comte d'Eu, épousa, l'an 1448, dans l'église de l'abbaye de saint Jean, Jeanne de Saveuse. Le lendemain des noces, l'échevinage leur présenta une coupe d'argent doré du poids de trois ou quatre marcs.

Page 234. Le 23 décembre 1454, on employa pour la première fois des seaux d'osier dans les incendies.

Charles de Bourgogne, comte de Charolois, fit publier un tournois l'an 1459, & le 3 mars, cette fête se donna au marché au fromage. Adolphe, comte de Nevers, & d'autres seigneurs, y rompirent leur bois. *Reg. de la Ville.*

Le 16 janvier, Charlotte, Reine de France, arrivée en litière, à cause de sa grossesse, fut conduite à la cathédrale, où l'évêque, à la tête du chapitre, eut l'honneur de la recevoir.

Page 243. Après la reddition de cette place en 1470, le

bailly de Rouen, le général de Normandie, Antoine Clabaut, Colart Rendu, Jacques de Rivery, Jacques Clabaut, & Huc Houchart, furent commis pour la garder. *Ibid.*

Page 244. Le 11 mai, on reçut ordre d'abattre les maifons fifes au-delà des portes de la Hotoye, de St. Pierre & de St. Maurice. *Ibid.*

Page 250. En 1475, la ville fut partagée en fix quartiers, confiés au gouverneur de Rouffillon, aux fieurs de Saint-Juft, de la Forêt, de Torcy, de Craon, & de Begny. *Ibid.*

Page 251. Le 4 mai 1482, les députés de la ville de Gand, accompagnés de trente chevaux, ayant refufé de montrer leur commiffion à d'autres qu'au Roi, furent arrêtés par le feigneur des Cordes, grand maréchal & lieutenant-général de la province ; mais peu de jours après, le vidame & les plus notables les conduifirent à Paris, & on leur fit, fur la route, les honneurs & les préfens d'ufage. *Chronique manufcrite de Louis de Brefin, t. 1. in-fol. à la bibliothèque du Roi. n° 6841.*

Cette année la pefte fit fermer le collège en juillet, & les écoliers ne rentrèrent qu'à Noël.

Page 256. Le 25 juillet 1508, on reçut des ordres du Roi pour chaffer les Egyptiens de toute l'étendue du bailliage.

Page 257. On publia, le 18 avril 1517, des défenfes de jouer aux quilles & autres jeux de hafard. *Regift. du Bailliage.*

Page 259. En 1534, le Roi vint voir la montre de la légion de Picardie, dont les capitaines étoient le fieur de Sercus, Jean de Mailly, Jean de Brabançon, le fieur de Saiffeval, & le fieur de Heilly, furnommé de Piffeleu. *Brefin. Ibid.*

Au commencement de février 1536, le Roi reparut, accompagné de ceux d'Ecoffe & de Navarre, de Martin de Belloy, prince d'Yvetot, & de plufieurs autres feigneurs. *Ibid.*

Page 269. Le 22 avril 1560, le Roi, par lettres datées de Fontainebleau, accorda des lettres de grace pour ceux qu'on avoit mis en prifon dans la fédition furvenue pour caufe de religion.

Page 279. Le 4 feptembre 1568, le fieur de Coffé fut chargé d'affembler les troupes deftinées à la confervation de la province, & de faifir les biens des gentilshommes de la R. P. R. qui fuivoient les ennemis de l'Etat, ainfi que ceux des officiers de juftice rebelles, & Antoine le-Sieure fut commis le 13 à la perception des deniers. *Reg. du Bailliage.*

Page 280. Par ordre du gouverneur de la province, en date du 25 juin 1569, les habitans des villes & bourgs fe fournirent de piftolets, arquebufes & autres armes, ainfi que de chevaux. *Ibid.*

Le 8 octobre 1572, l'échevinage reçut ordre, de la part du Roi, d'envoyer le nom des gens de la nouvelle opinion, fortis de la ville depuis le 24 août; & le 9 octobre de l'année fuivante, on répara, en conféquence d'un arrêt du confeil, les ponts & chemins des villes & bourgades, ainfi que du plat-pays, gâtés par les eaux fauvages. *Regiftre de l'Election.*

Page 293. Robert Correur, échevin, étoit, en 1588, maître de l'artillerie & des munitions de la ville. Malgré l'oppofition du corps de ville, il prétendit garder ces deux poftes, il obtint même du confeil d'état un arrêt en fa faveur; mais le duc de Nevers interpofa fon autorité, empêcha que l'arrêt fût délivré, & la provifion de cet office demeura à l'échevinage. *Reg. de la Ville,*

Page 296.

Page 296. La duchesse de Longueville, détenue prisonnière par nos aïeux ligueurs, fit prier le curé de la paroisse saint Martin, de dire un nombre de messes à son intention & pour sa délivrance. Le pasteur s'en acquittoit depuis peu de jours, lorsqu'il lui vint, de la part des magistrats, une défense, avec menaces, de continuer ses prières.

Page 297. Le 2 janvier 1589, parut une déclaration *in-12.* contenant la résolution prise par les maïeur, prévôt & échevins, relativement au massacre des Guises. *Bibliot. du père le-Long, t. 2. p. 308.*

Page 307. En conséquence d'une lettre du Pape, pour la liberté des Princesses qu'on retenoit toujours, ou plutôt dans la crainte des troupes qui s'approchoient sous les ordres des sieurs de Nevers & de Longueville, elles furent élargies le 22 janvier 1591. *Ibid.* page 338.

Page 356. Les Espagnols ne furent pas plutôt possesseurs tranquilles de la place, qu'ils se répandirent dans tous les quartiers & dans les maisons. Les habitans, hort d'état de payer comptant ce qu'ils exigeoient à main armée, en passoient des promesses chez les notaires. Dans les minutes de Firmin Pecoul, on trouve ces actes, entre autres, relatifs aux contributions exigées par les gens de guerre.

Comparant pardevant les notaires royaux au bailliage d'Amiens, soussignans, César de Candia, soldat de la compagnie du sieur capitaine Rochetacon, tant pour lui, que pour Ambroise de Milan, son camarade, & a reconnu & confessé que Jacques Dergnies, boucher, l'a payé & satisfait du rachat de tous ses biens, meubles, or, argent, bestiaux & marchandises, dont de tout il s'est tenu & tient pour content, & le promet faire tenir quitte par sondit camarade, de toute chose quelconque, & le promet acquitter envers & contre tous, sous l'obligation *renonchans* sans préjudice à une obligation cejourd'hui passée par lesdits notaires. Fait

& passé à Amiens, pardevant notaires royaux, ce 13 jour de mars 1597, & a signé la minute des présentes.

Comparant... Jacques Dergnies, boucher, demeurant à Amiens, paroisse saint Michel, lequel a reconnu & confesse devoir, & promet payer en dedans le jour de la saint Jean prochain, à César de Candia, bourgeois de Bapaulme, soldat... la somme de soixante-dix écus, pour argent prêté, pour racheter les meubles dudit Dergnies & faire servir à ses affaires ; au paiement de laquelle somme a ledit Dergnies obligé & oblige tous ses biens & héritages. Fait & passé en la maison dudit Dergnies le 13 jour de mars 1597, & a signé la minute des présentes.

Le même jour, Jean de Lessau, procureur & notaire, s'obligea à payer de André Gonsalle, soldat de la compagnie de dom Fernandez, trente-deux écus, pour le rachat de ses meubles, papiers, & pour la conservation de sa maison : cette somme payable à la volonté dudit soldat, & le notaire obligeant ses biens, ses héritages, & même son corps. Arthus Hugot, chapelier, & Françoise Leclerc sa femme, signèrent une obligation de quatre-vingts écus. Marie de Louvencourt, femme de Jean Aguesseau, se racheta, ainsi que ses domestiques, pour quatre cents écus à soixante livres la pièce, que le sieur de Coulanges, son neveu, alla de sa part chercher à Paris. Françoise de Fay, veuve de François Aguesseau, en fut pour trois cents cinquante écus. Jean de Sellers pour quarante. Marie Faucqueur, veuve de Nicolas Hesse, pour vingt écus. Marguerite Leclerc, veuve de François Pingrel, conjointement avec Pierre Liepart & Nicolas Certain, pour mille écus qu'ils empruntèrent à François Caron, marchand. Louis Cocquelet, cloutier, paya quatre écus. Antoine de Berny, cinq cents. Barbe Matissart, femme de Nicolas le-Formège, drapier, seize cents écus à trois florins la pièce. Marie de Saisseval, veuve de Jean le - Quieu, Antoine le - Quieu, époux d'Isabeau Pingré, ensemble cinquante-huit écus. Barbe Matissart, femme de

Nicolas le-Franc, reconnoît que Firmin Dufrefne & Roland de Villers, marchands, fe font obligés à payer 1600 écus. Cet expofé fuffit pour en conclure que les contributions ont été au-delà d'un million d'or.

Page 448. La compagnie des gardes-du-corps de Luxembourg fut établie en quartier le 24 janvier 1759 ; & l'hôtel qui lui fert de dépôt, eft une nouvelle décoration pour la ville. S. M. donna en même temps le commandement en chef de la ville au chef de brigade, auquel le 9 juin 1772 elle accorda la même place qu'au gouverneur de la ville, à la proceffion du faint Sacrement, S. M. voulant en outre qu'il marche feul fur la même ligne, à côté du préfidial, ou du plus ancien officier du bailliage, & que le bailliage reprenne l'ufage d'affifter à la proceffion.

Page 455. En 1487, les Capettes étoient au nombre de vingt-fept. Les jours de marque, on les nourriffoit tous pour 10 f. On en donnoit 12 par mois à celui qui leur enfeignoit le plein-chant & la mufique. Les fêtes & dimanches, ils entendoient la meffe & les vêpres aux Jacobins. *Regift. du Chapitre.*

Page 457. Le cimetière de faint Denis, trifte dépôt des cendres de la plus grande partie des habitans, eft une efpèce d'archive publique, qui renferme les titres primordiaux des familles. On y lifoit autrefois des épitaphes fans nombre, que le temps a effacées ou que l'amour-propre a fait détruire. Les cabinets des curieux en confervent plufieurs manufcrites, parmi lefquelles on a choifi celles qui ont paru les plus originales, & dont la naïveté peint le caractère de notre nation.

Au deffous du maufolée où paroît l'apôtre faint Pierre, on lit :

Si flet ter Petrus, qui ter te, Chrifte, negavit,
Si flet ; adeft culpas qui flet & ipfe fuas.

Par mort qui vivans deshérite
De vie, le corps fut chy mis
De damoifelle Marguerite
De Chanlez avec fes amis ;
En fon vivant elle fut femme
Thibaut Caignet de bonne fâme, (1)
Honnête , fage & vénérable.
Néanmoins, l'an 1520 ,
En feptembre, jour Notre-Dame,
Fina fes jours, & alors maints
La pleurèrent de corps & d'ame.
Sous cette épitaphe fans l'ame,
Près du mur repofe le corps ;
Veuille prier à Dieu pour l'ame,
Et qu'il lui foit mifericors.

Cy gît Jacques Hemart boen varlet,
Toudis armé & toudis prêt ,
Avec bonnet fur fa caboche
Et des éprons à fes galoches.
L'an 1500 & un quartron,
Il fut tué par un Bourguignon.

Veux-tu favoir , paffant , qui repofe en ce lieu ;
Ne t'émerveilles pas d'ouïr que c'eft un Dieu,
Car le Dieu qui gît cy eut tête , pieds & mains ,
Et fut fujet à mort comme les autres humains.
Or, pour entendre mieux s'il étoit Dieu ou non ,
Son nom fut Gaudefroy , le Dieu fut fon furnom ;
Au refte & en fa vie & en fes mœurs divin ,
Dévot bien renommé , à fon tour Echevin
De la ville d'Amiens , où il eft parvenu
En l'âge de ne voir aucun fi fort chenu.

____

(1) Réputation.

Deux enfans a laiſſé , leſquels on voit ſuivans
La trace de leur père au nombre des vivans.
Puiſque tu ſais, paſſant, qui repoſe en ce lieu ;
Veuille devant partir prier Dieu pour le Dieu.

Il mourut, en 1565 , à l'âge de quatre-vingt-huit ans.

Jehan Laloyer ayant , durant ſa vie ,
De ſes aïeux la piété ſuivie ,
Fut le doyen de nos maîtres du Puy ,
Puis trépaſſa en heureuſe vieilleſſe.
Pour bien mourir , vivons bien comme lui ,
Priant qu'il ait dedans le Ciel adreſſe.

Suivant l'arrêt porté contre nature ,
Au même endroit ſert aux vers de pâture ,
Pour quelque temps , Marie Laloyer :
Pierre Catelain , pour femme l'avoit priſe ;
Il faut encor pour icelle employer
La charité qui jamais ne ſe briſe.

Prions encor pour une Marguerite
Des Laloyer en la race détruite,
Qui femme étoit à Melchior Guerin ,
Marchand fondeur , bourgeois de cette ville :
A chacun d'eux , le Père ſouverain ,
Donne logis perdurable & tranquille. (1)

———

Comme l'émail fait tort à la lumière ,
La mort ternit & réduit en pouſſière
Leur fille encor , Marguerite Guerin.
Prions que Dieu la comble de ſa grace ;
En lui donnant , quand tout aura pris ſin ,
Une beauté qui jamais ne s'efface.

____

(1) 1607.

Viateur, traverfant ces mortuaires landes,
Guillaume Laloyer, Marie de Hollandes,
Qui cinquante & un an furent enfemblement,
T'invitent à prier le Sauveur pour leurs ames,
Afin qu'il les affemble au plus haut firmament,
Comme il a fait leurs corps fous ces poudreufes lames.

———

Pierre Remy, marchand, mort le 23 ayril 1612, s'exprime ainfi :

Paffant, il faut qu'à la parfin tu paffe
Ce pas, que j'ai en trépaffant paffé.
Si tu veux lors que pour toi veux on faffe,
Dis, or pour moi, bien foit au trépaffé.

———

Ci-devant repofe le corps de feu NICOLAS LEBRAN, *maître fayteur-hautelifſeur de cette ville d'Amiens, lequel fut l'ornement de fa condition, le modèle achevé de la fageffe chrétienne, l'objet de l'amour & de l'admiration de fes concitoyens. En lui fut heureufement raffemblé ce qui plaît dans la candeur, ce qui attire dans la droiture, ce qui touche dans la douceur, ce qu'on eftime dans l'humilité, ce qu'on admire dans l'innocence, ce qui furprend dans la pénitence, ce qui édifie dans la piété. Grand amateur des pauvres de Jefus-Chrift, il defcendit à tous leurs befoins, fit l'office d'un ange confolateur à ceux-ci, du pieux Samaritain à ceux-là, à tous d'un père tendre & compatiffant.*

Il mourut, dans le baifer du Seigneur, le 13 juillet 1741,
âgé de foixante-quatre ans.

Vous, nos enfans, qui par ici paſſez,
Souvenez-vous que ſommes trépaſſez ;
    Priez pour nous.

Tout doucement nous vous avons traité,
Couché, levé, très-bien alimenté ;
    Penſez à nous.

L'on vous fera comme pour nous ferez :
Etes à nous grandement obligez ;
En nous aidant, point vous n'appauvrirez,
Mais pour le Ciel, vous vous enrichirez ;
    Rachetez-nous.

Nos biens avez, qui ſont mal employés,
Envers aucuns, nous ſommes engagés ;
    Acquittez-nous.

Hélas ! enfans, conſidérez comment
Nous endurons la peine, le tourment ;
    Soulagez-nous.

Sommes en lieu que point ne connoiſſez,
Dans des chaleurs que penſer ne pouvez ;
    Las ! hâtez-vous.

Nous n'attendons, ſinon que vous priez
Le Créateur pour être délivrez ;
    Penſez à nous.

Quand envers nous charité vous ferez,
A tout le moins vous nous acquitterez ;
    Confortez-nous.

Si vous manquez de devoirs envers nous,
Le Créateur ſe vengera de vous ;
    Acquittez-vous.

Vous le favez, que point n'échapperez
De la mort blême, & que tous y viendrez ;
    Amendez-vous.

Hélas ! nos os voyez féchés içi ;
Le temps viendra que vous ferez ainfi ;
    Penfez à nous.

—

Dans un coin du cimetière on lifoit :

    Ci gît Marguerite Thuillier,
    En fon petit particulier.

—

    L'an mil chonc chent, & un quartron, (1)
    Chi fut planté maître Jean Quignon ;
    Quand l'jugement de Dieu varo, (2)
    S'à Dieu plaît-il ravardiro.

—

    Croc de le mort qu'échapper ne pouvons,
   Croqua l'élu Croquet qui croquoit les capons.

—

    Chi gît devant cette capelle,
    Un boulenguer, nommé Boiftelle ;
    Priez Dieu tous pour fen amelle,
    C'eft du boen pain qu'on l'i capelle.

—

    Ci gît Janotin Epifane ,
    Qui toudis battoit fort fa femme.
    Il n'avoit d'autre vice en lui ;
    Pour ce, Dieu lui faffe merci,

———

(1) 1526.
(2) Viendra.

De

De la bouche d'un Ange prêt à toucher à un tombeau ,
fortoit un rouleau avec ces mots : *Qui chi ?* Celui d'un fque-
lette répondoit , *cheſt mi.*

> Royne couronnée ,
> Priez Dieu qu'il donne
> Des faints la couronne
> A la fille aînée
> De Jean de Machi ,
> Toinette nommée ,
> Enterrée ichi.

Nous ajouterons cette épitaphe d'un favant chanoine,
faite par fon frère.

> *Fraternam dum mente animam ſequor aſtra petentem ,*
> *Et cupio hâc condi , quâ tumulatur humo.*
> *Quid mea, quod noſtræ non tantum gloria gentis*
> *Occidit, eſt hujus lauſque , decuſque ſoli.*
> *Audiit orantem madidum de ſede beatâ ,*
> *Et dedit ad queſtus talia verba meos.*
> *Deſine , frater , ut hæc capias miracula , vinctus,*
> *Sum liber , moriens vivo, recedo manens.*
> *Oſſa tegit lapis hîc , liber ſed in æthere vivit*
> *Spiritus, inter vos per mea ſcripta moror.*

En dérifion de ceux qui ont la manie de ne parler que
de leur famille , & de remonter leur généalogie jufqu'au
temps du déluge , on lifoit :

> Ci gift Jacquet le fieu de fe mère ,
> Qui trefpaffa l'an qu'il mourut ,

M m m

Sen tayon vint devant fen père ,
Alla , revint , mangea & beut ,
Ci gift Jacquet le fieu de fe mère ,
Qui trefpaffa l'an qu'il mourut.

Page 460. Les maifons clauftrales font au nombre de
vingt-quatre. Il y en avoit originairement vingt-neuf. On
en a aliéné une pour payer les impofitions mifes fur le
clergé en 1586. Trois ont été prêtées en 1598 , pour
augmenter le logement du gouverneur de la province , & le
prix liquidé en 1636 eft encore dû. Une autre fert pour
loger les enfans de chœur. Tout ce terrain a été amorti par
le Roi Henri I, l'an 1057. Les maifons ne doivent être occu-
pées que par des chanoines promus aux ordres facrés , & ne
peuvent être louées en totalité , ni en partie à des laïques. —
Le propriétaire , en payant 300 liv. pour la fondation de fon
obit , peut vendre la maifon à un autre chanoine , ou fes
héritiers après fa mort , dans l'année de fon décès. — Lorfqu'il meurt fans avoir fondé fon obit , fa maifon eft dévolue
au chapitre. — Si lorfqu'il a acquis une maifon , il a fondé
fon obit pour jouir du droit d'hérédité , il n'eft plus obligé
de le payer en en acquérant une autre. — Les prépofés par
le chapitre feront l'eftimation des réparations néceffaires.
— Ceux qui auront fondé leur obit , feront les maîtres de les
eftimer. — Par un ftatut de 1320 , renouvelé en 1571 , un
chanoine avoit quatre ans pour payer la prife de fa maifon ,
& l'argent fe prenoit en quatre quartiers fur le gros de
fa prébende , & fur les diftributions où l'on y contraignoit
les cautions. — Celui qui a acheté une maifon contiguë
à la fienne , peut garder l'une & l'autre , finon il eft
obligé de la vendre à un chanoine qui n'en a pas. — On peut
garder deux maifons dans le cas où il s'en trouveroit une à
vendre au prix fixé par le chapitre , & qu'aucun de la compagnie ne voulût l'acheter , quoiqu'il n'en eût point , fauf à
la rendre au même prix , ou à céder celle qu'il occupe à

celui qui voudroit loger dans le cloître. S'ils ne convenoient pas du prix, le chapitre retiendroit la maison, & donneroit à celui qui la tenoit 40 f. parifis de pot-de-vin. Dès-lors, tout chanoine pourra l'acquérir par licitation. Si quinze jours après la vente à un chanoine déja logé, il ne s'en préfente aucun qui ne le foit pas, la maison reftera au premier pour le prix convenu. A prix égal, on donnera la préférence au chanoine qui n'eft pas logé. — Les réfidans dans les maifons clauftrales recevoient chaque année du célerier 10 liv. & aujourd'hui 50 pour la bûche (1), *bufca*, ou le chauffage, à la place d'un demi-journal de bois, qui fe donnoit autrefois à chaque chanoine. Pour gagner ce droit de bûche, il faut avoir fait fon ftage, & avoir gagné fon gros avant la nativité de faint Jean-Baptifte, par une réfidence de vingt-quatre femaines.

Par délibération du 24 janvier 1565, l'argent qui doit entrer dans le tréfor commun, tant de la vente des maifons clauftrales, que des largeffes des fidèles pour fonder des obits, acheter des rentes, ou faire des acquifitions quelconques, y fera remis fans fraude, fans diminution, fous trois clefs, pour fervir à l'ufage qu'en voudra faire la compagnie, fans qu'il foit permis d'en détacher la moindre partie pour la convertir en partitions générales ou particulières, en libéralités, ni de quelque manière que ce foit; mais feulement pour fubvenir aux befoins du célerier & du quotidien, qui en donneront un reçu, & acquitteront la dette avant la reddition de leurs comptes. On infcrira fur un cartulaire les fommes qui entreront dans le tréfor, & on en rendra compte dans le chapitre général de la faint Firmin. Tous les capitulans, tant préfens que ceux à venir, jureront fur l'évangile, d'obferver ces réglemens; & ceux qui retiendroient des deniers appartenans au tréfor, feroient privés des diftribu-

---

(1) Cette bûche confiftoit en une pièce de bois deftinée pour l'entretien de la maifon, & par conféquent à l'abri d'être faifie par les créanciers.

tions jufqu'à ce qu'ils euffent rembourfé la fomme qu'ils fe feroient appropriés. On renouvella de nouveau ces ftatuts dans le chapitre du 28 feptembre 1587.

Page 463. Sur le regiftre baptiftaire de la paroiffe de faint Leu, 10 février 1575, Edme Fanay eft infcrit comme parrain, avec la qualité de *roi des poles* (poules), parce qu'il étoit le roi du combat des coqs, qui fe donnoit le jeudi gras.

Page 467. La conftruction nouvelle en maçonnerie, & les voûtes de chaque arcade, mettent la halle à l'abri d'un nouvel accident. Par arrêt du confeil d'état du Roi, du 8 avril 1777, S. M. permit d'y transférer le champ de foire de faint Jean-Baptifte, ainfi que dans la place de l'hôtel-de-ville, fi befoin eft. Cette foire, qui avoit été confirmée par lettres-patentes du mois de mars 1740, étoit dans un lieu trop refferré & peu commode.

Page 472. L'hôtel de l'intendance a été fuperbement conftruit, en conféquence d'un arrêt du confeil du 20 novembre 1761.

Page 473. Le *machabé*, que le vulgaire nomme *la danfe des morts*, eft un endroit fpacieux, fitué derrière la paroiffe de la cathédrale à laquelle il fert de cimetière. Il eft entouré d'un cloître affez vafte & dégagé. On y lit :

> Dieu le vif éternellement,
> Sans fin & fans commencement
> Regnant en fainte Trinité
>
> .   .   .   .   .   .
>
> Savoir faifons en général,
> Et par ceft mandement moral,
> Que nous volons que la mort faffe
> Comparoir par-devant nos faces,

Tous ceulx qui font & qui feront
D'Eve & de Adam fi rendront
Compte de leurs faits juftement
Et en particulier jugement.
Si donnons pouvoir à la mort
Pour y contraindre feble & fort,
Et que nulle oppofition
Ne vaille à l'exécution ;
Car ainfi volons qu'il foit fait
Pour pugnir qui ora meffait ,
Et aux bons donner à toudis
Les joies de no paradis.
In fæculum fiat fiat.

L'an mil & chinc avec chinc cens , d'avril VII , fut chi mis le corps frère REGNAULT *le riche. En gloire foit fon ame riche.*

CAROLUS LE-MERCIER *, presbyter facultatis Parifienfis doctor, hujus ecclefiæ canonicus , vir cordis puri , confcientiæ bonæ , fidei non fictæ , beneficentiæ in pauperes indeficientis , pauperes exuvias cum plebe in humilitate poft modum coram angelis in fublimitate per Jefum-Chriftum recipiendas , depofuit die XXIV feptembris M. DCC. XXII. ætatis LIV.*

Chi gift. M. JEHAN LE-MARIÉS, *en fon vivant d'Amiens chanoine, du Roy Loys fut confeiller par long-temps en propre perfonne ; s'ame rendit au Roy des Roys jufte le XI de janvier l'an de grace M. D. III. Son cas Jefus voeuille drefchier.*

Page 490. Par arrêt du conseil, du 21 mars 1777, S. M. annulle un alignement donné au nommé Solmont, par les tréforiers de France, dont elle caffe l'ordonnance ; elle ordonne qu'il fera dreffé un plan général de la ville, fur lequel feront tracés les alignemens qui doivent avoir lieu, & veut qu'il foit furfis à tous ouvrages fur la voie publique, à moins qu'il n'en foit rendu compte au conseil.

Page 505. Par arrêt du conseil d'état, donné le 10 novembre 1778, S. M. veut, conformément à la fentence du bureau des finances, que les lods & ventes dûs fur les rotures relevans du domaine, ne foient perçus dans la ville & la banlieue, que fur le pied du vingtième, fuivant les titres de la ville, & la poffeffion immémoriale des habitans.

Tome II, *page 43.* Le corps de ville levoit un denier par livre, pour l'acquit de fes dettes, fur toutes les marchandifes que vendoient les habitans, & les acheteurs payoient ce denier. L'arrêt du parlement, de 1266, maintint les officiers municipaux dans ce droit, malgré l'évêque Bernard d'Abbeville, qui le prétendoit contraire à la liberté accordée à fon églife, fous le nom du *refpect* de faint Firmin.

Page 66. Antoine de Crequy, né en 1531, fut envoyé à Paris à l'âge de fept à huit ans, pour y recevoir une éducation fortable. Il fut abbé de faint Julien-lès-Tours, en 1552; évêque de Nantes, en 1554, & d'Amiens, l'an 1563. Deux ans après il alla à Rome baifer les pieds du faint Père, & le remercier de l'avoir créé cardinal. En 1567, il obtint l'abbaye de Selincourt. Il étoit chancelier de l'ordre du Roi. C'étoit un prélat des plus pieux, & doué d'une mémoire fingulière.

Page 77. Louis-Charles de Machault, abbé de faint Jean d'Angely, vicaire général du diocèfe, fut facré le 15

mars 1772, évêque d'Europée, par Louis-François-Gabriel
d'Orléans de la Motte, dont il étoit le coadjuteur. La cérémonie s'en fit à Arnouville, après la mort de ce digne
Prélat, arrivée le 10 juin 1774, au grand regret du diocèse &
du royaume entier, mais qui revit dans ses *Lettres spirituelles*,
imprimées à Paris, chez Berton, l'an 1777. M. de Machault,
en montant sur ce siège, remit son abbaye à S. M. qui le
nomma à celle de Valoires. Son zèle pour le soulagement
des pauvres, ses charités abondantes, & les autres vertus du
chrisianisme, le destinoient depuis long-temps à cette
place.

Page 84, ligne 4. Les évêques avoient pour principaux
vassaux le comte d'Amiens, comme on l'a dit, le comte de
Crepy, & le châtelain de Pequigny.

Page 106. Dans l'église cathédrale, vis-à-vis la chapelle
de l'Annonciation, on lit :

*CAROLUS BACUEL, presbyter, Ambianensis ecclesiæ
canonicus, animarum salute per annos 53, verbo, scriptis,
missionibus indefessè procuratâ, pauperibusque, quos vivens
impensè adjuverat institutis ex asse hæredibus, in sacelli hujus
limine depositus est. Obiit 15 junii 1714, ætatis 76.*

Page 107. On voyoit dans celle de saint Jean-Baptiste,
une figure en relief, avec ces vers :

*Quisquis ades, precibus fer opem, semperque memento,
    Quod præter mores, omnia morte cadunt.
Mors rapuit Petrum ; petram subiit putre corpus ;
    Sed petram Christum spiritus ipse petit.*

Page 113. Les cercles du Zodiaque de la chapelle de
Notre-Dame Anglette, étoient chargés de vers latins, en
l'honneur de la Mère de Dieu, qui, représentée la poitrine

découverte, difoit à fon fils : *Fili mi , refpice ubera quæ fuc-cifti* , & de chaque mamelle il découloit du lait dans la bouche de deux chanoines qui étoient à fes pieds.

Page 115. Dumas de Savoye portoit de gueules à la croix d'argent, au premier canton d'azur , chargé d'une fleur de lis d'or. Il mourut le 4 mai 1335. On lit fur fa tombe :

Allobrogum me jura ducis , regimenque manebant ,
Ni , Deus , antè mihi cœlica regna dares.

Page 124. A l'un des piliers au deffus du bénitier, eft un maufolée , au bas duquel eft écrit :

Quifquis ades qui morte cades , fta, refpice , plora :
Sum quod eris , modicum cineris : pro me , precor , ora.

Page 125. On lit fous les grandes orgues :

Chi gifent deffous chefte lame
Alphons le-Myrhe , Dieu ait l'ame,
O lay (1) demoifelle Maffine
De Hayneau , fa femme & Affine,
Lequel Alphons fut né jadis
De Bethencourt en Beauvoifis.
Du Roy Charles-le-bien-aimé
De ce nom VIe nommé
Fut varlet-de-chambre XX ans ,
Et fon recheveur par long-temps
Fut des aides à Amiens :
Lefquels ont donné de leurs biens

____

(1) A côté.

Dont

Dont on a fait à leur enprife
Les grans orgues de celle églife
En l'onneur du fouverain Père
Et de fa glorieufe mère.

Page 151. LES dignitaires peuvent, fans être marancés, lire deux leçons aux matines , l'une comme dignitaires , l'autre à raifon des ordres dont ils font pourvus , mais avec l'agrément du chanoine qui auroit lu la feconde. Ils peuvent encore charger d'autres chanoines de fuppléer à leur office.

Page 157, ligne 24. La chappe que fourniffoit le nouveau chanoine , fut évaluée à 120 liv. en 1621. Les repas ont été retranchés ; il donne en place 15 liv. pour les officiers de l'églife & du chapitre. Celui qui prend une feconde fois poffeffion d'une prébende , en vertu d'une nouvelle provifion, paie une autre chappe. S'il prend poffeffion d'une prébende , dont un autre a été pourvu fans l'avoir poffédé , il paie un droit & demi ; favoir 135 liv. d'une part , & 67 liv. 10 f. de l'autre. Celui qui feroit dépoffédé par fon réfignant, ne peut rien répéter fur le chapitre , de ce qu'il paie. La prébende théobaldienne facerdotale , du côté gauche , paie le droit entier ; celle du côté droit , & la fubdiaconale ne paient qu'un demi droit. Les droits de réception montent aujourd'hui à 135 liv. Par le ftatut de 1370 , celui qui ne payoit point pour les chappes , étoit privé des diftributions. Chaque chanoine à fa réception fait ferment de n'accepter, prendre , ni exercer aucune charge, ni donner aucun confeil contre les ftatuts, privilèges, libertés, exemptions, prérogatives & prééminence du chapitre , fous peine de parjure.

Page 160. Le ftage rigoureux eft une réfidence non interrompue depuis le premier feptembre jufqu'au 16 février, fans pouvoir *pernoɗer* hors de la ville. L'annuel eft la réfi-

N n n

dence, interrompue ou non, de 24 femaines, depuis le premier feptembre jufqu'au 24 juin inclufivement. Par ce moyen, on gagne le gros de la dépouille fuivante. Pour commencer le premier, il faut être dans les ordres facrés, & fe préfenter au chapitre le premier feptembre. S'il étoit interrompu fans raifon valable, on le recommenceroit l'année d'après. Dans le cas de maladie, ou d'affaire connue du chapitre, on remplaceroit les jours d'abfence par-delà le 16 février. On arrêta, en 1585, que le chanoine qui aura fini fon ftage, & qui fera réfidant, recevra fes *agnidalia* ; (c'étoit des amandes qu'on diftribuoit dans le chapitre à certains jours.) *Ducange, Gloff. verbo admyndala.*

Page 160. Les ftatuts faits en différens temps par le chapitre font en grand nombre. On n'en citera que les plus finguliers. Ceux du 26 octobre 1464, ainfi que ceux de l'évêque Jean Avantage, fe trouvent dans le tome 7. de la collection des PP. Martenne & Durand. Col. 1225 à 1269. On défendit, en 1067, d'avoir des concubines, (*focarias, feu concubinas*), fous peine de perdre la rétribution, & le 21 octobre 1485, on ordonna de les quitter abfolument. On s'appliquera de préférence à la théologie & aux décrétales, qui font les études les *plus* convenables, (1283). Le produit des prébendes foraines ne fe partagera qu'entre les chanoines réfidans, à qui l'on donnera ce qui leur revient, quoiqu'ils n'aient pas affifté au chapitre dans le temps de la diftribution, (1285). — Les chanoines préfens aux comptes du quotidien reçoivent chacun 20 f.

Au mois de février 1299, on ftatua fur le pain du chapitre. Pour le gagner, il faut affifter à l'évangile de la grande meffe, ou bien avoir été aux matines & au chapitre. On le gagne également lorfqu'on eft faigné, purgé, ou que les infirmités contraignent à garder la maifon. Lorfqu'on étoit chargé des affaires de la compagnie, on avoit en outre une quene de vin, (*canam vini*). On donnoit encore ce pain aux chanoines qui alloient aux enterremens, qui tenoient des enfans fur les fonts de baptême, qui affiftoient à des repas

de noces, qui s'abfentoient pour prêcher, pour célébrer la
meffe, pour aller au devant de quelque grand qu'il accom-
pagneroit aux heures de la meffe ou du repas. A commencer
à Pâques, les chanoines porteront, pendant le jour, des
aumuffes grifes, (*de grifo*) lorfqu'ils feront en furplis ou en
chappes, fous peine de perdre les diftributions ; mais lorfque
dans la nuit ils feront couverts de chappes noires, il leur
fera libre de porter deffous ce qu'ils voudront, (1303). Les
chanoines poffédans, hors de la ville, des maifons, des prébendes ou des prévôtés, ne participeront aux diftributions
qu'autant qu'ils feront préfens aux offices de l'églife, les
jours folemnels, à moins qu'ils en aient une difpenfe légitime, telle qu'une atteftation de médecins, (1320). Ceux
qui s'infultoient, perdoient les rétributions pendant huit
jours, & le chapitre les puniffoit à fa volonté. Avant la
faint Remi, chaque chanoine faifoit l'emplette d'un cheval
au moins, & fi l'animal mouroit avant le terme de fix femaines, il fe pourvoyoit d'un autre, ou perdoit les diftributions.
Le célerier donnoit deux muids d'avoine pour chaque cheval. Celui qui avoit deux chevaux, dont un pour fon chapelain, fon clerc, ou fon écuyer, (*armigero*) en recevoit
trois muids, (1343). En 1371, on aftreignit ceux qui
avoient des chevaux, à refter dans la ville pendant toute
l'année. Les chanoines abfens, ou hors d'état de faire leur
femaine, payoient 40 f. tournois, s'ils étoient prêtres, & 20
feulement, s'ils n'étoient que diacres ou foudiacres, (1350).
Celui qui gardera publiquement des concubines, & qui ne
s'en débarraffera pas fous huit jours, perdra les diftributions,
indépendamment des pourfuites qui fe feront contre lui,
(1367). Les lundis, mercredis, & vendredis, on fonnera
le chapitre après le *magnum Jefum* de prime, & ceux qui y
entreront avant le *gloria*, recevront, favoir, les prébendiers
pleins, un *blanc* de quatre deniers; les demi-prébendés, un
demi-blanc ; ceux qui n'ont qu'un quart de prébende un quart
de blanc, (1387). On arrêta la même année, que les 80 liv.
parifis de cens qui fe diftribuent à l'évangile de la grande

meffe, le jour de faint Firmin, martyr, ne fe répartiroient, à raifon de 10 fols parifis pour chacun, qu'entre ceux qui par leur réfidence perfonnelle auroïent gagné le gros de leur bénéfice, ou qui auroient une maifon clauftrale, & à ceux qui commencent & continuent de réfider. Aux matines & aux vêpres, les chanoines ne peuvent point entrer au chœur après le *gloria Patri* du premier pfeaume, ni à la meffe, l'évangile étant commencé. Les abbés de faint Martin & de faint Acheuil font cenfés préfens ; mais tous les chanoines, qui, ce jour-là, n'affiftent point à l'office, ne participent qu'à la diftribution de la cire. Ce réglement fut confirmé en 1415. Le 10 juillet 1504, on arrêta de porter fur le parvis de la cathédrale, dans l'après-dîner du famedi le plus voifin du jour de la dédicace, toutes les châffes, corps faints & reliques, fuivies du faint Sacrement de l'Euchariftie. Le doyen & l'archidiacre d'Amiens furent chargés de porter le chef de faint Jean-Baptifte ; huit chanoines, la châffe de faint Firmin, martyr ; le pénitencier, la portion de la vraie-croix ; & les chapelains, les fept autres châffes.

Aucun vicaire ne pourra être nommé pour curé des paroiffes de faint Michel & de faint Remi. Les chanoines feuls auront le droit de vendre dans le cloître du vin à pots & à lods. Les chanoines & les prêtres de la juridiction ne contracteront aucune obligation vis-à-vis la cour épifcopale, l'official ou le notaire de l'évêché.

On ne révélera les fecrets du chapitre qu'aux abfens de la compagnie qui pourroient y être intéreffés. On fera chaque femaine l'office de la Vierge, & celui de faint Firmin, martyr.

Pendant les troubles du royaume, les eccléfiaftiques n'étoient pas en fûreté. Pour les rendre plus reconnoiffables, le chapitre arrêta, en 1567, qu'on ne fe feroit point rafer. Cette décifion paroît avoir été fuivie, car, quelque-temps après, l'évêque fe plaignit & fit des reproches aux chanoines de ce qu'ils avoient trop de foin de leurs mouf-taches.

Le 21 mars 1569, on délibéra d'envoyer des nappes d'autel, des ornemens, & d'autres choses nécessaires au chapitre de Soissons, dont l'église avoit été pillée par les calvinistes, & relativement à la société respective de prières entre ces deux compagnies.

Jusques alors les actes capitulaires avoient été rédigés en latin; mais en 1611 on arrêta de ne se servir, par la suite, que de la langue françoise.

D'après le dépouillement des archives, fait par Pierre Alais, grand-chantre, l'assemblée capitulaire du 30 septembre arrêta la plupart de ces statuts.

Page 161. Le chapitre avoit le droit de punir les chanoines délinquans, eussent-ils été vicaires de l'évêque; mais depuis, un arrêt du conseil du Roi défendit de prendre aucune juridiction contre ceux de ce corps qui seroient officiers du prélat.

En quelque endroit de la ville que meurt un chanoine, le chapitre lève le corps, sans payer aucun droit au curé de la paroisse.

Le 22 décembre 1419, cette compagnie fut affranchie des droits de chauffée aux portes de la ville & dans la banlieue.

L'an 816, l'Empereur Louis-le-Débonnaire exhorta les prélats assemblés à Aix-la-Chapelle, à dresser une règle pour les chanoines qui vivoient en communauté, & chargea Rangaire, évêque de Noyon, & le comte Berenger, de la leur notifier, de la faire suivre, & de réformer les églises d'Amiens, de Terouane & de Cambray.

Les droits seigneuriaux de tous les fiefs nobles, abrogés ou restreints, appartiennent au corps du chapitre. Lorsqu'il retire à son domaine quelque immeuble, il paie aux chanoines adéqués les droits seigneuriaux, & le quart, lorsqu'il est forcé de prendre ces immeubles en paiement des débiteurs.

L'églife cathédrale , fes revenus , & ceux du chapitre,
font fous la protection du faint Siège , par le bref d'Honorius,
donné à faint Jean-de-Latran , la première année de fon pontificat.

Pourvu qu'il ait fait fon ftage , chaque chanoine , par un
ftatut de 1423 , a fon mois pour conférer un bénéfice , à
commencer par les dignitaires , enfuite les prêtres , les diacres , les foudiacres.

Parmi les bénéfices , les uns font attachés aux prébendes,
les autres font en tour. Tout chanoine préfente & nomme de
droit aux bénéfices attachés à fa prébende , par lui-même ou
par procureur. Pour nommer en tour , il faut être dans les
ordres facrés , avoir fait fon ftage rigoureux , fe préfenter
en chapitre au commencement de fon mois , & par procureur en cas de maladie. Le tour commence par les dignités,
enfuite les prêtres , diacres , foudiacres , fuivant leur rang.
On ne peut pas entrer dans le tour du tableau lorfqu'il eft
commencé. Janvier & juillet ne tombent pas en tour ; mais
lorfque dans ces mois il vient à vaquer des bénéfices qui ne
font pas requis par des gradués , il y a un fecond tour qui
s'appelle de dixaine , dans lequel chaque chanoine a dix jours
dans ces deux mois pour y préfenter. Si un chanoine meurt
pendant le mois où il eft en tour , le chapitre en corps pour-
voit aux bénéfices vacans pendant le refte du mois.

Les membres du chapitre qui voudront acheter des
terres , des redevances & d'autres immeubles du domaine
de la compagnie , en feront la déférence au chapitre , qui
fera le maître de les retenir ; finon ils les acquerront libre-
ment , à l'exception de la féodalité , & pourront même en
difpofer pour fonder à la cathédrale leurs obits , ou d'autres
fervices divins , fans qu'il foit befoin de lettres d'amortif-
fement.

Si un chanoine , poffeffeur d'une prébende entière , en
avoit une à vie , avec un manoir dans un village dépendant
du chapitre , où foient fixées deux prébendes , le chapitre

peut en retenir une. Les abſens n'auront point de mois pour nommer aux bénéfices.

Si les chanoines, qui font aux études à Paris, n'ont pas de quoi s'y ſoutenir honnêtement, ils en apporteront un certificat. Les étudians en grammaire auront 200 liv. ; les profeſſeurs-ès-arts, 250; ceux en théologie ou en droit canon, 50. Ces étudians, par congé, doivent demeurer dans une communauté eccléſiaſtique. Ils ſont tenus préſens aux grands doubles, aux gros fruits & à la quotidiane, à condition d'envoyer au chapitre général de la Madeleine, un certificat de leurs études. Ceux qui vont au collège à Amiens, doivent aſſiſter aux matines & aux obits, à l'exception du carême, pendant lequel ils n'y ſont tenus que les jours de congé.

Par aĉte du 19 avril 1709, les chanoines ne prennent plus de diſtribution à l'inhumation de leurs confrères. On paie uniquement les droits qui reviennent au préchantre, au chantre, aux ſemainiers, au diacre, au ſoudiacre & à pluſieurs autres. On met un écu d'or au cierge de l'oblation.

Il y a quatorze prévôtés, & trois chanoines adéqués à chacune, à l'exception de celles de Contenchy & de Longueau, où il n'y en a que deux. Les deux chanoines réguliers, le dernier reçu des autres chanoines, & la prébende préceptoriale, n'ont point de prévôtés, mais ils reçoivent en entier du célerier, le gros de 100 liv. en argent. Les adéquations durent vingt ans, après leſquels on les tire au ſort. Les adéqués reçoivent les cenſives des rotures qui font leur gros, à l'exception de quelques immeubles, dont le chapitre s'eſt réſervé les cenſives, & le célerier paie le ſupplément. Ils reçoivent auſſi les droits ſeigneuriaux de ces rotures, & en ſignent la ſaiſine. Ils ont encore le droit de *cornette*, qui eſt de 18 liv. tous les trois ans ſur la paſſation ou continuation des baux des groſſes fermes affeĉtées à chaque prévôté. Pour exercer ſa prévôté, & participer à ces droits, il faut avoir fait le ſtage rigoureux, & être réſidant , ou abſent avec congé du chapitre. Celui qui veut être préſenté à une prévôté que lui donne ſa prébende, doit le ſignifier dans le chapitre général d'après l'Aſcenſion , faute de quoi il n'en jouiroit point cette année, & la compagnie en diſpoſeroit à ſa volonté. Le prévôt en exercice paie le gros à ſes adéqués, & ne peut diminuer les droits que d'un quart, s'ils ſont au treizième denier, & d'un tiers, s'ils ſont au ſixième. Dans le ſeul cas de dénégation, les pourſuites ſe font aux dépens du chapitre. Dans le cas de mort, ou de changement de prébende, les anciens qui ont fait leur ſtage, optent dans la quinzaine à la prévôté, dans le chapitre, & ne participent aux droits que le lendemain de l'Aſcenſion. Ils n'entrent même en exercice qu'après que les adéqués ont fait leur tour, à moins qu'ils n'améliorent la condition des adéqués. Ces derniers ne peuvent laiſſer qu'à un chanoine l'exercice de leurs prévôtés, & tous les trois ans, les prévôts ſont tenus de dépoſer un cueilloir dans le chartrier. On accorde quatre jours chaque mois aux chanoines qui ont à la campagne, près de la ville , des maiſons & prévôtés, afin qu'ils en faſſent la viſite, & huit jours à ceux qui en ont diſtantes de quatre lieues. Les arbres renverſés par les vents appartiennent aux prévôts de chaque endroit où le cas arrive.

Les diſtributions des matines des morts & des fêtes ne ſe donnent qu'à ceux qui ſont préſens , à l'exception des infirmes, des malades, des députés par la compagnie, & des ſexagénaires. Le célerier les paie également, & aux termes fixés, ſelon le plus ou le moins dû.

Les grands-vicaires ne peuvent ni ſortir de la ville , ni abandonner l'égliſe, ſans la permiſſion du doyen, s'il eſt préſent, ou du chapitre en ſon abſence. Les petits-vicaires ne manqueront point aux matines pendant leurs ſemaines; ils allumeront les cierges , & porteront les livres pour dire les leçons & les oraiſons.

Les diacres & ſoudiacres peuvent deſſervir à deux meſſes

par

par jour au maître-autel, à moins qu'un chanoine non-prêtre veuille se revêtir.

Pendant long-temps les soudiacres - chanoines ont été chargés de gouverner le chœur par leurs vicaires; mais leur petit nombre étant insuffisant, on en chargea les chanoines-diacres.

Page 168. Le doyen, le jour des cendres, distribue aux chanoines présens, en conséquence d'un statut fait en 1585, 10 s. pour les amandes.

Les musiciens & chantres qui entrent dans le chœur après le service commencé, le saluent pour lui demander la permission d'entrer. Il fait avertir ceux qui, dans le chœur, ne font pas leur devoir, ou contreviennent aux réglemens de l'église, ainsi qu'à l'ordre qui doit y être gardé; &, suivant l'exigence du cas, il en porte ses plaintes au chapitre.

Page 169. En l'absence du doyen, le chambellan va également chercher, avant la messe & les vêpres, le prévôt ou quelque autre dignitaire. Dans le cas où il n'y auroit aucun dignitaire présent les jours de chapitres, tant ordinaires qu'extraordinaires, il est tenu d'aller chercher le chanoine le plus ancien de réception, & de le conduire au lieu de l'assemblée à laquelle il doit présider.

Page 189. Les huit chapelles vicariales ne font conférées qu'à des vicaires, par le doyen & le chapitre. On les distingue sous les noms de Jean de Hangest, dit *le-Besle;* Gérard de Noyellette; Matthieu Belin, qui a fixé les revenus aux environs de Montreuil; Jacques d'Arras, *adde de secundo rubario;* André de Vignacourt, & les deux chapelles desservies à l'autel où se dit la messe de la Vierge avant prime. Les chanoines qui y nomment, chacun dans leur mois, doivent choisir à chaque vacance, & d'après leur conscience, un des vicaires, qui soit dans les ordres sacrés, & en état de chan-

ter, lire & pfalmodier. Les deux dernières chapelles , par
une délibération poftérieure , font conférées par le chapitre
en corps , de la même manière que les trois de la meffe du
jour , & ces deux chapelains ne peuvent ni permuter , ni
réfigner comme les autres.

Page 198. Dans l'églife de faint Nicolas , repofent
entre autres , Joachim de Leraio , du diocèfe de Poitiers ,
neveu de l'évêque Jean de Cherchemont. Il mourut le 3
février 1374; & quoiqu'il ne fût que clerc , il poffeda trois
canonicats : *Canonicus ecclefiarum Ambianenfium* , dit fon
épitaphe.

JEAN-BAPTISTE DE SACHY , chanoine, prêtre, *donec
pertranfiret, affiduus in choro , folitarius in tecto vixit : animarum zelo , & vitiorum odio apprimè fuit commendabilis ; fibi
prius defunctus quàm fæculo , plenus meriti , non dierum , obiit
anno 1707, die 28 decembris , ætatis fuæ 50.*

———

JEAN DE VILLERS , fon confrère, bachelier de Sorbonne,
*vir fummâ in choro affiduitate , vitæ innocentiâ , morum fua-
vitate , effufâ in pauperes beneficentiâ , ardenti falutis animarum ftudio , & fincerâ in Deum pietate confpicuus.* Il mourut
le 19 octobre 1719.

Page 206. Jean Duminil , curé de la paroiffe de faint
Firmin-le-Confeffeur, mort le 4 août 1686 , & enterré à
faint Denis , a fondé à perpétuité une bourfe pour un étudiant originaire de Moliens , qui chaque jour eft tenu de
dire à genoux, ayant la tête découverte , le *de profundis* , &
l'oraifon *Deus qui inter apoftolicos facerdotes* , &c.

Page 212. Marie de Berny, morte le 28 juin 1570,
repofe dans l'églife de faint Germain, fous cet éloge :

Il faut qu'en ce facré temple
On contemple
Ici un temple d'honneur :
De vertus un riche vafe,
Une bafe
Et confommé de bonheur.

Un flambeau, une lumière
Singulière,
Un autel de fainteté,
Où étoient pour beaux ouvrages
Les images
De juftice & de piété.

Ça fault que fon nom je die
Et publie,
C'eft Marie de Berny,
Qui a comme une fidelle
Damoifelle
Son biau fond ici fourny.

C'eft la compagne amitable
Et louable
De fire Antoine Pingré,
Qui par fon bien trifte ftyle,
En la ville,
Obtient le premier degré.

C'eft celle que tient en ferre
Ce parterre
La mort blême entre fes bras,
Et feroit paffagère umbre
De ce nombre
Servant au tombeau d'appas.

Que dis-je donc ? je m'abufe
Qu'on m'excufe;
Pour repofer ci-deffous
La mort point ne la dévore,
Car encore
Vit au cœur de fon époux.

Vit en la médaille vive
Et naïve
De fes bien-aimés enfans,
Qu'en vertueufe nobleffe
Et fageffe
Ung chacun voit triomphans.

Et par charitable flamme,
Vit dans l'ame
Des pauvres en toute faifon
Qui la font au Ciel revivre,
Et lui livre
Une éternelle maifon.

O o o ij

Déplie, ô tout immenſe !	En attendant la jornée
Ta clémence	Ordonnée
Aujourd'hui vers l'eſprit ſien ;	A tous momens de ſon lien.

Page 214. Parmi les curés qui repoſent dans le chœur de l'égliſe ſaint Germain, on diſtingue Pierre Boucher, qui avoit précédemment gouverné pendant 26 ans la paroiſſe de ſaint Firmin-au-Val. Il eſt auteur d'un livre intitulé, *le Bouquet ſacré*, en vers durs, peu coulans, qu'on pourroit regarder comme de la mauvaiſe proſe rimée. La *Vie de ſaint Firmin*, *martyr*, *in-fol. manuſcrit*, a été compoſée à la ſollicitation des paroiſſiens jaloux d'avoir ſous leurs yeux le récit des vertus de leur patron. Il mourut le 15 janvier 1691, à l'âge de 80 ans, après 62 ans de profeſſion dans l'ordre des Prémontrés, 55 de prêtriſe, & 47 de ſollicitude paſtorale. On lit cét éloge ſur ſa tombe :

Paſtor utrobique vigilantiſſimus, vir ſacerdotali ʒelo magnus, regendis parochianis prudentiâ & dexteritate major: utriuſque diſciplinæ, religioſæ & eccleſiaſticæ, obſervantiâ maximus. Ergà pauperes charitate, ergà omnes liberalitate ſupereminens ; qui ſancti Germani reliquias in capſâ argenteâ condi, & retrò, ſupràque majus altare collocari curavit. Baldachino, ſex candelabris argenteis, aliiſque donis hanc eccleſiam dotavit. Charitatis ſcholas inſtituit : quinquaginta libras hujus paræciæ pauperibus diſtribuendas reliquit. Annis plenus, ſuis charus, omnium luctu, ſanctè obiit.

Page 221. L'éloge ſuivant eſt d'une éloquence facile. On le trouve dans l'égliſe paroiſſiale de ſaint Martin.

Sta viator, & vitam imitare, non mortem dole D. PETRI DE FLEXELLES, hujus eccleſiæ paſtoris, & ſacræ facultatis

Parifienfis doctoris. Non jacet qui vixit in omnium animis. Non eget tumulo cui virtutes tumulum ftruxerunt, bafim crif-tiana humilitas, columnas doctoris fcientia, paftoris vigilan-tia, coronidem charitas. Obiit pridiè dominicam palmarum. An. Dom. M. DC. LXVIII, quià palmæ virtutibus debeban-tur. Vixit tantum annos LIV, quià palmæ jam maturarant. Abi, viator, fic vive ut fic moriaris.

Ces vers qu'on y ajouta font d'un genre bien différent.

> Au milieu du troupeau repofe le pafteur ;
> Il jouit de la paix dont fa peine eft fuivie.
> L'églife dans fon cœur régna pendant fa vie ;
> L'églife, après fa mort, l'a placé dans fon chœur.

Page 227. Lorfque fous l'épifcopat du cardinal de Cre-quy, l'abbaye de faint Martin-aux-Jumeaux fut réunie à l'évêché, le chapitre de la cathédrale abandonna au prélat, l'an 1565, la juridiction temporelle, & ne fe réferva que la fpirituelle, comme le prouvent les arrêts du parlement, des 29 décembre 1578, & 4 mars 1581.

Page 229, lig. 14. L'évêque Guarin accorda l'an 1335, à l'abbaye de S. Martin, l'annate de cette prébende vacante par mort. Par arrêt du parlement du 9 juillet 1644, le pro-duit en fut fixé à deux muids de bled des champs, un autre de moulin; 100 liv. d'argent pour le gros, & 125 liv. pour les quartiers. Un fecond arrêt du 3 juin 1661 déclare cette annate acquife à la première année de chaque vacance, foit que les nouveaux pourvus aient, par leur affiftance à l'églife, gagné ou non la portion des fruits à eux laiffés pour la fubf-tance, en ladite première année ; de forte que le premier gros qui échoit, après la prife de poffeffion du nouveau pourvu, qui n'a pas été gagné par fon prédéceffeur, fe paie à l'abbaye avec les quartiers. Par un ftatut de 1340, les religieux qui recevront en entier les revenus des prébendes, paieront les marances.

Page 236. Dans un des hauts quartiers de la ville, on trouva, il y a environ 20 ans, à 17 pieds en terre, une pièce de plomb grande comme un liard. D'un côté paroît saint Martin partageant son manteau, avec cette légende, *Mon. S. M. Abat. Anth. Thierry.* Ce qui signifie, *monasterium sancti Martini; abbatia anthistite Thierry.* En effet, comme on l'a dit, ce monastère fut érigé en abbaye par ce prélat, l'an 1145; mais l'autre côté fait connoître que la médaille n'est pas d'un temps aussi reculé. Il présente une clef de plein chant, suivie de deux notes, avec un *E* en haut, & une *S* vers le bas, & on lit autour : *Au Roi François & ses amis.*

Page 164. L'abbé le-Gros, ci-devant chanoine de la Sainte-Chapelle de Paris, prévôt de Saint-Louis du Louvre, ancien professeur, & principal du collège de Navarre, docteur en théologie de la faculté de Paris, théologien du cardinal de Rohan, possède actuellement l'abbaye de saint Acheuil.

Page 283. On lisoit dans l'église des Cordeliers :

> Ci gist entre ces deux piliers
> Le franc questeur des Cordeliers,
> Qui, combien qu'il soit trépassé
> Ne cesse de rompre la teste
> Aux passans, en faisant la queste
> D'un *requiescat in pace.*

Page 285. On lit dans le cloître des Augustins, sur une plaque de cuivre :

> La mort volut le corps touchier
> Par un air influentieux,

De frère Ricart le bouchier,
Jadis céans religieux,
Lequel fut lifant ftudieux
En la fainte théologie,
Dieu doint qu'en lieu non tédieux
Son ame foit mife & logie.
Il mourut l'an mil quatre chens
IIIIXX & deux, le vintifme
Jour du mois d'aouft. Dévotes gens,
Priez Dieu que ait glore fanctifme.

Ces quatre vers fe trouvent dans l'églife :

Paffant, c'eft faire une bonne œuvre
Que d'arrefter tes pas ici,
Et prier pour Pierre Lefevre
Qui pria pour les morts auffi.

Page 298. Le collège. Nous avons démontré que depuis les premiers temps jufqu'en 1606, les comptes ont été rendus fans interruption devant l'écolâtre & les députés du chapitre, qui en a toujours eu la fupériorité, le gouvernement & l'adminiftration. Cette compagnie a même établi fa juridiction contre l'évêque qui vouloit y faire la vifite; & le père de Machaut, Jéfuite, dans fa requête de 1607, par laquelle il demande le tranfport pour la fociété de Jefus, a reconnu la fupériorité du chapitre.

Les revenus confiftent en cens & rentes fur des maifons, tant à la ville qu'à la campagne : en diverfes portions de terres ou jardinages dans le fauxbourg de Noyon, à Revelles, Camons, Saint-Aubin, Bofquel, Conti, Monfures, Seux, Vadicourt, Souich, Bayonviller, Méricourt, Offonviller, Bergicourt & Fricamps. En un fief dit des Quefnotaux ou de Quanefteaux, dans la prévôté de Mondidier, lequel relevoit, en 1586, de Joffe Paillart, fieur de Choqueufe, à

caufe de fa feigneurie de Bonviller. Les écolâtres en donnèrent relief en 1504, en trois fetiers de fel franc, mefure de
Paris, équivalens à trente-fix fetiers d'Amiens, accordés par
Louis XI, l'an 1471. Hugues de Courcelles, écolâtre,
acheta, au mois de juin 1224, de Lambert Cordonnier,
moyennant 16 liv. 15 f. parifis, une maifon voifine de celle
de Firmin Bichet; une autre, au mois d'octobre 1230, de
Firmin Huches, pour la fomme de 19 livres; une troifième,
dont fe défit Euftache de Beaurains, fils d'Emeline Poftel,
pour le prix de 26 liv. & une quatrième vis-à-vis faint Denis,
tenant d'un côté à la maifon de faint Fufcien, de l'autre à
celle de faint Nicolas. Plufieurs de ces maifons ont fervi de
fondation à la chapelle de S. Nicolas; la dernière a été donnée au collège pour l'ufage de l'hôpital des pauvres écoliers.
En 1290, on fit pour le collége l'acquifition d'une autre maifon, fife rue faint Denis, devant la Bare. Le 4 mars 1425,
Enguerran de Saint-Fufcien, prévôt de la cathédrale, légua
le quint de fes biens. Euftache de Sains, écolâtre, échangea,
l'an 1518, au profit des pauvres clercs, une maifon fife rue
faint Denis, contre le fief de Bergicourt. Le 3 juin 1557,
Nicolas Gaudefroy, chanoine, légua aux Capètes (*Capatis*),
une rente de 15 liv. 12 fols 6 d. à la charge de dire les fept
pfeaumes le jour de la diftribution. *Reg. du Chap.*

On fit en faveur du collège, l'an 1457, une quête dans
l'étendue du diocèfe, & la ville d'Amiens ne rendit que 24
liv. Le total de la recette n'alla cette année qu'à 478 liv.
17 f. 3 den. oboles, & les charges montèrent à 113 liv. 11
den. On confomma pour 22 liv. 8 f. de bois; 49 liv. 14 f.
pour le potage. L'entretien des jardins coûta 12 liv. 7 fols
4 den. On dépenfa 60 liv. 9 f. 8 den. pour la réparation des
matelats; 6 fols pour du fil & des pièces; autant pour une
foue ou corde à puits; 18 den. pour deux feaux à puifer l'eau.
Pour une botte de lattes, 4 fols; pour preffer le verjus du
jardin, 2 f. 4 den.; pour les gages annuels d'une fervante,
7 liv. 4 fols; pour le repas donné au doyen & au prévôt,

députés

députés pour visiter la maison & assister aux comptes, 20 s.
pour un festin donné au bailli de Boves & aux conseillers du
comte de Vaudemont, 38 sols; pour aller à cheval à Boves,
la dépense comprise, 4 s. En 1484, pour les gages du procureur, 12 liv. & 24 en 1568.

On y comptoit soixante & un pensionnaires en 1457.
Chaque maître avoit ses commensaux, & pour 4 s. on y faisoit
dire un obit.

Tels sont, dans l'ordre chronologique, ceux qui ont
présidé, dans l'ancien collège, à l'éducation de la jeunesse.
Jean Caparius, 1292. — Jean Morin, 1400, donna sa démission l'année suivante. — Jean Colache, maître-ès-arts, 1401.
— Pierre Morin, recteur, & Jean Boiri, maître-ès-arts,
même année. — Jean Baudri, régent & procureur, 1428.
— Pierre de Glysy, maître-ès-arts, régent & procureur,
1456. — Martin Dauredoing, régent, 1457. — Bauduin de
Héricourt, recteur, 1470. — Jean de Héricourt, maître-ès-
arts & procureur, 1482. — Jean de Wiques, Pierre Drouart,
expulsé de la principalité, en 1517; Jean Mouret, Valeran
de Wiques, maître-ès-arts, ainsi que Pierre le-Caron,
régens, 1484. — Antoine l'Eschoppier, procureur &
régent, 1494. — Jean Bosquillon, maître de pension,
établi principal le 11 janvier 1517, à la place de Drouart.
— Jean Galet, curé de Fontaines sous Mondidier, principal, à la place de Jean l'Eschoppier. — Antoine Pyart,
clerc, maître-ès-arts, régent à la place de Jean de Héricourt, son oncle. — Nicolas Mouret, prêtre, curé de Vaux,
maître-ès-arts, régent, à la place de Pierre le-Caron. —
Noel le-Couvreur, prêtre, maître-ès-arts, régent, à la
place de Jean Bosquillon, paroissent la même année, ainsi
que Noel le-Fournier, régent, à la place de Pierre Peredieu,
expulsé, puis principal, ensuite chanoine de la cathédrale,
& Jean Galet, établi principal par la démission de son prédécesseur. — Jean Boistel, & Philippe de Flessielles, régens,
1537. — Robert Fournier, principal & administrateur des
écoles, chanoine de la cathédrale, 1557. Un arrêt du par-

lement , du 14 mars 1565 , le nomme fur-intendant du collège. — Jean Hobbé, procureur & régent, 1557. — Jean Defcaurres, prêtre , chapelain , précepteur & procureur , 1568. Des lettres du Roi , du 14 janvier 1578 , l'autorifent à prendre chaque année , fur les fruits de la prébende vacante par la mort de Chriftophe Bécourt, la fomme de 133 écus , & un tiers d'écu fol. — Jean Regnault , procureur , fyndic du collège , 1594 , prêtre , chapelain de N. D. — Louis Andrieu , chanoine & principal. — Jean Baftelet , & Adrien Chevalier , régens , 1599. *Ibid.*

Sur la porte de l'ancien collège on lifoit ces vers très-gaulois :

> L'an mil trois cens, fi com je truis ,.
> Et cinquante-huit fû deftruis
> Chi lieus, & puis fût-il refaits
> Trois ans après par les laiz faicts
> De tiers des biens maiftre Guillaume
> Le-Barbier , qui de Notre-Dame
> Fû canoine (1) & penanchiers (2)
> Et du Vuefque (3) tenu tant chiers ,.
> Qui fût officiaux long-temps ;
> En avril qui bien eft comptans ,.
> Leu 21 moru chieux ;
> S'ame foit reçu ès Chieux.

L'an 1247 , le Pape innocent IV , par fa bulle adreffée au curé de faint Michel , confirma la fondation de la chapelle de faint Nicolas , ainfi que le concordat fait à cette occafion entre le curé , le maître du collège , & l'écolâtre.

----

(1) Chanoine.
(2) Pénitencier.
(3) De l'Evêque.

Le chapitre de la cathédrale percevoit annuellement, dès 1385, fur le revenu des chapelles de faint Nicolas 15 l. parifis, & feize chapons ; mais l'ancienne école ayant été ruinée, cette redevance fut fixée à 4 liv. parifis, payables au chapelain, qui rend au chapitre 7 liv. 6 den. & huit chapons.

Les Jéfuites firent démolir, en février 1699, l'aile gauche du bâtiment, & en novembre, l'ancienne chapelle qui tomboit de vétufté. On leur permit d'accepter en dons & en legs jufqu'à la concurrence de 5000 liv. pour la fondation du collège, en leur ôtant le pouvoir de tranfporter leur revenu ailleurs, dans le cas où ils cefferoient d'enfeigner en cette ville. Une chapelle de Vignacourt avoit été réunie au collège le 19 avril 1608. Le pont que ces pères avoient conftruit fur la rue, fut démoli en 1762. L'état actuel du collège a été fixé par lettres-patentes du 28 novembre 1767, regiftrées en parlement le 18 décembre. Par arrêt du parlement du 7 feptembre 1776, confirmatif des lettres-patentes, il eft permis au principal d'établir un penfionnat à la maifon de la retraite, où feront transférés les Capettes, au nombre de douze. Les profeffeurs ont 1200 liv. d'honoraires, & la penfion d'émérite de 500 liv. après 20 années d'exercice. La juftice s'exerce par un bailli, un procureur-fifcal, un greffier & deux huiffiers.

Page 315. Dans l'églife des religieufes Clariffes on rencontre l'épitaphe fuivante en patois du pays :

Sous moi pierre	Dieu lui faffe
Chi gift Pierre	Voir en face.
De Mouchi	S'époufée
Qui fut chi	Qu'eft poufée
Mort bouté :	Chi omprès,
Sa bonté	Qui après

Trépaffa,	Qui pouriffent
Et paffa	Vers nouriffent ;
De che monde :	Et attendent
Dieu la monde	Qu'ils reprendent
Tant véquirent	Sous ches lames
Qu'ils acquirent	Corps & ames
Onze enfans,	Pour aller
Bruns, blonds, blancs.	Et voler
Or, font morts	Au faint lieu
Tous ches corps	Que doint Dieu.

O lector', hoc monumentum adès dum, te vocat', & poft indè rogat quo vices humanas recidit, ut legas. MICHAELIS DE SUYN, probi viri, & boni civis, cinis hîc eft, qui, dum vixit, fuis charus & civibus, incomparabili amore, Deo, Regi & Patriæ fe dedit. Præfecturâ urbis cum dignitate & honore femel ac iterum functus, de principe & primoribus benè meritus eft. Annos natus LII. Cùm anteà numquam in otium veniffet, hîc quietem optavit die VII junii M. DC. II, fex ingenuis ex charâ eâque unicâ conjuge relictis liberis, nec de fe infeliciffimas lacrymas & æternos luctus reliquit. Ex his, Michael primogenitus, in curiâ præfidiali Ambianenfi confiliarius Regis, avitâ pietate, patri amantiffimo morienti benè merenti, benè mœrens, pofuit.

Page 365. L'école de charité des Frères de l'inftitut des écoles chrétiennes, établies à Saint-Yon, a été fondée le 13 février 1754, par Jean-Baptifte Pingré, prêtre, chanoine & écolâtre. Les chanoines Villeman & Pingré de Fieffes en ont été depuis les principaux bienfaiteurs.

La chambre eccléfiaftique, préfidée par l'évêque, eft compofée du doyen qui tient la place du prélat en fon abfence ; de deux chanoines de la cathédrale pour le chapitre, d'un repréfentant pour les abbés, un pour les collégiales, un pour les curés, un pour les prieurs ; d'un fecrétaire, un receveur des décimes, un procureur du clergé, deux huiffiers des décimes, un greffier des infinuations, & un greffier des infinuations des baux des gens de mainmorte.

PIÈCES JUSTIFICATIVES.

Page 373. *Ordinatio duarum præbendarum facerdotalium, per Theobaldum epifcopum Ambianenfem. (An. 1190. Cartul. Capit.)*

Theobaldus, Dei gratiâ, Ambianenfis dictus epifcopus, omnibus in Chrifto fidelibus prefentibus & futuris, æternam in Domino falutem. Cùm in poftulandis ecclefiafticis beneficiis, omnes ferè, fi audiri mereantur, debitum ecclefiæ promittunt obfequium, poft accepta verò beneficia nulli, vel admodum pauci inveniantur qui ad facros ordines accedere & maximè in facerdotali ordine defervire velint, tutius duximus antè fufcepta beneficia ad ordinem facerdotii jam promotos ecclefiarum fervitio deputare, quàm poft impetrata beneficia de promovendis controverfiam vertere. Indè eft quod difcretorum virorum concilio accedentes, affenfu capituli noftri beneficium unius præbendæ, & de decimis quas de manu laïcâ extorfimus, aliud beneficium ad valorem alterius præbendæ in ecclefiâ noftrâ duobus facerdotibus affignamus, qui horis canonicis intereffe, & miffas majores & privatas celebrare teneantur : quòd fi in canonicis horis quantulæcumque portionis diftributio fiat canonicis, quanta portio uni, ea aliis continget canonicis tanta duobus

facerdotibus à Domino epifcopo conftitutis conferatur , fi &
ipfi duo , horæ quam fequetur diftributio, interfuerint : fi verò
eorumdem facerdotum tantùm unus affuerit cuicumque horæ
canonicæ quam fequetur diftributio , qui interfuit tantum fibi
mediam partem portionis quæ alii canonicorum collata fuerit ,
fibi recipiet. Si neuter affuerit , neuter fibi aliquid accipiet , cum
tamen aliis canonicis qui interfuerint , taxata ab eis portio
diftribuetur. Conftituimus etiam ut prædicti facerdotes ftallum
in choro , vocem in capitulo , ficut canonici alii habentes , in
propriis perfonis femper ibidem deferviant , confuetudines etiam
quæ propter fervitium ecclefiæ à prædicto capitulo inftitutæ fue-
rint , per omnia firmiter obfervent , nec ad alias ecclefias cum
fuprà dictis beneficiis tranfire permittantur ; eifque decedenti-
bus , nulli , loco illorum , nifi facerdotes inftitui poffint. Hæc
omnia ut in perpetuum illibata & inconcuffa permaneant , figilli
noftri auctoritate roborari fecimus : figillo etiam capituli ,
affenfu totius capituli communicata, in præfentiâ ipfius lecta &
approbata fuerunt , ubi etiam , fub periculo anathematis ,
interdictum fuit , ne quis fuprà dictas inftitutiones immutare , aut
ipfas in aliquo contrariè præfumat. Actum eft hoc anno Domi-
nicæ incarnationis millefimo centefimo nonagefimo , regnante
Philippo victoriffimo Rege, Ludovici Regis filio.

ARRESTUM PARLAMENTI. 1266.

Conceffit Dominus Rex majori & juratis Ambianenfibus ,
quod ad aquitationem debitorum villæ fuæ , poffent levare de
quibuflibet viginti folidati (folidatum eft quidquid in folidum
poffidetur) mercaturæ venditæ in villâ Ambianenfi de illis de
communiâ fuâ , ab emptore , videlicet , unum denarium : quod

cùm facerent major & jurati prædicti , accedens epifcopus Am-
bianenfis ad Dominum Regem, ex hoc conqueftus fuit , affe-
rens ipfam coftumam, quam vocabat malam toltam , in præju-
dicium ecclefiæ fuæ , & in elufionem libertatis in favorem ecclefiæ
datæ , quæ dicitur refpectus fancti Firmini conceffam fuiffe ,
propter quod petebat eamdem penitùs revocari..... Deter-
minatum fuit quod idem epifcopus fuper hoc audiendus non
erat.

DU COMMERCE, DES CORPS

ET COMMUNAUTÉS.

LE commerce remonte aux temps les plus reculés, mais
nous n'avons aucun titre qui puiffe nous guider à en fixer
l'époque. On conjecture feulement qu'il étoit confidérable
par les privilèges que les puiffances étrangères accordèrent
à nos négocians. A l'imitation de Jean I, Roi d'Ecoffe,
Henri III, Roi d'Angleterre, en leur permettant de com-
mercer dans toute l'étendue de fa domination, défendit,
l'an 1256, de les arrêter pour dettes, eux , leurs biens , ou
leurs effets, à moins qu'ils ne fuffent les principaux débiteurs ou répondans. Dans le cas où les commerçans Amiénois mourroient fans avoir tefté, il défend de confifquer
leurs biens , & veut qu'on les remette à leurs héritiers. C'eft
vraifemblablement le même Prince qui donna huit cents écus
à prendre fur fon domaine pour acheter à Calais une maifon
deftinée à fervir d'entrepôt au commerce d'Amiens. En
1270, le Roi de Sicile quitta nos marchands des cens qu'ils
payoient d'une habitation fife dans les halles de Saumur.
Edouard & Richard, Rois d'Angleterre, leur permirent de
porter , dans leurs poffeffions, des marchandifes & des

deniers. La commune de Londres leur accorda pleine franchife par tout le royaume, moyennant 50 marcs fterlings ,
payables au maire.

Le premier corps dont il eft fait mention dans nos archives eft celui des treize jurés courtiers de vin & autres boif-
fons, de la ville & fauxbourgs. Ces officiers de police furent
établis dès l'an 1331 , fous les nomination & provifions des
maire & échevins. Pour le prix de leurs offices, qui leur
furent rendus par les commiffaires nommés en exécution
d'un édit du mois de juin 1572, ils ont financé 7500 livres.
L'édit de janvier 1632 les fupprima ; un autre de juillet
1656 les rétablit , & le 11 mars 1660, ils furent confirmés
dans leurs fonctions & exercices, avec droit de 5 fols pour
muid , demi-queue ou barrique de vin entrant dans la ville
pour y être vendu. En 1692 , ils ont payé 5454 liv. 11 f. &
les 2 f. pour livre, pour la confirmation de leur état ; & alors,
ils ont joui de 10 f. par muid de vin , 5 f. par muid de cidre
& poirée , 30 f. par barrique d'eau-de-vie. Sous le titre de
courtiers gourmets , & commiffionnaires héréditaires des
vins, cidre , eau-de-vie & liqueurs, ce corps eft exempt de
tutelle , curatelle & autres charges de ville & police, par
lettres - patentes en date du 8 octobre de la même année.
Reg. de l'Election.

Par ordonnance de police, publiée en 1361 , les courtiers, fcelleurs de draps, & les tailleurs d'habits, ne peuvent
être marchands. *Reg. de la Ville.*

Les brefs & ftatuts de la communauté des marchands
drapiers , & drapiers-chauffetiers font du 16 février 1368,
fous la mairie de Jean de Saint-Fufcien , & l'échevinage de
fire Jean des Rabuiffons , fire Willaume de Conty , Jean
Beaupignié, Jean le-Normant, Firmin Froterie, Pierre de
Croy , Colart de Ricquebourg, Jean Picquet, Pierre de
Morvilliers, Firmin Grimault, & Jean d'Ipre. Ils font conçus
en ces termes :

Sachent tout chil *qui cet écrit verront ou* orront, *que, à la*
requête

requête des gens du métier de caucheterie *de draps... pour le profit & bien commun & pour obvier aux fraudes, malices & cautelles qu'on fait ès marchandises dudit métier en* moult de *manières....*

Nul apprenti, nouvellement parti d'avec son maître, ne pourra lever son métier qu'après avoir été examiné par les eswards*, savoir par l'un des* eswards *de la bannière des tailleurs de draps, & par un d'iceux* cauchetiers*, & trouvé suffisant ouvrier pour débiter, détailler, & faire* cauches.

Nul ne pourra en la ville & banlieue vendre cauches *de draps, si elles ne sont bonnes & souffisantes; & si aucun faisoit le contraire, il seroit* enqueue *en l'amende de 5 s. parisis à le ville, & la bannière en aura 13 den.*

Que nul ne soit assez hardi, sous peine de pareille amende, pour faire des cauches *neuves, si elles ne sont du même drap, sauf les semelles qui pourront être d'autre drap neuf d'une seule couleur, & si trouvé étoit qu'elles fussent* viézées, *les* cauches *par lesdits* eswards *seroient prises & apportées par devers les maire & échevins pour en faire copper le* viez.

Sur la même amende, nul ne se pourra entremettre de viez waro *avec ladite* caucheterie, *ni vendre* viez *& neuf ensemble; mais se tiendra à l'un ou à l'autre.*

Nul parmentier *avec son métier de* parmenterie *ne pourra vendre* cauches *qui à lui soient; mais pour l'usage de sa personne en pourra faire, s'il lui plaît, & non autrement, sous même amende.*

Est ordonné, sous pareille peine, que toutes cauches *aient par dedans* gambe *longueur raisonnable.*

Nul ne pourra vendre aucunes cauches*, soit de couvertures,*

ou d'autres quelconques draps, si elles ne font retraites bien &
fuffifamment.

Lefdits cauchetiers vendans cauches au marqué fur leurs
eftaux ou hayons, les tourneront à leur droit chacun famedi ,
fous peine de pareille amende..

Il eft bon de favoir qu'on appeloit drapier-chauffetier,, un marchand de draps de laine. Pour fe faire faire un habit, il falloit avoir affaire à deux marchands. Les pourpointiers faifoient les pourpoints qui étoient de fatin, de velours, ou de peaux de fenteur; les drapiers faifoient les chauffes qui étoient toujours de drap. Les tailleurs n'étoient appelés que pour les façons, & ne pouvoient rien fournir, parce qu'ils n'étoient pas marchands. La réunion des pourpointiers & des tailleurs ne fe fit qu'en 1656. La communauté des drapiers & drapiers-chauffetiers a pour patron faint François. Elle célèbre fa fête le 4 octobre dans la chapelle de St. Nicaife à la cathédrale, & les égards y font chanter une meffe tous les jeudis.

Sa Majefté, par arrêt de fon confeil d'état, du 18 mars 1732, a réuni à cette communauté les quatre offices d'égards forains, & celui de garde-marteau de la halle foraine de la ville, à la charge, par ladite communauté, de rembourfer lefdits offices fur le pied de la finance, & de donner au corps de la ville un homme vivant & mourant pour chacun defdits offices, & de payer les droits & redevances annuelles, perçus jufqu'à préfent au profit de ladite ville, pour raifon defdits offices.

Le corps de la mercerie fut inftitué l'an 1407, par Charles VI.

Les vendeurs de charbon ont été établis au nombre de huit, le 18 décembre 1522.

Par lettres-patentes du 2 octobre 1545, datées de Corbie, & adreffées à l'échevinage, on fit un réglement général pour les *houpiers* ou apprêteurs de laine, au fujet de la vente

& pefage des fils fervans à la fabrique des étoffes ; on en fit en même temps pour les foulons , tondeurs , teinturiers & calendreurs. Ce réglement contenu en 184 articles , fut publié les 24 & 25 février 1547.

Le 6 février 1577 , S. M. affranchit les ouvriers de tailles , foraiges , *gumallens* , coutumes , péages , impôts , billets , tutelle , curatelle , dépôt de juftice , quatrième , huitième , treizième , vingtième & centième deniers , haff des fubfides , pots , chevauchées , taxes , impofitions , taillons , guets , garde des portes , fentinelle & fubfides. Ces privilèges furent publiés le 30 octobre de l'année fuivante.

Par fentence de l'échevinage , du 13 avril 1623 , les marchands merciers , ciriers , droguiftes & apothicaires , appelés merciers gras , ne peuvent vendre aucune marchandife de draps d'or & d'argent , de foie , ferge , camelot , buraille , futaine de tripe , moucade , droguet , boucafine , treille , reveche , toile , ni étamine , hors celle à bulteau. De leur côté , les marchands merciers groffiers joailliers , furnommés merciers fecs , ne peuvent vendre ni huile , ni graiffe , ni épices , ni drogues. Les uns & les autres ne compofoient qu'un corps en 1578. Cela dura jufqu'au 13 mai 1644. Alors ils fe féparèrent par une tranfaction , attendu que les intérêts particuliers d'un fi grand nombre de perfonnes occafionnoient fouvent des procès. Dans cette féparation de communauté , la confrairie de faint Jacques , ainfi que les ornemens , & tout ce qui en dépend , eft reftée aux merciers gras ; & les autres , par les ftatuts , datés du 16 juin , ont pris faint Louis pour patron , & fixé leur confrairie à la paroiffe de St. Martin. Les uns & les autres ont la liberté de vendre en détail de la ficelle , du fil de fer & de laiton ; des épingles , fers à bonnets , dez à coudre & à jouer ; cartes , papiers , plumes , encre , écritoires , lacets , lignières de cuir , éguillettes de fil & de cuir ; bourfes de cuir , agrappins , porte-lettres , cloux , chapelets , broffes , paffemens de fil & de laine ; balles à jouer , étœufs , raquettes , batoirs ,

pelotes , petite librairie , bouton de fil , mèches à mouf-
quet, poudre , balles , poires à poudre , cire d'Efpagne ,
piques de bois, de lin , & chanvres en bottes ; éponges &
aiguilles. La vifite des marchandifes que portent les forains
doit déformais être faite par les égards merciers fecs , &
chaque communauté paiera fa taxe à part. L'échevinage
approuva les ftatuts le même jour ; le Roi les confirma en
1647, & le 16 feptembre 1657, le parlement les vérifia. En
conféquence d'un arrêt du confeil du 21 juin 1723 , les
apprentis doivent , après leur apprentiffage , fervir les maîtres trois autres années. Par un autre du 31 juillet 1725, ils
font tenus de juftifier de ce fervice.

Les hauteliffeurs ou bourachers ont été établis le 19 mars
1644.

Les ftatuts des chimiftes-apothicaires ont été homologués au parlement l'an 1645. Ce corps a droit de contraindre
quiconque veut exercer la profeffion dans le reffort du bailliage , à fe faire recevoir en cette ville.

Les maîtreffes couturières furent établies le 22 février
1683.

Les mefureurs de charbon n'étoient d'abord que fix , les
Rois en ont créé deux autres. Ces offices qui coûtoient peu
autrefois, font aujourd'hui très-chers & héréditaires. Ils font
fujets à de grands droits feigneuriaux, à une paulette de 28 l.
& à d'autres droits. Leurs ftatuts datent du 16 feptembre
1636.

Les brefs & ftatuts des peintres, enlumineurs, fculpteurs
& brodeurs font de 1704.

Par arrêt du confeil, du 20 mars 1707 , il eft permis aux
marchands en gros , non incorporés , de s'unir en corps &
communauté particulière & diftincte des autres communautés de marchands & négocians. Les ftatuts défignés dans
l'arrêt ont été confirmés par lettres - patentes du 4 janvier
1711. Ce corps a pris faint Martin pour fon patron. Les
membres, au nombre de 70, ne dérogent point à la nobleffe,
fuivant l'édit de 1701.

Les offices des maîtres & compagnons fluqueurs font nommés par l'échevinage, qui a été maintenu dans ce droit par arrêt du 31 mai 1729. Les réglemens qu'il a donnés furent homologués au parlement le 6 mai 1755, & enregiftrés au bailliage le 6 août. Le parlement avoit réglé leur falaire par arrêt du 6 mai.

Les 24 porteurs aux facs paient chaque année 40 fols de paulette à la ville, pour l'hérédité de leur office. Ils font obligés, ainfi que les fluqueurs & les porteurs aux halles, d'aller au premier coup de la cloche au feu, chercher les pompes, & faire le fervice néceffaire.

Les maîtres & 18 déchargeurs de vins étoient tenus de fonner la cloche du beffroy pour l'alarme, & les jours de la Fête-Dieu, de l'Afcenfion & de faint Simon faint Jude. Ils étoient jadis exempts de taille ; ils le font aujourd'hui de porte, de guet & de réveil, fous la même condition.

Les ftatuts de la communauté des maîtres tailleurs, confirmés par le Roi au mois d'avril 1736, ont été enregiftrés au parlement le 9 janvier 1743.

Ceux des ferruriers, confirmés par Sa Majefté au mois d'avril 1738, entérinés au parlement le 14 juillet 1740, ont été enregiftrés au bailliage le 16 feptembre.

Par arrêt du confeil d'état du 6 mars 1746, les marchands drapiers, les marchands en gros, & les marchands merciers groffiers joailliers, ne font qu'une communauté, jouiffent des mêmes privilèges, droits & facultés ; ils font régis & gouvernés par fept gardes d'après les ftatuts & réglemens, rédigés, reçus, approuvés & foufcrits le 25 juillet dernier. Cet arrêt, confirmé par lettres-patentes du 24 février 1747, homologué au parlement le 10 juin 1750, a été enregiftré au bailliage le premier juillet.

L'arrêt du parlement du 17 décembre 1763, en faveur des maîtres perruquiers, homologue une délibération de leur communauté, au fujet des garçons de la profeffion, pour lefquels on fixe des réglemens enregiftrés au bailliage le 17 août 1764.

Les communautés fur lefquelles le corps de ville a infpection, font au nombre de 60. *Ibid. Reg. C.*

Les drapiers doivent au Roi chaque année 7 liv. pour
leur halle, & 13 fols 4 den. pour les mailles des famedis.

Les épiciers, ciriers & droguiftes ne dérogent point à
la nobleffe, pourvu qu'ils ne vendent point en détail.

Les mégiffiers font des artifans qui préparent en *mégie*
les peaux blanches qui n'ont pas befoin d'être paffées par
le tan.

Depuis un temps immémorial, les maire & échevins
donnoient des ftatuts aux maîtres faiteurs, à mefure qu'ils
inventoient de nouvelles étoffes; ils y étoient autorifés par
nos Rois, & ce droit leur fut confirmé par l'édit de
1597.

La principale fabrique fe nomme *faiterie*, à caufe du fil
de fayette fait de laine peignée & filée au petit roüet, qui
compofe feul la chaîne des étoffes. On y fait des ferges de
Crevecœur, d'Aumale; d'autres, façon de Nifmes & de
Seigneur; des baracans, des camelots, des ras de Gênes
& façon de Châlons, le tout de pure laine. Dans d'autres
étoffes, on emploie la foie avec la laine, le fil de lin, le poil
de chèvre, comme dans les camelots façon de Bruxelles,
pluches, ras de Gênes avec un fil de foie autour de la
chaîne, dans les étamines façon du Mans & étamines du
Ludes. On y fait auffi des prunelles. On compte dans la
ville environ 2030 métiers, fans ceux des bourgs & villages
circonvoifins. Leur travail eft eftimé neuf à dix millions
par an.

La manufacture de rubans de laine, tant ici que dans
le plat-pays, fait au moins chaque année pour 45000 liv.
d'ouvrage.

En 1670, Nicolas Mariffat ou Mareffal obtint des lettres-
patentes portant permiffion de continuer à faire aller la
manufacture de camelots façon de Bruxelles & de Hollande,
d'où il avoit été appelé par le miniftre Colbert, & il occupa
la même année la maifon du fieur Morgan proche la Grève,

laquelle fervoit, en 1493, d'hôtel à Jean de Monchaux, feigneur de Houdan en Bray, confeiller du Roi, général des finances en Picardie. Le nommé Guerard, qui époufa fa veuve, s'appliqua depuis à fabriquer des pluches femblables à celles d'Allemagne & d'Angleterre. S. M. le 23 juin 1692, lui permit d'établir cette manufacture, avec privilège exclufif & exemption de tailles, de logement de gens de guerre, de contribution de l'uftenfile, & de toutes autres charges publiques, tant pour lui que pour fes hoirs, qui entretiendront la fabrique pendant dix ans, & même pour les ouvriers étrangers ou régnicoles dont il fe fervira.

Firmin Hennin vendit le premier du favon en gros & en détail de la fabrique nouvelle, établie à Paris, par Robert Colinot, en vertu d'une permiffion du 12 feptembre 1692. Il y a eu depuis trois favonneries dans Amiens, où l'on fabriquoit des favons gras, noirs & verts pour dégraiffer les laines ; le produit montoit à cent mille livres.

Le trafic des étoffes fe fait principalement en Efpagne & en Italie, par le port de Saint-Valery, où on les embarque.

Par un titre du 7 juin 1448, les marchands ne peuvent avoir de poids chez eux au-delà de vingt-cinq livres pefant. *Ibid.*

L'aune du Roi fut établie ici le 19 août 1540.

Les infpecteurs des manufactures ont été créés par édit du mois d'octobre 1704. Celui des manufactures de ce département, affifté d'un officier de police, a été chargé, par arrêt du 7 mars, de fe tranfporter, tant à Villers, que dans les lieux circonvoifins, pour appofer, fur les ferges qui étoient fur le métier, une marque de grace.

Les contraventions aux réglemens des manufactures fe jugent à l'hôtel-de-ville, & par appel au confeil.

Depuis l'an 1746, le grand garde des marchands réunis fe nomme le 10 décembre, ainfi que les huit gardes, dont fix doivent être commerçans en étoffes, & deux marchands merciers, joailliers, quincailliers ou toiliers. Après le ferment prêté aux maire & échevins, ils exercent pendant un an. Ce temps révolu, le grand garde & les quatre gardes moins nommés, favoir trois marchands d'étoffes & un mercier, fortent de charge, les quatre plus nommés reftent une feconde année ; de forte que chaque année on nomme un grand garde & quatre gardes qui entrent en exercice le premier.janvier. Ils tiennent leur bureau à la place faint Remi. Le confeil accorde des médailles aux fabricans qui perfectionnent le plus leurs étoffes, ou qui en inventent de nouvelles.

Par l'arrêt du 5 décembre 1730, il doit y avoir des bureaux de contrôle dans les bureaux des marchands drapiers & merciers.

Dans une lettre de François I, datée de 1520, les anciens confuls font nommés officiers du Roi. Les membres de la chambre confulaire fur laquelle on peut voir l'hiftoire de cette ville, tome I, p. 156, ont jeté, en 1755, les fondemens d'une bibliothèque à l'ufage de leur juftice. L'audience fe tient le jeudi depuis le 10 juin 1779.

Le 11 mai 1609, on fit des réglemens pour les meffagers d'Amiens à Paris.

Par ordonnance de l'échevinage, du 11 février 1575, les mefures ont été rédigées par efpal. Le fetier au blé fut fixé à quatre piquets, celui à l'avoine à douze picotins. Le fetier de blé pèfe cinquante-cinq livres; celui au mars fe fubdivife en douze picotins. Le muid de vin contient cent trente-fix veltes; la velte quatre pots, le pot deux bouteilles, le fetier le quart d'une bouteille. La mefure n'a que onze pouces quatre lignes pied-de-Roi. La verge a vingt & un pieds; le journel eft de cent verges. *Ibid. Livre noir.*

La chambre du commerce a été établie par arrêt du conseil d'état du Roi, du 6 août 1761, à l'inftar des villes principales. Elle eft compofée du maire, d'un échevin négociant, du juge-conful, & de fix marchands, dont il y en aura toujours au moins deux des trois corps réunis & un

de

de l'épicerie. L'élection s'en fait chaque année le 12 juillet. Il y a en outre un député pour les affaires, aux appointe-mens de 8000 liv. & un fecrétaire.

L'école des arts, des manufactures & du commerce, préfidée par le fieur Sellier, fit, en 1760, le 2 novembre, la première diftribution des prix annuels accordés par le duc de Chaulnes.

En conféquence des ordres du Roi, une partie des métiers des villes de la province a été tranfportée dans les campagnes en 1763, pour y exciter l'émulation.

La manufacture de coton des fieurs Morgan père & fils, & de la-Haye, a été établie par arrêt du confeil d'état du 3 mai 1766.

ÉTAT DES COMMUNAUTÉS.

Amidonniers, n'ont ni brefs, ni ftatuts.

Apothicaires & *Epiciers*. Les leurs ont été enregiftrés à Amiens le 18 mai 1745.

Apprêteurs. Ni brefs, ni ftatuts.

Armuriers. De même.

Bas-Deflamiers, *Bonnetiers*. Leurs brefs & ftatuts font homologués par lettres-patentes de février 1652.

Boutonniers. Emanés de l'hôtel-de-ville, du 17 août 1650.

Bouchers, *Charcuitiers*, émanés de la police, ont été réunis par arrêt du confeil.

Boulangers. Leurs brefs & ftatuts émanés de l'hôtel-de-ville le 7 juillet 1569.

Bourreliers. De la police le 24 octobre 1579.

Braffeurs. De l'hôtel-de-ville le 19 feptembre 1498.

Cabaretiers , Marchands de vin , Hôteliers. Ni brefs, ni ftatuts.

Cafetiers & *Limonadiers.* De même.

Calendreurs. De même.

Chapeliers. Leurs brefs, ftatuts, ainfi que les ordonnances de police & ampliation, font du 2 mars 1460.

Charons. Ils n'ont aucun titre.

Charpentiers. L'ordonnance de police qui les concerne eft du 17 décembre 1464.

Chaudronniers , Fondeurs. La leur eft du 13 décembre 1451.

Cloutiers , Féronniers. Cette Communauté eft régie par un principal réglement de police du 21 août 1470.

Cordiers. Par ordonnance de police du 19 octobre 1407.

Cordonniers. Par titres du 3 février 1568, ils fe font pourvus en 1718 pour obtenir des lettres-patentes fur de nouveaux brefs & ftatuts ; mais elles font demeurées imparfaites , faute de fignatures & de fceaux.

Couteliers. Par ordonnances de police des 3 février 1317 , 6 août 1456, & 11 mars 1481.

Couvreurs, régis par ordonnance de police du 20 novembre 1411.

Eperonniers. Ni brefs , ni ftatuts.

Faïenciers , Potiers de terre & Ferblantiers. Il n'exifte point de communauté. Ceux qui exercent font des trois corps réunis.

Foulons & *Corroyeurs.* Cette communauté eft une branche de la manufacture de la ville. Les réglemens de 1578 & 1666 ont été enregiftrés au parlement en 1669 , & le 24 avril 1717.

Gantiers, *Mégiffiers* & *Parcheminiers*, par ordonnances de l'hôtel-de-ville de 1344, 1441, 1460 & 1464.

Graveurs . . . . . . }
Grenetiers . . . . . } Ni brefs, ni ftatuts.
Horlogers . . . . . . }

Hortillons. Il n'exifte point de communauté.

Jardiniers. Sans titres.

Imprimeurs, *Libraires.* Le code de la librairie, arrêté au confeil le 28 février 1723, a été rendu commun à toute la librairie du royaume, par arrêt du confeil du 24 mars 1744.

Luftreurs. Sans titres.

Maçons. Emanés de l'hôtel-de-ville le 15 juin 1407.

Marchands des trois Corps réunis. Cette communauté a pour brefs & ftatuts un nouveau réglement, revêtu de lettres-patentes du 24 février 1747, enregiftré au parlement le 10 juin 1750.

Maréchaux, émanés de l'échevinage le 28 avril 1497. Ils ont fait un réglement avec les *Taillandiers* le 14 feptembre 1583.

Meneftriers. Point de titres.

Menuifiers. Leurs brefs & ftatuts, revêtus de lettres-patentes du mois de janvier 1717, ont été enregiftrés au parlement le 20 janvier 1718.

Merciers. Le 9 feptembre 1662, l'hôtel-de-ville leur a donné des brefs & ftatuts, regiftrés au parlement le 9 janvier, & au bailliage le 21 mars 1676.

Orfèvres. Leurs brefs & ftatuts, émanés de la cour des monnoies de Paris, font du 17 décembre 1727.

Pailloleurs. Point de titres.

R r r ij

Perruquiers. Ils ont des lettres-patentes en forme de ſtatuts, en date du 6 février 1725, regiſtrées au parlement le 28 juin, & un arrêt du conſeil du 10 novembre 1728, qui en ordonne l'exécution dans tout le royaume.

Pelletiers, Fourreurs. Cette communauté produit d'anciens brefs & ſtatuts.

Poiſſonniers. Ils ont un réglement concernant la vente des poiſſons, en date du 7 ſeptembre 1411, & une ſentence du 11 mai 1753.

Potiers d'Etain. Les brefs & ſtatuts ſont de 1407.

Relieurs. Point de titres.

Sayteurs. Les ſtatuts & réglemens de 1666 ſont revêtus de lettres-patentes & arrêt du conſeil du 23 août de la même année.

Sculpteurs, Peintres, Doreurs, Enlumineurs, Brodeurs, ont des brefs & ſtatuts du 11 mars 1700, ſur leſquels, au mois de décembre 1703, ont été obtenues des lettres-patentes, regiſtrées au parlement le 11 mars 1704.

Selliers. Brefs & ſtatuts, revêtus de lettres-patentes du 4 mai 1393.

Serruriers. Les leurs, datés du mois d'avril 1738, ont été enregiſtrés au parlement le 14 janvier 1740.

Sueurs de Viel. Les leurs ſont homologués par ordonnance de police du 28 mai 1408.

Taillandiers, émanés de l'hôtel-de-ville le 4 octobre 1582.

Tailleurs, Fripiers, fondés en réglement de police du 15 mai 1599. Le 8 mars 1736, ils ont obtenu de nouveaux brefs & ſtatuts. On les a réunis le 5 mars 1740.

Tanneurs. Ils ont ſimplement des ordonnances de police, dont la première eſt du 24 février 1464.

Tapiffiers. Leurs brefs & ftatuts , émanés de l'hôtel-de-ville au mois d'avril 1655, font autorifés par lettres-patentes du même mois , regiftrées au parlement le 21 avril 1756.

Teinturiers. Communauté fondée en règlement du 29 janvier 1737, émané du confeil, enregiftré au parlement le 18 mars fuivant.

Tifferands. Emanés de l'échevinage le 23 feptembre 1738.

Tondeurs. N'ont que les réglemens généraux de la manufacture du mois d'août 1666.

Tonneliers. Fondés en règlement des maire & échevins du mois de juin 1286.

Tourneurs. Emanés de l'hôtel-de-ville le 15 juin 1521. Leurs réglemens font du 19 décembre 1640.

Traiteurs, Cuifiniers, Rôtiffeurs, Pâtiffiers. Emanés de l'échevinage le 22 feptembre 1609. Les lettres-patentes du mois d'août 1668 ont été regiftrées au parlement le 31 avril 1670.

Vanniers. Sans titres.

Vinaigriers. Leurs ftatuts font revêtus de lettres-patentes de 1702 , homologués au parlement le premier feptembre 1706.

Vitriers. Emanés de l'hôtel-de-ville le 5 décembre 1491 , ont des réglemens communs avec ceux des *Peintres* & *Brodeurs.*

LISTE CHRONOLOGIQUE

DES DIGNITAIRES DE LA CATHÉDRALE.

Les Prévôts.

CHAQUE année, ce premier dignitaire donnoit, le premier dimanche des avents, *le paſt* (un repas) au chapitre en corps. La quantité, la qualité du vin, & la diverſité des viandes du feſtin ſont expreſſément déſignées dans ſon titre. Il doit rendre la juſtice en perſonne dans chaque prévôté, & c'eſt à ces conditions qu'il perçoit des redevances qu'il eſt tenu de recevoir ſur les lieux. Au village de Longueau, il eſt vaſſal du chapitre à cauſe des cenſives & devoirs dont la prévôté eſt chargée par cette compagnie. Ses officiers donnent en ſon nom la permiſſion d'étaler ſous les portes de la cathédrale des images & des chandelles, où le chef de ſaint Jean-Baptiſte eſt repréſenté, & il en revient des droits au prévôt qui y a haute, moyenne & baſſe juſtice, avec droit de ſeigneurie. La pêche lui appartient ſur un bras de la Some, depuis ſon embouchure juſqu'à la rencontre du bras de la petite rivière qui vient de Moreuil, & cette partie porte le nom de rivière du prévôt. Il jouit des droits d'afforage, de vifs herbages & autres, ſur les héritages où il perçoit des cenſives. *Titres de Longueau.* Voyez *l'Hiſtoire d'Amiens, tom.* 2, *page* 149.

Balduin *ou* Baudouin, *Balduinus.* On le rencontre en 1066, dans une charte en faveur de l'abbaye de Corbie. *Gallia Chriſt.*	Anſellus, 1069. Manaſſès, 1073. Dans le titre de fondation de ſaint Martin-aux-Jumeaux. *Ibid.*

Otbert, *Otbertus*, 1105. Il vivoit encore en 1113. Dans le chartrier du chapitre, on lit son épitaphe en ces termes : (†)

Arnoul, 1109. Le pape Pascal II. lui adressa une bulle confirmative des biens de l'abbaye saint Martin.

Otger possédoit cette place avant 1114. Il prit l'habit monastique à Lihons en Santerre.

Simon paroît en 1116, dans un titre en faveur des moines du Mont-St.-Quentin, & dans le cartulaire de Lihons en 1124. *Gal. Christ.*

Varin *ou* Guarin, 1131.

Raoul, 1138, dans un titre confirmatif des biens de l'abbaye de saint Michel de Doullens.

Guarin, le même que dessus, reparoit en 1145, dans le titre d'érection du prieuré de St. Martin-aux-Jumeaux en abbaye. On le voit jusqu'en 1148.

Foulques, 1172.

Guillaume *ou* Wilerme de Breteuil, *Guillelmus de Britolio*, 1175 à 1182. Guillaume signe, sans autre renseignement, l'an 1185, un titre en faveur de l'abbaye de Sery.

Jean de Péquigny, 1190 à 1196. Il étoit fils du vidame Gerard. *Reg. du Chap.*

Thibaut, *Theobaldus*, 1196 à 1201.

Thomas de Boves, de la famille de ce nom, chanoine, 1211 à 1226.

Hugues de Beauquène, *Hugo de Bellaquercu*, 1244 à 1251.

Ansel, *Ansellus*, 1260.

Guillaume de Mellot, *de Melloto*, 1280.

(†) *Splendida majestas, moderamen, & alta potestas;*
Ingenio clarus, pulcher, sermone disertus :
Inclita nobilium soboles, & gloria patrum,
Noster præpositus, terrestria liquit Obertus ;
Subveniant isti pietas, & gratiâ Christi.

Jean de Croy, nommé prévôt de l'évêque dans un titre de 1292.

Etienne de Saint-Leger, *de Sancto Leodegario*, 1327.

Vautier de St-Leger, 1336.

Pierre de Hangeft, *de Hangeſto*, 1349.

Parifetus de Coquerel, 1350.

Jacques Petit, *Parvus*, 1363, licencié-ès-lois & chanoine. En qualité d'exécuteur teſtamentaire de demoiſelle Philippe le-Monnier, femme de Henri Beaupigné, il fonda les proceſſions qui ſe font à la cathédrale le ſamedi depuis Noël juſqu'à la Purification.

Laurent de-Albel, *de Albello*, 1383.

Robert de Dours, 1396.

Ingelran, *ou* Enguerran de St-Fuſcien, chanoine, 1397 à 1407.

Triſtan Dubois *ou* Dubos, *Triſtandus Debofco*, 1407. Il étoit auparavant maître des requêtes en 1393, Chevalier, ſeigneur de Famechon, & enſuite chanoine.

Enguerran de Saint-Fuſcien reparoît en 1425.

Jacques Sacquefpée, 1431.

Nicolas de Cocquerel, chanoine, 1452, fondateur du collège de ſon nom à Paris.

Adrien de Hennencourt, ſeigneur dudit lieu, docteur en décret, chanoine d'Amiens, Chancelier de Noyon, 1465 à 1492.

Claude de Hangeft, conſeiller au parlement, 1496.

Pierre Dumas, licencié en décret, & chanoine, natif du Berry, 1506, mort le 2 fév. 1510, inhumé dans la chapelle de ſaint Paul. Il a fondé une meſſe chaque jour de l'année.

Jean de Hallwin de Bouzingues, 1517.

Jacques Duchemin, 1520.

Guillaume du-Hamel de Pilly, chanoine, 1522, mort en 1545.

Nicolas Faverin, 1542.

Nicolas

Nicolas Griveau, 1543.

Noel Moucquet, 1544.

Jean Fabry, 1555.

Claude Morlet, 1555.

Nicolas Prevost, 1557.

Louis Carquillaut, licencié en droit, & chanoine, 1560 à 1592. Il donna la clôture de l'ancienne chapelle de saint Domice, sur laquelle on lisoit : (†)

Georges de Hardiviller, chanoine, 1592 à 1599.

Pierre Watebled, 1612.

Geoffroy de la Martonnie, 1615.

Raymond de la Martonnie, chanoine & prieur de saint Jean d'Amiens, 1617.

Nicolas de Blairie, chanoine & grand-vicaire, 1623.

Jacques Lescot, 1625, cha-noine, professeur royal de la maison de Sorbonne, évêque de Chartres.

Jean - Séraphin le - Maître, 1626.

François Miron, 1627.

Antoine Picard, chanoine 1627.

Simon de Lesseau, 1629.

Jean de Lesseau, 1636.

François Barboteau, bachelier de la faculté de théologie de Paris, grand - vicaire, chanoine & official, con-seiller, aumônier du Roi, 1642, mort le 9 décembre 1660. Son corps repose à la cathédrale, & son cœur, chez les religieuses de saint Julien.

François Joyeux, 1661. Il a fondé un service annuel

(†) *Præfectus, judex, pastorque vicarius olim*
In templo, clero, populo, virtute probatus
Doctriná, meritis & sanguine clarus avorum,
Plenus amore sacro, longis venerabilis annis,
Mutare ut vitam vitá meliore parabat
CARQUILLAULT, septum hoc æterno indixit honori,
Morte triumphantis Christi, de morte peremptá,
Et fracto humanas tumulo remeantis in auras.

pour le repos de l'ame de l'évêque François Faure fon oncle. (†)

Jean-Baptifte Picquet de Dourier, le 30 mars 1695 , par réfignation de fon prédéceffeur. Il mourut en 1729.

Charles-François du Fay , le 13 décembre 1729 jufqu'au 4 juin 1741. Il étoit chanoine.

Jofeph le-Clerc, 1741.

Firmin Dufrefne d'Hauteville, par permutation du 30 mai 1744. Il étoit chanoine.

Jean - François Dufrefne , 10 avril 1765.

Jean-Gabriel-Nicolas Nemefe de Remond, 17 juin 1778.

(†) *FRANCISCUS JOYEUX, Petracorifenfis presbyter, facræ facultatis Parifienfis doctor & decanus , hujus ecclefiæ canonicus ac præcentor , deindè præpofitus ; FRANCISCI FAURE , epifcopi Ambianenfis ex forore nepos, & vicarius-generalis, optimo præfuli ut fanguine, pietate, & morum candore ita & fepulturæ loco proximus, hîc humi mandatus eft. Obiit 12 martii 1723, ætatis 94.*

Les Chanceliers.

Geoffroy, *Geoffridus* , paroît en 1066 dans le titre de fondation de la collégiale de Péquigny. *Gall. Chrift.*

Bruno, 1073 , dans celui de l'abbaye faint Martin - aux- Jumeaux.

Grunfridus, 1095 , dans celui de l'abbaye de Bertaucourt.

Raoul , *Radulphus* , 1120 à 1138.

Simon , 1145.

Robert , 1164.

Maneffier, *Manefferius*, 1190.

Gilles , *Ægidius* , 1228.

Richard de Fournival, 1240.

Mathieu Rubei , 1260.

Guy de Boulogne, 1355.

Joannes de Gebenniâ , 1368.

Jacobus de Catenâ, 1374.

Jean de Saints , *de Sanctis* , 1379.

Nicolas de Quiefdeville, chanoine, 1412.

Euftachius Calculi, 1438.

Jean le-Jeune, 1439.

Jean de Druc *ou* du Drac, 1440.

Pierre de Baifincourt *ou* Bachincourt, 1453.

Jean de Montrevel, 1463.

Jean Royer, 1484.

Joannes Clerici, 1501.

Guillaume du-Hamel, 1523.

Jean de Hallwin, 1526.

Nicolas Dey, né à Saint-Quentin, 1537, docteur en l'un & l'autre droit, curé de St. Pierre de Limeu, qui, au jugement de François I, méritoit d'être chancelier de France.

Chriftophe de Becourt, 1568.

Jacques Saguier, docteur en théologie, & chanoine, 1579.

Jean le-Roy, 1596.

Charles le-Roy, 1597.

Guillaume Bellin, 1615.

Charles Gueudon, 1638.

Pierre de Montreuil, 1646.

Nicolas Defprés, 1661.

Guillaume Dubreuil, 1684.

François - Firmin Trudaine, 1709.

Nicolas-Jofeph de Canterenne, chanoine, 19 novemb. 1714, mort le 11 du même mois 1722.

Nicolas de Leftocq, 1722; doyen en 1725.

Jean-Baptifte de Ribaucourt, 1725.

Antoine Debacq, 1728.

Jofeph le-Clerc, 1738.

Louis-Sylveftre d'Inguimbert, chanoine le 19 avril 1743, pourvu de la chancellerie le 20 juillet 1746.

Les Archidiacres d'Amiens.

Foulques, *Fulco*, 985. *Ann. Benedict.*

Guy, 1045, évêque en 1058.

Robert, 1066. *Gall. Chrift.*

Jean de Péquigny, 1066, dans le titre de fondation de saint Martin de Péquigny.

Guy, 1073, dans celui de saint Martin-aux-Jumeaux.

Warnier, 1075.

Foulques, 1088 à 1114.

Guarin, 1114, depuis évêque.

Simon, 1120, depuis prévôt.

Raoul, 1129 jusqu'en 1145.

Guarin, 1152.

Thibault, *Theobaldus*, 1160.

Guarin, 1164.

Frumald, *Frumaldus*, 1170.

Rodolphe. Le pape le délégua en 1171, pour juger le procès survenu entre Hugues I, Comte de Vermandois, & le chapitre de Saint-Quentin.

Guarin, 1172.

Thibault de Bouillencourt, 1184.

Milon, seigneur, vicomte de Poix, & chanoine, 1207.

Thomas de Fréaville, *de Frea-villâ*.

Thibaut de Clermont, 1236.

Anselme de Lehicourt, *de Le-hicuriâ*, 1254. Quatre ans après, au mois de novembre, il donna une sentence pendant la vacance de l'évêché, en faveur du doyen d'Amiens, contre celui de Fouilloy.

Barthelemi Bergond, *ou plutôt* Bourguignon, 1260.

Guillaume de Mâcon, 1280.

Arnoul de Furnival, 1281.

Guillaume de Mâcon, neveu de l'évêque de ce nom, 1324, & l'an d'après dans le chartrier de la ville de Doullens.

Etienne de Berhencourt, *de Berhencuriâ*, 1328.

Robert de Mont-Leon de Bourgogne, *de Monte-Leonis*, 1348. Le 7 août 1033, il donna à l'abbaye de saint Martin-aux-Jumeaux, pour l'acquit d'une messe journalière, 1033 écus d'or, pesant quinze marcs, & près de deux onces, ce qui revient à 6417 liv. de notre monnoie.

Jean de Hanchepié, 1372.

Nicolaus de Ordeo Monte, 1375.

Philippe Encenou *ou* Encenon, 1429.

Robertus Majoris, 1432; peut-être le-Maire, dont le nom reparoît en 1457.

Jean le Clerc, natif de Soiffons, portoit d'argent à trois trèfles de finople en 1472. Ce chanoine donna le reliquaire, contenant le menton de St. Jacques, & mourut le 8 déc. 1511. Il avoit fondé en 1509, une meffe du Saint-Efprit à perpétuité, que le gardien de la relique eft tenu de dire le dernier jour de chaque mois. C'eft encore lui qui a donné les fix colonnes de cuivre & les candelabres de même métal qui décoroient l'autel.

Pierre le-Clerc, 1511.

Jean Mouret, docteur en théologie, & curé de faint Sauveur, 1557.

Robert Fournier, 1564.

Louis Trudaine, fils d'Antoine chanoine, 1573.

Charles le - Roi, 1600, chanoine.

Pierre de Louvencourt, 1608, chanoine, mort en 1652. Le 12 juin 1609, l'évêque Geoffroy de la Martonnie tranfigea avec fes deux archidiacres, à l'occafion de leurs vifites & droits de procuration. Cet acte fut homologué au parlement le 22 août.

Auguftin de Louvencourt, 1627. Les mémoires repréfentent ce chanoine comme un homme intègre, vertueux, ne cherchant que la gloire de Dieu ; très-humain, & qui foutint fon rang avec tout l'honneur poffible.

René de Robbeville, docteur de la faculté de théologie de Paris, bon prédicateur, grand-vicaire, 1651. On lui attribue une ample *Differtation*, où il traite à fond de la tranflation des reliques des faints Fufcien, Gentien & Victoric ; mais on ignore ce qu'eft devenu cet écrit.

Charles Forcedebras , docteur de la faculté de Paris, & chanoine , 1670.

Jean Forcedebras , 1705.

Nicolas de Leftocq , 1718.

Nicolas - François Dourlens , en novembre 1722. (†)

Pierre Bigorgne , 1732, mort le 3 janvier 1751.

Agricole de Brantes , 26 janvier 1751.

Charles-Jofeph Marius de St.-Sauveur, honoraire, 17 avril 1756.

Louis-Charles de Machault , 30 octobre 1764 , abbé de faint Jean d'Angeli, vicaire-général du diocèfe, nommé coadjuteur de l'évêque en 1771 , facré le 15 mars de l'année fuivante.

Nicolas Dargnies , chanoine , 31 octobre 1771.

Sébaftien - Fidèle de Douay , 13 juin 1778.

(†) *Hic jacet* JOANNES - FRANCISCUS DOURLENS , *Atrebas, doctor Sorbonicus, fancti Andreæ abbas , deindè fancti Petri Remenfis paftor, poftmodùm hujus ecclefiæ canonicus , archidiaconus Ambianenfis , vicarius-generalis , nofocomii magifter & adminiftrator. Avitæ fidei propugnator acerrimus. Ovium cuftos vigilantiffimus. Amor ovium. Paftorum ut decus , ità & præfidium. Canonicorum fratrum frater amantiffimus. Morum integritate , cleri formâ factus. Pauperum pater , ægrorum folatium ; impendens fua , feipfum fuper impendens. Inter paftorum mœrores & fingultus, Mericurtii , (Méricourt) ad Somonam, in curfu vifitationum obiit anno Domini 1732 , aprilis 28 , ætatis 48.*

Les Archidiacres de Ponthieu.

Roricon , 985.

Jean , 1049. *Annal. Ben.*

Baudouin , 1065. *Gall. Chrift.*

Anfel *ou* Anfelme , 1069.

Guarin, 1073, dans le titre de fondation de l'abbaye de saint Martin - aux - Jumeaux.

Anfel II, 1095, dans celui de l'abbaye de Bertaucourt.

Ingelran, 1105, dans celui de l'abbaye de saint Fufcien.

Pierre de Crouy, 1108.

Ingelran, 1114.

Guarin, 1124. *Cartul. de Lihons.*

Anfel de Cais, 1131.

Simon paroît la même année dans le titre de fondation de l'abbaye de Selincourt.

Raoul d'Heilly, 1132.

Simon d'Heilly, 1145, frère de Raoul.

Baudouin, 1145.

Thibaut, 1161.

Ingelran de Heilly, 1170.

Raoul de Heilly, 1182 à 1207.

Nicolas, 1210.

Raoul, 1211, dans un titre en faveur du chapitre de Fouilloy.

Bernard, 1222.

Thomas de Fréaville, 1227, depuis doyen de Rouen, & évêque de Bayeux en 1232.

Guillaume de Floriencourt, 1235.

Bernard, 1243. *Regifl. de la Ville*, C.

Honoré Cloquette, 1249. On le rencontre en 1459, dans une charte de l'abbaye de Valoires.

Gerold d'Abbeville, 1270.

Foulques de Laon. Le Roi Philippe - le - Hardi lui adreffa une ordonnance.

Thibaut de Caftillione, 1275.

Guillelmus de Floriaco, 1285.

Raoul des Foffés, *de Foffatis*, 1317.

Pierre de Croy, 1324.

Dreux de la Marche, *de Marchiâ*, 1336.

Jean Tabari, 1369, chanoine, depuis évêque de Boulogne, fonda fon obit à Amiens l'an 1403.

Philibert de Montjeu *ou* Montjoye, *de Montejoio*, 1415.

Anfel *ou* Anfelme du Bofquet, *de Boquefto*, 1416.

Joannes Madidi, 1431.

Clément de Fouquenbergue, 5 juin 1438, dans le cartulaire de Lihons.

Jean le-Moiste, 1446, le même que Madidi ci-dessus.

Jean de Rely, 1478.

Vastle Briois, chanoine, 1486. Il fit présent à son église d'une figure en argent de l'apôtre saint Jude.

Nicolas Dorigny, 1518.

Philippe de la Marre, 1520.

Alexandre le-Maître, 1542.

Louis Carquillaut, 1548.

Raoul Duchesne, 1560.

Henri de la Martonnie, 1585, ensuite doyen.

Adrien Pecoul, chanoine, grand-vicaire, docteur en médecine, 1586. On voit derrière le chœur de la cathédrale son mausolée, dont les figures sont singuliérement chargées d'ornemens gothiques. Il mourut le 7 septembre 1613, âgé de 89 ans.

Claude Gault, 1599, docteur en théologie, vicaire-général du diocèse.

Charles Picquet, chanoine, 1600.

Jean Pecoul, chanoine, 1608.

Claude Gault, le même que dessus, 1623.

François Dubos, chanoine, 1628.

Charles Picquet, chanoine, 1644, mort le 27 mars 1695.

Antoine Picquet, 29 août 1704, mort en 1725.

Nicolas Filleux, 1725. Il repose vis-à-vis la chapelle de saint Jean-Baptiste-du-Vœu, sous cette épitaphe : (†)

(†) *Hic jacet NICOLAUS FILLEUX, presbyter, sacræ facultatis Parisiensis doctor theologus, archidiaconus Ponthivensis, hujus ecclesiæ canonicus, vicarius-generalis, & officialis, fidei finceritate, morum integritate, eloquii facundiâ, justitiæ zelo, simplicitate christianâ clero præluxit. Hujus aræ elegantiori clauftro*

*clauſtro laterali exornandæ impenſis moriens providit. Suble-
vandæ domûs pauperum egeſtati, divitem pecuniæ ſummam lega-
vit. Obiit die 23 martii 1743.*

Louis - Charles de Seguins ,
   1743.
Jean-Gabriel-Nicolas Némèſe

de Remond , chanoine , 10
   juillet 1751.
Nicolas Dargnies , le 13 juin
   1778.

Les Préchantres.

Foulques, 1145. *Gall. Chriſt.*
Hugues, 1164.
Odon, 1220.
Maurice, 1260. Le pape Grégoire IX. lui adreſſa les chapitres *de ſignificantibus*. ——
   De offic. —— De legat.
Pierre de Neuville, 1270.
Wiſtaſſe *ou* Euſtache de Fontaines, ſire de Long, chanoine, doyen d'Aire en Artois, 1295.
Pâris de Montléon *ou* Mont-
   lyon, *Pâriſetus de Monte-
   leonis*, chanoine, vicaire-
   général du diocèſe, 1296.
   Reg. de la Ville. B.
Euſtache de Fontaines, reparoît en 1307 dans les titres
   de Camons.

Nicolas de Lattre , *de Atrio*,
   chanoine, 1319.
Robert Galli, 1352.
Simon de Rabuiſſons, 1367.
Jean Fauqueti, 1269.
G. de Thierno, 1396.
Euſtache de Fontaines, ſire de
   Long, & chanoine, 1411.
Honoré de Pucheviller, 1413.
Jean Dupuy, *Podii*, 1422.
Matthieu de la Croix, 1427.
Etienne Lefébvre, *Fabri*, cha-
   noine, 1455.
Nicolas de Conty, chanoine,
   1467.
Guillaume Dachy, 1513.
Pierre de Geneſt, 1525.
Antoine de Maſſelin, 1529.
Louis de Lattre , doĉteur en

Ttt

droit canon, chanoine, on-cle maternel d'Adrien de la Morlière, mort en 1591.

Charles Gueudon, chanoine, 1591.

Jean Piéce, 1611.

Charles Gueudon, chanoine, 1612.

Geoffroy de Gouy, 1612.

Alexandre le-Clerc, 1613. Il avoit été enfant-de-chœur.

François Joyeux, 1656, depuis prévôt.

Charles Houlon, chanoine, conseiller-clerc, & vicaire-général, 1661, mort le 24 avril 1686.

Nicolas Houlon, son frère, 1686.

Pierre le-Caron, 1696. Il repose vis-à-vis la nouvelle chapelle de saint Jean, sous cette épitaphe : (†)

Antoine Glachant, chanoine, docteur de Sorbonne, 19 décembre 1710, mort en 1730.

Louis le-Clercq, 1728.

Louis Delf, chanoine, son neveu, 11 août 1768.

(†) *Monumentum I. M. N.* PETRI LE-CARON, *presbyteri Ambiani, doctoris Parisiensis, ex præcentore canonici Ambianensis, quem morum innocentia, & constans probitas, modestia simul & eruditio, in divinis officiis assidua pietas & gravitas; in evangelisando ac sustentando pauperes unctio & liberalitas, in infirmâ demùm valitudine patentia plurimùm commendant. Sacramentis omnibus, munitus; obiit 17 septemb. 1709, ætatis 43.*

Les Grands-Chantres.

Les revenus de cette dignité consistent en droits de dîme sur les terroirs d'Hercelaine, Hélicourt, Buigny haut & bas, & sur le fief du Haut-Moreau, avec un renvoi de trente boisseaux de blé & autant d'avoine, dû par le prieur de Gamaches; le fief de Levard, mouvant de ladite dignité, est chargé envers elle de cenfives, ce qui, joint à quelques autres droits feigneuriaux, n'étoit affermé en 1749 que 300 liv. fur quoi le chantre a 23 liv. de charge annuelle.

Guy, 1066, dans le titre d'é-rection de la collégiale de faint Martin de Péquigny, *Gall. Chrift.*

Odon, 1073, dans celui de l'abbaye faint Martin - aux- Jumeaux.

Roger, 1095, dans celui de l'abbaye de Bertaucourt, & ailleurs jufqu'en 1108.

Foulques, 1131 à 1142.

Fullo, 1145.

Foulques II, 1147.

Hugues de Moreuil, *de Moro-lio*, 1164.

Anfelme, 1170.

Guarin, 1177.

Evrard de Fouilloy, 1178.

Evrard de Roye, 1196.

Thomas de Boves, 1220.

Jean de Roye, 1232.

Hypolite, 1236.

Jean de Waille, 1258.

Arnoul de Dargies, 1260.

Jean de Conty, 1270.

Firmin-au-côté, *ad latus*, 1287.

Pierre de Sora, 1300.

Pierre Aucher, 1350.

Raimbaldus de Joco, 1367.

Henri le-Candoreinier, 1389.

Pierre Alais, chanoine, doc-teur ès lois & en décret, 1404. Il mourut, ainfi que Thomas fon frère, licencié ès lois, dans le courant du mois de mai 1430. Ils repo-fent dans la chapelle de faint Jean-Baptifte.

Etienne de Blangy, chanoine, 1412 à 1433.

Nicolas de Noyelle, 1452.

Jean Balochart, 1456.

Michel le-Chambrier, 1473 à 1499, chanoine, licencié ès lois & en décret.

Regnaut Mauconvenant, *ou* Maucourenaut, chanoine, 1508.

Chriftophe de Lameth, 1553, mort le dernier juillet de l'année fuivante.

Jean-Baptifte Lemaire, 1554.

Jean de Bours, 1558.
Sébaftien de Monchy *ou* de Mouchy, 1564.
Louis Trudaine, 1572.
Jean du Rieu, 1573.
Pierre Ducaftel, 1590.
Adrien Vérité, 1595.
Raymond de la Marthonnie, 1610.
Pierre Watebled, 1612.
Geoffroy de la Marthonnie, 1617.
Nicolas Bauchet *ou* Bauclet, 1619.

François Barboteau, chanoine & grand-vicaire, 1638.
Gabriel de Nail, 1642.
René de Robbeville, 1645.
Philippe Barré, bachelier & chanoine, 1652.
Adrien Picard, 1657.
Louis Picard, 1675.
Denis Baudet la Pierre, 1718, mort en 1731.
Jean - Baptifte Adrien Delacourt, chanoine, 1732.
François - Xavier Joiron, 23 juin 1761.

Les Ecolâtres.

Nicolas, 1167.
Bernard, 1222.
Chrétien, 1225.
Hugues de Courcelles, *de Curtillis* ou *Cortillis*, chanoine, 1231.
Anfel de Conchy, 1260.
Guerard *ou* Girard de Noyellette, 1281.

Pârifetus de Monte - Leonis, 1311.
Raoul des Foffés, 1315.
Guillaume de Croy, 1320.
Jean de Conty, 1350.
Pierre Caignet, chanoine, 1419. Il repofe fous un petit maufolée, où fe lit cette épitaphe : (†)

Chi devant gift vénérable perfonne
Sire Pierre Caignet, qui par long-temps
Fut de chiens efcolâtre & chanone
Par l'efpace de foixante-fept ans.

Lequel avec maintes aumofnes belles

Que jadis fift pour l'office divin

Faire chiens, chacun jour , ez chapelles ;

Fonda par jour lot & demi de vin ,

Et trépaffa l'an mil & quatre cens

Cinquante-huit, le dix-feptième jour

De décembre. Pourtant , dévotes gens ,

Priez Dieu qu'il lui octroie s'amour.

Jean de Saint - Valery , dit le Cordier, chanoine , 1458.

Robert de Cambrin , docteur en décret, clerc de la chambre apoftolique de Rome , chanoine de Cambray , doyen de Furnes, feigneur temporel de Thievres, Motte d'Aronde & de Rouiller , 1484. Il donna à l'églife d'Amiens une figure en argent de l'apôtre St. Pierre, & mourut le 21 mars 1503. Il portoit d'argent à trois chevrons de gueules.

Nicolas de Sains , chanoine , 1503.

Jacques de la Barde, chanoine, depuis préfident en parlement , mort en 1544.

Euftache de Sains , & protonotaire , 1518.

Nicolas Dey, 1530.

Jean des Marquis , chanoine , 1540.

Jean de Louvencourt , 1549 , mort en 1557.

Ferrand Desforges, 1556.

Robert Dubois , 1557.

Adrien le-Coureur, 1572.

Thomas Obry, chanoine, 1575, mort en 1586.

Antoine Fournier , chanoine , bachelier en théologie , 1586.

Charles Picard , chanoine , bachelier en droit canon , 1647.

Jean-Baptifte Picard, 1668.

François Moreau , 1694.

Charles Moreau , mort en 1732.

Jean-Baptiste Pingré , 1731.

Pierre-Joseph Pingré , 1744.

Jean-François Tayot.

Les Pénitenciers.

Jean de le-Héricourt, 1218.

Gontier d'Abbeville , 1232.

Gerard de Conchy , 1232 , depuis doyen, ensuite évêque.

Laurent de Montreuil, 1253.

Jean de Beauquène , 1263.

Thomas de Chartres , *de Carnoto* , de l'ordre des Frères Prêcheurs , 1268.

Robert de Vadencourt , 1276.

Jean de Bours, 1279, proviseur de l'hôtel-Dieu , doyen l'an 1293.

Pierre de la Houssoye , doyen l'an 1303.

Odon de Dijon , *de Divione* , 1311.

Dreux de la Marche, *de Marchiâ* , 1322, depuis archidiacre de Ponthieu , enterré à la chartreuse d'Abbeville.

Jacques de Saint-Loup , 1339.

Cartulaire de la collégiale de saint Firmin.

Jacobus Parvi, 1346.

Egidius de Querotello, 1351.

Matthieu de Péquigny, 1358.

Guillaume le-Barbier, *Barberii* , 1363 , chanoine.

Guillaume de Longueval , 1368 , depuis doyen.

Lambert de Floresac, *de Floresaco* , 1379.

Guy Guerondi , 1382.

Pierre Mignot, *Mignoti*, 1396.

Nicolas Lami, *Amici*, 1442.

Michel la Personne, 1445.

Pierre de Ramburelle, 1454.

Jean le-Moite, *Madidi* , chanoine, 1456.

Firmin Pingré , prêtre, chanoine, 1488 , mort le 31 janvier 1571 , a fondé le 24 mars 1499, le *Gaude Ma-*

ria de la veille de l'Annonciation , & le grand falut qui le précède , ainfi qu'une certaine quantité de cierges à une couronne de fer : le teftateur donne à l'évêque un cierge blanc ; à chaque chanoine, chapelain, chantres & officiers, un coupon de cire blanche , & 2 f. de diftribution aux chanoines.

Fourfy *ou* Furfy de la Forge , 1507.

Charles de la Tour , 1518. Ce chanoine fit exécuter, en 1551 , l'hiftoire de faint Quentin autour du chœur de la cathédrale , & mourut le 19 juillet 1556. Il portoit d'azur à la tour maçonnée & grenelée d'or. Il a fondé à l'autel du chœur une meffe annuelle du Saint-Efprit qui fe dit le lendemain de la Trinité , & il a chargé l'univerfité des chapelains, de l'obit qui fe dit à voix baffe dans la chapelle de St. Jean-Baptifte-du-Vœu.

Jean Adam , docteur en théologie 1558. Il paroît dans les regiftres du bailliage , fous l'an 1561 , en qualité de curé des églifes de Chepy & de Franleu.

Jean Caignet, docteur en théologie, 1567.

Pierre Boulenger , 1568, mort en 1570, le 23 mai. Il repofe près la chapelle de faint Jean-Baptifte-du-Vœu. Il a fondé à cet autel une meffe chaque jour , & donné au chapitre 25 liv. de rente pour le chauffage des enfans de chœur qui font tenus de dire journellement fur fa tombe le *de profundis* & l'oraifon *fidelium*.

Jacques le - Fébvre , *Faber* , 1470.

Nicolas Cacheleu , 1573.

Antoine Belette , 1574.

Adrien Vérité , 1580.

Jacques Eftourneaux , docteur en théologie, chanoine de Saintes & d'Amiens , prédicateur du Roi, mort le 20 mars 1585.

Henri de la Marthonnie, 1585.

Adrien Pécoul, 1586.

Jean Leroy, licencié en droit, 1586.

Nicolas Gaudran, 1596, mort le 12 février 1616.

Nicolas de Blairie, 1616, ensuite prévôt.

Guilain de Becourt, 1623 , vicaire-général, mort le 9 août 1690, âgé de 77 ans. En 1631 , Antoine Droulin tenoit la place du pénitencier.

Barthelemi le - Sieure , le 5 mai 1641 , par résignation de son oncle ; il étoit ancien professeur de philosophie au collège du cardinal le-Moine, docteur de Sorbonne & chanoine : mort le 7 juillet 1652, à l'âge de 46 ans.

Jacques Hemard , docteur de Sorbonne, 1652, étoit chanoine & bon prédicateur.

Antoine Cornet, 1672, docteur de Navarre, mort le 26 octobre 1681. Il étoit neveu du grand-maître.

Adrien Damiens, 1681 , mort le 23 mai 1686, étoit neveu . du précédent, & docteur de la même faculté. Il légua à l'abbaye de saint Jean, la bibliothèque du grand-maître, que lui avoit laissée son prédécesseur.

Jean de Dompierre, 1686.

Henri Hubault, 1687.

Jean-Baptiste le - Sieure, fils de Nicolas , avocat célèbre, 1691. Ce chanoine , mort le 23 février 1702 , a son mausolée derrière le chœur de la cathédrale.

Louis le-Caron Davefne, chanoine , 1702. Il repose dans la chapelle de l'Annonciation. (†)

(†) *Hic jacet* LUDOVICUS LE - CARON DAVESNE, *hujus insignis ecclesiæ penitentiarius & canonicus , in curiâ Ambianensi senator integerrimus. Studuit dissidentium paci , errantium emendationi. Oculus cœcorum, vita egentium, pupillorum*

lorum & viduarum parens ; infirmâ plerumque valetudine, ut mori disceret. Cœlo maturus, reliquit terram, ut nec sanctos mori pœniteat, die 26 septembris, anni 1718, ætatis suæ 73.

Nicolas Filleux, 23 septembre 1712, depuis archidiacre de Ponthieu, mort en 1743.

Louis-Michel Dargnies, 1725, le 27 août, fut nommé chanoine l'année précédente.

Jean-Paul Lendormi, 1756, le 27 mars.

Jean-François Tayot, 4 janvier 1758.

Les Théologaux.

Nicolas de Blayrie, depuis prévôt, paroît en 1625.

René de Robbeville, depuis archidiacre, paroît en 1666.

Louis Boistel, chanoine, en 1694.

Nicolas de Lestocq, chanoine, docteur de la maison & société de Sorbonne, fils de Nicolas, conseiller au grenier à sel, & d'Antoinette Dumont.

Antoine Binet, 19 septembre 1722.

Jean-François de Dourlens, depuis archidiacre d'Amiens.

Jean-Baptiste d'Hangest, mort en 1758.

Jean-Paul Lendormi, mort en 1769.

Joseph Lalau, ancien curé de saint Firmin-le-Confesseur, chanoine, 23 juin 1769.

Les Trésoriers.

Robert, 1066, dans une charte de l'évêque Guy, en faveur de l'abbaye de Corbie.

V v v

Regnier, 1095 à 1105.
Guarin, 1114, *dans le Cartul. de Lihons*. On le rencontre ailleurs jusqu'en 1142.

Jacques Bloucquel, curé de Sentelie, maître du Puy en 1522.

Les Officiaux.

Bernard, chanoine, 1216.

Jean de Beauquène, *de Bellaquercu*, chanoine, 1219. *Cartul. de St. Firmin-le-Confesseur*.

A... de Milly, chanoine, mai 1221. *Ibid*.

Thomas de Chartres, la même année. *Regist. de la Ville*.

G... chanoine, juin, 1223. *Ibid*.

Hugues de Courcelles, *de Curtillis*, 1226. *Ibid*.

Hues *ou* Hugues de Beauquène, chanoine, 1229. *Ibid*.

Richard de Saint-Foy, chanoine, 1235. *Ibid*.

A...de Noclé, chanoine, 1237, *Ibid*.

Thomas de Carnoto, *de Chartres*, chanoine, 1237. *Ibid*.

Antoine de Milly, chanoine, 1238. *Ibid*.

Thomas de Carin, 1239. *Ibid*.

Jean de Caron, 1240. *Ibid*.

Thibaut de Chartres, décembre 1240.

Charles de Chartres, octobre 1241. *Ibid*.

Thibaut de Chartres, le même que dessus, 1242. *Ibid*. 1243. *Reg. de la Ville, coté C*.

Thomas de Doullens, chanoine de saint Firmin, 1245.

Jean Devin, clerc, février, 1248, *Cartul. de Lihons*.

Antoine de Lehericourt, chanoine, 1249 à 1253.

Aleaume de Neuilly, chanoine, 1258, depuis évêque.

Jean de Beauquène, chanoine, 1261.

Antoine de Sehieur, chanoine, 1269.

Jean de Wail, clerc, 1294.

Ædes de Dijon, chanoine, vicaire-général du diocèse, 1296. *Reg. de la Ville, B.*

Jean de Noseto, 1322.

Robert, 1329. *Ibid.*

Guillaume le-Barbier, 1361.

Guillaume de Poix. Il étoit mort en 1387.

Willame, maître du Puy en 1405.

Etienne de Blangy, 1412.

Thomas Alais, 1425.

Robert de Fontaines, 1437, ensuite doyen.

Martin Malingre, 1452. *Cart. de saint Firmin.*

N... Manessier, 1458.

Guy de Milly, licencié en décret, 1467. *Ibid.*

N... Anglici, 1507 à 1533. *Reg. du Chap. tit. de Vaux.*

Fremin Faverin, chanoine, licencié en décret, homme savant & très - charitable, mort le 23 mai 1534. (†)

(†)Près de lui gît maître Jean Faverin
　　Son frère, prêtre & chanonne en l'église
　　Première dicte, & du temple divin
　　Saint Nicolas claustral, que chacun prise.
　　Soubs le prélat, par fidelle entreprise,
　　Fut secrétaire ung temps léallement.
　　Tous les jours messe avoit à sa devise
　　Et se aulmonoit aux pauvres sagement.
　　Grand zélateur étoit conséquemment
　　De ceste église, & bonne intelligence
　　Eut de exercer office pleinement,
　　Pour le chapitre en toute obédience.
　　Par ung mois d'aoust fist à mort adhérence
　　Jour dix-huitième, & cinq cens trente-trois
　　Aveques mil. Il ait sa résidence
　　En paradis, aidant le Roi des Rois.

Jean Morand, chanoine, 1533. Il fut accusé d'hérésie, & par arrêt, le parlement permit au chapitre d'achever son procès. Les sieurs de la Barde & Quelain, conseillers au parlement, & députés en cette partie, donnèrent sentence contre ce grand-vicaire, le 7 octobre 1534.

N... Genain, 1541. *Titres de Vaux.*

Philippe Probus, docteur en droit canon, chanoine, chapelain de l'évêque Pellevé, vicaire-général du diocèse, 1554, mort en 1559, né à Bourges, & connu par divers ouvrages sur l'Histoire Ecclésiastique.

Antoine Masselin, licencié ès droits, chanoine, & depuis préchantre, 1556.

Firmin Pingré, licencié en décret, depuis pénitencier, mort en 1571.

Louis Carquillaut, 1586, ensuite prévôt.

François Rose, 1587, depuis doyen.

N... Geller *ou* Gelle, 1598. Il fut reçu au baillage le 21 juillet.

François Barboteau, 1645, ensuite prévôt.

Charles Picard, 1660, depuis écolâtre.

Charles Houlon, 1669, depuis préchantre.

Charles Forcedebras, 1688, depuis archidiacre.

François Moreau, chanoine, 1707.

Nicolas de Lestocq, chanoine, & vicaire-général, jusqu'en 1725.

Nicolas Filleux, depuis archidiacre.

Louis Sylvestre d'Inguimbert, 1753.

Joseph Lalau, 1771.

LISTE CHRONOLOGIQUE

Des Maîtres de la Confrairie de NOTRE-DAME DU PUY *,
avec leurs* Devises *ou* Refrains.

L'ÉTABLISSEMENT de cette confrairie qui a pris son origine de la ville du Puy en Velay , eut pour objet principal le maintien de la bonne union entre les habitans. La procession se fait le 3 juillet , & pendant l'avent , le carême & l'octave du saint Sacrement , les confrères font chanter la messe à leur autel.

1389 Sire Pierre Mourin , prêtre , notaire de la cour spirituelle :
   Fleur en tous temps des saints Angles loée.

1390 Touffaint le-Magnier , notaire.

1391 Jehan du Priez , notaire.

1392 Jehan de Creufé.

1393 Thibault de Hornoy , procureur en la cour spirituelle :
   Vierge royale au dextre Dieu assise.

1394 Jean Andeluye.

1395 Pierre Erard , notaire :
   Surgon d'amour & de miséricorde.

1396 Jacques de Hangard.

1397 Martin Andeluye.

1398 Jean le Vaffeur , *dit* Rifflart.

1399 Nicolas Savale *ou* Sanate :
   Vrai reconfort de l'humaine lignée.

1400 Jean de Beauval.

1401 Gilles Lavainnier, procureur.

1402 Jean Grevin du Blanc-Cerf.

1403 Enguerran de le Warde.

1404 Andrieu Clavel, procureur du Roi :
       Porte du Ciel du Fils de Dieu huiffière.

1405 Willame, official :
       Pilier par qui no foy eft fouflenue.

1406 Jean de Rayneval, chanoine :
       Autel du Ciel, auquel Dieu repofa.

1407 Jacques Afcoufteaulx :
       Sente de paix, & vergier de plaifance.

1408 Pierre Millet, chanoine.

1409 Jean de Laigny. Il laiffa *dequer* la fête, & les anciens
       maîtres la relevèrent.

1410 Jean d'Ipre :
       Le vrai fecours d'humaine créature.

1411 Jean Demay, le jeune :
       Port de falut, & de grace aumônière.

1412 Eftene de Blangy :
       Vergue Jeffé portant le fruit de vie.

1413 Jean Pilevaigne :
       Du Roi des Rois palais impérial.

1414 Jean Haguet de l'Efcritoire :
       Tente de paix, de grace tréforière.

1415 Jean de Noex, prêtre, chapelain :
       La vraie eftoile au foleil de juftice.

1416 Jean Waterie, procureur :
   Cité de Dieu, refuge au peuple humain.

1417 Jean Mahioquel :
   Mâne du Ciel rendant vraie subſtance.

1418 Pierre le-Cat :
   Surgon d'amour, & de pité fontaine.

1419 Bertremieu de Becquerel :
   Salle d'honneur & de vertus parée.

1420 Jehan le-Chirier :
   Clos précieux rendant fruit caritable.

1421 Jehan de Vaux, merchier :
   Temple de grace où paix eſt recouvrée.

1422 Sire Nicole Boiſtel, tréſorier :
   Arche au tréſor de vie pardurable.

1423 Gille de Freſtemœule :
   Cèdre haultain treſperchant tous les Cieux.

1424 Jehan de Caieu, cangeur :
   Tabernacle du Sacrement divin.

1425 Pierre Dauſt :
   De Paradis diſcrète Chancelière.

1426 Hue Fremin, procureur en cour ſpirituelle :
   Camp fructueux où Dieu priſt nourreture.

1427 Leurens Buart, marchand :
   Pont précieux où paſſa Dieu & homme.

1428 Jacquot le-Petit :
   Roche dont vint le pierre triumphant.

1429 Jehan Roſel, procureur en cour ſpirituelle :
   Candelier d'or au chierge de lumière.

1430 Robert le-Maire , merchier :
Du vrai docteur , livre de sapience.

1431 Sire Pierre Mantel , prêtre :
D'humain salut , orloge enseignant l'heure.

1432 Jehan Maton , tanneur :
Table portant viande salutaire.

1433 Hue Sare , tanneur :
Arche Noé pour recouvrer le monde.

1434 Perrinot Dugard :
Fons virginal de vraie foy l'entrée.

1435 Guillaume de Saint-Aubin :
Lis portant fruit entre les fleurs de lis.

1436 Jehan le Sénefchal , marchand :
Noble Judic en victore excellente.

1437 Jehan Dubos , merchier :
Digne vesture au prestre souverain.

1438 Accard Doublet , notaire :
Garbe de blé dont vient le pain de vie.

1439 Willame Saulwale :
Chambre où Dieu vault par IX mois reposer.

1440 Jacques Dugard , bourgeois :
Tronc dont issit le racat des humains.

1441 Jehan Poisson , orfèvre :
Digne enchensoir au divin sacrifice.

1442 Pierre Pertrisel , tavernier :
Rose odourant de beaulté souveraine.

1443

1443 Sire Gaudefroy de Wailly, capelain :
Vigne habondans dont vint le vin de vie.

1444 Jehan le-Carbonnier :
Du très-pur or la minière excellente.

1445 Jehan le-Bourgeois, procureur au siège du bailliage :
Humble logis enluminé de grace.

1446 Sire Jehan de le-Mote, curé de saint-Martin-aux-
Waides :
Lit préparé au Fils du Roi des Rois.

1447 Jehan Dauft, bourgeois :
Tronc excellent au Roi de sapience.

1448 Sire Martin Brancque, capelain :
Très-forte tour de haultains biens garnie.

1449 Mahieu de Corbeie, appariteur :
De l'aigniel Dieu, très-digne pastourelle.

1450 Hue Houchart, procureur au bailliage :
Advocate de l'humaine lignie.

1451 Raoul le-Maiftre, merchier :
Mère Efglife de la foy catholique.

1452 Simon Pertrifel, tavernier. [Marie Peredieu, fon
époufe, a donné à la confrairie le fief des dîmes de
Raineval & du terroir circonvoifin.]
Digne efchielle de terre où Ciel l'adreffe.

1453 Adam de Jouy, feftelier :
Franche maifon pour pécheurs eftablie.

1454 Aubert Fauvel, maître des fefteliers :
Aigle royal fur tous oifeaulx volans.

Xxx

1455 Jean de Saint-Fuscien, *dit* Hanotin :
Cloiſtre ordonné au riglet ſalutaire.

1456 Martin Boulengas, tavernier :
Médecine rendant à tous pécheurs la vie.

1457 Jacques Jouglet laiſſa tomber la fête que les confrères
relevèrent à frais communs :
Dame des Cieux à ſes ſervans propice.

1458 Jean Framery, procureur :
Miroir de foy, d'amour & d'eſpérance.

1459 Honoré Ducrocquet, bourgeois :
Beaulté remplie de divine rouſée.

1460 Gilles de Laon, grenetier :
Ferme élephant au Prince redoubté.

1461 Guy de Thalemas, procureur :
Lampe rendant en ténèbres lumière.

1462 Jean de Pucheviller, prêtre, capelain, notaire apoſtolique :
Buiſſon ardent du feu de charité.

1463 Pierre Matiſſart, marchand & ſeſtelier :
Au Fils de Dieu paradis délectable.

1464 Jacques le-Foulon, procureur & conſeiller :
Piſcine où eſt gariſon recouvrée.

1465 Jean le-Fournier, ſergent à Mache, refuſa la maîtriſe,
qui fut acceptée par Jean le-Magnier, clerc des ouvrages de la ville, qui mit en ſon *tablel* :
Vierge, Mère du Fils, Dieu tout-puiſſant.

1466 Martin Davennes, cordonnier :
Sçel royal où Dieu prit forme humaine.

[Le 3 février on arrêta de faire dorénavant chaque année dans le même jour, un roi, qui, pour fa bien-venue, paieroit deux pots de vin, & un gâteau à la fin de l'an.]

1467 Jean Harle , procureur :
    Car préeſlu au vrai Roi d'Iſrael.

1468 Gavin le-Caron, marchand :
    Nef apportant de tous biens plénitude.

1469 Jean Haſte, prieur de faint Martin - aux - Jumeaux, refuſa la place par ordre de ſon abbé ; les maîtres y ſuppléèrent :
    Des chrétiens excellente bannière.

1470 Jean le-Barbier, paſtichier :
    Harpe rendant ſouveraine harmonie.

1471 Jean de Bery, écuyer, feigneur d'Eſſarteaulx :
    Au pélican foreſt ſolacieuſe.

1472 Pierre Boulon , mort en exercice :
    Lune prenant du vrai Soleil lumière.

1473 Robert Faverel, marchand :
    Pierre au déſert produiſant iaue *viye.*

1474 Jean Marchant, prêtre, clerc de faint Martin-aux-Waides :
    Calice eſlu au divin ſacrifice.

1475 Jean Beugier, prêtre, vice-gérent de faint Martin-au-Bourg, chapelain de la cathédrale :
    Très-ſeur chaſteau de militante égliſe.

1476 Jean Delatre, procureur , fit ſa fête le 8 feptembre, de l'avis des maîtres :
    Du feu d'amour colompne *lumineuſe.*

1477 Jean Obry, fergent à maffe du chapitre :
Puy d'iaue vive aux humains proffitable.

1478 Martin Martin, marchand, neveu d'Alphonfe le-Mire:
Terre donnant fruit de grace & de gloire.

1479 Fremin le-Normand, écuyer, maïeur :
Médicinale & fructueufe olive.

1480 Jean Bertin, grenetier :
Grenier rempli de fel de fapience.

1481 Jean Hochecorne, marchand :
Du célefte arc réceptible nuée.

1482 Jean Matiffart, marchand :
Mont auquel Dieu fe apparut aux humains.

1483 Vincent le-Cat, marchand :
Plaifante Efther du Roi des Cieulx eflute.

1484 Jean du Gard, licencié ès loix, élu :
Ifle de mer d'aménité remplie.

1485 Jacques Lenglès, procureur, greffier de la ville:
De terre & ciel triomphante Princeffe.

1486 Jean de Saiffeval :
Lavoir, rendant parfaite purité.

1487 Jean Roault, marchand :
Vierge affenech du vrai Saulveur efpeufe.

1488 Robert Bigant, procureur :
De l'angle du grand confeil confiftore.

1489 Eftene le-Vaffeur, marchand :
Le jardin clos, où crut le vrai laurier.

1490 Pierre le-Couftellier, marchand :
Ciel contenant lumière glorieufe.

1491 Robert de Cambrin, écolâtre :
Soubs l'éternel Recteur, sage Régente.

1492 Andrieu de Hennencourt, prévost de la cathédrale :
De vraie paix Tréforière excellente.

1493 Jean Dardre, procureur, bailli de Péquigny :
Aube du jour qui le monde illumine.

1494 Simon de Conty, chanoine :
Balfme donnant oudeur aromatique.

1495 Jean de Flandre, notaire :
Du vrai David fronde victorieufe.

1496 Fremin Pingré, pénitanchier & chanoine-fcelleur :
A l'unicorne agréable pucelle.

1497 Jean de Saint-Delis, feigneur de Haucourt, Havernas & Bernapré :
De mer eftoile adreffant l'homme en glore.

1498 Robert de Fontaines, avocat du Roi :
Au gendre humain, confolable fontaine.

1499 Antoine de Cocquerel, greffier des élus, depuis confeiller :
Arbre portant fruit d'éternelle vie.

1500 Arnoul Jacquemin, prêtre, chapelain, curé de Citerne, notaire apoftolique :
Digne cifterne à l'eaue defirée.

1501 Jean le-Caron, receveur des aides, feigneur de Bouillencourt fous Myannay ;
Sacrée Ampoule à l'onction royale.

1502 Pierre Dumas, chanoine, de faint Firmin, licencié

en décret, fecrétaire de l'évêché, mort le 9 juillet 1517 :

Soleil rendant éternelle lumière.

1503 Pierre Villain , avocat , bailli du chapitre , depuis confeiller du Roi, juge & garde de la prévôté de Beauvaifis :

Cour fouveraine adminiftrant juftice.

[Nous profitons avec plaifir de cette efpèce de reffemblance de nom , pour faire connoître Alexandre - Victoire Vilin , fils d'Alexandre & d'Adrienne Bondu , né le 26 juin 1742 , qui , par fes talens dans la fabrication des étoffes d'invention & d'imitation , a mérité dans fa patrie une médaille académique.]

1504 Jean le-Prévoft, procureur, chanoine, & confeiller :

Au fouverain Moyfe humble fifcelle.

1505 Robert Fouache , marchand ; depuis écuyer, fieur de Glify :

Des dons divins libérale bourfière.

1506 Pierre Peredieu , prêtre , grand-maître des écoles :

Vierge au grand-maître adminiftrant fcience.

1507 Nicolas Boulenguier , marcahnd :

Forge ordonnée au fouverain chief-d'œuvre.

1508 Robert de Cocquerel , prêtre & chanoine :

Du feur chemin infaillible mont-joye. (1)

---

(1) Pour l'intelligence de ce mot, il eft bon de favoir que dans les premiers temps on appeloit *mont-joye* un amas de pierres entaffées qui défignoient les chemins. Les Payens furent les premiers qui, pour honorer Mercure, qui paffoit pour préfider aux chemins, firent fur les grandes routes des monceaux de pierres autour des figures de ce dieu. Les pélerins firent après eux de pareils monceaux dès qu'ils voyoient le lieu où fe bornoit leur pélerinage, & ils y plantoient des croix.

1509 Nicolas de la Coufture, de l'Ordre de monfieur faint Franchois, docteur en théologie, évêque d'Hébron, & fuffragant d'Amiens :

Mer fpacieufe aux viateurs propice.

1510 Gilles Damourettes, marchand, receveur de Rubempré :

Seur boulevert contre tous ennemis.

1511 Antoine de Rocourt, chanoine, licencié ès lois & en décret, feigneur de Bouteillerie :

Au fouverain Seigneur de tout le monde.

1512 Jacques le-Couftellier, marchand :

Mont de Liban à l'homme confolable.

1513 Pierre Coufin, procureur en la cour fpirituelle :

Clavigère du royalme célefte.

1514 Michel Laloyer, marchand drapier-chauffetier :

Aux defvetus gracieufe drapière.

1515 Antoine Louvel, marchand :

Mère de grace & de miféricorde.

1516 Antoine Dardre, procureur, confeiller au bailliage :

Arc célefte des humains l'affeurance.

1517 Antoine de Saint - Delis, lieutenant - général du bailliage :

Humble ancelle du haut Seigneur prévue.

1518 Antoine Picquet, confeiller, procureur du Roi :

Au jufte poid véritable balance.

1519 Andrieu Defprez, avocat :

Pré miniftrant pafture falutaire.

1520 Nicolas Caron, greffier du bailliage :
Palme eſlute du Saulveur pour victoire.

1521 Laurens le-Boulenguier, *dit* George, marchand :
Le vrai ſupport de toute créature.

1522 Jacques Bloucquel, vicaire de ſaint Firmin-le-Confeſſeur, curé de Sentelie :
Digne boucler de valeur & deffence.

1523 Robert Dugard, licencié ès lois, avocat, conſeiller du Roi, bailli de l'évêché :
Loi de clémence au pécheur convenable.

1524 Hugues de la Rue, avocat, écuyer, ſeigneur de la Mothe en Beauvaiſis :
Rez ſans fracture au Fils de Dieu propice.

1525 Philippe de Conti, ſeigneur du Foreſtel, du Queſnoy & Damery, licencié ès lois, & ancien maire :
Pour notre foi militante Comteſſe.

1526 Philippe Matiſſart, marchand à l'enſeigne des verts cercles :
Cercle au vaiſſeau du vin de ſapience.

1527 Chriſtophe de Lamet, chanoine d'Amiens & de Noyon :
Au Roi des Rois couronne glorieuſe.

1528 Pierre Sacqueſpée, eſlu :
Au vrai eſlu victorieuſe eſpée.

1529 Pierre Faure, receveur général pour le Roi en Picardie :
Du très-hault faure admirable artifice.

1530

1530 Jean de Coify, appariteur, procureur en la cour
   fpirituelle :
   Au bon Pafteur tabernacle propice.

1531 Jean L'héritier, curé de Hangeft-fur-Somme :
   A l'héritier maternel héritage.

1532 Fremin de Couin, marchand cauchetier :
   Du Verbe enté eftoc rempli de grace.

1533 François Bidare, avocat :
   Du vrai amant la toute belle amie.

1534 Charles le-Clerc, bachelier, diacre & chapelain :
   Miroir donnant odeur incomparable.

1535 Hugues Cordier, marchand :
   Contre ennemis forte & terrible armée.

1536 Firmin Pingré, marchand :
   Heureufe nef dont Dieu eft le pilote.

1537 Pierre du Peutel, *dit* Blondelet, marchand, mort en
   1567 :
   Du faint convive agréable maîtreffe.

1538 Nicolas le-Boulengier, marchand :
   Thrône excellent pour le Roi pacifique.

1539 Louis Dufrefne, drapier :
   Dame de paix où toute joye abonde.

1540 Jean Lengles, notaire en la cour fpirituelle, & fecrétaire du chapitre :
   Tronc général de plénière indulgence.

1541 Robert Bellejambe, marchand au pot d'eftain :
   Pot pur, portant potion précieufe.

Y y y

1542 Jean Barbé, tréforier du chef de faint Jean, chapelain & curé de Conchil :
Pure columbe au temple paix apporte.

1543 Pierre Faverin, licencié ès lois, chanoine & fous official :
Pierre d'autel portant la fainte Hoftie.

1544 Jean Hollebault, procureur en la cour fpirituelle :
Hault bois donnant fruit en temps convenable.

1545 Jean de Machy, notaire en la cour fpirituelle :
Du faint confeil falutaire concile.

1546 Jean Poncé, bourgeois :
Reine régnante en lieffe éternelle.

1547 Jean Turbain, avocat, curé de Bovelles & de Fouilloy en Normandie :
De Jefus-Chrift élucide facraire.

1548 Auguftin Coufin, prêtre & chapelain :
Triumphe exquis au chevalier fidèle.

1549 Antoine Lemaire, chapelain :
Moyen vers Dieu pour les péchiés du monde.

1550 Antoine Pingré, marchand. [Il a fondé le falut qui fe chante à la cathédrale le jour de l'affomption de la Vierge. La dépenfe de la cire de l'autel, des couronnes & coupons fe fait par la confrairie. On donne des bougies aux chanoines & aux chapelains :
Pin guériffant par fon bon fruit nature.

1551 Grégoire le-Sellier, marchand :
Bras feur & fort pour deffenfe & victoire.

1552 Pierre Pièce , apothicaire ,
De Jesus-Christ Vierge & Mère féconde.

1553 Nicaise Marchant, marchand :
Mère de Dieu aux humains doux ombrage.

1554 Michel Laloyer le jeune, marchand :
Vierge honorée en majesté royale.

1555 Jean-Baptiste Lemaire , chanoine, chantre dignitaire :
Baptiste eut joye au salut de Marie.

1556 Pierre Rogeau , élu :
Lait virginal nourrissant Dieu & homme.

1557 Antoine le-Bel , bourgeois :
Pour nous sauver bel & heureux message.

1558 Jean Poncé , vicaire de saint Firmin-le-Confesseur :
Verge fleurie à Joseph épousée.

1559 Jessé Andrieu , marchand :
Germe à David, de Jessé la racine.

1560 Jean Laloyer , marchand :
Pour son loyer Vierge ès Cieux couronnée.

1561 Matthieu Ostren , marchand :
De mère & fils les sibylles ont prédit.

1562 Guy Pingrel , bourgeois :
Pin portant fruit aux humains salutaire.

1563 Jean de Collemont , mayeur cinq fois ; marchand :
Des Cieux rosée en toison descendue.

1564 Matthieu le-Doulx :
Le-Doux issu du fort pour nourriture.

1566 *Nouveau ſtyle.* Jean Brunel, marchand :
Brune je ſuis, toutefois douce & belle.

1567 Nicolas Roche, procureur & notaire :
Roche d'où ſourt la fontaine d'eau vive.

[Le cardinal de Créquy, le ſeigneur de Piennes, lieutenant-général de la province, accompagné de ſon épouſe, & d'autres ſeigneurs & dames, aſſiſtèrent au repas que ce maître donna au pot d'étain.]

1568 Robert de Sachy, ſieur d'Audviller, marchand drapier, échevin :
Chaſſis où luit le ſoleil de juſtice.

1569 Joſſe Bigard, prêtre, chapelain :
Accord parfait en muſique divine.

1570 Jean Boiſtel, prêtre, chapelain :
Boiſtel ſacré, rempli de toute grace.

1571 Pierre Boeſtel, marchand :
Du peuple ſerf l'entière délivrance.

1572 Raoul Guebuin, marchand drapier :
Vigne plantée au mont du ſauve-garde.

1573 Charles Lefevre, marchand :
Du feure grand œuvre excédant nature.

1574 Antoine Pingré, marchand, maître pour la ſeconde fois :
Victoire en main d'une forte pucelle.

1575 Vincent Chardon, marchand :
Tige d'où vient le chardon chaſſe peſte.

1576 Nicolas Chocquet, marchand :
Puiſſante tour où l'Eternel s'arrête.

1577 Jean Randon, marchand :
Des bons pasteurs pucelle desirée.

1578 Alexandre Roche, procureur & notaire :
Ferme rocher produisant eau de grace.

1579 Nicolas de Blangi, marchand :
Vierge où Blanc gist des humains l'asseurance.

1580 Louis Petit, marchand :
Du plus petit, & plus grand, fille & mère.

1581 Jean Dufresne, marchand :
Fresne élevé par dessus toutes plantes.

1582 Jacques Fournier, chirurgien :
Au languissant, onction gracieuse.

1583 Honoré Marchant, chanoine :
Vierge en soleil marchant dessus la lune.

1584 Charles de Sachy, seigneur d'Audviller, marchand :
Miroir parfait où le peuple se mire.

1585 Jean Pecoul, bourgeois, marchand :
Sujet certain de la foi toujours vive.

1586 Toussaint Rolland, marchand :
Fleur de tous Saints roulant du flot de grace.

1587 Baptiste Caillard, chanoine de saint Firmin :
Mystère ouvrant la céleste barrière.

1588 Baptiste Roche, marchand :
Roc asseuré contre tout orage.

1589 Jean Quignon, bourgeois :
Fleuron conçu sans vice entre les vices.

1590 Jean Pièce , prêtre & chapelain :
Pièce de prix au prêtre grand offerte.

1591 François Couvrechef, prêtre , chapelain , maître des enfans de chœur :
Voix accordant le ciel avec la terre.

1592 Jean de Collemont , ancien mayeur , maître pour la seconde fois :
Le mont prévu du sage avant tout âge.

1593 Firmin Dufresne , marchand :
Fresne ennemi de la serpente race.

1594 Jean Bonnart , docteur en médecine :
Bonnard donnant à l'homme odeur de vie.

[Le morceau de sculpture dont il fit présent , offroit la figure du monde & le portrait de Henri IV , qui disoit : *Je considère* M. *Bonnart comme mon père , puisqu'il m'a mis au monde.*]

1595 Augustin de Louvencourt, marchand, ancien mayeur:
Toujours la Vierge on loue en cour céleste.

1596 Jean Wateblé , marchand :
Vigne , rempart de l'église fidelle.

1597 Nicolas Lefranc , marchand :
Lefranc aux Francs donnant toute franchise.

1598 F. Antoine Chocquet, religieux de saint Martin-aux-Jumeaux , curé de saint Leu :
Des Cieux hautains paix en terre apportée.

1599 Nicolas Lebel, apothicaire :
Ton nom sur nous est une huile de grace.

1600 Louis de Villers, seigneur de Rousseville, marchand :
Du Jubilé belle ville airs raisonne.

1601 Jean de Sachy, seigneur d'Audviller, marchand :
Terre d'où prit la vérité naissance.

1602 F. Antoine Postel , prieur des Dominicains , docteur
de Sorbonne, natif de cette ville, donna l'ancienne
chaire où il prêcha le premier :
Vraie doctrine aux humains annoncée.

1603 Jean Boullet , époux d'Anne de Sachy , ancien échevin, marchand :
Arc triomphal peint d'histoires nouvelles.

1604 Antoine de Montaubert , grenetier , secrétaire du
gouverneur :
Puy salutaire où s'étanche la soif.

1605 Jacques Destrées , marchand tanneur , époux de Jacqueline Palliart, fit faire une clôture à la chapelle de
saint Paul ou de l'Aurore :
Temple illustré de lumière éternelle.

1606 Guillaume Revelois , époux de Marie de Villers ,
marchand :
Oracle saint qui révèle lois saintes.

1607 Rolland de Villers, marchand :
D'humilité le signalé modèle.

1608 André Bourse , époux de Jacqueline Benoît :
Vierge de paix du ciel & de la terre.

1609 Louis Artus , marchand :
Portrait qui rend celui qui le voit chaste.

1610 François Fauquel, marchand :
> *Fleur, la beauté des céleftes campagnes.*

1611 Florent Bellot, époux d'Antoinette Blondin, contrôleur du grenier à fel :
> *Vierge alaitant le bellot des fidèles.*

1612 Jean Collenée, curé de faint Firmin en Çaftillon :
> *Vierge à ton los heureufe école née.*

1613 Louis Dufrefne, marchand :
> *Don de l'époux qui l'époufe confole.*

1614 Germain Sejourné, marchand :
> *Jefus, pour nous, a féjourné en terre.*

1615 Pierre Gonnet, marchand, ancien échevin :
> *D'un tel trépas paragon n'eft au monde.*

1616 David Quignon, marchand, ancien échevin :
> *Gloire à celui qui nom fur tout nom porte.*

1617 Firmin Peftel, prieur-curé du Bofquet :
> *Le feu facré qui le faint puits conferve.*

1618 Adrien de la Morlière, chanoine.
> *Vierge qui vint la mort lier au monde.*

1619 Firmin Ducrocquet, époux de Catherine Muette,
marchand :
> *Heureux croc eft l'amour qui tout attire.*

1620 Jean Leclerc, marchand plombier :
> *L'amour trouvé au temple par l'amante.*

1621 Pierre de Rouvray, époux de Marie Damiens, marchand :
> *Mère qui meurt voyant mourir fa vie.*

1622

1622 Jean Paillart, marchand brasseur :
Rameau de paix , & foudre de justice.

1623 Adrien Decourt , marchand :
Astre en decours après pleine lumière.

1624 Matthieu Renneneuve, prêtre , chapelain :
Marie à tous porta cette lumière neuve.

1625 Nicolas Blasset, sculpteur & architecte :
Clef de salut pour le rachat de l'homme.

1626 Louis Roche, prêtre, licencié en droit canon :
Roche écrasant des enfers la puissance.

1627 Antoine Pingré , seigneur de Genonville , conseiller
du Roi , receveur général des gabelles en Picardie,
époux de Marie Correur , & premier échevin :
Vierge à plein gré triomphante de gloire.

1628 Augustin Cordelois, prêtre, chapelain :
Vierge ès accords des lois parfaite.

1629 Adrien de la Morlière , pour la seconde fois :
Belle d'effet , d'apparence embrunie.

1630 Alexandre Leclerc , maître-ès-arts , chanoine & préchantre :
Phare guidant des humains l'espérance.

1631 Il n'y eut point de maître.

1632 Jean Guignon, époux de Madeleine Boullet , marchand , ancien échevin :
Dessus l'enfer agréable victoire.

1633 Point de maître.

Zzz

1634 Jean Hemart , bourgeois & marchand. [Il a fondé la grand'meſſe qui ſe célèbre le 16 août dans la chapelle de ſaint Sébaſtien, en l'honneur de ſaint Roch , ſur la tête duquel le ſerviteur de la chapelle du Puy doit mettre un chapeau.]

Jeſus mourant des martyrs eſt la gloire.

1635 François Mouret , ancien échevin , ſeigneur de la Mairie , Ver , &c.

Forte eſt la mort , l'amour eſt ſa viĉtoire.

1636 Matthieu-Marc Guillou , prêtre , chanoine , ſous-tré-ſorier :

Vierge aux élus un tréſor amaſſé.

1637 François Dufreſne , ſieur d'Omecourt , bourgeois & marchand , époux de Geneviève Cornet , mort le 9 juillet 1644 , donna une figure de la Vierge en marbre :

Humilité ſur les Cieux exaltée.

Les cinq années ſuivantes il n'y eut point de maîtres.

1643 Jean de Sachy , premier échevin , après lequel la maî-triſe vaqua trois ans.

1647 Jean Dufreſne , prêtre & chanoine :

Reine des Cieux des François tutélaire.

1648 Honoré Quignon , avocat , ſeigneur de la Mairie & de Frechencourt , fit préſent des tables de marbre où ſont inſcrits les noms des confrères :

Fils de David à bon droit honoré.

1649 Jean Patte , prêtre , chapelain , maître de la muſique , ancien enfant de chœur :

Nourriſſon de Joſeph , vrai Dieu , Fils de Marie.

1650 Claude Pierre , chanoine régulier de faint Acheul ,
     vicaire en la cathédrale :
          Pierre facrée où le ferpent fe brife.

1651 Gafpard Baillet, marchand braffeur :
          D'un bras feur je foutiens celui qui baille & donne.

1652 Philippe du Tilloy, braffeur :
          D'utile loy gardienne fidelle.

1653 Pierre de Villers , prêtre , bachelier, doyen du cha-
     pitre de Vignacourt :
          Vierge aux pécheurs ville & lieu de refuge.

1654 Antoine Mouret, bourgeois :
          Son fervice eft fi doux , qu'il n'eft qu'amour & joie.

1655 Antoine Pièce, bourgeois, fieur de Bours :
          Pièce fans prix , Vierge & Mère fans tache.

1656 Nicolas Barbe, marchand, époux de Jeanne de Lattre,
     donna les deux bénitiers de la cathédrale :
          Du jardin clos rhubarbe falutaire.

1657 . . . .

1658 Jean Cuignet, prêtre, chapelain, vicaire de la cathé-
     drale :
          Offrande pacifique en ce faint temps de paix.

1659 Jean de Lattre, marchand :
          Jefus naquit de la très-fainte Vierge.

1660 . . . .

1661 Antoine Picart, prêtre, chanoine de N. D. feigneur
     d'Aubercourt :
          Contre l'afpic art eft feur en Marie.

1662 Chriſtophe Cuſſon, bourgeois :
 Ecuſſon pris dans le ſein d'une Vierge.

1663 Charles Dailly, abbé de ſaint Fuſcien-aux-Bois :
 Voy dans ce char les gages d'alliance.

1664 Nicolas Leleu, prêtre, chanoine de St. Nicolas :
 Le lieu en qui le Verbe s'eſt fait homme.

1665 Chriſtophe Ringard, prêtre, chapelain de la confrairie :
 Du Souverain gardant le ſaint troupeau.

1666 FrançoisQuignon, chirurgien, époux de JeanneVeru :
 Croix aimable à Jeſus, quoiqu'ignominieuſe.

1667 François Landon, marchand :
 Heureux le jour de l'an don de grace appelé.

1668 Jean Doderel, orfèvre :
 D'ordre eſt la Vierge en charité ſublime.

1669 . . . .

1670 Jacques Hemart, prêtre, chanoine & pénitencier :
 Pénitence eſt le fruit de Jeſus & Marie.

1671 Jean de Lattre, marchand, époux de Marguerite
Ducroquet.

1672 Charles Rigauville, échevin, après qui la place vaqua
deux ans :
 Des claires eaux de ce puits j'arroſe cette ville.

1675 Jacques Poſtel, marchand cirier-épicier. Après lui, la
place a vaqué deux ans :
 Vierge, chacun t'invoque en ton poſte élevé.

1678 Michel Martin, procureur & notaire, après qui la place vaqua deux ans :
Michel Martin accompagne Marie.

1681 Guillaume Pihan, prêtre, chapelain. La place vaqua trois autres années :
Marie pleurant, Jefus nos péchés expiant.

1685 Charles Guebuin, prêtre, chapelain :
Ton mérite eft un gué bien affuré, Marie.

1686 Pierre de Grain, prêtre, chapelain de la confrairie :
Grain germé dans le fein d'une Vierge féconde.

1687 Charles Pontreüé, prêtre, bachelier. Après lui, la place vaqua cinq ans :
Pont trouvé en Marie pour paffer à la gloire.

1693 Jean Pellée, échevin :
Marie pleine de grace fut par l'Ange appelée.

1694 Antoine Jofeph Poullain, marchand. La place vaqua trois ans.

1698 Martin Debonnaire, ancien maire.

1699 Jean de Ribaucourt, ancien échevin.

1700 Pierre Durieux, ancien échevin.

1701 François Boiftel, prêtre, chanoine de la cathédrale, feigneur de Welles.

1702 François de la Toure, marchand drapier. La place vaqua un an.

1704 Jean-Baptifte Rouffel, ancien échevin.

1705 François Bigorne, marchand, conful, & greffier des portes de la ville. La place refta quatre ans vacante.

1709 André Couturier, marchand. La vacance après lui fut
de cinq ans.

1715 Antoine Debonnaire, ancien échevin.

1716 Jean-François Boiftel, marchand, ancien conful. La
vacance fut d'un an.

1718 Michel Quignon, prêtre, chapelain, maître des enfans
de chœur.

1719 Jean-Antoine Galand, marchand.

1720 Antoine Henon, confeiller du Roi, juge-garde de la
monnoie.

1721 Antoine Deftrées, marchand, ancien conful.

1722 Jofeph Trouvain, marchand.

1723 Pierre Fontaine, marchand.

1724 Pierre-Jofeph Lambert, marchand.

1725 Claude de Lyonne, marchand.

1726 François-Bernard de Revelles, marchand.

1727 Martin Galand, marchand.

1728 Antoine Damiens, feigneur d'Englebelmer & Mer-
frillers, avocat en parlement.

1729 Marc-Antoine Damiens fon fils. Il y eut deux ans de
vacance.

1732 Louis Leclerc, docteur de Sorbonne, préchantre &
chanoine.

1733 Henri Duval, marchand, ancien conful.

1734 Martin Debonnaire, marchand, ancien conful. Après
lui la maîtrife vaqua pendant huit ans.

1743 François Caron, prêtre, chanoine de faint Nicolas, &
chapelain. La place après lui vaqua de nouveau pendant neuf ans.

1753 Martin Debonnaire, prêtre, chanoine de la cathédrale.

1754 Pierre-Nicolas-François-Xavier le-Picard, marchand,
ancien conful.

1755 Louis-Charles Caron, imprimeur-libraire.

Huit jours avant la purification de la Vierge, on chante,
au milieu de la nef de la cathédrale, une grand'meffe, pour
invoquer le Saint-Efprit, afin d'élire un digne maître de la
confrairie.

La fille du fieur Manneffier, marchand, a été la dernière
vierge du Puy, en 1721.

Le 16 mars 1657, le chapitre permit aux confrères
d'affifter au falut du jour de Pâques, à condition qu'ils
feroient ériger & décorer l'autel au milieu de la nef ; qu'ils
ne prendroient féance qu'après les héritiers du fondateur,
& ne pourroient prétendre ni bougie, ni diftribution.

ORDRE CHRONOLOGIQUE

DES PRÉSIDENS, CONSEILLERS ET GENS DU ROI DU BAILLIAGE ET SIÈGE PRÉSIDIAL.

Les Préfidens.

VINCENT LE-ROY fut le premier pourvu le 12
mars 1571.

Jean le-Quieu, licencié ès lois, écuyer, fieur de Moyenneville, paroît en qualité de préfident & lieutenant-général,
le 12 août 1573.

Antoine le-Quieu le jeune, écuyer, seigneur de Villers-
l'Hôpital, conseiller du Roi en ses conseils d'état & privé,
ci-devant avocat du Roi, remplaça, dans la présidence,
Antoine son frère aîné, qui se démit le 15 avril 1595. Il
prêta serment au parlement le 10 janvier 1597.

Nicolas Leroy, par résignation d'Antoine le-Quieu, faite le
20 avril 1613, étoit écuyer, sieur de Jumelles, & conseiller.

Jean de Herte, chevalier, seigneur de Hailles, conseiller
du Roi en ses conseils d'état & privé, paroît en 1630. Il
obtint la vétérance le 6 juin 1647.

François le-Bon, sieur de la Chauffée, premier pourvu le 29
mars 1635, fut fait conseiller d'état & privé le 23 juillet
1647. Il épousa Marie Courtois.

Jean de Herte, sieur de Hailles, avocat en parlement, premier président, par résignation de Jean son père, le 11
juin 1646, véteran le 9 avril 1682, mourut le 24 décembre 1701.

Claude Morel, sieur de Cremery, par résignation de François le-Bon, le 15 septembre 1653. Ses services lui méritèrent, le 12 avril 1658, le titre de conseiller du Roi en
ses conseils d'état & privé. Il prêta serment entre les
mains du chancelier, le 23 août, & obtint la vétérance
le 23 mars 1674.

Claude Morel, sieur de Cremery, succéda à Claude son père
le 5 février 1674.

Nicolas de Herte, seigneur de Hailles, occupa la place après
Jean son père, le 5 février 1682, & mourut le 4 septembre 1738.   Adrien

Adrien Creton, feigneur de Wiammeville, du haut & du bas Prouzel, & fils d'Adrien, eut cette place par la démiffion de François Judas, le 15 juillet 1688. En vertu de lettres de difpenfe d'âge, il fut reçu dans le même mois.

Louis-Jofeph Creton, fils d'Adrien, fieur de Wiammeville & de Prouzel, par réfignation de fon père, le 16 août 1725.

Nicolas de Herte, fieur de Hailles, par mort de Nicolas de Herte fon aïeul, & par démiffion de Nicolas, fils du défunt, le 14 juillet 1739.

Les Lieutenans généraux.

A ceux dont on a parlé au chapitre des baillis, tome I. de l'Hiftoire d'Amiens, pag. 115 & fuiv. ajoutez Jean de Courcelles, l'an 1342. — Pierre de Thalemars, qui paroît dans les titres du chapitre en 1362. — Vincent de Guife, *ibid.* *Layette de Longueau*, l'an 1385. — Jean de Laporte, 1403, *ibid.* — Mile de Bery, 1424. — Jean de Cambrin, écuyer, 1431. — Jean Jonglet, 1434. — Jean Lorfèvre, licencié ès lois, 1437. — Jean Ducange, chevalier, 1470. — Jean Dugard, 1488. — Jean Ereau, la même année. Rien n'étoit plus amovible que cette place avant fa création en titre d'office. On rencontre fept à huit lieutenans en moins de dix ans, & deux ou trois fous une même année.

Antoine de Saint-Delys, premier lieutenant général perpétuel, feigneur d'Havernas, Bernapré, écuyer, licencié ès lois, & confeiller du Roi, époufa Marie Demay, dame d'Allonville & autres lieux.

Pierre Vilain, licencié ès lois, confeiller, maître des requêtes de l'hôtel du Roi, s'offre en 1509 dans les regiftres du bailliage ; en 1514 & 1530 , dans les titres de Longueau.

Jean de Bercourt, & non de Recourt, comme le nomme la Morlière, écuyer, qui prit pour époufe Jeanne Loüvel, paroît en 1530.

Jacques de Lignières, *de Ligneris*, écuyer, feigneur de Blainville, licencié ès lois, avocat en parlement, puis confeiller en 1535, le 15 juin ; enfuite préfident aux enquêtes, l'an 1554, mort deux ans après. *Reg. du Parlem.*

Antoine Lequieu, écuyer, licencié ès lois, paroît la même année.

Nicolas Chevalier fut pourvu en 1544 d'un office de confeiller lai au parlement. *Regiſtre du Bailliage.* En 1384, un autre Nicolas Chevalier étoit général confeiller avec l'évêque d'Evreux fur le fait de la juſtice des aides. *Miraulmont des Cours Souveraines.*

Jean de Terouenne, *page 132*, licencié ès droits, confeiller du Roi, fut gratifié par S. M. de cent livres de gages, le 15 juillet 1552. Après avoir été confeiller au parlement en 1556, il mourut le 19 mars 1581. Son corps repofe dans l'églife des Bernardins de Paris. Il avoit époufé N... Feret.

Vincent Leroy eut pour fucceffeur immédiat, en 1572 , *page 133*, Jean Lequieu, remplacé, en 1575, par Vincent Leroy, fils du précédent. Henri IV, par brevet du 27 feptembre 1594, lui accorda une penfion, en confidération des fervices qu'il avoit rendus dans le temps que la ville fe foumit à fon obéiffance.

Pierre Pingré, 1598.

Antoine Picquet, fieur de Dourier, 1607.

Nicolas le-Roy, *page 135*, en 1625. De fon mariage avec N... Cothereau, il eut Honoré, feigneur de Jumelles & de Morfan, ancien préfident en la cour des monnoiés, marié à Sufanne Moreau, décédé en 1695.

Jean Thierry, *page 136*, l'an 1642, avoit époufé Marie-Catherine Picquet.

Jean-Baptifte Thierry de Wiencourt. *Ibid.* 1692.

Pierre-François Dufrefne, 1749. Ce magiftrat ne le cède à aucun de fes devanciers par l'étendue des connoiffances, la bonté de la judiciaire, la force de l'éloquence & le ton gravement majeftueux des prononcés.

Les Lieutenans Particuliers, Civils & Affeffeurs Criminels.

Pierre Dugard, vers 1509.

Antoine Lequieu, écuyer, feigneur de Moyenneville, licencié ès lois & confeiller du Roi, paroît depuis 1540 jufqu'en 1551. Le 3 juin de l'année fuivante, le Roi lui accorda cent livres de gages.

Adrien de Canteleu, feigneur de Seronville, paroît vers le même temps.

François Scourion, feigneur de Tilloy, licencié ès lois, & confeiller du Roi, le 7 novembre 1551 par réfignation.

Charles Picquet, le 13 février 1568, par mort du précédent.

Adrien Picquet, écuyer, fieur de Dourier, prévôt de Beau-
quêne, le 10 juin 1572, par mort de fon père.

Nicolas Dubos, fieur de Hurt, confeiller, affeffeur, & lieutenant particulier criminel, premier pourvu, le dernier
décembre 1587.

Antoine Picquet, écuyer, fieur de Dourier, licencié ès
lois, avocat en parlement, le 20 octobre 1596, après
Adrien fon père. Il prêta ferment au parlement le 18 juin
fuivant, & garda cette place jufqu'en 1607, époque à
laquelle il obtint la lieutenance générale.

Jacques Creton, confeiller & magiftrat, lieutenant particulier, affeffeur criminel, le 12 mai 1605, aux gages de
200 liv. Cet office avoit été rétabli en 1596.

Charles Gorguette, confeiller du Roi, époux de Françoife
de Louvencourt, paroît en 1599.

Jean le-Couvreur, écuyer, fieur de Renencourt, confeiller,
paroît en 1614. Le Roi le choifit pour premier échevin
en 1633. Il eut fes lettres de vétéran le 18 août 1640.

Louis le-Couvreur, le dernier juin 1640, vétéran le 6 avril
1674.

Adrien Picquet, écuyer, fieur de Dourier, par réfignation
d'Antoine fon père, le 6 mars 1636. Il obtint la vétérance
le 9 août 1666.

Jacques le-Couvreur, écuyer, fieur de Randicourt, confeiller, par réfignation de Jean fon père, le dernier juin
1640.

Jean Gorguette, pourvu de l'office de lieutenant civil par
lettres du 22 mars 1653.

Adrien Picquet, écuyer, fieur de Dourier, par démiffion d'Adrien fon père, le 24 décembre 1665. Il époufa Catherine Berthe, & mourut en 1676, le 16 janvier.

Louis le-Boucher, fieur d'Ailly, par démiffion de Jacques le-Couvreur, le 15 février 1674. Il fut reçu le 26, & obtint la vétérance le 10 juillet 1698.

Adrien Picquet, écuyer, fieur de Dourier, par mort d'Adrien fon père, le 14 janvier 1691.

Gabriel le-Boucher, fieur de Famechon, par démiffion de Louis fon père, le 20 juin 1698.

Adrien Picquet, huitième du nom, écuyer, fieur de Dourier, par mort d'Adrien fon père, le 24 mars 1735. Il époufa Geneviève-Elifabeth le-Boucher, dame d'Ailly, le Haut-Clocher, Famechon, Cumonville, morte le 22 janvier 1755.

Claude - François - Félix Boullenger de Rivery, par mort d'Adrien Picquet de Dourier, le 12 février 1752, reçu le 21 avril.

Florimond-Ifidore Pingré de Villers, avocat en parlement, par mort du fieur de Rivery, & par difpenfe d'âge, 27 mai 1767. Il fiégea le 17 juillet.

François-Félix-Xavier-René Boullenger de Rivery, par difpenfe d'âge fur la réfignation du précédent, pourvu le 11 février 1778, reçu au parlement le 12 mars, prit féance le 30.

Gilles-Henri de l'Hommel, affeffeur criminel, par mort de Gabriel le-Boucher, le 9 décembre 1752, reçu le 15 janvier fuivant.

Les Juges & Magiſtrats Criminels.

Cet office fut çréé par édit du mois de mai 1552.

Vincent le-Roy, ſeigneur d'Argillières, licencié ès lois, & conſeiller du Roi, en fut le premier pourvu le 9 juin de la même année. Après la mort de Jean Dugard, le Roi réunit en ſa faveur l'office de lieutenant-général civil & criminel de robe-courte, & lui en accorda les proviſions le 21 avril 1566. Chaque ſemaine il donnoit aux pauvres le tiers des émolumens de ſa charge.

Jean Ducay, lieutenant criminel de Robe-courte, paroît en 1570.

Louis Moucquet, ſeignéur de Mareſt, ſuccéda à Vincent Leroy le 23 mars 1571.

Jacques Picard, écuyer, ſieur de Sauviller, paroît en qualité de lieutenant criminel le 12 août 1598. Il avoit épouſé Jeanne de Saqueſpée, qui lui donna François, ſeigneur d'Aubercourt.

Antoine Lucas, écuyer, ſieur de Veringues, lieutenant criminel, fut nommé enquêteur-commiſſaire-examinateur, par réſignation de Guillain Lucas, le dernier avril 1635.

Pierre l'Herminier. Le Roi étant à Amiens le 26 juin 1649, le nomma conſeiller d'état & privé, pour récompenſe de ſes ſerviçes.

Michel Dufreſne paroît en 1662. Il étoit ſeigneur d'Aubigny. Par arrêt de la chambre des vacations, en date du 8 oɛtobre, il fut interdit de ſa charge, à la pourſuite des ſieurs Petit & Brunel, avocats du Roi; mais un arrêt de la même chambre le rétablit en 1657. Il mourut le 27 janvier 1675.

Nicolas Pingré tint fa première audience le 17 février 1673 , en qualité de lieutenant criminel de longue & courte-robe. Il avoit été reçu le 8 au parlement , au lieu , & par démiſſion de Michel Dufreſne.

Pierre-Joſeph de Sachy, conſeiller, lieutenant criminel de robe-courte , par mort de Nicolas Pingré, époux de Mar-guerite Dufreſne , le 3 mars 1689, inſtallé le 14 avril.

Jean-Baptiſte Gougier, ſeigneur de Seux , paroît en 1697 ; peut-être eſt-ce le même que François, mort en 1745.

Barthelemi Deſtrages ſuccéda au ſieur de Sachy, le 28 ſep-tembre 1698.

Jean-Baptiſte Darquier , par réſignation du précédent , le 8 juin 1717.

Les Conſeillers.

Jean de Bovecourt, 1332, & procureur du Roi de la ville.

Pierre de Lieviller paroît en 1342.

Jean Vilain, & Jean de Fontaines , licenciés ès lois & avo-cats, paroiſſent en 1453 , dans le cartulaire de la collégiale de ſaint Firmin.

Jean Daveſnes, maître-ès-arts , bachelier en décret , avocat & conſeiller , garde du ſcel royal du bailliage & de la pré-vôté , 1453.

Jacques le-Foulon , maître du Puy en 1464.

Jean Jouglet , Guy de Talemas , Jean du Caurrel & Jean

Harle, se rencontrent en 1467 dans les regiftres de l'hôtel de ville.

Jean Dugard, licencié ès lois, avocat, fils unique de Jean, receveur des aides, 1493. *Ibid.*

Louis Scourion, licencié ès lois, avocat, conseiller en la cour du Roi, garde du scel royal de la baillie, paroît le 15 septembre 1495, dans les titres du château de Vraignes, & dans ceux de Camons, en 1499.

Philippe de Conty, époux de Jacqueline Fouache, 1499. *Reg. du Chap. Layette de Camons.*

Guy le-Borgne, licencié ès lois, 1499. *Ibid. Layette de Longueau.*

Amé Dainval, procureur, & conseiller, dans le même siècle.

Guillaume de Conty, époux de Fleurie-aux-Couteaux. *Ibid.* 1499. *Layette de Camons.*

Antoine de Coquerel, bailli de Moreuil, 1500.

Jean Dardre, ci-devant procureur, 1501.

Jean le-Prévoft, chanoine, 1504. Il étoit cette année procureur & maître du Puy.

Jacques Vacquette, 1507. *Tit. de Camons.*

Jacques le-Maftre, procureur & conseiller, le 29 octobre de la même année. *Ibid.*

Pierre Dugard, licencié ès lois, fils de Jean, avocat, conseiller & lieutenant particulier du bailliage, le 3 décembre 1509.

François

François Fafconnel, époux de Fleurie Vaffeur , 1510. *Tit. de Poulainville.*

Claude Dainval, procureur, confeiller, garde du fcel de la baillie, 1514. *Ibid.*

Antoine Dardre, procureur, maître du Puy en 1516.

Nicolas le-Mattre paroît la même année.

Louis le-Gillon, dans le même temps.

Michel Picquet, à la même époque.

Antoine Picquet, en 1518.

Nicolas le-Caron, confeiller - clerc, garde du même fcel, & procureur, 1519. Il fut maître du Puy l'année fuivante.

Jean de Rely. *Layette de Vaux*, 1533.

Adrien Pecoul, licencié ès lois, avocat, 1534.

Pierre Dainval, même année.

Guillaume le-Caron, prévôt de Beauvaifis, même année, & depuis 1519 jufqu'en 1544. *Layettes de Longueau & de Camons.*

Raoul le-Couvreur, avocat, 1535. *Layette de Camons.*

Jean de la Foffe, licencié ès lois, avocat, garde du fcel de la baillie. *Ibid.*

Jean aux Coufteaux, par réfignation de Pierre Dainval, le 21 janvier 1542. Il étoit licencié ès lois.

Jufqu'alors il n'y avoit que quatre confeillers. S. M. en créa deux nouveaux, par édit du mois d'août 1543. Les premiers pourvus, furent :

François Caftelet, licencié ès lois, avocat en parlement, le

10 septembre. Le Roi lui accorda 100 liv. de gages en 1552.

François Hannique, le même jour ; il obtint les mêmes gages le 3 juin 1552.

Adrien de Canteleu étoit conseiller lorsqu'il fut fait lieutenant-général le 24 juillet 1544.

Par édit du même mois de 1544, le Roi créa de nouveau deux conseillers :

François Scourion *ou* Scorion fut le premier pourvu le 28 juillet, & S. M. lui accorda 100 liv. de gages le 3 juin 1552.

Jean de Therouenne occupa la seconde charge le même jour de juillet 1544.

Jacques Vacquette, premier pourvu, le 3 août, eut les mêmes gages le 3 juin 1552.

Jean Griffon, mort en 1545.

Nicolas de Nibat, avocat, reçu le 30 octobre 1545, eut les mêmes gages le 3 juin 1552.

Jacques le-Caron, par résignation de Jean aux Cousteaux, le 2 juillet 1547, obtint les mêmes gages le 8 juin 1552, & fut nommé échevin en 1562.

Nicolas Herenguier, avocat, par résignation de Jean de Therouenne, le 27 juin 1550. Il eut les mêmes gages le 10 juin 1552.

Charles Picquet, le 3 juin 1552, fut échevin en 1562, & eut les mêmes gages.

Bon Dufeu, par résignation de Nicolas de Nibat, le 20 février 1559.

Nicolas Judas, fils de Grégoire, paroît en 1561.

François Scourion, la même année.

Jacques Picart, par mort de François Castelet, le 21 janvier 1568. Il assista aux états de Blois.

Jean de Louvencourt, avocat, par mort de François Scourion, le 24 janvier, mort le 13 juillet de la même année.

Jacques Scourion, sieur du Tilloy, avocat en parlement, par résignation de Charles Picquet, le 28 février.

Jean Cousin & Firmin Picquet paroissent la même année.

Nicolas Prévost, par résignation de Jacques le-Caron, le 17 septembre. Il signe le-Prévost en 1584.

François de Saisseval, seigneur de Marconnelle, avocat, bailli du chapitre, garde du scel du bailliage, conseiller, par l'incapacité & forfaiture de Guillaume le-Clercq, le premier mars 1569, annobli le 20 novembre 1577.

Fuscien de la Fosse, par résignation de Jean Cousin, le 27 février 1573.

Bon Dufeu, premier pourvu de l'office de conseiller garde des sceaux, le même que dessus, le 27 mars 1576.

Charles Cornet, époux de Marie Pingré, avocat en parlement, par résignation de Bon Dufeu, le 28 avril 1576.

Simon le-Mattre, conseiller de Marie de Bourbon, duchesse de Longueville, 1579. Il fut tué les armes à la main, le jour de la surprise de la ville, en 1597.

Adrien Dupont & Imbert Louvel paroissent en 1580.

Adrien de Mareuil. On le trouve en 1624, avec Françoise Fournel, son épouse.

Jean Leroy, chanoine de la cathédrale, premier conſeiller-clerc, le 10 mars 1581.

Adrien du Souich, *ou peut-être* du Sautz, 1584.

François Boullenger, par mort de François de Saiſſeval, le 10 novembre 1586.

Jean Demons, ſieur de Hédicourt, par réſignation de Jacques le-Picart, le 18 février 1587. Il épouſa Honorée de Villers.

Jean de Collemont, écuyer, ſeigneur de Genonville, premier pourvu, le 17 ſeptembre 1584, épouſa Catherine Bultel, & mourut le 9 mai 1627.

Robert Fournel, par mort de Jacques Scorion, le 14 août 1587.

Melchior Fouache, conſeiller, garde des ſceaux, écuyer, ſieur de Roche, par réſignation de Bon Dufeu, le 25 janvier 1587. Il épouſa Marie Buteux.

Jean Maneſſier paroît le 10 février 1592.

Vincent Gougier ſuccéda à Antoine Fournel, qui avoit eu ſa charge par réſignation d'Imbert Louvel, qui la réſigna à ſon tour le 6 mai 1592.

Jacques Creton, par réſignation de Nicolas Dubos, tréſorier de France, le 7 décembre 1594.

Louis Dufreſne, ſieur de Fredeval, époux d'Helène de Rely, ſucceſſeur d'Adrien ſon père, paroît la même année.

Guillaume Pingré, en 1599.

Adrien de Heu, neveu maternel de Simon le-Mattre, fut nommé par Henri IV, pour remplacer ſon oncle, & ſans payer aucune finance, le 6 novembre 1597. Il fut établi commiſſaire - examinateur , par réſignation de Claude Ricard , le dernier décembre 1603.

Jean Vacquette , avocat au bailliage , par réſignation d'Antoine Picquet , le 11 juillet 1598.

Jean Boulenger , avocat , paroît en 1600. Il étoit procureur du Roi de la ville en 1647.

Louis Scourion , licencié ès lois , avocat , garde du ſcel de la baillie en 1600.

Antoine de Scourion , le 18 juillet 1601.

Vincent Hannicque paroît en 1603 & 1607.

Jacques Fretoy ſe rencontre en 1603.

Nicolas le-Prévoſt , par mort de François Boullenger , le 31 décembre 1605.

Michel de Suyn , avocat en parlement , par mort de Firmin Picquet , le 9 mars 1606.

Antoine Gougier , ſieur de Seulx , par mort de Nicolas le-Prévoſt , le 3 avril 1607.

Antoine Pingré , écuyer , ſieur du Chauſſoy , le 8 novembre 1606 , par démiſſion d'Antoine le-Quieu , devenu préſident , lequel avoit ſuccédé à Robert Fournel. Pingré obtint la vétérance le 28 octobre 1647.

Jean Lucas & Henri Bergeron paroiſſent en 1614.

Guy de Mareuil , écuyer , ſieur de Belloy , par réſignation d'Adrien de Mareuil , juillet 1614. Il eut pour femme Louiſe Dufreſne.

Jean de Leſſau & Claude Pétit ſe rencontrent en 1620.

Jean le-Gillon fut conſeiller honoraire le 8 octobre 1646.

Claude Demons, par réfignation de Jean fon père, fieur
d'Hedicourt, le 26 juin 1620. Il fut confeiller honoraire
le 12 juillet 1645.

Jean Dupont, avocat, le 22 mars 1628.

François le-Bon, après Claude Petit, dont Jeanne Pecoul fa
veuve avoit pourvu Claude Pecoul, qui en donna fa démiffion le 15 mars 1628.

Jean Dainval, écuyer, fieur de Dromerval, par démiffion
de Claude Poullain, qui avoit été nommé par Catherine
Bultel, veuve de Jean de Collemont, le 3 mars 1628. Il
étoit fils de Jean, écuyer, fieur de Maucreux, & de Marie
le-Picard.

François le-Picard, écuyer, fieur d'Ambercourt, lieutenant
& confeiller, paroît en 1629.

François Hannicque, écuyer, fieur de Villers & de Frete-
molle, paroît depuis cette année jufqu'en 1653.

Antoine Lucas, écuyer, fieur de Verringues, 1630.

Etienne Dubos fe rencontre la même année.

Nicolas Mouret, dans le même temps.

Vincent Caftelet, époux de Marie Vacquette, 1630. *Layette
de Camons.*

Adrien Creton, fils de Jacques, lieutenant particulier, fut
fait confeiller honoraire le 16 mai 1653.

Michel le-Bon, fieur de la Motte, véteran, le 12 avril
1664.

Louis le-Correur, par réfignation d'Antoine Lucas, le 4
juillet 1631.

Adrien Morel, écuyer, fieur de Becordel, par réfignation
de Jean Dainval, le 19 mars 1632. Il eut la vétérance le
23 décembre 1657.

Nicolas Dumont, feigneur de Termont & de Belloy en partie, avocat en parlement, par mort d'Etienne Dubos, le
dernier janvier 1634, véteran le 20 février 1674.

Jean Vacquette, fieur du Cardonnoy, par réfignation de
Jacques de Neufville, le 7 mars 1635. Il avoit époufé
Marie de Heu, ou plutôt Dardre.

Pierre Lerminier, par réfignation de François le-Bon, le 26
mars de la même année.

Louis Gougier, fieur de Seux, avocat en parlement, par
réfignation de Guy de Mareuil, le dernier du même
mois.

Charles de Leftocq, confeiller, garde des fceaux, par réfignation de Melchior Fouache, le 18 juin 1636.

Nicolas de Louvencourt, fieur de la Cour de Fieffes, par
réfignation de Pierre Lerminier, le 27 avril 1638.

Louis Rouffel, par mort de François Hannicque, le premier
juillet.

Antoine de Leftocq, après Charles fon frère, reçu le 23
novembre 1640.

Jean Thierry, par mort de Nicolas Mouret, le 20 décembre.

Claude Morel, écuyer, fieur de Cremery, par réfignation
de Louis Rouffel, le 3 avril 1642.

Louis Rouffel, premier affeffeur du prévôt général, & confeiller, pour fervir de fecond affeffeur; premier pourvu le

4 juillet 1641, véteran le 3 feptembre 1671 ; époux de Marie Duval.

Jacques le - Couvreur, fieur de Renencourt & Vraignes, paroît en 1642 & 1644 dans les titres du village de Vaux : on le revoit dans le chartrier de Vraignes le 18 février 1684.

François Trudaine, écuyer, fieur d'Oiffy, par réfignation d'Antoine de Leftocq, le 7 janvier 1643, véteran le premier mai 1674.

Michel Dufrefne, écuyer, fieur d'Aubigny, époux de Marie Thierry, avocat en parlement, par réfignation de Jean Thierry, le 26 juin.

Charles Houlon, licencié ès lois, & prêtre, par démiffion de Charles Colombet, à qui Jean de Leffau avoit réfigné le 26 août, véteran le 21 décembre 1677.

Jean Picquet, avocat, par réfignation de Henri Bergeron, le 24 mars 1645, véteran le 24 janvier 1682.

Jacques Demons le jeune, fieur d'Hedicourt, par réfignation de Claude fon père, le 24 juin, véteran le 25 mars 1677.

Pierre le-Gillon, fieur du Grotifon, avocat en parlement, par réfignation de Jean fon père, le 3 feptembre 1646, reçu le 14 décembre, véteran le 16 juin 1691. Il avoit époufé Catherine Creton.

Jacques Dufrefne, écuyer, fieur de Domecourt, par réfignation d'Antoine Pingré, le 24 feptembre.

Jean Morgan, écuyer, fieur d'Etouvy, par réfignation de Michel Dufrefne, le 12 décembre 1650, véteran le 9 août 1671.   Jean

Jean Creton, fieur de Wiammeville & d'Herville, par réfignation d'Adrien fon père, le 5 mai 1653, véteran le 3 août 1685. Il avoit époufé Elifabeth Fournier.

Louis de Gouge, Etienne le-Bon & Louis Morel, 1651. *Tit. de Longueau.*

Antoine Dezalleux, fieur d'Obigny, par réfignation de Claude Morel, le 17 novembre 1653.

François le-Correur *ou* le-Corroyer, écuyer, fieur du Fecq, par mort de Louis fon père, le 25 mai 1655. Il avoit époufé Diane-Catherine Favier.

Pierre de Guillebon, 1655. *Tit. du village de Vaux.* Antoine Petit l'étoit alors.

Adrien Morel du Tilly, écuyer, fieur de Becordel, par réfignation d'Adrien fon père, le 22 octobre 1657, véteran le 30 novembre 1688. Il avoit époufé Agnès Heu.

Nicolas Pingré, époux de Jeanne le-Bulleux, par mort d'Antoine Dezalleux, le 3 décembre.

Jean-Baptifte le-Caron de Choqueufe, par réfignation de Michel le-Bon, le 6 décembre 1663, véteran le 12 juin 1687.

Jean-François de Sachy, par mort de Jacques Dufrefne, le 29 novembre 1668.

Michel de Montmignon, par réfignation de Jean Morgan, le 9 août 1671, époux de Jeanne Rache.

Louis-René Rouffel d'Argeuve, premier affeffeur en la maréchauffée, par réfignation de Louis fon père, 1671. Il avoit époufé Catherine Caron, ou peut-être Baron.

Cccc

Claude de Louvencourt, par mort de Nicolas fon père, le 18 janvier 1674. Il époufa Honorée Delattre.

Jean de Montmignon paroît la même année dans les titres de Poulainville. Il paffoit pour favant.

Antoine Lagrené, par réfignation de Nicolas Dumont, le 15 février 1674.

Jean-Baptifte Rouffel Dobviller, par réfignation de François Trudaine, le 2 février, vétéran le 26 octobre 1694.

Alexandre de Vaux, par démiffion de Jean-François de Sachy, le 7 janvier 1677.

Jofeph Canteraine, par réfignation de Jacques Demons, le 4 février.

Louis le-Caron d'Avefne, confeiller-clerc, par mort de Charles Houlon, le 18 novembre, reçu le 23 décembre, véteran le 30 juin 1705.

Firmin Ducrocquet, par mort de Claude de Louvencourt, le 24 décembre. Il fut fecrétaire du Roi, maifon, couronne de France, & époufa Marie Fouquel.

Jean Vacquette du Cardonnoy, par mort de Jean fon père, le premier juillet 1678, honoraire le premier juillet 1714, fecrétaire du Roi en 1711.

Guy Mouret, après Jean Picquet le 9 janvier 1682, reçu le 2 mars, véteran le 24 feptembre 1713.

Jean-Baptifte Dumoulin, après Jean Creton, le 26 juillet 1685, reçu le 21 août, véteran le 13 mai 1709.

Antoine le-Caron de Choqueufe, époux d'Elifabeth Lucas, écuyer, fieur de Marieu, après Jean-Baptifte fon père, le 5 mai 1687.

Jean-Baptifte Morel , écuyer , feigneur de Bazentin , après
Adrien fon père, le 23 feptembre 1688 , mort le 23 août
1711. Il avoit époufé Anne-Thérèfe de Sachy.

Jean-Baptifte Thierry, avocat, fieur de Wiancourt , fils de
Jean , fieur de Genonville, le 30 avril 1689.

Charles Berthe , par démiffion de Louis Gougier, le 23
mai 1689, mort le 7 feptembre 1695.

Un édit du mois de février 1690 créa un confeiller honoraire en chaque fiège préfidial où il n'y en avoit qu'un.

Alexandre de Vaux , confeiller honoraire , premier pourvu
en conféquence de l'édit de création du mois de décembre 1663 , par démiffion de Nicolas de Villers Rouffeville,
qui avoit levé cette charge fur le revenu cafuel du Roi, le
13 juillet 1690.

Jean Paillard , fieur de Grefin & d'Aubigny , par démiffion
de Nicolas Druguet de Belle-Ifle , qui avoit levé cette
charge le 3 août 1690.

Vincent le-Gillon de la Mairie , par mort de Pierre fon père,
le 19 juin 1691.

Auguftin Damiens, par démiffion d'Alexandre de Vaux , le
16 juillet.

Adrien Morel , écuyer, fieur de Faucaucourt, par mort de
Claude Morel, & par démiffion de Jean-Baptifte Thierry,
fieur de Wiencourt, le 11 août.

Jacques Morel, écuyer, fieur de Boncourt, par démiffion de
Jofeph de Canteraine , le 28 mars 1692, mort le 20 décembre 1697.

Joſeph Canteraine, conſeiller d'honneur, premier pourvu, novembre 1691.

Claude de Montmignon, après Michel ſon père, le 13 novembre 1692.

Jacques Morel de Pommery, ſieur de Becordel, époux de Louis de Romanet, par mort de Jean-Baptiſte Morel, décédé le premier décembre 1690, & par démiſſion de Nicolas Grevin, le 25 février 1693.

Adrien Dufreſne de Fredeval, prévôt de Beauquène, ſuccèda à Nicolas Pingré le 7 juillet 1693.

Adrien Vacquette, écuyer, ſieur de Freſchencourt, par réſignation de Jean-Baptiſte Rouſſel, conſeiller, garde ſcel, le 15 décembre 1694, honoraire le premier octobre 1715.

Vincent Gorguette, écuyer, ſieur du Cloiſtre, époux de Marie-Marguerite le-Fort, chevalier d'honneur, par démiſſion de Joſeph de Canteraine, le 11 mars 1695.

Jean Houlon, par mort de Charles Berthe, le 15 décembre 1696.

Jean-Adrien de Herte, conſeiller, premier pourvu depuis l'édit de novembre 1696, le 26 février 1698, mort le 22 octobre.

Jacques-Henri Cornet, ſieur de l'Iſleroy, par adjudication de la charge de Jacques Morel, faite le 30 avril 1698, reçu le 4 juin.

Nicolas de Herte, ſieur de Hailles, époux de Marie-Catherine de Mareuil, après Jean-Adrien ſon frère, le 13 août 1701.

Louis Pingré, écuyer, fieur de Sourdon, par mort de François le-Corroyer du Fecque, le 3 juillet 1702.

Louis Rouffel, fieur d'Argueuve, premier & ancien affeffeur en la maréchauffée, par mort de René-Louis fon père, & par démiffion d'Antoine Ignace Gontier, le 6 août 1702.

Louis Pingré de Carnoy, confeiller honoraire, par mort d'Alexandre de Vaux, le 12 août 1703.

Jacques-François de Hen, prêtre, bachelier en théologie de la faculté de Paris, par démiffion de Louis le-Caron, le 17 juin 1705, mort le 2 février 1711.

Claude Boulenger, fieur de Rivery, avocat, rapporteur du point d'honneur, premier pourvu depuis l'édit de création du mois d'octobre 1704, le 29 août 1705.

Nicolas Gorguette, chevalier d'honneur, par mort de Vincent, le 19 avril 1707.

Alexandre Dufrefne, feigneur de Marchelcave & la Mothe en Sangterre, fecrétaire du Roi, par démiffion de Jean-Baptifte Dumollin, le 16 mars 1709, véteran le 20 juillet 1742.

François Sentier, confeiller-clerc, par mort de Jacques-François de Hen, le 28 novembre 1711.

Nicolas Pingré, après Adrien Morel, fieur de Faucaucourt, dont la charge fut décrétée le 12 juin 1712.

Guy Mouret, fieur d'Hebercourt, par démiffion de Guy fon père, le 16 juillet 1713.

Claude-Louis Vacquette du Cardonnoy, par démiffion de Jean fon père, le 30 juin 1714.

Joſeph Pingré, écuyer, ſieur de Guimicourt, par démiſſion de Jacques Morel, le 27 mars 1715.

François - Nicolas Boulenger, ſieur de Rivery, garde ſcel honoraire, aſſeſſeur en la maréchauſſée, par réſignation d'Adrien Vacquette, le 22 mai 1715, véteran le 4 ſeptembre 1730.

Jean-François Palyart, ſieur d'Aubigny, après Firmin Ducrocquet, & par démiſſion d'Antoine Ducrocquet ſon fils, le 15 avril 1723.

Antoine de Crocquoiſon, prêtre, chanoine de la cathédrale, par mort de François Sentier, le 15 juillet 1728.

Pierre-François Pinguet, par mort de Jean Houlon, le 4 mars 1729.

Jean - Philippe Boulenger de Rivery, rapporteur du point d'honneur, par démiſſion de Claude ſon père, le 8 avril 1730.

François le-Blanc, ſieur du Melliart, après Auguſtin Damiens, & par démiſſion d'Auguſtin Damiens ſon fils, le 20 décembre 1732.

Jacques de Sachy, ſieur de Saint-Aurin, par mort de Vincent le-Gillon, le 14 juillet 1733.

Charles Ducaſtel, par réſignation de Jean-Baptiſte-Rolland-Antoine-Emmanuel de Villers de Berneuil, le 10 février 1735.

Gilbert Morel, ſieur de Becordel, fils de Jacques Morel de Pommery, par mort de Pierre Pinguet, le 9 juillet 1735.

Adrien-Pierre Vacquette de Frechencourt, fils d'Adrien,

par démiffion de Claude-Louis Vacquette du Cardonnoy,
le premier mars 1737.

Claude-Louis Vacquette, chevalier, feigneur du Cardonnoy
& de Lenchères, naquit le 2 décembre 1691. Par contrat
du 8 janvier 1714, il avoit époufé demoifelle Marie-Catherine le-Gillon, d'une ancienne maifon de Picardie,
originaire de Flandre, alliée à celles de Croy, Monchy,
Vignacourt, Pasfeuquières, &c. On le regardoit à la fin
de fa carrière comme le plus ancien magiftrat du royaume.
En effet, après avoir, à l'exemple de fes ancêtres, fervi
d'abord, l'efpace de vingt années, en qualité de confeiller
au préfidial d'Amiens, il exerça enfuite, pendant près de
quarante-fept ans la charge de confeiller au grand confeil.
C'étoit un excellent juge. Dans l'âge de la décrépitude,
affiftant comme doyen au confeil des parties, il s'expri-
moit avec tant de clarté & de précifion, qu'il excitoit
l'admiration de toute l'affemblée; en confidération de fes
talens & de fa vieilleffe, M. de Miromenil, aujourd'hui
garde des fceaux, détermina S. M. à ajouter une nouvelle
penfion à celle dont il jouiffoit déja en qualité de doyen.
M. de Beaumont, archevêque de Paris, avoit pour lui une
eftime particulière; M. de Nicolaï, préfident, ainfi que
nombre de perfonnes de diftinction, le confidéroient beaucoup. Il paya le tribut commun le 11 décembre 1781,
dans fa 91ᵉ année.

Obfervations d'un ancien Magiftrat fur les Lois fonda-
mentales du royaume, 1771, *in*-8. Le fond de cet ouvrage,
qu'on ne doit qu'à fon attachement, à fon amour pour nos
Rois, ainfi qu'à fon zèle pour la défenfe de leur autorité, eft

excellent; mais le ftyle en eft diffus, inégal, peu correct. On remarque les mêmes défauts dans l'*Hiftoire du Gouvernement politique intérieur du Royaume*, manufcrit *in-fol.* ainfi que dans l'*Hiftoire générale de Picardie.* 4 vol. *in-fol.* manufcrits, remplies d'ailleurs de recherches intéreffantes. Son goût pour la littérature s'eft perpétué dans fes enfans.

Jacques-Vincent Marie, chanoine de Champeaux, naquit le 18 avril 1734. Etant Jéfuite à la Flèche, il publia une *Ode fur la naiffance de M. le Comte de Provence* : le *Panégyrique de madame de Chantal* fut imprimé à Bruxelles, chez J. J. Boucherie, en 1768. Il a prêché, il y a quelques années, un carême dans l'églife de faint Médard de Paris, & fes autres fermons ne font reftés manufcrits, que parce qu'il n'a pas encore renoncé au miniftère de la chaire.

Marie-Françoife Catherine, née le 10 juin 1721, actuellement religieufe dans la maifon des Urfulines d'Amiens, fous le nom de Sainte-Adélaïde, a compofé des *Homélies fur les Evangiles.* Il s'y trouve d'excellentes chofes qui mériteroient de voir le jour. On en a tiré plufieurs copies dans la communauté.

A ce qu'on a dit de Jean Marie, *page 398*, ajoutez, né le 17 février 1728. Il eft auteur de l'éloge de Jean Vacquette fon grand-pere, inféré dans l'édition de Morery, faite en 1759. Ses *Confidérations*, imprimées à Amiens, chez Godart, en 1751, formeroient actuellement un bon volume *in-12.* D'autres matériaux fur la littérature & l'hiftoire n'attendent, pour voir le jour, que le temps où l'auteur y pourra mettre la dernière main. Ces renfeignemens nous font parvenus trop tard pour pouvoir être rangés comme l'exigeoit l'ordre chronologique.

Pierre

Pierre-François Dufresne, par résignation d'Alexandre son père, le 2 juin 1742.

Antoine-Louis Petyst , avocat, conseiller, contrôleur ordinaire des guerres, par dispense d'âge , par mort d'Adrien Dufresne de Fredeval, le 5 août 1743 , reçu au parlement le 2 septembre.

Honoré-Jacques de Ribaucourt, par mort de Paillard d'Aubigny , le 10 décembre 1751 , reçu le 29 janvier 1752.

Joseph-Louis Aubry, conseiller-clerc, par résignation d'Antoine de Croquoison, le 3 décembre 1754, reçu le 16.

Louis-Augustin Morel d'Herival , avocat en la cour de parlement , par mort du sieur Pingré de Foucaucourt, 17 août 1763 , reçu le 9 décembre.

Philippe-Marie-Henri Poujoul , sur la démission de Pierre-François Dufresne , 12 août 1778 , reçu au parlement le 29.

Les Procureurs du Roi.

Vincent de Guisy, 1390. *Reg. de l'hôtel de ville.*

André du Clavel, 1404. *Ibid.*

Hue Dupuis, 1409. *Ibid.*

Jean de Neuvillette , 1470. *Ibid.*

Jean le-Clerc, 1477. *Ibid.*

Pierre Villain, licencié ès lois, 1499.

Louis de Rely , *dit* Loyzet, seigneur de Rochefort & du Mont-Lescaut, eut cette charge sans en payer la finance, & par bienfait du Roi. Il mourut le 25 juin 1507. Il avoit épousé en 1482, Antoinette de Wailly.

Antoine le-Clerc, licencié ès lois, le 15 mars 1508.

Antoine Picquet, confeiller, maître du Puy en 1518, lui fuccéda.

Adrien Villain, écuyer, fieur de Quiery, licencié ès lois, paroît en 1540. Le Roi lui accorda cent livres de gages 1552.

Louis Moucquet, 1559.

François-aux-Coufteaulx, par réfignation du précédent, le 19 mai 1571.

Godefroy de Baillon, 1584. Il avoit époufé Madeleine Guynel.

Antoine Scourion, fieur de Bagueudet, ci-devant avocat du Roi, le 20 février 1593.

Pierre de Famechon, ancien maïeur, par mort du précédent, le premier décembre 1595. Il avoit époufé Marguerite Carette.

Godefroy le-Buteux, par mort du précédent, le 13 décembre 1617. Il avoit époufé Marguerite Ducroquet.

Charles de Leftocq, époux de Jeanne de Rouveroy, céda fon office à Antoine fon fils, par contrat du premier mars 1644.

Guillaume de Lattre, fieur de Vilancourt, par mort du poffeffeur, le 10 juillet 1637.

Antoine de Leftoc, écuyer, feigneur de Salleu & de Ravias, ancien confeiller, fils de Charles, payeur des gages des offices des préfidens du bailliage, mourut en 1687, au mois de décembre.

Louis Pingré, écuyer, sieur de Guimicourt, le 24 décembre 1676.

Philippe Boüllen fut le premier procureur du Roi fiscal en 1683.

Joseph Pingré, sieur de Guimicourt, procureur du Roi au présidial, au bureau des traites - foraines & autres juridictions, par mort de Louis son père, le premier mai 1732, véteran le 17 février 1762.

Florent de Sachy, écuyer, sieur de Marcelet, avocat en parlement, par résignation du précédent, pourvu le 28 juillet 1761, reçu le 13 août.

Augustin-Dieudonné Fontaine, avocat en parlement, par provision du 10 avril 1768, reçu en parlement le 16 mai, & au bailliage le 3 juin.

Les Avocats du Roi.

Pasquier Dumont, conseiller, 1391. *Reg. de la Ville.*

Tristan de Fontaines, 1409.

Guillaume de Conty, Jacques le-Cordier & Pierre Jouglet, 1431. Ils étoient tous trois avocats & conseillers du Roi de la ville. On ignore si l'un d'eux a succédé au précédent.

Jean de Saint-Delis, seigneur de Haucourt, Havernas & Bernapré, occupoit cette place en 1497.

Antoine de Saint-Delis, seigneur des mêmes terres, de celles d'Allery & Saint-Germain, fils de Jean, écuyer, ci-dessus, & de Marguerite Villain, dame de Bernapré, étoit l'aîné de dix-neuf enfans, dont dix garçons & neuf filles. Il suc-

D dd d ij

céda à fon père en 1504, & occupa peu après la place de lieutenant général.

Robert de Fontaines paroît le 3 avril 1507. Il étoit feigneur de Montrelet, licencié ès lois, confeiller, bailli de l'évêché, & avoit été maître du Puy en 1498.

Jean Rohault paroît en 1524.

Pierre Dugard, écuyer, feigneur de Maucreux, licencié ès lois, fe rencontre le 11 octobre 1524. Il avoit époufé Marie de Saiffeval, qui lui procréa Pierre Dugard. On le croît mort au plus tard en 1540.

Jean Foreftier, 1540.

Nicolas Lebrun paroît la même année.

Jean Lequieu, 1559.

François de Saveufe, le 22 avril 1573.

Godefroy de Baillon, avocat en parlement, par réfignation de François de Saveufe, le 20 août 1575.

Antoine Scorion, 1580, fait premier avocat du Roi en 1586.

Vincent Hannicque, fecond avocat, à la place de Godefroy de Baillon, le 4 feptembre 1586. Il étoit fubftitut du procureur général pendant l'abfence de Pierre Famechon.

Antoine Lequieu le jeune, licencié ès lois, par réfignation d'Antoine Scourion, le 29 juillet 1593.

Jean le-Couvreur, neveu de Simon le-Mattre, par réfignation d'Antoine Lequieu, le 13 août 1596.

François Hannicque, 1614. Il avoit époufé Barbe Dugard. Le Roi le choifit pour premier échevin en 1631.

Jacques de Neufville, confeiller, eut la place le 6 mai 1631, par démiffion volontaire de Nicolas Dupont, à qui Jean Dupont fon père avoit réfigné cet office.

Jacques de Machy, fubftitut du procureur général au parlement, par mort de Jacques de Neufville, le 23 février 1637.

Antoine Hannicque, après François fon père, le 20 avril 1638.

Antoine de Leftocq, avocat en parlement, par réfignation de Jacques de Machy, le 7 mai 1639.

Antoine Petit, fieur d'Aufy, par réfignation d'Antoine de Leftocq, le 8 août 1641. Il époufa Jeanne Pecoul, puis Marie le-Tellier. Le regiftre de la ville, coté P. fait mention d'un procès en crime qu'il eut à l'occafion d'un écrit avec fon prédéceffeur, & qui fut terminé en faveur du fieur de Leftocq, par arrêt du parlement donné en 1652.

François Brunel, par réfignation d'Antoine Hannicque, le 9 août 1649.

François Louvel, époux d'Elifabeth Lucas, fe rencontre en 1654.

P. de Famechon paroît en 1670.

Antoine Pingré, époux d'Elifabeth Scourion, mourut en 1655. Ces trois derniers étoient peut-être procureurs du Roi du bureau des finances.

Antoine Darreft, fieur de Chaffeligny, avocat en parlement, par mort de François Brunel, & après la démiffion de Jofeph-François Brunel, le 17 avril 1683. Il époufa Françoife le-Gillon, fille de Pierre, confeiller.

Charles-François Cornet, sieur de Coupel, Saint-Marc & Warlus, par résignation d'Antoine Darrest, le 2 juin 1690, mort le 21 septembre 1710.

Louis Petyst, par mort d'Antoine son père, & par démission de Jean-Baptiste Neuilly, le 3 janvier 1699, reçu le 7 mars, honoraire le 4 décembre 1729.

Pierre Pingré, écuyer, sieur de Fricourt, époux de Jeanne Gorguette, par mort de Charles-François Cornet, le 24 décembre 1715.

Louis-Antoine Petyst, après Louis son père, le 29 juillet 1729.

François-Bernard Brunel, par mort de Pierre Pingré de Fricourt, 29 juillet, reçu au parlement le 8 août 1778, a pris séance le 24.

TABLEAU CHRONOLOGIQUE

DES NOTAIRES,

Dans toute l'étendue du Bailliage, depuis les premiers temps jusqu'aujourd'hui.

ON a appelé anciennement , dans certains cantons , *Auditeurs*, les hommes nommés par tout ailleurs *Notaires*. Les preuves en font multipliées dans les coutumes d'Amiens, du Ponthieu & de Clermont. Les témoins & affiftans qui fe trouvoient à la paffation , ou à la lecture de quelque acte , foit qu'ils le fignaffent ou non, ont pareillement été défignés par le furnom d'*Auditeurs* du Roi , & ils étoient nommés par les baillifs jufqu'environ l'an 1570. Le Samedi-Saint étoit le dernier jour de l'année , & le premier de la fuivante fe comptoit du jour de Pâques. Les actes paffés le famedi avant dix heures du matin , étoient datés du dernier jour de l'an , avant le cierge béni : paffé dix heures , on datoit d'après le cierge béni. Depuis le lundi jufqu'au famedi de la Semaine-Sainte , on mettoit au bas des actes , tel jour, avant Pâques *communiaux ;* depuis Pâques jufqu'au famedi avant la *Quafimodo* , on fignoit tel jour après *P. C.*

1150 Robert Geant, *Gigans.*	de la cour d'Amiens.
1190 Palette.	*Cart. de l'hôtel-Dieu.*
De Cynée.	1318 Pierre Brichart, clerc de
1276 Bernard de Vignacourt,	Paris. *Reg. du Chap.*
clerc, notaire apoft.	*d'Am. Lay. de Vaux.*
Reg. de la Ville.	Jean de Nonis, notaire
1309 Baichart d'Encre, clerc	apoftolique. *Ibid.*

1323 Jean de Vacquerie, not.
apoſt. *Reg. de la V.*

1328 Jean du Quarrel.
Jean Bargoul. Tous deux au mois de mars. *Tit. de l'Abb. de St. Jean.*

1332 Pierre de Verberie, clerc. *Reg. de la V.*

1333 Jean de Quevauviller, *de Equivillare*, cl. *Ib.*

1343 Philippe de Ailly, clerc. *Cart. de S. Firmin-le-C.*
Willame Rabuiſſon, en juin.

1364 Gerard de Montaigu, not. apoſt.
Simon d'Anneville. Ils ont tranſcrit pour le corps de ville un recueil de lettres, d'alliances & de traités.

1369 Jean Coiſpel, du diocèſe de Rouen. *Reg. du Ch. Layette de Longueau.*

1372 Robert le-Maréchal, auditeur à St. Riquier.
Jean de Sarton. *Ibid.*

1376 Jean Dubus.
Jean le-Vaſſeur, auditeur royal.

1379 Guillaume de S. Pierre, *ibid.*
Jean Ligier, *ibid.*

1383 Nicolas de Dompmart.
Raoul le-Caſtelain. *Ibid. Layette de Camons.*

1385 Jean Amanſois l'aîné. *Ibid. Lay. de Long.*
Pierre Dumaiſnil. *Ibid.* juſqu'en 1411.

1389 Pierre Mourin, prêtre, not. de la cour ſpirit.
Colart de Laporte. A. R.
Matthieu le-Clerc. A. R.

1390 Touſſaint le-Magnier.

1391 Jean Dupriez.
Jean Vicart. *Ibid. Lay. de Camons.*
Henri Cardon. A. R. 15 avr. & 1411. *L. de V.*
Jean Marchaine. A. R. 15 avril.

1394 Jean Fauquet reparoît en 1406, 9 juillet.
Simon Grimaut, A. R.

1395 Pierre Erard.
Hue le-Boucher.

1397 Touſſaint Marchaine, A. R. 12 mai.

Martin

1397 Martin Hourgues, A. R.
Raoul de Bourdon, 12 mai.

1406 Jean Dugué, 9 juillet.

1408 Robert Garet. *L. de C.*
Pierre Crochet, 23 juin. *L. de Vaux.*
Jean Dubofquel, même jour.
Jean Dobbe. *Ibid.* jufqu'en 1459, 18 juillet.
Pierre le-Dieu reparoît le 31 décembre 1428.

1411 Enguerran de Noyelle. *L. de Long.* Il reparoît en 1426.
Colart Sevin, jufqu'au 26 juin 1438.
Jean de Lattre, A. R. reparoît en 1452.

1413 Jean le-Clerc. *L. de C.*
Taffart de Noyelle. *Ibid.*

1414 Enguerran Dubos, A. R.
Martin Fleury, A. R.

1415 Reiffe de Laporte, A. R.
Le même que Taffe ci-deffous.
Pierre Poulain, A. R.

1416 Jean Dubos.

1419 Pierre de Glify, A. R.
Gautier d'Eftampes. *Ib.*
Jean Clavel. *L. de V.*

1423 Matthieu Vaudiquet, *dit* Ricflait, 13 févr.
Jacques Clabaut, même jour.
Jean Godet, A. à Oife-mont.
Jean le-Vilain, *ibid.*

1426 Jean Courtois. *L. de C.*
Jean Duflos. *Ibid.*
Robert Perrigue. *Ibid.*
Robert Neveu. *Ibid.*
Andrieu Fafconnel. *Ib.* reparoît en 1436.
De Lefpière.

1431 Jean Loudin, A. à St. Riquier.
Jean Hochart, *ibid.*

1435 Taffe de Laporte, 3 mars.
Matthieu Lallemant, même jour.

1436 Jean Compère. *L. de L.*

1437 Simon le – Bourgeois, *Ibid.*
Jean le-Bourgeois. *Ibid.*

1438 Accard Doublet.

1438 Jacques de Monchy, 21 novembre.

Gilles le-Vaffeur, *ibid.*

1440 Jean le-Prévoft le jeune, 7 mai.

Pierre de Monchy, *ibid.*

1442 Colart Dainval, 23 janvier.

Jacques Lenglez, *ibid.*

1444 Hue Harlé.

Jean Fricquet.

1446 Jean Leftime.

Thomas le-Prévoft.

Jean Dardre.

1447 Pierre de Machy, peut-être le même que de Monchy.

Jean Ducandas.

Jacques Dupeuftil. *L. de Vaux.*

Jean Cofette, Audit. à Amiens.

1448 Jacques de Monchy, 5 avril, A. à Amiens.

Jean Revillon, *ibid.*

Guillaume de Leftocquet.

Jacques le-Jolly.

1451 Jean Framery.

1452 Jean de Mota, clerc du diocèfe des Morins.

Simon Leclerc.

1454 Nicolas Maneffier, not. de la cour fpirituelle. *L. de Camons.*

1460 Martin Malingre, bachelier en l'un & l'autre droit. *C. de St. F. le C.*

Jean Lambert, né dans le Marquenterre. *Ib.*

1462 Mile de Coquerel.

Jean de Pucheviller, prêtre & chap. not. apoft.

Jean de Collemont, auditeur à Amiens.

Robert Bigant, *ibid.*

Gilles Duval, *ibid.*

Jean Caneffon, *ibid.*

1463 Jean de Longcourtil, *ibid. L. de Poulainv.*

1467 Jean Caneffon l'aîné, aud. à Oifemont.

Ancel Lenglacie, *ibid.*

1473 Colas Defnocs, à Doullens.

Roger Dumoulin, *ibid.*

1474 Robert Rohaut, audit. prévôté de Doullens.

1474 Ancel de Bacouel, *ibid.*

1475 Jacques Dobbé, 4 nov.

1476 Jean le-Sonne.

Jean Cretu, A. R.

1477 Jean Fabry, clerc d'Am. not. apoft.

1483 Lienard Leclerc.

Sébaftien le-Sellier, au-diteur à Amiens.

1484 Jean Boidin, notaire du chapitre.

Jean Rohaut, auditeur à Amiens.

1485 Honoré le-Prévoft, 25 février.

1489 Martin Vilain, auditeur, prévôté de Vimeu.

Jean Lefebvre, auditeur à Amiens.

Martin Rouffel, audit. à Oifemont.

1490 Guillaume Ferrand, no-taire en la cour fpiri-tuelle de l'évêché.

Nicolas Cary, auditeur à Amiens.

Ferry Harlé, *ibid.*

Pierre de Leffau, *ibid.*

Nicolas Choppart, *ibid.*

1493 Adrien de Machy, *ibid.*

1495 Jean de Flandre, not. apoft.

Pierre des Hones, audi-teur à Oifemont.

Fremin Rouffel, *ibid.*

1498 Jean de Collemont, au-diteur à Granviller.

Nicolas Hanique, *ibid.*

1499. Jean Brahier, A. R.

Andrieu de Machy.

Noel Hublé, A. R. à Amiens.

Jean le-Prévoft, 8 oct.

1501 Jean Lequien, 2 fept. à Amiens.

Arnoul Jacquemin, curé de Citerne.

Adrien Bigand, 2 fept, à Amiens.

1502 Guy de Fer, dont J. B. de Ligny a une liaffe, Amiens.

Nicolas Quignon. Une partie de fes minutes fe trouve chez la ve. le-Sieurre.

1503 Jean de Leffau. A. R. à St. Riquier.

1503 Jean Durot, A. R. prév.
de Vimeu.
Pierre de Boves, *ibid.*

1504 Jean de Montenefcourt,
A. R. à Amiens.
Adrien Picquet, *ibid.*
Jean Duclay, *ibid.*
Jacques Cretu, *ibid.*

1505 Hue Canneffon, *ibid.*
Jacques Gallant, *ibid.*
Antoine Dardre, *ibid.*
Nicolas Leclerc, *ibid.*

1506 C'eft au mois de mars de
cette année que com-
mence le plus ancien
regiftre du bailliage.
Nicolas de Saiffeval, à
Amiens.
Jean Maffe, après Nico-
las de Saiffeval, *ibid.*
Raoul Defer, après Guy,
ibid.
Martin Henri *ou* Herni,
ibid.
Jacques Caignet, aud.
prévôté de Vimeu à
Hornoy, *ibid.*

1509 Philippe de Wauduin,
A. prév. de Doullens.
Guillaume Beuzin, *ibid.*

1510 Jean Duriez, 27 juillet;
premier pourvu, à
Fromeries.

1511 Pierre Foullon, audit. à
Amiens.
Antoine Lefebvre, *ibid.*
Robert Herenguier, *ib.*
Jean Laurens, tabellion
en la vicomté & fiège
de Fouilloy.
Jean Herichon, prévôté
de Vimeu.

1512 Pierre de Monchy, 11
feptembre, Amiens.
Antoine Dubois, qui ré-
figna en 1544, *ibid.*

1513 Jean de Remy, auditeur
à Beauquène.
Hue le-Senne, *ibid.*
Antoine Tarifel, réfigna
en 1546, à Amiens.
Jean le-Riche, *ibid.*
François Rohault, *ibid.*
Antoine de Bailly, après
Robert Herenguier,
ibid.
André le-Fort, *ibid.*

1514 Robert Dorefmieux, à
Amiens.
Rault, Tallifer, *ibid.*

1514 Jacques de Dury, Am.
Pierre Cofette, *ibid.*
Antoine le-Gallois, *ibid.*
Jacques le-Maiftre, *ibid.*
Jacques Dainval, *ibid.*
Nicolas Domicourt, pré-
vôté de Beauquène.
Jean Pinte, *ibid.*

1515 Alexandre Deflers, premier pourvu en la P.
de Vimou, cité & ville
d'Arras, & lieux cir-
convoifins, le 22 janv.
inftitué le même jour
contrôleur des de-
niers de ladite ville.
Nicolas de Beaumez,
premier pourvu le 22
février, & maître du
comté de St. Pol.

1516 Le Roi créa cette année
24 charges, & 3 autres
peu de temps après.
Jean des Effars, Amiens.
Martin Cheruil, *ibid.*

1517 Pierre de Montenef-
court, après Jacques
le-Maiftre, *ibid.*
Adrien Laloé, A. R. à
Doullens.

1517 Guerard Potentier, *ibid.*
Nicolas Papin, reçu le
2 juin, *ibid.*
Pierre de Biencourt l'aî-
né, garde du fcel de
la baillie d'Amiens.
Pierre de Biencourt le
jeune, à Doullens.

1518 Nicolas Dupréel, à Am.
Jean de Courcelles, *ibid.*

1519 Simon Pilattre, par ré-
fignation de Nicolas
Dupréel.
Henri Cofette, après
Noël Hublé, à Am.
Hector de Laporte, *ibid.*
Nicolas Herenguier, *ib.*
Martin de Miraulmont,
ibid.
Adrien Ducay, *ibid.*

1520 Jean Dainval, époux de
Marie Lequieu, *ibid.*

1521 Jean Pecoul, prévoté
de St. Riquier.
David le-Baille, *ibid.*

1522 Jacques Dubail, après
Jean le-Riche, à Am.

1523 Jean le-Boin, A. R.
Jean Dufrefne, *ibid.*
Antoine Picquet, né à Airai-

nes , figne à un bail d'Outrebois , le 14 décembre. Amiens.

Guy Bauduin, *ibid.*

Nicole du Pille, *ibid.*

1525 Raoul Gorre , au bourg d'Ault.

Regnaut le-Prévoft , à Fouilloy.

Jacques Vacquette,*ibid.*

Charles Tacquet, à St. Valery.

Jean Obert *ou* Aubert, premier pourvu, mort en 1538, *ibid.*

1526 Antoine Dainval, à Am.

Raoul le-Feron , reçu à la place de Jacques Dainval, le 15 décembre , *ibid.*

1527 Guillaume de Cohen, à Poix.

Antoine Lefebvre, *ibid.*

1528 Pierre Lenglez , après Gerard Potentier, *tit.* *de Glify* , réfigna en 1543. Amiens.

1529 Jacques de Leffau, à St. Riquier.

David Lefcaillé, *ibid.*

1531 Martin de Miraulmont père , après Nicolas Herenguier , pourvu le 22 avril. Amiens.

Philippe Detroy, à St. Riquier.

Jean Letas , pourvu le 5 novembre de l'année fuiv. Amiens.

1532 Guy de Lattre , pourvu en feptemb. mort en juillet 1557, *ibid.*

Simon Chinot, prévôté de Vimeu.

1533 Robert Anglici, prêtre, tabellion , not. apoft. Amiens.

Jacques Bauduin , *ibid.*

1534 Jean Guerlain , prévoté de Vimeu.

Jean Gamet, *ibid.*

1536 Pierre - Jean Caftelet , mort en juill. 1557, fucceffeur de Pierre de Monchy. Amiens.

Pellé *ou* Gellée. *Lay. de* *Longueau.*

1537 Jean Dainval. Amiens.

1538 Jean Mutel. 15 décemb.

Pierre Boullet. Amiens.

Robert Dubeguin, après
Jean Harlé, *ibid.*

Jacques Dubaille, *ibid.*

1539 Hugues Hullot. Corbie.

Pierre Ricart, pourvu
en 1557. Amiens.

1540 Jean Roger, prévôté de
Vimeu.

Jacques Cacheleu. Am.

Jean Lenglez, not. apoſt.

Marc de Caulmont *ou*
Cavemont, proto-
notaire du St. Siège.

Antoine Coquerel. Am.

1541 François Fournier, à
Auxy-Château.

Pierre Pezé, *ibid.*

Antoine le - Maiſtre,
après Ant. Dubaille
fils. Amiens.

Guy Bauduin, après
Pierre Boullet, *ibid.*

Michel Gambet, par ré-
ſignation d'Antoine
le - Maiſtre, pourvu
le 31 décembre, *ibid.*

1542 Raoul Defer, *ibid.*

Pierre d'Argny, prév.
de Vimeu.

Jean le-Vaſſeur, *ibid.*

Martin Herichon, proc.
& not. par lettres du
28 ſept.

Matthieu *ou* Martin Mi-
lon, premier pourvu
le 22 nov. Auxy-Ch.

1543 Guillaume de Rien-
court, mort le 27
novembre, premier
connu de la prévôté
de Fouilloy.

Nicolas Leroy, par ré-
ſignation de Pierre
Lenglez. Amiens.

Daniel de Vaux, prév.
de Fouilloy.

Antoine de Monchy,
après P. Lenglez, le
4 mai. Amiens.

Antoine de Hodenc, à
Grandviller.

1544 Iſaac le-Normant, après
Guerard Potentier,
le 10 juin, pourvu le
18. Amiens.

Jean le-Marchant, par
réſignation de Raoul
le-Feron, du 19 août,
eut ſes proviſions le
12 févr. 1547. Am.

1544 Antoine Broffart , par réfign. d'Antoine Dubois le 29 fept. Am.

Jean Pinte , aprés Ant. le-Gallois , *ibid.*

François Martin , par réfignation de Jean Pinte , fut reçu le 4 octobre , *ibid.*

Jean Rouffel , prév. de Vimeu.

Philippe Durot , *idem.*

1545 Jean de Machy. Amiens.

Lambert Becquet , par réfignation de Raoul Defer, le 4 juill. *ibid.*

Artus Buteux. Doullens.

François Buteux, greffier au grenier à fel de Doullens, reçu le dernier juin, par réfignation d'Artus , & démis comme rebelle le 28 mars 1569. Il embraffa le proteftantifme , *ibid.*

Denis & Boudequin.

Jean Hereng, mort cette année , *ibid.*

Jean Lejeune , premier connu dans la prév. de St. Riquier.

Jean Chaval , greffier , fuccéda à J. Lejeune, *ibid.*

Martin Poftel , 29 août, prév. de Vimeu.

Antoine le-Maiftre , 2e. du nom , par réfignation d'Ant. de Monchy , 10 mars. Am.

Jean. Lefcouvé *ou* Lefconne, reçu le 17 oct. prév. de Doullens.

1546 Philippe Dubois , fucceffeur de Nicolas Dupille. Amiens.

Ifambart de Bricqueville , mort cette année , fut le premier pourvu à la prév. de Beauvaifis au fiège d'Amiens.

Jean des Effarts, aprés Ant. Picquet, Am.

Lucien Warin , mort cette année.

Benoît Breton. *Cart. de Vraignes.*

1546 Adrien

1546 Adrien Ducay, succes-
seur d'Hector de La-
porte, mourut en
1556. Amiens.

Jean Demons, après J.
le-Dieu, *ibid.*

Gabriel Leroy, 26 déc.

Jacques Rouffel. S. Riq.

Jean de Quevauviller,
ibid.

Florimond de Bricque-
ville, 5 fév. Gerberoy.

Jean Tarifel fils, après
Antoine son père, fut
reçu le 19 juill. Am.

Pierre Lenglez, après
Jacq. Cacheleu, *ibid.*

1547 Pierre Brifeur, mort
cette année, fut le
premier pourvu à
Granviller.

Nicolas Waucquet, pré-
vôté de Vimeu.

Nicolas Rouffel, *ibid.*

Jean le-Tanneur, 25 fev.

Pierre Rogeau, après
Antoine Braffart, reçu
le 6 fept. Amiens.

Pierre des Merliers, par
réfignation de Pierre

Lenglez, pourvu le
28 mars, *ibid.*

Jean Harlé, après Ant.
Coquerel, *ibid.*

1548 Simon des Effarts, après
Jean, *ibid.*

Jean Defer, par réfigna-
tion de Simon des Ef-
farts, pourvu le 7 no-
vembre, mort en fé-
vrier 1555, *ibid.*

Jacques Legay, 16 déc.

P. Micquignon, même
jour, à Gamaches.

Hugues de Plain.

Thibaut Carpentier. St.
Riquier.

François Cheval, *ibid.*

Joachim Leclerc, par
réfignat. de Hugues
Deplain, 30 décemb.

1549 Pierre de Regnauval.

Antoine Affeline, par
réfignation de Pierre
de Regnauval, 20 juin.

Henri Hainq, mort cette
année.

Nicolas de Viennes,
après Henri Hainq,
le 12 décembre, pro-

cureur du Roi, à Grandviller.

Etienne Bauduin, par réfignation de Guy fon père, reçu le 23 fept. Amiens.

1550 Jean Danzel, après Jean Dainval, pourvu le 7 avril 1551, mort le 17 oct. 1553. Amiens.

Riquier Barat, à Rue.

Oudart Vitault, *ibid.*

Jean Ducay, par réfign. de Jean Demons, le 20 juin. Amiens.

Antoine Hubelot.

Pierre Hubelot, par réfignation d'Antoine fon père, le 22 déc.

Artus Fournel paroît le 16 avril. Doullens.

Hugues le Viefier, mort le 17 oct. 1566, *ibid.*

Jean Segain. Il étoit proteftant, & fut démis comme rebelle le 28 mars 1569. Il exerçoit de nouveau en 1576, & mourut en 1590, *ibid.*

Ifambert de Calonne, mort en 1574, *ibid.*

1551 Nicolas de Laloé, 3 juin.

Robert de Riquebourg, par réfignat. de Lambert Becquet, le 5 juin, pourvu le 4 fept. Amiens.

Jean Duprez, mort cette année.

Guillaume Weret, après J. Duprez, 25 juin.

Philippe de Troy, procureur à Auxi-Château, reçu le 25 juin pour Doullens.

Par édit du mois de feptembre, le Roi érigea deux charges en la prévôté de Vimeu, & les premiers pourvus furent :

Martin Herichon, démis pour caufe de rebellion le 28 mars 1569, & Jean de Cayeu. Oifem. paroît le 6 janv. 1555.

1552 Jean Blanchard, 14 janv. par réfign. de Henri Cofette fon oncle, à Amiens.

Martin Miraulmont fils, *ibid.*

Adrien Dupuy, mort cette année.

François Hanique, après A. Dupuy, le 22 avr. Grandviller.

Louis Roche, not. apoft. paroît avant Pâques.

Robert Hugot, à Foull.

1553 Nicolas Roche, pourvu le 23 nov. Il mourut le 19 feptemb. 1597 à Corbie, où il s'étoit réfugié pendant le fiège d'Amiens. Il remplaça Jean Danzel. Ses minutes font à l'abb. de S. Jean. Il avoit époufé Jeanne Gaudebert. Amiens.

Gabriel Rogeau, à la place de Jean de Cay, pourvu le 20 février, *ibid.* Une partie de fes minutes eft dans les archives du bailliage.

Pierre Eudel. Fouilloy.

Jean Sohier, après Jean

Tarifel, pourvu le 4 juillet, mort en avril 1558. Amiens.

Antoine Ducay, *ibid.*

1554 Firmin Dupuy, N. A. doyen de chrétienté de Montreuil, le 27 avril.

Noel Denis, not. apoft. mort en avril 1560.

Pierre Martin, fucc. de François. Amiens.

1555 Nicolas Houchart, après Jean Defer, pourvu cette année. Amiens.

Pierre de Verringues, après Adrien Ducay. Amiens.

Antoine Robert, prév. de Grandviller.

1556 François Roche, clerc, not. apoft. le dernier avril.

Franç. Hanique. Grandviller.

1557 Franç. de Mailly, après Pierre Rogeau, mort le 16 avril 1571. Amiens.

Henri Judas, après Guy Delattre. Amiens.

André Pecoul père, après Pierre Caſtelet, *ibid.*

1558 Nicolas Cretu, par réſignation de Jacques Bauduin, 10 mars, *ibid.*

François Segain, par réſignation d'Ant. le-Maiſtre, reçu le 4 mai, *ibid.*

Jean Blanchart, après Philippe Dubois, *ibid.*

Iſaac Maugrenier, par réſignation de Jean Blanchart. Amiens. Il avoit épouſé Marguerite Laignel.

Pierre Lenglez, après Jacques Cacheleu, 8 juin, fut démis comme rebelle le 28 mars 1569. Amiens.

Antoine Caſtelet, époux de Franç. du Beguin, par mort de Pierre de Montenefcourt, 13 juillet, *ibid.*

Leon Defpreaulx. Gamaches.

Pierres Defquennes, par mort de Gabriel Leroy, 22 ſept.

Nicolas Rouffel, à Domatre.

Antoine Bar, après Jean Sohier, pourvu & reçu le 4 mai. Amiens.

Joffe Julienne, notaire apoſt. 20 décembre.

1559 Antoine Daraines, clerc, premier mars.

Adrien Heu, à Grandv.

Jacques Judas. *L. de C.*

Nicolas Artus. Amiens.

Firmin Grouche étoit mort.

Pierre Guarin, prêtre, vicaire d'Agnières, après F. Grouche, not. apoſt.

Lambert Becquet, auditeur à Domart, par commiffion, le 14 ſept. mort en 1565.

Adrien Capperon, aud. *ibid*, le même jour.

..... le-Fruitier, en Vimeu.

1560 Jacques Rouffel, 23 mars.

Jean Buteux, même jour.

Nicolas Courtois, fucc. de Michel Gambet, étoit mort cette année. Amiens.

Antoine Martin, après N. Courtois, premier juillet. *ibid.*

Charles Dubois, *ibid.*

Pierre Machecrier étoit mort.

Firmin Gaillard, après P. Machecrier, not. en l'officialité, curé de N. D. du Châtel, à Abbeville, 2 oct.

Pierre Ternifien. Airaines.

Charles Gimaife *ou* Goniaife, *ibid.*

Jean Hubault, après Franç. Seguin, reçu le 2 juin. Amiens.

Nicolas Carpentier, fils de Thibaut, le 17 déc.

Pierre Richard, après Adrien Caffelet, *ibid.*

Laurent Rouffel, par réfignation de Pierre Ricard, 22 déc. *ibid.*

Jean Houchart, prêtre.

1561 Charles le-Tonnelier, par mort de Robert de Riquebourg, 11 juin. Amiens.

Alexandre Roche, par réfignat. d'Ant. Bar, 23 juin. Ses minutes font à l'abbaye de St. Jean, *ibid.*

Charles Caruel, par mort de Nicol. Rouffel, 4 déc. prév. de V.

François Lenglez, après Jean Blanchart. Am.

1562 Rabottin Dufoffé, le 13 mai, mort en 1592. Domart.

Jean Gaudefroy, prêtre, chanoine de la cathédrale, not. apoft. par mort de Jean Lenglez, 6 juin.

Nicolas de Baudricourt l'aîné, mort le 29 juillet 1641.

Pierre Martin, après François. Amiens.

1563 Par édit du mois d'avril, le Roi créa 2 nouv. offices en la prév. de Fouilloy, & le premier pourvu fut,

Jean Rouſſel, prévoté de Vimeu.

Jean Anguier, 20 févr. Fouilloy.

Charles Durot, le premier mars.

Franç. Seguyn. Amiens.

Guillaume Dubois étoit mort.

Antoine Eudel, le 7 mai à Fouilloy.

Antoine Pelot, procur. & not. à Encre.

1564 Jean Gaillard, après J. Dubaille. Amiens.

Nicolas Martin l'aîné, par la démiſſion volontaire de J. Gaillard le 26 janv. n'eut ſes proviſions que le 13 avril ſuiv. *ibid.*

Leſſopier, à St. Riquier.

Jean Hubault, par réſignation de François Seguin le 25 mai. Am.

Jean de Quevauviller, 17 juillet.

Jacques Quevauviller.

Hugues Judas, peut-être le même que Henri.

Jean Leroi, à Fromeries.

Charles Leroi, par réſignation de Hugues Judas, le 27 décemb. épouſa Marie de Miraulmont. Amiens.

Nicolas de Brienne, au Bailliage.

Jean Seguin, après P. Martin. Amiens.

1565 Robert Hugot.

Jean de Holleville, quatrième auditeur inſtitué le 7 juin, mort en 1618, prévôté de Beauquène.

Nicolas Caron, lieutenant du ſénéchal de Domart, not. le 9 nov. réſigna en 1571.

Chriſtophe Cuiſſet, par réſign. de Robert Hugot, 24 octobre.

Louis de Louvencourt, fils de Robert, avocat, épouſa Cath. Caſtelet. Il remplaça Robert Dubeguin. Am.

1566 Pierre Micquignon, par réſign. de Leon Deſpreaulx, 30 mai, à Oiſemont.

Guillaume Gaillard, notaire apoſt. 20 juin.

Antoine Decais, mort cette année.

Jacques de Revelles, clerc, après Antoine Decais, 20 juillet.

Antoine Callon, à Airaines.

Jean Wauquet, par réſignation de Jean Gamet, 18 oct. prévôté de Vimeu.

Jacques Hunet, Havel ou Himel, 17 octobre, démis pour cauſe de rebellion le 28 mars 1569, mort en 1511.

Doullens. De Brye. Amiens.

Mart. Deguiſnes, époux de Marguer. Soufflet, reçu le 23 nov. mort en 1588. Doullens.

1567 Jean Martin, par réſign. d'Etienne Bauduin, le 5 févr. Amiens.

Martin de Poilly, pourvu le premier février, démis comme rebelle en 1569. Gamaches.

Franç. Micquignon, par mort de Pierre ſon père, 6 mai, *ibid.*

Nicolas de Leſſau, par réſign. d'Iſaac le-Normant ſon beau-père, 27 mai. Amiens.

Nicolas de Lafoſſe, 5 mai. Etant greffier de la prévôté, il fut démis pour cauſe de rebellion le 28 mars 1569. Jean Hainques avoit été pourvu de cet office après la mort de J. de Cayeu. prév. de Vimeu.

Charles Chaftelain , à Gerberoy.

Matthieu Ricquier, par réfignat. de Charles Chaftellain , 6 nov. *ibid.*

1568 Adrien Pezé, fils de Jacques, & de Claude de Louvencourt, époufa Honorée Rogeau. Il fuccéda à J. le-Marchant , & fut reçu le 25 févr. Amiens.

Pierre Fournier, fils de Pierre , époufa Ant. de Louvencourt , & remplaca Chriftophe Cuiffet le 29 feptem. *ibid.*

1569 Jean Caftelet, par mort de Pierre de Varringues, 20 janv. *ibid.*

Philippe Santerre , par mort de Charles Caruel , 22 janv.

Charles de Cohen.

Martin Alavoine, fils de Louife de Villers, par réfignation de Char-

les de Cohen , 30 janvier , à Poix.

Franç. de Lannoy, premier pourvu,15 mars, à Fromeries.

Pierre Fouache , après Franç. Lenglez, privé de fon office par arrêt, 14 avril. Amiens.

Jacques le Fuzelier , prévôt de Vimeu , démis pour caufe de rebellion le 28 mars.

Jean Roger , démis le même jour pour pareille caufe.

Nicolas Vaucquet , démis pour femblable fujet.

Charles Rouffel, par réfignation de Jean; 26 juin, prév. de Vimeu.

Sébaftien Morel , par réfignat. de Ph. Santerre, 13 juill. P. de V.

Michel Cochepin, par mort de Nicolas de Leffau.

Claude Gellée. *L. de C.*

1569 Antoine

'Antoine Denis. *Layette de Vaux.*

'Antoine de Hodencq, 23 fept.

Denis du Préel, 2 fept. au bourg d'Ault.

Martin de Ponthieu, mort.

1570 Joachim de Hodencq, par mort d'Antoine, 3 févr. prév. de B. à Granviller.

Nicolas Leroy, époux de Marguer. Hublée, après Pierre Lenglez. Amiens.

Adrien Cœuillet, par mort de François de Lannoy, 2 mars. Fromeries.

Charles Dablain, reçu le 11 avril. Doullens.

Barnabé Bidaire, reçu le 28, mort en 1581. Doullens.

Jean Leclercq, prêtre, not. apoft.

Jean Picart, clerc le 19 juin, par réfign. de J. Leclercq.

1571 Jean Vacquette, procureur, par mort de Fr. de Mailly, 18 mai. Amiens.

Fufcien Pecoul, par réfignation de Michel Cochepin, 6 juin, *ibid.*

Benoît Prévôt, reçu le 20 juillet. Doullens.

Jean Vauquet, par mort de Sébaftien Morel, 2 novembre, prév. de Vimeu.

Nicolas Vallet *ou* Varlet, 19 nov. réfigna en 1574. P. de Beauquène.

1572 Pierre Roche, immatriculé au lieu de Jean Becquin, 26 janv.

Charles Chavanel. P. de Beauvaifis.

Leon Defpreaulx, par réfignation de Nicolas de Lafoffe, 27 avril, à Oifemont.

Louis de Bricqueville, par celle de Flori-

G g g g

mond fon père, 30 juin. Gerberoy.

Jean Seguin , après P. Martin, 3 nov. Am.

1573 Par édit du mois de janvier, S. M. créa quatre nouveaux offices.

Jacques de Vauffelles , prévôt de S. Riquier, par mort de Jean fon père , 19 juin.

Martin Caron, premier pourvu le 10 fept. à St. Riquier.

Pierre Robert, le même jour à Granviller.

Nicolas de Berneul, le même jour. Amiens.

Robert Fouache, *ibid.*

Nicolas Lagrené, *ibid.*

Martin Caron l'aîné , époux de Jeanne le-Senechal , fuccéda à P. Boullet, *ibid.*

1574 Jean Quignon , après Nicolas Houchart , 26 févr. *ibid.*

Louis Guillebert, reçu le 20 avril. Doullens.

Antoine Cabaret , prêtre , doyen de chrétienté d'Airaines, 17 juillet.

Gabriel de Rouffen , échevin de Domart, 27 août. P. de Beauquène.

Claude Seler , clerc , not. apoft.

Vincent de Vifmes, prêtre.

1575 Ant. Groul , par mort d'Ant. de Bailleul, 11 avril, à Gerberoy.

Nicolas Demons, après Laurent Rouffel, par réfignat. de Philippe le-Normant, 25 juin. Amiens.

Claude du Préel, par mort de Denis fon père, 12 août, au B. d'Ault.

Thibaut de Vauchelles , après Jacques Choppin, 28 déc. Thibaut étoit greffier de la P. de St. Riquier.

1576 Eloy Cuiffet , par réfignation de Jean Vac-
quette, 18 févr. Am.
Nicolas Blondin , époux
de Catherine Delat-
tre , par réfignation
de Jean Anguier, 13
mai. St. Valery.
Denis Griffon , imma-
triculé le 23 juin.
Artus le-Tonnelier.
Jean Lenglacie, procu-
reur, par mort de Ni-
colas Carpentier , 17
août. St. Riquier.
Jean de Brabant. Pr. du
Fouilloy.
Quentin Choucquet ,
par mort de Jacques
fon père , 17 août.
Fromeries.
Jean Moifnel. Pr. de V.
Nicolas de Lafoffe , 17
oct. premier pourvu
à Oifemont.
1577 Antoine Limeu , par
mort de Pierre de
Merliers , 25 juillet
Amiens.

Nicolas Vaucquet , par
mort de Nicolas fon
père , 7 fept. à Oi-
femont.
1578 Philippe le - Buteux ,
après Jean Hubault.
Amiens.
Henri Pezé.
Pierre Dufoffé , à Do-
mart , prév. de Beau-
quène.
Charles Trencart.
Martin Seguin. *Layette
de Camons.*
Jean Pauderat , à Saint-
Riquier.
1579 . . . Brabant, prév. de
Fouilloy.
Charles Rouffel , prév.
de Vimeu.
Robert Carrette, *ibid.*
1580 Daniel Duvivier, prév.
de Fouilloy.
Jean de Hen , *ibid.*
1581 Jean Lagrené. *Lay. de
Longueau.*
Jean de la Vallée , après
Nicolas Herenguier.
Amiens.

Gggg ij

Jacques Quatorze, par réfignat. de Nicolas Demons , 7 janvier. Amiens.

Jean de Chuines , reçu le 4 juill. Doullens.

Pierre Dais, renfeigné le 19 mai, comme ancien notaire , garde notes.

Philippe le - Buteux , procureur, garde héréditaire du fcel de la baillie, 6 feptembre. Amiens.

Claude de Cocquerel , par mort de Nicolas Vaucquet, 23 fept.

1582 Jean Bourfe , par mort de Leon Defpreaulx, 6 mai, à Oifemont.

François de St.-Fufcien, après Charles le-Tonnelier. Amiens.

Jean Desheulmes , à Doullens.

1583 Martin Fouache. *Lay. de Camons.*

Guillebert Daix, Doull.

1584 Adrien de Hen , par réfignation de Jean fon père , 20 mars.

Michel Devaulx , par celle de Daniel fon père , 18 avr. Fouill.

Jean Rouffel, procureur, par rétroceffion à Gabriel Maifge , & par réfign. de celui-ci, 23 mai. Doullens.

Joachim de Hodencq , par mort de Joachim fon frère , 29 nov. à Poix.

Jean de Mailly , par réfignation de Jean de la Vallée, 19 décembre. Amiens.

1585 Antoine Courtois , par réfign. d'Ant. Duret, premier mars, prév. de Vimeu.

Jacques de Vauffelles , procureur, 13 août.

Jean Lenglacie, le même jour.

Matthieu le - Merchier *ou* Mercher, reçu le

8 nov. mort en 1616.
Doullens.

Guillaume Guillebert,
procureur, époux de
Jacqueline Caverois.

Antoine Durot, à Oife-
mont.

Jean Leroy, par réfign.
d'Euftache fon père,
25 nov.

Jacq. Moifnet *ou* Moif-
nel. St. Valery.

1586 Regnault le - Mercier,
par réfignat. d'Adam
de Hen, 16 févr.

Jérôme Delattre, 16 avr.

Jean Adrien, 17 juillet,
premier pourvu, à
Thoix.

Nicolas Dorge, lieute-
nant de la fénéchauf-
fée de Domart, 6
août, prév. de Beau-
quêne.

François de Hodencq,
13 feptemb. premier
pourvu à Hornoy.

Nicolas Moifnel, au
bailliage.

1587 Claude de Doullens, 3
mai, prem. pourvu.

Firmin Guillebert, reçu
le 27 juin.

Nicolas de Rouveroy,
par réfignat. de Jean
Caftelet, 29 feptem.
Amiens.

Chriftophe Pecoul, Pr.
de Vimeu. On con-
ferve dans les archi-
ves du bailliage, trois
années de fes minut.

Guillaume Guillebert,
par réfign. de Nic. de
Rouveroy, 21 dé-
cembre. Amiens.

André Pecoul, époux de
Marie Bauduin, par
mort d'André fon
père, 21 fept. *ibid.*

1588 Jean Roche, par mort
d'Alexandre, 31 janv.
ibid.

David Defmarets, par
mort de Martin Heri-
chon, 4 mars. Oifem.

Philippe Lebrun, après
Philippe, 4 févr.

Nicolas de Poilly., 23 février.

Firmin Pecoul, après Jean Seguin, le 16 avril. Amiens.

Pierre de Guiſnes, fils de Martin, reçu le 12 ſept.

Nicolas Prévoſt. Saint-Riquier.

Antoine Vignon.

1589 Pierre Eudel, prév. de Fouilloy.

1590 François Pourcel, par mort de Pierre Fournier, 6 févr. Amiens.

Jean Dupont, 9 mars.

Adrien Jayn, après Cl. de Cocquerel, dont il épouſa la veuve, nomm. Blanche Routtier, 26 ſept.

Antoine de Cottes, par réſignation de Philippe Lebrun, 10 octobre.

Jérôme Beſcot, à Rue.

Guillaume Mareſſal, *ib.*

Antoine Legrand, *ibid.*

1591 Jean de Longuet, greffier à St. Valery, par mort de Jacq. Longuet, 5 avril, *ibid.*

Antoine Lefebvre, le jeune, par mort de Jean, 25 juin.

Pierre Accart, clerc d'Amiens, not. apoſt. 2 août.

Jean Lenglacie, le jeune, par réſignat. de Jean ſon père, 12 déc.

1592 Nicolas Rouſſel, par mort de Charles ſon père, 12 mars.

Antoine Rouſſel, après Pierre Fouache. Am.

Thibaut Carpentier, par mort de Jacq. de Vauſſelles, 22 juin.

Jacques Delattre, par réſign. d'Adrien Pezé, 26 juin, reçu le 29 juillet 1596. Il épouſa Marie Pezé. Am.

Louis de Louvencourt, époux de Cath. Caſtelet, *ibid.*

Hector Caron, père de Louis, & grand-père de Philippe, 22 août, jufqu'en 1650. Dom.

1593 Anne Robert, par mort d'Antoine fon père, 8 févr. Marfeille.

Jacques Vauquet, par mort de Jean fon père, 2 avril.

Samuel Duret, par mort de Charles fon père, 5 avril.

Nicolas Quignon, par mort de Charles Le-roy, 29 juillet. Am.

Nicolas Duhamel, par mort de Jacq. Moif-net, 7 déc. Oifem.

Charles Dufay, par mort de Nicolas Blondin, 15 déc.

Nicolas Buteux, au bail-liage de Creffy.

Philippe le-Caron, après Louis fon père, *ibid.*

1594 Firmin de la Cauchie, clerc, not. apoft. 24 mars.

Claude de Doullens. Pr. de Vimeu.

Pierre Defmerliers, ép. de Marie de Flandres.

Jean Tricquet, clerc, not. apoft. 31 mars.

Antoine Groult, oncle d'Euftache Fleuret, 22 avril.

Antoine Deligny, pro-cureur & greffier des lettres royaux, par mort de Claude Do-rion, 6 août.

Balthazar de Hodencq, à Poix.

Antoine Soullois, par mort de Chriftophe Pecoul, 6 oct.

Claude Bazin, après Ni-colas Quignon, 4 no-vembre, mort en août 1642. Amiens.

1595 Antoine de Tigny, par réfignat. de Nicolas Maifnel, adjoint, 2 mars.

Jean Delattre. Amiens.

Charles le-Mercier, par

réfig. de Philippe Le-
brun, 30 mars.

Jean Defalleux, procu-
reur à Corbie, par
mort de Pierre Four-
nier, 3 mai, *ibid.*

Louis Eudel, par mort
de Jean de Brabant,
7 mai.

Ducay. Doullens.

Nicolas Lallemant, par
mort d'Olivier Blon-
din, 17 fept.

Charles Ricart, par ré-
fignation de la veuve
d'Antoine Limeu, 13
nov. Amiens.

Nicolas Martin le jeune,
fils d'Adrien, & d'Ifa-
beau de Blairie, par
mort de fon père, 24
nov. *ibid.*

1596 Philippe Waucquet, par
réfignat. de Salmon
Waucquet, 11 janv.
Oifemont.

François de Bacq, fils de
François, avocat, par
mort de Jacq. Qua-

torze, 26 juin. Il
époufa Marie Leroy.
M. le-Couvreur a fes
minutes. Amiens.

Jean Accart, clerc du
diocèfe, not. apoft.

Jean de Leffau, après
Nicolas Lagrené. Am.

1597 Antoine de Bailleul, par
mort d'Adrien Pe-
coul, 11 fept. *ibid.*

Nicolas Dais, fils de
Pierre, 17 oct. Doull.

Louis Denis, not. apoft.
confirmé par l'official
le 19 nov. fuccéda à
Antoine fon père, &
fut reçu greffier des
infinuations eccléfiaf-
tiques le 25 février
1606.

Henri de Bacq, procu-
reur, par mort de
Jean de Leffau, 26
nov. mort le 6 juin
1624. Amiens.

Thomas le-Sot, après
Ifaac Maugrenier, 30
nov. *ibid.*

1598 Nicolas

1598 Nicolas Rogeau, après Gabriel son père, 12 janvier. Amiens. Une partie de ses minutes se conserve dans les archives du Bailliage.

Gabriel Quignon, après Jean son père, 14 janv. Amiens.

Christophe Despreaulx avoit été reçu le 5 avril 1596; mais il n'a prêté serment que le 14 février de cette année.

Claude de Brie, époux de Jeanne Cretu, après Nicolas Cretu. Amiens.

Adrien Roche, après Nicolas son père, 27 juillet. Amiens.

André de Quevauviller, à Andainville.

Pierre Micquignon, 28 octobre.

. . . -aux-Couteaux, à Corbie.

1599 Nicolas Foucquerel, après Jean Adrien, 5 janv. à Thoix.

Adrien Castelet. Am.

. . . Cacheleu, prév. de Vimeu.

Antoine Jain. Oisem.

Adrien Pezé, par mort d'Eloy Cuisset, le 10 févr. Amiens.

Antoine-Clare Dubois, par mort de Jérôme de Lattre, 6 mai. Oisemont.

Jean Martin, après Etienne Bauduin, 2 juin. Une partie de ses minutes est chez les héritiers de Michel Caumartin, procureur, & de l'abbé Guerard, chapelain de la cathédrale.

1600 Abraham, 19 janv. à la place de Doudet, & en attendant l'âge d'Ant. Doudet son fils, à la châtell. du bourg Dault.

Louis Cudefer, 4 mars.

Charles Ducaftel , 24 août, à Bouthencourt, fauxb. de Blangy, reffortiffant par appel au préfidial d'Amiens.

Nicolas Picard , clerc , not. apoft. reçu à l'officialité le 4 fept.

Charles Lebel, par mort de Guill. Guillebert, 3 nov.

Jean de Camyes *ou* de Cavoye , par réfign. de Nic. Blondin , 24 déc. à St.-Valery.

Antoine Peccard paroît la même ann. comme fucc. de Guill. Guillebert. Amiens.

Charles Heu , après Adrien fon père , 2 janvier.

Henri Chreftien , par mort de Pierre Robert, 12 mai. Grandv.

Philippe le - Riche , au Bailliage.

Louis Quenoche, clerc, not. apoft. 19 juin.

Charles Lambert , par mort de Jean Leroy, 26 déc. à Fromeries.

1602 Hubert Vignon, époux d'Ant. Deffeulmes , reçu le 4 fept. mort en 1618. Doullens.

Franç. le-Vaffeur, après Martin Allavoine , 5 nov. à Poix.

1603 Noel Pezé , époux de Marg. Poullain, fucc. de Louis de Louvencourt, le 18 février, mort en 1653. Am.

Nicolas Dupont , frère de Jean, reçu le 26 avril, mort en 1621. Doullens.

Jean Durot, après Chriftophe Defpreaulx, 19 fept.

Matthieu Merles. Doull.

Jacques Moifnet , par réfignat. de Charles Micquignon, 20 fept. à St.-Valery.

François Joly, 29 fept. Corbie.

1604 André le-Fort, 10 janv.
Thomas de St.-Fuſcien,
après Charles Ricart.
Amiens.
Jean Trencart , après
Jean de Mailly,paroît
le 28 déc. Amiens.
Jean Grevin , par édit
de création, 26 juill.
à Lœuilly.

1605 François Carpentier , le
jeune, époux d'Anne
Pecoul, fille d'André,
proc. not & de Marie
Bauduin, par mort de
Claude de Brye , 20
mai. Amiens.
Dav. Defmarets. P. de V.
Jacques Mequignon , à
Gamaches.
Pierre Rocque, notaire
apoſt., prêtre , curé
d'Arret , doyen de
chrétienté de Gama-
ches,paroît cette ann.
Nicolas Moiſnel, Saint-
Valery.

1606 Jean le-Prévoſt, l'aîné ,
par mort de Jean Len-

glacie , 9 févr. Saint-
Riquier.
Antoine Cœuillet, par
réſign. d'Adrien ſon
père , bailli de Fro-
meries , 25 févr.
Benoît Prévôt, petit-fils
de Louis Guillebert,
& neveu de Firmin ,
épouſa Ant. de Bui-
gny, reçu le 3 mars.
Doullens.
Jacques de la Levien, à
Rue.
Jean Dais , reçu le 11
ſept. Doullens.
Charles Darras , notaire
apoſt. reçu le 15 déc.
au bailliage, le 17 à
l'officialité.

1607 Adrien Roche. Ses minutes ſont dans l'ab-
baye de Saint - Jean
d'Amiens.
Abdias Callon. Airaines.

1608 Michel de la Rue, par
mort d'Ant. Courtois,
31 janvier, au bourg
Dault.

H h h h ij

Jean de Paris, demeu-
rant à Vignacourt,
prit cet office à ferme
d'Isabeau de Bofles, le
premier février & l'a-
cheta le 14 fept. 1617.
P. de Beauquène.

Quentin Defquennes, à
Fromeries.

Nicolas Accart. *Lay. de
Camons.*

Jean de Poilly, par mort
de Nicolas fon père,
27 fept. Gamaches.

1609 Michel Riquier, par
mort de Matthieu fon
père, 20 mars, réfi-
dant à Gerberoy.

Joffe Deffeulmes, pro-
cureur & garde des
fceaux royaux, reçu
le 18 mars. Doullens.

Jérôme Ducay, *ibid.* Ses
minutes font dans la
même ville, chez le
chev. de Boifferan.

François de Bernœul,
par mort de Matthieu
Ricquier, 4 avr. Gerb.

Jean Lefebvre, à Heu-
dicourt.

Antoine de Limeu, après
Antoine de Bailleul.
Amiens.

1610 Nicolas Baudricourt le
jeune. Ses minutes
font chez Firmin Ro-
ger, avocat en parle-
ment. Amiens.

Antoine Pezé, après Jac-
ques de Lattre, *ibid.*

Hutin, en Vimeu.

Derveloy. Grandviller.

Jean de la Rue, au B.
Dault.

Thomas le-Soyer. Am.

1612 Martin Miraulmont,
après Martin, épousa
Angéliq. Marie Cour-
tois, fille de Philippe
& d'Antoinette Boul-
let, *ibid.*

Nicolas Langlois. Gran-
viller.

1614 Jean Ricard, époux
d'Anne le-Dieu, par
mort d'Ant. Caftelet,
27 août. Amiens.

Antoine Tront, Pr. de Beauv. au bailliage d'Amiens.

Nicolas Lagrené fils, après Ant. Pezé, reçu le 15 oct. mort le 15 mai 1636. Amiens.

Jean Hourdequin, après Philippe le-Buteux, *ibid.*

Pierre Marcotte, par mort de Jacques Carpentier, 21 octob. St. Riquier.

Jean Boullenger, après Nic. Larde, 7 nov.

1615 Louis Pavie, après Charles le - Mercier, 28 janvier.

Michel de Bricqueville, par démiſ. de Louis ſon père, 20 ſept.

. . . Plichon, à Poix.

1616 Antoine le-Mercier, fils de Matthieu, reçu le 22 févr. Doullens.

Antoine Rogeau, époux de Madel. Prévôt, par réſign. de Nicolas ſon père, 21 mai. Amiens.

On conſerve 2 liaſſes de ſes minutes dans les archives du Bailliage.

Franç. Carpentier l'aîné, ancien greffier héréditaire des notifications de la ville, commis au contrôle des regiſtres & papiers journaux, fils de François, 12 oct. Amiens.

Nicolas le-Griel, greffier au bailliage de Gamaches, par dém. de Pierre Sacqueſpée, 21 nov. *ibid.*

1617 Jean Denis, le jeune, par mort de Martin de Miraulmont, 19 janv. *ibid.*

Matthieu Machart, par réſignation de Pierre Micquignon, 9 févr. St.-Valery.

Pierre Herbelle paroît cette année, & dans

les minut. de Jérôme Ducay en 1621, prév. de Beauquène.

1618 Samuel Duboisle, 27 janv. jusqu'en 1656, prév. de Beauquène.

Louis Briseur, par mort de Gabriel Quignon, 31 janv. Amiens.

Antoine Vignon, fils d'Hubert, reçu le 12 mai. Doullens.

1619 François Caron, fils de Martin & son succ. reçu le 9 nov. Am.

1620 Charles de Buigny prit cette charge à bail pour trois ans, le 8 juillet, après la mort de Pierre Desquennes. Doullens.

. . . Lemaire, à Freven.

Adrien le - Sot, après Thomas son père, 27 nov. Amiens.

Jacques Desalleux, fils de Jean, 12 déc.

Charles Pezé paroît la même année.

1621 Philippe de Piennes, par vente de Nicolas Roche, qui avoit acquis cet office de Jean Martin, 5 janv. Am.

Adrien le-Fort, par donation d'André, 4 juin. Granviller.

Olivier Claré, époux de Cather. Beauvalet, 7 févr.

François Prévôt, gendre de Nicolas Dupont, reçu le 16 sept. mort en 1660. Doullens.

Nicolas Prévôt, reçu le même jour, *ibid.*

Louis le-Mercier, après Charles son père, 28 sept.

Pierre de Tigny, après Fuscien Pecoul, le même jour. Amiens.

Jacques le-Comte paroît le 16 oct. Gamaches.

Joachim Fossé, fils de Jacques, à Ansenne.

Nicolas Roche, après Franç. de-Bacq. Am.

1622 Charles Fouquerel , après Jean Chivache, 19 janv.

Charles Simon , 19 févr.

Hugues Vaffeur, 22 fév.

Michel Cabochart, 15 nov. jufqu'en 1640 , prév. de Beauq.

Emery de Berneul , à Campeaux.

1623 ...Vimeu à Amiens.

1624 Louis Langevin, époux de Marie de-Bacq, après Henri de-Bacq. Amiens. Ses minutes font chez le Sr. Crepeau dans la même ville.

1625 Claude de Hodencq, à Poix.

1626 Adrien Caftelet , après Nicolas Martin. Am. . . . Vain, P. de Vimeu.

1627 Jean Tardieu, proc. au bailliage de Cayeu, après Antoine Claré, 26 oct.

Charles Cuvillier. Poix.

1628 Robert Bradefine, par mort de Quentin Defquennes , 10 mars. . . . de Bernent. Grand-viller.

Jacques Prévoft, greffier au magafin à fel de Doullens , & procureur, prit la charge à ferme le 10 mai jufqu'en 1637.

Pierre Foubert, par mort d'Adrien Cœuillet , 10 mars. Fromeries.

Charles Ducaftel , après Michel fon frère, enfans de Charles, 1er. juill. à Betencourt.

Antoine Saulmon, après Jacques Micquignon, 17 août, Gamaches.

Jean Bucquet, not. apoft. 26 octob. regiftré au bailliage le 17 août fuiv. mort le 27 avril 1653.

Jacques Vignon , époux de Jacqueline Prévôt, fille de Benoît , reçu le 20 nov.

Jean Blondel, époux de Marg. Poultier, veuve de Jean Boullenger, notaire en la prév. de Vimeu, fucc. à Charles Duhamel, 23 déc.

Robert Dauroult, clerc, not. apoft. par bulle du 21 févr.

Claude Ducandas. *Lay. de Camons.* Domart.

Samfon de Heriffart, après Ant. Robert, à Grandviller.

1629 Antoine Nichard, proc. à Domart, 12 janv. P. de Beauquène.

1630 Jean le-Moine, après Ant. Claré, 7 févr. au bourg d'Ault.

Jacques Vincent, proc. époux d'Anne Doupliere, vᵉ. de Quentin Defquennes, 22 avril.

1631 Martin de Heriffart, après Claude fon père 2 avril. Grandviller.

Charles Trencart, après

Henri Pezé, le 3 avr. mort au mois d'août 1653, à Amiens. Ses minutes font dans les archives du bailliage.

Anfelme Pezé, fuccefſeur d'Antoine, mourut au mois de mars 1667.

Nicolas de Cavoye *ou de* Camyes, greffier de la châtellenie de St. Valery, par mort de Jean fon père, 4 avr. St. Valery.

1632 Jean Duval, après François Carpentier, par démiffion d'Anne Pecoul fa veuve, 24 janv. Amiens.

Barthelemi Boudequin, après Adrien Roche, par acquifit. d'Adrien de Ribeaucourt, procureur, & de Marie Roche fa femme, fille d'Adrien, 30 avr. Am.

François Saguier, après J. Roche, 26 mai, *ibid.*

Guillain

Guillain de Bethencourt *ou* Bellencourt, époux de Marguer. Minot, acheta cet office le 17 juin de Pierre de Guis-nes , not. & proc. fisc. Doullens.

Antoine de Hodencq , par mort de Claude , 24 déc.

1633 Philippe Castelet, après Adrien son père , 8 janvier.

Salomon Hourdel , par mort de Jacq. Durot, prit cet office à bail de Marg. Prévôt sa v^e.

Nicolas Chevalier, après Olivier Claré, 21 juill. St. Valery.

Nicolas Moisnet, 2 août.

1634 Jean de Wanel , par ac-quisition de Jeanne Carette , veuve de Jean le-Prévôt , 19 septembre.

1635 Claude Ducandas, 8 mai. P. de Beauquène.

Louis Dupuis, par ac-

quisition d'Antoine Groult, 23 juin.

Antoine Ricard , par ac-quisition de Jeanne Rogeau , veuve d'An-toine Roussel, 10 sept. Ses lettres ne furent enregistrées que le premier déc. 1662. Il mourut le 19 mai 1673. Amiens.

Antoine de Hodencq , lieutenant de la prin-cipauté de Poix, prit une charge à ferme de Charlotte de Ri-beaucourt , veuve de Claude de Hodencq , 15 sept. Poix.

Antoine Lefebvre, *ibid.*

Jean Gosselin, lieuten. au grenier à sel de Mers , après Claude de Dourlens, 21 nov. Gamaches.

Philippe Jolly, par ac-quisition de Marie Daussy , veuve de Pierre Tigny , 5 déc.

Il mourut le 6 février 1665. Amiens.

François Meffray, praticien à Poix, par mariage avec Marg. de Hodencq , fille de Claude, 13 déc. *ibid.*

1636 Jean Daix , par décret sur la succ. de Louis Briseur , 2 juill. *ibid.*

François de St.-Fuscien, par mort de Thomas son père, 15 octob. Il mourut le 20 avril 1658. Amiens.

Etienne Lequieu, après Jean Grevin & Jean Montois , 12 nov. à Lœuilly.

Pierre Thiron, 16 mars, premier pourvu à Quevauviller.

Pierre Vacquette fut reçu cette année au tabellionnage.

François Fournier paroît en qualité de tabellion à la même époque , & en 1661.

1637 Jean Pavie , par mort de Louis son père , 28 janv. à Corbie.

Henri Chrétien. Grandviller.

Antoine Perdu , par mort de François de St.-Fuscien, 18 mars. Ses lettres ne furent enregist. qu'en 1663. Il mourut le 2 avril 1672. Amiens.

Eustache le - Quien, à Lœuilly.

René Prévost , fils de Jacques , époux de Geneviève Courtois, reçu le 5 mai. Doull.

Jacques Chirache , à Grandviller.

Nicolas Mangard , par acquisition de Marg. le-Clerc , veuve de Nic. Simon, 28 juill. Grandviller.

Nicolas Assaulé , substitut du proc. du Roi en la prév. de Beauvaisis, 19 août. Grandviller.

... Robert paroît cette année à Grandviller.

Alexandre de Vaux, époux de Louife Jolly, fille de Philippe, 22 août. Corbie.

1638 Jacob Greffier, après Elie Gaudefroy, par bail, 19 mai. Foulloy.

Jacques Damiens, après Ant. de Lattre, 27 mai.

Jean Oftren, mort le 15 janv. 1645, fuccéda à Nic. Lagrené le 2 déc. Amiens.

Nicolas Buteux, petit-fils de Nicolas, le 15 déc. St. Riquier.

1639 Nicolas Creton, proc. au marquifat de Gamaches, & fils de Claude, 23 mars.

Louis le-Conte, par donation de Jacques fon père, reçu le 24 mars.

Jacques Prévoft, fils ainé de Benoît, époux de Marie Parmentier, reçu le 30 mars, mort en 1678. Doullens.

Jean Granthomme, après Ant. le-Mercier, 12 mai. Corbie.

François de Hodencq. Poix.

1640 Claude Limeu, par acquifition de Martin Caron, héritier de Nicolas, fut reçu le 11 janv. & mourut en 1647. Amiens.

Louis Defpreaulx, premier pourvu, le 11 janv. à Gifencourt.

Claude Foffé, après Joachim fon père, le 8 févr. à Anfenne.

François Tiremont, 14 févr. P. de Beauq.

Anfelme Pezé, par mort d'Adrien fon père, 28 mars.

Nicolas Marcotte, par mort de Pierre fon père, 27 juin. Saint-Riquier.

Jacques Damiens, par acquifition de Cath. Defmarets, veuve de Pierre Lelong, 27 juillet.

Jean Couvrechef, après Euftache Flouret, 2 août.

1641 François Debacq, le jeune, par acquifition de Marie le-Sénéchal, veuve de Nic. Roche. Ses lettres ne furent enregift. qu'en mars 1663. Il mourut le 23 déc. 1672. Amiens.

Jacques Vignon, par acquifition d'Antoinette Desheulmes, veuve d'Hubert Vignon fon père, proc. & tabellion, reçu le 6 févr. mort en 1664.

Charl. Chreftien, époux de Marguer. Simon, veuve de Nic. Mangard, étoit greffier en la juftice patrimoniale de Grandviller, 6 mars. Grandv.

François Courtois, par acquifition de Jean Duval, le 20 mars. Il mourut le 19 décemb. 1649. Amiens.

Jean de Hodencq, après François, 10 avril, à Hornoy.

Touffaint Foubert, par mort de Pierre fon père, 29 mai.

Pierre le-Fort, par acquifition des héritiers d'Ant. Perdu, 2 oct.

1642 François Jain, par donation d'Antoine fon père, 8 oct.

Jean Vivant, *Sarcus*, P. de Grandviller.

... Desjardins, à Péquigny.

Nicolas Perdu, après Claude Bazin, 19 novembre. Ses lettres ne furent enregiftrées que le 11 mars 1662. Amiens.

1643 Michel Hourdel, par adjudication, le 11 mars. St. Riquier.

Louis Trencart, fils de Jean, épousa Claude Lagache, dont il eut Pierre aussi notaire. Il acquit la charge de Claude Baudricourt, qui ne paroît pas avoir exercé, le 26 mars. Ses lettres ne furent enregist. qu'en avril 1663. Amiens.

Pierre Trencart, époux de Jacqueline Lagrené, par mort de Jean Ricard, 4 nov. Ses lettres ne s'enregistrèrent qu'en avril 1663. Amiens.

1644 Nicolas Maisnel, 21 janv. St. Valery.

Antoine Jain, par acquisition de Jacques Vaucquet, 9 mars.

Pasquier Saulmont, fils d'Antoine, le 20 avr.

Jean de Moliens, par acquisition de Pierre le-Fort, 27 avril.

Paul le-Clerc, par acquisition de Louis & Jacques le - Conte, 22 juin, au B. d'Ault.

1645 Claude Granthomme, après François Jolly, 15 fév. P. de Foulloy.

Jacques Roche paroît comme proc. & not.

Philippe Picard, prêtre, notaire apost. le 18 mars.

1646 André Simon, par mort de Henri Chrétien, & après Charles Simon, 5 juillet.

Antoine de Buigny, par donation de Charles son père. Doullens.

1647 Jacques Hierosme, après Charles Pezé, 20 mars, résidant à Lœuilly.

Nicolas de Vacconsin, 27 mars, *ibid.*

Nicolas Quignon, après Jean Ostren, 3 juill. Amiens.

Antoine Limeu le jeune, par mort de Claude, 18 déc.

Firmin Roger , par ac-quifition de Nicolas Quignon le jeune , 18 déc. On n'enre-giftra fes lettres que le 31 déc. 1662. Il mourut le 7 oct. 1671. Amiens.

1648 Nicolas Boiaval , fucc. de Claude Limeu, 19 févr. mort le 5 octob. 1665. *Ibid.*

Antoine Limeu le jeu-ne, après Barthelemi Boudequin, le 4 oct. Ses lettres ne furent enregiftr. qu'en avril 1663. *Ibid.*

1649 Jean Trencart paroît cette année, après Jean de Mailly.

Pierre Affaulé , après Nicolas fon frère , tous deux enfans de Pierre, auffi notaire, 3 mars. Ses lettres ne furent enregiftrées que le 12 juin 1663. Grandviller.

1650 Louis de la Salle, 1 juin. Domart.

Pierre Hourdel , après Michel, 30 mars.

Philippe Prévoft , par mort de Nicolas Maif-nel fon oncle, 22 juin. Ses lettres ne furent enregiftrées que le 25 nov. 1666.

Pierre le-Viel. Airaines.

Pierre de Beauvifage , après Nic. le-Griel, 16 nov.

Charles de Buigny, après Antoine fon frère , 7 déc. Doullens.

Adrien Brifeur paroît comme notaire & ta-bellion.

1651 Jean Godquin, 19 janv.

Adrien Navel , après François Courtois , 26 janvier. Il époufa Marthe Bauduin , & mourut le 22 mars 1671. Am.

Etienne de Longuavef-ne, 8 fév. à Marfeille.

François Liegeois , 19 avril , à Efpaux.

Jean de Poilly, après Pafquier Saulmon , 19 oct. L'enregiftrement de fes lettres fe fit le 25 avril 1662. Gamaches.

Jean Hunault, par vente de Pierre Herbel , 23 octobre.

François Defpoz paroît cette année à Corbie.

1652 Noël Cuiffet, après Jean Trencart, 10 janv. Il époufa Madel. Wallet. Amiens.

Nicolas Perdu , notaire apoft. après Nicolas Quatorze, 18 nov. de l'année précédente , reçu le 11 mars fuiv. Amiens.

Antoine Harlé , après Jean Blondel , le 13 mars.

Claude Vignon, 17 avr. Doullens.

Jacques Godquin, après

Jacques fon père , le 17 juillet. Il n'eut point de provifions. Bourg d'Ault.

Jean Daix , après Jean l'aîné fon père , reçu le 10 oct. Ses lettres ne furent enregiftrées qu'en avr. 1663. Am.

Nicolas Caron , après François fon père , le 23 oct. enregiftré le 13 nov. 1662. *Ibid.*

Louis Granthomme, par mort de Jean fon père, 13 nov.

Martin Caron le jeune étoit en exercice , & ne paroît plus au-delà de 1655. Am.

1653 Benigne Madeleine, par mort de Louis Langevin, 19 févr. enregiftré en 1663 , dans le même mois. *Ibid.*

Franç. Machart, époux de Marguer. Richart, fuccéda à Noël Pezé le 23 avril. Il ne fut enregiftré que le 13 fept. 1662, mort le 26 mars 1677. Am.

Pierre Durot, après Jacques fon père, le 18 juin.

Henri Pezé, après Jean Hourdequin. *Ibid.*

François Defquennes, fils de Quentin, 23 juillet. pr. de Grandviller.

Jean-Baptifte Trencart, après Charles fon père, étoit contrôleur d'exploits à Rumigny, 3 fept. enregiftré en avril 1663, mort le 25 août 1704. Il avoit époufé Jeanne de Boyaval. Am.

Richard le-Vaffeur, après Charles Ducaftel, 27 feptembre.

Charles Defprez, par bail, après Elie Gaudefroy, 15 oct. Corbie.

François Lacaille, après Jean Goffelin, 22 oct.

François Patte, 12 déc. prév. de Beauq.

Alain Perchon, curé de St. Nicolas de Boves, not. apoft. 19 déc.

Etienne de Cavoye, après Nicolas fon père, 22 oct. enregift. le 7 fept. 1662. Saint Valery.

Elie Gaudefroy paroît la même année.

1654 Jean Duval, après Adr. le-Sot, 14 janv. mort le 17 du même mois 1664. Amiens.

Louis de la-Haye, époux de Marie Godet, après Ant. Rogeau, 14 janv. mort le 6 nov. 1685. Sa charge fut mife en faifie réelle l'an 1690. Ses minutes font chez Benoît, épicier. Amiens.

Louis Caron, après Philippe de Piennes, 14 janv. enregift. en avril 1663. Amiens.

Pierre

Pierre le-Fort, par mort d'Ant. Perdu, 2 janv.

Antoine de Bernœul, après François son père, 22 avril.

Jacques Vignon, après Jean Moifnet, 18 juin. Doullens.

Pierre Rambault, après Jean Chirache, 20 juillet, à Thoix.

François Granthomme, 14 oct.

Jean Chirache, tabell.

1655 Quentin Couvrechef, par mort de Jean son père, 14 février, réfidant à Morviller.

Touffaint de Bricqueville, avocat au vidamé de Gerberoy, après Michel son père, 4 juin.

Antoine Ricard. Am.

Nicolas Caron, après Martin son père, au mois de juin. *Ibid.*

Charles Louvet *ou* Lou-vel, époux de Marie Pocholle, par donation de Rault Goré, 29 juin, enregiftré le 28 mars 1667. Bourg Dault.

Claude le-Vaffeur, par mort de Hugues son père, 7 oct. Grandv.

Antoine le-Quien, par mort de Nicolas Vacconfin, 23 décembre. Lœuilly.

1656 Pierre Fleur, par mort de Pierre son père, 16 févr. à Dompmart.

François de la-Haye, époux de Madeleine Bucquet, 10 mai, à Lœuilly.

François Blaffet prit cet office à bail le 6 nov. Il réfidoit à Bernaville.

François le-Caron l'aîné, après Ant. Limeu, 20 novembre, enregiftré le 4 mars 1663. Amiens.

K k k k

1657 Franç. Foubert , après Touſſaint , par bail , 20 juin , à From.

Louis de Quevauviller paroît cette année au bailliage prévôt. d'Airaines & Arguel.

1658 Jacques Quignon paroît cette année en qualité de tabellion.

1659 Louis de Gauvilliers, à Hornoy.

1660 Jean Prévoſt , fils de François , 9 fév. mort en 1715.

Etienne Jolly , après Louis Pavie, 24 mars, à Corbie.

Pierre Lagrené le jeune, après Nicolas Caron, 7 avril , enregiſt. dans le même mois , 1663. Amiens.

Pierre Cozette prit la charge à bail le 20 oct. Doullens.

1661 Pierre Foubert , par mort de Touſſaint ſon père , 23 fév.

Antoine Saunier , 18 mai , prév. de Vimeu.

François Foubert, après Antoine Cœullet , 15 juin.

Matthieu Machart , 29 juillet , enregiſtré le 20 mai 1663. Il étoit fils de Matthieu , ancien maire , à Saint-Valery.

Thomas Clairé , après Olivier, 26 oct.

Léonard - Nicolas Chevalier , même jour , enregiſtré le 29 avril 1663. St.-Valery.

Louis Chevalier , enregiſtré le 29 avr. 1662, au B. d'Ault.

Louis Lefebvre , après Antoine, 7 nov.

François Hochart , après Paſquier Saulmon, 23 novembre.

1662 Jacques Hourdel, après Michel , 3 janv. à St. Riquier.

Joachim Duval , après

David Defmarets, 15 févr. Oifemont.

Charles Defprez , par acquifition de Louis Granthomme , le 8 mars.

Louis Chevalier , greffier de la châtellenie de Saint-Valery, par mort de Nic. Blondin, 13 mars. *Ibid.*

Nicolas Caron , par acquifition de Madeleine Bucquet, veuve de Pierre de la-Haye, 29 mars.

Alphonfe Plichon , par mariage avec Marie de Hodencq , fille d'Antoine, 14 mai, à Poix.

Pierre Dupont , tabellion dès 1659 , prit la charge le 6 juillet, par bail de Catherine Gigault, veuve de Charles de Buigny , & fut reçu en titre le 8 juin 1664, jufqu'en 1686

qu'il donna fa démiffion.

Claude Pontreué , en juillet.

Jean Denis , par mort de Mart. Miraulmont, & par démiffion de Jean Denis fon père, qui ne fe fit pas recevoir. Ses lettres furent enreg. en avril 1663.

1663 Léonor Cuvellier, après Franç. Granthomme, 14 mai.

Hilaire Jury, époux de Cath. de Vaux , par acquifition d'Etienne Jolly, 14 mai, prév. de Fouilloy.

Pierre le-Fort le jeune , par réfign. de Pierre fon père, 26 août.

1664 Louis Greffier paroît cette année.

François Legros.

Alexandre Quevauviller, à Liomer.

Guflain Mercier. Auxy-Château.

Arnoul Dupont, époux de Jacqueline Hardy, 12 mars. Doullens.

Pierre Cafier, à Auxy-Château.

François Sannier, après Antoine fon frère, 12 juillet, à St.-Mauvis & Epaumenil.

Jean Duval, par réfign. de Jean fon père, 26 mai. Amiens.

Par édit du 19 mars 1665, S. M. ne conferva à Amiens que 11 notaires, & en fupprima 7, qui, moyennant une taxe, furent rétablis en 1673.

665 Louis Jolly, après Philippe, 8 mars. Am.

Jean Creffen, après Alex. Quevauviller, 11 nov.

Antoine Flament paroît cette année, prév. de Vimeu.

Philippe Caron. Am.

1666 François Creton, par mort de Nicolas fon père, 4 fept. Gamach.

René Chevalier, par mort de Nic. Boyaval, 4 fept. reçu le 3 nov. Amiens.

Antoine Chevalier, par réfignat. de Jean Lemoine, 15 nov.

Framery, à Hornoy.

Nicolas Picart, notaire apoft. 16 nov.

Antoine Harlé, rétabli le 26 déc.

1667 Jean Vauquet, 13 avril. Par fentence du 22 oct. il lui a été défendu de fe fervir des lettres, & de paffer aucun acte, à peine de faux, & de mille livres d'amende, dommages & intérêts. Oifemont.

François de Wanel, par mort de Jean fon père, 31 août.

François Jayn, au lieu & place de Joachim

Duval, 8 octobre, à Oisemont.

Charles le‑Seigneur, tabellion au Comté d'Eu.

1668 François Romeret, par résig. de Jean Denis, 17 juin. Amiens.

Adrien de Hem, proc. en l'officialité, not. apost. par bulle du 16 déc. confirm. par l'official le 15 mars suiv. *Ibid.*

1669 Hubert de Beaumont, après Jean de Hodencq, 23 mai.

Gabriel Roussel, après Nic. Caron, 16 août.

1670 Philippe de Lattre, premier pourvu, 3 mai, Picquigny.

Claude Pontreué, rétabli le même jour.

Philippe Monache, par mort de Jean de Buigny, 11 août.

Joachim Fossé, par legs de Claude son père, 12 mai, à Ansenne.

Louis Lefevre, par mort de Louis son père, 4 août. Poix.

Nicolas le‑Couvreur, par mort de Jean Cressent, 17 août, peut‑être le même que dessus. Airaines.

1671 Martin Saguier, par résignation de François son père, 8 janv. reçu le 28 juin 1673, mort le 17 décemb. 1688. Amiens.

Adrien Navel, après Louis Jolly, le 18 mars. *Ibid.*

Michel Martin, époux de Marie Bauduin, par mort subite d'Adrien Navel, 18 avr. décédé le 8 avr. 1707. Amiens.

Firmin Roger, époux de Marie‑Anne Ricard, par mort de Firmin son père, 18 oct. reçu le 29. *Ibid.*

Philippe Caron, par ré‑

fignation de Louis fon père, 25 oct. Am. . . . Prévoft. Oifemont.

1672 Léonor Billehault, 23 janv. à Hornoy.

Auguftin Perdu, par démiffion d'Antoine fon père, 11 avril, reçu le 16. Amiens.

Abraham Locquet, par réfign. de Hubert de Beaumont, 15 octob. Betembos.

Adrien Baron. Rue.

1673 Pierre Trencart, époux de Marie Hedde, après Franç. Debacq, 3 fév. Amiens.

Jean Routier. Oifem.

Jacques Defprez , 20 mai.

Jean Hunault, mort le 7 juin. P. de Beauq.

Jean Hunault fon fils, le 9 juin. *Ibid.*

Philippe Caftelet, 31 août.

Jean Roger , fils de Firmin, 26 août.

Jean Baye, reçu le 4 oct. après Adrien Navel. Amiens.

1674 Noël Cuiffet , rétabli le 26 avril.

Adrien de Hen, par mort d'Ant. Ricard, 21 juin. Amiens.

Pierre Havet , par réfig. de Nic. le-Couvreur, 5 juillet. Airaines.

1675 Jacques Caron, par mort de Jean Godquin, 10 mai, au B. d'Ault.

Claude Ducandas, mort le 26 oct. à Pernoy.

Nicolas Picard l'aîné , not. apoft. 20 oct.

François Caron le jeune, par mort de Franç. de Saint - Fufcien , 12 décembre.

1676 Jacques de Machy, par mort de Nic. Duhamel, prem. juin.

Ambroife Lebrun , ép. de Madel. Saguier, après Noël Cuiffet , 19 mars. Amiens.

François le - Caron le jeune, après Nicolas son père, le 20 août, reçu le 4 nov. Am.

Hubert de Beaumont, ci - devant notaire à Hornoy, après Alex. de Quevauviller , le 15 juin.

Claude de Paris , par mort de Jean de Poilly, 17 déc.

Philippe Vauquet paroît cette année. Oifem.

1677 Charles Picard, notaire apoft. 5 mars, reçu le 3 nov.

André le - Fort , après Adrien fon père, 8 avril.

Charles de Lewarde , après Jean Boudequin , 28 août.

François de Hangeft, par mort de Franç. Machart , 28 août. Ses minutes font chez les héritiers du fieur Crepeau. Amiens.

Claude de Lewarde , après Anfelme Pezé , reçu le 4 feptembre. Amiens.

1678 Antoine Lefebvre , par démiffion de Léonard Chevalier, 8 févr.

Jean Duez, 17 fév. mort en 1738. Doullens.

Pierre de Longuavefne, par mort d'Etienne fon père, 30 mars.

Louis Cudefer, père de Jean , travailloit à Pernoy.

Daniel *ou* David Regnault , 23 avr. mort en 1680. Doullens.

Florent Granthomme , par mort d'Alexandre de Vaux, 25 feptem. Fouilloy.

Henri Louette, par mort de Jean Daiz, 25 fept. Amiens.

Nicolas de Marfenne , époux d'Urfule Raget , paroît comme proc. & not.

Jean Bourdon, premier pourvu, le 21 oct. à Feuquières.

Antoine Cardot, époux de Marie - Françoise Ducandas, par démiſſion d'Aug. Perdu, 15 nov. mort le 8 févr. 1694. Am.

1679 Léonor Cuvillier, après Franç. Granthomme, prem. févr. prév. de Fouilloy.

Nicolas Tavernier, par mort de Philippe Caſtelet, 23 mars, reçu le 17 avril, décédé en 1690.

Martin d'Heriſſart, par mort de Martin ſon père, 16 mai.

Pierre de Manens , par mort de Phil. Delattre, 27 oct.

1680 François Prévoſt , 11 septembre , mort en 1715. Doull.

... Caron, prév. de Vimeu.

Jean de Cayeu , par mort de Phil. Prévôt, 17 oct.

Pierre Dubos, 5 nov. à Domart.

1681 Pierre Aſſaullé, par mort de Pierre , 25 juill.

Jean Machart, par mort d'Etienne Cavoye, 25 sept. St. Valery.

Jean-Baptiſte Corbelet , par mort d'Ambroiſe Lebrun , 3 oct.

1682 François Granthomme, par mort de Claude ſon père , 8 mai , à Corbie.

Philippe Hourdel , par mort d'Ant. Harlé , 26 oct.

Adrien Dehen, par mort de Louis Trencart, 12 nov. Am.

Antoine Coudun , par mort de Nic. Perdu , 27 nov.

1683 Thomas Clairé, par mort de Matth. Machart , 6 mai. St. Valery.

Jean

Jean de Rouveroy, après Ambroise Lebrun , par démission de Jean-Baptiste Corbelet , 4 juill. Amiens.

Jacques Vignon, 30 sept. Doullens.

Jean Baye le jeune , après Jean son père , 7 sept.

Nicolas Creton , par mort de François, 25 novembre.

1684 Jean du Pontreué , par mort de Pierre Demanens , 16 mars.

Antoine de Berneuil , par mort d'Antoine son père , 25 avril.

Christophe Despreaux , par mort de Philippe Hourdel , 8 juin , à Oisemont.

1685 Antoine Desprez , par mort d'Hilaire Jury , prem. févr. Corbie.

Alexandre Rohault , après Nicolas Perdu , & par démission d'An-

toine Coudun , 30 novemb. Il épousa Marguerite Dauffy.

1686 Yves de la Fraye , par résignat. de Toussaint de Bricqueville , 7 mars.

Antoine Bigorgne travailloit cette année à Pernoy.

Antoine Debacq , par mort d'Ant. Limeu , 27 mars. Amiens.

François Carpentier , après Pierre Trencart, 25 mai. Am.

Charles de Flesselles , 21 nov. mort en 1695. Doullens. Le sieur Savary, proc. du Roi au même lieu, a ses minutes.

1687 Gabriel Bedel , époux de Jeanne Pertois , par mort de Pierre de Longuavesne, 29 août.

1688 Jean Fournier , prêtre, notaire apostolique ,

5 juin, reçu le 18 mars suivant.

Pierre Patte, par mort de François son père, 10 mai, à Prouville.

Louis Allavoine, par mort de Franç. Romerel, 25 juin. Am.

Jean-Baptiste Tavernier, maître-ès-arts en l'univerſité, not. apoſt. 26 juin, reçu le 8 avril 1690.

1691 Firmin Dehen le jeune, après Nicolas Tavernier qui avoit acquis de Philippe Caſtelet, 20 avril, reçu le 2 mai, mort en ſept. 1692. Am.

1692 Franç. de Machy, époux de Marie Jourdain, par mort de Jacques, 25 févr.

Nicolas Duval. Oiſem.

Louis-Auguſte le-Vafſeur, not. apoſt. greffier du domaine des gens de main-morte,

29 mai, reçu le 3 juill. par commiſſion.

Louis Feret, not. apoſt. 9 juin, reçu le 28.

Louis Lefebvre, notaire apoſt. par commiſſion, 12 juin. Poix.

Jean Baron, not. apoſt. 28 juin.

Claude Dehen, par mort de Léonor Cuviller, 27 août. Corbie.

Le contrôle des actes a commencé au mois de mai 1693. Pierre-Paul Vrayet, premier contrôleur, a eu pour ſucc. Louis Fleur de Montagne, Antoine Quignon, Charles de Ligny, les ſieurs Sarreau, de Viſmes & Fuzillier.

1693 Pierre Fleur, par mort de Pierre, 25 février, prév. de Beauq.

Louis Feret, par mort d'Ant. Saguier, pourvu le 14 mars, reçu en avril.

Louis-Marie Deſprez,

époux de Marie-Anne Briet , par mort de Charles fon père , 9 avril.

André Caullier , par mort de Franç. Jayn, 9 mai. Oifem.

Charles-François Houppin , 23 mai.

Jean-Baptifte Fleury , après Louis Chevalier, prem. juin.

Jean Marchant. Saint-Valery.

Louis le-Vaffeur, proc. à l'Amirauté , par mort de Thom. Clairé , 23 oct.

1694 Jean Boucher, par mort de Firmin Dehen , 7 février , reçu le 15. Amiens.

Jean de Poilly, par démiffion de François Lacaille , 9 juill.

Claude Roche, par mort d'Adrien Dehen , 6 août. Am.

Pierre Trencart , époux de Marie Hedde , paroît cette année.

... Fourdrinoy, à Auxy-Château.

Jean Leroy , prév. de Beauv.

1695 Pierre Vicart, par mort de Louis-Marie Defprez, 10 février.

Antoine Francaftel le jeune, par réfign. de Charles-Franç. Houppin , 4 mars. Grandv.

Pierre Semon, 31 mars, mort en 1725. Doullens. Ses minutes fe trouvent chez le fieur Savari, proc. du Roi dans la même ville.

Claude Maifnel , par mort de Charles fon père , 29 avril.

Nicolas Carpentier, par démiffion de Bénigne Madeleine , 6 mai. Amiens.

Jacques de la Feuillie Lenglois , par mort de Gabriel Bedel ,

2 feptembre , à Mar-
feille.

Jean Duez , fils de Jean,
reçu le 2 déc. Doull.

1696 René Chevalier , 14 février. Am.

Martin Haincque , par
réfign. de Pierre le-
Fort, 14 fept.

1697 François Sauvel , prem.
pourvu , le 28 mars,
à Sarcus.

Jean-Baptifte Cochepin,
par mort d'Alex. Ro-
haut, 14 avril. Am.

Paul Godquin , par mort
de Charles Louvet ,
18 avril. B. d'Ault.

Ant. de Bricqueville ,
par mort d'Yves de la
Faye, 14 nov.

1698 Charles de Lamarre, par
mort de Paul Leclerc,
6 févr.

Claude Maffon, par mort
de Claude Roche, 30
juin. Am.

Antoine Maifnel , fur la
démiffion de Franç.

Vignon, 16 feptemb.
Doullens.

1699 Louis Fleur de Montagne, par mort de Fir-
min Roger, 19 févr.
Amiens.

Pierre Godefroy , par
mort de Joachm Fof-
fé, 26 oct.

Pierre Lefebvre , après
Antoine Bigorgne , à
Pernoy.

Pierre Ducandas travail-
loit le 23 avril. *Ibid.*

1700 Nicolas Rouget , époux
de Marie - Elifabeth
Timbergue, par mort
de René Chevalier ,
21 fept. reçu le 6 oct.
Amiens.

Victor le-Fort, par mort
d'André, 28 déc.

1701 Jean Baye, par mort de
Jean fon père , 19
mars.

Jacques Mouffliers , par
mort de Franç. Car-
pentier , 2 octobre.
Amiens.

1703 Pierre Boullenger, par mort de Franç. Caron, 13 avril. Am.

Jacques Retart, par mort de Claude de Paris, 19 octob. Gamaches.

Alexandre Plichon, par mort d'Alphonfe fon père ; 4 nov. à Poix.

Louis Jolly, à Corbie.

1704 Antoine Debacq, not. au grenier à fel, premier pourvu le premier juin, mort en 1714. Sa charge a été fupprimée.

1705 Jofeph Fleury, par mort de Louis Vaffeur, 15 févr. St.-Valery.

1706 Louis le - Couftre, par mort de Franç. Liégeois, 13 février, à Efpaux.

En cette année, le Roi créa des offices de notaires-fyndics, qui furent fupprimés en 1708. Le greffe du tabellionnage que les notaires avoient acquis de la duchefse de Luynes, fut réuni à leur office.

1707 Pierre Hainque, après Martin fon père, 23 janvier.

Jacques Scribe, époux d'Adrienne Ringard, après Ant. Debacq, 8 mars.

Alexandre Godquin, par mort de Paul, 19 mars B. d'Ault.

Jacques Buteux, après Philippe Prévôt fon oncle.

Nicolas Buteux, après Jacques fon père, 24 décembre.

1708 Pierre Roche, par mort de Michel Martin, prem. juillet, reçu le 8. Am.

1709 André Picard, fieur de Boucacourt, par mort d'Antoine Cardot, 9 févr. reçu le 6 mars. Amiens.

François-Florent Grant-homme, par mort de Florent son père, 26 mai.

Jacques Quignon, par mort de Jean Ma-chart, 2 juin. Saint-Valery.

Antoine Berquier, à Grandviller.

Antoine Lefebvre. St.-Valery.

1711 Charles Granthomme, par mort de Claude Heu, 20 févr.

Jean-Baptiste Denis, par mort de François le-Caron l'aîné, 21 févr. reçu le 5 mars. Am.

Louis Bourdon, 25 fév. à Feuquières.

Jean-Baptiste Duval, par mort de Jean son père, 21 mars. Am.

1712 Alexis de Pontrené, par mort de Claude son père, 19 mars, à Pec-quigny.

Jean Dumont, par mort de Vaucquet, 26 mars. Oisem.

1713 Jean-Baptiste Nerlande, par mort de Henri Louette, 27 février, reçu le 13 mars.

Nicolas Debacq, par mort de Pierre Tren-cart, 14 mai.

Jean-Bapt. Roger, succ. de Jean-Bapt. Duval, le 3 juin, mourut le 30 avril 1774, âgé de 87 ans. Am.

Antoine Dubois, par mort de Philippe Vi-cart, 30 déc.

Jean Havet, par résign. de Pierre, 30 déc. Pr. d'Airaines & Arguel, comté & sénéchauffée de Ponthieu.

1714 Louis de Rouveroy, par résignat. de Jean son père, 6 févr.

Jean-Bapt. Chevalier, par mort d'Antoine son père, 24 mars.

Jean-François le-Clerc,

par mort de Jacques
le-Caron , 27 mai.

Jean Saugnier, par mort
de François fon père,
8 juill. à St.-Mauvis &
Epaumenil.

François de St.-Aubin ,
par mort de François
Foubert, 4 oct.

Firmin Roger , par mort
de Fleur de Monta-
gne, 17 oct. reçu le 7
nov. Am.

1715 François Dollé, 23 janv.
Doull.

Pierre Goffet, 6 février,
mort en 1742. Doull.

1716 Nicolas Creton, par réfignation de Nicolas
fon père , 22 décem.
Gamaches.

1717 Philippe de Cayeu , par
mort de Jean fon
père , 29 juin.

Jean Locquet, par réfi-
gnation de Jean fon
père , 6 juillet. Hor-
noy.

1718 Adrien d'Heriffart, par

mort de Martin fon
père, 4 août.

Louis-Pierre Lefebvre ,
par réfignat. de Louis
fon père , 12 août.

Antoine le-Marchand ,
mort cette année.
Acheu.

Firmin François , 3 oct.
Ibid.

René-Touffaint Duval ,
par mort d'Alexandre
Godquin , 10 nov. B.
d'Ault.

Jean - Baptifte -Michel-
Louis Fleury , par
mort de J.-Bapt. fon
père, 24 nov.

François Granthomme,
par mort de François,
31 déc. Corbie.

1719 Nicolas de Marfenne ,
époux de Cécile Cui-
gnet, fuccéda à Jean-
Baptifte Denis, le 26
avril, & fut reçu le 12
juin. Am.

Louis Philippe Caron ,
par démiffion de Phi-

lippe son oncle, doyen des notaires, 29 août. Amiens.

Jean Bonnard, par mort de Jean de Pontreué, 10 nov.

Gregoire Rault, époux de Marie Dehen, après Louis Allavoine, 24 nov. mort dans le même mois en 1745.

1720 Jean-Baptiste Legryel, par démission de Jacques Retard, 5 janv.

Louis-Auguste Goujon, époux de Jeanne-Marie-Rose Copin, par mort de Jean Boucher, 20 juin, mort le 25 décemb. 1741. Amiens.

Jean-Baptiste Fournier, époux de Marie d'Hangest, par mort de Fr. Lagrené, 11 juillet.

Antoine Buttin, tabell. à Lucheu.

Joseph-Franç. de Bran-

ges, 11 juillet, par mort de Charles de Lamarre, époux de Marie de Fricourt, dont il eut Jacques qui s'en démit.

Gabriel Rembault, par mort de Pierre son grand-père, & par cession du fils du défunt, 26 sept.

Charles Lefebvre, à Liomer.

... Bourdon, à Freven.

1721 François Lefebvre, par mort d'Antoine son père, qui avoit épousé Marie Lefebvre, 21 août.

Pierre Dupetit, à Eu.

1722 Jean-Marie de le-Warde, par mort de Jean-Baptiste Cochepin, 19 févr.

Jean Baille, par mort de Jean Routier, 28 août. Oisem.

Pierre-Antoine Ficquet, après Nicol. Debacq,

31

31 août, mort le 23 oct. 1754.

1723 René Savary, par mort de Jean-Baptiste-Michel-Louis Fleury, 4 janv. 1723.

Charles-Franç. Houpin, 11 août.

Pierre Dubos succéda à son père le 27 août. Domart.

Claude-Alexis Decaix, par mort de Jacques Desprez, 27 août, à Corbie.

Louis le-Dieu, à Poix.

1724 François Henin, par mort de Jean-Bapt. Baye, 2 mars.

Jean-François Gambier, par mort d'Alexis de Pontreué, 31 mars.

Antoine Desprez, après Antoine son père, 29 oct. Corbie.

Pierre Dubos. Domart.

1725 Charles Machart, succ. de Nicolas Carpentier, 8 mars, mort le 25 avril 1745.

Antoine Derviller, ép. de Françoise Morel, par mort de Claude Masson, 30 juin.

1726 Jean Baudrais, après Jacques Quignon, 17 janv. St.-Valery.

Martin Hainque, après Pierre son frère, 31 mai.

Guillaume Dehen, par mort d'Adrien son père, 28 juin.

Pierre Froissart, à Saint-Riquier.

1727 Jean-Baptiste Caron, par résignat. de François son père, 16 janvier.

Adrien-Bonaventure Alexandre, 6 mai. Doull.

Charles-François de Machy, après François son père, 23 mai.

Antoine Delattre, par mort de René Savary, 25 août.

1728 Augustin de le Warde,

Mmmm

après Claude, 27 fé-
vrier.

Pierre Sorel, après Ni-
colas Dennel, qui
mourut le 5 mai 1711,
reçu le 13 mai.

Louis Varlet, époux
d'Elifabeth Rouget,
par mort de Jean-
Baptifte Caron, 31
décembre.

1729 Antoine Pieffort, par
mort de Jean-Bapt.
Chevalier, 25 févr.
au B. d'Ault.

Jofeph - François de
Brauges, par mort
de Jean Barbier de
Poilly, 19 juin.

Charles de Ligny, fils
de Gilbert, notaire à
Boulogne, époufa
Marguerite Rohault,
fille de Sébaftien,
coufin iffu de ger-
main de Jacques,
philofophe Cartéfien,
19 août, reçu le 5 fep.
mort le 24 août 1738.

Pierre Briault, 21 oc-
tobre. Pernoy. Il étoit
fixé à Rubempré, l'an
1743.

Jean - Baptifte Vitaffe,
mort cette année. P.
de Beauq.

1730 Claude - Auguftin le-
Marchant, par mort
de Jean-Baptifte Ner-
lande, 27 janv. reçu
le 13 févr.

François Locquet, par
mort de Franç. Houp-
pin, reçu le même
jour. Lignières-Châ-
telain.

Adrien Soüef, par mort
de Jean-Franç. Gam-
bier, 17 mars.

Jean-Baptifte Buteux,
après Nicolas fon frè-
re, 19 avril.

Louis Corbeau, tabell.
à Poix.

1731 Florent Granthomme,
par mort de François-
Florent fon père, 12
avril.

Jacques Scribe, époux d'Anne Ringard, 25 juin, mort au mois de mai 1749.

1732 Pierre Sagnier, par mort de Jean-Marie de le Warde, 9 février. Il transféra son domicile d'Amiens, à St.-Mauvis.

Charles le-Sellier, par mort de Pierre Boulenger, 7 mars, reçu le 23 avril.

Charles Sellier le jeune, par mort d'Hector Despreaux, 18 juill. Airaines.

Firmin Manier, par mort de Jean-Bapt. Fournier, 25 sept.

Jean-Nicolas Deleplanque, après Jean-Baptiste Legriel, 25 sept.

Jean-Léonor Greffier, par mort de Léonor, 11 déc. Corbie.

1734 Pierre Francastel, par démission d'Antoine son père, 19 mai, à Grandviller.

Jean-Baptiste Buteux, par résign. de Jean-Baptiste son père, 14 janv.

Charles Buttin, 21 janv. Doull.

Claude le-Vasseur, par mort d'Alexand. Plichon, 4 oct.

Pierre Patte, par mort de Pierre son père, 21 octobre, à Bernaville.

Antoine-Isaac Dubois, par mort d'Antoine, 2 déc.

1735 Charles Fleur, par mort de Pierre son père, 28 janv.

Louis-Franç. Hourdet, à St.-Riquier.

Hilaire Laignier, par mort d'Antoine Berquier, 28 mai.

Pierre Thiron paroît cette année, & l'an 1746. Quevauv.

M m m m ij

1736 René - Robert - Vallery Blondin, par réfign. de Charles Lefebvre, 12 oct.

Jean-Baptifte Lucet, par mort de J. B. Trencart, 23 nov.

Antoine Picard de Boucacourt, par mort d'André fon père, 31 déc. Ses minutes font à l'hôtel-de-ville.

1737 André de la-Forge, premier pourvu au grenier à fel de Breteuil. R. de Paillart.

Jacques Couverchel, *par mort de Louis le-* Contre, 7 août, à Loueufe.

Jean Chrétien, tabell. à Talmars.

1738 Pierre Lagou, après Ch. Granthomme, 7 nov. à Corbie.

Pierre Bardou, 19 nov. réfid. à Fieuviller.

Jean-Baptifte de Ligny, 28 nov.

Nicolas Bourgeois, au B. d'Ault.

Nicolas Nantois, par mort de Jean Sangnier, 5 déc. à Vergies.

Robert Vaffeur paroît cette année comme réfid. à Heilly.

1739 Nicolas Delattre de Colliville, par mort de Jofeph Fleury, 6 fév.

Jean-Jofeph Dollé, par démiffion de Louis Feret, mort le 11 août 1739, reçu le 11 mai. Amiens.

Nicolas Rimbault, par mort de Pierre Patte, 20 mars, à Prouville.

Pierre Dubos, après Charles Fleur, 2 août. Dompmart.

1740 Jean-Baptifte Turbert, par démiffion de Nic. de Marfenne, 11 mars, reçu le 28 févr. 1741.

Jean-François Coufin, tabell. à Airaines.

1741 Jean-Bapt. Robiquet, par mort de François Sauvel, 27 janvier, à Sarcus.

Jean-Noël Mortier, par démiffion de Victor Lefort, 3 juin.

François Traullé, 28 juill. pourvu à Bernaville.

Nicolas Lebegue, par mort d'Antoine Bricqueville, prem. feptembre.

1742 Guilain Leroy, par mort de Jean Baille, 19 janv. Oifem.

Charles - Nicolas Bernard, par mort de Louis-Augufte Goujon, 24 août, reçu le 3 fept.

Jean-Bapt. Gontier, à Ailly-fur-Noye.

1743 Antoine le-Caron, par mort d'Adrien Defprez, 6 mai, reçu le 29. Fouilloy.

Jacques Defpreaux. Oif.

Jean Hecquet paroît cette année.

1744 François Dournel, 12 oct. prem. pourvu à Morvillers.

... Foffé, à Oifem.

1745 Jean-Bapt. Lamy, par démiffion de Firmin Roger, le 27 février, reçu le 10 mars.

Jean - Bapt. Machart, par mort de Charles, 14 mai, reçu le 19 Amiens.

Antoine Mabillotte, par mort de Pierre Francaftel, 19 août, reçu le 6 feptembre. Fromeries.

Grégoire Lemaire, héréditaire, 3 déc. reçu le 12 janv. fuivant, à Lœuilly.

Adrien-Franç. le-Dieu, par mort de Grégoire Rault, 23 déc. reçu le 22 fept. 1749.

... Civet, tabellion à Albert.

1746 Jean-Baptiste Bernault, par réfignat. de Jacq. Mouffliers, 21 janv. reçu le 31. Amiens.

Antoine Thibaut Morel, par démiffion de Guillaume Dehen, 18 mars, reçu le 30. *Ibid.*

Nicolas Prévôt paroît cette année à Saint-Riquier.

... Fourdrinoy, à Auxi-Château.

Jean Lenglacie, à St.-Riquier.

1747 Pierre-Etienne-François Goffet, 26 juill. reçu le 9 août, après Pierre fon père, à Doull.

Jofeph Dupont, par mort de Jean - Ant. Baudray, 30 feptem. reçu le 20 nov. St.-Valery.

1748 Elie Dupont, 20 mars, premier pourvu, à Campeaux.

Charles-Léonard Thomas, 6 avril, premier

pourvu, reçu le 15 mai, à Romefcamps.

Pierre Leroy. Doull.

François Locquet, par réfignat. de Jean fon père, 10 août, reçu le 2 fept. à Hornoy.

Abraham-Louis-Claude Locquet, par démiffion de François fon frère, 17 août, reçu le 2 fept. à Lignières-Châtelain.

Jean-Baptifte Pillaftre, premier pourvu, 27 juin, à Vauchelles-fous-Ailly, reçu le 22 juillet.

François-Remi Maffon, par réfign. d'Antoine Derviller, 12 fept. Amiens.

Nicolas Guerbes, 4 oct. premier pourvu à Romefcamps, reçu le 14.

Jean-Franç. Breton, 15 nov. prem. pourvu à Salleux, reçu le 18 déc.

1749 Philippe-Ant. de Cayeu, après Martin-August. de Cayeu, 11 mars, reçu le 12 à Oifem.

Louis - Yves Bourdon, par mort de Louis fon père, 3 avril, reçu le 23. Feuquièr.

Pierre-Germ. Pillaftre, pourvu le 14 décem. 1748, reçu le 12 mai fuiv. Vignacourt.

Léonor Scribe, après Jacques, 16 mai, reçu le 22. Amiens.

Robert-René Duval, par mort de René Touf-faint fon père, 27 juin, au B. d'Ault.

Georges-Angilb. Maif-nel, par mort de Claude fon père, 4 juill. St.-Riquier.

1750 Jean - François Def-preaulx, par mort d'Aleaume Lequien, 20 févr. reçu le 11 mars à Lœuilly.

François Cumont, par

mort de Pierre Sorel, 30 avril, reçu le 7 juillet 1751. Airain.

Nicolas Renard, par mort de Pierre Patte, 11 juillet, reçu le 12 oct. à Bernaville.

Pierre Hordé, pourvu le 23 fept. reçu le 19 oct. pour Seffaulieu & Orefmeaux.

Jofeph - Hyacinte Re-tourné, par mort de Claude le - Vaffeur, 15 nov. reçu le 25, à Poix.

1751 Jean - Baptifte Sorel, par ceffion de Pierre-Louis Lefebvre, 26 mai, reçu le 30 juin. *Ibid.*

Henri Lenglet, par mort d'André Caullier, 21 août, reçu le 6 fept. Oifemont.

1752 Charles Thiron, 30 déc. 1751, reçu le 24 jan-vier de cette année, prem. pourvu à Darg.

1753 Adrien François , not. en la sénéchaussée de Ponthieu, reçu à faire les fonctions à Rue, le 15 sept. admis à exercer le 8 oct.

Charles Cordier, pourvu pour 9 ans le 7 déc. reçu le 19 pour Moliens-Vidame.

1754 Charles Saugnier, premier pourvu le 11 février, reçu le 28 à Saint-Mauvis & Epaumenil.

Louis Duval, par mort de René, 8 avril, reçu le 20 juill. au Bourg d'Ault.

Jean - Baptiste - Nicolas Dubrun, prem. mai. St.-Valery.

Jean Coute, pourvu le 2 avril, reçu le 4 novembre. Beauq.

Charles Navarre , 25 nov. reçu le 4 décem. Remiencourt.

Charles-Nicolas - Franç.

de Rouveroy, par démission de Louis son père , 13 déc. reçu le 23. Amiens.

1755 Armand - François Lucet, après Jean-Baptiste son père , 8 avr. reçu le 21. Amiens.

Louis - Augustin Marchant, par mort d'Adrien - François le-Dieu , 12 mai , reçu le 26. Amiens.

Claude - Ant. Ficquet, par mort de Pierre-Antoine son père, 26 mai, reçu le 13 juin. Amiens.

Pierre - André Bourgeois , par démission de Jean-Nicolas Deplanque, 2 juill. reçu le 16. Gamaches.

Joseph Breton, par mort de François son fils , 12 août, reçu le 19 sept. Saleux & Saint-Sauflieu.

Pierre

Pierre Lefpinoy, pourvu par démiffion de Jean Coute, le 18 oct. reçu le 29. Beauquène.

Jean - Baptifte - Emmanuel Baillet, par mort de François Granthomme, 4 nov. reçu le 19. Corbie.

Jean Francière, par démiffion de Jean Deftregard, 12 nov. reçu le 3 déc. P. de Beauvaifis.

1756 Nicolas-Louis Henault, par mort de Firmin Manier, 10 janv. reçu le 19. Amiens.

Charles - Louis Rembault, par bénéfice d'âge, après Gabriel fon père, 12 juillet, reçu le 10 feptemb. à Thoix.

1757 Pierre-Franç. Sangnier, par bénéfice d'âge, après Pierre fon père, 4 mars, reçu le 11 juillet. Am.

1758 Antoine Malot, après Jean-Bapt. Pilaftre, 22 nov. 1756, reçu le 26 juin. Vauchelles-fous-Ailly.

Jean Francière, 5 fept. reçu le 23. Foulloy.

Jacques - Franç. Feret, par bénéfice d'âge, après Pierre Roche, 29 fept. reçu le 11 oct. Amiens.

Jacques-Ferdinand-Raymond de Caix, avocat en parlement, après Alexis fon père, 29 fept. reçu le 27 oct. Corbie.

Laurent - François Leclercq, après Jean-Franç. fon père, 12 nov. reçu le 18 déc. au B. d'Ault.

1759 Jean-François-Romain Dubos, après la mort de Pierre fon père, 15 décem. reçu le 10 janv. 1759, réfid. à Domart. P. de Beauq.

Nnnn

Laurent Patte, par dif-
pense d'âge , après
Nicolas Raimbault ,
13 mars , reçu le 14
avril. Prouville.

Jean - Baptiste - Nicolas
Delambre , par disp.
d'âge, & par résig. de
Claude - Guillaume
Hugault, pourv. après
Auguftin Delewarde,
11 avril , reçu le 30.
Amiens.

Pierre-Franç. Godefroy,
par mort de Pierre
son père, 23 juil. reçu
le 6 fept. Anfenne ,
P. de Vimeu.

François le-Sueur, not.
en la fénéchauffée de
Ponthieu , le 3 juin
1750, reçu le 2 juill.
obtint, par arrêt du
confeil , d'inftrumen-
ter non-feulement à
Creffy , mais encore
dans divers lieux du
bailliage , 30 octob.
1759, reçu le 10 déc.

1760 Ambroife Lefebvre ,
après Armand-Fran-
çois Lucet, premier
fév. reçu le 11. Am.

Bernard le - Souef, par
difpenfe d'âge, & par
mort d'Adrien, pre-
mier déc. reçu le 22
Pecquigny.

1761 François Pimdez , par
mort de Franç. Traul-
lée, 17 déc. reçu le 7
janvier 1761. Berna-
ville.

Louis Montigny, après
Jean Bonnart, 30 jan-
vier, reçu le 25 févr.
Pecquigny.

Louis - Charles Bron ,
hérédit. après Jacq.
Ferdinand-Raymond
de Caix, 17 févr. reçu
le 19. Corbie.

Claude Forcedebras, par
mort de Henri Len-
glet, 13 juill. reçu le
27. Oifem.

1762 François Andrieu , par
démiffion de Charles-

Nicolas - François de Rouveroy, 31 mars, reçu le 13 sept. Am.

Jean-Baptiste-François-Joseph Dollée, par bénéfice d'âge, & par mort de Jean-Joseph son père, 5 oct. reçu le 18. Am.

François-Joseph Navet, par mort de Léonor Billehaut, 5 oct. reçu le 3 nov. Hornoy.

Antoine de Laffaux, par mort de Franç. d'Hangeft, 10 nov. reçu le 29. Am.

Charles Ducamps, 5 octobre, reçu le prem. déc. St. Valery.

Charles Cordier, renouvellé dans fa commif. prem. déc. reçu le 9. Moliens-Vidame.

1763 Pierre Carpentier, réfid. à Creffy en Ponthieu, depuis le 27 août 1735, obtint par arrêt du confeil du 6 oct.

1762, la permiffion d'inftrumenter dans les lieux circonvoifins y défignés, du reffort du bailliage, reçu le 28 janv.

Philippe Marotte, après Nicolas Creton, 21 avril, reçu le 11 mai. Gamaches.

Jean-Baptifte Poullet, après Abrah. - Louis-Claude Locquet, 18 mai, reçu le 6 juin. Lignières-Châtelain.

Franç. Berenger, après Eloy Dupont, 12 juill. reçu le 19 août Campaux.

1764 Auguftin Berthe, après Charles.-Léon. Thomas, 6 juin, reçu le 18, à Romecamps.

Jacques - Sébaftien de Saint-Julien, notaire royal & prévôtal de la fénéch. de Ponthieu, fut admis le 10 juillet à inftrumenter dans les environs de la ville de Rue, & reçu le 5 oct.

Jacques Revillon, 26 fept. reçu le 8 oct. à la réfidence de Mai-fon-lès-Ponthieu.

1765 Adrien-François Dybe-lin de la Salle, par réfignat. de Firmin-François fon père, qui jouiffoit de cet office depuis 1743, pourvu le 27 février, reçu le 5 mars, à Acheux.

Pierre Defmareft, par mort d'André de la Forge qui jouiffoit de l'hérédité de cet of-fice, 27 févr. reçu le 27 mars, à Paillart.

François-Adrien Sainne-ville, après Pierre Thiron, qui en jouif-foit de même le 13 mars, reçu le 27, à Quevauviller.

1766 Alexis Manchion, 30 juill. reçu le 12 août. Andainville.

Guilain-Romain-Franç. Dybelin, après Adr.-Franç. fon frère, 10 fept. reçu le 27, à Acheux.

Jean-Baptifte Anguier Dupeuple, après Adr. François de la Salle, qui réfigna en fa fa-veur, 10 fept. reçu le 30. St. Valery.

Aubin Lefebvre, par mort de François de Saint-Aubin, premier octobre, reçu le 15. Fromeries.

1767 Nicol. Bigant, par mort d'Ant. de Berneuil, 18 mars, reçu le 30. Fromeries.

Jean-Baptifte-Auguftin Buteux, par mort de Jean-Bapt. fon père, 13 mai, reçu le pre-mier juin. St. Ricq.

Nicolas-Benoît Beaude-loque, par mort de

Jean-Bapt. Machart, 24 juin, reçu le premier juillet. Am.

Jean-Baptiste Thorel *ou* Sorel, par difpenfe d'âge, 5 août, reçu le 19 fept. Poix.

1768 Jean-François-Leonard Caron, par réfignat. d'Ifaac Dubois, 31 déc. reçu le 13 janv. Fouilloy.

Louis Prophète, par difpenfe d'âge, & par démiffion de Bernard le-Souef, 5 janv. reçu le 27. Pecquigny.

Louis-François-Gabriel Pieffort, par difpenfe d'âge, prem. pourvu, 2 mars, reçu le 13 av. B. d'Ault.

Ant. de Machy, par difpenfe d'âge, après Charles-François de Machy, 18 mai, reçu le 15 juin. Airaines.

S. M. à la requifition de

Henri-Gabriel de Bery, marquis d'Effertaux, propriétaire d'un office à la réfidence de Saleux, le transféra à Effertaux par arrêt du Confeil du 5 juillet, & permit le 24 à ce feigneur de commettre un fucceffeur à Jofeph Breton.

Jean-Baptifte-Benjamin Warnier, par difpenfe d'âge, & par mort de Claude-Antoine Ficquet, 20 avril, reçu le 29 août. Am.

Jean - Baptifte - Marie-Adrien-Bonaventure Alexandre, par démiffion d'Adrien Bonaventure fon père, 17 août, reçu le 29. Doullens.

Pierre-Jacques Damay, par mort de Claude-Auguft. le-Marchant, 17 août, reçu le 5 fept. Am.

Jean-Philippe-Franç. de Paris, prem. pourvu,

premier fept. reçu le 31 octob. Nampont-St.-Martin.

Jean-Athanafe Verrier, par démiffion du duc de Chaulnes, propr. de cet office, 6 oct. reçu le 16 nov. Moliens-Vidame.

Louis de Laffus, pourvu le 23 janv. pour Pecquigny, fur la procuration *ad refignandum* de Jean-Franç. Coufin, eft transféré à Airaines, avec permiffion d'inftrumenter également dans le Ponthieu, 9 août, reçu le 7 déc.

1769 François-Euftache Seguin, par réfignat. de Louis Duval, 14 déc. reçu le 25 janv. au B. d'Ault.

Louis de Beauvais, par commiffion pour neuf années, à la nomination du marquis d'Ef-

fertaux, pourvu le 30 nov. 1768, reçu le 7 février fuivant. Effertaux.

Louis Marquis, par démiffion d'Antoine le-Caron, 15 février, reçu le prem. mars. Fouilloy.

Jean-Baptifte-Nicolas-Angilbert Hourdel, par démiffion de Nicolas-François fon père, 26 avril, reçu le 10 mai. St. Riq.

Louis-Léonor Greffier, par démiffion de Jean-Léonor Greffier, 10 mai, reçu le 31, à Fouilloy.

Jean-Bapt. Briault, par démiffion de Pierre Briault, dont la réfidence eft transférée de Pernoy à Rubempré. P. de Beauq. 13 juill. reçu le 26.

Jean-Baptifte-Arcade-Théodofe Anguier,

premier pourvu, 21 juin, reçu le 28 août. Chepy.

Patrice Paillart, par démiffion de Jean-François Defpreaulx, transféré de Lœuilly à Hornoi , 14 oct. 1768, reçu le 4 du même mois 1769.

Louis Gerard, par mort de Nicolas le-Begue, 5 oct. reçu le 20 nov. Gerberoy.

1770 Jean-Bapt. Defruelles , par réfignation de Charles Navarre , à la réfidence de Remiencourt , obtient pouvoir d'inftrumenter dans le bailliage de Mondidier, 13 décembre , reçu le 6 février fuiv.

Jean-Bapt. de Lecloy , par difpenfe d'âge , & par démiffion de Pierre - Etienne - Fr. Goffet, 6 avril, reçu le 2 mai. Doull.

Jofeph - Philippe Lefevre , par réfignation de François Andrieu, 8 août, reçu le 27. Amiens.

1771 Louis-François Janvier, par mort de Nicolas Bernard , 13 mars , reçu le 15 avril. *Ibid.*

Felix Hordé , par mort de Pierre fon père , 23 mai, reçu le 3 juin. Seffaulieu & Orefmeaux.

Etienne-Hyacinte Tondu , par mort d'Ant. Picard, 23 mai, reçu le 10 juin.

Claude-Modefte Brailly, premier pourvu, 23 mai, reçu le 24 juill. Donqueure.

Louis - Charles Montigny , par difpenfe d'âge , après Louis fon père, 25 feptembre , reçu le 16 octobre. Pecquigny.

Charles Sangnier , par mort de Nicolas Nantois, 23 mai, reçu le 25 nov. St.-Maulvis & Graumefnil.

1772 Pierre-Valery-Abel Saumont, par réfignat. de Nicolas Delattre de Colliville, 31 déc. reçu le 29 janv. fuiv. St. Valery.

Jofeph - Marie - Gervais Lemaire, par mort d'Adrien de Heriffart, 8 avril, reçu le 20 juill. Grandv.

Louis-Armand-Philippe de la Forge, par difpenfe d'âge, & par démiffion de Pierre Defmareft, 31 déc. 1771, reçu le 21 oct. fuiv. Paillart.

1773 Jacques Harlé, prem. pourvu le 24 octob. 1770, reçu le 24 mars 1773, à la réfidence de Dompierre.

Jean - Baptifte Verrier, par mort de Jofeph-Hyacinthe Retourné,

20 oct. reçu le 8 nov. Poix.

1774 Jofeph-François Varlet, par démiffion de Louis Varlet, reçu le 16. Amiens.

François Dangeft, après Jean-Baptifte-Emmanuel Baillet, 23 janv. reçu le 23 mars. Corbie. Ses minutes font à Amiens, chez le fieur Crepeau.

Henri-Nicolas Douchet, premier pourvu, 20 avril, reçu le 28, à la réfid. de Brefle.

Charles St.-Julien, not. royal & apoft. en la fénéchauffée de Ponthieu, à la réfidence de Rue, obtint le 6 fept. un arrêt du confeil d'état, qui lui permet d'inftrumenter dans divers lieux défignés du reffort du bailliage, après s'y être

être fait recevoir, &
avoir prêté ferment,
reçu le 20 oct.

Charles - Antoine - Au-
guftin Granthomme,
par démiffion de Flo-
rent Granthomme ,
25 mai, reçu le 24
oct. Corbie.

Jean-Baptifte Roger, par
mort de Jean - Bapt.
fon père, 14 déc. reçu
le 23. Amiens.

1775 François Thérèfe, par
difpenfe d'âge, fur la
démiffion de Jean-
Baptifte Poulet, 22
févr. reçu le 20 mars.
Lignières-Châtelain.

Yves - François Def-
preaulx, par difpenfe
d'âge, fur la démif-
fin de Patrie Paillart,
19 avril, reçu le pre-
mier juin. Hornoy.

1776 Jean-François Cordier,
premier pourvu, 15
nov. reçu le 27. Fien-
viller.

Jean-Baptifte Gerard ,
par mort d'Antoine-
Thibaut Morel , 3
nov. reçu le 7 février.
Amiens.

François Dulac, fur le
défiftement de Louis
de Beauvais, 14 mars,
reçu le 22 avril. Effer-
taux.

Jean - Baptifte - Etienne
Durand, par réfigna-
tion de Martin Hain-
que, 17 avril, reçu le
1er mai. Grandviller.

Pierre Dupeigne , par
mort de Jean - Bap-
tifte Bernault , 11
feptemb. reçu le 21
Amiens.

Pierre Allard, par dé-
miffion de Gabriel-
Hubert Berthe , 15
fept. reçu le 4 déc.
Paillard.

1777 Pierre-Jofeph Lequien,
par difpenfe d'âge ,
fur la démiffion de
Jean - Baptifte - Fran-

O o o o

çois-Joseph Dollée, 23 avril, reçu le 28 mai. Am.

Jean-Baptiste-Sébastien Sorel, par mort de Jean - Baptiste son père, 9 mai, reçu le 3 juin. Poix.

Jean-Augustin Lemaire, par démiffion de Joseph-Gervais Lemaire, 29 janv. reçu le 2 juillet. Grandv.

Jean-François Beffroy, par mort de Louis-Philippe Caron, 3 déc. reçu le 15. Am.

Jean - Baptiste - Claude-Auguftin Machart, par difpenfe d'âge, fur la démiffion de Jean Turbert, 17 décemb., reçu le 30. Amiens.

1778 François-Marie-Joseph-Félix Lebrun, fur la démiffion de Jean - Baptiste Roger, 31 déc. reçu le 12 janv. fuiv. Am.

Ant. - Nicolas- Maffias, par mort de Pierre Dupeigne, 14 janv. reçu le 18 févr. Am.

Jacq.-Honoré Sangnier, fur la démiffion de Charles fon père, 4 janv. reçu le 18 mars. Hornoy.

Louis-Couverchel, par réfign. de Jacques fon père, 26 mars, reçu le 16 avril. Loueufe en Beauvaifis.

Ant.-Franç. Beaugeois, fur la démiffion de Fr. Henin, 11 mars, reçu le 16 avril. Am.

Guillaume Dehen, par mort de Nicol.-Louis Henault, 29 avr. reçu le 11 mai. *Ibid.*

Pierre -Valery-Auguftin Dupont, par dém. de Jean fon père, 19 mai, reçu le 9 juin. St. Valery.

1779 Henri - Joseph Hullin, par nominat. du fieur

de Croquoifon, feïgneur de Flixicourt, à la réfid. dudit lieu, 4 avril, reçu le 16 août.

1780 Pierre-Charles-Fruitier, par mort de Laurent-Franç. Leclercq, 29 mars, reçu le 19 avr. Bourg d'Ault.

Pierre - François Carpentier, à Creffy, avec faculté d'inftrumenter dans différentes paroiffes du bailliage , pourvu par Monfeigneur le Comte d'Artois, 22 novemb. , reçu le 13 décembre.

1781 Jean - Baptifte Barou , après Pierre fon père, pourvu par Mgr. le Comte d'Artois , 4. avril, reçu le 25 , à Doullens.

N. B. *On a cru devoir renfeigner les parties de minutes qui font entre les mains de différens Particuliers ; il feroit à defirer qu'on pût connoître toutes celles qui font malheureufement égarées. Le bien commun , l'intérêt des familles , exigeroient encore qu'il y eût ici , comme en divers endroits , un bâtiment ifolé , à l'abri de tous accidens , où le tout fût dépofé. Chaque Notaire en auroit une clef, ainfi que celle de fon armoire. On n'y entreroit que de jour , & les paffans liroient avec fatisfaction fur la porte : Benè ordinata quiefcunt.*

F · I N.

O o o o ij

TABLE

DES NOMS ET DES MATIÈRES

Contenus dans ce Volume.

Fin de la Table.

BIBLIOTHEQUE ROYALE

APPROBATION.

J'ai lu, par ordre de Monseigneur le Garde des Sceaux, un Manuscrit intitulé : *Histoire Littéraire de la Ville d'Amiens*, par M. l'Abbé DAIRE. Cet Ouvrage d'un Littérateur déja connu avantageusement par l'Histoire Ecclésiastique d'Amiens, & par l'Histoire de Montdidier, donnera une suite intéressante à ces deux Ouvrages, & ne peut qu'ajouter à la célébrité de l'Auteur & à la reconnoissance de sa Patrie ; & je crois qu'on peut en permettre l'impression. A Paris, ce 18 décembre 1780.

GUYOT, Prédicateur ordinaire du Roi.

PRIVILÈGE DU ROI.

LOUIS, PAR LA GRACE DE DIEU, ROI DE FRANCE ET DE NAVARRE : A nos amés & féaux Conseillers, les Gens tenans nos Cours de Parlement, Maîtres des Requêtes ordinaires de notre Hôtel, Grand-Conseil, Prévôt de Paris, Baillifs, Sénéchaux, leurs Lieutenans Civils, & autres nos Justiciers qu'il appartiendra : SALUT. Notre amé le sieur Abbé DAIRE, Nous a fait exposer qu'il desireroit faire imprimer & donner au Public *l'Histoire Littéraire de la Ville d'Amiens*, de sa composition ; s'il Nous plaisoit lui accorder nos Lettres de Privilège à ce nécessaires. A CES CAUSES, voulant favorablement traiter l'Exposant, Nous lui avons permis & permettons de faire imprimer ledit Ouvrage autant de fois que bon lui semblera, & de le vendre, faire vendre par tout notre Royaume. Voulons qu'il jouisse de l'effet du présent Privilège, pour lui & ses hoirs à perpétuité, pourvu qu'il ne le rétrocède à personne ; & si cependant il jugeoit à propos d'en faire une cession, l'Acte qui la contiendra sera enregistré en la Chambre Syndicale de Paris, à peine de nullité, tant du Privilège que de la cession ; & alors par le fait seul de la cession enregistrée, la durée du présent Privilège sera réduite à celle de la vie de l'Exposant, ou à celle de dix années à compter de ce jour, si l'Exposant décède avant l'expiration desdites dix années. Le tout conformément aux articles IV & V de l'Arrêt du Conseil du trente août 1777, portant Réglement sur la durée des Privilèges en Librairie. FAISONS défenses à tous Imprimeurs, Libraires, & autres personnes de quelque qualité & condition qu'elles soient, d'en introduire d'impression étrangère dans aucun lieu de notre obéissance ; comme aussi d'imprimer ou faire imprimer, vendre, faire vendre, débiter, ni contrefaire ledit ouvrage, sous quelque prétexte que ce puisse être, sans la permission expresse & par écrit dudit Exposant, ou de celui qui le représentera, à peine de saisie & de confiscation des exemplaires contrefaits, de six mille livres d'amende, qui ne pourra être modérée, pour la première fois, de pareille amende & de déchéance d'état en cas de récidive, & de tous dépens, dommages & intérêts, conformément à l'Arrêt du Conseil du 30 août 1777, concernant les contrefaçons. A la charge que ces Présentes seront enregistrées tout au long sur le Registre de la Communauté des Imprimeurs & Libraires de Paris, dans trois mois de la date d'icelles ; que l'Impression dudit Ouvrage sera faite dans notre Royaume & non ailleurs, en bon papier & beaux caractères, conformément aux Réglemens de la Librairie, à peine de déchéance du préfent Privilège ; qu'avant de l'expofer en vente, le Manufcrit qui aura fervi de copie à l'Impreffion dudit Ouvrage , fera remis dans le même état où l'Approbation y aura été donnée, ès mains de notre très-cher & féal Chevalier Garde des Sceaux de France le fieur HUE DE MIROMENIL, Commandeur de nos Ordres ; qu'il en fera enfuite remis deux Exemplaires dans notre Bibliothèque publique, un dans celle de notre Château du Louvre, un dans celle de notre très-cher & féal Chevalier Chancelier de France, le Sieur DE MAUPEOU, & un dans celle dudit fieur HUE DE MIROMENIL : le tout à peine de nullité des Préfentes. Du contenu defquelles vous mandons & enjoignons de faire jouir ledit Expofant & fes hoirs pleinement & paifiblement, fans fouffrir qu'il leur foit fait aucun trouble ou empêchement. VOULONS que la Copie des Préfentes, qui fera imprimée tout au long au commencement ou à la fin dudit Ouvrage, foit tenue pour duement fignifiée ; & qu'aux copies collationnées par l'un de nos amés & féaux Confeillers-Secrétaires , foi foit ajoutée comme à l'original. COMMANDONS au premier notre Huiffier ou Sergent fur ce requis, de faire pour l'exécution d'icelles tous Actes requis & néceffaires, fans demander autre permiffion, & nonobftant clameur de Haro, Charte Normande & Lettres à ce contraires : CAR tel eft notre plaifir. DONNÉ à Paris , le quatorzième jour de février, l'an de grace mil fept cent quatre-vingt-deux, & de notre Règne le huitième. Par le Roi en fon Confeil,

Signé LE BEGUE.

Regiftré fur le Regiftre XXI de la Chambre Royale & Syndicale des Libraires & Imprimeurs de Paris , n°. 2252 , fol. 641, conformément aux difpofitions énoncées dans le préfent Privilège ; & à la charge de remettre à ladite Chambre les huit Exemplaires prefcrits par l'art. CVIII du Réglement de 1723. A Paris, ce 2 mars 1782,

Signé LE CLERC, Syndic.

ERRATA.

PAGE 14, ligne première, procuroient, *lifez* procuroit.

30, lig. 20, obpreffum, *lif.* oppreffum.

Ibid, lig. 26, après noftræ, *lif.* quondam.

43, ligne pénultième, Kieret appartient au fiècle précédent, comme le prouve l'époque de fa mort.

46, lig. 17, Bertrand, *lif.* Bertauld.

61, lig. 7, Bruxelles, *lif.* Bruges.

62, lig. 10, au lieu de meilleures, *lif.* mieux exécutées.

74, lig. 29, Caveller, *lif.* Cavellat.

77, lig. 35, Huralt, *ajoutez* ou Hurault, *Huraltus.*

83, lig. 26, buillon, *lif.* bouillon.

90, lig. 29, joue, *lif.* joua.

93, dernière ligne, *lif.* in-8, l'an 1627.

94, lig. 19, Andromari, *lif.* Audomari.

95, lig. 2, devint, *lif.* devient.

Ibid, lig. 26, *lif.* topica.

97, lig. 30, fcholis, *lif.* fcoliis.

99, lig. 26, imprimées, *lif.* imprimés.

105, lig. 14, Pierre, *lif.* Pietre.

106, lig. 33, gagna, *lif.* gagnât.

112, lig. 33, Mayerne, *ajoutez* Turquet.

121, lig. 9, Synofius, *lif.* Synefius.

125, lig. 20, Ambianenfem, *lif.* Ambianenfium.

132, lig. 12, Commendaria, *lif.* Commendari.

141, lig. 10, germes, *lif.* genres.

146, lig. 21, les, *lif.* fes.

147, lig. 7, 1754, *lif.* 1654 & 1656.

149, lig. 18, leur, *lif.* leurs.

150, à la marge, Chartier, *lif.* Chartrier.

151, lig. 23, molinaum', *lif.* molinœum.

153, Rié en Poitou, *lif.* Ré au pays d'Aunis.

162, lig. 7, Troyes, *fuppr.* l's.

Ibid, lig. 17, reffemblance, *lif.* vraifemblance.

Page 180, lig. 19, n'auroient, *lif.* n'avoient.

192, lig. 4, Louis XIV, *lifez* Louis XV.

194, lig. 6, après dédicace, mettez une virgule.

243, lig. 19, *lif.* Chartrier.

266, lig. 27, Paulus Dumenil.

269, lig. 19, de Sachy, *lif.* de Sacy.

277, lign. 29, il, *lif.* elle.

Ibid, lig. 30, *lif.* alliée.

278, lig. 2, réduiroient, *lif.* réduiroit.

292, lig. 20, qui, *lif.* quis.

294, lig. pénultième, putinger, *lif.* peutinger.

304, lig. 29, 1730, *lif.* 1737.

307, lig. 11, 1724, *lif.* 1704.

Ibid, ligne dernière, grand prévôt, *lif.* prévôt.

309, lig. 25, notæ, *lif.* nota.

313, lig. 10, après on lit, *ajoutez* dans le volume de mai.

317, lig. 30, Trancy, *lif.* Tranoy.

328, ligne première, gevre, *lif.* fiècle.

332, lig. 22, 5, *lif.* 2.

334, lig. 24, in-4, *lif.* in-8.

352, lign. 6, après ouvrage, *lif.* prefque.

354, lig. 2, Carme, *lif.* Carmen.

Ibid, lig. 31, N. *lif.* M.

357, ligne première, penfer, *lif.* parler.

362, ligne 10, Æfchyles, *lifez* Æfchylus.

366, lig. 19, Neuville, *lifez* La-Neuville.

370, lig. 34, après efpace, *lifez* fur.

381, lig. 7, en, *lif.* au.

404, lig. 2, Hautefraies, *lif.* des Hauterayes.

408, lig. 21, amitié, *lifez* aménité.

430, lig. 11, Sully, *lifez* Juffi.

434, lig. 3, pietrina, *lif.* piftrina.

452, lig. 12, l'ame, *lif.* lame.

463, lig. 17, Bacuel, *lif.* Bacouel.

513, ligne première, Olauftro, *lif.* Clauftro.

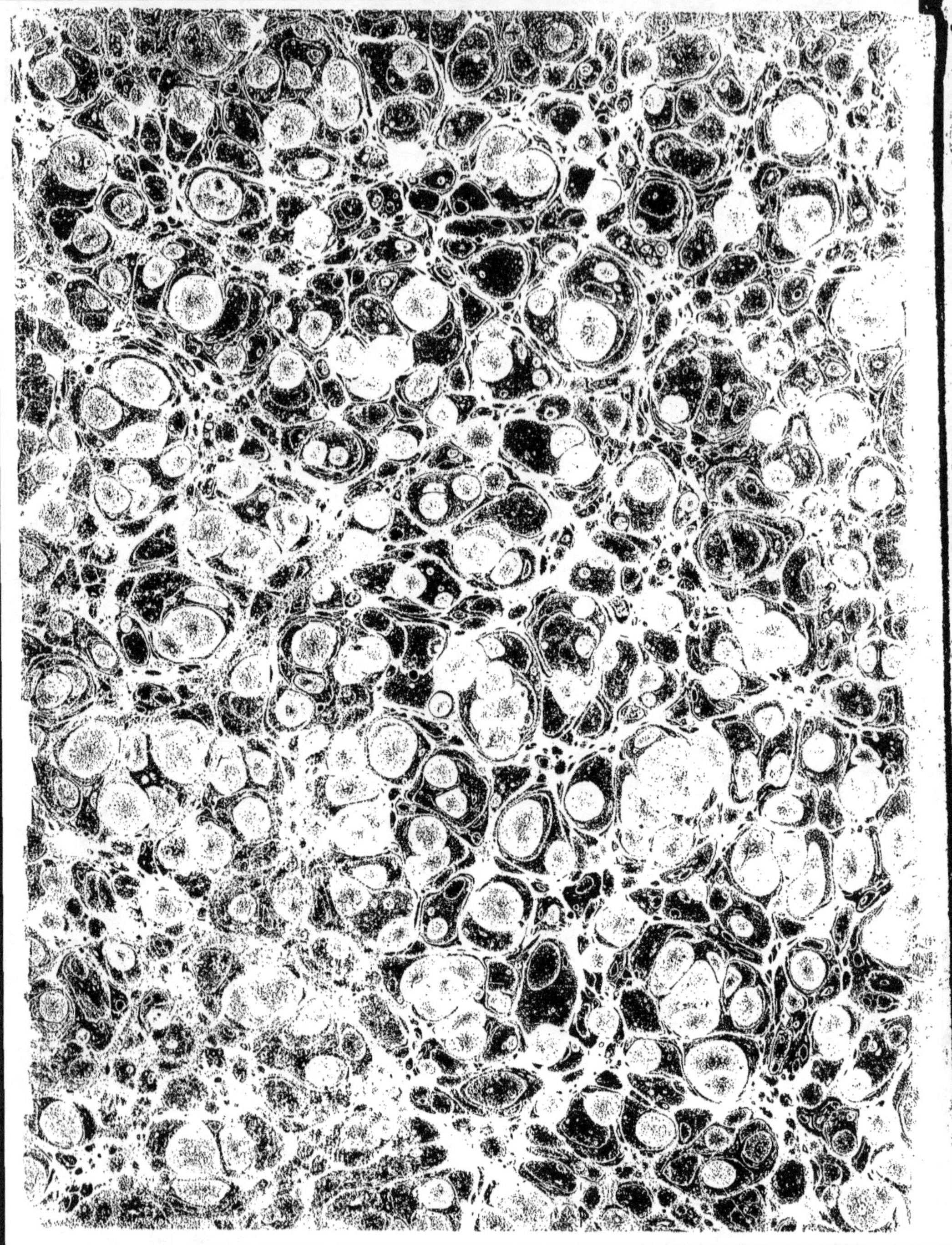

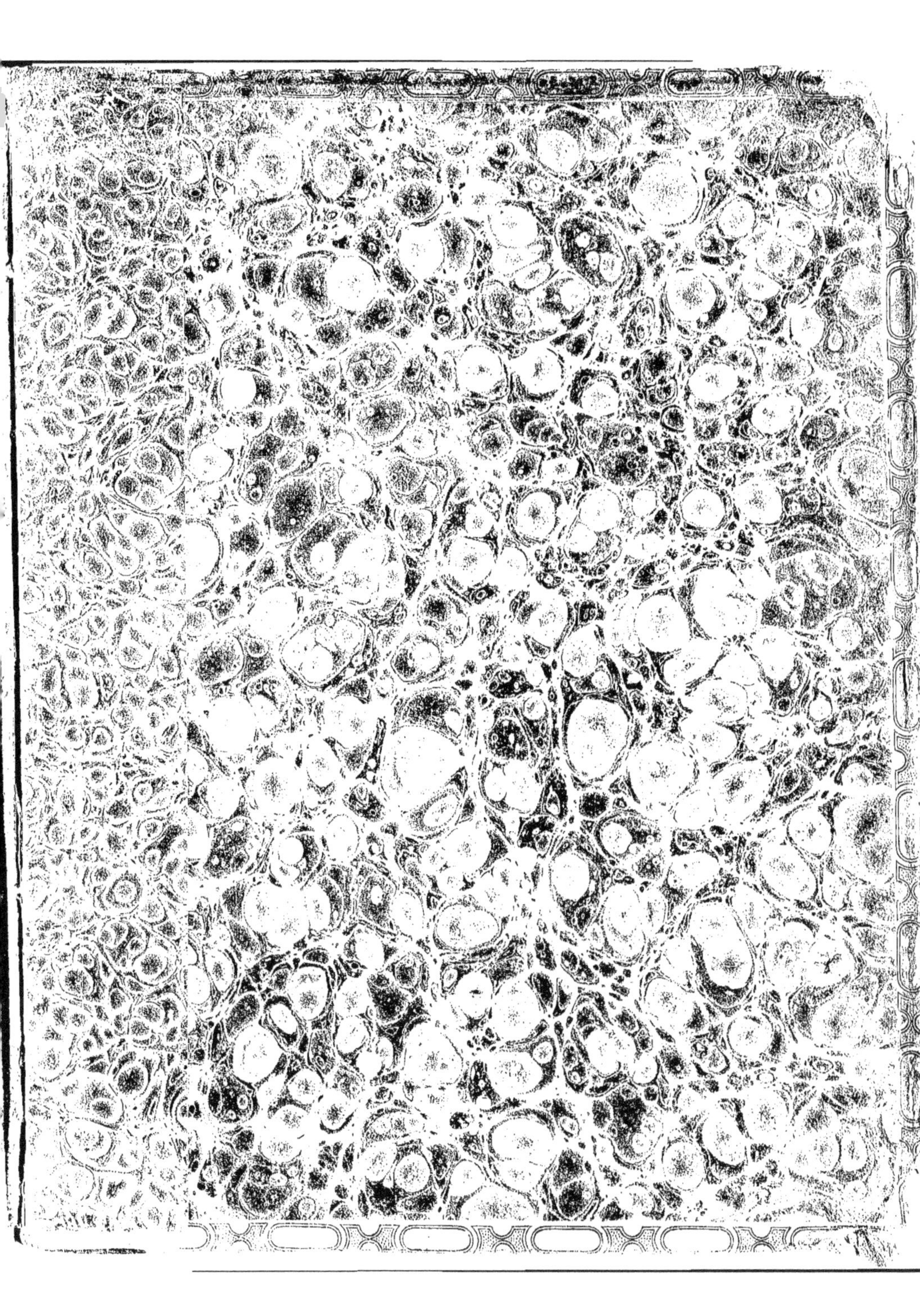

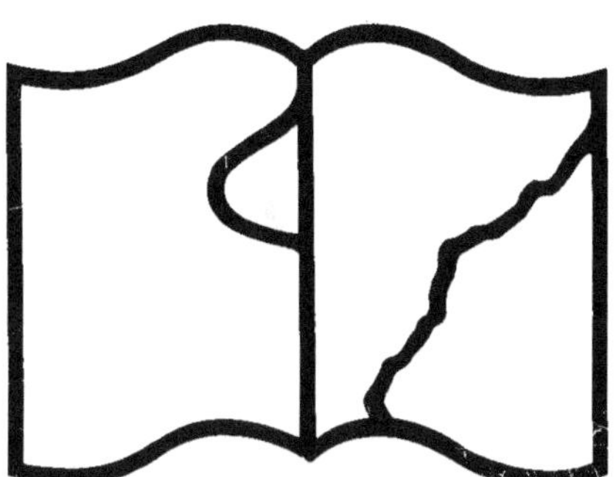

Texte détérioré — reliure défectueuse

NF Z 43-120-11

Contraste insuffisant

NF Z 43-120-14

www.ingramcontent.com/pod-product-compliance
Lightning Source LLC
Chambersburg PA
CBHW070707100726
47907CB00001B/84